BASTEI LÜBBE

Für meine Mutter Ruth Werz,
danke für Deine Zuwendung,
für Deine Kritik und Deine Begeisterung

Über die Autorin:

Marisa Brand, Jahrgang 1960, studierte deutsche und englische Literatur mit dem Schwerpunkt Mittelalter und Philosophie, war Dramaturgin am Kölner Schauspielhaus, Redakteurin einer Tageszeitung, Dozentin für Frauengeschichte und Drehbuchautorin. Heute arbeitet sie als freie Journalistin und Autorin von Büchern und Theaterstücken in Köln.

Marisa Brand

DIE TAROT-SPIELERIN

Historischer Roman

BASTEI
LÜBBE

BASTEI LÜBBE TASCHENBUCH
Band 15 729

1. Auflage: September 2007

Bastei Lübbe Taschenbücher in der Verlagsgruppe Lübbe

Originalausgabe

Titelillustration: IMAGNO/Artothek
Umschlaggestaltung: Atlelier Versen, Bad Aibling
Satz: Urban SatzKonzept, Düsseldorf
Druck und Verarbeitung: GGP Media GmbH, Pößneck
Printed in Germany
ISBN 978-3-404-15729-7

Sie finden uns im Internet unter
www.luebbe.de

Der Preis dieses Bandes versteht sich einschließlich
der gesetzlichen Mehrwertsteuer.

Erster Teil

Köln anno domini 1527, vor Pfingsten

Keiner ist dem Glauben ferner
und der Versuchung näher
als jener, der sich für sehr fromm hält.

Erasmus von Rotterdam

1

Glutrot beendete eine heiße Junisonne ihren Tageslauf. Triumphierend überglänzte ihr verlöschendes Licht die Bleidächer der Kathedralen, Kirchen und Klöster, von denen es in Köln mehr gab, als das Jahr Tage hat. Selbst die Gassen der Gerber und Kadaversammler hatte sie getrocknet und den Gestank von Fäulnis mit dem Duft von Rosen gemischt. Golden verweilten letzte Strahlen auf der Westfassade des Doms, während die Rheinfront der Reichsstadt bereits im Dunkeln lag. Ein knochenweißer Mond kündigte über dem Hafen die Nacht an.

Angeekelt raffte Sidonia van Berck ihren Rock, übersprang ein Häufchen Fischabfälle und wollte durch eine Mauerpforte in das Gewimmel am Hafen eintauchen. Am Ende des Durchgangs verstellte ihr ein Torwächter den Weg.

»Heda, Dirne, umsonst kommst du mir um diese Stunde nicht auf den Kai! Lass ein paar Münzen springen, dann kannst du dir einen Freier suchen, den sein Hosenteufel juckt.«

»Ich bin keine Hure. Was fällt dir ein, so mit mir zu reden!« Sidonia van Berck trat nach dem Handwerksburschen. Pah, in den Waffenschmieden ihres Vaters würde man diesen übel riechenden Gerbergesellen mit der Feuerzange verprügeln. Sie war eine reiche Bürgerstochter und keine Pfennigshure! Danach sah sie auch in ihrer Verkleidung als Magd sicher nicht aus.

»Was auch immer du bist«, blaffte der Wächter, »wenn du in der Dämmerung am Hafen rumstrolchen willst, gib mir drei Fettmännchen. Der Nachtdienst macht durstig.«

Johlend bekundete eine zerlumpte Vettel, die neben der

Pforte auf einem Fässchen hockte, ihre Zustimmung. »Für drei Fettmännchen trinkste dich bei mir bis zur Seligkeit, guter Mann. Ich hab Bilsenkraut und 'ne Prise Tollkirsche in mein Bier gemischt. Nun zahl schon, du Dirne, wirst das Geld mit deinen Lustäpfelchen rasch wieder eintreiben.«

Sidonia stemmte die Arme in die Hüften. Drei Kupfermünzen waren ein lächerlicher Betrag für sie, aber hier ging es um ihre Ehre. Besser gesagt um die Ehre einer Magd. Aber nun, selbst im Kostüm einer Magd fand Sidonia sich mehr wert als drei Fettmännchen, die kleinste Kölner Münzeinheit. Bah, was für Gelichter hier herumlungerte, um Geschäfte zu treiben!

Der Rat hatte in der Woche vor dem fünftägigen Pfingstfest die Torschlusszeiten am Hafen verlängert. Spät eintreffende Fernhändler, Pilger, Gaukler und Krämer sollten Gelegenheit haben, in der Stadt Quartier zu suchen. In Dreierreihen lagen Plattbodenschiffe, Lastkähne, Niederländer- und Oberländersegler bis in die Strömung des Flusses, bewimpelt mit Fahnen aus Ländern vom fernen Baltikum bis zum stolzen Flandern. So sicher wie der Nordpol eine Kompassnadel zogen die Schiffe die Winkelhuren genauso an wie vornehm geschminkte Liebesdamen, Bettler, Ruderknechte und heimliche Geldwechsler. Gelichter, mit dem Sidonia nichts gemein hatte. Wütend funkelte sie den Gerber an.

»Lass mich durch. Ich bin ein anständiges Mädchen, du Lausewanz.«

»Was willst du dann hier, Weib?« Mit scharfer Stimme unterbrach ein Kölner Stadtsoldat das Gezänk.

Sidonia wirbelte herum und erschrak beim Anblick seiner Rüstung und der Hellebarde, die den Werkstätten ihres Vaters entstammte. Verflixt! Sie hatte doch eine Mauerpforte beim Lasthafen gewählt, um keinem der geharnischten Wächter zu begegnen, die die großen Torburgen bewachten. Warum war dieser Kerl nicht am Haupthafen hinter dem Dom auf Posten?

Dort legten im Dämmerlicht Kauffahrtschiffe der Fernhändler und Koefs aus den Niederlanden an, beladen mit kostbarer Fracht für die Pfingstmärkte.

Egal, nun war Vorsicht geboten. Sidonia zauberte einen flehenden Blick in ihre gelbgrünen Augen und zog das Kopftuch tiefer, unter dem sie ihren mit Perlen durchflochtenen rotblonden Haarkranz verbarg.

»Guter Mann, dieser Kerl will mir den Zutritt zum Kai verwehren. Außerdem verlangt er Geld mit der Behauptung, ich sei eine, eine ...«, sie holte empört Luft, »Dirne!« Betont weinerlich setzte sie hinzu: »Darf er das? Ich bin nur eine Magd und kenne mich mit den Gesetzen nicht aus, und ...« Sidonia entrang ihrer Kehle ein Schluchzen, das ihr Zeit gab, sich eine Geschichte auszudenken, die einen Stadtsoldaten überzeugen könnte. Sie presste Tränen hervor und belauerte unter dem Vorhang ihrer Wimpern die Wirkung ihres Auftritts.

Die war zufriedenstellend, wenn auch nicht verwunderlich. Sidonia van Berck hatte das helle Mädchengesicht einer vornehmen Tochter, die sich nur selten in die Gassen begab. Ihre Haut war weder von Auszehrung noch von einer anderen üblichen Armenkrankheit gezeichnet, sondern rein und klar. Sie war es gewohnt, dass ihre Katzenaugen jeden Betrachter fesselten, genau wie ihr blühender Leib. Nur ihre etwas zu vollen Lippen, die ganz für die Lust und fürs Lachen geschaffen schienen, störten den Geschmack vornehmer Verehrer.

Zu diesen Zimperlingen gehörte der Soldat Goswin nicht. Ihm gefiel, was er im Feuerschein der Pechpfanne erblickte. Außerdem verachtete er Hilfswächter wie den Gerbergesellen, die mit nichts als einem Spieß bewaffnet große Krieger mimten.

»Hast du dieses Mädchen beleidigt?«, herrschte er den Handwerksburschen an. Bettler scharten sich um das Trio.

»Eine Hure beleidigen? Wie soll denn das gehen? Und

von wegen Magd! Was sollte eine Jungfer am Abend hier im schlimmsten Teil des Hafens zu suchen haben?«, verteidigte sich der Spießträger.

Ein Milchgesicht, entschied Goswin bei sich und brachte den Jüngling mit Blicken zum Schweigen. Dann wandte er sich mit der Würde, die ihm sein Amt verlieh, der verfolgten Unschuld zu und genoss die Spannung der Umstehenden.

»Nun, wer bist du?«

Sidonia hielt den Blick gesenkt und kaute auf ihrer Unterlippe herum. Tja, wer war sie? Unmöglich konnte sie zugeben, dass sie die Tochter des Kaufmanns Claas van Berck aus der Minoritenstraße war. Dabei würde der Name diese beiden Toren in den Kot der Gasse zwingen, wo sie hingehörten. Der Name van Berck war in Köln zwar alles andere als beliebt – aber gefürchtet.

Der Name ... Endlich kannte sie die Lösung. Sie unterdrückte ein Lächeln: »Ich bin eine Magd aus dem Haus des Claas van Berck und soll einen Gast meines Herrn abholen.«

Van Berck! Der Spießbürger zog sich wie geprügelt in den Schatten seiner Pforte zurück. Als Angehöriger der unwichtigen Ledergerberzunft wollte er sich in keinem Fall mit einem Mitglied der Kaufmannsgaffel Windeck anlegen. Nicht einmal mit einer Magd aus dessen Haus. Van Berck hatte schon ganz andere ins Unglück gerissen.

Goswin nahm die eiserne Helmkappe vom Kopf und kratzte sich am Schädel. Gemurmel erhob sich. Der Soldat rückte den Bund seiner geschlitzten Pluderhose zurecht. Er war entschlossen, dem Hilfswächter und dem Publikum seinen Schneid und Scharfsinn zu beweisen. »Warum schickt van Berck keinen Knecht oder bezahlten Leuchtmann für diese Aufgabe? Er hat doch Gesinde und Geld genug für solche Dienste.«

Sidonia biss sich auf die Lippen. Die Frage war gut. »Nun ...«, hob sie an, als von dem Lastkahn in ihrem Rücken ein grauenerregendes Brüllen ertönte. Für einen Moment erstarben alle Stimmen und Geräusche. Gaffer und Wächter wandten sich um.

Sidonia drängelte sich zum Kai vor und duckte sich hinter leeren Heringsfässern. Jetzt musste sie nur auf eine Gelegenheit warten, um im Gedränge in die Dunkelheit abzutauchen. Vielleicht würde es ihr ja doch noch gelingen, zum Hauptkai und zu dem Schiff zu gelangen, auf dem der spanische Reliquienhändler des Vaters eingetroffen war. Ihre Abenteuerlust besiegte den Schrecken, den der Stadtsoldat ihr eingejagt hatte.

Pah, einer Sidonia van Berck stellte sich niemand in den Weg! Und erst recht nicht der künftigen Braut Adrians von Löwenstein! Gott gebe, dass Vaters Reliquienhändler eine Nachricht von dem fernen Ritter aus Spanien brachte. Sie kannte ihren Bräutigam zwar nicht, aber es waren genügend Geschichten im Umlauf, um sich das Bild eines Helden auszumalen. Eines Helden, der sie in ein Leben voller Abenteuer und Reisen entführen würde. Reisen!

Ein weiteres Brüllen riss sie aus ihren Gedanken. Im Licht flackernder Schiffsfackeln erkannte Sidonia den Ursprung des Lärms. Links von ihr, auf dem Deck des Lastkahns, fletschte ein Bär die Zähne. Hinter ihm schwang ein Tierbändiger die Peitsche. Gaukler! Entzückt beobachtete Sidonia den Tumult, den die Spielleute verursachten.

Der Soldat Goswin verfluchte seinen Ausflug zum Nordkai. Mit einem Bären wollte er es nicht aufnehmen.

2

Entzückt reagierte hingegen auch ein Dominikanermönch auf den Aufruhr am Nordkai. Der Tumult lenkte alle Aufmerksamkeit von der niederländischen Koef im Domhafen ab, auf der er einen Jakobspilger entdeckt hatte. Angewidert musterte er das schmächtige Männlein von unten.

Gleich fünf Muscheln prangten am Hut dieses Berufspilgers und Reliquienhändlers. Die Jakobsmuscheln waren Beweis und Werbung für seine Wallfahrten zum spanischen Grab des Apostels. Reiche Kölner Sünder mieteten ihn als Stellvertreter, wenn sie keine Zeit oder Lust auf die monatelange Bußreise hatten. So wie der Kaufmann Claas van Berck. Pilgern gegen Bezahlung war ein einträgliches Geschäft.

Der dünne Mann umklammerte einen Holzstab und rückte den Ledersack zurecht, dessen Gewicht seine Schultern herabdrückte. Sein Fuchsgesicht schillerte bleich. Man sah ihm an, dass er das schaukelnde Schiff zu verlassen wünschte. Doch das Entladen der Fracht ging vor.

In den hölzernen Antriebsrädern der Lastkräne schwitzten die Antreter beim Schein von Pechfackeln. Fuhrknechte rollten Schubkarren mit Süßweinfässchen die Planke herab. Lastträger schulterten Tuchballen aus Flandern und Gewürzsäcke aus dem Orient, die über Antwerpen ihren Weg nach Köln und auf die Pfingstmärkte fanden.

Der hochgewachsene Dominikaner sog die Wohlgerüche ein, die seine Nase über den brackigen Gestank des Flusses und die Ausdünstungen der Arbeiter hinwegtrösteten. Er schlug seine weiße Kapuze zurück und enthüllte das scharfgeschnittene Gesicht eines Adligen. Der Olivton seiner Haut stand in anziehendem Kontrast zu den quecksilberhellen Augen und der blonden Tonsur. Sein Äußeres verriet, dass sich in seinen Adern südländisches und deutsches Blut mischten. Mit einem leichten Hinken betrat der Mönch die Planke.

Die Lastträger wagten nicht, ihm den Weg an Bord zu verwehren. Einige Niederländer schlugen das Kreuz. Schließlich galt ihr Land als Hort heimlicher Lutherfreunde und Wiedertäufer. Jeder niederländische Bürger stand unter Generalverdacht bei den *domini canes*, den Hunden des Herrn, wie die Dominikaner als Vertreter der Heiligen Inquisition im Volk hießen.

Als der Mönch an Deck trat, durchfuhr den Pilger ein Zittern. Dann entschied er sich für die Flucht nach vorn. »Sei gegrüßt, Bruder in Christo, von einem Pilger in der Nachfolge Jesu, nostre segnor«, schnarrte er mit dem Akzent seiner nordspanischen Heimat.

Der Dominikaner lächelte sanft, doch seine silbrigen Augen waren kalt wie Eis. »*Buenos dias, Señor Riba*«, erwiderte er schneidend.

»Woher weißt du meinen Namen?«, flüsterte der Pilger und bemerkte zu spät, dass er sich mit dieser Frage dem Ketzerjäger ausgeliefert hatte.

»Man weiß so einiges über dich und deine Geschäfte«, erwiderte der Mönch in hartem Kastilisch. »Mein Name ist Aleander, und ich reise im Auftrag der Heiligen Inquisition von Santiago de Compostela, deren Hauptankläger ich bin.«

Die Gesichtsfarbe des Pilgers nahm einen grünlichen Ton an; er sah sich nach einer Fluchtmöglichkeit um. Es gab keine. Gottergeben ließ er sich von dem Dominikaner an die flusswärtige Seite des Decks führen. Hier waren sie allein. Stumm betend hoffte der Pilger, dass er sich freikaufen konnte. Es sollte sein letztes Gebet sein.

Der Rhein schluckte ihn lautlos. Das Blut seiner durchschnittenen Kehle mischte sich mit dem schwarzen Wasser. Das Sterbegebet, das der Inquisitor der Leiche nachschickte, wäre dem Pilger kein Trost gewesen.

Sein Geld fand ebenso den Weg in die Taschen des Kuttenträgers wie einige Briefe an Claas van Berck und eine Spielkarte, die seinem Mörder ein Grinsen entlockte. Sie zeigte einen heidnischen Streitwagen, auf dem ein mit Halbmonden beflügelter Heros in die Welt aufbrach. Gezogen – welch ekler Frevel – von einer weißen und einer schwarzen Sphinx, die wohl Engel der Rache und des Friedens imitieren sollten. Aleander wusste, von wem diese verbotene Karte stammte. Er drehte sie in seinen Fingern und fand auf der Rückseite die ungelenke Signatur eines Kindes, die seine Vermutung bestätigte: Lunetta.

Mit dieser Plage würde er sich noch befassen müssen. Vor einem Karten legenden Kind hatte er ebenso wenig Angst wie vor einem Rächer auf einem Streitwagen. Wer glaubte schon an heidnische Prophezeiungen? Er ließ die Karte in seiner Kutte verschwinden.

Die polierten Schweinezähne und vergoldeten Lammknochen, die dem Pilger in Köln ein hübsches Sümmchen als Reliquien von Märtyrern eingebracht hätten, warf der Dominikaner in den Fluss. Mit solchem Mummenschanz gab er sich nicht ab, ihm winkte ein größeres Vermögen. Das Vermögen des Kaufmanns Claas van Berck. Ein Vermögen, dessen Erwerb mit einem einzigartigen Vergnügen verbunden sein würde: der Verführung der Tochter Sidonia, die so anziehend wie töricht war.

Aleander hatte das Mädchen wochenlang beobachtet und kannte ihr hitziges Temperament, das alle van Bercks kennzeichnete. Die Zeit war reif, die Schlinge, die er um ihren Hals und den ihrer Familie gelegt hatte, zuzuziehen. Mit teuflischer Freude ließ er den blutigen Dolch auf das Schiffsdeck fallen. Der Dolch trug das Wappen des Waffenhändlers van Berck.

Mondlicht glänzte auf der Klinge und gab dem Mönch eine noch herrlichere Idee ein. Er zog die Spielkarte wieder aus der Kutte hervor, spießte sie auf den Dolch und rammte beides in die Decksbohlen. Was für ein hübscher Fall von Ketzerei sich daraus konstruieren ließ! Fürwahr, der Herr war sein Hirte, weidete ihn auf grünen Auen und hatte ihn mit einem überlegenen Verstand gesegnet.

3

Die Gaukler verließen den Lastkahn und formierten sich zu einem Zug, der sich Richtung Norden wandte. Sicher wollte das bunte Völkchen in der Spielmannsgasse oder in der Schmierstraße bei den Knochen- und Fettsiedern Quartier suchen. Ein kleines dunkelhaariges Mädchen, dünn und biegsam wie eine Weidenrute, half einem Greis über die Planke. Der Bär, den sein Bändiger zum Bug des Kahns gezerrt hatte, sträubte sich. Sidonia hätte leicht aus ihrem Versteck entwischen können, aber das Tier fesselte ihr Interesse.

Endlich trieb der Bärenführer, ein Hüne in Lederweste, die Bestie mit singenden Peitschenschwüngen zur Planke. Als der Bär sich weigerte, sie hinabzutappen, prügelte sein Herr auf ihn ein. Die Gaffer auf dem Kai feuerten ihn an, begeistert über die kostenlose Vorstellung. Der Bär fletschte seine Reißzähne und richtete sich auf.

Die Zuschauer wichen zurück. Der Kerl im Lederwams riss eine Fackel von der Reling, um sie der Bestie auf den Pelz zu brennen. Das Mädchen, das eben den Greis geführt hatte, lief zum Kahn zurück und erklomm die Planke. Mit angehaltenem Atem sah Sidonia, wie das Kind den Bären besänftigte, sich mit mageren Beinen auf seinen Rücken schwang und ihn zum Kai hinabritt.

Das Mädchen blieb unberührt von den Beschimpfungen des Tierbändigers, der dem Kind unter dem Gelächter der Gaffer nachsetzte. Sidonia lachte nicht. Als das elfenhafte Mädchen an ihrem Versteck vorbeiritt, sah sie in Augen, die schwarz waren vor Traurigkeit. Dieses Kind musste in seinem jungen Leben weit Grausameres gesehen haben als die brutale Behandlung eines Tieres.

»*¡Párate! ¡Párate!* Lunetta, bleib stehen!«, schrie der Bärenführer in einem Kauderwelsch aus deutschen und spanischen Brocken. Er hatte den Bären und seine Reiterin eingeholt und schwang erneut die Peitsche. Mit bösem Zischen sauste die Lederschnur am Kopf des Kindes vorbei und verfehlte ihn nur um Haaresbreite. Ohne nachzudenken, sprang Sidonia aus ihrem Versteck.

»Lass das Kind in Ruhe, Lump!«, schrie sie. Der Bär beschleunigte sein Tapsen und suchte mit dem Mädchen auf dem Rücken Anschluss an die Gauklerschar. Der Bärenzähmer fuhr herum, in der einen Hand eine Fackel, in der anderen die Peitsche. »*¡Lárgate, puta!*«

Sidonia stemmte die Arme in die Hüften. Sie verstand den Mann sehr genau. Ihre künftige Schwiegermutter, Rosalia de Fraga, die iberische Mutter ihres Bräutigams, die im Haus ihres Vaters zu Gast war, erteilte ihr seit einigen Monaten Spanischunterricht. Jetzt kamen ihr die Stunden bei der schwarzen Witwe zugute. Beherzt reckte Sidonia das Kinn. »*¡Estúpido!* Verschwinde du Dummkopf, Hurensohn, oder ich hetze Kölns Soldaten auf dich.«

Der Grobian trat so dicht an sie heran, dass sie seine Ausdünstungen aus Schweiß und Zwiebeln roch. In gebrochenem Deutsch fuhr er sie an: »Halte dich da raus, dumme Gans, oder ich, Pancheo, brenn dir mein Fackel ins Gesicht.« Drohend brachte er sein pockenvernarbtes Gesicht nah an das ihre und blies ihr die Flamme ins Gesicht. Sidonia riss einen Dolch aus ihrem Mieder, den sie bei Ausflügen wie diesem stets bei sich trug. Sie richtete ihn gegen den Tierbändiger, als eine Hellebarde zwischen ihr und dem Riesen niedersauste wie eine Schranke. Der Soldat Goswin hatte nach Abzug des Bären seinen Mannesmut zurückgewonnen.

»Was soll das Gezänk? Im Namen des ehrsamen Rates der Stadt Köln und des Gewaltrichters: Ihr seid beide verhaftet.« Wütend wandte er sich Sidonia zu. »Und du sagst, du bist eine Magd? Her mit dem Messer, sofort!«

Sidonia wich mit gezücktem Dolch nach hinten aus und kam der Mauerkante des Kais gefährlich nahe. Goswins Arm schnellte vor, um sie zu packen, als heißer Atem seinen Nacken streifte und ein Knurren ihn erstarren ließ.

Hinter dem Soldaten richtet sich der Bär auf und stieß sein Brüllen aus. Geführt wurde er von Lunetta, dem Mädchen mit den traurigen Augen. Sidonia zwinkerte ihr dankbar zu, dann drehte sie sich um und sprang in den Rhein. Auch der Bärenführer Pancheo gab Fersengeld.

Zurück blieb unter dem Gelächter der Gaffer nur der Stadtsoldat Goswin, der es erst lange nach Abzug des Bären und der Gaukler wagte, sich umzudrehen und seine nassen Hosen dem Publikum zu zeigen.

4

Die Glocken von Sankt Kolumba läuteten zur ersten Andacht, als man im Haus des Rüstungshändlers Claas van Berck mit den Vorbereitungen für eine Pfingstfeier begann. Prunkvoll wie keine andere sollte sie sein. Ganz Köln und seine vornehmsten Bürger sollten sehen, zu was es ein ehemaliger Waffenschmiedgeselle aus den burgundischen Niederlanden bringen konnte.

Fehlte nur noch eine Nachricht von seinem Reliquienhändler über die Heimkehr Adrians von Löwenstein. Dann könnte der Kaufmann morgen Abend sogar die Verlobung seiner Tochter Sidonia mit dem Ritter verkünden. Im Hof seines Stadtpalastes entluden Fleischer ihre blutigen Karren. Vier halbe Ochsen, Dutzende Kapaune, Wachteln und Junggänse, zwölf Lämmer, ein lebender Pfau und ungezählte Eier waren bestellt. Dazu gesalzener und grüner Fisch, Neunaugen, Aale, Brassen. Konfektkörbe mit gezuckertem Ingwer, kandierten Früchten, süßer Latwerge, Gewürzsträuße und ein spanisches Safransäckchen im Wert eines Reitpferdes fanden ihren Weg in den Küchentrakt.

Unbeeindruckt vom Geschrei der Fuhrleute und den Übungsschüssen der Pfingstschützen, die vom Neumarkt herüberhallten, kontrollierte ein Faktor die Lieferungen. Er beanstandete grobes Mehl, hakte die Ankunft von Likörwein ab und machte eine verdrießliche Miene.

Sein Dienstherr hingegen rieb sich, hinter den Fenstern seines Privatkontors im ersten Stock, die Hände. »Prächtig, prächtig«, raunte Claas van Berck zu sich selbst. »Was für ein Teufelskerl du bist, kleiner Lumpenclaas.« So hatte ihn sein erster Kölner

Meister genannt. Ein Vierteljahrhundert war das her und bedauerlich, dass Meister »Hochmut« Volkhardt nicht mehr unter den Lebenden weilte, um mit Lumpenclaas das Pfingstmahl einzunehmen. Bei funkelndem Burgunder hätte Claas van Berck seinem toten Meister erzählt, wie er bei dessen Witwe und in der Rüstungswerkstatt sein Nachfolger geworden war.

Den größten Waffenhandel der Reichsstadt hatte Lumpenclaas aufgebaut. Fünfzig Lehnsgüter, sechzehn Eigengüter und acht Stadthäuser nannte er nun sein Eigen. Wenn sich seine Familie erst mit den von Löwensteins verbunden hatte, war seine Wahl zum Ratsherrn, vielleicht sogar zum Bürgermeister, nur eine Frage der Zeit.

Zwischen den Fuhrleuten im Hof tauchte seine Tochter auf. Sidonias rotblondes Haar floss ihr bis auf die Hüften. Sie klapperte auf Pantoffeln umher und griff in einen Konfektkorb. Seine neunzehnjährige Tochter trug weder Kappe noch Haarnetz, dafür einen Morgenmantel. In stummem Tadel schüttelte Claas seinen Kopf, den ein Kranz ebenfalls rötlicher Haare zierte. Sidonia trieb sich zu gern beim Gesinde herum. Es war schwer, eine temperamentvolle Tochter ohne die feste Hand einer Mutter aufzuziehen. Nur gut, dass Sidonia nun unter Aufsicht ihrer künftigen Schwiegermutter Doña Rosalia stand, einer Frau von spanischer Strenge. Ja und bald, hoffentlich sehr bald, würde seine Tochter von Ritter Adrian gebändigt werden.

Prächtig, Prächtig! Seine Tochter würde eine Gräfin werden, Teil einer uralten Ahnentafel, und er ein gesuchter Gast und Geschäftspartner bei Kölns ersten Familien. Niemand würde ihn dann noch verspotten oder seine Geschäftsmethoden rügen. Sosehr man den verarmten Ritteradel insgeheim verachtete, so gern schmückte man sich mit dessen Titeln und Wappen.

Was bedeuteten dagegen schon die Schuldscheine, die er dem verstorbenen Maximilian von Löwenstein hatte erlassen müssen, die vielen Waffen und Rüstungen, die er dessen Sohn Adrian über Jahre für unsinnige militärische Unternehmungen hatte zukommen lassen. Ritterfehden, pah, die Zeit der gepanzerten Helden war vorbei. Längst hatten bezahlte Söldner die Aufgaben der Kriegsführung übernommen. Van Berck war sich sicher, dass seine neuen Radschlossgewehre die Zweikampfschwerter der Ritter künftig ganz ersetzen würden.

Sicher, er war ein finanzielles Risiko eingegangen, um die Heirat zu ermöglichen. Doch der Grafenname würde ihm am Ende ein neues Vermögen in die Kassen schwemmen und ihn unangreifbar machen.

Ach, wenn er nur halb so stolz auf seinen fünfzehnjährigen Sohn Lambert sein könnte wie auf Sidonia. Sich vorzustellen, was seine Tochter als Mann und an Lamberts Stelle in dieser Welt vollbringen könnte! Sinnlos, darüber zu grübeln, sie war ein Weibsbild, wenn auch – dem Herrn sei Dank – eines mit beachtlichen Reizen. Ja, er musste dankbar sein und sich damit abfinden, dass ein Mädchen seine Talente geerbt hatte und nicht Lambert. Der war und blieb ein Taugenichts, trieb im Talar des Rechtsstudenten nur Unfug und spielte den Rebellen. Lamberts Schwächen waren der verstorbenen Mutter anzulasten, die den Knaben verzärtelt hatte. Die Liebe der Weiber – ob zu Kindern oder Männern – brachte nichts als Unglück über die Welt! Möge Gott seine Tochter vor solch alberner Leidenschaft bewahren. Sidonia wich eben einem Fuhrknecht aus, der sie bei den Haaren zupfte.

Der Kaufmann riss am Griff des Bleiglasfensters und wollte Sidonia zur Ordnung rufen, aber die verschwand im Treppenturm. Claas van Berck glättete seine pelzverbrämte Schaube und lockerte die Schnüre der Pluderhose. Der Hosenbund zwängte seinen Bauch ein, und die mit Rosshaar gepolsterte Schamkugel drückte.

»Vater!«

Van Berck drehte sich zur Tür. Unwillkürlich vertiefte sich sein Lächeln.

»Mein Kätzchen, wie hübsch du bist. Wenn auch zu liederlich gekleidet.«

»Nenn mich nicht Kätzchen!« Sidonia blitzte ihn aus ihren grünen Augen an.

»Soll ich dich lieber als Gräfin von Löwenstein anreden? Ich habe dir Mundtücher mit dem Wappen besticken lassen! Man sagt, sie seien an Adelshöfen der neueste Schrei und man putze sich statt mit dem Ärmel damit sogar die Nase. Und sicher ist mit den niederländischen Schiffen gestern das rote Gewand eingetroffen, das ich in Gent für dich schneidern ließ. Der Brokat kommt aus der Weberei, die für die Schwester des Kaisers arbeitet.«

Sidonia verdrehte die Augen. »Vater! Das Verlobungskleid ist da, aber die Nachrichten vom Ritter lassen auf sich warten.« Ihr war es nach ihrem gestrigen Bad im Rhein nicht gelungen, zu den Koefs und dem Reliquienhändler vorzudringen.

Class van Berck strich sich über den Backenbart. »Sicher trägt mein Pilger sich erst beim Ratsschreiber ein, wie jeder fremde Besucher.«

»Kein Mensch kann unter fast 40 000 Kölnern einen ungemeldeten Fremdling aufspüren. Der Kerl sollte wissen, wie gespannt wir auf Nachricht warten. Bislang gibt es doch nichts als den Ehevertrag zwischen dir und Adrians Vater. Und der ist tot.«

Ärgerlich stieß Sidonia die Kugeln eines Rechenbretts an. Klackernd rasten sie von einer Seite zur anderen. »Hoffentlich weiß sein Sohn überhaupt von seinem Glück. Seit Jahren ist Adrian in Spanien, und die letzte Nachricht über ihn bekamen wir vor neun Monaten – aus der Neuen Welt. Weiß der Kuckuck, wo die ist!«

»Ich habe eine von diesen neuen Weltkugeln aus Nürnberg bestellt, darauf kann ich es dir zeigen.«

Der Kaufmann eilte zu einem Schrank, auf dessen Schreibklappe eine lederbespannte Kugel thronte. Sich vorzustellen, dass die Erde rund war, fiel immer noch schwer, doch die Geografen schienen davon überzeugt, seit ein gewisser Kolumbus vor drei Jahrzehnten einen Weg nach dem Westen Indiens entdeckt hatte. Und hatten nicht die Kaiser bei ihrer Krönung schon immer einen runden Reichsapfel als Zeichen ihrer erdumspannenden Macht empfangen?

Sidonia ließ sich in einen Scherenstuhl fallen und streifte die Samtpantoffeln von ihren Füßen.

»Was interessiert mich die Neue Welt, wenn ich nicht einmal die alte sehen darf? Lieber würde ich mit dir einmal auf Handelsreise gehen, so wie Kölns Kaufmannsgattinen es tun, statt nur herumzusitzen. Das Weib vom Weinhändler Stoltenburg hat mir von ihrer Fahrt nach London vorgeschwärmt. Sie sind nur hinter Kleve von Wegelagerern belästigt worden.«

Claas van Berck ließ die Weltkugel kreiseln. »London ist nicht viel anders als Köln, glaube mir. Nur noch voller von Spitzbuben.«

»Aber Antwerpen! Wenigstens unser Kontor in der Scheldestadt könntest du mir zeigen. Hartmut Pirckmann sagt, es sei eine Stadt der Wunder. Alle Straßen seien gepflastert, die Steingiebel der Häuser durchbrochen wie Spitze, die Glockenspiele in den Giebeln mit Gold überzogen ...«

Van Bercks Miene verfinsterte sich. »Pirckmann ist ein Schwätzer. Das bringt das Handwerk der Buchdrucker mit sich. Du wirst von dem Ritter in die vornehme Welt eingeführt. Seine Stammburg an der Mosel steht seit siebenhundert Jahren und ...«

Sidonia unterbrach ihn trotzig: »Und soll ein feuchtes Gemäuer sein mit einem einzigen Kamin. Das sagt sogar Doña Rosalia. Sie hasst die Burg.«

»Mein Kind, du wirst an Höfen verkehren. Die Löwensteins

haben Verbindungen in ganz Europa. Adrians Vater stand noch im Dienst Philipp des Schönen, des Kaiservaters. Er hat das ganze Abendland bereist, und sein Sohn Adrian ist ebenso umtriebig.«

Sidonia griff nach den Bleigewichten einer Münzwaage, die neben ihr auf einem Tisch stand, und ließ sie durch ihre Finger gleiten. Ein Lächeln belebte ihre Züge. Sie liebte Wortgefechte mit dem Vater. »Umtriebig und verschwendungssüchtig ist der Ritter. Dein Geld scheint ihm willkommen, aber die minderwertige Braut holt er nicht ab.« Klirrend warf sie die Bleigewichte in eine Waagschale.

»Nur Geduld, mein Kind. Der Ritter muss dich heiraten, der Vertrag ist bindend. Nur Geduld«, entgegnete Claas van Berck erregt.

Ha, als ob ihr Vater ein Meister dieser Tugend wäre! »Mir wäre ein Drucker wie Pirckmann, der mich auf die Messen von Leipzig und Frankfurt mitnimmt, lieber.«

Claas van Berck zuckte zusammen. Er fürchtete und hasste die Lebensgier seiner Tochter, vielleicht weil sie ihm selber nicht fremd war, auch wenn sie sich bei ihm auf das Geld, bei Sidonia hingegen auf Abenteuer zu richten schien. Einer Frau stand sie so schlecht zu Gesicht wie der Umgang mit Büchern.

Scharf entgegnete er: »Ein Drucker als Gatte! Ich bin mein Leben lang ohne Bücher ausgekommen. Das Geschmier von diesem Kerl Luther und seine Verbreitung haben genug Unheil gestiftet. Mir ist mein friedliches Geschäft lieber.«

Sidonia hob die Brauen und sagte spöttisch: »Die Herstellung und den Handel mit Hakenbüchsen, Pulver und Kanonen nennst du ein friedliches Geschäft?«

Van Berck stellte sich breitbeinig vor sie hin: »Waffen dienen dem Erhalt der göttlichen Ordnung, während der Druck von Büchern und Flugschriften vor zwei Jahren sogar aus den Bauern Rebellen machte.« Und seinen fünfzehnjährigen Sohn

Lambert mit dummen Gedanken fütterte, fügte er im Stillen hinzu.

Sidonia liebte es, in Streitgesprächen mit dem Vater ihren Verstand zu zeigen, was andernorts verpönt war: »Der Buchdruck bringt viel Geld! Pirckmann hat sich gerade eine Meute Jagdhunde und Falken angeschafft.«

Van Berck wandte sich ab. »Er äfft höfische Lebensart nach und bleibt doch ein Schmierfinger.«

»Während uns die vornehme Lebensart in die Wiege gelegt wurde, nicht wahr?«

Van Berck überhörte den Einwand zähneknirschend. »Ich dachte, du seist stolz darauf, einen Ritter zu heiraten. Hast du mir nicht vor drei Jahren schon von Burgen und stolzen Kämpfern vorgeschwärmt?«

Ihr Vater hatte Recht, doch Sidonia unterlag in einem Streit genauso ungern wie er. »Damals war ich fünfzehn.«

»Alt genug, um zu heiraten, wenn ich es bestimmt hätte. Viele deiner Freundinnen sind längst Mütter, führen ein Haus und haben so viel Arbeit, dass sie gar nicht ans Reisen denken können.«

Sidonia straffte die Schultern. »Eine Arbeit wäre mir auch recht. Warum lässt du mich nicht deine Bücher führen oder Verträge schreiben? Ich habe im Kloster genug gelernt. Ich spreche Latein, ein wenig Englisch und nun sogar Spanisch.«

»Aber von weiblicher Bescheidenheit hast du keine Ahnung. Die Mutter Oberin war erleichtert, als sie dich loswurde.«

Und du, als du mich an einen Adligen verkaufen konntest, dachte Sidonia mit einem Anflug von Bitterkeit. Der Liebe ihres Vaters haftete der Geruch von Berechnung und Geltungssucht an. Wie sehnte sie sich nach einem Leben, das frei war von Krämergedanken. Und nach einer Liebe, wie sie in alten Minneliedern besungen wurde.

Wäre mir vergönnt, dass ich die Rosen

Einmal noch mit meiner Liebsten bräche,
finge ich sie in den schwerelosen
Netzen weltvergessner Zwiegespräche.
Käm ihr roter Mund zu meinem Munde
Nur für eine Stunde,
wie ich mich auf ewig seligspräche.

Verträumt schaute Sidonia auf und erschrak über den lauernden Blick ihres Vaters. Ihm durfte sie ihre lyrische Seite, die ihr oft selbst unheimlich war, nicht zeigen. Angriffslustig reckte sie das Kinn. »Willst du mich ebenso schnell loswerden wie die Nonnen? Keine Sorge, es gibt genug Bewerber um meine Hand. Seit es heißt, die Tochter von Lumpenclaas könne den Löwenstein bekommen, bin ich eine begehrte Ware.«

Van Berck machte eine unwirsche Handbewegung. »Keiner dieser Bewerber ist so bedeutend wie dein Ritter, mein Kätzchen.«

Sidonia wickelte eine Strähne ihres Haares um den Zeigefinger. Ihr Vater hatte wieder Recht. Sie war begierig auf diese Ehe, um vor den Kölner Bürgergänschen zu glänzen, die über sie und den Lumpenclaas die Nase rümpften. Umso mehr ärgerte sie das Zaudern ihres Bräutigams. »Vielleicht wäre es besser, mich in einen Mann aus Fleisch und Blut zu verlieben statt in einen abwesenden Ritter. Er macht uns noch zum Spottgespräch bei Kölns Patriziern.«

Van Berck drehte sich entsetzt um. Es hing viel von Sidonias Heirat mit von Löwenstein ab, ein Vermögen hatte er darein investiert. »Die Liebe ist eine verzichtbare Beigabe auf dem Weg zum ehelichen Glück. Gute Zähne und eine gefüllte Geldtruhe sind weit wichtiger. Ich weiß, wovon ich spreche. Deine Mutter war um fünfzehn Jahre älter als ich und hatte neben ihren Reizen bereits ihr ganzes Gebiss verloren. Unserem Glück stand ihr Mangel an Anziehungskraft nicht im Weg.«

»Ich hoffe doch, dass Adrian von Löwenstein seine Zähne noch im Mund trägt«, konterte Sidonia.

»Kätzchen, Kätzchen. Alle Welt sagt, er sei ein stattlicher blonder Recke, so wie es sein Vater war. Und nun zieh dich an. Ich möchte nicht, dass du wie eine Dirne durchs Haus läufst. Lamberts Untugenden genügen mir.«

Sidonia erhob sich, schlenderte zur Tür und drehte sich noch einmal um.

»Wie schaut denn eine Dirne aus? Ich dachte, man erkennt die Hübschlerinnen nur an ihren gelben Ärmeln oder Bändern? Weißt du mehr darüber, Vater, und woher?«

Das Gesicht des Kaufmanns verfärbte sich. Das Kind gehörte verheiratet. Gebe Gott, dass der Reliquienhändler noch heute Bescheid vom Ritter brachte.

Ungerührt setzte Sidonia hinzu: »Ich weiß, dass Dirnen ihre Gunst gegen Geld verschenken. Bei meiner Heirat ist es genau umgekehrt! Der Ritter sollte sich zeigen, damit wir prüfen können, ob er sein Geld wert und nach meinem Geschmack ist.«

Van Berck griff nach dem Kontobuch und wollte es in ihre Richtung schleudern. Ein Klopfen an der Tür ließ ihn innehalten.

5

Sidonia und ihr Vater wandten die Köpfe, aber die Tür blieb zu. Mit einem Laut des Unmuts drückte Sidonia den Schnappriegel herab. Es gab nur eine Person in diesem Hause, die erwartete, dass man auf ihr Klopfen hin die Tür öffnete, vielmehr, sie auftat wie für eine Königin: Doña Rosalia de Fraga, der ihr Vater eine eigene Magd und tägliche Besuche eines Judenarztes zugebilligt hatte. Eingebildete Krankheiten waren neben übertriebener Frömmigkeit ihr Hauptvergnügen, fand Sidonia.

In tiefes Schwarz gekleidet, stand die gräfliche Witwe im Türbogen und erinnerte an einen Totenvogel. Ihr Gesicht unter dem Haubengebände war schmal, die Augen hell und hübsch, aber die Nase schnabelartig. Ein Zeichen vieler Generationen von Verwandtenehen, wie Sidonia voll Abscheu dachte. Claas van Berck deutete eine Verneigung an und näherte sich mit Trippelschritten, die er für vornehm und Sidonia für peinlich hielt. »Doña Rosalia, tretet ein.«

Die fünfzigjährige Frau lehnte einen Stuhl ab und schaute an Claas van Berck vorbei in die Ferne.

»Es ist Nachricht gekommen«, sagte sie. Sie sprach langsam und war bemüht, jeden Akzent zu unterdrücken. Rosalia de Fraga war stolz darauf, viele Sprachen fließend zu sprechen.

»Nachricht! Von wem?« Sidonia hüpfte von einem Bein auf das andere. Der Vater verneigte sich erneut.

Doña Rosalia ließ sich Zeit mit der Antwort. »Ein Metzgersbote hat eben einen Brief gebracht.« Sie griff nach der Riechkugel, die vor ihrer flach geschnürten Brust baumelte, und sog die Aromen von Ambra und Zibet ein, als würde sie durch den Geruch von rohem Fleisch belästigt.

Lächerlich, dachte Sidonia, es war in allen Städten Europas üblich, dass die Metzger Nachrichten von den umherziehenden Viehtreibern entgegennahmen und sie durch ihre Lehrbuben vor Ort verteilen ließen. Reitende Boten konnten sich nur Kaiser und Landesfürsten leisten. Sidonia griff nach Rosalias Arm: »Ist es ein Brief vom Reliquienhändler?«

Doña Rosalia starrte auf Sidonias schlanke Finger hinab. Claas van Berck zog seine Tochter fort und verbannte sie hinter seinen Rücken.

»Nein«, sagte Doña Rosalia und musterte die Gesichter der van Bercks, als handele es sich um widerwärtige Exemplare aus der Familie der Aasfliegen. Sidonia hielt die Luft an. Wenn der Sohn auch nur entfernt die Manieren seiner Mutter hatte, dann, dann ...

»Es ist ein Brief Adrians.«

»Adrian!« Sidonia stahl sich hinter dem Rücken des Vaters hervor. Claas van Berck leckte sich die Lippen. Doña Rosalia kostete den Moment ihrer Macht aus. Endlich sagte sie.

»Er ist in Köln und will dieses Haus morgen Abend aufsuchen.«

»Halleluja«, rief Claas van Berck. »Ganz Köln wird mich beneiden. Er wird die Zierde meines Festes sein, und ich kann die Verlobung verkünden. Was für eine gute Nachricht, zum Teufel noch mal!«

Doña Rosalia strafte ihn mit strengem Blick.

Claas van Berck sanken die Schultern herab. »Ich meine natürlich, prächtig, prächtig. Und, äh, lasset uns beten in meiner Hauskapelle ...«

Doña Rosalia wandte sich mit raschelnden Röcken der Tür zu. »Ich war eben auf dem Weg dorthin. Kommt, van Berck, und du auch mein Kind. Sidonia? Sidonia!«

Sidonia war bereits entschlüpft und nicht auf dem Weg in die Kapelle auf der anderen Seite des Flurs.

Claas van Berck dienerte sich an der Seite der Gräfin zur Kapelle voran: »Die Freude, Frau Gräfin, die Freude hat sie überwältigt. Sicher will sie allein einen Rosenkranz beten.«

»Oder einen Ausflug auf die Gassen unternehmen, um ihr Glück mit Fuhrknechten zu teilen.«

»Ehrwürdige Gräfin, was denkt Ihr von meiner Tochter!«, stieß Claas van Berck hervor und straffte seinen Bauch, was die eben gelöste Pluderhose ins Rutschen brachte.

Doña Rosalia wandte den Blick ab. Es war widerwärtig, dass ihr Lieblingssohn Adrian in diese Familie von Emporkömmlingen einheiraten musste. »Ich denke, dass es Sidonia an Frömmigkeit ebenso mangelt wie an Benehmen. Genau wie ihrem Bruder Lambert. Ich kann nicht garantieren, dass mein Sohn der vereinbarten Hochzeit zustimmen wird!«

Als ob es darauf ankäme, dachte Claas, während er den Bund der Pluderhose neu schnürte. Sollte die Heirat mit Adrian nicht zustande kommen, fiele dem Haus van Berck wegen Bruch des Ehevertrages der letzte Besitz der Löwensteins zu. So hatte er es mit dem klammen Grafen ausgehandelt. Die Besitzungen, die im Burgund lagen und schwer zu bewirtschaften waren, reizten van Berck allerdings weniger als der gute Name.

Lächelnd öffnete er darum der Witwe die Pforte seiner Kapelle, die Sankt Martin, dem Schutzpatron der Waffenschmiede, und dem Apostel Jakobus geweiht war. Die Heiligen flankierten die Pforte als Holzfiguren, beide trugen Miniaturschwerter aus den Werkstätten van Bercks. Ihre Gesichter waren dem des Kaufmanns nachempfunden. Schläue paarte sich darin mit Selbstbegeisterung.

»Werte Doña Rosalia, habe ich Euch schon von den Reliquien erzählt, die ich erwarte? Mein Händler muss gestern eingetroffen sein. Es wäre mir eine Freude, eine der schönsten an Euch zu übergeben. Neben dem Lehnsgut im Bergischen, das ein vortrefflicher Witwensitz wäre. Denkt nur, vierzig Fronbauern, Weingärten …«

»Und eine eigene Kapelle?« Die Witwe verharrte auf der Schwelle zum Gebetsraum.

»Eine Kapelle mit einem auf Lebenszeit bepfründeten Diakon dazu! Er liest täglich zwei Seelenmessen für meine verstorbene Frau. Gegen eine weitere Stiftung wird er den Grafen Maximilian in seine Gebete einschließen und ihm tausende Jahre Fegefeuer ersparen.«

»Das ist nicht nötig. Für sein Seelenheil ist gesorgt«, sagte Doña Rosalia. »Mein ältester Sohn Aleander ist in Spanien ein hoher Kirchendiener, der sicher seinen Weg bis an den Kaiserhof machen wird.«

Der Kaufmann sah in ihren grauen Augen die Flamme des Hasses auflodern. Galt die Abneigung ihm, ihrem Sohn oder dem toten Grafen? Die Liebe der Weiber war unergründlich und undankbar.

6

Sidonia schüttelte im Schutz einer Flurnische den Kopf. Welche Verstellungskünste auf beiden Seiten! Sei es drum. Anpassung an die Verhältnisse hatte ihren Vater weit gebracht. Alles, was zählte, war, dass ihr Ritter auf dem Weg war!

Vielleicht konnte sie auf dem Heumarkt beim Haus der spanischen Kaufmannschaft etwas über Adrian erfahren oder wenigstens die kleine Tierbändigerin Lunetta aufspüren. Eine Gauklernummer mit Bär wäre auf dem morgigen Fest sicher nach dem Geschmack eines Ritters.

Eine Hand legte sich von hinten auf ihre Schulter und ließ sie herumfahren.

»Lambert!«

»Pssst.« Ein schlaksiger Junge mit unfertigem Gesicht legte den Zeigefinger auf seine Lippen.

»Ist Vater in der Kapelle?«

Sidonia runzelte die Stirn. »Warum willst du das wissen? Und was trägst du da unter deinem Arm?«

Lambert ließ ein blutverschmiertes Bündel hinter seinem Rücken verschwinden. »Nichts.«

»Lambert! Was hast du wieder vor? Die Kapelle ist Vaters ganzer Stolz.«

»Und voll von papistischem Mummenschanz«, ereiferte sich der Bruder. »Diese Reliquiensammlung gehört zerschlagen, all diese falschen Knochen. Luther sagt, bald käme es so weit, dass einer behauptet, er besitze ein Ei und zwei Federn des Heiligen Geistes oder dreißig Fürze von der Pauke Miriams, der Schwester Moses.«

»Lass bloß die Finger von Vaters Sammlung, und rede nicht von Luther. Wir erwarten morgen den Ritter von Löwenstein, du dummer Maulheld.«

»Und du bist eine Gassenkatze. Ich hab dich gestern Nacht gesehen. Weiß Vater von den Ausflügen seines Kätzchens?«

»Wieso bist du Lümmel nachts unterwegs?«

»Das geht dich nichts an. Also: dein Schweigen gegen meines.« Er spuckte auf seine rechte Hand und hielt sie der Schwester treuherzig hin.

»Igitt, du Kindskopf.« Lachend schlug Sidonia seine Hand weg. »Lass mich durch.«

»Willst du wieder auf die Gasse?«

»Nur auf den Markt, ich habe Besorgungen für unser Fest zu erledigen.«

»Gottlose Prasserei«, setzte Lambert zu einer Moralpredigt an, »die Todsünde der Völlerei ist ...«

»Spar dir den Atem, um beim Fest deine heißen Honigwachteln kalt zu pusten. Letzthin hast du zwölf Stück verputzt!«

Sidonia stürmte an ihm vorbei und die Treppe zu ihrer Schlafkammer hinauf. Hastig zog sie sich ein Stadtkleid an, steckte ihr Haar hoch und schmückte es mit einem Barett. Aus dem Spiegel lächelte ihr das Gesicht einer Bürgerstochter entgegen.

»Herzlichen Glückwunsch, Gräfin Sidonia von Löwenstein, und willkommen in Eurem neuen Leben«, raunte sie dem Spiegelbild zu und schenkte ihm eine Kusshand.

7

Während im Hause van Berck von einer Liebesheirat geträumt und um Mitgiften geschachert wurde, schärfte der Stadthenker in seiner Hütte an der Schmierstraße Beile und Schwerter. Nach dem Pfingstfest würde er sie gewiss brauchen.

Im vergangenen Jahr hatten sturzbetrunkene Weberknechte nach den Schützenturnieren nachts einen Chorherrn abgekehlt und entmannt. Mit dem bedauernden Kopfschütteln des Fachmanns erinnerte sich der Henker an den zerfleischten Schoß des Kirchendieners und strich über die Klinge des Kurzdolches, den er für Blendungen nutzte. Der Hass auf hurende und prassende Pfaffen war groß und wurde von lutheranischen Heckenpredigern angeheizt.

Diese Umtriebe mussten auch der Grund für den außergewöhnlichen Besuch sein, den er kurz nach acht Uhr in seiner Hütte empfing. Ein Dominikanermönch schlüpfte in den verrußten Raum, der Waffen-, Wohn- und Schlafkammer des Scharfrichters und einer Ziege war. Nur an Hinrichtungstagen und wenn es einem Bürger an Kopf und Kragen ging, stand dem Henker ein Mietshaus beim Heumarkt zur Verfügung.

Der Mönch duckte sich unter dem Strohdach und hielt sich gegen den Gestank den Ärmel seiner Kutte vor die Nase: »Mein Name ist Aleander, ich komme aus Spanien und führe in Köln Untersuchungen im Auftrag der Heiligen Inquisition durch.«

Misstrauisch blickte der Henker von einem Brandeisen auf: »So? Ich muss Euch warnen, Bruder, wie überall spricht auch in Köln niemand öffentlich mit dem Henker.« Das musste ein

Kirchendiener doch wissen! Jedem Blutschergen nahm man die Arbeit des Tötens so übel wie dem Schinder das Abdecken von Vieh und dem Abtrittfeger das Ausschöpfen der Kloakegruben. Man rückte in der Schenke von ihm ab, legte sein Brot beim Bäcker mit dem Rücken nach oben, damit kein anderer es versehentlich kaufte, und hütete sich, ihn zu berühren, da dies die eigene Ausgrenzung nach sich zog.

»Ich bin kein Freund des Aberglaubens, sondern des Wissens«, erwiderte der Mönch. »Und ein Mann wie du weiß so einiges über das Gesindel und darüber, welche Gefahren Köln – dieser treuen Tochter der katholischen Kirche – in Zeiten der religiösen Schwärmer droht.«

Der Scharfrichter nickte. Oh ja, er kannte jede Menge Pack, niederes wie gehobenes. Des Nachts schlich sich so mancher zu ihm – von der Bürgersfrau bis zum redlichen Bader –, um sich die Zähne eines Gehenkten oder die Fasern eines Galgenstricks zu sichern, mit dem sich Schaden abwehren oder eine Schwangerschaft verhindern ließ. Jüdische Ärzte betrieben mit den Beinen eines Galgenvogels ihre anatomischen Studien, und Bettler nutzten die faulenden Gliedmaßen, um sie vor den Kirchen unter ihren Lumpen vorlugen zu lassen.

Erst gestern hatte ein Bürgersöhnchen sich die Hände eines Diebes besorgt. Ein blasser Bursche im Talar eines Rechtsstudenten, in dem der Henker Lambert van Berck erkannt hatte. Ein Tunichtgut, den sein Vater bislang von jeder Bestrafung hatte freikaufen können. Der Himmel wusste, für welchen Schabernack der Sohn die abgeschlagenen Hände brauchte. Dem Mönch würde er nichts davon verraten, die Nachtgeschäfte waren ein hübscher Beiverdienst. Der Henker griff nach dem Brandeisen und begann es zu polieren.

»Ich merke, du bist ein verschwiegener Mann«, sagte der Mönch. »Nun, ich bin auf der Suche nach einem Trupp spanischer Gaukler, die gestern eingetroffen sein sollen. Es heißt, in dieser Straße finden Spielleute Unterkunft.«

»Ach, Ihr sucht Gaukler«, sagte der Blutscherge. »Davon gibt es hier vor den Pfingstmärkten reichlich.«

»Ist unter ihnen ein dunkelhaariges Mädchen, etwa elf oder zwölf Jahre alt?«

Der Henker wischte sich die Hände an seiner Lederschürze ab und griff nach dem Richtschwert mit dem kölnischen Dreikronenwappen. Sorgfältig kratzte er getrocknetes Blut aus der Klingenrinne.

Die Stimme des Mönches gewann an Schärfe. »Es gehört doch zu deinen Aufgaben, die Gaukler zu überwachen.«

»Ich hab Wichtigeres zu tun, und wen interessiert schon ein Gauklerkind.«

»Mich, wenn es sich dabei um eine Hexentochter handelt.« Der Mönch zog eine Lederbörse unter seiner Kutte hervor und klimperte damit – es war die Börse des Reliquienhändlers.

Der Henker leckte sich die Lippen. »Nun ... drei Häuser weiter bei meinem Freund, dem Hahnenwirt ...«

... krochen gerade die gesuchten Gaukler unter Decken und Schaffellen hervor, um den Morgenbrei in Empfang zu nehmen. Der feiste Wirt stand in der Mitte des Hofs, dessen Stroh mit tierischen und menschlichen Auswürfen gemischt war. Er schwenkte über einem Eisenkessel die Kelle wie eine Schlagwaffe.

»Ich habe nicht den ganzen Tag Zeit, um euch Lumpenpack zu füttern«, schimpfte er und schlug nach einem Hündchen mit Halskrause, das auf seinen Hinterläufen umhertrippelte. »Pack dich, Flohbündel.«

Ein dunkelhaariges Mädchen näherte sich mit zwei Holzschalen.

»Was, zwei Schalen? Glaubst wohl, du kannst dich auf meine Kosten dick fressen?«

Lunetta schüttelte stumm den Kopf und deutete auf ein Zelt, vor dem ein Greis kauerte.

Der Wirt verzog das Maul: »Bei dem ist jeder Bissen eine Verschwendung. Mein Gasthaus ist kein Hospital der Barmherzigen Brüder.«

Lunetta streckte die Schüsseln vor, als der Bärenzähmer Pancheo mit dem Fuß nach ihr trat. Das Mädchen drehte sich zur Seite und entkam den Tritten.

»Gib Essen«, schnauzte der Bärentreiber den Wirt an. Der tauchte flugs die Kelle in die Gerstensuppe.

»Kein Fleisch?«, fragte der Riese.

Der Wirt duckte sich unter der drohenden Figur des Gauklers und schielte zu dem Bären hinüber, der an einem Karren festgekettet schlief.

»Beste Reste vom Leimsieder habe ich mitgekocht. Der schabt noch vom traurigsten Schafskopf saftige Fetzen herab.«

Pancheo schnüffelte an der Gerstenbrühe, zuckte mit den Schultern und leerte die Schale. Die Jongleure, Hundedresseure, Feuerschlucker, Zwerge und Weiber des Trupps drängten sich um den Kessel. Zuletzt stand wieder Lunetta an und musste sich mit dem verbrannten Rest begnügen. Sie balancierte die Schüsseln zum Zelt des Greises und begann ihn zu füttern.

»Danke, Lunetta«, stöhnte der alte Mann nach drei Löffeln und ließ sich auf einen Kleiderballen zurücksinken. »Und nun, leg mir die Karten. Ich möchte wissen, wann der Herr meine Reise auf Erden beendet.«

Lunetta schüttelte den Kopf. Der Greis streichelte ihre Locken. »Du brauchst nicht in die Karten zu schauen? Nun, hab keine Angst, wo ich hingehe, wird Frieden sein. Reitet der Sensenmann auf deinen Karten nicht vor blauem Himmel der Morgensonne entgegen? Der Tod bedeutet Hoffnung für unsereins!«

Das Mädchen nickte, doch ihre Augen schimmerten verdächtig.

Der Greis beugte sich vor. »He, ich hab nicht verdient, dass du um mich weinst. War wenig genug, was ich für dich getan hab, dabei war deine Mutter eine Freundin von mir. Und Geld von Padre Fadrique hab ich auch dafür genommen.«

Er griff stöhnend hinter sich und nestelte aus dem Kleiderballen eine Lederbörse hervor. Verstohlen legte er sie dem Kind in den Schoß.

»Hier, das ist mir vom Geld des Padre geblieben. Nimm es und schau, dass du zu deinen Leuten hier kommst. Suche im Haus van Berck nach der Löwensteinwitwe, Rosalia de Fraga, hörst du? Zeig ihr die Heiratsurkunde deiner Mutter.«

Eine Wolke der Furcht verdüsterte Lunettas Kindergesicht.

»Versprich mir, dass du zu ihr gehst. Sie wird dir helfen. Padre Fadrique glaubt fest daran. Die Witwe ist seine Schwester! Ich fürchte, meine Gefährten werden dich nicht beschützen, wenn ich …«

Ein harter Husten hinderte ihn daran weiterzusprechen. Das Mädchen stützte seinen Oberkörper, um ihm das Atmen zu erleichtern.

»Zeit, dass wir über das Kind reden«, erklang die Stimme des Bärenbändigers über ihnen. Lunetta ließ die Geldbörse in ihrem Bündel verschwinden.

»Was soll aus dem Bastard werden? Kann kaum seiltanzen, und als stumme Kartenlegerin bringt sie nichts ein. Oder hat sie endlich die Sprache wiedergefunden?«

Der Greis stieß pfeifende Töne aus, während er antwortete: »Lass sie in Ruhe, Pancheo.« Wieder schüttelte ihn ein Hustenanfall, ließ ihn würgen.

Der Hüne stemmte die Arme in die Hüften. »Wer zu uns gehört, muss arbeiten.«

Grob riss er Lunetta am Kragen ihres Leinenhemdes nach oben, ließ sie vor sich in der Luft baumeln. »Das Luder hat mich im Hafen gestern wie einen Narren aussehen lassen mit ihrer Bärenschau.«

Lunetta versuchte, sich freizustrampeln. Ihr Hemd rutschte hoch und entblößte die Knospen junger Brüste. Der Bärenzähmer packte sie um die Taille und setzte sie sich auf die Hüften. Mit seiner Pranke fuhr er über die samtigen Hügel. Lunettas Gesicht verzog sich in Ekel und Angst.

Ein Grinsen schlich sich in das zernarbte Gesicht Pancheos. »Hm, damit ließe sich Geld machen. Zartes Fleisch, danach giert es vornehme Freier. Und dass sie das Maul nicht nutzen kann, ist nur günstig. He, Wirt!«

Der Gastgeber, der die Szene vor dem Zelt beobachtet hatte, flitzte herbei. »Hast du Ärger? Oh, was für ein verdorbenes Stück, sich so nackt vor aller Welt zu zeigen.« Lüstern ließ er seine Blicke über Lunettas Oberkörper gleiten.

»Verdorben? No, no«, brummte der Tierbändiger und schob Lunettas Rock hoch. Die Augen des Wirtes tasteten sich zu der schmalen Spalte vor, die von einem Leinenschurz kaum bedeckt wurde.

»Nun?«, wollte Pancheo wissen und umklammerte die sich windende Lunetta. »Wie viel Stechpfennige bringt in Colonia der erste Ritt auf einem spanischen Fohlen?«

Der Wirt rieb sich den verdächtig prallen Hosenlatz. »Ist sie noch versiegelt? Der nackte Hügel unbewässert?«

Pancheo nickte und befingerte den Leinenstreifen über der Scham des Mädchens.

Der Wirt seufzte. »Nun, solch eine Männerfalle bringt in der Domstadt genug ein, um gerecht zu teilen. Ich kenne gewisse Prälaten, die kindliche Unschuld über alles lieben und sie gern einer genauen Prüfung unterziehen. Mit ihren geweihten Kerzen.« Er lachte dröhnend.

Lunetta trat mit den Füßen aus und traf Pancheos Magengrube. Der Bärenzähmer holte aus und schlug ihr ins Gesicht.

Mit letzter Kraft kämpfte sich der Greis vor dem Zelt auf die Beine. »Lass das Mädchen los.«

Lunetta biss ihrem Peiniger in die Schultern. Pancheo schrie auf, warf das Kind zu Boden und legte sich mit seinem ganzen Gewicht auf seinen zarten Körper. Hilflos suchend schaute sich der Alte um. Die anderen Gaukler hatten sich abgewandt. Sie übten Kunststücke oder belauerten heimlich das Geschehen. Nur der Bär zerrte an seiner Kette.

Pancheo presste seinen Unterleib gegen Lunettas Scham, stützte sich mit den Armen ab und markierte Stöße. »Ein Domherr ist nicht gut genug? Dann werde ich ...«

Ein Schrei des Wirtes ließ ihn innehalten, dann fuhr die krallenbewehrte Tatze des Bären auf Pancheo hinab und zerfetzte die Haut seines linken Schulterblattes. Vor Schmerz jaulend rollte sich Pancheo von Lunetta herab. Sie sprang auf die Beine, griff nach ihrem Bündel und rannte über den Hof auf das Tor zu. Mit einem letzten Blick sah sie den Greis, der sterbend neben dem Karren zusammenbrach, von dem er den Bären losgekettet hatte.

Lunettas Beine gingen wie Trommelstöcke, der Atem strich in harten Stößen über ihre Rippen, während sie auf den Dom zujagte. Sie presste ihre Habseligkeiten an sich und schlug Haken um die Abfallhaufen der Leimsieder und umherlaufende Schweine. Sie lief ohne sich umzublicken. Sie lief um ihr Leben. Sie sah weder den weiß gekleideten Dominikanermönch, der ihre Flucht mit Interesse verfolgte noch den Henker, der neben ihm in den Hof der Schenke eilte. Dort spaltete der Scharfrichter mit seinem Beil dem Bären den Schädel und rettete so Pancheos Leben, das nichts weniger als gottgefällig war. Dem Dominikaner Aleander jedoch sollte es noch nützlich sein.

8

Sidonia ließ ihre Finger über einen Handschuh aus Schwanenleder gleiten.

»Das ist feinste Ware, mit Hühnermist gegerbt, weich wie Kükenflaum und mit Rosenöl beduftet«, versicherte der Kürschner. Er lehnte im Fenster seiner Werkstatt, vor dem ein Holzladen so hinabgeklappt war, dass er seine Werkstücke zur Straße hin ausstellen konnte.

Sidonia beachtete ihn nicht. Sie beobachtete den Eingang zum spanischen Haus. Sie hoffte, dort einen Bekannten des Vaters zu entdecken, den sie über neue Gäste befragen könnte. Vor der Eingangstreppe standen friesische, flämische und iberische Kaufleute in Grüppchen. Geldwechsler hatten ihre Bänke mit Rechentüchern aufgeschlagen, auf denen sie spanische Real, italienische Scudi oder flämische Gulden gegen rheinische Taler verrechnen und tauschen konnten.

Kurz streifte Sidonias Blick einen Mann mit dunkler Lockenmähne, der die Treppe des Hauses herabsprang. Die Sporen seiner Stiefel klirrten auf dem Stein und verrieten neben der dunklen Kleidung den spanischen Höfling. Seine Rechte umschloss einen Kurzdegen, den er an der Seite trug. Die Pluderhosen waren kurz, die Beinlinge darunter schmiegten sich eng an seine Schenkel, und sein Wams war in kaiserlichem Scharlachrot unterfüttert.

Sidonias Herz klopfte schneller, als ihre Blicke sich trafen. Fast schwarz waren die Augen des Fremden, der sich ohne Interesse abwandte. Konnte das der Ritter Löwenstein sein? Aber nein, tadelte sie sich. Adrian, hieß es, war blond. Blond und deutsch wie sein toter Vater, blond, wie sie es sich wünschte. Ein Siegfried, kein Geringerer. Herrje, wenn sie noch lange warten musste, würde sie sich dem nächsten Gecken an den Hals werfen. Denn ein Geck musste dieser schlanke Degenträger sein. Auf dem Rücken trug er eine zierliche Laute. Nervös griff sie nach einem weiteren Paar Handschuhe.

»Oh, die sind nichts für Euch, das ist grobes Hundeleder«, warnte der Händler laut, weil er glaubte, die Barettträgerin könne ihn bei dem Geschrei der Butter- und Käsehändler nicht verstehen.

Sidonia warf die Handschuhe auf die Ladenklappe zurück und stakste auf hölzernen Stelzenschuhen, die sie zum Schutz gegen den Straßenkot unter ihren Ledersohlen trug, zum Stand eines Lumpenhändlers. Der Handschuhmacher schüttelte den Kopf.

»Hundeleder ist ihr nicht gut genug, aber an Flohpelzen und verwanzten Hemden, die nur für Papiermacher taugen, findet sie Gefallen. Dumme Gans.«

Sidonia gab auf. Die Rathausglocken läuteten bereits zum Mittag. Seit mehr als zwei Stunden lief sie schon auf dem Heumarkt herum. Blieb nur das Rathaus. Dort tummelten sich immer Geschäftsfreunde des Vaters, um die Ansprache des Bürgermeisters zu hören, der Verordnungen gegen freilaufende Schweine und ähnlich nutzlose Beschlüsse zu verkünden hatte.

Sidonia raffte die Röcke und bahnte sich einen Weg zum benachbarten Alter Markt. Im Schatten des Rathausturms tummelten sich Marktleute, Kräuterweiber, Zahn- und Possenreißer. Kiepenkerle boten Pfingstbrezeln und Taubenpasteten feil. Die Luft war gewürzt mit den Gerüchen der Kölner Orient- und Drogenhändler, die im Laubengang unter dem Rathaus ihre Apotheken betrieben. Sidonias Laune besserte sich beim Anblick des Treibens.

Der Marktvogt schritt mit zwei Bütteln durch die Budengassen und kassierte Standgelder. Er prüfte Äpfel auf ihre Bissfestigkeit, erfrischte sich mit Dollbier und lauschte mit halbem Ohr, ob die Marktschreier nicht zu frevlerisch für die Kaufhäuser unter den Ratsarkaden warben.

»Zu Fettes Tünn kommt all gelaufen!
Da gibt es Schmalzkringel und Süßes
Für Kussmäulchen und Leckerschmecker,
nur nicht für Arsch- und Speichellecker.«

Das konnte man durchgehen lassen. Dem Volk gefiel es.

Rund um den Pranger lockten Drecksapotheker mit Wundermitteln von Skorpionöl bis Elefantenschmalz. Andenkenhändler warben für Pfingstkerzen und Heiligenbildchen. Ein Schwertschlucker fesselte Sidonias Aufmerksamkeit, als er auf einem Brunnenrand stehend eine Sarazenerklinge in seinem Schlund versenkte. Der Marktvogt, der unter einem Arkadenbogen Posten bezogen hatte, spendete Beifall, bis ein Mädchen ihn am Arm zupfte. Sidonia erkannte das Kind quer über den Platz – es war Lunetta.

Das Mädchen zog ein aufgerolltes Seil aus ihrem Bündel und erklärte dem Marktvogt mit Gesten ihre Absichten. Immer wieder zeigte es auf eine Gasse zwischen zwei Zunfthäusern, die sich in Sidonias Rücken erhoben. Am Ende nickte der Marktvogt. Lunetta zählte ihm Münzen in die Hand und tauchte in der Menge ab.

Sie flitzte direkt an Sidonia vorbei, doch bevor diese Lunetta aufhalten konnte, war das Kind schon in einer Schenke verschwunden. Sidonia kaufte sich eine Pfingstbrezel und beschloss zu warten. Als neben ihr Köpfe in die Höhe fuhren, schaute auch sie nach oben und hielt den Atem an.

Die kleine Bärenführerin balancierte hoch über dem Markt auf dem Hebearm eines Flaschenzugs, hatte eine Schlinge in ihr Seil geknüpft, holte aus, ließ das Seil kreisen und warf die Schlinge mit Schwung über einen Kranbalken am Nachbarhaus. Mit einem Ruck zog sie die Schlinge fest, straffte das Seil und verknotete das andere Ende an dem Balken, auf dem sie stand. Sidonia klatschte vor Aufregung in die Hände. »Wie wundervoll«, rief sie aus.

»*Maldito.* Sie wird sich den Hals brechen!«

Sidonia wandte sich um. Hinter ihr stand der spanische Degenträger, den sie kurz für ihren Ritter gehalten hatte. Seine schwarzen Augen glühten vor Zorn. Was für ein arroganter Spaßverderber!

9

Lunetta atmete tief ein und aus, so wie der Greis es ihr beigebracht hatte. *Atme ruhig und gleichmäßig, dann tanze auf das Seil, setze die Füße kreuzweise. Deine ersten Schritte müssen flink sein. Nur Mut.*

Das Mädchen schloss die Augen, der Lärm unter ihr versank. Lunetta beschwor das Bild einer Brücke. Nichts war schwer daran, eine Brücke zu überqueren. Sie riss die Augen auf und setzte den linken Fuß auf das vibrierende Seil, lief los. Das Seil schwang sanft nach beiden Seiten, mit einem Sprung rettete sie sich auf den gegenüberliegenden Balken. Seufzer und leiser Beifall waren ihr Lohn. Wollte sie allerdings mehr als ein paar Kupfermünzen einstreichen, musste sie nun einen Drehsprung oder Salto wagen. Lunetta holte wieder Luft.

Der Seiltanz war ihre einzige mögliche Verdienstquelle, denn selbst für das Recht zu betteln verlangte man in Köln Geld. Sie brauchte viel Geld, um Kleider zu erwerben, die anständig genug waren, um sich im Haus van Berck und bei Doña Rosalia vorzustellen. Einem zerlumpten Gauklerkind würde man dort gewiss die Tür weisen. Heiratsurkunde hin oder her. Kleider machen Leute, hatte ihre Mutter sie gelehrt, und das Leben der Mutter war der Beweis dafür gewesen, auch wenn die vornehmsten Kleider ihr am Ende nichts genutzt hatten. Nicht einmal ihr Brautkleid aus seidenem Bombasin. Es hatte lichterloh gebrannt wie eine Fackel. Heller Schmerz loderte in Lunetta auf, heiß wie eine Flamme. Nur nicht daran denken. Nie daran denken. Selbst der Traum von Flammen bedeutete Tod. Lunetta beschwor erneut das Bild einer Brücke, breitete die Arme aus, setzte den Fuß vor, verharrte wie schwebend für einen Moment über dem Seil.

»Ich muss sie herunterholen«, zischte im Publikum der Mann mit der Laute und wollte sich an Sidonia und den Schaulustigen vorbei zum Eingang der Schenke drängen.

Sidonia schüttelte den Kopf. »Die Kleine ist Seiltänzerin. Sie beherrscht noch ganz andere Kunststücke, ich sah gestern ...«

»Sie ist keine Seiltänzerin«, erwiderte der Fremde und schob Sidonia beiseite.

»Schaut nur, schaut«, schrie ein Gaffer. Sidonia und der Lautenspieler rissen die Köpfe hoch. Sidonia tat einen Schrei. Ein brennender Pfeil sauste auf das Kind zu. Lunetta wandte schlafwandlerisch den Kopf. Sie erstarrte. Darum also hatte sie eben an Flammen denken müssen. Ihre Ahnungen trogen nie. Lunetta hob abwehrend die Arme, krümmte sich und schwankte.

»Halt dich fest«, schrie Sidonia, während sie sich an der Seite des Lautenspielers durch die Menge kämpfte, um unter das Seil zu gelangen. »Verdammt, halt dich irgendwo fest!«

10

»Ein guter Schuss«, lobte Aleander, der sich neben Pancheo in einer Treppengasse auf der anderen Seite des Marktplatzes verborgen hielt.

Pancheo ließ seine Armbrust sinken und verfolgte mit zusammengekniffenen Augen die Bahn des Feuerpfeils. »Nicht gut genug.« Er spuckte aus. Ärgerlich rieb er seine von der Bärenpranke verletzte Schulter. »Ich habe sie verfehlt.«

»Das macht nichts«, sagte Aleander. »Sie stürzt ab.« Die Augen der Männer verfolgten Lunettas Fall. »Irgendwer hat sie aufgefangen!« Aleander starrte in die wogende Menge unter dem Seil. »Das kann sie nicht überlebt haben!«

»Sie ist die Tochter einer Hexe, *sí*? Die Nachtweiber können fliegen!«

Aleander schnalzte mit der Zunge, hob seine weiße Kutte, lief hinkend und mit schlappenden Sandalen die Treppe hinab. Pancheo warf die Armbrust fort und folgte ihm. Den Lohn für den Schuss wollte er in jedem Fall einstreichen und – sollte Lunetta überlebt haben – auch das Mädchen für sich fordern. Die Kleine und ihre Geheimnisse mussten eine Menge wert sein, wenn der hohe Inquisitor so erpicht auf ihren schnellen Tod war, statt einen Hexenprozess anzustrengen.

Unter dem Seil herrschte Gedränge. Der Marktvogt winkte von seinem Posten unter den Rathausarkaden zwei Gewaltrichterdiener herbei. Einer von ihnen war der Stadtsoldat Goswin.

»He«, rief der Marktvogt ihn an. »Dort vorne ist eine Seiltänzerin abgestürzt. Besser, Ihr schaut nach dem Rechten, der Pöbel ist aufgebracht und …«

Goswin wischte sich müde das Gesicht. »Ein totes Gauklerkind? Das kann warten, wir müssen dem Rat einen Leichenfund melden.«

Der Marktvogt hob die Augenbrauen. »Einen Leichenfund?«

Goswin nickte mit einem Anflug von Stolz. Es war eine ganz besondere Leiche. »In den Rheinmühlen hat sich der Körper eines Jakobspilgers verfangen und ein Rad zum Stillstand gebracht. Hing zwischen den Speichen wie ein Gekreuzigter.«

Der Marktvogt zuckte die Schultern. »Ach Gott, ein Betrunkener, der in den Fluss fiel. Man kennt doch diese Jaköbesse, verdingen sich in den schlimmsten Spelunken als Bierzapfer, erzählen wüste Reisegeschichten und trinken sich die Nase rot und blau.«

»Nun, die Nase fehlt dem Kerl«, erwiderte Goswin. »Genauer gesagt der ganze Kopf. Er wurde mit einem van Berck'schen Messer vom Rumpf getrennt, das wir auf einer niederländischen Koef fanden. Nebst einer verdächtigen Spielkarte. Lass uns durch, wir müssen Anzeige beim Rat machen. Ein Mord hat Vorrang vor einem Unfall.«

Der Marktvogt schüttelte erbost den Kopf. »Unfall? Man hat mit einem brennenden Pfeil nach dem Kind geschossen.«

Unschlüssig wandte Goswin den Kopf. Unter dem Seil auf der anderen Seite des Platzes hatte sich ein schreiender Pulk gebildet. Der Marktfriede war gestört. Krämer rannten von ihren Ständen fort, Bettler ließen ihre Schalen im Stich, Zahnreißer stiegen von ihren Brettergerüsten. Jetzt überquerte sogar ein Mönch mit wehender Kutte den Platz. Ein hinkender Mönch in Dominikanertracht. Goswin umklammerte seine Hellebarde und machte sich auf den Weg. Einem dieser elenden Schnüfflermönche, die überall ketzerische Umtriebe witterten und die Gerichtshoheit für sich beanspruchten, wollte er nicht das Feld überlassen.

Umringt von Schaulustigen knieten Sidonia und der Lautenspieler neben der bewusstlosen Lunetta. Gemeinsam war es ihnen gelungen, das Kind aufzufangen. Vorsichtig tastete der junge Mann das Mädchen ab.

»*¡Gracias a Dios!* Sie ist unverletzt«, murmelte er.

»Wer bist du, und wie willst du das wissen«, fragte Sidonia scharf.

»Mein Name ist Gabriel Zimenes. Ich bin Dolmetscher und Arzt«, antwortete der Fremde knapp.

»Ach ja? Und ein großes Maul und die Laute sind gewiss dein Handwerkszeug«, erwiderte Sidonia und versuchte den Körper des Kindes aufzurichten.

Der Lautenspieler packte sie beim Arm. »Was machst du da?«

»Ich werde sie in unser Haus schaffen und ihr einen Arzt besorgen, der über Chirurgenmesser, Leinenbinden und den Titel eines Medikus verfügt.«

»Scher dich zum Teufel, das Mädchen gehört zu mir.«

»Was fällt dir ein, so mit einer Kölner Bürgerin zu sprechen, du spanischer Quacksalber. Ich bin Sidonia van …«

Der Lautenspieler stieß sie fort und hob Lunetta auf. Mit dem Kind auf den Armen bahnte er sich eine Gasse durch die Schaulustigen, bis ein Hüne im Lederwams ihm den Weg verstellte.

»*¡Señor!* Die Kleine arbeitet für mich.« Pancheo streckte seine Pranken nach dem Mädchen aus. Der Bärenführer! Sidonia hielt gespannt die Luft an.

»Nie und nimmer, du Dreckskerl«, herrschte ihn der Lautenspieler Gabriel auf Spanisch an.

Pancheo lachte auf. »Dreckskerl? Von mir aus, aber ich bin keine Hure wie dieses Kind. Wenn du dein Vergnügen mit ihr haben willst, dann zahle. Sie ist es wert, ich habe es probiert.«

Sidonia holte entsetzt Atem.

»Dafür werde ich dich töten«, zischte der Lautenspieler.

Die Umstehenden beobachteten den Streit der Spanier mit wohligem Entsetzen. Der Hüne schlug mit der Rechten nach Zimenes' Schulter, doch der wich geschickt aus. Pancheo hob beide Fäuste. Sidonia sprang dem Lautenspieler zur Seite. Wortlos überließ er ihr das Kind, streifte die Laute von seinem Rücken und zog seinen Degen. Die Umstehenden bildeten einen Ring um die Kämpfer.

Mit dem Gebrüll eines Tieres, den Schädel voran, nahm Pancheo Anlauf und rammte seinen Kopf in die Brust Zimenes', der den Degen hochriss, weil er ihn nicht gegen einen Unbewaffneten richten wollte. Zimenes taumelte und rang nach Atem. Pancheo riss ihm – alles andere als ein Ehrenmann – den Degen aus der Hand, holte aus und stürmte wieder nach vorn.

Sidonia stellte ihr rechtes Bein vor, Pancheo stolperte, und der Degen entglitt ihm. Der Lautenspieler griff danach und richtete ihn auf seinen Gegner, der mit einem letzten Brüllen direkt in die Klinge fiel. Klatschen und Begeisterungsrufe wurden laut.

»Lasst mich durch! Was geht hier vor?«, setzte sich die Stimme Goswins gegen den Tumult durch. Sidonia erschrak, als sie ihren Widersacher vom Vortag erkannte, und zwängte sich – die leblose Lunetta fest an sich gedrückt – zwischen den Gaffern durch. Goswin erkannte sie aus den Augenwinkeln, stutzte beim Anblick ihrer vornehmen Gewänder und wollte ihr nachsetzen.

Ein Mönch stellte sich zwischen ihn und Sidonia, die dem Dominikaner über die Schultern einen Dankesblick zuwarf. Sehr helle Augen lächelten zurück. Sidonia registrierte das schöne Gesicht des Kuttenträgers und verschwand in der Menge. Der Mönch wandte sich gebieterisch an den Stadtsoldaten: »Schnapp dir den Mann mit dem Degen und der Laute. Er hat zugestochen. Alle haben es gesehen.«

Goswin zuckte, als er in das edle Gesicht des Dominikaners blickte. Verflucht, das war kein einfacher Predigermönch, sondern ein hoher Herr, wenn auch ein Auswärtiger. Der von ihm angezeigte Jüngling schien Iberer zu sein, genau wie sein am Boden liegendes Opfer. Verfluchtes Pfingsten, Störenfriede aus aller Welt trieben sich in Kölns Mauern herum! Gleichgültig. Den Befehlen des Dominikaners würde er nicht Folge leisten.

»Hier führe ich die Untersuchungen. Die Metze, der du eben zur Flucht verholfen hast, ist verdächtig, wahrscheinlich Hure.«

»Du sprichst mit einem Vertreter der Heiligen Inquisition, Kerl, und ich habe in Köln einiges zu erledigen, der Erzbischof selbst hat mir Handlungsfreiheit zugebilligt. Wie ist dein Name?«

Der Stadtsoldat biss die Zähne aufeinander. Zum Teufel! Den Stadtherren würde es nicht schmecken, wenn ein kleiner Torwächter wie er sich mit einem Inquisitor anlegte. Dem Rat lag daran, dem Erzbischof keinen Anlass zum Eingreifen in Kölns Belange zu geben.

Vor Jahrhunderten hatte man die Macht des Krummstabs abgeschüttelt und den Bischof nach Bonn verbannt. Der Vorwurf, Köln würde in Zeiten der lutheranischen Heckenprediger und Schwarmgeister einen Ketzerverfolger behindern, wäre dem Erzbischof ein willkommener Anlass, die Machtfrage neu zu stellen. Sogar Anlass, den in Spanien weilenden Kaiser und Lutherhasser Karl V. gegen Köln aufzubringen, das dem Kaiser alle Freiheiten als Reichsstadt verdankte. Goswin machte dem Dominikaner Platz.

Aber das Gespräch von Mönch und Soldat hatte dem Lautenspieler Zeit zur Flucht verschafft. Bereitwillig hatten die Gaffer dem Sieger des Zweikampfes eine Gasse gebildet und die Lücke hinter ihm geschlossen.

Der Lautenspieler lief zum Hafen hinab. Dort verlangsamte

er seine Schritte. Verdammt! Lieber wäre er auf dem Markt geblieben und hätte ein zweites Mal zugestochen. Ohne Zögern, ohne Kampf, ohne Erbarmen. Der Dominikaner verdiente keinen ehrenvollen Tod. Abstechen wie ein Schwein würde er Aleander, wenn er ihn zu fassen bekäme. Doch Rache war ein Gericht, das man kalt verzehren sollte und nicht im Beisein von Zeugen. So viel hatte ihn sein Dienstherr, der Ritter Adrian von Löwenstein, gelehrt. Ob Aleander ihn nach all den Jahren erkannt hatte? Dann wäre der Dominikaner nun gewarnt.

Gebe Gott, dass wenigstens Lunetta bei dieser Bürgergans in Sicherheit war. Wie war noch deren Name? Sidonia. Das musste genügen, um sie aufzuspüren.

11

Die Kunde vom Tod seines Reliquienhändlers erreichte Claas van Berck am nächsten Morgen. Ein Ratsherr berichtete vom Tod des Pilgers, dessen Kopf ein Lachsfischer aus dem Rhein gezogen hatte. Der Kaufmann zeigte sich betrübt und ging nach dem Besuch des Ratsherrn in seine Kapelle, um ein Gebet für seinen Pilgervertreter zu sprechen.

Andächtig betrat er den Raum mit dem Kuppeldach, bekreuzigte sich vor dem Altar und versank in die Betrachtung seiner Sammlung, die er dem Reliquienhändler verdankte. Zärtlich fuhr er über die Phiole mit dem Tropfen Muttermilch Mariens, streichelte den Halm vom Stroh der Krippe Christi und schlug das Kreuz vor dem ledrigen Leichnam eines der von Herodes ermordeten Kinder zu Bethlehem.

Ein päpstlicher Ablasshändler hatte ihm beurkundet, dass die andächtige Betrachtung dieser Schätze einem Christen gut 11 853 Jahre Fegefeuer ersparten. Wie viel zählte dann erst ihr Besitz!

Claas van Berck war sein Seelenheil so kostbar wie sein Kaufmannsglück, und beides war eng miteinander verknüpft. Zuletzt hatte er den Daumennagel einer der tausend heiligen Jungfrauen Ursulas an den Kölner Erzbischof übersandt. Daraufhin hatte man Lambert einen Frevel während der Ostermesse – er hatte den Hut aufbehalten, als das Sanctissimum emporgehoben wurde – verziehen.

Das Versöhnungsgeschenk an den Erzbischof hatte freilich Kölns Rat verärgert. Mit dem Bischof stritt man derzeit über die Steuerbefreiung des kölnischen Klerus, über dessen Recht auf abgabefreien Weinzapf und Bierbrauerei in Klöstern, über Seidenweberei, kostenloses Getreidemahlen und Handel.

Man wollte gegen die kirchliche Konkurrenz, die alle Preise verdarb, den Kaiser anrufen. Für die geplante Reise der Kölner Gesandten nach Spanien wiederum hatte van Berck einen ordentlichen Betrag ausgelegt. Claas grinste, die meisten Bürger waren zu dumm, das Spiel »Diener zweier Herren« zu spielen und dabei Meister zu bleiben.

Er kniete sich ächzend in eine Bank, faltete die Hände und senkte den Blick. Er stutzte. Was war das? Unter dem Altartuch lugte ein Stofffetzen hervor. Van Berck erhob sich schwerfällig und zupfte an dem Stoff. Es war eine Fahne, wie sie die Studenten und Handwerksburschen am heutigen Schützentag zur Stadt hinaustragen würden.

Mit einem Ruck zerrte van Berck das Tuch hervor. Es war ein Rest des flämischen Seidenbrokats, aus dem Sidonias Verlobungskleid geschneidert war. Van Bercks Gesicht nahm die blutrote Farbe der Fahne an.

»Lambert«, schrie er und riss die Kapellentür auf. »Komm sofort zu mir! Lambert! Du Hundequast, du Lumpensack.« Wer sonst außer seinem Sohn konnte hinter diesem Streich stecken?

Auf das Tuch waren mit groben Stichen Bildnisse von Gott und Teufel gestickt. Vor dem Allmächtigen flackerte eine Talgfunzel, vor Luzifer brannten zwei Kirchenkerzen. Ein Spottbild, das seit einer Weile in Köln kursierte, auf Klostermauern gemalt und ans Rathaustor genagelt wurde, um anzuzeigen, dass alles, was dort betrieben wurde, aus Eitelkeit und Gewinnsucht geschehe, aber nicht zu Ehren Gottes.

Was sollte diese Verhöhnung seiner Kapelle vor dem Pfingstfest, dem Geburtsfest der katholischen Kirche? Und das am Tag der Verlobung Sidonias im Beisein einiger der gewaltigsten Herrn der Stadt und der Kirche. Als ob er nicht schon genug

Scherereien hätte! Der Ratsherr hatte vorhin höchst anzügliche Bemerkungen wegen eines van Berck'schen Messers gemacht, das man nach dem Mord an seinem Jakobspilger gefunden hatte. Neben einer ketzerischen Orakelkarte.

12

»Öffne deinen Mund, Kind.« Sanft umfasste der Arzt, den man an seinem gelben Hut als Juden erkennen konnte, das Kinn Lunettas.

»Nun mach schon«, sagte Sidonia, »du kannst Meister Siebenschön vertrauen. Er ist der Leibarzt meiner künftigen Schwiegermutter und wird niemandem verraten, dass du bei mir bist.«

Sie saß auf einer Fensterbank ihres Schlafgemachs und mischte ein Kartenspiel. Im Hintergrund füllte eine Magd einen Zuber mit heißem Wasser. Auf einem Hocker lag ein seidenes Narrenkostüm in Kindergröße. Aufmunternd nickte Sidonia Lunetta zu. Das Mädchen öffnete den Mund.

»Hm«, sagte der Arzt. »Die Zunge hat man ihr nicht herausgerissen.« Er nahm einen Hornspatel und drückte sie herab. »Auch Kehle und Stimmbänder sind unversehrt.« Er streichelte dem Kind über das Haar und drehte sich zu Sidonia um. »Ich entdecke nichts, was ihr Stummsein erklären könnte. Allerdings gibt es Verletzungen der Seele … Nun, wer weiß, was dieses Kind erlebt hat. Die Welt ist für Bettlerwaisen ein grausamer Ort. Ihr gesunder Wuchs zeigt mir allerdings, dass sie nicht immer auf der Straße gelebt hat und gute Nahrung gewohnt war.«

Lunettas Miene verschloss sich. Hilfe suchend schaute sie Sidonia an, zu der sie seit ihrer ersten Begegnung im Hafen Vertrauen gefasst hatte. Ihre gestrige Rettung vor dem Dominikaner und dem Bärenführer schienen ihre freundschaftlichen Gefühle für die junge Frau mit dem munteren Gesicht zu rechtfertigen. »Vertraue deinem Schicksal«, hatte Padre Fadrique stets gesagt, »nur wer nichts und niemandem mehr vertrauen will, ist verloren.« Vertrauen erforderte Mut. Lunetta war kein furchtsames Kind.

Sidonia klopfte auf das Polster der Fensterbank, das Mädchen schlüpfte neben sie. Der Arzt packte seine Lupen und Hornspatel zusammen und wollte sich verabschieden.

»Auf ein Wort noch, Meister Siebenschön«, hielt Sidonia ihn zurück. Sie fächerte den Kartenstapel vor sich auf der Bank aus. Lunetta zog ihre Knie vor die Brust.

»Dieses Spiel hier trug das Mädchen bei sich. Habt Ihr eine Ahnung, wozu es dient?«

Der Arzt warf einen Blick auf die Bilder. Leise zuckte er zusammen. »Ich glaube, es heißt Tarock oder Tarot. Was dort vor Euch liegt, sind die 22 *trionfi* oder Trumpfkarten. Seht Ihr, die Karten haben Namen und sind von 0 bis 21 nummeriert. Man nennt die Bilder auch die großen Geheimnisse.«

»Und wie spielt man das Spiel?«

Der Arzt schaute sich nach der Magd um, doch die klapperte auf ihren Holzschuhen mit einer Wasserkanne zwischen dem Kamin und dem Zuber hin und her. Der Arzt senkte die Stimme: »Wenn ich Euch einen Rat geben darf, so versteckt die Karten oder verbrennt sie.«

»Sind sie jüdisch?«

»Nein, wiewohl sie Symbole unserer Lehren nutzen, und manch einer behauptet, dass das Wort Tarot aus dem Namen unseres heiligen Buches, der Tora, abgeleitet sei. Eine von vielen Spekulationen, denn ebenso werdet Ihr in den Bildern Kelche finden, die an das Abendmahl Eures Jesus Christus erinnern, daneben arabische Schriftzeichen und heidnische Elemente aus aller Welt, sogar aus Indien. Diese Karten vermischen alle Götter und Religionen, so als ergäbe alles zusammen den rechten Glauben.«

Religion! Sidonia schaute enttäuscht auf die Karten hinab. »Ach, es ist ein Spiel für Priester.«

Der Arzt schüttelte den Kopf. »Nein, es ist kein Spiel, und schon gar nicht für Eure Priester. Vor etwa siebzig Jahren brachten reiche Italiener diese Karten in Mode, sie lieben alles Antike und scheuen keine heidnischen Bezüge. Manche Gelehrte halten dieses Tarot sogar für eine Wissenschaft ähnlich der Astrologie, andere sagen, es sei nur für Menschen mit dem zweiten Gesicht zu verstehen. Eure Theologen halten die Bilder für Teufelswerk, weil viele damit das Schicksal deuten. Ein Orakel.«

Sidonias Augen leuchteten auf. »Das klingt spannend! Und was bedeutet dann diese Karte? Sie fiel mir beim Mischen in den Schoß. Sie nennt sich *La torre*.«

Sie hielt das Bild eines brennenden Turmes vor schwarzem Hintergrund hoch. Donner und Blitze umzuckten ihn und zersprengten seine Dachkrone. Menschen sprangen aus den Fenstern in ihren Tod. Lunetta wollte nach der Karte schnappen.

»Sag es mir«, bat Sidonia, »du weißt es.«

Der Arzt wiegte den Kopf.

»Man sagt, jede Karte zeige eine notwendige Station auf dem Lebensweg eines Menschen, der nach Einsicht in seine göttliche Bestimmung und sein Schicksal strebt. Wer den Rat oder die Warnungen der Karten anzunehmen weiß, wird seinen Platz in der Welt und Erleuchtung finden, heißt es. Ein brennender Turm ...«

»Sieht nach furchtbarem Unheil aus«, sagte Sidonia mit ärgerlich gerunzelter Stirn und schob die Karten zusammen.

»Auch Schicksalsschläge können heilsam sein«, bemerkte der Arzt vorsichtig. »Die Zahl 16 auf der Karte steht in der Kabbala für maßlose Gewinnsucht und Hochmut, die Gott so erzürnen wie einst der Turmbau zu Babel.«

Sidonia ließ die Karte fallen und schluckte. Gewinnsucht ...

Nein! Mit blitzenden Augen betrachtete sie den Arzt. »Unheil steht mir heute gewiss nicht bevor, ich feiere Verlobung.«

Der Arzt äußerte seine Glückwünsche und verabschiedete sich. Sidonia lief zum Zuber und tauchte die Hand in ihr Badewasser. »Danke Tringin, so ist es angenehm. Komm, Lunetta, wir nutzen das Wasser gemeinsam.«

Sie wechselte ihren Morgenmantel gegen ein Badehemd aus Batist und half Lunetta aus ihrem Leinenrock. Lachend spritzte sie das Mädchen mit Wasser nass.

»Nun komm, wir wollen einen hübschen Pagen aus dir machen. Du wirst die Überraschung des Abends werden, neben meinem Verlobten, versteht sich. Ich muss dir von ihm erzählen.«

Die beiden waren eben in das Wasser gestiegen, als von unten das Geschrei des Vaters ertönte. »Lambert! Lambert!«

Wenig später rüttelte es an der Tür von Sidonias Schlafgemach.

»Sidonia, mach auf. Ich muss rein.«

Lunetta tauchte entsetzt unter.

13

Die Magd öffnete auf Sidonias Geheiß einen Spaltbreit die Tür und unterbrach das Flüstern. »Ihr könnt nicht hinein, junger Herr, Eure Schwester nimmt ein Bad!« Lambert schob sich an der Magd vorbei und zog die Tür hinter sich zu.

»Gerettet«, rief er, als Lunetta prustend aus dem Wasser hochkam. »Wer ist das?«

Sidonia schlang einen Arm um das Kind. »Ein spanisches Gauklermädchen, das heute bei unserem Fest auftreten wird.«

»Du badest mit einem Bettlermädchen, also wirklich! Was, wenn sie eine Pest am Leib hat? Außerdem ist es schamlos.«

»Spar dir deine Tadel, sie ist kerngesund, sagt der Arzt. Was hast du wieder angestellt, dass Vater so brüllt?«

Der Schlaks grinste dumm. Sidonia schäumte einen Brocken Rindergallenseife auf und verteilte sie in Lunettas Haar.

»Wenn du es mir nicht verrätst, rufe ich Vater.«

Lambert ließ sich auf die Decken ihres Pfostenbettes fallen, das die Magd eben mit Korianderwasser gegen den Besuch von Flöhen imprägnierte. »Du bist eine Erpresserin«, maulte Lambert, »schick erst dein neues Spielzeug und Tringin fort.«

»Das Mädchen ist kein Spielzeug, Lambert. Außerdem ist sie stumm, sie kann keine Geheimnisse verraten. Sicher versteht sie nicht einmal unsere Sprache.«

Lunetta senkte den Blick.

Drohend trat die Magd Tringin ans Bett heran. »Geht, Herr Lambert. Ich muss Sidonia beim Ankleiden für das abendliche Fest helfen.«

»Das kann ich doch tun, geh du«, scherzte Lambert.

Tringin sog entsetzt die Luft ein. »Es schickt sich nicht, dass Ihr allein mit der Schwester auf der Mädchenkammer seid.«

Lambert schüttelte den Kopf. »Ts, ts, ts, Tringin, was für schmutzige Gedanken du in deinem Kopf hast! Könnte das daran liegen, dass du nachts allein mit unserem Vater auf seiner Schlafkammer bleibst, damit er dir beim *Entkleiden* hilft?«

Spielerisch haschte er nach den Röcken der Magd, ließ eine Hand darunter fahren und zwickte Tringin in den Schenkel. Die Magd sprang zur Seite, schüttete ihm das Korianderwasser über den Kopf und floh aus dem Zimmer. Lambert schüttelte sich. »Womit hab ich das wieder verdient! Ich hab zurzeit keine Flöhe.«

Sidonia strich Lunetta das nasse Haar aus der Stirn, dann ließ sie sich in die Wanne sinken.

»Du hast eine Maulschelle verdient, Lambert. Du weißt genau, dass Tringin kaum nein sagen kann, wenn Vater seine Lust an ihr stillen will.«

Lambert spielte mit den Fransen des Bettvorhangs. »Alles Heuchelei. Tringin gefällt doch, was Vater mit ihr tut, wie den meisten groben Weibern.«

»Was weißt du Milchbart schon von Frauen!«

»Genug! ›Darum hat das Mädlein ihr Pünzlein, dass es dem Mann ein Heilmittel bringt‹, sagt Luther.«

Sidonia richtete sich in der Wanne auf.

»Nimm den Namen dieses Leuteverführers nicht dauernd in den Mund. Du solltest dich schämen. Und Luther erst recht! Er ist doch Augustinermönch.«

Lambert legte den Kopf in den Nacken und lachte schallend. »Genau darum weiß er alles über verdorbene Menschen.« Würdevoll setzte er sich im Bett auf. »Wie er verabscheue auch ich ungezügelte Wollust. Nur im Stand der Ehe sollten Mann und Weib einander fleischlich erkennen.«

Sidonia unterdrückte mit Mühe ein Lächeln. »Welch löbliche Moral. Ich hoffe nur, Vater gibt Tringin ein paar Stechpfennige für die Nachtdienste.«

»Sidonia! So schamlos darfst du nicht reden, du darfst von diesen Dingen nicht einmal wissen.« Lambert schaute ehrlich entsetzt.

»Dann erwähne derlei Heimlichkeiten nicht vor einer jungen Braut. Und jetzt erzähl, was du verbrochen hast.«

»Leider nichts! Für den Umzug am Nachmittag hab ich für unsere Juristen-Burse eine antikatholische Fahne sticken lassen. Vater muss sie entdeckt haben. Es wäre ein Hauptspaß gewesen, sie durch die Stadt zu tragen. Die Kölner hassen die Heuchelei der Pfaffen. Der Mord an Vaters Reliquienhändler war ein Zeichen!«

Sidonia stand auf, das nasse Badehemd schmiegte sich um ihre Brüste, deren Spitzen keck hervorragten. Lambert errötete und wandte den Blick ab. Lunetta sprang aus der Wanne und schlüpfte in das Narrenkostüm. Sidonia lachte.

»Was bist du nur für ein aufgepusteter Frosch, Bruder! Fasse dich, ich bin bald verheiratet, und du solltest nicht mit Themen spielen, die für ein Bübchen drei Nummern zu groß sind.« Sie wickelte sich in ein Leinentuch, das Lunetta für sie entfaltet hatte, und stieg aus dem Zuber.

Lambert ballte die Fäuste. »Du denkst, du bist mir überlegen, weil du Vaters Liebling bist und seine Heiratspläne erfüllst.«

Sidonias Miene wurde kalt. »Bring dein Studium zum Abschluss, und nimm Anteil an Vaters Geschäften, dann wirst du mich als sein Liebling ersetzen.«

Lambert sprang vom Bett auf.

»Mir sind die Schacherei um Geld und Glanz und sein hohler Glaube ein Gräuel. Peter Fliestedten sagt, dass unter dem Deckmantel des Glaubens die dunkelsten Sünden begangen werden. Fliestedten ...«

»Wer ist Fliestedten?«, fragte Sidonia scharf und zog das Leinentuch eng um ihren Körper.

»Fliestedten ist Student der Theologie. Ein wagemutiger Geist, ein Lutheraner, kein doppelzüngiger Pfaffe.«

»Hat er dich auf die Idee mit der Fahne gebracht?«

»Nein, so was nennt er Humpelwerk. Fliestedten hat größere Pläne, die Köln aus seiner Trägheit aufwecken werden, so wie Wittenberg, Augsburg, Nürnberg ...«

»Vergiss große Pläne, vergiss sie ganz schnell«, warnte Sidonia, während Lunetta ihren Rücken trockenrieb. »Lies deine Bücher über die Halsgerichtsordnung und die Gesetze über das Ketzertum. Der Verdacht evangelischer Umtriebe in einem Kölner Haus genügt, um dem Henkerschwert zu verfallen und sein Vermögen zu verlieren. Treib es nicht zu weit, sonst wird Vaters Einfluss nicht reichen, um dich zu retten.«

Lunetta unterbrach ihre Bemühungen, stahl sich unbemerkt zur Fensterbank und griff nach ihrem Kartenspiel.

Lambert fluchte. »Ich pfeife auf seine Geschäfte und Verbindungen. Es muss Schluss sein mit der falschen Religion. Wo bleibt die christliche Nächstenliebe?«

Sidonia griff nach einem Hornkamm und fuhr sich mit wütenden Strichen durchs Haar. Lunetta hielt ihr einen Spiegel hin.

»Ach, Lambert, eben hast du unter Nächstenliebe verstanden, die Hand unter den Rock einer Magd zu schieben. Geh am Nachmittag zum Schützenfest, und kühle deinen Übermut beim Armbrustschießen auf den Holzvogel, damit kannst du Mädchen beeindrucken.«

Lambert stürmte zur Kammertür. »Du weißt nichts von dem, was mich und meine Gefährten umtreibt. Du bist oberflächlich und eitel. Heirate du nur den Herrn Adrian von Löwenstein.«

Klirrend ließ Lunetta den Spiegel fallen, der in hunderte Scherben zersprang.

Lambert wütete weiter: »Ich werde euch zeigen, was es heißt, furchtlos für Gott zu streiten. Noch heute Abend wird Köln in seinen Grundfesten erschüttert.«

Als sich die Tür hinter ihm schloss, wandte Sidonia sich tadelnd an Lunetta. »Der hübsche Spiegel!«

Das Mädchen stand zitternd vor ihr, ein trauriger Narr, der zwei Karten aus der seidenen Hose zog.

»Ach, Lunetta, wieder der Turm! Und was ist das?« Mit zusammengekniffenen Augen entzifferte sie den Namen der anderen Karte.

»*El sumo sacerdote*. Ist das eine Art Priester oder Mönch?« Lunetta nickte vage. Sidonia ging nachdenklich zu ihrem Bett, wo sie ein Büchlein entdeckte, das Lambert aus der Tasche gefallen war. Sie schlug es auf und stöhnte.

»*Vom Papsttum zu Rom*« las sie auf dem Deckblatt, darunter »*von Dr. Martin Luther*«, gedruckt zu Köln im Jahre des Herrn 1527. Der Drucker hatte darauf verzichtet, sein Zeichen ins Papier zu prägen. Seit acht Jahren herrschte strengste Zensur gegen alle reformatorischen Schriften in der Domstadt. Kölns Universität hatte die Schriften des Wittenberger Mönches als Erste verbrannt. »Papierhenker« und »Gedankenmörder« nannte der Drucker Pirckmann die Bücherwächter, die ihn um gute Verdienste brachten. Doch Luthers Schriften hätte er nicht zu verlegen gewagt. Mit heißen Fingern blätterte Sidonia in den Seiten.

»*Der Papst ist ein Sauhirte, seine Worte sind Blendwerk und Teufelsbuhlschaft … das Papsttum ist noch lange nicht genug zerscholten und zerschrieben!*« Sidonia ließ das Buch sinken. Lunetta betrachtete sie aufmerksam.

»Fürwahr«, flüsterte Sidonia, »das würde genügen, um unser Haus einstürzen zu lassen.«

Sie hatte die Gefahr, in die Lambert sich und die Familie brachte, unterschätzt. Sollte der brennende Turm sie warnen?

»Verdammt, ich muss diesen Esel aufhalten.« Heute Abend, hatte Lambert gesagt, würde Köln erschüttert. Sie musste mit dem Vater reden. Zorn stieg in Sidonia hoch.

Längst hätte ihr Bruder in das väterliche Geschäft einsteigen und reisen können, wohin es ihm beliebte. Antwerpen, London, Barcelona – überallhin hatte der Vater Verbindungen. Lambert könnte tätig sein, statt dumpf in Weinstuben zu hocken, wo Narren Reden über die Veränderung der Welt schwangen. Die Welt blieb doch auf ewig gleich, sie war kein Himmelreich, und Glück hatte nur, wer an der Spitze stand – so wie das Haus van Berck. Der Weg dorthin war schwer genug gewesen.

Sie schleuderte das Buch durch das Zimmer. Lambert war ein Taugenichts. Er hatte alle Freiheiten und ein eigenes Leben, sie konnte das ihre nur heiraten, obwohl ihr Verstand weit schärfer als der des Bruders war.

»Gebe Gott, dass Adrian von Löwenstein mir ein aufregendes Schicksal zum Brautgeschenk macht.«

Ein klagender Laut war die Antwort. Sidonia drehte sich zu Lunetta, die mit Tränen in den Augen vor ihrem Bett stand.

»Lunetta! Hast du meine Worte verstanden? Willst du mir etwas sagen? »

Lunetta nickte heftig und deutete immer wieder auf die Karte mit dem Hohepriester.

»Ich weiß, mein Kind, ich muss Lambert vor den Priestern schützen.«

Lunetta deutete mit dem Finger auf Sidonia.

»Ja, gewiss, und mich auch.«

Hatte das Kind böse Erfahrungen mit Kirchendienern gemacht? Rührte daher ihre tiefe Traurigkeit?

»Keine Bange, mir kann kein Mönch etwas anhaben und dir auch nicht, ich passe auf dich auf.«

Sidonia nahm das Mädchen in die Arme. Es benötigte Trost und Zuspruch. Genau wie ich, schoss es Sidonia durch den

Kopf. Seltsam, wie verzagt sie die Dummheiten des Bruders machten. Schluss damit. Heute würde sie der Mittelpunkt eines Festes sein, das den Beginn eines neuen Lebens bedeutete. Und endlich, endlich den Ritter sehen.

Einer Eingebung folgend lief sie zur Fensterbank und griff sich den Kartenstapel.

»Zieh mir noch eine Karte, Lunetta, ich will wissen, was mir der heutige Abend bringen wird.«

Widerwillig wählte das Mädchen eine Karte und drehte sie um. Sidonia klatschte in die Hände, als sie ein nacktes Paar erkannte, das Hand in Hand unter einem Engel stand, der segnend die Arme ausbreitete. »*Los enamorados!* Das heißt ›die Liebenden‹! Ich wusste es, ich wusste es. Ich werde meine Liebe finden! Der Ritter wird mein Herz entflammen.«

Lunetta senkte verwirrt und verzweifelt den Kopf.

14

Zwei Dutzend Fackeln tauchten den Hof des van Berck'schen Anwesens in Licht. Das Pflaster hatte der Kaufmann nach türkischer Sitte mit Teppichen belegen lassen. Teppiche! Auf dem Boden statt an den Wänden – wo gab es so was? In Venedig, aber nicht in Köln. Ein Spalier aus Pfingstrosen überdachte den Weg zum Wohntrakt und parfümierte die Abendluft.

»*Spero invidiam*« – ich hoffe, beneidet zu werden – stand in goldenen Lettern über dem Flügelportal, das ins Haus führte.

Von den Fenstern hingen Fahnen herab. Darunter ein seidenes Banner mit dem Wappen der Löwensteins. Eine Geldstrafe wegen Übertretung der Luxusgesetze war dem Rüstungskaufmann sicher. Darüber waren sich die Ratsherren Rinkenpfuhl und Schlosstedt beim Spaziergang über den Hof einig.

Sie hatten eben eine Unterredung mit dem Hausherrn über Claas' heimliche Importe niederländischen Pulvers in den Weinfässern eines Klosters beendet. Ein frecher Fall von Schmuggelei, mit der sich Wegezölle und Steuern umgehen ließen.

»Der Mann ist zu dreist«, zischte Rinkenpfuhl seinem Kollegen zu und nippte an einem Pokal Malvasier. »Unterwandert alle Einfuhrgesetze und scheut sich nicht, die Früchte seiner Betrügereien zur Schau zu stellen!«

Schlosstedt nickte bedächtig. »Immerhin lässt er der Stadt einen Anteil an seinen Gewinnen zukommen. 100 Goldgulden in Schuldverschreibungen, so viel hätte uns der Zollanteil auf das Pulver nicht eingebracht. Wir müssen an Kölns Gemeinwohl denken, die Zeiten sind schlecht.«

»Nicht für Claas van Berck«, schäumte Rinkenpfuhl, »schau dir seine Tochter an.«

Sidonia stand in einem roten Brokatgewand vor dem Hauptportal und begrüßte die Gäste. Ihr Mieder war so geschnürt, dass ihre Brüste wie auf einem Balkon ausgestellt schienen. Die neueste Mode bescherte Frauen eine Taille und betonte die Formen des Leibes. Ein Adelsfräulein – das sie noch nicht war – hätte das Tragen eines so freizügigen Kleides wagen dürfen – oder eine Hure. Neben Sidonia stand ein Mädchen in einem Kostüm, das an höfische Possenreißer erinnerte. Man konnte die Nachahmung von Adelssitten auch übertreiben.

Rinkenpfuhls Miene wurde grimmig. »Es ist zu widerwärtig, dass wir mit diesem Prahlhans um Abgaben feilschen müssen. Wer weiß, was er noch alles auf dem Kerbholz hat.«

Schlosstedts Stimme sank zu einem Flüstern herab: »Der Gewaltrichter verriet mir, dass im Zusammenhang mit dem Pilgermord ein Messer aus dem Haus van Berck gefunden wurde.«

Sein Kollege winkte ab: »Diese Messer sind überall in Gebrauch, darum ist der Mann doch so reich.«

»Dieses Messer trägt sein persönliches Wappen und – welche Hoffart – auch das Wappen der Löwensteins.«

Rinkenpfuhls Augen verengten sich zu Schlitzen. »Er lässt bereits Messer mit dem Löwensteinwappen schmieden?«

»Und verschenkt sie an Mörder«, ergänzte Schlosstedt.

»Ihr meint …? Nein, das macht doch keinen Sinn. Warum sollte er seinen Reliquienhändler ermorden lassen?«, rätselte Rinkenpfuhl.

»Vielleicht war es sein missratener Sohn, der zustach? Jeder weiß, dass er antikatholische Reden schwingt und Aufruhr will.«

»Den wir mit van Bercks Waffen würden niederkämpfen müssen«, schäumte Rinkenpfuhl. »Am Ende verdient er immer!«

»Er hätte also Interesse an einem bewaffneten Aufstand

gegen den Klerus«, trieb Schlosstedt seine Spekulationen auf die Spitze.

»Du meinst, der alte van Berck schürt heimlich den Pfaffenhass? Was für ein teuflischer Gedanke!«, frohlockte Rinkenpfuhl.

»Krieg ist sein Geschäft«, bemerkte Schlosstedt.

»Nun, um ehrlich zu sein, würde man sich fast wünschen, dass das Volk den Prälaten ein Feuerchen unterm Hintern anzündet. Vielleicht wären sie dann bereit, Steuern auf ihre Handelsgüter, Gewerbe und die testamentarischen Schenkungen zu zahlen. Wenn es so weitergeht wie jetzt, gehört der Kirche bald halb Köln, und wir verlieren allen Einfluss.« Rinkenpfuhl nahm einen Schluck aus seinem Pokal.

Schlosstedt konnte auch der Wein nicht beruhigen. »Das Volk ist unberechenbar, sein Zorn wechselt rasch die Richtung, und seine Treue zum Rat welkt schneller als Salatköpfe. Stell dir vor, Claas' Zunftgenossen erfahren von seinen Schiebereien und Bestechungen! Das Haus würden sie dem Kerl in die Luft jagen, und unseren Rat dazu.«

»Wenn uns Gefahr droht, werden wir van Berck schon die Hände binden. Wir wissen genug, um ihn als Sündenbock an den Pöbel zu liefern. Hier ist einiges faul! Er ist und bleibt ein Lumpenclaas.« Augenzwinkernd stießen die Ratskollegen ihre Pokale gegeneinander.

Ein Kanonendonner ließ die Herren zusammenzucken. Blutrot schwappte ihr Wein auf das Steinpflaster.

»Darf ich den Herren nachschenken«, fragte ein munterer van Berck, der wie aus dem Nichts hinter ihnen aufgetaucht war. »Prächtig. Prächtig. Jetzt ist der Vogel auf dem Neumarkt also geschossen, meine Freunde! Herrlicher Kanonendonner. Mein niederländisches Pulver hat beachtliche Sprengkraft. Die Flamen verfeinern es, indem sie ihr Wasser darüber abschlagen. Muss stark wie Pferdeharn sein, so wie es riecht.«

Rinkenpfuhl und Schlosstedt schnupperten.

Claas van Berck griff sich eine Fackel und deutete mit ausladender Geste auf den Gebäudetrakt in ihrem Rücken. »Im Lagerhaus hinter Euch verwahre ich einige Fässer davon. Staubtrocken.«

»Das ist gegen das Gesetz! Pulver darf nur im Zeughaus und außerhalb der Stadtmauern gelagert werden!«

Van Berck grinste. »Oh, keine Angst, die Fässer sind gut bewacht. Ich benötige sie, um meinen Kunden kleine Kostproben der Sprengkraft zu geben! Habt Ihr Interesse an einer Vorführung?«

Rinkenpfuhl und Schlosstedt entfernten sich hastig in Richtung Festsaal.

»Hasenfüße«, murmelte van Berck, »würde zu gern wissen, ob Ihr Euch auch darüber austauscht, wie viel ich jedem von Euch zustecken musste, damit Ihr Lambert einen Geleitbrief für die Mission zum Kaiser nach Spanien verschafft!« Lambert! Wo steckte dieser Nichtsnutz nur! Was Sidonia ihm am Nachmittag über ihn berichtet hatte, war mehr als ärgerlich. Köln in seinen Grundfesten erschüttern! Pah. Nun gut, Lambert würde bald nach Spanien reisen und ... Die schlanke Gestalt eines Fremden erregte van Bercks Aufmerksamkeit.

»Guten Abend, mein Herr. Helft mir auf die Sprünge, ich glaube, ich vergaß Euren Namen.« Claas van Berck warf dem Mann in spanischer Tracht einen lauernden Blick zu.

»*Buenas noches!* Mein Name ist Gabriel Zimenes, ich bin der Dolmetscher der Kölner Gesandten, die sich demnächst zum Kaiser nach Spanien einschiffen werden.«

Claas van Bercks Gesicht hellte sich auf. »Ah, vortrefflich. Ich muss Euch später meinem Sohn vorstellen, der an der Mission teilnehmen wird. Und Ihr müsst meinen Ehrengast, den Ritter Adrian von Löwenstein, kennen lernen. Er ist gerade aus Iberien heimgekehrt.«

Gabriel Zimenes' Gesicht nahm den Ausdruck vollkommener Verblüffung an: »Der Ritter von Löwenstein ist *hier?*«

»Ihr kennt ihn?«

»Wir hatten in Santiago de Compostela und später in der Neuen Welt miteinander zu tun.«

»Prächtig, prächtig! Nun, er hat sein Kommen angekündigt.« Claas van Berck wandte sich neuen Gästen zu.

Gabriel Zimenes blieb zurück. »*¡Imposible!* Das ist unmöglich«, flüsterte er. »Es ist unmöglich!«

15

»Lunetta, du gehst besser ins Haus.«

Sidonia fasste das Mädchen bei der Hand und zog es durch die Tür. Sie hatte Gabriel Zimenes im Gespräch mit dem Vater entdeckt. Was wollte der Spanier hier? War er gekommen, um ihr Lunetta wegzunehmen? Das Kind hatte ihn nicht bemerkt und folgte ihr. Sidonia drängte sich durch die Scharen von Gästen, die die Treppe zum Festsaal hinaufstiegen. »Verzeiht, werter Rinkenpfuhl, kann ich durch?«

Auf dem obersten Treppenabsatz entdeckte sie Doña Rosalia, vor der sich die vornehmsten Kölner und Kölnerinnen artig verneigten. Sidonia zog Lunetta zu sich heran. »Komm«, flüsterte sie, »an ihr müssen wir uns vorbeischleichen. Doña Rosalia ist bissiger als ein Fabeldrachen!«

Zu ihrer Verwunderung löste Lunetta ihre Hand aus Sidonias und stürmte auf die Witwe zu. Doña Rosalia schaute auf das Gauklermädchen im Seidenkostüm hinab und entdeckte dann Sidonia.

»Wer ist das?«, zischte sie Sidonia über die Köpfe der Gäste hinweg zu. Die raffte ihr Kleid und trat neben die Witwe.

»Meine Überraschung für Euren Sohn! Eine Spanierin, die allerlei Kunststücke beherrscht.«

»Eine Verlobung ist kein Mummenschanz, Sidonia! Ich werde das Kind auf meine Kammer bringen, wo es keinen Unsinn anstellen kann.« Energisch fasste sie Lunetta bei der Hand. Zu Sidonias Erstaunen folgte das Mädchen der Witwe willig. Was für ein undankbares Geschöpf! Wie konnte das Kind einer Frau wie Rosalia so eifrig Zuneigung zeigen! Sie hatte angenommen, dass das Kind ihr zugetan war und nicht beliebig seine Gefühle verschenkte. Beleidigt drehte sie sich um und prallte mit Gabriel Zimenes zusammen.

»*¡Perdón!* Ich glaube, wir hatten bereits das Vergnügen einer Bekanntschaft?«

Zimenes ließ seine Augen an Sidonias Gestalt hinabgleiten und zollte ihrer Erscheinung ein so hohes Maß an Bewunderung, dass es an Spott grenzte.

Wortlos wollte Sidonia an ihm vorbei, als ein Trupp Musikanten aus Trommlern, Zimbel- und Lautenspielern vor dem Saal zum Beginn des Festes aufspielte. Claas van Berck kam die Treppe hinaufgeeilt und verharrte bei Sidonia und Gabriel.

»Prächtig, prächtig! Ihr habt Euch bekannt gemacht? Nein? Nun, dies, Señor Zimenes, ist meine Tochter Sidonia.« Stolz legte er einen Arm um ihre Schultern. »Die Braut des Ritters Adrian von Löwenstein!«

Zimenes fuhr zu ihm herum. »Die Braut des Ritters«, stieß er hervor.

Claas van Berck nickte freudig, während er die beiden zum Festsaal schob. »Oh ja, oh ja. Ihr müsst als sein Bekannter zugeben, dass sie eine würdige Braut ist, nicht wahr?«

Zimenes hatte sich gefasst und verneigte sich. »Es steht mir nicht an, über eine solche Verbindung zu urteilen. Sie verwundert mich jedoch ein wenig.«

Sidonia warf ihm einen wütenden Blick zu. Was fiel diesem hergelaufenen Arzt und Dolmetscher ein, sie für unwürdig zu halten, einen Ritter zu heiraten! Wenn er wüsste, was ihr Vater gezahlt hatte, um diese Ehe zu sichern. »Eure Verwunderung ist nur zu natürlich. Ihr bewegt Euch sicher selten in der Welt vornehmer Menschen«, zischte sie.

»Herr Zimenes war mit dem Ritter auf Reisen«, warf ihr Vater hastig ein. »Sogar in der Neuen Welt!«

Sidonia warf hochmütig den Kopf in den Nacken. »Auch Galeerensträflinge und Pferdeknechte reisen in die Neue Welt. Wie ich hörte, braucht man dort sogar Hundeschläger und Rattenfänger.«

»Er ist Dolmetscher der Kölner Delegation, die zum Kaiser reist«, tadelte ihr Vater.

Sidonia zuckte die Achseln. »Wie schön, er kann das Geld für seine Dienste sicher brauchen.«

Gabriel fing ihren zornigen Blick auf und antwortete mit einer tiefen Verneigung, die Sidonias Wut nur noch vergrößerte. Fast schien es, als unterdrücke Gabriel Zimenes mit Mühe ein Schmunzeln, während er jetzt sprach.

»Nun, ich bin wirklich gespannt, was der Herr von Löwenstein selbst über seine Heirat sagt, wenn er kommt. Falls er kommt! Ist er schon eingetroffen?«

Claas van Berck schüttelte den Kopf. »Nein, aber eben ist ein spanischer Mönch an der Hinterpforte erschienen, der Nachricht über ihn hat.«

»Ein Mönch«, stießen Sidonia und Gabriel zugleich hervor. Zu Sidonias Erstaunen war Zimenes' Stimme mit einem Mal unangenehm scharf. Es schien gefährlich, ihn zu verärgern.

»Wo ist der Mönch?«, fragte sie ihren Vater.

»Er wollte zunächst mit Doña Rosalia sprechen und ist die Hintertreppe hinaufgegangen. Wir werden uns gedulden müssen.«

Sidonia raffte ihr Kleid, doch bevor sie in Richtung von Doña Rosalias Zimmer entwischen konnte, schob Claas van Berck sie und Zimenes in den Festsaal. Stimmengewirr und das Spiel der Musikanten empfing die drei.

Einige Gäste glaubten, dass es sich bei Zimenes um den Ritter handeln müsse. Seine Erscheinung war vornehm genug. Man verneigte sich in seine Richtung, einige Damen versanken im Hofknicks. Sidonia schlug nach Zimenes Arm, als dieser die Verbeugungen besonders hoheitsvoll beantwortete. Was war dieser Mann für ein Aufschneider und Betrüger! Und ärgerlicherweise stand sein Stolz ihm auch noch gut.

16

Mit ungläubigem Blick saß Doña Rosalia von Löwenstein auf ihrem Bett und studierte im Licht einer Altarkerze ein Pergament. Ein Wachssiegel hing von dem Schriftstück herab. Es trug das Wappen der Pilgerstadt Santiago de Compostela samt Jakobussarg und Himmelsstern. Abwartend stand Lunetta vor ihr.

Rosalia schaute zu Lunetta, dann wieder auf das Schriftstück. Ihre rechte Hand zitterte.

»Tatsächlich. Das ist Fadriques Unterschrift«, murmelte sie. »Padre Fadriques Unterschrift und die meines Sohnes.« Sie schlug die Hand vor ihren Mund. »Adrian ist also bereits verheiratet!« Lunetta nickte.

»Und du bist also ...«

Ein Klopfen unterbrach sie. Lunetta verbarg sich hinter einem Bettvorhang. Doña Rosalia hob die Kissen ihres Bettes und wollte das Pergament verstecken, als eine Stimme sie herumfahren ließ.

»Guten Abend, Mutter!«

»*Du?*«

Der Dominikaner, der in der Tür stand, lächelte. »Hast du jemand anderen erwartet?«

Lautlos schloss er die Tür, streifte die weiße Kutte ab und präsentierte sich in einem Samtgewand, auf dem das Wappen der Löwensteins prangte. Er drückte sich eine Kappe auf die Tonsur und glitt tiefer ins Zimmer.

»Gefalle ich dir so besser?« Sein Lächeln erstarb, als sein Blick an einem Altar hängen blieb, den eine Madonnenstatue und ein Krug mit grünem Weizen schmückten.

Er riss das Getreide aus dem Krug und zerriss es: »Weizen an Pfingsten? Hast du noch immer die verwerflichen Sitten deiner Vorfahren? Feierst du Schawuot?«

Doña Rosalia erhob sich. »Meister Siebenschön, mein Arzt, brachte mir den Weizen, er ist ein Freund …«

»Er ist ein Jude! Ein Jude. Du musst verrückt sein, Mutter, oder eine unbelehrbare Ketzerin!«

»Du weißt, dass ich getaufte Christin bin!« Doña Rosalia schlug schwach das Kreuz.

Lunetta wollte sich zur Tür stehlen. Der Dominikaner entdeckte sie, packte sie hart im Genick und versetzte ihr eine Ohrfeige.

»Nun, wer das hier ist, scheinst du bereits zu wissen, nicht wahr, Mutter?«

Die Witwe umkrallte das Pergament. »Wenn diese Heiratsurkunde echt ist, dann ist dieses Kind meine erste und einzige Enkeltochter!«

Der Mann in der Hoftracht schloss seine Hände fest um Lunettas Kehle. Das Mädchen schlug mit den Armen um sich.

»Leider ist diese Urkunde so echt wie die Kopie in Padre Fadriques Klosterarchiv von Santiago de Compostela. Aber die Folgen dieser Torheit werde ich beheben. Kein Bastard wird je den Namen von Löwenstein tragen.«

Weiß hoben sich seine schlanken Finger vom Hals Lunettas ab, während das Gesicht des Mädchens eine ins Blaue hineinspielende Farbe annahm.

Doña Rosalia schrie auf. »Du Teufel!«

17

Die Festgesellschaft stieß Laute des Entzückens aus, als ein Zug von Hilfsköchen die Gerichte des dritten Gangs hineintrug. Fisch und Geflügel. Begleitet wurde ihr Auftritt von der melodiösen Stimme des Küchenchefs, der in höfischer Manier die Namen der Gerichte ausrief.

»Poisson d'or.«

Mit Blattgold überzogene Aale, Lampreten und Barsche lagen auf einem Bett aus blau gefärbten Flussmuscheln. Es folgten kandierte Wachteln und mit Ingwer gespickte Hühner auf Tragbrettern, daneben Schüsseln mit Kohl, Mangold und Rüben.

Der Küchenchef holte Luft: *»Et maintenant, paon rôti à la mode de roi.«* Der nach Königsart gesottene Pfau war ein Augenschmaus besonderer Art. Man hatte ihm nach der Zubereitung sein Federkleid wieder aufgesteckt, die Augen durch Bernsteine ersetzt und den Schnabel mit Krapplack rot überzogen. Der Vogel wurde an der Stirnseite der zum Hufeisen aufgestellten Tafel aufgetragen und vor van Berck platziert. Der Küchenchef reichte dem Hausherrn ein blank gewetztes Messer und eine Vorlegegabel.

»Zu früh«, zischte der Kaufmann. »Der Ritter ist noch nicht da!« Er hob seinen Weinpokal zum Zeichen, dass die Gäste den Schmaus beginnen sollten, und fiel missmutig in seinen Lehnstuhl zurück.

»Vater«, flüsterte Sidonia, »du musst dieses Monstrum tranchieren, die lebenden Spatzen, die man in seinen Bauch eingenäht hat, werden sonst ersticken!«

»Sollen sie doch«, murrte Claas van Berck. »Ohne den Ritter sind die schönsten Überraschungen verschwendet. Wo bleibt er nur?«

Zimenes, der dem Hausherrn und dessen Tochter schräg gegenübersaß, verzog beim Anblick des Pfaus den Mund. Ihn ekelte schon lange davor, zu essen, was einmal gelebt hatte. Er hatte genug vom Tod gesehen, um dem Leben jeder Kreatur mit Respekt zu begegnen. Ein Tier zu schlachten, um es dann wie lebendig zum Mahl zu servieren, war scheußlich.

Der Ratsherr Schlosstedt, der neben ihm saß, registrierte Gabriels Miene mit Befriedigung. Mit gesenkter Stimme murmelte er. »Dem Kaiser würde solches Gepränge bestimmt nicht zusagen, oder? Er ist ein strenger Christ, heißt es, und sein Hauslehrer, der verstorbene Papst Hadrian, aß sein Leben lang nur Gemüsebrühe. Aber schaut nur diese Sidonia! Sieht aus, als neide sie dem Pfau die Federn. Was für eine eitle Weibsperson.«

Zimenes' Miene verschloss sich: »Der Kaiser ist ein Freund der Tafelfreuden. Seine Narren lässt er gern Vertilgungsspäße vorführen. Dreißig Taubeneier verschlingen sie auf einen Satz«, sagte er kalt. »Und die Tochter des Kaufmanns braucht kaum Konkurrenz für ihre Erscheinung zu fürchten.«

Sidonia stach die Spitze des Tranchiermessers in den Vogelbauch und schlitzte ihn auf. Tschilpend schlüpften Spatzen hervor und schüttelten ihr Gefieder. Erstaunte Rufe wurden laut, als eine Wolke von Vögeln durch den Saal schwirrte. Mitleidig beobachtete Sidonia die Tiere, als Gabriel über seinen Tisch setzte und sich den Umhang von den Schultern riss. Mit dem Mantel und seinem Degen trieb er die Vögel auf ein unverglastes Bogenfenster zu. Ein Teil von ihnen konnte sicher entkommen.

Gabriel Zimenes verneigte sich in Sidonias Richtung, als habe er seiner Minnedame einen Dienst erwiesen. Die weiblichen Gäste verfolgten es mit neidischem Beifall. Einige mutmaßten noch immer, dass es sich um den Ritter von Löwenstein handeln müsse, dem es gefiel, eine Maskerade aufzuführen. Ritter waren extravagante Naturen. Weniger romantisch veranlagte Gäste machten sich Gedanken über die wahren Gefühle der Kaufmannstochter und die Abwesenheit des Verlobten.

Verärgert über die Dreistigkeit von Zimenes sprang van Berck auf. Er gab den Spielleuten auf der Galerie ein Zeichen, zum Tanz aufzuspielen. Er musste den Schmaus und die Gelegenheit zu weiterem Getuschel unterbrechen, um die Festgesellschaft von diesem Spanier abzulenken. Sidonias vorhin gezeigte Abneigung gegen diesen Zimenes schien nicht unbegründet. Jetzt strebte Gabriel Zimenes auf den Tisch van Bercks zu und streckte seine Hand in Richtung Sidonias aus.

»Wie kann er es wagen, er ist wirklich unmöglich«, raunte Claas van Berck seiner Tochter zu, doch die lief hinter dem Tisch hervor und ergriff Gabriels Hand.

Andere Paare nahmen dies zum Zeichen, um sich zu einem Schreittanz in der Mitte des Saales aufzureihen. Sidonia stellte sich dem Spanier gegenüber. Zu den Takten einer Pavane schritten sie aufeinander zu, umkreisten sich mit gemessenen Schritten, berührten einander bei den Fingerspitzen und durchschritten das Spalier der Paare.

»Ich sehe, Ihr habt ein Herz für leidende Kreaturen«, flüsterte der Spanier Sidonia zu, ohne ihr das Gesicht zuzuwenden. »Und wisst mit einem Messer umzugehen.«

Sidonia hielt die Augen ebenfalls starr geradeaus gerichtet. »Spricht das Messer für mein Herz?«

»Mehr als Eure Worte. Genau wie Euer gestriges Eintreten für die Seiltänzerin. Wo habt Ihr das Kind hingebracht?«

Sidonia ließ seine Hand los und reihte sich, am Ende des Menschenspaliers angekommen, wieder unter die Damen, während Zimenes ihr gegenüber seinen Platz einnahm. Endlich trieb die Musik sie wieder zueinander hin.

»Nun, wo ist Lunetta?«

»In Sicherheit.«

»Nicht, solange Euer Ritter nicht erscheint! Ein ausgesprochen unpünktlicher Gast.«

Sidonia schnappte nach Luft. Wieso machte dieser Spanier sich ständig über sie und ihren Bräutigam lustig? Gerade noch war sie bereit gewesen, Gabriel zu verzeihen, weil er die Spatzen gerettet und die langweilige Festgesellschaft mit so unverfrorener Eleganz aufgestört hatte. »Warum spottet Ihr über Adrian von Löwenstein? Und was hat der Ritter mit dem Kind zu tun?«

»Ich spotte nicht über *Adrian von Löwenstein!*«

»Also spottet ihr über mich!«

Die Tanzordnung trieb sie auseinander, bevor Gabriel Zimenes antworten konnte. Ungeduldig stieß Sidonia die Dame beiseite, die an der Reihe war, sich mit Gabriel zum Kreistanz zu vereinen, fasste ihn bei den Händen und zog ihn zu sich heran.

»Das«, sagte Zimenes schmunzelnd, »verstößt gegen die Tanzordnung und jede Regel des Anstands, junge Dame. Man wird annehmen, Ihr hättet Interesse an mir. Schickt sich das für eine verlobte und wie ich hoffe verliebte Braut?«

»Es reicht. Was bildet Ihr euch ein! Ihr seid ein dummer kleiner Quacksalber. Ich habe an keinem Mann Interesse außer an Adrian von Löwenstein!«

»Davon rate ich dringend ab«, flüsterte Gabriel. Er beugte sich zu ihr hinab. Seine ernste Miene ließ Sidonia verstummen. »Hört ihr? Vergesst den Ritter. Er kann Euch nicht glücklich machen. Niemals. Und nun verratet mir, wo ich Lunetta finde, das ist alles, was ich von Euch will.«

Das Ende des Tanzes gab Sidonia die Gelegenheit, sich ohne Antwort von Zimenes zu entfernen. Verwirrt schritt sie zu ihrem Platz zurück. Warum hatte der Spanier so eindringlich auf sie eingeredet?

Wieder nahm der Küchenchef seinen Posten beim Eingang ein, um Gerichte anzukündigen. Ein süßer Zwischengang stand auf seiner Liste. Doch bevor der erste Knecht ein Tablett hineintragen konnte, schlüpfte Lambert an ihm vorbei in den Saal. Verstohlen nahm er an der Tafel Platz und bemühte sich, die Blicke seines Vaters zu ignorieren.

»*Cerises sautées avec fleur d'oranger*«, kündigte der Koch gedünstete Kirschen mit Orangenblütenaroma an. Wieder strömten Diener hinein. Bei dem letzten stutzte der Koch und zog die Wachstafel unter seiner Schürze hervor, auf der er die Speisenfolge notiert hatte. Der Bursche war zu viel. Und die namenlose Speise, die er unter einer Zinnglocke verborgen hatte, ebenfalls.

Der Koch wollte hinter dem Knecht her, aber der hatte bereits die Mitte des Saales erreicht und wurde bewundert. Auf der Zinnglocke klebten Altarkerzen. Weiße Rosen und kandierte Veilchen bildeten einen Kranz um die Glocke. Mit geradem Rücken hielt der Knecht auf Claas van Berck zu.

Sidonia beobachtete es mit wachsendem Entsetzen. Gabriel Zimenes' Warnung hatte sie verwirrt, und ein Blick auf Lambert, der unruhig auf seiner Bank hin und herrutschte, ließ eine böse Ahnung in ihr hochsteigen. Etwas war völlig falsch an diesem Fest, an diesem Abend.

Der Kaufmann sah den Diener mit der Zinnglocke nicht kommen. Er war in die Tadel vertieft, die er Sidonia erteilte, weil sie mit Gabriel getanzt und ihn sogar vor aller Augen an sich herangezogen hatte. Erst als das Tablett vor dem Kaufmann abgesetzt wurde, schaute er auf. Seine Gäste erwarteten eine weitere Überraschung. Alle blickten gebannt auf die Zinnglocke. Von fern schlug Sankt Kolumba die elfte Stunde.

Claas van Berck blies nachlässig die Altarkerzen aus. Sidonia streckte impulsiv die Hand vor, wollte nach der seinen greifen, doch van Berck schüttelte sie ab und hob mit Schwung die Zinnglocke.

Schreie wurden laut.

Ein Domherr sprang von seinem Stuhl auf: »Das ist übelste Ketzerei! Gotteslästerung! Wo ist der Gewaltrichter? Er muss sofort einschreiten.«

Claas van Berck starrte auf die Platte hinab. Sidonia erbleichte. Unter der Zinnglocke lagen auf einem Wappentuch der Löwensteins die abgehackten Hände eines Menschen. Sie waren wie zum Gebet um einen Rosenkranz aus Goldmünzen gefaltet, am Ringfinger der linken Hand steckte ein Brautring. Langsam hob der Kaufmann seinen Blick. Seine Augen suchten Lambert, die Augen der anderen Gäste folgten seinen.

Doch noch bevor alle den Jüngling ausgemacht hatten, der mit entschlossener Miene aufgestanden war, ertönte ein ohrenbetäubender Knall. Alle Köpfe fuhren zur Tür herum, die vom Druck einer Explosion in den Saal geschleudert wurde. Schreiend und in Panik sprangen Männer und Frauen von der Tafel auf, warfen die Bänke um, flohen nach allen Richtungen und versuchten der Rauchwolke zu entkommen, die schwarz in den Raum quoll.

Brandgeruch lag in der Luft. Schon erklang die Feuerglocke des Hauses, Knechte schrien nach Wasser. Gabriel Zimenes zögerte nicht. Er tränkte den Saum seines Umhangs mit Wein, hielt sich den feuchten Stoff vor Mund und Nase und kämpfte sich durch Menschen und Rauch bis zur Tür. Hustend erteilte er umherirrenden Knechten Befehle.

18

Weit nach Mitternacht saß Claas van Berck hinter dem Schreibtisch seines Kontors. Der rotblonde Haarkranz stand wirr von seinem Kopf ab. Der Geruch verkohlten Holzes schwängerte die Luft. Die Magd Tringin reichte ihm einen Becher mit gewürztem Wein. Sidonia gab der Magd ein Zeichen, sich zurückzuziehen, und nahm deren Position an der Seite des Vaters ein. Sie streichelte seine Schultern.

»Es ist alles verloren«, jammerte van Berck. »Alles verloren durch die Streiche meines Sohnes!«

»Ruhig, Vater«, sagte Sidonia. »Es ist nicht alles verloren. Das Feuer hat nur die Kapelle zerstört. Die Pulvermenge war sehr gering. Niemand wurde verletzt. Es hätte uns schlimmer treffen können!« Viel schlimmer, wenn nicht Gabriel Zimenes so beherzt wie umsichtig die Löscharbeiten befehligt hätte. Er schien stets in Momenten größten Unglücks aufzutauchen, um den Retter zu spielen. Ärgerlich schob Sidonia die Gedanken an den Spanier beiseite.

Van Berck hob den Kopf. »Wie viel schlimmer könnte es noch sein? Halb Köln hat gesehen, was Lambert getan hat. Bislang konnte ich seine Ungehörigkeiten vertuschen, aber morgen wird die Stadt wissen, dass mein Sohn ein Ketzer ist!«

Sidonia biss sich auf die Lippen. »Noch hat niemand einen Vorwurf erhoben. Ihm blieb keine Zeit, Reden zu halten.«

»Seine Taten sprechen deutlicher als Worte! Sein Vaterhaus und meine Gäste wollte er in die Luft sprengen. An deinem Verlobungsabend!«

Protestierend schüttelte Sidonia den Kopf. »Lambert beteuert, dass er kein Pulver in der Kapelle versteckt hat. Er wollte uns lediglich mit den blutigen Händen verärgern. Außerdem war er bei der Explosion im Saal. Keine Lunte hätte so lange gebrannt, wie er bei uns saß. Ich glaube ihm.«

Der Kaufmann setzte seinen Weinbecher ab. »Wie kannst du diesem Lumpensack nur ein Wort glauben? Mir die abgehackten Hände eines Diebes vorsetzen zu lassen! Einen Brautring aufzustecken! Und die Reliquiensammlung, um die mich selbst der Erzbischof beneidete, ist zerstört. Das ist ein Werk Satans! Lambert ist besessen. Vielleicht hat er gar meinen Reliquienhändler umgebracht.«

»Vater!« Sidonia wich vor ihm zurück. »Wie kommst du darauf?«

»Man fand eines meiner Messer an Bord des Schiffes, mit dem der Pilger in Köln eintraf, und hat mir deshalb bereits weitere Untersuchungen angedroht.«

»Deine Messer sind überall in Gebrauch. Auch ich trage stets eines bei mir.« Sidonia schlug sich die Hand vor den Mund.

Claas van Berck hatte kaum hingehört. »Und mit dem Dolch fand man eine ketzerische Karte, die der Gewaltrichter noch nicht zu deuten weiß. Er will deshalb das geistliche Gericht einschalten.«

Sidonia sah auf. »Eine Karte?«

Wortlos wirbelte ihr Vater eine Spielkarte über den Tisch und stürzte einen weiteren Becher Wein hinab. Sidonia ergriff die Karte und erbleichte. *El carro* hieß das Bild. Doch weniger als über den Streitwagen erschrak sie über das Gesicht des Wagenlenkers. Der Heros mit den Mondflügeln erinnerte an einen Mann, den sie kannte und inzwischen fast fürchtete: Gabriel Zimenes. Als sie die Karte umdrehte, wuchs ihr Erstaunen.

Lunetta stand dort mit Kinderhand geschrieben. Was konnte das bedeuten?

Claas van Berck fuhr mit schwerer Zunge in seinen Klagen fort: »Lambert ist die Pest unseres Hauses. Ich muss und werde ihn morgen selber dem Gewaltrichter übergeben. Der Herrgott verlangt ein so großes Opfer von mir, wie er es selbst brachte. Den eigenen Sohn, den eigenen Sohn!« Müde strich er sich über die Augen.

Sidonia kniete neben seinem Stuhl nieder. »Vater, er ist doch nur ein dummer Junge. Der Schock über den heutigen Abend ist ihm mächtig in die Glieder gefahren. Lambert hat mir versprochen, nach Spanien zu gehen, er will sich bessern, er ...«

»Es ist zu spät«, stieß van Berck hervor. »Nur indem ich Lambert opfere, kann ich unser Haus retten. Vielleicht kann ich ihn vor der Folter schützen und eine ehrenvolle Hinrichtung mit dem Schwert bewirken.« Wieder wischte er sich über das Gesicht. »Dieser Rauch zwingt mir Tränen in die Augen.«

»Vater. Du musst ihn nicht ausliefern. Der Gewaltrichter ist bekannt für seine Bestechlichkeit. Mit seiner Hilfe lässt sich der Verdacht auf irgendwelche lutheranischen Aufrührer lenken, die es eben auf einen so gläubigen Kölner wie dich abgesehen haben. Lambert erwähnte einen Prediger Fliestedten, der Brandreden schwingt und dem die Leute folgen wie der Faden dem Weberschiffchen. Man kann ihn sicher dingfest machen.«

Triumphierend schaute sie ihrem Vater ins Gesicht, diese Argumente mussten ihm doch einleuchten! »Wenn man es richtig betrachtet, ist es eine Ehre, dass dein Haus im Beisein vornehmer Gäste angegriffen wurde! Am letzten Pfingstfest hat man einen Prälaten ermordet!«

»Der war ein wüster Hurenbock!«

»Wen kümmert das? Die wenigsten Priester achten das Zölibat. Du befindest dich durch den Angriff auf dein Haus in bester Gesellschaft.«

In Claas van Bercks Augen glomm die alte Siegesgewissheit auf, doch dann schüttelte er resigniert den Kopf. »Ach, Kätzchen, du bist gewitzt, aber der Gewaltrichter hat bereits seine Forderungen gestellt, und die werden mich ruinieren.«

Sidonia öffnete verblüfft den Mund. »So hoch kann die Summe nicht sein. Vielleicht fünfzig rheinische Gulden.«

Claas van Berck erhob sich steif und ging zum Fenster. »Er will 200 Goldgulden und verbot mir, die Stadt zu verlassen, bis er die Untersuchungen abgeschlossen hat! Er würde sie sehr lange ausdehnen, um mich eine ganze Weile zu melken. Es hilft nichts, ich muss Lambert anzeigen.«

»Der Gewaltrichter ist ein ekelhafter Erpresser!« Sidonia schüttelte sich. »Man muss seine Machenschaften öffentlich anprangern!«

Van Berck zuckte mit den Achseln. »Unmöglich. Ich habe zu lange von seiner Bestechlichkeit und der des Rates profitiert. So läuft das Geschäft.«

»Dann musst du die verlangten Summen eben aufbringen.«

»Das ist schwerer, als du denkst, Sidonia. Das Fest und die Vorbereitungen zu deiner Hochzeit, der Geleitbrief nach Spanien für Lambert ...« Van Berck schüttelte den Kopf. »Meine flüssigen Mittel sind derzeit knapp, und die Kredite, die ich vielen Kölner Kaufleuten gewährt habe, wird mir keiner zurückzahlen, solange der Verdacht der Ketzerei auf unserem Haus liegt.«

Er lachte trocken. »Man wird mit mir wie mit einem Juden verfahren. Alle werden sich fein zurückhalten und meinen Untergang befördern, denn damit wären auch alle Schuldscheine erledigt. Mir, dem Vater eines Erzketzers, darf man Geld ruhig schuldig bleiben. Und lohnende Geschäfte wird jetzt auch keiner mit mir machen.«

Sidonia schaute ihn ernst an. »Es muss eine Möglichkeit geben, wieder an Geld zu kommen!«

Claas van Berck wandte sich zu ihr um, sein Gesicht ließ zum ersten Mal den kraftlosen Greis erahnen, der er einmal sein würde.

»Ich habe meine Hoffnungen und mein Vermögen auf deine Heirat gesetzt. Und nun taucht der Ritter nicht auf. Doña Rosalia hat sich in ihrem Zimmer eingesperrt und will mir nichts über die Nachrichten des Mönches sagen, der bei ihr war. Du weißt, wie fromm sie ist! Sicher hat sie ihren Sohn durch ihn warnen lassen. Die Einheirat in eine Ketzerfamilie ist für ihn unmöglich. Ach, Sidonia, vielleicht hattest du Recht, wir hätten uns mit einem Kölner Kaufmannssohn zufriedengeben sollen.«

Sidonia ließ sich in einen Lehnsessel fallen. Nein, sie wollte nicht Recht haben. Nicht in diesem Fall. »Der verdammte Ritter hat sein Kommen zugesagt! Er muss mich heiraten, dann wird alles gut! Einer Sidonia von Löwenstein und ihrem Vater oder Bruder wird man keine Ketzereien oder Verbrechen zur Last legen. Du hast selbst gesagt, dass die Löwensteins Verbindungen zum Kaiser haben. Vater, der Ritter ist unsere Rettung!«

Claas van Bercks Schultern sanken wieder herab: »Nach den Geschehnissen des heutigen Abends wird der Graf von Löwenstein kaum noch einen Fuß über die Schwelle meines Hauses setzen.«

»Dann musst du ihn zur Heirat zwingen! Vertrag ist Vertrag.« Sidonia stampfte mit dem Fuß auf.

»Wie denn? Ich kann mich derzeit kaum an einen Richter wenden. Man würde meine Zwangslage erkennen. Niemand hilft einem Erfolglosen.«

Zornig fegte der Vater Kontobücher und Briefschaften vom Tisch. Seine Stimme steigerte sich zu gellendem Geschrei. »Ich bin verloren! Endgültig verloren. Ich bin und bleibe der kleine Lumpenclaas, das Gespött von Köln.«

Sidonia sah entsetzt, wie der Vater einen weiteren Becher Wein hinabstürzte und wieder im Stuhl hinter dem Schreibtisch zusammensackte. Ein gefällter Riese. Nie hatte sie ihren Vater so mutlos gesehen. Sie musste eine Lösung finden. Sie musste!

19

Noch immer nachdenklich saß Sidonia auf ihrem Bett. Sie hatte sich entkleidet. Im Mondlicht, das durch die Fenster fiel, drehte sie Lunettas Karten in der Hand. Was hatte der Wagen zu bedeuten? Warum sah der Mann darauf aus wie Gabriel Zimenes, und warum hatte man die Karte bei dem Pilger gefunden? Hatte er etwas mit Lunetta zu tun? Kannte das Mädchen den Mörder? Wie gerne hätte sie die Gauklerin dazu befragt, doch die schlief bei Doña Rosalia.

Schaudernd fuhr Sidonia nun mit den Fingern über das Bild des explodierenden Turms. Wie leichtfertig sie die Warnung der Karte in den Wind geschlagen hatte! Es war gekommen, wie der jüdische Arzt gesagt hatte: Zu große Gier hatte das Haus ihres Vaters zum Einsturz gebracht. In seiner verworrenen Art hatte Lambert gegen die Gewinnsucht rebelliert und nach Idealen gehungert, während sie ihre Privilegien genossen hatte.

Wie viel hatte sie sich auf ihren Verstand eingebildet, ihre Stellung in der Welt, und wie wenig hatte sie auf die Sprache des Herzens gelauscht. Sie war am Schicksal der Familie so schuldig wie der Vater und machtlos, es zu ändern. Lambert würde für ihren Hochmut mitbezahlen. Nun ja, beruhigte sie sich selbst, sie war beinahe machtlos. Da war noch die andere Karte, die Lunetta gezogen hatte. Die Liebenden. Wenn nur der Ritter käme, dann würde ihr schon etwas einfallen, um ihn zur Heirat zu bewegen!

Und wenn er nicht käme? Dann würde sie ihn finden und zwingen, sie zu heiraten. Sidonia reckte ihr Kinn. In ihr loderte noch immer die Entschlossenheit einer van Berck! Sie würde ihren Vater und ihren Bruder retten. Jedes Mittel war dazu recht. Sidonia faltete die Hände und sprach zornig ein Bittgebet an den Mond. Es war schrecklich, dass ihr nichts blieb außer abzuwarten, es war schrecklich, ein Weib zu sein.

Sie schob die Karten zusammen und begann sie zu mischen. Vielleicht würden sie ihr verraten, wo der Ritter war und wie sie einen Weg zu ihm finden konnte. Sie zog eine Karte, doch bevor sie sie umwenden konnte, legte sich eine Hand auf ihre nackte Schulter. Entsetzt wollte sie aufschreien, als die Hand ihr den Mund verschloss.

»*Buenas noches*, Señorita Sidonia.«

Zimenes, durchfuhr es sie! Sidonia riss die Augen auf und sah den schwarzen Stoff eines Samtärmels. Langsam lösten sich die Finger der Hand, die über ihrem Mund lagen. Sidonia sprang vom Bett auf und wirbelte herum. Nein, es war nicht der Degenträger, sondern ein Mann in höfischer Tracht, der sich hinter ihr aufrichtete. Blonde Haare quollen unter seiner Kappe hervor. Seine hellen Augen fuhren an ihrer nackten Haut hinab, die im Mondlicht silbern leuchtete.

Erschrocken ließ Sidonia die eben gezogene Karte zu Boden trudeln und riss die Decke vom Bett, um sich zu bedecken.

»Wer seid Ihr? Was wollt Ihr hier?«

Der Fremde deutete auf die Stickerei, die sein Wams zierte. »Erkennst du das Wappen nicht? Ich heiße von Löwenstein. Hast du mich nicht erwartet?«

20

Sidonia schlang die Decke enger um sich. »Ihr seid der Ritter?«

Der Fremde betrachtete sie aufmerksam. »Erstaunt dich mein Kommen so sehr? Ich hatte es doch angekündigt.«

Der Mann glitt auf sie zu und verschloss ihre Lippen mit einem Kuss. Sidonia sank verblüfft auf das Bett zurück, die Lippen des Fremden waren zart und warm, mit geschmeidiger Zunge öffnete er ihren Mund, schob sie in ihren und ließ sie darin tänzeln. Seine Hände umfassten ihre Schultern. Er zog Sidonia an sich heran. Seinen Kleidern entströmte der Geruch kalten Rauchs, der sich mit dem moschusartigen Aroma von Männerhaut mischte. Seine Zunge fuhr tiefer in die Höhlung ihres Mundes.

Zwischen Neugier und Angst schwankend, ließ Sidonia den Unbekannten gewähren, spürte, wie sich ihr Herzschlag verdoppelte und ein Pochen zwischen ihre Schenkel schickte. Eine Welle so verbotener wie verlockender Lust stieg in ihr auf. Doch als der Fremde die Decke über ihren Brüsten nach unten schob, stieß sie ihn fort.

Der Mann lachte, seine Lippen glänzten feucht. »Gefalle ich dir nicht?« Er richtete sich auf und entfernte sich hinkend vom Bett. »Nun, mir liegt nichts an einer Braut, die mich nicht begehrt.« Seine Augen leuchteten in der Dunkelheit wie die einer Katze.

Plötzlich erkannte Sidonia diese Augen wieder, genau wie das vornehme Gesicht. Ihr Herz setzte einen Takt lang aus. Es waren die Augen des Dominikaners, der sie gestern auf dem

Markt vor dem Stadtsoldaten Goswin gerettet hatte. »Du, du kannst nicht der Graf von Löwenstein sein, gestern trugst du die Kutte eines Mönches!«

Der Mann mit den hellen Augen verzog amüsiert den Mund. »Und du trägst gelegentlich die Kleidung einer Magd, nicht wahr? Vor allem bei heimlichen Ausflügen in der Nacht.«

Sidonias Augen weiteten sich. »Woher weißt du das?«

»Ich beobachte dich seit einiger Zeit, schöne Sidonia. Ich wollte herausfinden, mit wem mein verstorbener Vater seinen Sohn vereinen wollte. Herzen sind kein Handelsgut. Ich wollte dich kennen lernen, ohne dass du mich erkennst.«

Er machte eine Pause, um seine Worte wirken zu lassen. Seine Augen versanken in Sidonias. Schmeichelnd fuhr er fort: »Mir gefiel, was ich sah. Nachts im Hafen, gestern auf dem Markt.«

Seine Augen hielten ihren Blick fest, während er sich wieder dem Bett näherte. »Du hast Temperament und Leidenschaft, bist klug, eine faszinierende Frau.«

Sidonia glaubte sich bei seinen Komplimenten in einem Traum wiederzufinden. Einem ihrer Träume von Liebe, die so verwegen wie romantisch, so leidenschaftlich wie unsinnig waren. Und ausgesprochen verführerisch.

»Willst du sagen, dass du dich als Kirchendiener verkleidet hast, um mich kennen zu lernen?«

Der Mann neigte sich zu ihr hinunter. »Bei einer offiziellen Begegnung hättest du dich verstellen müssen. Nie hätte ich deinen wahren Charakter entdeckt. Ein Blümchen Rühr-mich-nicht-an wäre aber ganz und gar nicht nach meinem Geschmack! Ich will mehr.«

Mit den Fingerspitzen seiner rechten Hand fuhr er die Konturen ihres linken Ohrläppchens nach, streichelte ihre Ohrmuschel. Sidonia hatte nicht gewusst, wie erregbar dieser Teil ihres Körpers war. Unwillkürlich stieß sie einen Seufzer aus.

Erschrocken schüttelte sie seine Hand ab. »Warum sollte ein Ritter von Löwenstein sich hinter einer Maske verbergen? Unser Haus stand ihm stets offen.«

Der Fremde ergriff ihre Hand. »Und dein Herz?«

Ging niemanden etwas an. Schon gar keinen nächtlichen Besucher. »Für wie leichtgläubig hältst du mich? Du bist ein Betrüger!«

Der Mann im Grafengewand ging zur Tür und öffnete sie. »Mutter?«

Sidonia richtete sich verblüfft im Bett auf. Im Türrahmen stand Doña Rosalia von Löwenstein. Ihr Gesicht war wie aus Marmor gemeißelt.

»Nun«, wandte ihr Besucher sich an die Witwe, »willst du Jungfer Sidonia nicht sagen, wer ich bin?«

Die Witwe starrte direkt in Sidonias Augen. War es eine Drohung oder eine Warnung, die aus ihren kalten Augen sprach? Sidonia fröstelte.

»Er ist mein Sohn«, sagte die Gräfin mechanisch, dann verschwand sie in der Dunkelheit des Flurs.

Der Mann blieb mit der Hand am Türriegel im Schlafzimmer stehen. »Eine strenge Frau! Sie ist nicht froh über meine Heimlichkeiten, genauso wenig wie sie eine Verbindung mit dem Haus van Berck wünscht, aber ich bin ein Abenteurer und will ein leidenschaftliches Weib, das es mit mir aufnehmen kann. Ich will *dich*.«

Sidonia strich sich das Haar aus der feuchten Stirn.

»Nun, genügt dir die Auskunft meiner Mutter nicht?« Er wartete kurz, dann ging er durch die Tür. Noch einmal drehte er sich um. »Du schlägst dein Glück leichtfertig aus, nach allem, was an diesem Abend im Haus van Berck geschehen ist. Ich bedaure, dass du so spröde bist. Eine Heirat mit dir hätte mich zu einem glücklichen Mann gemacht. Ich glaubte, wir seien verwandte Seelen! Erhaben über die Gesetze der Welt.«

21

Als die Tür hinter ihm ins Schloss fiel, erwachte Sidonia aus ihrer Erstarrung. Was für eine Gans du bist, tadelte sie sich selbst. Hatte sie nicht eben noch um das Erscheinen des Ritters gebetet? Ihn herbeigesehnt als rettenden Engel? Und nun war er erschienen, sah genau nach diesem Engel aus, warb um sie und versprach die Genüsse und Abenteuer, auf die sie immer gehofft hatte. Er verhieß ein Glück, das ihre kühnsten Träume überstieg.

Sidonia kämpfte sich aus der Decke frei und rannte durch ihr Zimmer. Die Liebenden! Diesmal würde sie den Rat der Karten nicht missachten. Sie würde ihren Gefühlen folgen und zugleich die Ehre des Hauses retten. Mit einem Ruck entriegelte sie die Tür.

»Warte«, rief sie leise in den Gang, »komm zurück!«

Als der Fremde wieder unter der Tür stand, zerrte Sidonia ihn ins Zimmer. Endlich konnte sie handeln und dem Schicksal eine neue Wendung geben.

Amüsiert schaute der Mann sie an. »Hat deine Leidenschaft dich überwältigt?«

»Ja, nein, ich ... Verzeih, dass ich so schroff war, aber ich, ich musste zu lange auf dich warten.«

»Und das Warten fällt dir schwer, nicht wahr?« Mit kehliger Stimme setzte er hinzu. »Mir geht es nicht anders, seit ich dich zum ersten Mal sah.«

Sidonia ging rückwärts zu ihrem Bett. Ihr Besucher folgte langsam, während er den Gurt seines Samtwamses löste. Er streifte beides elegant ab, ließ sein Hemd folgen, löste die Schnürungen seiner Hose. Sidonia sank auf ihr Bett und betrachtete den sehnigen Körper des Mannes. Nur ein Tuch bedeckte noch seine Lenden, und die Kappe auf seinem Haar schien er vergessen zu haben. Hätte er als Kämpfer nicht mehr Muskeln haben müssen? Immerhin überzogen seinen straffen Bauch weiße Narben, und sein Hinken musste Folge einer Kampfverletzung sein. Es war ein Makel, aber ...

Sie zwang sich, in sein Gesicht zu schauen. Bei Gott, das war vornehm! Und nun erkannte sie auch, dass das Grau seiner Augen dem von Rosalias Augen glich, während sein Haar, das unter der Kappe vorlugte, blond wie das seines Vaters war. Ihre Gebete waren erhört worden. Vor ihr stand der Ritter von Löwenstein.

Und wartete. Worauf?

Sidonia streckte unsicher ihre Hand aus. Der Ritter ergriff sie und führte sie zwischen seine Schenkel, drückte sie gegen das Lendentuch. Zum ersten Mal in ihrem Leben spürte Sidonia das, was in Gedichten als Liebeslanze oder Amors Pfeil bezeichnet wurde und in Gossenversen als Lustpfahl und Galgenschwengel. Hart fühlte sich das Geschlecht des Mannes an, sie spürte das pulsierende Blut unter dem Stoff. Seine Erregung übertrug sich auf sie und ließ sie erröten.

»Dir gefällt, was du fühlst, nicht wahr?« Er drückte ihre Hand fester auf sein Geschlecht. Sidonia zog sie wie ertappt zurück. »Was willst du von mir?«

»Einen Beweis deines vollkommenen Begehrens.«

»Wie kannst du das vor der Hochzeit verlangen«, flüsterte Sidonia und wusste in Erinnerung an den Kuss, dass sie bereits zu weit gegangen war, um sich noch als scheue Jungfrau zu geben.

Der Ritter zog sein Lendentuch von den Hüften. Sidonia atmete so heftig, das es wie ein Keuchen klang.

»Ich gefalle dir also? Dann leg dich hin, und spreize deine Beine, um mich zu empfangen, wie es sich ziemt.«

Sidonia schüttelte den Kopf. »Wir müssen warten.«

»Warten? Ich habe lang genug auf diesen Augenblick gewartet.« Roh drückte er Sidonia in die Kissen. Sidonia wollte schreien, doch der Ritter brachte sein Gesicht ganz nah an das ihre: »Willst du das wirklich tun? Es würde alles zerstören! Was würde die Welt denken, wenn man die Schwester eines Ketzers vor der Ehe mit einem Mann im Bett entdeckte?«

»Ich bin keine Hure«, erwiderte Sidonia schwach und war weit entfernt von dem Stolz, mit dem sie den gleichen Satz vor zwei Nächten dem Hafenwächter entgegengeschleudert hatte.

»Jede Frau wird im Bett zur Hure, Sidonia. Ich weiß es. Denke daran, was ich dir zu geben habe, und sei ein gehorsames Weib«, sagte der Mann. Er griff nach dem Gurt, der eben noch sein Wams umschlossen hatte, und fesselte ihre Hände.

Sidonia schüttelte verzweifelt den Kopf. »Warum tust du das?«

»Weil mir deine Unterwerfung ein köstliches Vergnügen verschafft.« Er schwang sich über sie und spreizte mit seinem Knie ihre Beine.

Sidonia bäumte sich auf, presste ihre Schenkel gegen sein Knie. »Ich verspreche, dir in allem zu gehorchen, wenn du mich geheiratet hast.«

»Wie berechnend du klingst! Ich will deine vollkommene Hingabe und ein Opfer. Bist du dazu nicht bereit?«

Sidonia wand sich, als er mit harten Griffen wieder ihre Schenkel spreizte. Es war schrecklich und doch auch erregend, den Begierden ihres künftigen Gemahls ausgeliefert zu sein. Nie hatte sie das Gefühl von Hilflosigkeit zugelassen. Sie war immer ihren Launen gefolgt, dabei stolz bis zur höchsten Eitelkeit gewesen und unberührt von tiefem Gefühl. Vielleicht war es an der Zeit, es mit einer Hingabe zu versuchen, die allen Regeln des Anstandes, der Moral und den Gesetzen der Vernunft widersprach. Nur einmal, ein einziges Mal! Wäre sie erst verheiratet, würde sie einen neuen Weg finden, Einfluss über diesen Mann zu gewinnen. Einfluss hatte sie doch schon jetzt. Die Lust des Ritters war unübersehbar.

Keuchend vor Wollust sagte er: »Ich werde dir zeigen, wie viel Freude aus Schmerz entstehen kann.«

Sidonia schloss zweifelnd die Augen.

»Willst du mich zu deinem Mann und deinem Gebieter nehmen?«

»Ich will«, wisperte Sidonia und unterdrückte ein leises Gefühl des Widerwillens.

Den Ausdruck triumphaler Kälte, der Aleanders Gesicht überzog, als er mit einer einzigen Bewegung in ihren Schoß eindrang, sah sie nicht. Sidonias entsetzte Wehlaute erstickte er mit seiner Hand.

»Nun, stolze Sidonia? Ich wusste, dass du für die Sünde gemacht bist, wie alle Töchter Evas. Von nun an sollst du es nie mehr vergessen.«

Sidonia empfand keinerlei Freude, der Schmerz war unerträglich. Vielleicht wusste sie wirklich nicht, was Lust war oder sein konnte. Es war entsetzlich, den Ausdruck grausamer Verzückung auf dem Gesicht des Ritters zu sehen, während er rücksichtslos in sie eindrang. Ihr Schoß brannte. Je widerwilliger sie sich unter ihm wand, umso mehr Freude schien er zu empfinden.

Der Mann, der ihr eben noch wie ein Engel erschienen war, war nun der gräulichste aller Teufel. Ein Satan, der sie ihre unverzeihlich dummen Träume von Liebe und Leidenschaft büßen ließ. Fest verschloss sie die Augen. Sie wollte das Bild, das der Ritter in seiner keuchenden Lust bot, auslöschen. Dunkel umfing sie.

Aus dem Dunkel stieg eine Stimme auf: »*Vergesst den Ritter. Er kann und würde Euch nicht glücklich machen. Niemals.*« Es war die Stimme von Gabriel Zimenes. Sidonia riss die Augen auf. Lieber würde sie ihrem künftigen Gemahl ins Gesicht schauen, als diese Stimme hören.

Mit aller Macht presste sie ihre Schenkel gegen seine Hüften, zog ihre Scham zusammen, wollte den Mann von sich abwerfen, als sich eine Flut in ihr ergoss. Während er sich aus ihr zurückzog, spiegelte das Gesicht ihres Liebhabers genau die Verachtung wider, die sie für sich selber empfand.

22

Sidonia erwachte im Morgengrauen. Benommen richtete sie sich in ihrem Bett auf, sah die zerwühlten Laken, spürte den Schmerz zwischen ihren Beinen und riss die Decke fort. Ein Blutfleck verschaffte ihr Gewissheit. Nein, sie hatte nicht geträumt. Sie war entjungfert. Und der Ritter war noch in der Nacht verschwunden. Mit nichts als der Ankündigung, dass er heute ihren Vater aufsuchen würde.

Mit angstvoll klopfendem Herzen schob Sidonia sich im Bett hoch, betrachtete die Striemen, die sein Ledergurt auf ihren Handgelenken hinterlassen hatte. Ihre Demütigung hätte nicht vollkommener sein können.

Sie stand auf und lief zu einer Schüssel mit Wasser, begann sich mit einem Tuch die Scham zu waschen. Jede Berührung erneuerte den Schmerz, den der Mann ihr gestern verursacht hatte. Sie achtete nicht darauf, rieb immer heftiger und kämpfte mit den Tränen. Was hatte sie getan! Entsetzt sah sie, dass das Wasser eine rote Farbe annahm. Sie packte die Schüssel, öffnete ein Fenster und entleerte sie über die Dachschindeln. Zwei Tauben flogen mit schlagenden Flügeln auf.

Sidonia atmete gierig die Morgenluft ein und versuchte sich zu beruhigen. Sie hatte nur getan, was ihr künftiger Mann von ihr verlangt und was ihm Lust bereitet hatte. Eine Lust, die sie nicht teilen konnte, auch wenn es vor der brutalen Vereinigung Momente gegeben hatte, die erregend gewesen waren.

Vielleicht war das alles, was Frauen von der sinnlichen Liebe erwarten konnten. Waren ihr nicht viele Freundinnen am Morgen nach ihrer Hochzeitsnacht merkwürdig vorgekommen?

Hatten sie nicht alle rasch das Gespräch auf die Morgengabe gelenkt, die ihnen der Gemahl präsentiert hatte, und mit den Ringen, Ketten und Geldgeschenken geprahlt?

Natürlich sprach man nicht darüber, was Vermählte nach dem Tausch von Ring und Treuegelöbnis in den Betten trieben. Sicher hatte sich keine ihrer Freundinnen zuvor ausgemalt, dass die fleischliche Vereinigung dem Treiben von Gassenkötern glich. Genauso wenig wie sie selbst. Und vielleicht kannten alle Frauen dieses Gefühl von Scham, Demütigung und Ernüchterung nach der ersten Nacht.

Traurig ließ sie ihren Blick über den Hof schweifen und stutzte. Die dunkle Gestalt Doña Rosalias überquerte den Hof, nicht stolz und mit gemessenen Schritten, wie es ihre Art war. Nein, sie huschte an den Wänden des Pulverlagers entlang. Sie war nicht allein. An einer Hand hielt sie Lunetta! Das Mädchen taumelte mehr, als dass es ging. Die Witwe blieb kurz stehen, sprach eindringlich auf das Mädchen ein! Dann liefen beide weiter. Doña Rosalia verabschiedete das Kind beim Tor, das in die Gasse führte. Lunetta schmiegte sich an sie, die Witwe erwiderte die Umarmung und küsste ihr Haar. Dann lief das Kind auf die Gasse, ohne sich noch einmal umzudrehen. Sidonia wandte sich mit gerunzelter Stirn ab.

Du bist eine Torin, schalt sie sich. Was kümmern dich diese kleine Gauklerin, ihre Gefühle und ihre seltsamen Andeutungen noch? Nichts als Unglück hat dir deine Zuneigung zu diesem Kind eingebracht, genau wie die Kartenleserei. Hatte Lunetta ihr nicht die Karte der Liebenden gezogen? Was für eine elende Täuschung! *Der du in deiner gedankenlosen Eitelkeit nur allzu gerne geglaubt hast*, meldete sich eine Stimme in ihr zu Wort. Sidonia biss sich auf die Lippen. War es eine solche Sünde, auf Liebe zu hoffen? Vielleicht keine Sünde, aber eine Dummheit!

Nachdenklich ging sie zu ihrem Bett zurück und fühlte

unter ihren nackten Fußsohlen die Karte, die sie gestern hatte zu Boden fallen lassen. Erschöpft bückte sie sich danach und drehte sie um.

Sie schlug die Hand vor den Mund, als sie das nackte Paar wiedererkannte, das ihr bereits die Karte der Liebenden gezeigt hatte. Es war dasselbe Paar, bis auf wenige Unterschiede: Der Mann und die Frau trugen Hörner und brennende Schweife. Sie standen vor nachtschwarzem Hintergrund und waren mit einer Kette aneinandergeschmiedet. Über ihnen hob kein segnender Engel die Hände, sondern Satan. *El diabolo* war ihre Morgengabe, und Sidonias Verstand widersetzte sich genau wie ihre Gefühle allen Versuchen, dieser Karte eine freundliche Seite abzugewinnen. Allzu genau spiegelte sie wider, was ihre Seele sprach.

Nur ein Gedanke hielt sie aufrecht: Ihr Pakt mit dem Teufel, der ihr Bräutigam war, würde ihre Familie vor dem Untergang und Lambert vor einer Anklage als Ketzer bewahren.

23

Claas van Berck hatte die Nacht in seinem Kontor verbracht. Besorgt bemerkte die Magd Tringin die blauschwarzen Schatten unter den Augen des Schnarchenden und sah die leeren Weinkaraffen. Sie hob die Kontobücher und Briefe auf, die auf dem Boden verstreut lagen, eilte zu den bunten Glasfenstern und riss eines auf. Dann rüttelte sie den Kaufmann.

»Herr, wacht auf, wacht auf. Der Gewaltrichter und zwei Stadtsoldaten warten unten auf Euch! Ihr könnt sie unmöglich in Eurem Nachtmantel und in diesem Durcheinander empfangen.«

Stöhnend fuhr der Kaufmann hoch. Mit fahriger Geste strich er sich übers Haar und hielt sich den Kopf, als müsse er verhindern, dass er ihm vom Halse rollte.

»Tringin, schrei nicht so.« Benommen schaute er die Magd an, wunderte sich darüber, wie verschwommen ihre Gestalt war. Tringin reichte ihm einen Krug Bier. »Trinkt das, ich habe es eben aus dem Keller geholt, es ist kalt und frisch. Ich habe Brechwurz beigemischt, damit Ihr Euch erleichtern könnt.« Sie hielt ihm einen Eimer vor, wartete, bis der Kaufmann ein paar Züge getan hatte, kurz darauf würgte und sich mit einem Schwall erbrach.

»Hier ist Wasser, Herr, damit Ihr Euch waschen könnt, und eine frisch gebürstete Schaube, die mit dem Hermelinkragen. Schnell, schnell, ihr müsst einen würdigen Eindruck machen!«

Der Kaufmann wischte sich Gesicht und Mund mit einem nassen Tuch ab und ließ sich zurück in seinen Sessel fallen.

Schmerzhaft erwachte sein Verstand. »Ach, Tringin, was sollte das noch nutzen! Mein Unglück lässt sich auch mit Pelzen nicht bemänteln. Ruf Lambert. Ich muss tun, was zu tun ist! Warum sollte ich dabei nicht so verzweifelt aussehen, wie ich mich fühle?«

Tringin schüttelte den Kopf. »Ihr müsst aussehen wie ein Sieger, nicht wie der Verlierer, den sie aus Euch machen wollen. Gönnt ihnen diesen Triumph nicht!«

»Sie werden keinen Grund haben zu triumphieren«, sagte eine ruhige Stimme von der Tür her. Tringin und ihr Herr wandten die Köpfe. Sidonia stand blass und ernst im Türrahmen. Sie trug ein reizloses Gewand aus dunklem Tuch und hatte ihre Haare unter einer schlichten Haube verborgen. Sie schloss die Tür und trat mit geradem Rücken vor den Schreibtisch des Kaufmanns. Tringin wollte den Raum verlassen, doch Sidonia hielt sie mit dem Arm zurück.

»Bleib nur, jeder darf hören, welches Glück unserem Haus bevorsteht. Der Ritter von Löwenstein wird mich zur Frau nehmen. Er will noch heute Morgen zu dir kommen, Vater, um die Zeremonie vollziehen zu lassen. Vielleicht wäre es gut, wenn du den Priester von Sankt Kolumba herbeirufen und einen deiner Faktoren zum Zeugen berufen würdest. Vielleicht gar den Gewaltrichter selbst? Er wartet doch unten.«

Claas van Berck kämpfte sich unter Mühen in seinem Stuhl vor. »Was redest du da? Wie soll das gehen? Wo ist der Graf? Wann …« Bevor er die Liste seiner Fragen verlängern konnte, ertönte ein kurzes Klopfen.

Tringin eilte mit der Schaube herbei, legte sie ihm um die Schultern und strich sein Haar glatt. Claas van Berck wischte ihre Hand beiseite, als sich die Tür seines Kontors langsam öffnete.

Ein Mönch in weißer Tracht betrat hinkend den Raum. Sidonia sog scharf die Luft ein. Wie weit wollte der Ritter seine

Maskeraden und Demütigungen noch treiben? Der Dominikaner zog die Kapuze seiner Kutte vom Kopf. Sie enthüllte seine Tonsur. Sidonia erbleichte, während der Dominkaner bescheiden grüßte. »Gott mit Euch!«

Claas van Berck betrachtete den Kirchendiener voll Ungeduld. »Wer ließ Euch hinein, Bruder? Wir haben hier Geschäfte zu besprechen.«

»Ebendarum bin ich gekommen«, sagte der Dominkaner und nickte Sidonia zu. »Eure Tochter wird Euch alles erklären.«

»Meine Tochter?«

»Vater«, sagte Sidonia und sank auf einen Stuhl. »Dieser Mann ist Graf von Löwenstein.«

Tringin tat einen kleinen Schrei. Claas van Berck erhob sich verwirrt aus seinem Lehnstuhl. »Das ist ein Mönch!«

»Nein«, sagte Sidonia ärgerlich, »das ist Ritter Adrian von Löwenstein. Er liebt Verkleidungsspiele. Gestern besuchte er mich in anderem Gewand und sagte ...«

»Dass mein Name Löwenstein ist, ja. Aber du hast vergessen, mich nach meinem Vornamen zu fragen. Ich bin nicht Adrian, sondern Aleander von Löwenstein, sein älterer Bruder, und tatsächlich Mönch.«

Sidonia erbleichte: »Was soll das heißen? Du sagtest, du wärst mein Bräutigam, du ...«

Langsam drehte sich Aleander zu ihr um: »Und genau das war ich im eigentlichen Sinne doch auch in der vergangenen Nacht, nicht wahr? Du hast mich zur Sünde verführt. Erschreckend willig und zügellos, möge der Herr dir verzeihen!«

Sidonia sprang mit einem wütenden Schrei auf ihn zu, holte aus und ohrfeigte ihn: »Du lügst. Du Teufel! Du elender Teufel!« Wieder wollte sie ausholen, doch der Mönch griff ihr Handgelenk und drehte ihr den Arm auf den Rücken. Sidonia schrie vor Schmerz.

Claas van Berck eilte hinter seinem Schreibtisch hervor: »Ich werde dich aus dem Haus prügeln! Wie kannst du es wagen, so mit meiner Tochter zu reden?«

Der Mönch zog die sich wehrende Sidonia wie einen Schutzschild vor seine Brust und unterbrach ihn: »Mit einer Hure kann jeder umgehen, wie es ihm beliebt! Unten wartet der Stadtsoldat Goswin. Fragt ihn, er kann Euch berichten, was Eure leichtsinnige Tochter bei Nacht in den Gassen alles treibt oder im Hafen bei Freiern und Lumpen!«

Claas van Berck griff nach seinem Herzen, sein Atem ging in schweren Stößen, Tringin eilte herbei, um ihn zu stützen. Mit wutverzerrtem Gesicht schrie Sidonia: »Lass mich los, lass mich sofort los, du Lügner.«

»Tringin, rufe den Gewaltrichter herauf«, verlangte van Berck.

Der Mönch schleuderte Sidonia wie eine Puppe von sich, trat um den Schreibtisch herum und setzte sich in den prachtvollen Lehnstuhl des Kaufmanns: »Ich würde davon abraten, die Obrigkeit einzuschalten. Über diesem Haus hat sich eine Wolke von Verdächtigungen zusammengezogen, und als Vertreter der Heiligen Inquisition weiß ich, wie schnell aus einem Verdacht eine Anklage und aus einer Anklage ein Todesurteil werden kann. Für Euren Sohn gibt es kaum Hoffnung, und nun hat sich auch Eure Tochter als Priesterliebchen einer Todsünde schuldig gemacht. Und das mit Freuden, wie ich bestätigen könnte. In jedem Fall ist sie nicht mehr das, was man juristisch eine *virgo intacta* nennt, und somit kaum ehrbar zu verheiraten.«

Claas van Berck stützte sich schwer auf die Armlehnen eines Scherenstuhls, drehte sein geschwollenes und blau verfärbtes Gesicht zu seiner Tochter hin, die sich gegen eine Wand drückte.

»Sidonia, was redet dieser Mann? Was hast du getan? Sag

mir, dass er irre ist, toll wie ein Hund! Wie kann er dich eine Hure nennen?«

Sidonia senkte den Kopf.

Der Mönch beugte sich über den Schreibtisch. »Werter van Berck, ich empfehle Euch, Platz zu nehmen und auf später einen Bader zu bestellen, der Euch zur Ader lässt, damit das Blut wieder in Fluss kommt. Ich selbst reinige mein Blut und meine Seele regelmäßig! Und nun werde ich Euch erklären, warum ich – entgegen jeder Neigung und zur Schande meines Standes – die Stelle meines Bruders im Bett Eurer Tochter einnahm und welch nützliche Verbindung daraus für uns entstehen kann.«

»Das kann nicht wahr sein, es ist nicht wahr!«

»Beruhigt Euch, van Berck. In Adelskreisen ist ein Beischlaf in Stellvertretung nichts Ungewöhnliches. Johanna von Aragón, die Mutter unseres jetzigen Kaisers wurde im Alter von sechzehn Jahren mit Philipp dem Schönen verbunden, indem sein niederländischer Brautwerber ein entblößtes Bein unter ihre Decke steckte. Philipp selbst weilte in Burgund, und man wollte den Pakt rasch sichern. Man nennt diese Praktik eine Ehe *per procurationem* und ...«

Sidonia löste sich von der Wand und lachte schrill auf: »Du hast mir weit mehr angetan!«

»Weil du mich verführt hast wie eine Teufelsbuhlin! Du bist Satans Werkzeug, leichtfertig und wollüstig.«

Claas van Berck stöhnte auf, Sidonia wollte ihm die Hand auf die Schulter legen, doch ihr Vater fegte ihre Hand fort.

Aleander lupfte die Brauen. »Übt Euch in Vergebung, van Berck. Ich tue es auch. Eure Tochter ist nun einmal wie alle Weiber zur Sünde geboren. Schon das rötliche Haar ... bedauerlich, aber nicht zu ändern. In einem Kloster für Reuerinnen wird sie bald Gelegenheit haben, sich zu bessern. Ich bin Beichtvater eines solchen Konvents in Santiago und werde sie mit Freuden dort unterbringen. Weit fort von Köln kann sie Euch keine Schande mehr machen. Die Bußübungen sind von größter Strenge, ich selbst werde sie überwachen!«

Sidonia tat einen erstickten Schrei. Tringin wollte zu ihr laufen, doch van Berck hielt sie auf und hob unter Anstrengung sein Haupt. Er schaute dem Mönch kalt ins Gesicht: »Was willst du von mir?«

Der Mönch zog ein gerolltes Pergament unter seiner Kutte hervor. »Deine und die Unterschrift deiner Tochter unter diese Heiratsurkunde. Sie bestätigt den Vollzug der Vermählung zwischen Sidonia van Berck und Graf Adrian von Löwenstein in Spanien und damit alle Vereinbarungen des Ehevertrages. Das ist doch in Eurem Sinne! Ihr müsst nicht einmal einen Priester bemühen, ich selbst habe als Vertreter der Kirche gegengezeichnet.«

»Und Euer Bruder?«

Der Mönch lächelte still. »Auch seine Signatur fehlt nicht. Sie ähnelt ein wenig der meinen, schließlich sind wir Brüder…«

Claas van Berck öffnete und schloss seinen Mund. »Weshalb diese Fälschung? Warum kommt der Ritter nicht selbst?«

Aleander seufzte, schlug ein Kreuz und faltete seine Hände: »Das wird ihm kaum möglich sein. Die Amorosa, das Schiff, welches ihn aus der Neuen Welt zurückbringen sollte, sank vor vier Monaten nahe dem Kap Finisterre. Man wird meinen Bruder demnächst für tot erklären. Ein bedauerlicher Verlust, der die Vereinigung unserer Familien nach allem, was gestern Nacht geschah, jedoch nicht behindert. Sofern Ihr die Mitgift für Eure ehrlose Tochter um eine beträchtliche Summe erhöht und ihr testamentarisch Euer Vermögen vermacht. Lambert wird es ohnehin kaum noch nutzen. Jedenfalls nicht, solange er den schönen, ehrenvollen Name von Löwenstein nicht nutzen kann.«

»Niemals werde ich bei dieser Lüge mitspielen«, flüsterte Sidonia. Ihre Stimme gewann an Kraft. »Niemals. Du kannst mich nicht zwingen, Mönch.«

Der Dominikaner machte eine wegwerfende Handbewegung, seine kalten Augen hielten den Blick van Bercks fest.

24

Sieben Tage waren seit der demütigenden Farce des Ehegelöbnisses vergangen, bei der Sidonia van Berck dem Mönch Aleander vor Kölner Zeugen Treue und Gehorsam bis in alle Ewigkeit versprechen musste. Aleander hatte dabei noch einmal die höfischen Gewänder eines Ritters getragen. Im Beisein des Gewaltrichters, der peinlichste Unterwürfigkeit gezeigt hatte, hatten Claas van Berck, Doña Rosalia, Aleander und sie eine kölnische Eheurkunde unterzeichnet, die eine deutsche Übertragung des gefälschten spanischen Dokumentes war.

Niemand hatte es gewagt, Zweifel daran zu äußern, dass sich Sidonia van Berck und der Ritter bereits in Spanien das Jawort gegeben hatten.

Der Pfarrer von Sankt Kolumba hatte als kirchlicher Zeuge gedient und die Magd Tringin als weltliche. Sidonia besaß im Haus ihres Vaters keine Freunde mehr. Diejenigen, die wussten, was sie in der Nacht nach dem Fest getan hatte, mieden sie ebenso wie die, die sie für ein zänkisches Eheweib hielten, weil sie ihrem hohen Gatten mit Kälte begegnete. Der vermeintliche Adrian von Löwenstein hingegen bezauberte mit Leutseligkeit und seiner schönen Erscheinung den gesamten Haushalt van Berck.

Nur seine Mutter Doña Rosalia schien ihren Sohn ebenso zu verabscheuen wie Sidonia. Obwohl die Witwe ihm in der Nacht der Verführung geholfen hatte und ihre Unterschrift unter das kölnische Ehedokument gesetzt hatte, mied sie Aleander nun. Die meiste Zeit des Tages sperrte sie sich in ihr Schlafgemach.

Sidonia war zu beschäftigt mit ihrem Unglück, um sich Gedanken über das Verhalten ihrer Schwiegermutter zu machen. Jetzt saß Sidonia, der man auf Befehl Aleanders Hausarrest erteilt hatte, im ummauerten Garten auf der Rückseite des väterlichen Hauses und versuchte den Abendfrieden, der sie umgab, einzuatmen.

Sie war aus dem Haus geflohen, um nicht weiter die eintreffenden Glückwünsche entgegennehmen zu müssen. Kölns Patrizier machten ihre Aufwartung und brachten Geschenke. Ratsherren übermittelten ihre Grüße, sprachen Einladungen zu Zunftessen und ihren geheimen Sitzungen aus.

Aleander war klug genug, sich keinem von ihnen zu zeigen. Zu viele Zeugen wollte er nicht haben, und, dass er nicht zugänglich war, erhöhte nur die Ehrfurcht und den Eifer der Gratulanten.

Sidonias Vater saß im Kontor und nahm Aufträge entgegen, zählte das Geld in seine Kassen, das ihm nun aus Schuldverschreibungen zufloss, und würde es später dem unersättlichen Aleander übergeben, der sich für die Rückreise nach Spanien in der kommenden Woche rüstete.

Lambert durfte wieder seinem Studium nachgehen und hatte Quartier in einer Studentenburse nahe der Domschule bezogen, wo er pünktlich seine Vorlesungen hörte. Er schien gerettet, doch um welchen Preis!

Sidonia, so war es geplant, würde Aleander nach Santiago de Compostela begleiten, um in das Kloster für Reuerinnen einzutreten, während zu gleicher Zeit ein Brief abgesandt würde, der eine Sterbeurkunde Adrian von Löwensteins enthielt. Als trauernde Witwe sollte sie ihr Leben hinter spanischen Klostermauern fristen. Abgeschirmt vor aller Welt und, so wusste sie, den teuflischen Gelüsten und Bestrafungsritualen Aleanders ausgeliefert.

In der Nacht nach der Ehezeremonie hatte Aleander seine

Annäherungen zu wiederholen versucht. Ohne süßes Geplänkel hatte er Sidonia unter Androhung von Schlägen auf das Bett gezwungen und ihr beibringen wollen, was er die Sünde des *a tergo* nannte.

»Du musst lernen, mir zu gehorchen, nur in der völligen Unterwerfung kannst du Erlösung finden«, hatte er geraunt, während er sich am Mieder ihres goldenen Festkleides zu schaffen machte.

»Du bist ein Mönch! Wie kannst du so schamlos sein?«

»Meine Nähe zu Gott befreit mich von aller Schuld. Er selbst weist mir diesen Weg. Ich vernehme oft seine Stimme. Könnte ich sonst so erfolgreich sein? In Santiago nennt man mich den Löwen des Glaubens, und niemand entkommt meiner Pranke. Wer ein Ketzer oder eine Hexe ist, prüfe und bestimme ich allein. Wem ich Gnade gewähre, der wird auch Gottes Vergebung teilhaftig. Und nun drehe dich um, du Hure des Satans, damit ich mich von der lästigen Begierde befreien kann, die du mir eingibst.«

Entsetzt hatte Sidonia erkannt, dass dieser Mann all das glaubte, was er sagte. Er war vom Wahn seiner gottgleichen Größe besessen und überzeugt, über alle Gesetze der Welt erhaben zu sein. Der Erfolg seiner fein gesponnenen Pläne und die Bewunderung der Welt schienen ihm Recht zu geben.

Doch diesmal hatte Sidonia sich gewehrt und geschrien, und er hatte widerwillig von ihr abgelassen. Keiner sollte im Haus van Berck Zeuge seines wahren Charakters sein. In Santiago aber, so hatte er ihr zu verstehen gegeben, gab es niemand, dem gegenüber er sich Zwänge auferlegen musste.

»Die Bußkeller im Kloster der Reuerinnen sind tief, dort werde ich dich lehren, mir und Gottes Willen ganz zu gehorchen, bis du endlich zur Selbstaufgabe in Christo bereit bist. Oder gefiele es dir besser, eine von den heiligen Frauen zu werden, die sich einmauern lassen, um für den Rest ihres Daseins nur durch ein Loch von den Essensspenden der Frommen zu leben? Du liebst das Leben zu sehr, um das zu wollen.«

Sidonia betrachtete mit bitterer Miene einen Zeisig, der in einem Pflaumenbäumchen von Ast zu Ast flog. Träge summte eine Hummel über den Kräuterbeeten, die die Luft mit dem Duft von Rosmarin und Thymian parfümierten. Nichts von alldem bot ihr Trost. Mit der rechten Hand fuhr sie in den Ausschnitt ihres Mieders und zog den Dolch hervor, der ihr stets ein treuer Begleiter gewesen war. Sie drückte ihren Zeigefinger auf die Klinge, bis sie einen schneidenden Schmerz spürte und Blut daraus hervorsprang.

Ich werde dir zeigen, wie viel Freude ein wenig Schmerz verursachen kann, tönte Aleanders kalte, schmeichelnde Stimme in ihrem Ohr.

Wäre es nicht das Einfachste, die Todsünde des Selbstmords zu begehen, um ihm zu entkommen? Entschlossen drückte sie die Klinge gegen ihr Handgelenk, schloss die Augen und zog das Messer rasch bis zu ihrer Brust.

25

»Mein Kind, ich werde dich jetzt verlassen, bei Einbruch der Dämmerung sind Juden in Köln unerwünscht. Ich muss die Fähre zum anderen Rheinufer erreichen.«

Meister Siebenschön beugte sich zu Lunetta hinab und legte ihr seine rechte Hand auf die Schulter. Sie standen im Schatten des Domes nahe dem Apostelportal. Über ihnen ragte der Südturm in den Himmel. Wie eine Hutfeder saß ein Holzkran auf dem unvollendeten Dach, während sein nördlicher Turmzwilling nur ein Fragment war. In der Dombauhütte hinter der Kathedrale verhallten letzte Hammerschläge. Das Abendläuten würde das Tagwerk der Schmiede beenden.

»Nimm diesen Pilgerbrief und die Muschel, sie sind deine wichtigsten Ausweise. Mit ihnen bist du von Wegzöllen befreit. Solltest du allein gehen, dann frage nach den Pilgerhospitälern, von denen ich dir eine Liste gab«, sagte der jüdische Arzt zu dem Kind. »Zur Not schlafe unter freiem Himmel! Und öffne den Saum deines Kleides nur, wenn keiner hinschaut. Niemand darf wissen, dass du dein Geld dort eingenäht trägst.«

Er prüfte die Lederriemen des Beutels, den Lunetta über der Brust trug, und schnürte die Kürbisflasche fester. »Ich wünschte, ich könnte mehr für dich tun, aber Köln ist kein sicherer Ort für dich. Vertraue darauf, dass dein Weg immer auf Gott zugeht, gleichgültig, welcher Gott es ist. Der Herr spricht alle Sprachen, sagt Padre Fadrique.«

Ein Schatten legte sich auf das Gesicht des Mädchens.

»Lunetta, ich kannte ihn in Spanien. Wir studierten gemeinsam in Toledo. Damals gab es noch keine Schranken zwischen

Spaniens Christen, Juden und Mauren. Wir waren frei und hofften die Welt Gott näher zu bringen. Fadrique ist ein guter Mann, auch wenn er deine Mutter nicht retten konnte, so half er doch unzähligen anderen wie mir. Versprich, dass du wieder zu ihm gehst.«

Lunetta nickte vorsichtig.

Vornehme Kirchgänger – die Damen behängt mit Perlenschnüren, die Herren in marderbesetzten Schauben – bahnten sich den Weg durch das Bettlervolk vor der Kathedrale. Brezel- und Süßwarenhändler schrien mit langgezogenen Tönen ihre letzten Waren aus. Beginen teilten aus Kannen das Freibier des Domklosters für die Bettlerwaisen aus. Meister Siebenschön betrachtete suchend die Schar der Kinder, die sich um die Frauen drängte.

»Ah, dort ist ein Freund von mir! Folbert, komm her.«

Ein Junge von dreizehn Jahren löste sich humpelnd aus der Kindergruppe. Unter seiner linken Achselhöhle klemmte eine mit Lumpen umwickelte Krücke. Sein rechtes Bein war kurz unterhalb des Knies abgetrennt.

Als er Meister Siebenschön erreichte, zog er eine Kappe vom Kopf.

»Hast du noch Schmerzen in deinem Knie?«

Der Junge schüttelte den Kopf. »Streichst du auch jeden Abend meine Salbe auf?«

Folbert schaute halb zaghaft, halb schelmisch drein. »Gestern hab ich sie gegessen, weil sie so lecker nach Gänseschmalz und Gewürzen roch und ich nichts zu essen hatte.«

Der Arzt schmunzelte. »Tja, dann werde ich die Kräuter beim nächsten Mal wohl mit Petroleum anmischen müssen. Nein, nein, es ist schon gut.«

Er kramte in einer Tasche, die er an der Seite trug, und warf Folbert drei Weißpfennige in die Kappe. »Davon kannst du dir Brot für ein paar Tage kaufen.« Der Junge wollte sich auf seiner

Krücke umdrehen, um sich sein Bier zu sichern. Meister Siebenschön hielt ihn zurück.

»Dieses Mädchen muss eine Nacht im Dom verbringen.«

»Im Dom?« Folbert schüttelte den Kopf. »Warum nicht auf der Treppe am Südportal wie wir alle? Es ist ein warmer Sommerabend.«

Der Jude senkte die Stimme. »Ich möchte nicht, dass der Bettlervogt sie sieht. Er würde sie in seine Dienste zwingen wollen, hübsch wie sie ist.« Folbert betrachtete Lunetta genauer. »Hmm, hübsch, aber mager. Und was ist ihr Gebrechen?«

»Sie ist stumm.«

»Das taugt noch weniger als irre sein oder die Fallsucht«, sagte der kleine Bettler abschätzig. »Dafür lässt sich nichts abschnappen. Stummsein nimmt einem keiner ab. Da müsste sie schon ein paar Kniffe lernen. Ist sie flink mit den Händen?«

»Sie ist nicht hier, um Taschendiebereien zu erlernen, und du lass auch die Finger davon, wenn du sie behalten willst!«

Der Junge zuckte mit den Schultern. »Mein Stumpf ist mein Trumpf, sagt der Bettlervogt, und dann knöpft er mir meine halben Einnahmen dafür ab, dass ich beim Dom sitzen darf.«

»Nun, Lunetta wird morgen mit einem Rheinschiff, das die Jakobsbruderschaft der Brauer gemietet hat, nach Antwerpen reisen. Von dort will sie zum Grab des Sant Jago in Compostela aufbrechen, um für ihre Heilung zu beten. Damit sie bis dahin keiner belästigt, möchte ich, dass du ihr eines eurer Verstecke im Dom zeigst, die ihr in Winternächten nutzt. Du kennst dich doch aus.«

Folbert nickte.

»Gut, hol dir Bier, und wenn die große Glocke zu läuten beginnt, mischst du dich mit Lunetta unter die Betenden.«

Während Folbert sich zu den Beginen drängte, wandte Meister Siebenschön sich ein letztes Mal an Lunetta. Er ging in die

Knie. »Ich habe ein Geschenk für dich, das du noch besser verbergen musst als das Geld von Doña Rosalia.«

Rasch schaute er sich um, dann drückte er Lunetta ein Päckchen in die Hand. »Ich habe es vor vielen Jahren aus Florenz mitgebracht.« Lunetta fühlte, um was es sich handelte, und versenkte das Päckchen in einer Rocktasche. Ein Lächeln streifte ihr Gesicht. Sie legte ihre Arme um Meister Siebenschöns Schultern und presste sich an ihn.

»Heda, Judensohn, was treibst du mit der kleinen Pilgerin? Deinesgleichen hat mit Christenkindern nichts zu schaffen«, schnauzte ein Kaufherr in Seide und spuckte aus. Sein Rotz traf Siebenschöns Wange. Neben dem Kaufherrn tänzelte ein Jagdhund.

Der Arzt löste sich aus der Umarmung Lunettas, erhob und verneigte sich. Lunetta stellte sich auf die Zehenspitzen, wischte ihm die Spucke aus dem Gesicht. Der Kaufmann hob seine Hundepeitsche und riss das Mädchen von dem Arzt fort.

»Weißt wohl nicht, was diese Christusmörder mit Kindern wie dir anstellen? Im Chorgestühl des Doms gibt's schöne Bilder von der Judensau! Diese perversen Schweine fressen Mädchen wie dich am Karfreitag!«

Meister Siebenschön blieb traurig lächelnd stehen, während die Glocken des Doms zum ersten Geläut aufschwangen. Es war Folbert, der Lunetta aus dem Griff des Kaufmanns befreite. Bettelnd drängte er sich auf den Mann zu. Der ließ Lunetta fahren, um nach dem Jungen zu schlagen.

»Pack dich, du Lausesack, oder ich jag dir meinen Hund auf den Leib! Ich wähl mir meine Bettler selbst, und du siehst mir nicht aus wie einer, der ein anständiges Vaterunser für mich zu sprechen weiß.«

Mit diesen Worten verschwand er im Dunkel der Kathedrale. Folbert schickte ihm einen Fluch hinterher und zog Lunetta zum Domportal. Das Mädchen wagte einen Blick auf die schlanke Jakobusfigur mit der Muschel, die neben den anderen Aposteln im Portalbogen thronte. Sein zweigeteilter Lockenbart erinnerte an Meister Siebenschön und daran, dass Jakobus genau wie Jesus Christus Jude war.

Endlich tauchte sie in das Lichtmosaik ein, das die bunten Glasfenster auf den Boden der Kirche malte. Sie eilte Folbert hinterher, der auf den Kapellenkranz hinter dem Hochaltar zuhumpelte. Gerade noch rechtzeitig huschten sie in die Kreuzkapelle. Nur wenige Augenblicke nach ihnen betrat ein weiß gewandeter Dominikaner das Südschiff. Er wurde von zwei Stockknechten begleitet, die sich nach allen Seiten umschauten.

Nachlässig schlugen sie das Kreuz, während von der Sakristei her der Zelebrant und die Ministranten dem Altar zustrebten.

Weihrauch und die lateinischen Gesänge des Introitus füllten das Kirchenschiff, als Lunetta in der Seitenkapelle unter ein Altartuch schlüpfte. Folbert verschwand. Sie kauerte sich gegen den Stein und lauschte dem Mönchschor. Verse des 34. Psalms schlossen den Eröffnungsgesang: »*Domine evagina gladium …*«

Lunetta erschrak, als sie die Stimme eines Mannes vernahm, der die Sätze stockend ins Deutsche übersetzte: »*Herr, zücke das Schwert*« … »*et praeoccupa ex adverso persequentum …*« »*und schütze mich gegen meine Verfolger …*«

Unter dem Saum des Altartuchs erkannte Lunetta die Beine zweier Kniender. Sie mussten sich auf sehr leisen Sohlen hergeschlichen haben.

»*… ihr Weg soll finster und schlüpfrig sein, und der Engel des Herrn verfolge sie … denn sie haben mir ohne Ursache ein Netz gestellt … Errette meine Seele … vor den Löwen.*«

»Fliestedten, das ist gut und wahr. Wir brauchen kein Messbuchkauderwelsch, keine Pfaffen, die nur ausgewählte Stellen zitieren. Wir brauchen eine deutsche Bibel, die ganze Wahrheit für jedermann! Die Zeit ist reif.«

Lunetta kannte die aufgeregte Stimme des jungen Mannes, der den Übersetzer auf diese Weise anspornte.

»Ich schwöre dir, weiter dafür zu kämpfen, dass jeder die Heilige Schrift lesen und verstehen lernt!«

Die Stimme gehörte Lambert, Sidonias Bruder.

»Ich wette, nicht einmal der Priester versteht, was der Chor da singt. Wie ich die feisten Kuttenhengste und Pfaffenärsche verachte …«

»Steht auf und folgt mir«, unterbrach die Stimme eines Stockknechts das Geflüster. »Was ich gerade gehört habe, genügt, um euch im Frankenturm festzusetzen!«

»Aber«, begann Lambert zu protestieren, als ein Stockhieb ihn zum Schweigen brachte.

»Halt's Maul, du Erzketzer. Gegen dich liegt eine Anzeige des Heiligen Tribunals vor. Endlich haben wir dich!«

Lunetta sah den Saum einer weißen Kutte und wusste, wer für die Anzeige gesorgt hatte. Der Löwe des Glaubens hatte wieder zugeschlagen. Nach Kinderart drückte sie die Hände vor ihr Gesicht und kniff die Augen zusammen, so als könne sie das vor der Entdeckung schützen.

Anders als auf dem Seil holte sie diesmal nicht die Erinnerung an Flammen und Brandgeruch ein. Diesmal schmeckte sie Blut in ihrem Mund und sah Sidonias Gesicht. Lunettas Herz schlug in rasendem Takt.

Während die Gemeinde im Dom das Kyrieeleison anstimmte, wurden die beiden Männer abgeführt.

Als der Priester seine Predigt begann, atmete Lunetta auf und zog Meister Siebenschöns Päckchen aus der Rocktasche. Sie schlug das Wachstuch auf und entnahm ihm bunt bemalte Karten. Ein Tarotdeck! Rasch zählte sie die Karten. Es waren 56 Stück. Ein Satz der so genannten kleinen Geheimnisse. Lunetta biss sich auf die Lippen. Nun ja, Meister Siebenschön hatte nicht wissen können, dass ihre 22 großen Trümpfe, die zu einem vollständigen Spiel gehörten, noch im Haus van Berck lagen. Gleichwohl: Mit den 56 kleinen Trümpfen, die in Schwert-, Münz-, Stab- und Kelchkarten aufgeteilt waren und mit diesen Symbolen die Stände der Kämpfer, der Händler, der Bauern und Priester bebilderten, ließ sich das Schicksal durchaus ebenfalls deuten.

Während die Gemeinde dem Gottesdienst lauschte, zog Lunetta ein Bild. Die Frage, die sie dabei stellte, galt nicht ihrem eigenen Schicksal, sondern dem Sidonias. Mit Entsetzen sah sie die Karte der zehn Schwerter: Ihre Klingen durchbohrten den Rücken eines am Seeufer liegenden Mannes. Etwas Entsetzliches musste Sidonia geschehen sein. Der Tod aller Hoffnung oder Schlimmeres. Lunetta faltete die Hände zum Gebet. Die Domgemeinde sprach das Credo. Das Mädchen sog den Duft brennender Altarkerzen ein.

Sie erinnerte sich der Worte ihrer Mutter, die sie im Deuten der Karten unterwiesen hatte: Es gibt keine schlechten Karten, und die guten tragen stets eine Warnung in sich. *Padre Fadrique sagt, dass Licht und Finsternis eins sind. Jedem Ende wohnt ein Anfang inne, und in jedem Anfang ist das Ende bereits eingeschlossen. Nur wenn etwas vergeht, kann Neues entstehen.*

Immerhin, tröstete Lunetta sich weiter: Die Karte der zehn Schwerter war die kleine Gegenkarte zur großen Trumpfkarte des Teufels. Mit einem Gewaltakt musste es Sidonia gelungen sein, sich dem Zugriff des Mönches zu entziehen, der gerade ihren Bruder ins Verderben gerissen hatte.

Lunetta lüftete das Altartuch und betrachtete die Schwertkarte im Schein der Opferkerzen. Jetzt erkannte sie das Licht am Horizont des Sees und hoffte, dass es Rettung für Sidonia gab. An den Ufern ihres bisherigen Lebens musste sie gescheitert sein, doch vor ihr lag – wie auf dieser Karte – vielleicht das Meer des Lebens.

26

Gabriel Zimenes zog an dem Seil, das er über die Gartenmauer geworfen hatte, es straffte sich, die Eisenkralle hatte auf der anderen Seite Halt gefunden. Noch einmal drehte er sich zu dem Karren und dem Pferd um. Das Pferd zupfte an einem Büschel Löwenzahn. Behände erklomm Gabriel am Seil die Mauer und schwang sich hinüber. Er landete in einem Gebüsch, ging in die Hocke und spähte in den Garten.

»*¡Madre de Dios!*«, zischte er, als er Sidonias zusammengesunkene Gestalt auf einer Bank erblickte. Im letzten Licht der Abendsonne blinkte das Messer, das ihrer Hand entglitten war. Blut tropfte von ihrem linken Handgelenk herab.

Mit einem Sprung befreite er sich aus dem Gebüsch und huschte zu der ohnmächtigen Sidonia hinüber. Er riss einen Zweig vom Pflaumenbaum und trennte mit seinem Degen einen Streifen Stoff von Sidonias Untergewand ab. Er presste den Zweig auf ihren Arm und schlang den Stoff darum, bis die Blutung zum Stillstand kam. Prüfend betrachtete er den waagerechten Schnitt, den sie sich zugefügt hatte.

»Nicht schräg genug, albernes Kind«, murmelte er. Behutsam bettete er Sidonia auf die Bank. Suchend schaute er sich im Garten um, entdeckte ein Kräuterbeet und eilte hinüber. Mit einem Busch Pfefferminze und Pfefferkraut kehrte er zur Bank zurück und zerrieb die Blätter vor Sidonias Gesicht.

»Komm schon, wach auf«, flüsterte er ungeduldig. Sidonias Mund entschlüpfte ein Stöhnen. Gabriel versetzte ihr eine Ohrfeige. Sidonia fuhr hoch. »Rühr mich nicht an, nie mehr«, rief sie voll Ekel und hob abwehrend die Arme.

»Ich halte dich nur so lange fest, bis du dich beruhigt hast. Der Verband darf nicht verrutschen.«

Sidonia riss die Augen auf und schaute in Zimenes' Gesicht: »Du? Was machst du hier?«

»Alberne Mädchen davon abhalten, mit Messern zu spielen!«

Sidonia richtete sich in seinen Armen auf. Ihr schwindelte, sie betrachtete ihr verbundenes Handgelenk. »Ich bin nicht tot?«

Gabriel Zimenes lachte auf. »Nach diesem Schnitt hätte es Tage gebraucht, bis alles Blut aus dir herausgeflossen wäre, und du wärest dabei nur vor Langeweile umgekommen. Wen wolltest du mit dieser Posse ärgern? Hat dein Vater dir ein Kettchen verweigert oder ein Kleid?«

Wut verlieh Sidonia die Kraft, sich aus Gabriels Armen zu befreien. Sie wollte sich erheben, doch sie war zu benommen. Stöhnend ließ sie sich auf die Bank zurücksinken.

»Wo ist euer Brunnen?«, fragte Gabriel knapp. Verwirrt wies Sidonia in eine Ecke des Gartens.

»Hm«, machte Gabriel, »scheint weit genug von den heimlichen Gemächern und der Sickergrube entfernt.« Wenig später kehrte er mit dem Schöpfeimer zurück. »Steck deinen Kopf hinein und trink«, befahl er.

»Wasser?«

»Wasser! Es wird dein feuriges Temperament kühlen, Mars scheint dein Geburtsplanet zu sein.«

Zögernd tauchte Sidonia ihr Gesicht in das klare Nass und trank.

»Brav«, sagte Gabriel, als lobe er sein Reitpferd. »Du brauchst viel Flüssigkeit, um dein Blut zu ersetzen, und eine Mahlzeit. So, und nun, da ich dein Leben gerettet habe, hätte ich gern einen Lohn.«

Sidonia wich zurück, als er an sie heranrückte. »Komm mir

nicht zu nahe«, flüsterte sie. Panik spiegelte sich in ihrem Gesicht.

Gabriel rückte an das andere Ende der Bank. »Gezierte Unschuld ist mir zuwider, ich will etwas anderes …«

Sidonia unterdrückte einen Entsetzensschrei und fiel von der Bank auf die Knie. »Bitte nicht das, bitte …«, flehte sie.

Gabriel schüttelte entgeistert den Kopf. »Es scheint, dass der Blutverlust mehr angerichtet hat, als ich dachte. Er trübt deinen Verstand. So anregend unser Tanz auf dem Fest auch war, ich habe keine Zeit, unsere Freundschaft zu vertiefen. Ich möchte eine Auskunft.«

Sidonia klammerte sich an die Bank. Der Stimme des Spaniers war anzuhören, dass ihn keine Begierde trieb. Sie hasste sich für ihre neue Furchtsamkeit. Würde sie von nun an in jedem Mann einen Feind oder Verführer sehen?

»Wo finde ich Lunetta? Ich bin gekommen, um sie fortzubringen.«

»Lunetta?« Mühsam hob Sidonia den Kopf. »Sie ist nicht mehr hier. Sie hat unser Haus schon vor einer Woche verlassen.«

»*¡Maldito!*«, entfuhr es Gabriel. Er erhob sich.

»Was willst du von ihr. Wer bist du? Und …« Sie biss sich auf die Lippen, aber sie musste diese Frage stellen. »Und warum hast du mich vor dem Ritter gewarnt? Wieso hast du gewusst, dass er mich nicht glücklich machen würde?«

Gabriel schaute auf sie hinunter. »Hat er es denn versucht? Ist er tatsächlich hier?«

Sidonia wandte den Blick ab. Der Degenträger war der letzte Mensch, dem sie ihre Schande offenbaren wollte.

»Nein, er ist noch nicht da. Es … es heißt, er sei tot«, brach es aus ihr hervor. Weinend schlug Sidonia sich die Hände vors Gesicht und schluchzte mit bebenden Schultern.

Gabriel kniete sich betroffen neben sie hin und streichelte ihr geflochtenes Haar.

»Du trauerst um einen dir unbekannten Mann? So heftig, dass du versucht hast, dich umzubringen? Was bist du für ein Kind. Das würde er nicht wollen, falls er noch lebt, glaube mir.«

Sidonia hob jäh ihr Gesicht: »Falls er noch lebt? Was soll das heißen? Ist er nicht beim Untergang seines Schiffs vor Spanien ertrunken?«

Sie wischte ihre Tränen fort, setzte sich auf und legte ihre Hand auf seinen Arm. Unwillkürlich umschloss Gabriel ihre Finger und beobachtete das lebhafte Mienenspiel der jungen Frau, das ihr besser zu Gesicht stand als ihr Zusammenbruch von eben. Sidonias Gedanken arbeiteten fieberhaft.

»Oh bitte, bitte sag mir alles. Du weißt nicht, was für mich davon abhängt!« Der Ritter war der einzige Mensch, der die Machenschaften seines Bruders Aleander gefahrlos aufdecken konnte. Wenn er der Mann von Ehre war, als den man ihn bezeichnete, würde er seinen Bruder vernichten, der es auf sein Erbe und seinen Titel abgesehen hatte. Vielleicht würde er sie sogar als seine Frau anerkennen, die sie auf dem Papier ja war!

»Ist Adrian von Löwenstein nicht ertrunken?«

Gabriels Miene verschloss sich. »Ich selbst war Arzt an Bord der Amorosa und habe den Untergang des Schiffes überlebt.«

»Und der Ritter?«

Gabriel stand auf. »Ich weiß es nicht. Ich weiß nur, dass er niemals vorhatte, dem Befehl seines Vaters zu gehorchen und dich zu heiraten. Er würde niemals dein Mann werden. Begrabe deine Mädchenträume! Du bist jung und reizvoll. Du wirst einen anderen betören.«

In Sidonias Augen funkelte Hass: »Hier geht es nicht um Mädchenträume! Ich will keine Träume. Es geht um einen Vertrag!«

Verächtlich schaute Gabriel auf sie hinab: »Dann galten

deine Tränen also nur dem Verlust des Grafentitels und einer Adelshochzeit? Ich war kurz davor, dich nicht für derart eitel und herzlos zu halten.«

»Mein Herz geht niemanden etwas an!«

»Da du keines zu haben scheinst, würde es auch niemanden interessieren. Um dem Ehegeschäft eurer Väter zu entgehen, wählte Adrian von Löwenstein den Weg in die Neue Welt. Er wollte sich und den seinen als Konquistador ein neues Vermögen erkämpfen.« Heißblütiger Narr, der er war, fügte Gabriel in Gedanken hinzu. Löwensteins Kampf um seine Ritterehre und lohnende Beute hatte vielen Indios das Leben gekostet. Doch das würde der Tochter eines gewinnsüchtigen Kaufmanns wohl kaum die Lust am Adelsstand verderben: »Eine Heirat mit dir kam für den Ritter nie in Frage. Gleichgültig für wie begehrenswert du dich hältst.«

Auch Sidonia richtete sich auf. Die Dämmerung war in Finsternis übergegangen, ein Käuzchen schlug an. Ihr Gesicht hob sich bleich gegen die Dunkelheit ab.

»Was kannst du darüber wissen? Hat er einem armseligen Schiffsarzt etwa seine Pläne offenbart?«

»Adrian von Löwenstein hat nur *eine* Frau geliebt«, erwiderte Zimenes. »Meine Schwester Mariflores. Eine Frau, die es wert war, geliebt zu werden, obwohl sie keinen Ochavo besaß. Er hat sie vor seiner Abreise in die Neue Welt geheiratet.«

»Das... das ist eine Lüge«, stammelte Sidonia. »Eine Lüge!«

»Ihre Tochter, meine Nichte Lunetta, ist der Beweis seiner jahrelangen Zuneigung!« Gabriel kämpfte gegen den Schmerz, der in ihm aufstieg. Mariflores hatte die Liebe des Ritters teuer bezahlen müssen! Wenigstens ihr Kind musste er retten.

»Lunetta?« Sidonia schnappte nach Luft und ballte ihre Hände. Die Schnittwunde an ihrem linken Handgelenk jagte einen rasenden Schmerz durch ihren Leib, doch der wog gering gegen die Verletzungen, die Gabriel ihrem Stolz zufügte. Ihre

Augen verengten sich zu Schlitzen: »Das Mädchen ist elf oder zwölf Jahre alt und eine Gauklerin! Sie spielt mit ketzerischen Karten herum ... Sie ...«

»... ist die Tochter des Ritters.«

»Wenn Adrian deine Schwester erst vor seiner Abreise heiratete, dann ist Lunetta ein Bastard, ein Kind der Schande ...«

Gereizt bis aufs Blut unterbrach Gabriel sie: »Durch die Heirat ist sie eine von Löwenstein! Mehr als du je sein wirst!«

»Aber deine Schwester ist und bleibt eine ...«, Sidonia hielt inne, dann spie sie ihm das Wort ins Gesicht, »eine Dirne! Eine Hure!«

Gabriels Miene versteinerte. »Womit die Heirat ein umso deutlicherer Beweis für die aufrichtige Liebe des Ritters Adrian von Löwenstein wäre. Aber davon scheinst du nichts zu verstehen. Und nun entschuldige mich, ich muss das Kind finden, bevor es ein anderer tut.«

Als Gabriel verschwunden war, sank Sidonia auf die Bank und schlug die Hände vors Gesicht. Eine böse Lust hatte sie dazu getrieben, dem Spanier das Wort Hure entgegenzuschleudern. So als könne sie es damit von sich abstreifen. Aber es verschaffte ihr keine Erleichterung. Im Gegenteil. Sie bereute ihren Ausbruch und fand sich nur noch abscheulicher. Lunetta war doch nur ein Kind! Ein Kind mit sehr traurigen Augen. Wer wusste schon, was das Schicksal ihr angetan hatte. Immerhin gab es einen Menschen, der alles riskieren würde, um sie zu retten. Wehmütig betrachtete sie die Mauer, über die Gabriel verschwunden war. Wenn sie nur auch ihrem Schicksal entfliehen dürfte, wenn es nur einen Menschen gäbe, der ihr Geld geben und zur Flucht verhelfen könnte.

»Komm ins Haus, Sidonia, ich habe mit dir zu reden!«

Sidonia fuhr herum und wusste mit einem Mal, dass im Eingang zum Weinkeller die einzige Person stand, die verzweifelt und entschlossen genug war, um sich mit ihr zu verbünden.

27

»Bist du sicher, dass das Pferd schnell genug ist?«

»Mein Vater hat einen denkbar einfachen Geschmack, er kauft von allem nur das Beste. Der Rappe sollte ein Geschenk für Adrian sein.«

»Dir wird wenig Zeit bleiben, wenn man das Klappern der Hufe auf dem Hof vernimmt. Aleander wird dir sofort Verfolger auf den Hals hetzen!«

»Hier sind Lappen. Hilf mir, sie um die Hufe des Tieres zu binden! Das wird die Entdeckung hinauszögern.« Das Licht eines Kienspans warf die Schatten zweier Gestalten an die Stallwand, die sich still ans Werk machten.

»Geschafft!« Sidonia streifte sich Reithandschuhe über die Hände. Schmerz durchzuckte sie, als sie das Leder über den Schnitt am linken Handgelenk zog.

»Oh Sidonia! Gott gebe, dass Aleander erst weit nach dem Morgengrauen erwacht!«

Sidonia führte ihr Pferd zur Stalltür. »Der Wein, den du ihm gabst, wird ihn lange in seinen bösen Träumen festhalten«, sagte sie kalt und spuckte aus.

»Dank Meister Siebenschöns Schlafmohnpulver. Aber sobald Aleander dein leeres Bett entdeckt, wird er dich jagen lassen! Er wird alles tun, um zu verhindern, dass du seinen Bruder Adrian findest, falls er wirklich noch lebt!«

»Daran will ich glauben, und mit dem Teufel im Nacken werde ich umso schneller reiten«, sagte Sidonia und schob ihr gekürztes Haar unter ein Barett.

Der Singsang des Nachtwächters erklang vor dem Tor des

Hofes. Er kündigte die fünfte Stunde des Tages an und erinnerte alle Bürger daran, auf offene Feuer und brennendes Licht zu achten. Im Gesindetrakt regten sich die Mägde. Sidonia verschloss dem Rappen das Maul, bis der Nachtwächter weiterzog. Die Dunkelheit ging in Dämmerung über.

»Welches Stadttor willst du nehmen?«

»Die Eigelsteinpforte. Dort öffnet man früh, um die Kohlbauern und Viehtreiber zum Markt einzulassen. Es sind nur wenige enge Gassen bis dahin, und ich bin schnell zwischen den Weingärten und Feldern vor der Mauer.«

»Bis zur Eigelsteinpforte musst du ein gefährliches Viertel passieren! Dort haust Lumpenpack.«

Sidonia lachte. »Umso besser, sie werden mich nicht erkennen. Dorthin habe ich nie Ausflüge unternommen! Sei unbesorgt, dank eines so schnellen Pferdes und in meinen neuen Gewändern fühle ich mich sicherer als je zuvor.«

»Trotz aller Verwandlung wirkst du sehr jung!«

Sidonia bückte sich und griff sich eine Hand voll Stroh, fuhr sich damit durchs Gesicht. Lehmspuren verdeckten ihre Haut und gaben ihr ein verwegenes Aussehen.

»Besser? Dank der Waffe wird man mich mit Freuden in einen Kaufmannszug nach Antwerpen aufnehmen.« Sidonia klopfte auf den Degen und führte ihr Pferd über den Hof. Ihre Begleitung folgte.

»Weißt du einen Degen zu benutzen, wenn dir Gefahr droht?«

»Ich habe mit Lambert von Kindesbeinen an Fechtspiele geübt und stets gewonnen.« Sidonia zog das Pferd auf die Gasse. Ein letztes Mal ließ sie ihren Blick über das Haus des Kaufmanns gleiten.

»Ich hoffe, das Geld, das ich dir geben konnte, reicht für die Schiffspassage nach Spanien.«

Sidonia entfernte die Lappen von den Hufen des Rappen. Der Kot der Gasse würde jedes Geräusch schlucken. Dann setzte sie den Fuß in einen Steigbügel. »Wenn das Geld nicht reicht, werde ich mir in Vaters Kontor in der Scheldestadt mehr besorgen. Schreibe mir dorthin! Ich muss wissen, wann Aleander von hier abreist und was er plant. Hoffentlich sucht er noch eine Weile in Köln nach mir.«

»Sobald du im van Berck'schen Kontor in Antwerpen auftauchst, wird man deinen Vater benachrichtigen!«

Sidonias Mund wurde zu einem harten Strich. »Dann kann ich nur hoffen, dass er sich an die Liebe zu seinem *Kätzchen* erinnert und den Mund hält! Geld habe ich ihm ja nun eingebracht.«

»Sprich nicht zu hart über ihn, auf seine Weise hat er ein großzügiges Herz. Du wirst ihm fehlen. Lass uns hoffen, dass Aleander keine Rache an ihm übt. Bedenke, dass er den Pilger ermordet haben muss, um die Nachricht über Adrians Schiffsunglück zu unterdrücken, und selbst Lunetta, seine eigene Nichte, wollte er töten.«

Sidonia schwang sich in den Sattel. »Beide standen seinen Heiratsplänen im Weg. Aber warum sollte er meinem Vater etwas anhaben? Man schlachtet keine Kuh, die sich melken lässt!«

»Du redest wie ein Mann! Noch dazu wie ein abgefeimter Schuft.«

»Ich hatte gute Lehrmeister und will für nichts anderes gehalten werden.« Sie klopfte auf die Satteltaschen. »Hier drin steckt Lamberts Geleitschreiben nach Spanien. Es wird mich bis Antwerpen ausweisen, und sehe ich nicht wie ein schmucker Jüngling aus in seinen Beinkleidern! Er hat sie nie getragen, weil sie ihm zu äffisch waren. Vater hat spanisches Leder und englisches Tuch verwenden lassen. Ich war ihm nie so dankbar für eins meiner Kleider. Und nun, öffne das Tor.«

»Selbst in dieser Aufmachung wirst du großen Gefahren ausgesetzt sein.«

»Wenn Gott einen Menschen strafen will, erfüllt er ihm seine Träume, heißt es. Ich wollte immer reisen – nun tue ich es. Mehr Sorgen mach ich mir um dich. Aleander darf nie herausfinden, wer mir zur Flucht verhalf!«

Ihr Gegenüber senkte den Kopf. »Lass uns ein Gebet sprechen.«

Sidonia verkniff sich eine spöttische Bemerkung. Sie faltete ihre Hände über den Zügeln. Die Witwe sprach den biblischen Psalm, den man Jakobspilgern in Abschiedsmessen mit auf die Reise gab.:

»Es wird dir nichts Böses begegnen,
denn der Herr hat seinen Engeln
befohlen, dass sie dich behüten
auf all deinen Wegen,
dass sie dich auf Händen tragen
und dass du deinen Fuß
nicht an einen Stein stoßest.«

Amen, wollte Sidonia schließen und ihr tänzelndes Pferd antreiben, doch die Witwe hob die Hand.

»Mögest du die leuchtenden Fußstapfen des Glücks finden und ihnen folgen auf deinem ganzen Weg.«

Sidonia beugte sich aus dem Sattel hinab und umschlang die Schultern Doña Rosalias. »Ich werde deinen Sohn Adrian finden! Das schwöre ich beim Allmächtigen.«

Und bei der Karte, die sie noch in der Nacht gezogen hatte. *La fuerza*, die Kraft, zeigte eine furchtlose Frau, die einem Löwen das Maul aufriss. Nannte Aleander sich nicht den Löwen des Glaubens?

Die Witwe erwiderte die Umarmung. »Suche in Spanien Padre Fadrique auf! Sage ihm, dass ich Lunetta zu ihm zurückgeschickt habe. Er wird wissen, was zu tun ist. Der Padre findet immer eine Lösung. Ich hoffe, dass sie sicher zu ihm gelangt. Du kannst ihm vertrauen.«

»Verzeih, dass ich dich immer mit so viel Mutwillen behandelt habe.«

Die Witwe schüttelte den Kopf. »Du musst mir verzeihen. Immerhin habe ich Aleander bei deiner Verführung geholfen und die Eheurkunde unterzeichnet!«

»Er drohte, deine Enkelin zu ermorden, und du hast sie gerettet. Und nun rettest du mich. Ich wünschte, ich wäre ähnlich selbstlos und hätte nur ein Zehntel deines Gottvertrauens!«

»Ach, Sidonia, du weißt nicht, wie ähnlich du mir bist! Wie du wurde ich für viel Geld an meinen verstorbenen Mann mehr verkauft als verheiratet. In Wahrheit liebte ich einen anderen, aber ich musste mich hinter der Maske des Hochmuts und strengster Frömmigkeit verbergen, weil…« Doña Rosalia brach ab. Dieses Geheimnis konnte sie nicht preisgeben. Entschlossen löste sie die Umarmung. »Reite mit Gott, mein Kind. Mein Herz begleitet dich.«

Als das Pferd am Ende der Gasse in Galopp verfiel und eine vorgelegte Kette übersprang, setzte Doña Rosalia einen Gruß hinzu, den sie zuletzt als Mädchen aus dem Mund ihrer Mutter vernommen hatte: »Schalom.«

Zweiter Teil

Antwerpen, Ende Juni 1527

Es wird eine Zeit kommen,
in der du glaubst, nun sei alles vorbei.
Genau dann geht es los.

Louis L'amour

1

Ein Glockenspiel läutete den Nachmittag ein. Silbernes Hämmern rollte wie eine tönende Perlenkette herab und verklang. Die Dohlen im Turm der Liebfrauenkirche nahmen ihr Geschwätz wieder auf. Ganz Antwerpen schien ein Loblied auf das Dasein – aus Seide und aus Holz, aus Metall und aus Stein, aus Tönen und aus Zucker. In ungezählten Buden und Laubengängen lagen die Schätze der Scheldestadt zur Schau.

Dank neuer Seehandelswege schickte Antwerpen sich an, Venedig den Rang als reichste Handelsmetropole des Abendlandes abzulaufen. Händler, Pilger und Bummler aus aller Welt wünschten, sie hätten hundert Augen für die hundert Seligkeiten. Ihre verliebten Blicke hingen an Lüstern aus Muranoglas, Polsterkissen aus dem Orient, silberdurchwirkten Ledertapeten aus Cordoba und Edelsteinen aus der Neuen Welt. Doch das herrlichste Schmuckstück in diesem Schmuckkasten war die Stadt selbst. Wie ein aufgestellter Spitzenkragen säumten Zunfthäuser den Grote Markt. Auf Stufengiebeln spiegelten goldene Drachen und Engel das Sonnenlicht.

Obwohl auch Köln zu den ersten Handelsplätzen Europas zählte, staunte Sidonia über die Pracht, die sie in den spanischen Niederlanden empfing. Die meisten ihrer Mädchenträume hatten sich als gefährliche Trugbilder erwiesen, aber ihr Traum von einer helleren Welt jenseits von Kölns klammen Gassen schien nicht verkehrt gewesen zu sein. Trotz ihrer drückenden Erinnerungen regte sich ein Gefühl von Leichtigkeit in ihr, als sie den Markt erreichte. Antwerpen war das Tor zur Welt.

Mit bedächtigen Schritten und besonnen in der Rede überquerten Kaufleute den Platz. Hunderte Sprachen durchschwirrten die Luft. Sidonia führte ihren Rappen und wich zwei Niederländerinnen aus, die die unzüchtigste Mode trugen: Ihre Brüste waren mit durchsichtigen Tüchern bedeckt, die vorgaben zu verbergen, was sie zur Schau stellten. Sie zwinkerten Sidonia zu und erinnerten sie daran, dass sie als Jüngling unterwegs war.

Sidonia errötete, nicht weil die Avancen der Damen sie erschreckten, sondern weil sie sich schämte. Nach fünfzehn Tagen Reise musste sie erbärmlich aussehen und riechen. Bis Wesel hatte sie zu Pferd vier Tage gebraucht, es dann aber nicht gewagt, ein Rheinschiff bis Dordrecht zu besteigen. Zu groß war die Gefahr, auf einer der Aaken oder Marktsegler einem Bekannten zu begegnen. Die Lauredanne, an deren Mast neben der Zunftflagge der Kölner Brauer eine Pilgerfahne geflattert hatte, war Warnung genug gewesen: Kölner konnte man auf allen Schiffen treffen, die Richtung Niederlande fuhren.

Sie hatte sich einem Kaufmannszug angeschlossen, dessen Fracht zu umfangreich für die Flussfahrt war. Der Preis für die Reise in Gesellschaft waren ein langsames Fortkommen und Nächte unter freiem Himmel gewesen. Während die Kaufleute sich Mann an Mann und auch Weib an Mann auf dem Boden oder in Gemeinschaftsbetten der Gasthäuser zur Ruhe legten, hatte Sidonia sich zur Karrenwache gemeldet. Das Beieinander in einem Bett, wobei die meisten nackt schliefen, hätte zur Entdeckung ihrer wahren Natur geführt.

Was es bedeutete, unter falschem Vorwand zu reisen, hatten ihr die Galgen vor Antwerpens Toren gezeigt. Man fackelte nicht lange mit Herumtreibern, die unerlaubt oder mit windigen Geleitbriefen zum Seehafen wollten. Schon wer eine ungenehmigte Wallfahrt antrat, konnte zum Tode oder zu Galeerendienst verurteilt werden. Eine als Mann verkleidete Frau hätte man lebendig begraben. Des Anstands wegen. Kein flämischer Christ sollte einer gehenkten Frau unter den Rock schauen, so hatte es die spanische Regentin und Tante Kaiser Karls V. verfügt.

Ob die freizügigen Damen von eben das wussten? Sicher hatten sie genug Geld, um sich Schamlosigkeit erlauben zu können, so wie sie selbst, als sie noch Claas van Bercks Kätzchen war. Vorbei!

Sidonia trauerte ihrem Dasein als Schmuckstück des väterlichen Hauses nicht nach. Sie war entschlossen, den Ritter zu finden, und – allen Ängsten zum Trotz – begeistert von den Freiheiten ihrer Reise.

Es war, als entdecke sie mit der Welt einen unbekannten Teil ihrer selbst. Mit jeder Meile, die sie zwischen sich und Köln legte, näherte sie sich dem unerforschten Kontinent ihrer Seele. Die Herausforderungen und Erlebnisse verdrängten das beklemmende Gefühl, eine Gefangene des Schicksals zu sein. Was zählten dagegen der Luxus ihres Vaterhauses, die Kleider, die Privilegien. Ein Bad allerdings oder eine Schüssel warmen Wassers …

»Junger Herr? Señor? Leeve Heer? Sir? Monsieur?«

Aufdringlich riss ein Wirtshausdiener Sidonia aus ihren Gedanken. »Wie?«

»Ah, Ihr seid Deutscher. Ich hatte es mir gedacht! Sucht Ihr eine Unterkunft, junger Mann?«

Sidonia musterte den Knecht. Er schien so sauber und ehrlich, wie man es von einem Gasthofwerber erwarten konnte, also nickte sie.

»Dann empfehle ich den Deutschen Adler gleich am Jordanskai! Der Wirt kommt aus Koblenz, die Betten sind anständig und das Essen reichlich. Auch für das Pferd wird gesorgt.«

Sidonia klopfte ihrem Rappen den Hals. »Ich reite einem Kaufmannszug von zehn Wagen voraus, um Quartier zu suchen. Habt ihr Platz für alle? Und auch eine Einzelkammer? Ich brauche Ruhe nach einem anstrengenden Ritt.«

Die Liebenswürdigkeit des Hausdieners steigerte sich ins Unermessliche. »Gewiss, gewiss. Ihr seht müde aus. Darf ich Euer Pferd führen? Möchtet Ihr ein Bier kosten? Vielleicht mit Kirscharoma? Oder einen grünen Hering? Ich kenne die besten Händler.«

Sidonia lehnte ab, konnte aber nicht verhindern, dass der Hausknecht auf dem Weg durch die Gassen der Käsehändler, Perückenmacher und Fleischhauer unablässig schwatzte. Überall wies er auf Köstlichkeiten und Kaufgelegenheiten hin, weil er an jedem Geschäft ein paar flandrische Groschen verdiente. Sidonia argwöhnte, dass er einen Umweg nahm.

Endlich gelangten sie zum Jordanskai. Auf dem großen Kanal lag Schiff an Schiff; ein Mastenwald, der immer wieder auseinanderschwamm und immer wieder nachwuchs. Begleitet von Möwengeschrei gelangten sie durch einen Torbogen in den Gasthof. Der Knecht gab dem Wirt Bescheid und führte das Pferd zum Stall.

Sidonia betrat die Schankstube. Seeleute, Pilger und wartende Schiffspassagiere hockten im Dämmerlicht über Bierhumpen. Der Wirt stand mit schmieriger Schürze hinter einem Holzbrett, das die Theke bildete.

»Willkommen, willkommen. Sehr vernünftig, dass man einen Quartiermacher vorgeschickt hat! Heute erwarten wir viele Gäste, denn in den nächsten Tagen werden zwei Großschiffe nach Spanien, vier nach England und eines nach Schottland in See stechen. So viel Verkehr hatten wir seit Monaten nicht. Der Wind stand schlecht, vor allem für die Route nach Spanien. Die Schiffe werden voll werden. Besser, man sichert sich direkt einen Platz. Habt Ihr vor, zu reisen? Soll ich Euch eine Passage buchen?«

Sidonia überging die Fragen und handelte Preise für die

Unterkunft von zwölf Kaufleuten, ihren Faktoren und Fuhrknechten aus. Sie stellte fest, dass ihr das Feilschen große Freude machte. Das Vorbild ihres Vaters war ihr nützlich. Schließlich stellte sie noch die Frage nach einer Einzelkammer und traf nun auf einen unnachgiebigen Wirt.

»Eine Kammer ganz für Euch allein? Was habt Ihr vor?« Sidonia übersah sein Zwinkern.

»Nichts, außer ein Bad zu nehmen, falls Ihr einen Zuber habt.«

»Einen Zuber? Wer soll den ins Zimmer tragen und füllen? Ich betreibe hier kein Badehaus!«

»Euer Knecht ist kräftig.«

Der Wirt lehnte sich vertraulich über sein Holzbrett und setzte flüsternd hinzu: »Und meine Magd drall und hübsch! Ein Liebling der Seeleute, wenn Ihr versteht, was ich meine.«

»Keine Magd!«

Der Wirt runzelte die Brauen. »Nun, das ist unüblich. Unterm Dach habe ich zwar verschwiegene Zimmer, doch gewöhnlich teilen sich zwei Gäste dort das Stroh.«

»Und wie viel zahlen Euch zwei Gäste?«

Der Wirt schob seine wulstigen Lippen vor wie ein Barsch. »Ein Silberstück muss ich mit dem Bad schon verlangen.«

»Ein halbes!«

»Und ein Viertel dazu, aber nennt niemandem diesen Preis, sonst ruiniere ich mich!«

Sidonia war des Handelns müde und nickte. Der Wirt streckte seine Pranke vor. »Ihr müsst für solchen Luxus im Voraus zahlen!« Sidonia griff in den Lederbeutel unter ihrem Wams und zählte die Münzen auf das Holzbrett. Als sie sah, wie gierig die Blicke des Wirtes auf ihrer Börse ruhten, ließ sie sie schnell verschwinden.

Während der Knecht ihr ein Bad bereitete, aß Sidonia in der Schankstube einen Teller Grütze mit salzigem Speck und Räucherfisch. Die Gespräche der anderen Gäste drehten sich um die Schiffe. Vor allem die endlich wieder fahrbare Spanienroute wurde diskutiert. Die Preise für die letzten Plätze an Bord waren enorm. Sidonia nahm sich vor, gleich morgen im Antwerpener Kontor des Vaters um weiteres Geld zu bitten. Sie musste das Land verlassen, bevor Aleander sie aufspüren konnte. Vielleicht hatte sie Glück und würde ihm entwischen, während er in Antwerpen wochenlang auf ein weiteres Schiff warten müsste.

Der Knecht ging auf den Markt, um den Kaufmannszug abzufangen, den Sidonia ihm beschrieben hatte. Er brachte ihre Reisegefährten glücklich mit. Sie luden Sidonia auf Bier und Käse ein und lobten ihr Verhandlungsgeschick bei den Preisen.

Es wurde sieben Uhr, bis Sidonia ihre Kammer beziehen konnte. Der Wirt hatte seinen Dachboden rings um den Rauchfang mit Holzwänden in eine zugige Zimmerflucht unterteilt. Tauben gurrten unter dem Dach.

Sidonia ließ Degen und Satteltaschen fallen und untersuchte das zum Bett aufgeschüttete Stroh auf Wanzen. Sie stellte erleichtert fest, dass alles sauber war. In einem Holzzuber, der nicht mehr als ein Hockbad erlaubte, dampfte Wasser.

Rasch entkleidete sich Sidonia, löste die Bandagen, mit denen sie ihre Brüste flach hielt, und stieg in den Zuber. Selten hatte sie mit so viel Wonne ihren Körper gereinigt, ihre Muskeln entspannten sich in der Wärme. Ein Luxus, den sie nicht gegen alle Schätze Antwerpens eingetauscht hätte. Müde ließ sie sich nach dem Bad auf das Strohlager fallen und deckte sich zu. Knarrender Nordwind wiegte sie in den Schlaf.

Das Gepolter und Seufzen anderer Gäste, die die Bretterverschläge bezogen, ihr Wasser über dem Nachtgeschirr abschlugen und sich grunzend aufs Stroh rollten, vernahm sie nicht mehr. Sidonia schlief tief. In ihren Träumen flog sie in scharfem

Ritt die Pappelalleen Flanderns entlang, sah den weiten Himmel, atmete die Salzluft und genoss den Wind, der ihr über den Nacken strich, kühl über ihren Rücken kroch und jäh zwischen ihre Schenkel fuhr.

Mit einem unterdrückten Schrei schreckte Sidonia aus dem Traum hoch und spürte eine Hand an ihrer Scham.

2

Zur gleichen Stunde saß eine Gruppe Pilger in einer verräucherten Hafenschenke und ließ sich bei viel Wein, den ein Schiffsagent spendierte, seine Karacke schildern.

»Die Fortuna ist ein seeerprobtes Schiff! Sie verfügt über ein Zwischendeck, das neben der Ladung den Passagieren zur Verfügung steht. Drei Segel sorgen für gutes Fortkommen, unsere Trinkwassertonnen sind mit Ton gegen die Fäulnis ausgekleidet, und die Besatzung ist erfahren ...«

Ein älterer Pilger unterbrach den Redestrom des Anreißers. »Wie hoch über dem Schiffsrumpf befindet sich das Zwischendeck? Man riet uns, nicht über dem Bilgenwasser zu schlafen, das sich im Schiffsbauch fängt, da es pestilenzisch stinkt und Krankheiten überträgt.«

Der Anwerber schwieg einen Moment, um nach mehr Wein zu schnippen. »Euch stehen täglich zwei Mahlzeiten zu und ein Glas Malvasier ...«

»Wo befindet sich euer Zwischendeck«, beharrte sein Gegenüber und schob seinen Becher zur Seite.

»Nun, eh, unsere Karacke ist frisch kalfatert, es wird kaum Wasser eindringen, und die Pumpen ...«

Der Pilger verschärfte seinen Ton: »Ihr wollt uns also in ein lausiges Loch zwischen die Warenballen sperren! Fernab von der frischen Luft und direkt bei den Ratten. Dort, wo man bei Seenot als Erster ersäuft!«

Der Anwerber winkte heftiger nach Wein, doch die Pilger erhoben sich und wechselten zum Nachbartisch, an dem der Schiffsschreiber einer Galeone Platz genommen hatte.

»Komm, steh auf, Mädchen.« Ein Pilger rüttelte Lunetta wach, die auf einer Bank schlief. »Wir müssen einen anderen Schiffspatron finden.«

Der Anwerber der Karacke schickte ihnen unchristliche Flüche nach. Der Führer der Kölner Jakobspilger machte sich mit dem Vertreter der Galeone bekannt, der zunächst die Kunden reden ließ.

»Mein Name ist Sebald Rieter, ich bin Braumeister und Ratsherr und führe eine Wallfahrt nach Santiago. Wir brauchen Unterkunft für neun Männer, zwei Frauen und ein Kind. Nicht zu vergessen die Hühner und den Käse, den wir mitzunehmen gedenken, falls der Proviant knapp wird. Ist auf Eurem Schiff Platz?«

Der Angesprochene nickte knapp.

»Man sagte uns, die Passage nach La Coruña koste zwischen fünfzig und sechzig Dukaten.« Ein hoher Betrag, den der gewitzte Sebald um zehn Dukaten abgerundet hatte, um Verhandlungsspielraum zu behalten. Diesen nutzte der Galeonen-Anwerber sofort aus.

»Auf der Negrona sind es siebzig Dukaten, schließlich handelt es sich um ein ganz neues Schiff. Venezianische Dukaten, versteht sich.« Die Goldmünzen der italienischen Republik waren seit Jahrhunderten die verlässlichste Welthandelswährung. Ihr Goldgehalt wurde streng überwacht und Münzschaber, die sich Goldstaub von den Rändern abfeilten, streng bestraft.

»Siebzig Dukaten!« Der Pilgerführer gab sich erstaunt. »Dafür darf man einiges erwarten.«

»Mehr als euren Käse. Drei Feldschlangen, sechs Falkonetts auf Rädern, dazu acht Böcklein und Eisenbüchsen, die Steine im Kaliber einer Kartaunenkugel fassen.«

»Ihr sprecht von der Bewaffnung?«

Der Galeonenwerber nickte. »Die Negrona ist ein kriegstaugliches Kauffahrtschiff. Vor Spaniens Küsten kreuzt eine Menge Seeräuberpack. Und die haben es nicht auf das Leben eurer Hühner abgesehen. Mit drei besegelten Masten nimmt die Negrona auch das kleinste Lüftchen an und kann auf Blauwasser fern der Küste segeln. Die Karavellen der Korsaren geraten auf offener See schnell in Not.«

Sebald Rieter strich sich den Bart. Die Argumente des Mannes waren einleuchtend. »Und wie viele Schlafplätze habt ihr noch?«

»Wenn ihr an Deck bleiben wollt, wozu ich rate, weil ihr dort raschen Zugang zu den Abtritten und dem Kessel des Proviantmeisters habt, kann ich euch neun bis zehn Plätze schaffen. Mehr nicht, wir sind ausgebucht. Es sind lange keine Schiffe mehr gen Spanien gesegelt.«

»Siebzig Dukaten pro Nase, und das für Nächte unter freiem Himmel! Ich bitte Euch!«

Der Anwerber griff nach seinem Hut und setzte ihn auf. »Die Zelte auf dem Achterkastell sind vergeben und doppelt so teuer. Ihr seid Pilger. Heißt es nicht, dass der Herr den Himmel mit der Milchstraße ausstirnte, um den Weg zum Grab des Apostels zu weisen? Habt Vertrauen in die Sterne, ansonsten: Gott zum Gruße!«

Der Mann wollte sich verabschieden, doch der Brauer hielt ihn hastig zurück.

»Können wir zusätzliche Bedingungen ausmachen? Etwa, wie im Todesfall eine Bestattung aussieht? Keiner von uns möchte über Bord geworfen werden, und wir wollen regelmäßig die Messe feiern.«

Der Anwerber hob die Brauen: »Die Messe feiern? Ihr wisst, dass es verboten ist, das Blut Jesu Christi nach der Wandlung zu verschütten. Jede Bugwelle würde zur Messsünde führen!«

Jetzt war es an Sebald, seine technische Überlegenheit zu beweisen. Aus seinem Pilgersack zog er einen Messkelch hervor, dessen oberer Teil auf einem Kardangelenk ruhte. »Mit diesem mechanischen Wunderwerk wird jedes Schwanken des Schiffes ausgeglichen.«

»Wer seekrank ist, könnte die Hostie und damit den Leib Christi ins Meer speien!«

»Ich verspreche, dass niemand, der unter Übelkeit leidet, teilnehmen wird. Also, habt Ihr einen Priester an Bord?«

Der Werber schien nun überzeugt. »Ja, unter den Passagieren ist ein vornehmer Mönch. Ein Spanier.«

Ein stöhnender Laut lenkte seinen Blick auf Lunetta, die sich an ihren Pilgersack klammerte. »Wer ist das?«

»Ein stummes Mädchen, das in Santiago auf Heilung hofft. Nun, wie viele Plätze habt Ihr?«

»Ich sagte bereits, es sind neun, höchstens elf, wenn ihr eng zusammenrückt. Ihr werdet euch von einem Reisegefährten trennen müssen. Ich rate euch, das Mädchen zurückzulassen, sie wird bestimmt einen barmherzigen Schiffspatron finden, der sie kostenlos mitnimmt.« Er pausierte kurz. »Etwa meinen Kollegen von der Karacke. Seinem Seelenheil täte ein wenig Barmherzigkeit gut und seinem Schiff erst recht.«

»Ich werde mich der kleinen Pilgerin annehmen«, mischte sich die sanfte Stimme eines Mönches in das Gespräch, »so wie es Christenpflicht ist.«

Der Galeonenwerber wandte sich um: »Ah, Señor Aleander! Darf ich vorstellen, dies ist der Priester, der euch gewiss mit Freuden dann und wann die Messe lesen wird. Er ist ein hochrangiger Vertreter des Heiligen Officiums von Santiago und hat das beste Deckszelt gemietet.«

Ein Tumult, der von der Bank her kam, unterbrach ihn. Lunetta kämpfte mit Sebald, dem Braumeister, der sie zu beruhigen suchte.

»Seid ihr sicher, dass sie nur stumm und nicht irre ist?«, wollte der Passagierwerber von den Pilgern wissen.

»Sie ist ein Kind Gottes«, sagte Aleander salbungsvoll, »nur das allein zählt. Sollte ein Exorzismus notwendig sein, ist sie bei mir in besten Händen. Komm, Mädchen, ich habe mit dir zu reden.« Die Pilger machten ihm bereitwillig Platz. Einigen unter ihnen war die Nähe des Kindes von Anfang an unbehaglich gewesen, da ein Judenarzt Lunetta an sie vermittelt hatte. Teufelsbrut auf dem Weg zum wahren Jakob – da sei Gott vor. Nur Sebald, dem Meister Siebenschön erfolgreich einen kieselgroßen Blasenstein gezogen hatte, protestierte schwach: »Aber wir haben versprochen, das Mädchen nicht im Stich zu lassen! Ich gab mein Wort als Christenmensch.«

Der Dominikaner sah ihn hochmütig an: »Wovon redet Ihr? Nirgends könnte ein Kind sicherer sein als im Schoß unserer Heiligen Mutter Kirche.« Er packte Lunetta mit eisernem Griff und zog sie aus der Schenke fort.

3

Sidonia schlug die Hand fort. Im Licht eines Strahlenfingers, den der Vollmond durch die Holzwand schob, erkannte sie den üppigen Leib einer … Frau!

»Wer bist du?« Sie ballte ihre Hand, bereit, die dralle Magd grün und blau zu schlagen.

»Die Frage ist wohl eher, wer du bist! Jedenfalls kein geiler Jüngling, wie der Wirt mir versprach! Eine Frau in Männerkleidern, das ist Teufelswerk. Schlimmer als jede ehrliche Hure! Ich möchte gar nicht wissen, warum du dich so gegen die Natur und Gott versündigst. Mit einem Leib wie deinem. Haut wie Sahne. Ich kenne Männer, die ein Vermögen dafür gäben, um die einmal zu berühren.« Sie tastete nach Sidonias Brüsten.

Sidonia riss die Decke an sich. Eine Welle von Scham überflutete sie. Bilder an die Nacht mit Aleander krochen in ihr hoch. Bilder, die sie in den letzten Tagen so erfolgreich verdrängt hatte, dass sie nun mit doppelter Wucht zurückkehrten.

»Verschwinde«, stieß sie heftig hervor. »Ich will deine schmutzigen Dienste nicht!«

Die Magd kicherte. »Soll ich mich vorher baden wie du?«

»Lass die Scherze und hau ab.«

»Erst, wenn du mir meinen Lohn gibst. Fünf Silbergroschen sind üblich. In deinem Fall erhöhe ich auf zehn, schließlich habe ich mich sehr erschreckt. Dafür sag ich nichts weiter! Ich schwör's sogar für drei Groschen mehr.«

Sidonia sprang auf die Füße, riss ihren Degen hoch, der neben ihren Satteltaschen lag. »Du kannst deinen Lohn in blankem Stahl bekommen.«

Sie war selbst erschrocken über das Ausmaß ihres Zorns. Noch erschrockener war die Magd. Sie flüchtete mit fliegendem Hemd aus dem Bretterverhau. Die Flüche aufgestörter Gäste begleiteten sie.

Sidonia ließ sich auf ihr Lager fallen. Ihr Zorn verblasste. Sie fühlte sich schmutzig trotz ihres ausführlichen Bades. Ihr Leib, der selbst Frauen zu unsittlichen Berührungen verführte, widerte sie an. Ach, wenn sie nur wirklich ein Mann sein könnte, wenn sie diesen verdammten Körper einfach verlassen dürfte, unsichtbar sein oder unberührbar wie ein Leproser, dem die Glieder wegfaulten. Sie kämpfte gegen Tränen, Ekel und Übelkeit an. Und gegen böse Ahnungen. Verdammt, der Besuch der Magd roch nach Ärger. Sie tastete nach ihrer Geldbörse und fand sie unter ihrer Kleidung. Sie presste das Geld an ihre Brust. Den Rest der Nacht verbrachte sie unruhig.

Früh um sieben verließ sie den Gasthof, um das Flandernkontor ihres Vaters aufzusuchen. Sie musste hier weg, so schnell wie möglich, und dafür brauchte sie alles Geld, das sie bekommen konnte.

Der Seewind hatte den Jordanskai rein gefegt, der Himmel wölbte sich über wendigen Karavellen, Koggen, schwerfälligen Karacken und Fischkähnen. Staunend verweilte Sidonia vor der Galeone Negrona, deren Bug wie ein Vogelschnabel in die Luft ragte. Ihr Achterkastell war mit bunten Fenstern versehen. Für einen Moment malte sie sich aus, welch herrlichen Ausblick man von der Kapitänskajüte aufs Meer haben musste. Das Meer!

Aufgemuntert von diesen Aussichten schob sie sich durch das Gewimmel der Fasszähler, Sackträger, Hafenbeamten und Boten, vorbei an der Burg des Markgrafen bis zur Gorterstraat. Kopfschüttelnd betrachtete sie das Portal des väterlichen Fernkontors, dass wie ein Reliquienschrein geschnitzt war. Unverbesserlicher Claas van Berck! Sein Geld hatte ihn dazu verleitet, sich für den Meister der Wirklichkeit zu halten.

Sie öffnete die Tür und betrat eine Stube. Das Kontor roch nach Talg. An Stehpulten kratzten Schreiber und Buchhalter mit Gänsefedern über Papier. Sie sahen kaum auf, als der schlanke Jüngling auf einen Tisch am Ende des Raumes zusteuerte. Hier thronte der Hauptfaktor neben Rechenbrett und Geldkästen. Er studierte Auftragsbögen.

Sidonia räusperte sich, um ihre Stimme tiefer zu machen. »Guten Tag, werter Herr Mijnhart.«

Der Mann schaute mit ausdrucksloser Miene auf. »Guten Tag.« Sidonia zog den Geleitbrief des Kölner Rates aus ihrem Hemd und legte ihn vor Mijnhart hin.

»Ich bin Lambert van Berck, der Sohn Eures Meisters. Dieses Dokument weist mich aus.«

Der Mann hinter dem Schreibtisch machte keine Anstalten, das Dokument zu prüfen. Bemüht, ihre Stimme noch tiefer klingen zu lassen, fuhr Sidonia fort. »Ich bin auf dem Weg nach Spanien und wollte fragen, ob Briefe für mich gekommen sind.«

»Spanien?« Die Frage kam wie ein Peitschenhieb. Sidonia wich zurück. Der Faktor musterte sie. Noch immer waren seine Augen ausdruckslos. Sidonia sah sich zu weiteren Erklärungen gezwungen.

»Nun, ja, ich, also ich werde die spanische Mission des Kölner Rates zum Kaiser begleiten. Wegen der kirchlichen Steuerfragen, also, weil … «

»Zum Kaiser?«

Mein Gott, plapperte der Mann alles nach wie ein Papagei? In Hauptwörtern, schnarrend und bar jeder Höflichkeit? Verflucht, sie war die Tochter seines Geldgebers. *Genau*, warnte eine innere Stimme sie, *du bist die Tochter, nicht der Sohn!* Besser sie fasste sich kurz.

»Also, habt Ihr Briefe?«

Der Mann schob ihr ein gefaltetes Pergament über den Tisch, das er bereitgelegt zu haben schien. Na, also. Rasch ergriff sie den Brief und steckte ihn in ihr Hemd.

»Und dann wollte ich Euch bitten, mir Geld für die Reise vorzuschießen.«

Der Faktor lehnte sich in seinem Stuhl zurück, seine Miene wurde noch kälter. »Soweit ich weiß, werden die Kölner Gesandten erst in zwei oder drei Wochen hier erwartet.«

»Nun, eh, ich bin sozusagen die Vorhut.«

»Die Vorhut, so so. Gleichwohl, alle Eure Kosten sind bereits abgedeckt. Euer Vater hat hierfür genug gezahlt.« Mit dem Finger tippte er auf den Geleitbrief.

Sidonia merkte, dass sich Schweißperlen in ihrem Nacken sammelten. Sie versuchte es mit einem Lächeln.

»Ja, sicher, aber ein junger Mann hat gewisse Ausgaben, und mein Vater möchte, dass ich standesgemäß gekleidet bin.«

Sie versuchte es mit dem flehenden Blick, der ihr als schöne Sidonia so oft geholfen hatte. Grün funkelten ihre Katzenaugen.

Der Faktor ließ sich Zeit für eine Antwort. Er schien sie unter den Staubkörnern zu suchen, die in der Luft tanzten. Endlich beugte er sich vor.

»Ich habe kein Geld.«

Empört schaute Sidonia auf die Geldkästen auf dem Tisch. »Aber ...« Leise setzte sie hinzu: »Bitte, ich brauche es dringend!«

Der Faktor ließ seinen Blick durch den Raum gleiten und winkte sie zu sich heran.

»Wenn ich dir einen Rat geben darf, dann mach, dass du fort kommst. Egal wie, nur nicht auf einem Schiff nach Spanien. Meide die *christliche* Seefahrt! Und meide vor allem die Negrona. Das sage ich als alter Freund deines Vaters, mein *Junge*.«

Er griff nach dem Geleitbrief und zerknüllte ihn mit mächtiger Hand.

»Was soll das heißen?«

Der Faktor lehnte sich wieder in seinem Stuhl zurück. Er griff nach einer Feder, tauchte sie in Tinte und begann zu schreiben. Sidonia schien seinem Gedächtnis entfallen zu sein. Verwirrt schaute Sidonia sich im Kontor um, keiner schien ihre Anwesenheit noch zu bemerken. Deutlicher konnte ein Rauswurf nicht sein.

Sie drehte sich um und lief zum Ausgang und in die Gasse. Sie rannte zurück zum Kai, immer am Rand des Piers entlang, auf den Gasthof zu. Irgendetwas oder irgendjemand musste sie verraten haben! Nur wer? Aleander, schoss es ihr durch den Kopf. Der Mönch musste bereits in Antwerpen sein. Der langsame Kaufmannszug, mit dem sie geritten war, war eine schlechte Wahl gewesen. Mit guten Schiffen ließ sich die Scheldestadt von Köln aus in einer Woche erreichen. Hatte Aleander bereits im Kontor des Vaters vorgesprochen? So musste es sein.

Atemlos erreichte sie den Gasthof, stürzte die Treppen zum Dach hinauf und begann fieberhaft zu packen. Dann besann sie sich. Der Brief! Vielleicht konnte der Brief ihr Aufklärung verschaffen. Zitternd nestelte sie das Schreiben aus ihrem Hemd, setzte sich auf einen Schemel und wollte ihn lesen. Ein hartes Pochen an der Brettertür ließ sie innehalten.

4

Der Wirt drängte seine massige Gestalt in die Kammer. Seine Stimme war munter.

»Guten Morgen, Ihr wart bereits früh auf den Beinen, weshalb ich erst jetzt mit Euch sprechen kann.«

»Ich habe es eilig. Und bereits gezahlt!«

»Genau darüber wollte ich mit Euch sprechen. Meine Magd kam gestern Nacht zu mir. Völlig aufgelöst, das arme Ding! Sie erzählte mir eine unglaubliche Geschichte!«

Sidonia wollte sich vom Hocker erheben, doch der Wirt drückte sie wieder hinab.

»Als Gastwirt habe ich Pflichten. Ich muss gewisse Vorkommnisse melden. Das Hafenamt hat strenge Vorschriften, was die Beherbergung von Fremden angeht.«

Sidonia schaute widerwillig zu ihm hoch.

»So? Und wie lauten die Bestimmungen über liederliche Mägde? In Köln ist Hurerei in Schenken verboten, und Hurenwirte prügelt man mit Ruten zur Stadt hinaus.«

Der Wirt schlug nach einer Fliege und traf. »Ich habe die besten Verbindungen zu den Beamten. Sie essen, trinken und schlafen gelegentlich bei mir. Und bei der Magd. Auch Informationen nehmen sie dankend von mir entgegen.«

»Gegen Geld, nehme ich an.«

»Gegen viel Geld. Schließlich will man den Hafen von zwielichtigem Pack frei halten.«

Sidonia straffte die Schultern, sie wollte nur noch heraus aus diesem Verschlag und diesem Gespräch.

»Wie viel?«

Der Wirt leckte sich die Lippen. »Fünfzig Goldgulden ist ein verkehrter Adam sicher wert.«

Sidonia fuhr hoch und stieß den Wirt mit aller Kraft beiseite. »Das ist ein Vermögen!«

»Über das du verfügst, *Mädchen!*«

Wenig später wandelte Sidonia wie eine Marionette wieder am Hafen entlang. Wer zog die Fäden in ihrem Leben? Und was sollte sie nun tun? Auf dreißig Goldgulden hatte sie ihren Erpresser herabhandeln können, weil sie ihm ihr Pferd überlassen hatte. Den Rappen brauchte sie nicht mehr, denn eins war sicher: Sie musste nach Spanien, und sie brauchte ein Schiff. Die schnelle Galeone Negrona war unerreichbar. Zehn Goldgulden besaß sie noch. Für die Bettler, die am Pier herumlungerten, die Tagelöhner und die Krantreter wäre das gewiss ein Vermögen, aber für sie?

Mutlos betrat sie eine Schifferkirche und ließ sich auf eine Bank fallen. In einer Seitenkapelle leierte ein gemieteter Diakon Seelenmessen herunter, hob und senkte den Messkelch vor dem Altar, als hätte er einen Korb Wäsche aufzuhängen. Der Gekreuzigte schaute vom Altarbild auf ihn herab.

Es war ein Jesus des Grauens, festgehalten von einem flämischen Meistermaler aus der Schule Breughels. Dornen, Nägel und Pfeilspitzen ragten überall aus seinem Fleisch, so als sei der Künstler auch Folterexperte gewesen. Es war ein Christus, der eingesehen hatte, dass der menschliche Wille gegen das Schicksal nichts ausrichten kann.

Sidonia schoss eine Frage des Heiligen Antonius durch den Kopf, der das Portal des Kölner Antoniterhospitals zierte: *Ubi eras Jesu bone, ubi eras, quare non affuisti, ut sanares vulnera mea?* Wo warst du, guter Jesus, wo warst du? Und warum kamst du nicht und verbandest meine Wunden?

Der Diakon schlug hastig so viele Kreuze, wie ihm bezahlt worden waren. Auch in dieser prachtvollen Kirche wurde der Glaube vor allem von der Furcht vor Höllenqualen genährt. Qualen, die das Bild des Gottessohns festhielt und auf die es auf Erden genug Vorgeschmack gab. Heitere Zuversicht in Gott? Sie fehlte Sidonia. Seufzend entfaltete sie den Brief, den sie noch immer nicht gelesen hatte.

Liebste Sidonia, begann er in der steilen Handschrift Rosalias, *etwas Schreckliches ist geschehen.*

Was auch sonst! Widerstrebend las sie weiter.

Am Morgen nach deiner Flucht bekamen wir Nachricht, dass Lambert verhaftet worden ist. Er ist der Ketzerei angeklagt, und sogar wegen des Mordes am Reliquienhändler deines Vaters wurde er vernommen. Ich brauche dir nicht zu sagen, wer diese Anklagen erhob! Der Teufel, dessen Namen ich nicht nennen will, nimmt keine Atempause. Ich weiß, wie sehr dich diese Nachricht treffen muss.

Es bleibt uns ein einziger Trost: Aleander hat noch am gleichen Morgen Köln verlassen. Nun ist dein Vater frei, seinen Einfluss geltend zu machen. Er hat einen guten Anwalt gefunden. Sein Name ist Adolf Clarenbach. Er ist ein Theologe und scheint sich mit den Vorwürfen der lutheranischen Ketzerei auszukennen. Er ist ein gelehrter, hochherziger Mann, und der Gewaltrichter hat bereits zugesagt, Lambert nicht auf den Turm zu setzen, sondern in seinem eigenen Haus unter Bewachung zu halten.

Ich habe Lambert gesehen, und es geht ihm gut. Mein Kind, ich bete für dich und dafür, dass du deine Reise antreten konntest, bevor dieser Brief dich erreicht, da er dir gewiss nur Kummer machen wird. Ich werde dir neue Nachricht an die verabredete Adresse in Santiago schicken. Sei gesegnet und Gott schütze dich

Rosalia de Fraga, Gräfin Löwenstein

Atemlos ließ Sidonia den Brief sinken. Lambert verhaftet! All ihre Opfer umsonst. Aleander war und blieb der Mann, der die Fäden zog, wie es ihm beliebte, die Welt war sein Puppenspiel. Sie schüttelte den Kopf: Das durfte nicht sein, das konnte nicht sein. Gab es denn keinen gerechten Gott? Möglichst einen strafenden, rächenden, zürnenden?

Mit brennenden Wangen schaute Sidonia zum Hauptaltar und zuckte zusammen. Nicht über den milden Blick des Heiligen Jakobus, der neben einer Schifffahrtsmadonna thronte, sondern über eine Gruppe Männer und Frauen, die dort kniete. Sie erkannte sie an ihrer Wappenflagge mit den elf Flämmchen. Es waren Kölner Bürger auf Pilgerfahrt. Unter ihnen der wohlhabende Braumeister Sebald Rieter, den sie aus dem Haus ihres Vaters kannte. Mit Wachskerzen in der Hand betete die Gruppe für eine sichere Passage nach Spanien.

Noch ein vertrautes Gesicht entdeckte sie in der Gruppe: Es gehörte dem Stadtsoldaten Goswin, der einen neuen Brustpanzer trug und statt zu beten grimmige Blicke durch die Kirche gleiten ließ, als befürchte er aus den Seitenkappellen einen Angriff auf die Kölner Gesellschaft. Man schien ihn als Wächter der Gruppe angeworben zu haben.

Schnell schlüpfte Sidonia aus ihrer Bank und stahl sich zum Ausgang. Es schien, dass sie ihrer Vergangenheit nicht entkommen konnte. Nein, es gab keinen gerechten und schon gar keinen gütigen Gott. In dieser Welt gab es nur die Macht des Teufels ...

Sie prallte mit einem Mann zusammen, der eben in die Kirche trat. Zornbleich schaute sie auf und starrte in zwei wohlbekannte Augen.

5

Sie promenierten am Hafenkai entlang. Ein spanischer Degenträger und ein Jüngling, der sein Page hätte sein können. Ein gefälliges Paar, dem die Blicke von Mägden so sehnsüchtig folgten wie die der Bürgersfrauen. Jedes Mal, wenn Gabriel Zimenes Sidonia ansah, musste er gegen seinen Willen schmunzeln.

Die Beinkleider und das Samtwams standen ihr gut. Sie trug das Barrett so tief in der Stirn, dass es ihre helle Haut verschattete. Nie war ihm eine Frau von solcher Keckheit begegnet, oder handelte es sich doch nur um die Leichtfertigkeit eines verzogenen Kindes?

»Du bist ein appetitlicher Kerl, Lambert van Berck.«

Sidonia runzelte die Stirn. »Wenn dich jemand hört, könnte er meinen, wir seien Anhänger des verkehrten Amors.«

»Und solche Sünde wäre dir als fromme Kirchgängerin ein Gräuel! Männer, die einander lieben. Nein, das darf es nicht geben unter der Sonne, und es gibt es doch, glaube mir. Gerade auf Schiffen und im Schiff der Mutter Kirche.«

Sidonia fand seinen Blick beunruhigend. Zimenes lächelte, aber seine Augen machten nicht mit. Sie schluckte und schaute einer Möwe nach, die herabstach, um sich einen Hering aus einer Schubkarre zu stibitzen.

»Lass uns das Thema wechseln, mich interessiert weder die Liebe zwischen Männern und Frauen noch die zwischen Männern und Männern.«

Zimenes verneigte sich. »Ich vergaß, dass dein Herz unberührbar ist und dass du mittellose Frauen, die mit allen Sinnen einen Mann lieben, für Huren hältst.« Herrje, was trieb ihn zu diesem Geplänkel? Sie war ein törichtes Kind, mehr nicht. Hübsch, aber unbedeutend. Was wusste sie schon von der Liebe? Nichts, auch wenn ihr voller Mund die Begabung zur sinnlichen Lust versprach. Ach was, törichte Kinder gaben einem törichte Gedanken ein. Gabriel Zimenes zwang sich, den Blick von ihr abzuwenden.

Er sah nicht, wie Sidonia errötete: »Verzeih mir meine Worte gegen deine Schwester, ich bin nicht unberührbar, im Gegenteil, ich ...«, sie brach ab. Sie wollte Zimenes nicht ihre wahre Not verraten. Die letzten Tage hatten sie gelehrt, niemandem zu vertrauen. Man konnte keinem Menschen hinter die Stirn blicken, und schon gar nicht Gabriel Zimenes. Doch sie musste sein Vertrauen gewinnen, wenn sie seine Hilfe wollte.

»Wie kommt es, dass du hier bist? Ich hörte, die Delegation zum Kaisers reist erst in zwei Wochen von Köln ab«, fragte sie wie beiläufig.

»Ich habe meine Dienste als Dolmetscher aufgekündigt. Und falls du dir noch immer Sorgen um mein Auskommen als kleiner Quacksalber machst, so tröste dich, ich bin als Schiffsarzt untergekommen. Ein schlecht bezahltes Geschäft, aber es gibt Wichtigeres als Geld.«

Sidonia biss sich auf die Lippen. Gabriel Zimenes hatte ihre lächerlichen Worte über seinen niederen Stand nicht vergessen. »Es tut mir leid, was ich über dich gesagt habe. Ich bin nicht so gefühllos, wie du glaubst, aber wer in dieser Welt zu viel Herz besitzt, ist ein Narr!«

»Oder ein Heiliger, was das Gleiche ist, pflegte mein Lehrer Fadrique zu sagen.«

Sidonia umklammerte Zimenes' Hand. »Fadrique? Meinst du Padre Fadrique?«

Spielerisch verschlang Gabriel seine Finger mit den ihren und zwang sie auseinander.

»Du hast die bedauerliche Angewohnheit, mich in der

Öffentlichkeit unziemlich anzufassen. Lass los, bevor die beiden Hübschen da vorne vor Schreck das Gleichgewicht verlieren.«

Er deutete mit dem Kopf in Richtung zweier Milchmägde, die auf Tragjochen schwappende Eimer übers Pflaster trugen.

Sidonia ließ Zimenes los. Sie hasste diesen Kerl, wenn er auf ihre Kosten spottete, und noch mehr hasste sie es, dass sie ihm so oft Gelegenheit dazu gab. Er behandelte sie wie ein albernes Mädchen. Doch das war sie nicht mehr.

»Lenk nicht ab. Was weißt du von Padre Fadrique? Ich muss ihn finden! Er könnte wissen, ob Adrian noch lebt und wo er sich aufhält.« Das hatte Doña Rosalia gesagt.

»Immer noch auf der Jagd nach dem Ritter? Aber warum in dieser Verkleidung?«

»Ich musste mich aus Köln fortstehlen, weil ...«, Sidonia biss sich auf die Lippen, dann fand sie eine Geschichte, die als Begründung herhalten konnte, ohne etwas von ihrer eigenen Lage zu verraten.

»... weil mein Bruder in Not ist. Man hat ihn wegen Ketzerei verhaftet. Das Vermögen meines Vaters wurde beschlagnahmt. Er darf die Stadt nicht verlassen. Nun ruht all unsere Hoffnung auf dem Einfluss der Löwensteins beim Kaiser!«

Zimenes' Miene erkaltete. »Und auf Adrians Vermögen, wie ich annehme.«

»Er hat keins, wie du weißt.«

»Du irrst dich. Seine Fahrt in die Neue Welt war mehr als lohnend – bis auf die Tatsache, dass sie ihn wahrscheinlich das Leben kostete. Was wiederum beweist, dass es für jeden Menschen Wichtigeres als Geld gibt.«

Sidonias Augen wurden rund vor Staunen: »Ihr meint, der Ritter ist *reich*?«

Zimenes seufzte übertrieben. »Du scheinst meine Beweisführung nicht zu teilen. Ich korrigiere mich: Für dich ist Geld das Wichtigste auf der Welt.«

»Lass deine dummen Scherze. Wo ist dieses Vermögen, wenn sein Schiff gesunken ist? Du weißt nicht, was für mich und meine Familie davon abhängt.«

In ihren grünen Katzenaugen lag ein Flehen, das man beinahe für echt halten konnte. Doch ihre Geschichte über ihren verhafteten Bruder war nicht ihr einziger Beweggrund, das sah Zimenes genau. Zögernd sagte er schließlich: »Die Wellen spülten neben mir auch einen Teil der Ladung an Land. Löwensteins Gold ist an einem sicheren Ort!«

Sidonias Katzenaugen begannen zu seiner Verblüffung zu funkeln. »Es ist also an einem Ort, den du kennst? Du hast den Ritter bestohlen!«

Zimenes' Miene veränderte sich schlagartig. Vom Lächeln bis zum Dolch gab es bei ihm nur die Breite eines Messerrückens. »Mich interessiert dieses Vermögen nicht, es klebt zu viel Blut daran. Der heilige Franziskus sagte zu Recht: Jeder Reiche ist ein Dieb oder Erbe eines Diebes.«

»Oh, tu nicht so fromm. *Du* bist gewiss kein Heiliger!«

»Nein. Ich möchte nicht als Märtyrer verbrannt werden. Übrigens fehlte in Franziskus' Fall nicht viel dazu. Der damalige Papst hat lange überlegt, ihn als Ketzer hinrichten zu lassen. Der Unterschied zwischen einem Heiligen und einem Gottlosen ist oft haarfein.«

Sidonia schnappte nach Luft. Was wagte dieser Mann! In solcher Offenheit diskutierte man keine Fragen der Religion. Das kam einem Selbstmord gleich, so wie das Gerede ihres Bruders ihn ins Verderben gestürzt hatte. Und doch war dieser Spanier anders als Lambert. Nicht hitzköpfig und verführbar, kein Schwärmer, sondern, so gestand sich Sidonia widerwillig, ein Mann, dessen Geist scharf und leicht war. Ärgerlich schob sie ein Gefühl der Faszination beiseite.

»Ein Dieb bleibt ein Dieb!«

Zimenes lächelte wieder. »Sag das deinem Ritter, wenn du ihn triffst! Er ist alles in allem ein edler Mann, aber die Indios gaben ihm und seinesgleichen ihr Gold nicht freiwillig. Äonenlang haben sie von den Früchten ihres Landes gelebt, jetzt müssen sie in Bergwerken graben und ihre Feinde lieben, sonst werden sie von Bluthunden und Soldaten gehetzt und zerfetzt! Weißt du übrigens, wie die Indios ihr Gold nennen? Exkremente der Sonne oder kurz Götterdreck. Eine weise Bezeichnung, wie ich meine.«

Sidonia hob trotzig das Kinn: »Diese Menschen sind gottlose Heiden.«

Zimenes lachte bitter auf: »Dieser Satz passt zu dir wie kein zweiter! Leider dürfte Löwensteins Gold ein weiterer Grund sein, warum er dich nicht zu heiraten braucht, falls er noch lebt.«

Du Narr, das hat er bereits. Sidonia senkte die Augenlider. Bestürzt stellte sie fest, dass ihr das Blut ins Gesicht stieg.

»Weine nicht, mein Kind, wenn es dir nur um Geld geht, so wirst du einen Weg finden, welches zu bekommen. Den Gierigen steht die Welt offen, und ein kaltes Herz ist die beste Ausrüstung. Du solltest es allerdings in Frauengewändern versuchen, nicht jeder Mann schätzt die Schauspielkunst.«

Ein kaltes Herz! Wenn dieser Mann nur wüsste ... Aber nein, sollte Zimenes doch von ihr glauben, was er wollte! Sie hatte andere Sorgen. Aleander schien nichts von dem Gold seines Bruders zu wissen, sonst hätte er sich nicht die Mühe gemacht, sie ins Unglück zu stürzen und ihren Vater zu erpressen.

Er hätte einfach seinen Bruder getötet, um reich zu werden. Sie musste Adrian finden, bevor Aleander es tat. Auf einen Mord mehr oder weniger kam es dem Dominikaner sicher nicht an. Erst recht nicht, wenn noch mehr Geld dabei heraussprang.

Zimenes betrachtete Sidonia nachdenklich. »Und, ist er schuldig?«

»Wer?«

»Dein Bruder natürlich. Ist er ein Ketzer?«

Sidonia trat gegen einen faulenden Apfel, sodass er ins Meer kollerte. »Es spielt keine Rolle, ob er ein Ketzer ist. Ich liebe ihn, auch wenn du mir so ein Gefühl nicht zutraust! Er ist mein Bruder.«

Zimenes sog scharf die Luft ein. »Deine Gefühle in Ehren, aber ich denke, du irrst dich. Wenn er gottlos in dem Sinne ist, dass er die Menschen und das Gesetz der Barmherzigkeit verachtet, sie zerstört, statt ihnen zu dienen, und sich für einen Meister des Schicksals hält, dann ...«

»Du zeichnest ein genaues Bild von einem Mönch, den ich kenne«, entschlüpfte es Sidonia.

Zimenes schaute alarmiert auf: »Ein Mönch? Wen meinst du?«

Sidonia fasste nach einem salzfeuchten Tau, das um eine Mole gewunden war, und schalt sich für ihre Unbedachtheit. »Das tut nichts zur Sache. Mein Bruder jedenfalls schwärmt von Luther und der Wahrheit des Wortes.«

»Armer Kerl, er wechselt einen uralten Irrtum gegen einen neuen Wahn und tauscht einen faulenden gegen einen lecken Kahn.«

»Du redest schon wieder leichtfertig vom Glauben!«

»Ich nehme den Glauben aller Menschen ernst, nicht ihre Kirchen.«

Sidonia stemmte die Hände in die Hüften: »Mir ist dieses religiöse Gezänk zuwider! Warum darf nicht jeder auf seine Weise selig werden?«

Der Degenträger betrachtete sie mit echter Aufmerksamkeit. Dieses Gespräch nahm eine merkwürdige Wendung. »Das ist eine kluge Frage!«

Natürlich hatte dieses Kind keine Ahnung davon, wie tief greifend der Religionsstreit das Schicksal der Welt veränderte, aber ihr naiver Zorn war erfrischend.

Sidonia ärgerte sich über Zimenes' überraschten Ton und registrierte zugleich seine Ernsthaftigkeit. Sie wusste, dass er diese Seite seines Charakters gewöhnlich gut verbarg. War er ein Ketzer, der prüfen wollte, ob sie zu den Hochverrätern gehörte? Das wäre ihre Chance, sein Vertrauen zu gewinnen! Diese Verschwörer schienen sehr aneinander zu hängen.

»Zimenes, ich brauche deine Hilfe. Ich muss auf ein Schiff nach Spanien und habe nicht genug Geld für eine Passage. Mein Bruder darf nicht sterben. Nur darum brauche ich Geld. Bitte glaube mir. Es geht um Leben und Tod.«

Zimenes' Miene wurde noch ernster, er senkte seine Stimme zu einem Flüstern. »Falls du ebenfalls der Ketzerei angeklagt bist, dann rate ich von Iberien als Fluchtpunkt ab. Nirgends verfährt man erbarmungsloser mit Ungläubigen. Man richtet dort sogar Träume und Kinder hin.«

»Ich *muss* dorthin, selbst wenn es mein Leben kostet! Wenn ich hierbleibe und nichts unternehme, wird meine ganze Familie untergehen.«

Gabriels Blick suchte den Horizont, erregt fuhr er fort. »Spanien ist ein Land der Henker. Wer im Suff ein Heiligenbild schief ansieht, ist des Todes, wer zu wenig Schweinefleisch isst, gerät in den Verdacht, ein Jude oder Maure zu sein, wer zu denken wagt, wird in die Flammen gestoßen, und selbst Fröhlichkeit kann tödlich sein, weil sie einen Mangel an Gottesfurcht verrät. Alles Lebendige ist lebensgefährlich in Spanien, und du bist ein sehr lebendiges Geschöpf, so viel steht fest, mein Kind!«

Es war die leidenschaftlichste Rede, die Sidonia je von Gabriel Zimenes gehört hatte. Wie gegen seinen Willen gab er ihr einen Einblick in seine Seele. Auch er kannte also Leidenschaft, die stärker war als sein Verstand. Hinter der Maske des überlegenen Spötters war er nackt wie sie. Stumm vor Staunen betrachtete sie den Mann. Er hatte ein Herz für Ketzer! Doch diese Offenbarung erstaunte sie weniger als seine Leidenschaftlichkeit, die ihn sehr jung aussehen ließ.

Gabriels Blick verschleierte sich, unvermittelt ließ er den Zeigefinger seiner Rechten über ihre Wange gleiten. Die Berührung ließ Sidonia zurückzucken. Sie hinterließ eine brennende Furche, traf sie wie ein Blitzschlag und ließ sie zittern. Es gab Dinge, die man besser ganz schnell vergaß und bekämpfte. So wie dieses Gefühl plötzlicher Schwäche und Schutzlosigkeit.

»Bitte, ich muss zu Padre Fadrique. Doña Rosalia sagte, dass er weiß, ob der Ritter noch lebt, und dass er mir helfen wird. Er hat schon vielen Verfolgten geholfen, sagt sie.«

Zimenes' Miene verschloss sich, und seine Sprechweise gewann befremdliche Schärfe. Es war, als zöge er eine Klinge aus der Scheide: »Oh ja, das Wohl der Löwensteins liegt dem Padre sehr am Herzen! Er ist ein großer Menschenretter, wenn er will.« In Mariflores' Fall hatte er nicht gewollt, dachte Zimenes, und schon gar nicht in meinem! Warum war der Padre nicht gegen Aleander angetreten? Hatte er um seinen Lehrstuhl und sein Ansehen in Santiago gefürchtet? Seine Lehren über die allgemeine Toleranz und gegen alle Todesurteile im Namen des Glaubens waren nur Papier. Wie hatte er sich in dem Padre getäuscht! Wie feige war der Mann, der einst seine Gedanken geformt und seine jugendliche Bewunderung genossen hatte.

Zornig betrachtete er Sidonia. In einem Punkt hatte dieses Kind Recht: Wer in dieser Welt ein Herz besaß, war ein Narr. Und wie ihr war auch ihm das religiöse Gezänk der Zeit zuwider. In gewissem Sinne waren sie sich ähnlich, das hatte er für einen Moment gefühlt. Doch der Unterschied war, dass Sidonia mit Gefühlen spielte, weil sie keine kannte, und er, weil das Gegenteil der Fall war. Dieses Kind weckte längst vergessene Empfindungen in ihm, die nichts als Täuschungen waren. Sie war ein blinder Spiegel, denn ihre Seele war leer, während die seine übervoll und zu alt für Leidenschaften war.

»Ich kann dir nicht helfen, Sidonia«, sagte er schroff.

»Bitte zerschlag nicht meine Hoffnung und die meiner Familie.«

»Warum sollte ich deine Familie retten?«

»Weil du keiner von diesen Ketzern bist, die die Menschen und das Gesetz der Barmherzigkeit verachten, die ...«

Diesmal nutzte ihr flehender Blick nichts.

»Du irrst, Sidonia. Frage Fradrique, falls du ihm je begegnest. Er hält mich für den ärgsten Ketzer von allen, denn ich glaube an die Nichtexistenz Gottes auf Erden!«

Sidonia fuhr zurück, stolperte beinahe über einen Steinpoller: »Du auch«, stieß sie hervor und dachte an den gemarterten Christus in der Schifferkirche. In Gedanken versunken setzte sie sich auf den Poller.

Zimenes starrte ihr widerwillig ins Gesicht. »Nein, Sidonia. Sag mir jetzt nicht, dass du deinen hübschen Kopf mit Sinnfragen quälst! Denken macht Falten. Dem Ritter würde es nicht gefallen, und mich täuschst du damit ebenso wenig wie mit deinen flehenden Blicken.«

Sidonia sprang vom Poller hoch. »Hör auf mich zu verspotten!« Sie wechselte zu dem knappen Geschäftston, den sie aus den Kontoren ihres Vaters kannte.

»Wenn du mir auf ein Schiff hilfst, verrate ich dir, wo Lunetta ist. Das willst du doch wissen. Also: Ich rette meine Familie und du die deine!«

»Ich werde dir nicht verraten, wo das Vermögen des Ritters verborgen ist.«

»Aber *ihm* wirst du es verraten müssen. Und wenn ich ihn finde und heirate, ist sein Vermögen auch das meine«, erwiderte Sidonia kalt.

»Das ist allein seine Entscheidung.«

»Glaube mir, er wird sich für mich entscheiden. Er muss.«

Zimenes wandte sich ab, ließ seine Augen über den Hafen gleiten, sanft schaukelten die Schiffe im Wasser, der Wind surrte in den Leinen. Endlich zog er seine Handschuhe straff.

»Das Geschäft gilt. Folge mir.«

»Wohin?«

Gabriel deutete mit dem Kopf zu einer Reihe grober Tische. Schiffsschreiber saßen unter freiem Himmel und musterten Seeleute und Schiffsjungen an.

»Ich soll als Seemann an Bord?« Sidonia riss die Augen auf.

»Wohl kaum, oder kannst du Segel reffen und in die Wanten steigen?«

Er fasste ihre Hände und drehte sie um. »Weiß wie Sahne und weich wie Saffian. Die Bedienung eines Taus würde dir die Hände bis aufs Fleisch aufreißen. Folge mir zur Negrona, ich kann dir einen erstklassigen Platz verschaffen.«

»Wie das?«

»Du reist in meiner Kajüte. Als Schiffsarzt habe ich ein Recht auf solche Unterbringung.«

Sidonia lief hinter Gabriel her, der mit ausgreifenden Schritten auf die Galeone zustrebte.

»Aber es könnten die Kölner Pilger um Sebald Rieter an Bord sein und mich erkennen, und da ist auch dieser Stadtsoldat, der mich schon in Köln verfolgt hat.« Und Aleander, doch dessen Namen verschwieg sie vorsichtshalber.

»Du wirst die Reise in meiner Koje verbringen. Die ersten Tage wirst du darunter entsetzlich leiden, aber dann wird sich dein Zustand bessern. Ich kenne Mittel, die die schlimmsten Folgen verhindern.«

Sidonia blieb stehen. »Ich denke nicht daran, das Bett mit dir zu teilen!«

»Ich auch nicht«, erwiderte Zimenes. »Ich ziehe eine Hängematte an Deck vor.«

»Wieso?« Die Frage klang empört, wie Sidonia zu ihrem Ärger feststellte.

Zimenes lachte. »Nimm einfach an, dass mich der verkehrte Amor und ein kräftiger Seemann mehr anziehen als deine Reize, die beträchtlich, aber nicht unwiderstehlich sind.«

Sidonias Herz setzte einen Takt aus.

War dieser Mann nicht nur ein Ketzerfreund, sondern auch ein völlig verdorbener Sünder? Oder scherzte er wieder? Wie sie seine Scherze verabscheute! Wie sie diesen ganzen Mann verabscheute, der mal heiß, mal kalt und ihr am Ende stets überlegen schien!

6

Die Sterne verblassten. Ein Streifen Morgenröte stand am Himmel, als die Negrona zum Leben erwachte. »Aufgestanden. Gott gebe uns gute Tage und gute Fahrt. Aufgestanden«, weckte eine quäkende Männerstimme die Schiffsjungen, Matrosen und Passagiere.

Starr vom Schlaf feierte die Besatzung eine kurze Messe. Während die Seeleute danach ihr Frühstück aus Hartkäse, Zwiebeln und Zwieback einnahmen, sangen die Kölner Pilger ihr Abschiedslied: *»An dich allein, Herr, glauben wir, behüt uns vor des Teufels List, der uns allzeit entgegen ist.«*

Kaum hatte eine leichte Brise ihr Amen übers Meer geweht, als die Pfeife des Maats schrillte. Matrosen steckten die Spaken in das Gangspill und begannen den Anker einzuholen. Die Taurollen kreischten in den Blöcken wie Seevögel. Langsam stiegen die bleichen Leinwandmassen der Segel hoch, am Mast wurden ein spanisches Banner und die Fahne der Santiagopilger gehisst.

Beiboote wurden ins Wasser gefiert. Ruderknechte nahmen ihre Position an den Riemen ein, um die Negrona in die Strömung zu schleppen. Der Ruderpatron brüllte Kommandos. Im Takt der Ruderschläge löste sich die Negrona träge vom Kai. An Bord machten Matrosen das Langruder klar, um durch die Schelde aufs Meer zu lavieren. Nach einer Stunde Fahrt erreichte die Negrona die breite Mündung.

Das Schiff verfiel auf den Wellen in einen stampfenden Tanz. Der Navigator brüllte Befehle durch einen Sprechtrichter. Es folgten das flitzende Geräusch nackter Füße auf Holz, das

Schlagen und Rollen von Tauen, das Knattern von Segeln, in die knallend der Wind hineinfuhr. Wie ein bockendes Pferd, das seinen Reiter abzuwerfen wünscht, nahm die Negrona Kurs auf Seeland und Englands Kanal.

Zwei Tage später wusste Sidonia, was Zimenes mit dem »entsetzlichen Leiden«, das sie in seiner Bugkajüte erwarten würde, gemeint hatte. Mit den Folgen sinnlicher Liebe hatte es nichts zu tun.

Eingesperrt in das schwüle Gelass seiner Kabuse war ihr so elend, dass sie auf der Stelle tot sein wollte. Das Schlingern und Schwanken des Schiffes drehte ihr alle Eingeweide um, ihr Kopf schmerzte, und jede Bewegung machte sie schwindeln.

Ihr bester Freund war ein Holzbottich, über den sie sich in regelmäßigen Abständen beugte, um ihren Mageninhalt auszuspucken. Viel blieb nicht mehr, sie hatte außer Schiffszwieback und Wasser seit Beginn der Reise nichts zu sich genommen. Erschöpft sank sie auf die Leintücher zurück, mit denen Zimenes das Kojenbett bespannt hatte, und verfluchte das Meer und seine Unendlichkeit. Sie bereute, dass sie Zimenes beim Ablegen des Schiffes aus der Kabuse verwiesen hatte. Immerhin war er Arzt.

»Such dir deine Hängematte, ich brauche deine Hilfe nicht«, hatte sie ihn angefahren.

»Bist du dir sicher?«

»Ganz sicher.«

»Gut, hier hast du Zwieback und Wasser. Das wird reichen.« Mit diesen Worten war er verschwunden, und sie hatte seine übliche Kälte und die karge Mahlzeit verflucht.

Jetzt wusste sie, dass selbst der Zwieback zu viel war. Wieder krängte das Schiff und ließ sie gegen die Bordwand rollen, um sich gleichzeitig in einer Bugwelle zu heben. Das Meer ließ seine Muskeln spielen. Es war, als höben die sich aufrichtenden Wellenberge die Negrona auf ihre Schultern, um sie sich gegenseitig zuzuwerfen. Sidonia tastete nach dem Bottich. Sie sehnte sich nach Luft und konnte nur ahnen, dass draußen Dunkelheit herrschte. Vor Stunden, so schien es ihr, hatten die Seeleute ihr Salve Regina, das Abendgebet, gesungen. Draußen ertönte der Schlag einer Glocke. Sidonia nahm an, dass mit dieser Glocke die Zeit gemessen wurde. Kaum war sie verklungen, als sich die Tür zur Kabuse öffnete. Zimenes schlüpfte hinein, in der Hand trug er eine Blendlaterne.

»Nun? Wie ist es dir ergangen?«

Sidonia richtete sich auf und stöhnte.

Gabriel Zimenes schmunzelte. »Ja, die Seekrankheit ist ein Übel, das keinen Unterschied zwischen König und Bettelmann macht. Hier, kau das.«

Er reichte ihr die Stücke einer Wurzel. Sidonia schnupperte daran. »Ingwer?«

»Es beruhigt den Magen, klärt den Kopf und bringt dein Blut wieder zum Kreisen.«

Sidonia schob sich ein Stück in den Mund. Die süße Schärfe bekam ihr.

»Ein gewisser Nostradamus, den ich während meiner Studienjahre in Paris traf, empfiehlt auch Liebenden den Genuss von Ingwerkonfitüre, damit der Mann seine natürliche Pflicht erfülle.«

Sidonia runzelte die Stirn, kaute aber unverdrossen weiter.

Zimenes öffnete an der Stirnseite der Kabine eine Holzluke. Seeluft drang ein. Sidonia atmete gierig, dann trank sie Wasser aus einem Lederschlauch. Als sie sich besser fühlte, wandte sie sich an Zimenes: »Warum hast du mir nicht gesagt, dass es hier eine Luke gibt! Die stickige Luft hat mich fast umgebracht, und dieser scharfe Wind ist wundervoll. Genau wie ich es mir immer vorgestellt habe!«

Zimenes prüfte mit der Hand die Windrichtung und entleerte den Holzbottich in die zischende Bugwelle. »Der Ausblick auf einen schwankenden Horizont hätte dein Leiden verschlimmert. Und wie ich dich kenne, hättest du die ganze Zeit vor der offenen Luke verbracht. Am Ende wärest du entdeckt worden oder hättest gar versucht, durch sie zu entkommen. Jetzt ist es Nacht, du kannst deinen Kopf nach Herzenslust hinausstecken.«

Sidonia kämpfte sich auf die Beine und fiel mit dem Rollen einer Welle gegen Zimenes. Erschöpft ließ sie sich gegen ihn sinken. Es tat wohl, sich in dieser schwankenden Welt an etwas festzuklammern. Sein Wams roch nach Salzluft und Ingwer.

»So zärtlich, Sidonia? Hast du in meinem Bett Sehnsucht nach mir entwickelt? Was würde dein Ritter dazu sagen?«

Sidonia stieß sich von ihm ab. »Ich habe Sehnsucht nach Luft und Bewegung, aber nicht nach dir!«

»Diese Sehnsucht musst du dir verkneifen. Ich sah an Deck eine Reihe deiner Bekannten. Die Kölner Pilger sind tatsächlich an Bord. Das Schiff ist voll bis zum letzten Platz. Und Bewegung ist an Deck nicht einfach. Überall liegen schnarchende Matrosen und Passagiere. Wer zum Abtritt am Schiffsschnabel will, hangelt sich außen an der Reling lang. Eine Übung, von der ich dir abrate. Wir haben schwere See und kreuzen vor dem Wind.«

Sidonia klammerte sich an einen Stützbalken und krallte ihre Nägel ins Holz. »Wo sind wir?«

»In einer Stunde werden wir Englands Küste erreichen und bis Cornwall unter Land weitersegeln, dann wird es ruhiger.«

»Wie lange wird die Reise nach Spanien dauern?«

»Morgen hofft der Kapitän in den Atlantik auszulaufen. Bei stetigem Wind sind es sieben bis elf Tagen bis La Coruña. Bei Flaute könnten es drei Wochen werden.«

Sidonia ließ sich auf das Kojenbett plumpsen. »Drei Wochen unter Deck? Das halte ich nicht aus.«

»Es könnte auch einen Monat dauern. Wir reisen im Verbund mit einer altersschwachen Karacke, wie es die Gesetze über den gegenseitigen Schutz von Pilgerschiffen vorschreiben.«

»Was für ein albernes Gesetz, wenn die Negrona schneller ist.«

»Du wirst anders denken, falls wir in Seenot geraten oder auf ein Korsarenschiff treffen. Vor der spanischen Küste segelt eine Menge Gesindel auf Abfangkurs. Die Negrona hat gute Fracht an Bord, dazu Passagiere, die Lösegeld bringen.«

»Korsaren schrecken mich nicht, ich sterbe hier vor Langeweile.« Das Schiff raste in ein Wellental. Sidonia streckte die Hände nach dem Holzbottich aus. Sie würgte und keuchte.

»Oder am *mal de mar!*« Zimenes ließ sich neben ihr nieder und stützte sie. Er strich ihr das Haar aus der Stirn, fuhr mit dem Zeigefinger die Linie ihrer Nase nach.

»Sidonia, du bist wirklich ein ungeduldiges Mädchen. Ungeduld kann gefährlich sein.« Er gab ihrer Nasenspitze einen Stups.

»Lass das, ich will nichts von dir.« Sie steckte sich ein Stück Ingwer in den Mund und stöhnte bei der nächsten Welle.

Zimenes strich über ihren Nacken, Sidonia spürte, wie sich die Härchen dort aufstellten, und erschauerte. Die Berührungen vertrieben mit einem Schlag jede Übelkeit. Zimenes näherte seinen Mund ihrem Ohr. »Aber ich will etwas von dir. Sofort!«

Sidonia schlug seine Hand fort. »Wie kannst du jetzt an so etwas denken?«

Zimenes lachte. »*Du* denkst ständig an so etwas, ich massiere dir nur den Nacken gegen das Unwohlsein! Ich frage mich langsam, warum du immer so unzüchtige Gedanken hast! Eine unwissende Jungfrau scheinst du jedenfalls nicht zu sein.«

Sidonia wandte entsetzt den Kopf ab. Ahnte Zimenes etwas von ihrer Schande? War ihr das entsetzliche Unglück anzusehen? Oder war sie eine geborene Hure, wie Aleander behauptete? Der Name Aleander ließ sie aufstöhnen.

»Ganz ruhig, Sidonia. Ich will nur wissen, wo Lunetta ist.«

»Das erfährst du erst, wenn ich sicher auf spanischem Boden stehe! Ich traue dir nicht«, schnappte sie.

»Dieses Misstrauen verbindet uns mehr als alles andere, meine Schöne. Falls du mich nicht mehr brauchst, gehe ich jetzt.«

»Lass mir die Laterne da!«

»Wozu? Möchtest du Seekarten studieren? Die Bibel lesen? Dir würde nur schlecht dabei werden. Was nicht an der Heiligen Schrift läge, sondern am Seegang.«

»Ich möchte Ruhe! Vor dir.«

Zimenes hakte die Laterne in einen Deckenhaken und verschwand.

7

Eine Stunde später, die Glocke hatte zweimal geschlagen, beruhigte sich die Fahrt. Zimenes hatte Recht gehabt, unter Land lief die Negrona ruhiger. Sidonia wurde munter und betrachtete ihre Kabuse. In einem Bord mit Geländer hatte Zimenes irdene Töpfchen aufgereiht. Sidonia schnupperte daran. Medikamente. Sie entzifferte einige der Beschriftungen: *Opium* stand da und *Schwefelblüte* und lateinische Namen, die für sie keinen Sinn ergaben. Was war Datura? Große getrocknete Samen und Blüten, die wie Trompetentrichter aussahen! Auf zwei oder drei Töpfchen war ein Totenkopf gemalt – es musste sich um Gift handeln. War Gabriel ein Alchimist? In ein Tuch waren chirurgische Messer eingeschlagen, an einem Haken hing sein Ledersack. Sidonia holte ihn aufs Bett und öffnete ihn.

Bücher purzelten heraus. Die meisten waren in Latein verfasst und behandelten medizinische Themen. Zimenes hatte auf den Deckblättern seinen Namen vermerkt und den Ort, an dem er sie erworben und studiert hatte: Die Universität zu Paris. Eine Spruchsammlung des Humanisten Erasmus von Rotterdam fiel ihr in die Hände, gewidmet war sie *meinem geliebten Schüler Gabriel* von Padre Fadrique, der in schöner Schrift den Psalm 121 zitierte: *Ich hebe meine Augen auf zu den Bergen, von dort wird mir Hilfe kommen.*

Sidonia biss sich auf die Lippen. Was nur war zwischen Zimenes und dem Padre vorgefallen, dass Zimenes ihn so hasste? Sie betrachtete einige Blätter, die mit Schriftzeichen beschrieben waren, die sie nicht kannte. Ketzerlektüre oder Ketzerschriften von Zimenes' Hand?

Schließlich entdeckte sie ein in roten Saffian gebundenes Büchlein. Die Ränder waren mit Goldprägung versehen. Sidonia schlug es auf und hielt den Atem an. Das Deckblatt war mit Tinte beschrieben. *El misterio del tarot* – das Geheimnis des Tarot – lautete der Titel, und darunter stand der Name der Autorin: Mariflores Zimenes. Die Frau, die sie eine Hure genannt hatte, verfasste Bücher? Hatte Zimenes nicht gesagt, dass denkende Weiber dem Ritter von Löwenstein missfielen? Sidonia kniff die Augen schmal zusammen und begann zu übersetzen.

Der Tarot ist ein Spiegel deiner Seele, hieß es im ersten Satz. *Verstehe, dass du eine zweite Welt im Kleinen bist und dass in dir die Sonne, der Mond und die Sterne sind. Genau wie der Teufel und der Erlöser, das Dunkel und das Licht, der Himmel und die Hölle. Das Tarot kann dir helfen, das Licht im Dunkel zu erkennen, genau wie die Schattenseiten der Sonne und den Samen des Guten im Bösen, denn alles ist in allem und eins, ein Universum, wie Padre Fadrique lehrt.*

Sidonia ließ das Buch sinken, nicht um über das Gelesene nachzudenken, sondern über den Padre! Auch Zimenes' Schwester kannte diesen Priester also. Ein Gelehrter, der den Schlüssel zu vielen Geheimnissen in der Hand halten musste. Seine kosmischen Betrachtungen langweilten sie allerdings eher. Im Schein der schaukelnden Laterne las sie weiter.

Wann immer dein Lebensweg unklar scheint, du dich mit Zweifeln plagst oder eine Entscheidung treffen musst, leg dir die Karten. Du kannst darin erkennen, welche inneren Dämonen deine Lage erschweren und welche Engel deine Seele beschirmen. Wer in der Welt nur das Licht sehen will, den werden ihre Schatten schmerzhaft einholen, wer nur das Dunkle sieht, verkennt das Glück, das greifbar ist.

Sidonia schüttelte den Kopf! So ein Unsinn. Ihr hatten die Karten vor allem Unglück gebracht, und wer könnte einen Dämon wie Aleander als Glücksfall betrachten?

Du wirst nicht dein Schicksal in den Karten finden, aber deine Möglichkeiten und deine Grenzen entdecken. Nutzt du Erstere richtig und kennst du Letztere, so kannst du deine Zukunft gestalten und die Fesseln deiner Vergangenheit abstreifen. Du hast ein Schicksal und zugleich die Freiheit, es zu gestalten.

Ungeduldig blätterte Sidonia weiter und entdeckte Zeichnungen. Es waren die Kartenbilder, die sie nach wie vor magisch anzogen. Sie sah den Tod, die Liebenden, den Teufel. Mehr noch: Mariflores hatte alle Karten mit knappen Deutungen versehen. Endlich versprach dieses Buch interessant zu werden!

Rasch zog sie Lunettas Spiel aus ihrem Wams und zog eine Karte. Sie stand auf dem Kopf. Sidonia drehte sie um und legte sie vor sich hin. *La estrella.*

Die Stern-Karte zeigte eine nackte Frau, die an einem See kniete und zwei Krüge mit Wasser entleerte, den einen in den See, den anderen auf die Erde. Es war ein Bild von Fülle und Überfluss, trostreich wie die Idee vom Jungbrunnen, der Alte in Junge verwandelte. Über der nackten Frau auf der Karte leuchtete ein großer Stern, der von einem Kranz kleinerer Sterne überwölbt war. Sterne! Das musste Hoffnung bedeuten. Sie überflog Mariflores' Stichworte zu der Karte. *Esperanza* – ja, das hieß Hoffnung. Weiß Gott, um das zu begreifen, musste man kein Buch schreiben! Das wusste jedes Kind, das die Geschichte von Bethlehem gehört hatte.

Sie entzifferte weitere Stichworte: *Nach der Karte vom zersprengten Turm folgt der Stern, und das heißt höhere Einsichten, neue Ziele, Reisen.* Auch das war klar, jedes Schiff navigierte mithilfe der Himmelslichter. Weiter unten entdeckte sie die Worte: *Schattenseiten des Sterns oder umgekehrt gezogene Karte. Pech*, stand daneben, *Illusionen, Verkennung der Wirklichkeit, gefährliche Ideen, Ungeduld, Tränen.* Guter Rat: *Es ist besser, abzuwarten, als voranzuschreiten. Alles kommt zu dem, der warten kann.* Enttäuscht ließ Sidonia das Buch sinken. Wenn der Stern Hoffnung und zugleich das Gegenteil bedeuten konnte, worin lag dann der Nutzen dieser Karten, außer, das sie hübsch anzusehen waren? Sie wollte das Buch zuklappen, als ein Briefchen herausfiel. Sie entfaltete es und las.

Santiago de Compostela, April 1526
Meine liebste Lunetta,

ich bete zu Gott, dass dieser Brief dich erreichen wird. Auch wenn ich keinen Weg kenne, ihn an dich zu senden, so glaube ich doch, dass er dich eines Tages erreichen wird! Mein Tod ist nun beschlossene Sache, das Blutgerüst der Inquisition ist gebaut. Bitte verzweifle nicht, denn ich gehe mit erhobenem Haupt meinem Schöpfer entgegen, der mich reich gesegnet hat. Ich durfte lieben. Dich und deinen Vater. Niemand wird mir diese Augenblicke nehmen, sie sind ein Teil der Ewigkeit. Ich bereue weder meine Heirat noch meinen Untergang, nur dass ich dich bei Padre Fadrique zurücklassen musste. Doch nun weiß ich, dass dir damit das Leben gerettet ist. Kehre niemals nach Santiago zurück!

Vertraue auf die Heimkehr deines Vaters! Ich weiß, er wird leben, und er wird dich finden, wo immer du bist.

Ich habe dir nicht viel zu hinterlassen außer diesem Buch und der Hoffnung, dass du dich geliebt weißt auf immer

von deiner Mutter Mariflores Zimenes, Gräfin von Löwenstein

Sidonia schnappte nach Luft. Ihre Gedanken jagten sich in tollen Kreisen. Mariflores war tot? Gestorben im April 1526 durch einen Henker? Verurteilt durch die Inquisition? Waren die frevlerischen Karten daran schuld? Sie schob die Bilder zusammen. Eine neue Gedankenkette reihte sich vor ihr auf. Wenn Mariflores nicht mehr lebte, dann war Adrian von Löwenstein auch nicht mehr verheiratet! Sie rieb sich die Stirn, unsicher darüber, was das für sie bedeutete. Nun: Er war frei! Er konnte sie heiraten! Oder besser: Ihre Heiratsurkunde mochte eine Fälschung sein, aber sie war kein Zeugnis für Bigamie. Wenn sie Adrian fand, konnte sie ihr Schicksal wenden, und sei es, indem sie ihn mit dem Ehedokument unter Druck setzte.

Zimenes, schoss es ihr durch den Kopf, hatte gewusst, dass seine Schwester tot war. Weshalb hatte er trotzdem behauptet, der Ritter könne sie nie zur Frau nehmen, da er verheiratet sei? Warum interessierte diesen Kerl ihre mögliche Ehe? Hing er so sehr an seiner Schwester, dass er den Gedanken einer erneuten Heirat des Ritters nicht ertrug? Nein, dachte sie. Nein, an Mariflores hing er nicht, aber an dem Vermögen, das Adrian von Löwenstein in der Neuen Welt gemacht und das Zimenes gestohlen hatte! Geld, das sie als Ehefrau und sogar als Witwe des Grafen für sich beanspruchen könnte. Ihr Herz setzte mitten in seinem jagenden Takt aus. Was für ein Heuchler dieser Mann war. Redete von unverbrüchlicher Liebe, behauptete, dass Geld nicht wichtig sei, und dachte in Wahrheit nur an das Vermögen, um das ihn eine zweite Heirat des Ritters bringen könnte. Aus diesem Grund behauptete er auch, Löwenstein sei wahrscheinlich tot. Wie Recht sie gehabt hatte, Zimenes zu misstrauen!

Es gab nur Gier in dieser Welt. Nichts als schäbigste Gier – genau wie ihr Vater immer gepredigt hatte: »Geld, mein Kind. Geld, darum dreht sich alles. Ohne Geld bist du ein Nichts auf dieser Welt, und alle deine Träume sind Staub!«

Allerdings ... der Brief von Mariflores las sich anders. Darin war von Gefühl die Rede. Von der Liebe zu einem Mann und einem Kind. Lunetta. Sidonia schluckte. Auch sie hatte in den letzten Minuten über nichts als Geld nachgedacht und dabei das Elend des Mädchens vergessen, dessen Wohl Doña Rosalia ihr ans Herz gelegt hatte. Ihrer Liebe zu Lunetta wegen hatte Rosalia ihre Sicherheit riskiert, Sidonia zur Flucht verholfen und ihr letztes Geld hergegeben. Oh ja, es gab Beispiele von Liebe auf dieser Welt, die nichts mit Gier zu tun hatten.

Scham überflutete Sidonia. Reue, weil sie aus Eifersucht so abfällig von der Mutter des Kindes gedacht hatte. Eines Kindes mit todtraurigen Augen.

»Ich werde mich um dich kümmern, Lunetta«, flüsterte sie. »Du wirst geliebt, deine Mutter hat sich nicht geirrt. Und auch Lambert werde ich retten. Ich schwöre es.«

Noch einmal – wie zur Läuterung und Buße – wollte sie die Zeilen von Mariflores überfliegen. Doch dabei begann ihr Magen zu rebellieren, so wie Zimenes es prophezeit hatte. Verfluchter Zimenes. Schnell steckte sie Brief und Buch in ihr Wams. Sie packte die restlichen Bücher zurück in den Lederbeutel und entdeckte dabei eine Börse mit Geld. Schwere, goldene Maravedis und ein geometrisch geformtes Amulett mit einer Götzenfratze, deren Augen Rubine waren. Gabriel hatte sich also schon am Vermögen seines Dienstherrn bedient.

Schnell füllte sie eine Hand voll Münzen in ihre eigene Börse, griff sich auch das Amulett, das aus massivem Gold geschmiedet war. Sie brauchte Geld. Sie, ihre Familie und Lunetta brauchten Geld! Die Maravedis stammten von Adrian, beruhigte sie ihr Gewissen. Das heidnische Amulett bewies es. Es musste aus der Neuen Welt stammen. Sie hatte ein Anrecht darauf. Und Lunetta erst recht. Mehr Anrecht als der Heuchler Gabriel. Dieser Lügner, der sie in diese Kabuse gesteckt hatte, der ... Warum hatte er das getan? Wollte er verhindern, dass sie Adrian von Löwenstein fand? In jedem Fall war sie seine Gefangene. Und er war ganz sicher nicht ihr Retter!

Sidonia überlegte kurz, dann stand ihr Entschluss fest. Sie

würde sich ein anderes Quartier suchen. Auf diesem Schiff musste es ein Versteck geben, und wenn sie in die tiefsten Tiefen seines Rumpfes hinabsteigen würde. Besser allein sein als in der Höhle des Löwen. Warum Löwe? So nannte sich ein anderer Mann, der weit grausamer zu ihr gewesen war als Gabriel Zimenes und weit weniger faszinierend. Zumindest seit sie sein wahres Gesicht kannte. Was, wenn er an Bord war? Sie wischte den Gedanken beiseite. Sie würde sich auch vor ihm verstecken.

Keinen Mann würde sie jemals wieder so nah an sich heranlassen, dass er sie täuschen oder verführen könnte. Ein Gedanke, der ihr seltsamerweise Tränen in die Augen trieb.

8

Hornlaternen beleuchteten notdürftig das Deck, als Lunetta aus dem Laderaum im Schiffsrumpf entlassen wurde. Den ganzen Abend hatte sie Lebensmittel umgeschichtet. Säcke mit Mehl, kleine Fässer mit Pökelschwein und Käselaibe. Die Bewegung der Nahrung sollte verhindern, dass Ratten und Kakerlaken sie verdarben. Danach hatte sie mit den Schiffsjungen den Holzboden mit Essigwasser geschrubbt und Wacholder verbrannt, um das Ungeziefer zu vertreiben. Der Proviantmeister hatte ihr zur Belohnung einen Ausflug an Deck gestattet. Morgen würde sie die Bilge schrubben und bis zu den Knöcheln in stinkender Teerbrühe stehen. Lunetta war dankbar für die harte Arbeit, die Aleander ihr als Bußübung auferlegt hatte. Beim Arbeiten kam sie nicht zum Denken, und der Dominikaner, dessen Geruchssinn empfindlich war, hielt sich vom Unterdeck fern. Er hatte sein Zelt, das auf dem Achterkastell aufgeschlagen war, seit Ablegen der Negrona nicht verlassen. Ihn ekelte die Gesellschaft an Bord.

Er hatte nicht versucht, sie zu töten. Lunetta ahnte, dass er sie noch für nützlich hielt. Aleander von Nutzen zu sein konnte nichts Gutes bedeuten. Sie wusste, dass er der Richter ihrer Mutter gewesen war. Er hatte neben dem Kreuz gestanden, an dem sie festgebunden auf das Entzünden des Scheiterhaufens gewartet hatte. Man hatte sie in ihrem Brautkleid aus weißem Bombasin zur Richtstatt geführt, um sie und ihre Liebe zu Adrian von Löwenstein zu verhöhnen.

Lunetta hatte alles von einem Versteck aus beobachtet. Hatte gesehen, wie der Kopf der Mutter zur Seite gesunken war, bevor das Feuer sie erreichte, die Flammen ihre Haare in eine Fackel verwandelten, ihre Haut aufplatzen ließen. Es war ein so schrecklicher Anblick gewesen, dass sie nicht hatte schreien können. Vielleicht war es ein Fehler gewesen, sich zu der Hinrichtung zu schleichen. Fadrique hatte es verboten. Doch dieses eine Mal hatte sie nicht gehorcht.

Seither wusste sie mehr vom Leben und vom Sterben, als ihr lieb war. Die Welt war kein gerechter Ort, das Leben keine Heimat. Seit dem Tod der Mutter hatten ihre Träume und Ahnungen an Klarheit gewonnen. So wie sich bei Tieren die Instinkte schärften, wenn sie Gefahr witterten, so waren ihre Traumgesichte zu ihrer zweiten Natur geworden.

Ihre Mutter hatte sie stets ermahnt, ihre Hellsichtigkeit gleichermaßen als Gabe und als Fluch zu betrachten. »Überlege dir genau, wem du welche Erkenntnisse preisgibst, mein Kind. Die Wahrheit zu kennen heißt Verantwortung zu übernehmen, auch dafür, wem du sie offenbarst und wem nicht.« Gott hatte ihr diese schreckliche Verantwortung genommen. Er hatte ihr das Schweigen geschenkt, als ihre Mutter starb.

Lunetta erklomm die letzte Sprosse des Niedergangs, steckte den Kopf in den Nachthimmel und betrachtete die Sterne über sich. Der Himmel war tröstlich wie der Mantel Marias, ein besticktes Tuch aus nachtblauem Samt.

»*Falmouth a la vista*«, schrie von oben ein Späher auf Spanisch. An zwei der drei Schiffsmasten klebten Ausguckkörbe, in denen Seeleute die englische Küstenlinie nach Leuchtfeuern absuchten.

»Der Wind dreht«, schallte es über Deck. Matrosen schossen an Lunetta vorbei. Ihre Unterhaltung war eine einzige Abfolge von Flüchen, während sie über schnarchende Passagiere sprangen, um in die Wanten zu steigen und die Besegelung der Brise anzupassen. Ablandiger Nordostwind, ein Segen für jeden Spaniensegler. Ein Wendemanöver stand bevor.

Lunetta sprang an Deck, tauchte unter Hängematten ab und lief zur Reling. Sie stolperte über einen Pilger, der auf einer Taurolle nächtigte, und wich seinem schlaftrunkenen Tritt aus. »Untersteh dich, hier dein Geschäft zu verrichten«, knurrte der Mann.

Endlich erreichte sie eine Stelle am Bug, wo sich das 30 Meter lange Schiff so verjüngte, dass niemand dort Platz zum Schlafen gefunden hatte. In ihrem Rücken erhoben sich die Bugaufbauten und Galerien, die mit Kanonen bestückt waren. Ein Soldat hielt Wache bei den Geschützen. Er schien eingenickt zu sein. Wind strich durch ihr Leinenhemd und kühlte ihre Haut. Links von ihr löste ein Matrose eine der Wanten vom Block, während das Langruder umgelegt wurde. Segel begannen zu flattern. Der Navigator stieß den Mann zur Seite, um mit dem Quadranten einen Stern anzuvisieren.

Lunetta war für die konzentriert arbeitende Besatzung unsichtbar. Ein Zustand, den sie ebenso genoss wie ihr Stummsein. Dabei zu sein und doch nicht dazuzugehören schenkte ihr ein seltenes Gefühl von Geborgenheit. Sie fühlte sich auf diese Weise jener Welt zwischen Leben und Tod nahe, aus der sie gelegentlich Fingerzeige empfing.

Für einen Moment wurde es stiller, der Wind pfiff nicht mehr in der Takelage, die Bugwelle zischte nicht mehr an der Bordwand. Als die Negrona die Wende vollzogen hatte, knallte der Wind wieder in die Segel, Wanten wurden festgezurrt, und das Schiff nahm neuen Kurs auf, pflügte mit gebauschten Segeln durchs schwarze Wasser. Einige Pilger waren von ihren Taurollen herabgerollt und schimpften. Dann beruhigte sich alles. In der Ferne sprangen die Leuchtfeuer der Karacke. Sie verschwanden, wenn das altersschwache Schiff in ein Wellental sank, dann tauchten sie wieder auf.

Lunetta sog den Wind ein. Sie drehte ihren Kopf zum Heck und sah die weißen Stoffbahnen von Aleanders Zelt leuchten.

Der Zauber des Augenblicks war dahin. Es half nichts, sie musste sich dem Mann fügen, denn er hatte der Mannschaft aufgetragen, sie – das Ketzerkind – genau im Auge zu behalten.

Es gab genug grobe Gesellen an Bord, die sich einen Spaß daraus gemacht hätten, sie an den Pfahl zu bringen, um sie auszupeitschen oder sie kielholen zu lassen. Ein umgetretener Eimer konnte genügen, um den Zorn der Seeleute auf sich zu ziehen, und zornig waren sie immer, denn ihre Arbeit war hart, das Essen schlecht, die Behandlung durch die Kommandanten grob und die Gefahren zahllos.

Sie wandte ihren Kopf wieder zum Meer und sah nicht, wie sich die Zeltbahnen auf dem Achterkastell teilten und der Dominikaner hinkend an Deck trat. Stattdessen lauschte sie einem leisen Tappen, das vom Niedergang der Bugskajüten zu ihr drang. Ein Passagier schien wie sie auf der Suche nach frischer Luft zu sein. Der Moment des Friedens außerhalb menschlicher Gesellschaft war vorbei.

Widerwillig lenkte Lunetta ihre Blicke in Richtung der Geräusche. Ihr Herz machte einen Hüpfer. Lunetta erkannte Sidonias Gestalt selbst in Männertracht sofort. Es war wie bei ihrer ersten Begegnung. Sidonia umgab jenes sanfte Leuchten, das Lunetta stets bei den Menschen wahrnahm, die ihr gewogen waren.

Sidonia hatte noch keine Gelegenheit gehabt, den wiegenden Gang zu üben, mit dem man sich auf einem schwankenden Deck sicher bewegen kann. Sie tastete sich wie eine Betrunkene auf die Reling zu und beachtete das gestikulierende Mädchen am Bug nicht. Das Meer fesselte ihre Aufmerksamkeit. Der Geruch von Salz und Teer, das Flackern der Laternen und die undurchdringliche Schwärze, in die das Schiff hineinfuhr. Das Licht der Sterne zog sie magisch an. Was zählte die vergangene Seekrankheit gegen dieses Erlebnis von Weite und Unendlichkeit. Nie hatte sie sich dem Himmel so nah gefühlt, so klein und groß zugleich. Das Meer, die Nacht, die Sterne – alles war wie ein Wunder und ein Versprechen für einen neuen Anfang.

Was zählte dagegen das Gezänk um die rechte Religion? Sidonia war sich sicher, dass jeder fühlende Mensch, der etwas so Gewaltiges wie dieses Meer unter ausgestirntem Nachthimmel zum ersten Mal sah, keinen Zweifel an der Existenz des Herrn haben konnte. Gabriel Zimenes irrte, er irrte sich gewaltig – sie war alles andere als unberührbar!

Erst als sie sich satt gesehen und Halt gefunden hatte, schaute sie sich auf dem Schiff um. Da war Lunetta! Sie löste die Hände von der Reling und streckte sie dem Kind entgegen. Das Mädchen lief flink zu ihr hin. Beide versanken in einer Umarmung. Für Sidonia war diese Umarmung wie eine Abbitte für ihre Gedanken über die Mutter des Kindes.

Endlich sagte sie: »Was für ein Glück, dass wir uns so wiedertreffen! Oh, Lunetta. Doña Rosalia bat mich, dich zu suchen. Nie hätte ich geglaubt, dass es so einfach sein würde, dich zu finden. Zum ersten Mal enttäuschen mich deine Karten nicht. Stell dir vor, ich habe den Stern gezogen und mich darum entschlossen, an Deck zu gehen und ...«

Weiter kam sie nicht. Eine Hand riss sie herum. Hinter ihr stand Aleander. Das Skapulier seiner Kutte blähte sich im Wind wie die Schwingen eines Raubvogels. Das Licht einer Laterne hob die Konturen seines Gesichts hervor. Sidonia schrie auf und versuchte sich vor Lunetta zu stellen, um sie zu verbergen. Der Mönch lachte.

»Du siehst reizvoll aus, geliebtes Weib. Beinkleider zieren dich.«

Sidonia holte aus, um ihm einen Schlag zu versetzen, doch die Bewegungen des Schiffes ließen sie wieder schwanken. Der Mönch fing ihren Arm ab und zog sie jäh an sich.

Er näherte seinen Mund ihrem Ohr: »Spar dir deine ungestüme Art für unsere Nächte, du weißt, wie sehr du mich damit erleichterst.«

Sidonia atmete heftig, Wut und Tränen stiegen in ihr auf. Das konnte und durfte nicht wahr sein. Sie war ihrem schlimmsten Feind ins Netz gegangen! Hatte sie nicht geahnt, dass er an Bord sein würde? Hatten nicht alle Umstände dafür gesprochen? Rosalias Brief! Ihre langsame Reise mit dem Kaufmannstreck nach Antwerpen. Selbst der Faktor im Kontor des Vaters hatte sie gewarnt und davon abgeraten, die Negrona zu betreten. Warum hatte sie nicht auf ihn gehört? Oder auf den Rat der umgekehrten Sternkarte: abwarten! Sie wollte sich aus Aleanders Umarmung freikämpfen. Doch der Mönch zog sie dichter an sich heran.

»Man entkommt mir nicht. Du nicht und dieses Kind auch nicht. Wolltest du sie wieder einmal retten? So wie auf dem Kölner Markt? Lunetta, komm her.«

Mit herunterhängenden Schultern trat das Mädchen hervor. Sidonia sah mit Entsetzen, wie gleichmütig sich Lunetta in ihr Schicksal fügte.

»Scher dich nach unten, bevor ich der Mannschaft Befehl gebe, dich an den Pfahl zu bringen«, sagte der Mönch. »Und lass dich nie mehr an Deck blicken.«

Lunetta lief zum Niedergang im Mittschiff, kletterte hinab. Aleander beobachtete es mit Befriedigung. Dann legte er seine Hand in Sidonias Nacken und drückte zu.

»Deine Flucht aus Köln hat mich verärgert! Im Fernkontor deines Vaters erfuhr ich, dass du die Fahrt nach Spanien machen wolltest. Was hast du dort vor? Mich anklagen?«

Sidonia konnte ihren Kopf nicht bewegen, Aleanders Hand war wie ein Schraubstock. Ihre Wut besiegte die Tränen. Sie spuckte dem Dominikaner ins Gesicht.

Aleander beantwortete die Beleidigung mit einer Ohrfeige. »Wage das nie wieder!«

»Du machst mir keine Angst mehr. Du hast mir bereits das Schrecklichste angetan. Ich fürchte dich nicht«, erwiderte Sidonia voll Hass.

»Ach nein? Lunetta ist meiner Zucht zugänglicher. Sie gehorcht, weil sie weiß, dass ich sie mit einem Wort oder einer Geste vernichten kann. Du unterschätzt meine Macht, und ich bin noch nicht fertig mit dir.«

Sidonia kämpfte sich mit Tritten und Püffen frei, legte beide Hände auf die Reling und schwang sich hinauf. »Ich brauche nur loszulassen«, sagte sie, »dann hast du alle Macht über mich verloren.«

Aleander bewegte sich nicht. »Wenn dir Lunettas Leben und das deines Bruders lieb sind, dann steig herab. Ihr Schicksal hängt von dir ab! Willst du sie sterben lassen?«

Sidonia klammerte sich an das Schanzkleid, ein kurzes Wellental ließ das Schiff in die Tiefe sausen und drückte ihr den Magen nach oben. Schlimmer als alle Übelkeit und die Angst über Bord zu gehen war die Erkenntnis, dass der Dominikaner sie in der Hand hatte. Mit ihrem unbedachten Ausflug an Deck hatte sie alle Möglichkeiten, Lunetta und ihrem Bruder zu helfen, verspielt. Keinen Moment zweifelte sie daran, dass er das Kind töten und Lambert verderben würde, wenn sie ihm nicht zu Willen war. Auch Aleander zweifelte nicht an seiner Macht. Seelenruhig wartete er ab, bis Sidonia sich von der Reling hinabgleiten ließ.

Der Dominikaner streckte seine Hand vor. »Brav, und nun folge mir.«

Sidonia versteckte ihre Hände im Rücken. Es war eine alberne Geste, die Geste eines verstockten Kindes. Aleander hob eine Braue, krümmte die Finger seiner ausgestreckten Hand. Sidonia verstand die Geste. Widerwillig legte sie ihre Hand in die seine.

»He, was treibt ihr beiden da«, rollte eine Stimme zu ihnen

herab. Der Kanonenwächter war erwacht. Hoffnungsvoll riss Sidonia ihren Kopf hoch, kniff die Augen zusammen und wollte etwas sagen. Doch das Gesicht, das sie über sich entdeckte, ließ sie den Blick senken. Es war das Gesicht des Kölner Stadtsoldaten Goswin. Von ihm war keine Hilfe zu erwarten, sondern nur noch mehr Schwierigkeiten.

»Kenne ich dich nicht?«, fragte Goswin und hielt eine Laterne über die Galerie. Doch ihr Licht strahlte zu Sidonias Erleichterung nicht sie, sondern den Dominikaner an. Der nickte. »Wir trafen uns in Köln.«

»Und was machst du hier an Bord?«

»Na was schon! Ich bin auf der Rückreise nach Spanien«, erwiderte Aleander ruhig. »Meine Pflichten als Inquisitor rufen, nachdem in Köln die Verhaftung der üblen Ketzer Lambert van Berck und Peter Fliestedten vollzogen wurde. Der junge van Berck hat zudem den Reliquienhändler auf dem Gewissen. Ich habe Köln einen großen Dienst erwiesen.«

Sidonia wollte ihre Hand aus der seinen zerren, eine Welle der Übelkeit überfiel sie bei Aleanders letztem Satz! Der Mann, der ihren Bruder zu vernichten wünschte, schloss seine Hand nur umso fester um die ihre. Das fiel auch Goswin auf.

»Und auf dem Weg in die Heimat vergnügst du dich in Gesellschaft eines Pagen, dessen Hand in deiner liegt?« Goswins Verachtung war unüberhörbar. Aleander ignorierte sie.

»Deine Aufmerksamkeit ehrt dich, aber du solltest sie auf die Kanonen lenken. Der Schiffsführer hat deine Pflichten sicher genau umrissen, nicht wahr? Ich kenne ihn und schätze sein Urteilsvermögen sehr, so wie er das meine schätzt.«

Knurrend wandte Goswin sich ab. Verfluchter Mönch. Überhaupt diese verfluchte Reise als Pilgerwächter. Die Gruppe um Sebald Rieter genoss – auf Empfehlung des Rates – seinen Begleitschutz. Eine Belohnung sollte das sein. Für den Fund der Leiche im Rhein. Dafür, dass er Aussagen über eine Magd aus dem Haus van Berck hatte machen können, die in der Mordnacht im Hafen gewesen war. Das hatte Kölns hohen Herren gefallen, die es schon lange darauf angelegt hatten, dem Waffenhändler die Flügel zu stutzen. Dazu hatte er beitragen können. Aber die Belohnung! Pah, ihm lag nichts am Reisen. Zwar war ihm nicht mehr übel, wie zu Beginn, aber dem Meer traute er so wenig wie die Matrosen. Sie hatten ihm versichert, es sei besser, nicht schwimmen zu können, um im Fall einer Havarie nicht stundenlang gegen die Wellen anzukämpfen, die einen am Ende doch verschlangen. Und wer wusste schon, ob am Grund des Meeres nicht all die Schlangen und Ungeheuer warteten, die auf Seekarten abgebildet waren! Gegen die half weder Mannesmut noch Schwertkunst.

Aleander zog Sidonia über Deck. Geschickt schlängelte er sich durch die am Boden liegenden Schlafenden. Einige trat er zur Seite. Sidonia stieß gegen eine der Hängematten, die zwischen den Masten aufgespannt waren.

Aus einer blickte ein aufgestörter Schläfer dem Paar nach, bis es das Achterkastell erreichte. Er sah, wie der Mönch seine Hand lüstern auf den Po des Pagen legte, als er ihn in ein Zelt schob. Gabriel Zimenes' Miene versteinerte. In seinem Kopf jagten sich die Gedanken. Er hatte gelernt, den Menschen zu misstrauen. Doch im Falle Sidonias war er nicht misstrauisch genug gewesen. Für ein Kind hatte er sie gehalten. Halten wollen! Ein ungestümes Kind, dessen Lebendigkeit ihn gefesselt und dessen Leichtsinn ihn erheitert hatte. Die Schlange hatte er erahnt, aber übersehen. Falsch, gestand er sich nüchtern. Die Schlange in ihr hatte ihn fasziniert und dazu verleitet, eine Bindung mit ihr einzugehen, von der er wusste, dass sie ihm kaum Nutzen einbringen würde. Wie sehr sie ihm schaden konnte, erkannte er jetzt: Sidonias Vertrauter war Aleander, und ausgerechnet ihr hatte er vom Schatz Adrians von Löwenstein erzählt, um mit seiner Verachtung für das Geld zu prahlen, seine moralische Überlegenheit zu beweisen! Sein Hochmut hatte ihm einen bösen Streich gespielt. Gabriel ließ sich aus der Hängematte rollen, sprang in Haken über Deck und schoss den Niedergang zu seiner Kabuse hinab.

Eine Untersuchung seines Lederbeutels bestätigte seine Vermutungen: Sidonia hatte nach Hinweisen auf den Verbleib des Vermögens gesucht. Entdeckt hatte sie ein paar Maravedis und das indianische Amulett. So gierig war dieses Mädchen, dass sie sich sofort bedient hatte. So gewissenlos, dass sie gemeinsame Sache mit einem Mönch machte, der ein Mörder war, und so lüstern, dass sie sich ihm als Geliebte hingab. Hatte sie nicht ständig Anspielungen auf die Lust zwischen Mann und Weib gemacht? Hatte er nicht gespürt, dass sie keine unschuldige Jungfrau sein konnte? Hatte sie nicht gar versucht, ihn zu verführen, um ihn in ihre Hand zu bekommen? Und war er nicht sogar auf dieses Spiel eingegangen? Zorn würgte ihn. Die Welt ekelte ihn seit langem. Wieso hatte er seinen Seelenfrieden aufgegeben für so ein Geschöpf! *Weil sie so leichtsinnig und vibrierend lebendig ist, wie du einst warst! Damals als Junge im Tal deiner Heimat, das dir so eng erschien und zu fern von den Abenteuern der Welt.*

Ärgerlich schob Zimenes den Gedanken beiseite. Es war nicht an der Zeit, die eigene Seele zu erforschen. Sie bedeutete ihm ohnehin nicht viel, darin lag sein Frieden. Es blieb zu hoffen, dass Sidonia nicht wusste, wo Lunetta sich aufhielt. Einer goldhungrigen Schlange wie ihr war der Mord an einem Kind zuzutrauen. Und dem Mönch Aleander ohnehin! Entsetzen durchfuhr ihn. Was, wenn die beiden das Mädchen längst getötet hatten?

9

Bis in den Golf von Biscaya hielt der nordöstliche Wind an. Die Negrona kam gut voran. Dann setzte eine Flaute ein, während sich am südlichen Horizont Wolken bildeten. Das Schiff schwieg bis auf ein leichtes Knarren des Holzes. In der Biscaya kündigten Flauten oft das Aufeinandertreffen verschiedener Wetterzonen an, die den Himmel von einem Moment zum nächsten in eine Gewitterhölle verwandelten.

Der Kapitän ließ alles Zeug reffen. Mit trockenem Baum lenzte das Schiff in der schwachen Dünung. Die Matrosen wurden erbarmungslos auf Trab gehalten, um nicht ins Denken zu verfallen. Die Negrona dümpelte unterhalb von Bordeaux vor einer Flussmündung, die als Piratennest bekannt war.

Wie ein fetter Käfer im Netz einer Spinne hing das Schiff fest. Bei ablandigem Wind aus den Pyrenäen würde es den wendigen Küstenkaravellen der Korsaren ein Leichtes sein, die schwer beladene Galeone aufzubringen, bevor sie volle Fahrt aufnehmen könnte. Besonders gefährdet wäre im Fall eines Angriffs die Karacke, die in einigem Abstand auf dem Wasser schaukelte.

Auf der Negrona wurden der Schiffsrumpf nachgeteert, die Pumpen überholt, Segel geflickt und Taue gespleißt. Die Mannschaft fluchte, die Passagiere standen überall im Weg. Es war einfacher für die Besatzung, wenn das Schiff Fahrt machte, dann musste nur das Notwendige getan werden, und dazwischen gab es Ruhe.

Die Kölner Pilger versammelten sich an der Reling des Achterkastells, um den Herrn des Wetters mit Gebeten gnädig zu stimmen. So kurz vor dem Ziel – in der Ferne schwebte die baskische Nordküste – überfiel sie Ungeduld. Sie bekräftigten ihre Bitte um Wind mit dem Versprechen, in jeder Kapelle auf dem Camino Inglés, auf dem sie von La Coruña bis Santiago wandern würden, einen Rosenkranz zu beten.

Der Brauer Sebald Rieter übertrumpfte seine Reisegenossen mit einem Versprechen von fünfzig Dukaten für die Kathedrale von Burgos, die während der letzten Jahrzehnte von einer Kölner Baumeistersippe gestaltet worden war. Seine Großzügigkeit entsprach seinem kölnischen Geschäftssinn. Die Spende würde auch Kaiser Karl gefallen und ihn vermuten lassen, dass von den Herren der Domstadt noch mehr Geld zu erwarten war.

Rieter lag daran, Köln als Ratsherr würdig zu vertreten. Es hing viel vom Wohlwollen des Kaisers ab. Etwa der Entzug der Braurechte für die Klöster der Domstadt. Der Rat würde einiges dafür springen lassen müssen, um das zu erreichen. Dukaten nahm Karl wie Birnen, er brauchte sie für seine Feldzüge. Im Osten drohten Türken, auf italienischem Boden kämpfte er mit Frankreichs König und dem Papst, in Deutschland gegen den Ketzer Luther und überall gegen Piraten. Er hatte riesige Schulden. Die Zinsen überstiegen die Einnahmen aus der Alten und der Neuen Welt. Gegen bares Geld war vom Kaiser manches zu haben: Schürfrechte in Peru, Quecksilberminen in Österreich, das Handelsmonopol für Negersklaven, das sich die deutschen Welser gesichert hatten, außerdem spanische Bischofshüte, Hofämter, Landgüter sowie Zoll- und Steuerrechte, die den Kölnern wie Rieter am Herzen lagen.

»Diese Narren behandeln Gott wie einen Krämer«, knurrte Aleander in seinem weißen Zelt. Er saß an einem Brettertisch, der ihm als Schreib- und Essplatz diente. Die Ration Schweinepökel, die ihm ein Schiffsjunge gebracht hatte, stand unberührt da. Er hatte nach Hühnchen verlangt, doch der Schiffsjunge hatte den Wunsch ignoriert. Sidonia hatte nur Zwieback verspeist.

Ein Bretterverhau bildete die Rückwand des Zeltes, davor war ein Bettgestell mit Vorhängen im Deck verankert. Auf diesem Bett lag Sidonia und fächelte sich Luft zu. Die Frische der Nacht war brütender Hitze gewichen. Widerwillig betrachtete sie Aleanders blonde Tonsur und seinen langen Rücken. Mit gebeugten Schultern saß er an seiner Theorie über das pyramidale Schweigen des Buchstabens A. Eine Feder kratzte über Papier.

Als sie zum ersten Mal einen Blick auf den Stapel Blätter geworfen hatte, die er mit spinnendürren Buchstaben füllte, hatte sie Neugier überfallen. Was schrieb dieser Dämon? Eine Offenbarung seiner nachtschwarzen Seele? Anklageschriften?

In den Momenten seines Schlafes – und Aleander schlief viel – hatte sie einige Seiten gelesen und wurde enttäuscht. Es handelte sich um eine Schrift für die Pariser Universität, mit der er einen Professorentitel zu erlangen suchte. Paris! Hatte dort nicht auch Gabriel studiert? Was der Dominikaner verfasste, war langweilig und gespreizt. Soviel sie verstand, ging es um den Ursprung der Sprache aus Gott und das Mysterium der Buchstaben. Er ließ sie gegeneinander antreten wie Soldaten, lobte das A für sein »pyramidales Schweigen« und seine göttliche Perfektion, kritisierte das B für seine Behäbigkeit und belegte seine Ansichten mit Wortketten und Zitaten aus der scholastischen Lehre. Seine Beweise waren geschwätzig und unglaubwürdig. Zu gerne hätte sie einen Kommentar Gabriels darüber gehört.

Beim Buchstaben C hatte Sidonia beschlossen, diesen Unsinn für Unsinn zu halten, zumal Aleander einen Denkfehler machte: Gottes erste Sprache – so es eine solche gab – müsste das Hebräische sein, nicht das Lateinische. Und für wen hielt er sich überhaupt, Gottes Sprache auf die Schliche kommen zu können? Fast war es ihr peinlich zu entdecken, dass der Dominikaner bei aller Schläue unendlich dumm war – oder waren das am Ende viele der großen Gelehrten der Theologie? Nicht alle. Gabriel war anders. Seufzend ließ sie sich ins Kissen sinken. Wieso quälte sie sich mit Gedanken an diesen Mann. Ihre Lage war schlimm genug.

Aleander fuhr herum. »Du störst mich bei der Arbeit!« Sein Gesicht war rot vor Zorn und Hitze. Sie ahnte den Grund: Der Kampf mit den Buchstaben war ein vergeblicher, und bei aller Eitelkeit schien er seinen Mangel an Intellekt zu ahnen.

»Ist mein Schweigen nicht pyramidal genug?«, entschlüpfte es Sidonia. Sie bereute ihre Frechheit sofort.

Aleander stieß seinen Stuhl nach hinten und näherte sich dem Bett. »Du hast in meinen Papieren geschnüffelt!«

Sidonia zog sich an die Bretterwand zurück. »Ich habe nur einen Blick darauf geworfen.«

»Und nichts verstanden. Nichts! Ich werde dir wohl wieder zeigen müssen, wozu du auf der Welt bist.«

Roh riss er ihr das lose Hemd herab. In der ersten Nacht hatte Sidonia sich freiwillig entkleidet, um ihre Schätze – das Buch von Mariflores, ihr Geld und die Karten – unbemerkt in ihrem Kleiderbündel verbergen zu können. Nackt bis aufs Hemd schlief sie mit Aleander in dem Bett. Er hatte seine Annäherungen nach einer heftigen Vereinigung in der Nacht ihrer Entdeckung nicht wiederholt. Jetzt schien ihm die Zeit gekommen, die Demütigung zu erneuern.

Abwehrend hob Sidonia die Hände. »Wage es nicht, oder ich schreie.«

»Schrei so viel du willst, ich werde dir das Maul schon stopfen.«

Er stieß sie nach hinten. Sidonia prallte gegen die Wand, richtete sich auf, obwohl sie wusste, dass sie unterliegen würde und dass diese Kämpfe ihm Lust verschafften und seine Machtgefühle stärkten. Draußen stimmten die Pilger einen Lobgesang an. Es war, als sollte sie inmitten einer Messe vergewaltigt werden. Ähnliches schien auch Aleander zu imaginieren. Feierlich streifte er seine Kutte ab und präsentierte sich in seiner Nacktheit.

»Küss mich«, befahl er. »Du weißt, wie.«

Sidonia verschloss die Lippen. Dieser Mann war verworfener als Satan selbst. Er stand vor dem Bett und packte sie bei den Schultern. »Knie dich hin.« Er hob drohend seine Rechte. Draußen auf dem Achterkastell erklang das Vaterunser. Aleander betete es mit.

Sidonia schüttelte voll Ekel den Kopf. »Eher sterbe ich!«

Aleander lächelte. »Oh, das hat noch Zeit, und ich weiß, dass du nicht sterben willst. Du hast – anders als ich – eine Schwäche für das Leben.«

Er stieß sie zurück auf das Bett und warf sich auf sie. Seine Kraft war beängstigend. Sidonia fragte sich, was ihm solche Stärke verlieh, denn sein Leib war eher sehnig als muskulös. Taub für ihre eigenen Empfindungen, spürte sie die Wölbungen der Narben, die über seinen Oberkörper liefen, auf ihrer Brust. Sie fühlte mit einem Mal den Schmerz, den ihm diese Verletzungen verursacht haben mussten, und wusste, dass der Schmerz, den er ihr zufügte, dem Schmerz und den Demütigungen gleichen sollte, die er nicht von sich abschütteln konnte. Ihn trieb die Lust einer hässlichen Seele, Rache am Schönen zu nehmen, an der Lust genau wie am Leben selbst.

Was, wenn sie keine Schmerzen mehr empfinden würde bei dem, was er tat? Wenn sie nicht mehr sein Opfer wäre, das sich hilflos wehrte und dadurch sein Gefühl von Macht nur nährte? Sie schloss die Augen. Sie dachte an das Haus ihres Vaters, reiste in Gedanken zurück in ihre Kindheit, sah sich als kleines Mädchen, spielend und voll Unschuld. Sie war keine Frau. Wenigstens in Gedanken konnte sie sich aus ihrem Leib und der Gegenwart entfernen. Was geschah, geschah nicht ihr, sondern einem toten Leib, der keine Schmerzen kannte.

Aleander drang in sie ein. Sie öffnete die Augen nicht, sondern zwang sich gleichmütig zu atmen und nichts zu empfinden. Sie konnte das Treiben zweier fremder Körper ohne Teilnahme beobachten. Der Dominikaner hielt verblüfft inne. Weder sie noch Aleander bemerkten die Hand, die die Zeltbahnen des Eingangs teilte, und das Augenpaar, das kurz ins Zelt blickte.

»Hör nicht auf«, flüsterte Sidonia einer Eingebung folgend. Zu ihrer Verwunderung fiel ihr die Vortäuschung von Lust leichter als vergeblicher Widerstand. Nichts zu empfinden verschaffte ihr wenigstens die Macht, die Demütigung zu verkürzen. Der Dominikaner würde sie nie dorthin verfolgen können, wo sie nun war. Im Land ihrer Kindheit, sorglos, beschützt und geliebt. Sollte er mit ihrem Leib nur verfahren, wie er wollte, über ihre Empfindungen würde er keine Macht gewinnen.

Unvermittelt zog Aleander sich aus ihr zurück. Sidonia riss die Augen auf – hatte sie den Satan besiegt?

»Glaube nicht, dass du Spiele mit mir treiben kannst, kleine Hure«, zischte der Dominikaner. »Das haben schon viele Weiber vor dir versucht. Die Frau meines Bruders habe ich dafür brennen lassen. Und glaube mir, sie war reizvoll und – wahrhaft demütig.«

Mit einer raschen Bewegung riss er ihr Kleiderbündel hoch, schüttelte es aus. Die Geldbörse plumpste heraus, Mariflores' Buch fiel hinterher, die Tarotkarten verteilten sich flatternd über den Boden.

»Auch ich habe in deinen *Papieren* geschnüffelt! Du weißt also, wer Mariflores war und wie sie starb. Lass es dir eine Warnung sein, und betrüge mich niemals.«

Sidonia lag erstarrt auf dem Bett.

Der Dominikaner schlüpfte in seine Kutte. »Eine Frau wie dich wird in Spanien jeder Dorfrichter ohne Prozess hängen.«

Er hob die Lederbörse auf und entleerte sie auf dem Bett. Er griff nach dem Amulett. »Und sei es wegen Diebstahls. Woher hast du dieses indianische Götzenbild, Weib?«

Sidonia schaute zu Boden.

»Nun? Wer macht dir solche exotischen Geschenke? Wen kennst du, der im Neuen Indien war?«

Sidonia schwieg beharrlich.

»Einen Inquisitor kann man nicht täuschen. Ich weiß bereits, dass Gabriel Zimenes an Bord ist. Er reiste an der Seite meines Bruders. Du bist eine Närrin, wenn du glaubst, dass dieser Mann dir helfen wird.«

Überrascht fuhr Sidonia hoch. Sie hatte es geahnt: Aleander kannte Zimenes! Aber wie kam der Mönch darauf, dass ausgerechnet Gabriel ihr helfen würde? Er verachtete sie. So wie sie ihn verachtete. »Ich kenne niemanden mit diesem Namen.«

Aleander lächelte böse: »So? Glaube mir, dieser Mann ist bereits tot. Ich habe ihn gestern vom Kommandanten des Schiffes verhaften lassen.«

Sidonia unterdrückte einen Laut des Entsetzens.

»Solltest du zarte Gefühle für ihn hegen, so wird es mir ein Vergnügen sein, sein Sterben besonders prächtig zu inszenieren! Schließlich hat er in Köln den bedauernswerten Pancheo abgestochen, wie der Soldat der Kölner Gesandtschaft bezeugen konnte. In seiner Kabine fand sich ein Haufen Ketzerlektüre, und in Spanien liegt ein Urteil der Heiligen Inquisition gegen ihn vor.«

»Er tötete Pancheo in Notwehr«, protestierte Sidonia.

Aleander hob das Haupt, und Sidonia erkannte, dass er sie absichtlich provoziert hatte, um das Geständnis ihrer Bekanntschaft mit Gabriel zu erwirken.

Sie senkte den Blick.

Zimenes! Seine spöttischen Augen, seine schneidende Stimme, sein kalter Zorn – alles vereinigte sich in ihr mit einem Mal zum Bild des einzigen Mannes, der es mit Aleander aufnehmen konnte. Es war ein lichtumflossenes Bild – so dunkel Zimenes auch war mit seinen schwarzen Locken, seinen tiefbraunen Augen, seiner Düsternis. Anders als Aleander verachtete er das Leben nicht, gleichgültig, wie kalt er sich gab. Seine leidenschaftliche Rede im Hafen hatte ihn verraten. Er verachtete den Tod in jeder Form, besonders den Mord an Seelen! Und das könnte ihm genau die Macht und Stärke verleihen, die dem Dominikaner gefährlich war. Zimenes war ein Krieger des Lichts, kein Sklave der Finsternis wie Aleander. Diese Erkenntnis traf sie wie ein Schwerthieb. Sie hätte bei Zimenes bleiben sollen! Er wäre der gute Stern gewesen, den die Karte ihr in seiner Kabuse angekündigt hatte. Dass sie die Karte verkehrt herum gezogen hatte, war ein Hinweis gewesen, bei ihm zu verharren.

Alles kommt zu dem, der warten kann, hatte Mariflores notiert. Wie Recht sie hatte. Sidonias Mut sank. Ungeduld war schon immer ihre größte Untugend gewesen. Zum ersten Mal begriff sie etwas von der versteckten Botschaft der Karten. Auch eine Warnung konnte ein Geschenk sein, ein Hindernis, eine Chance, über sich hinauszuwachsen.

Ihre Augen suchten den Boden ab und blieben an dem Bild eines reitenden Skeletts hängen. Es war die Karte *La muerte*. Der Tod ritt auf einem weißen Pferd vor hellem Himmel über die Leiche eines Königs hinweg. Ein Kind und ein Bischof gingen ihm freudig entgegen. Sicher war es Mariflores am Ende so ergangen. Der Tod bedeutete das Ende aller Schmerzen und Irrtümer. Der Tod konnte ein Verbündeter sein – wenn auch der letzte. Verflucht! Sie wollte nicht sterben. Und sie wollte nicht, dass Gabriel starb. Sie hob den Kopf. »Mich interessiert dieser Mann nicht«, sagte sie mit gespielter Kälte.

Aleander streichelte ihr über das Haar.

»Oh Sidonia, was für ein schlechter Versuch, mich zu täuschen. Wie hättest du ohne männliche Hilfe hierher gelangen können? Zimenes ist ein Held der Frauen, der in lächerlicher Liebe an seiner Schwester hing. Die Damen schätzen ihn, und ausgerechnet du mit deinen Träumen von Rittern und Abenteurern willst die Ausnahme sein?«

Bevor Sidonia antworten konnte, erscholl der Ruf *»¡Viento!«* – Wind. Mehr als Wind. Ein Sturm zog hoch, in der Ferne rollte ein Donner. Das Schiff verfiel in rollende Bewegungen, die nichts Gutes verhießen. War das die Antwort Gottes auf die Gebete der Pilger?

Oder, dachte Sidonia wütend, war es die Antwort des Tarots auf ihren Wunsch nach Leben?

10

Er hatte einen Riecher für Heuchler und Sünder. Wie widerlich dieser Dominikaner war. Stinkender Auswurf, das hatte ihm sein Blick ins Zelt bewiesen. Der nackte Mönch hatte den Leib seines Pagen vollständig bedeckt, und der Page hatte nach mehr verlangt. Goswin spuckte voll Ekel aus. Es hatte ihm nicht geschmeckt, den Schiffsarzt Zimenes auf Befehl des Dominikaners zu verhaften, darum hatte er spioniert. Gewiss, dieser Zimenes hatte in Köln einen Degenkampf ausgetragen, aber wer den Zwist begonnen hatte, war unklar, und die Anklage dieses Mönches hatte ihn hellhörig gemacht. Er erkannte einen doppelzüngigen Schurken auf den ersten Blick. Nein, dieser Dominikaner konnte ihn nicht täuschen. Ihn nicht!

Ein Matrose schubste Goswin zur Seite. »Steh hier nicht rum, dein Platz ist am Bug und bei den Kanonieren«, schnauzte er.

Umzuckt von Blitzen jagte die Besatzung die Wanten hoch. Segel wurden gesetzt. Soviel Goswin verstand, wollte der Kapitän den nordwestlichen Wind aus den Bergen nutzen, um fortzukommen.

Der Nachmittagshimmel färbte sich schweflig gelb. War es klug, bei diesem Wetter auf Fahrt zu gehen? Rund um das Schiff türmten sich hohe Wogen. Der Wind jaulte in der Takelage. Sollte der Kommandant nicht in den Schutz der Küste segeln und den Sturm vorbeiziehen lassen?

Die Matrosen stellten keine Fragen. Sie hingen in den Wanten und Rahen und scheuerten sich die Hände an den Tauen auf. Die Segel bauchten sich wie Fässer. Die Negrona bäumte sich in der Dünung und gewann bockend Fahrt.

Goswin wurde erneut beiseitegeschubst. Er sah, dass die Pilger bei der Reling knieten und beteten. Diesmal verlangten sie eine Mäßigung des Sturms. Blitze äderten den Himmel. Der zunehmende Wind riss ihnen ihr Ave Maria aus dem Mund, zerfetzte es in wirre Silben. Wellen brandeten über die Reling, brachen sich auf dem Deck. Schnell waren Besatzung und Passagiere bis auf die Haut durchnässt.

Goswin erkämpfte sich einen Weg zur Schiffsspitze. Bei den Kanonen würde er sich nützlich machen. Wie die Matrosen zog er Arbeit dem Denken vor. Es galt, die Taue zu prüfen, mit denen die Geschütze an Deck festgezurrt waren. Eine lose Kanone bedeutete Lebensgefahr, und das Pulver musste trocken bleiben.

Der Sturm gewann über die nächsten Stunden an Kraft. Der Kapitän musste die vage Hoffnung aufgeben, er könne sich – wie die meisten Seewinde – gegen Abend mäßigen. In der Biscaya herrschten andere Gesetze. Und Korsaren.

Gegen sechs Uhr erspähte ein Mann im Krähennest zwei Karavellen. Übermütig wie Mädchen auf dem Weg zum Fandango stoben die Schiffe über das sturmgepeitschte Meer. Ihre dreieckigen Segel blähten sich im Dämmerlicht. Kein ehrlicher Seefahrer würde bei diesem Wetter von Land fortsegeln, das war klar. Wenig später gab die entfernt segelnde Karacke Rauchzeichen. Sie signalisierte Verfolger und – die Bitte um Beistand.

Der Kapitän zögerte kurz, dann ließ er die Segelflächen der Negrona verkleinern. Das Marssegel an der Spitze des Hauptmastes und die oberen Leinwände wurden bis auf die Hälfte gerefft. Die verbleibenden Segel nahmen knallend die Wucht des Sturmes in Empfang. Die Negrona schoss nicht mehr majestätisch an Wellentälern und Wellenbergen vorbei. Sie wurde zum Spielball des Meeres, knirschte in allen Fugen. Der Wind heulte, und die Leuchtfeuer der Negrona tanzten in der aufziehenden Dämmerung.

Die Passagiere, die sich in der Mitte des Schiffs zusammendrängten, verfolgten das Manöver mit bangem Staunen. Murren machte sich breit. »Was soll das?« – »Will er die Korsaren an Bord einladen?«

Braumeister Sebald Rieter, der Führer der Kölner Pilgerschar, wandte sich an den Schiffschreiber. »Was beabsichtigt dein Kommandant? Bei dieser Geschwindigkeit werden die Korsaren uns einholen! Du hast uns Sicherheit an Bord garantiert. Siebzig Golddukaten hat die Passage gekostet und ...«

Der Angesprochene kämpfte sich zum Kommandanten durch, der auf dem Achterkastell Befehl gab, beizudrehen. Unwirsch fertigte der Kapitän seinen Schiffsschreiber mit wenigen Worten ab, die der Mann den Passagieren überbrachte:

»Er sagt, er segle mit leeren Toppmasten, damit die Korsaren uns erst spät am Horizont ausmachen können.«

»Und warum lässt er beidrehen?«

Der Schreiber zuckte die Schultern.

»Er muss der Karacke Gelegenheit zum Aufholen geben«, ertönte gegen das Sausen des Sturms eine Stimme vom Hauptmast her.

Die Pilger drehten die Köpfe. Gabriel Zimenes stand an das Holz gebunden auf Deck.

»Was soll das heißen?«, fragte ihn ein entsetzter Passagier.

Zimenes schüttelte die Locken. »Der Kapitän ist ein Mann von Ehre. Er hält sich an die Gesetze der christlichen Seefahrt, die gegenseitigen Beistand vorschreiben.«

»Verflucht«, schrie Sebald Rieter, »dieser Narr wird es doch nicht auf einen Kampf anlegen?«

»Nun, er dreht den Bug in Richtung der Verfolger, und die Kanonen werden klargemacht.«

Plötzlich blitzte im Grau des Meeres, dort wo die Karacke segelte, Feuer auf, verlosch, flackerte wieder auf, verlosch wieder. Bewegung und Gemurmel ging durch die Reihen der Pilger. Alle sahen nach vorn zum Bug. Aus dem rundlichen Bauch der alten Karacke qualmte dicker Rauch hervor. Sie schien getroffen und fiel immer weiter zurück.

Entsetzt sanken die Pilger auf die Knie, kramten nach ihren mit grünen Berylls verzierten Kreuzen, die Schutz vor den Gefahren der Seefahrt versprachen. Verzweifelt hielten sie die Kreuze in den Wind. Schiffsjungen ließen ihre Pflichten im Stich und gesellten sich zu den Betenden. *»¡Sálvanos! ¡Ave Maria! ¡Sálvanos!«*

Sebald Rieter fluchte wieder. »Wir sind friedliche Pilger, wir wollen nicht in Kämpfe verwickelt werden.«

»Frieden bedeutet nicht die Abwesenheit von Kämpfen, sondern die Anwesenheit von Gott, guter Mann. Wo bleibt dein Vertrauen in den Allmächtigen?«, spottete Zimenes.

»Ich habe den ganzen Tag gebetet, während du Verbrecher geschlafen hast!«

»Das ist meine Form des Gottvertrauens, außerdem sind mir – wie du siehst – die Hände gebunden.«

»Du bist ein Mörder! Der Tod ist dir sicher. Aber wir wollen nicht sterben. Schon gar nicht, wenn es eine Fluchtmöglichkeit gibt. Die Negrona ist ein schnelles Schiff.«

»Und die Karacke ist es nicht«, erwiderte Zimenes. »Es wäre ein Verbrechen, sie im Stich zu lassen.«

»Es wird dunkel, wir haben gute Gelegenheit zu entkommen, wenn der Kommandant alle Segel setzen lässt.«

Zimenes hob die Brauen: »Heißt es nicht beim heiligen Jakobus: *Meine Brüder, was nützt es, wenn einer sagt, er habe Glauben, aber es fehlen die Werke?* Nächstenliebe ist eine Frage unserer Taten, nicht unserer Worte!«

»Und das sagt ausgerechnet ein Mörder!« Sebald Rieter wandte sich an seine Reisegefährten. »Wir müssen jemanden finden, der den Kapitän zur Einsicht bringt. Es ist nicht gottgefällig, hunderte Menschen sterben zu lassen, wenn die Hälfte gerettet werden kann. Wir haben siebzig Dukaten gezahlt. Siebzig!«

Seine Gefährten stimmten zu – bis auf eine Frau. Zaghaft trat sie vor. »Und wenn dieser Mörder Recht hat? Liebe erfordert Taten, nicht Worte. Wir hätten das kleine Mädchen in Antwerpen nicht im Stich lassen dürfen«, greinte sie. »Du, Sebald Rieter, hast ein Versprechen gebrochen. Vielleicht will Gott uns dafür strafen.«

Sebald Rieter drehte sich unwirsch um: »Das Kind ist doch an Bord! Und du warst die Erste, die sich gegen das Mädchen gewandt hat.«

»Weil der Mönch sagte, es sei ein Hexenkind«, verteidigte sich die Pilgerin.

»Genau«, entgegnete der Braumeister, »und er will es läutern. Wer weiß, ob diese Teufelsbrut nicht für all das hier verantwortlich ist.«

»Du glaubst, diese Lunetta hat den Sturm auf uns gezogen?«

»Es würde mich nicht wundern, sie war ein Schützling dieses Juden Siebenschön.«

»Ein Jude übergab dir das Kind? Dann hol den Mönch! Er muss den Teufel austreiben.«

»Lunetta ist hier?« Zimenes' Stimme fuhr scharf wie ein Windstoß zwischen sie. Niemand beachtete ihn. Das Donnern von Kanonen klang übers Meer.

»Hol den Mönch!«, schrie die Pilgerin, »hol den Dominikaner, er wird dem Schiffsführer ins Gewissen reden. Man muss das Kind über Bord werfen. Das Wort Gottes wiegt mehr als die Kommandos eines Kapitäns!«

»Verdammte, abergläubische Narren«, murmelte Zimenes' als er sah, dass Sebald Rieter sich zum Zelt auf dem Achterkastell durchkämpfte. Die Negrona war so oder so verloren, ihre Positionslichter würden sie bei Nacht über Meilen verraten.

Wütend zerrte er an seinen Fesseln, doch die schnitten sich nur tiefer in sein Fleisch.

Gabriel Zimenes schloss die Augen. Der Ohren füllende Lärm um ihn herum versank. Welch grausamen Scherz trieb Gott, so es ihn gab, mit ihm? Warum hatte er ihn damals vor Spaniens Küste vor einem ähnlichen Angriff errettet, um ihn nun untergehen zu lassen? In dem Wissen, dass nicht nur Mariflores, sondern auch ihr Kind verloren war? Verloren durch den Teufel Aleander und seine Metze Sidonia. Sollte sich sein Schmerz verdoppeln? Hatte er nicht genug Menschen sterben sehen? Indios, Matrosen, Jäger und Gejagte, Sünder und Gerechte? Und nun das Kind! Der letzte Spross seiner Familie! Alle Menschen starben gleich jämmerlich, der Tod kannte keine Gerechtigkeit. Der Tod machte ihn zornig. Darum war er vor vielen Jahren Arzt geworden und nicht Priester, wie Padre Fadrique es gewünscht hatte. *Dir ist die Macht des Wortes gegeben, Gabriel. Das Wort kommt von Gott und ist mächtiger als das Schwert, darin hat dieser Luther Recht!* Verfluchter Fadrique! Für Mariflores hatte er nicht einmal mit Worten gekämpft. Geschichte wurde mit Blut, nicht mit Tinte gemacht. Von Teufeln in Menschengestalt wie Aleander. Für Gott schien es ohne Belang, ob die Welt und die Menschen existierten.

Der Geschützdonner wurde lauter.

Das Bild durchnässter Jammergestalten tauchte in Gabriels Erinnerungen auf. Es waren einfache Matrosen gewesen, muskulöse *peones*, von den Schafsweiden der kastilischen Hochebene weggeholt, wild entschlossen, ihr Glück in der Neuen Welt zu machen. Sie lagen zerfetzt von Kanonen oder vom gebrochenen Mast zerschmettert auf den Planken der steuerlosen Amorosa, die der Galeotte der Piraten entgegentrieb. Der dunkelrote Decksanstrich, der die Farbe der Blutlachen verbergen sollte, war von glitschiger Nässe überzogen. Die

Überlebenden schrien, wie jetzt auf der Negrona die Pilger, dem Wind ihr »Gelobt sei Christus« ins Maul. Der Wind lenkte sie auf ihre Mörder zu. Mit Blick auf die Toten, die über Deck rollten, hatten sie noch an die Gnade des Herrn geglaubt. Ihr *comandante* hatte sich in blutstarrendem Hemd an der brennenden Reling zum Schiffsschreiber, dem Lotsen und den hohen Passagieren gehangelt. Die beteten nicht, die fluchten. Der Kapitän hatte einen Lederbecher herumgereicht, darin kollerte eine Hand voll Erbsen. Eine hatte er mit dem Kreuz gekennzeichnet. Gabriel erwischte die Kreuzerbse und war seither verpflichtet, eine Pilgerfahrt zum Grab des Jakobus in Santiago zu unternehmen – als Dank für die Errettung.

Dank wofür? Gabriel hatte ein halb unfreiwilliger Sprung in die See vor dem Tod bewahrt. Das Meer hatte ihn an Andalusiens Küste ausgespuckt, zusammen mit einer Truhe des verfluchten Goldes. Als er dann in Santiago von Mariflores' Tod auf dem Scheiterhaufen erfuhr und davon, dass Fadrique nichts getan hatte, um sie zu retten, wurde sein letztes Vertrauen in die Menschen und Gott erstickt. Nein, er hatte sein Gelübde nicht erfüllt. Er hatte seine müde Seele noch tiefer verschlossen gegen jede Regung, jedes Gefühl. Und seine Gedanken ganz auf die Rache gerichtet. Seine Rache an Aleander.

Wer Rache sucht, muss zwei Gräber schaufeln, ertönte Fadriques Stimme in seinen Gedanken. Gabriel biss die Zähne aufeinander, dass es schmerzte. Er hatte nicht nur Rache gesucht, er hatte sich ebenso geschworen, Lunetta zu retten. Das würde ihm nun unmöglich sein. Zimenes knirschte mit den Zähnen. Dann riss er die Augen auf und schrie in den Himmel: »Herr, erhöre mich! Willst du mich strafen? Tue es, aber lass sie leben. Ich bereue! Hörst du, ich bereue!«

Ein Bimmeln der Schiffsglocke war die Antwort, ein Windstoß läutete sie, kein Matrose. Als sie verklang, ließ das Sausen des Sturms nach, so als wolle er Zimenes Gehör verschaffen.

Die Pilger öffneten staunend die Mäuler, Matrosen rissen sich die roten Wollmützen vom Schädel und schauten halb ehrfürchtig, halb ängstlich zu dem Bekenner am Mast. »*Un milagro*«, flüsterten einige.

Ein Wunder? Zimenes starrte erbost in den finsteren Himmel. Wie leichtgläubig die Menschen waren, wie verführbar und wie unklar ihre Bindung an den Glauben. Eben wollten sie noch Lunetta über Bord werfen, jetzt verehrten sie ihn als Wunderbringer. Ein Fluch lag ihm auf den Lippen, doch aus den Tiefen seiner Erinnerung stieg ein Psalm in ihm hoch. De Profundis. Als Novize in Fadriques Kloster hatte er diesen Psalm geliebt wie keinen zweiten. Widerwillig formten seine Lippen die Worte. Kraftvoll klang seine Stimme über Deck. Die Stimme eines Predigerschülers: »*De profundis clamavi ad te, Domine …*«

Einige Pilger fielen mit ein. Die Matrosen glotzten.

An die Betenden gewandt, fuhr Zimenes in deutscher Sprache fort:

»*Aus der Tiefe, Herr, habe ich zu dir gerufen:*
Herr, höre meine Stimme!
Wende dein Ohr mir zu,
Achte auf mein lautes Flehen!
Würdest du, Herr, unsere Sünden beachten,
Herr, wer könnte bestehen?«

»Wer hat diesem Erzketzer gestattet zu beten?« Schrill klang die Stimme Aleanders dazwischen. Er drängte sich durch den Pulk kauernder Menschen.

»Seht ihr nicht, dass er ein Verführer und Verderber ist? Er ist ein entlaufener Mönch, ein Gottesleugner, der in Spanien bereits in Abwesenheit verbrannt wurde!«

Neben Mariflores' Scheiterhaufen hatte seine Strohpuppe

am Pfahl gestanden, so hielt es die Inquisition, wenn sie einen Ketzer nicht leibhaftig vernichten konnte.

Zimenes verstummte. Seine Augen ruhten auf Sidonia, die dem Dominikaner mit gesenktem Blick folgte, an der Hand führte sie Lunetta. Was für ein lächerliches Bild der Unschuld die Bürgerstochter bot. Darin war sie groß! Selbst Lunetta schien sie zu täuschen. Wie grausam von ihr, mit der Zuneigung ihres Opfers zu spielen! Glaubte sie, dass Lunetta etwas über das versteckte Vermögen Adrians wusste? Wenn er Lunetta nur schützen könnte!

»*¡Carabelas a la vista!*«, schrie ein Späher im Krähennest.

»So viel zu den Wundern«, knurrte Zimenes.

Alle Köpfe drehten sich zum Bug. Begleitet vom letzten Streifen Dämmerlicht hielten die Korsarenschiffe direkt auf die Negrona zu. Noch schienen sie wie Nussschalen auf dem Ozean, aber alle wussten, dass es kaum eine Stunde dauern würde, bis sie die Negrona erreicht hätten.

Die Karacke tanzte getroffen und mit rüttelndem Geschirr auf den Wellen. Die Korsaren hatten sich nicht die Mühe gemacht, sie zu entern. Sie wussten, dass die Negrona lohnendere Beute versprach. Die Karacke konnte warten.

»Werft den Ketzer über Bord«, verlangte Aleander, »dann wird Gott euch erretten!« Die Pilger zögerten. Zimenes sah, dass Sidonia ihren Mund öffnete, doch sie schwieg.

»Macht die Geschütze klar«, donnerte vom Heck die Stimme des Kapitäns über Deck. »Steuerruder in die Mitte!«

»Wollt ihr elend verrecken?«, zischte Aleander den Matrosen zu und deutete auf Zimenes. »*Er* ist euer Verderben! Gott straft die Sünde.«

Schon rannten zwei Matrosen zum Mast und lösten Gabriels Fesseln. Lunetta riss sich von Sidonias Hand los und lief zu Aleander. Sie warf sich vor ihm auf den Boden, mit ihrem Körper bildete sie das Kreuz.

»Nicht, Lunetta!«, schrie Zimenes.

»Und dieses Hexenkind dazu«, befahl der Dominikaner.

Sidonia sah die teuflische Freude in seinen Augen. Der Geruch des Todes beglückte diesen Mann wie einen heidnischen Götzendiener. Er würde morden bis zuletzt – weil er die Macht dazu hatte. Und sie würde er leben lassen, damit sie litt.

11

Der Kapitän stürzte vom Achterkastell herab.

»Was geschieht hier?«

Wütend betrachtete er die beiden Seeleute, die Zimenes und Lunetta mit gebundenen Händen an die Reling geführt hatten. Lunetta drängte sich an Gabriel, der tröstend auf sie einsprach. Unter ihnen brauste schwarz das Meer. Hornlaternen beleuchteten die Gesichter. Die Bullenpeitsche des Kapitäns ging auf die Rücken seiner Matrosen nieder. »Auseinander und an die Kanonen. Ihr werdet bald genug Gelegenheit zum Töten haben!«

Aleander trat vor. »Comandante, ich habe den Tod dieser Ketzer befohlen. Der Herr hat seinen Zorn auf uns gelenkt, da wir …«

»Geschwätz«, brüllte der Kapitän. »Geh in dein Zelt, du Pfaffenarsch, und bete, dass die Kanonen der Korsaren krumm sind!« Die Anhänger des Dominikaners protestierten.

Aleander richtete sich zu voller Größe auf. »Du spielst mit dem Leben und dem Seelenheil all dieser Menschen.« Theatralisch wies er auf die Passagiere und Matrosen, die sich um ihn drängten.

»Sie wollen nicht in die ewige Hölle einfahren, weil sie das Leben eines Erzketzers und einer Hexentochter geschont haben! Ich darf das nicht zulassen, mein Gewissen und meine Liebe zu Gott verbieten es mir.«

Sebald Rieter trat vor. »Wir sind aufrechte Christen! Es kann nicht sein, dass wir unser Leben wegen dieser Teufelsbrut aufs Spiel setzen.«

»Amen«, schrien einige Pilger und sprangen an die Reling, um ihr Seelenheil durch das Hinabstoßen der Sünder zu retten.

»Soldaten hierher«, brüllte der Kapitän. Vom Bugdeck der Kanoniere lösten sich zwei Gestalten. Die Pilger bildeten einen Ring um den Dominikaner und seine Opfer. Matrosen schlossen sich an.

Sidonia schlüpfte neben Aleander. Gabriel sah es mit Verachtung und wandte seinen Blick ab.

»Was du vorhast, ist eine Dummheit«, flüsterte Sidonia dem Dominikaner zu.

Aleander sah ihr spöttisch in die Augen. »Willst du deinen Helden retten? Zu spät, mein Kind, das Volk ist eine reißende Bestie«, erwiderte er leise. »Es wird mir nicht gelingen, sie aufzuhalten«.

Sidonia hielt seinem Blick stand. Ihr Vater hatte ihr beigebracht, dass es Menschen verunsicherte, wenn man ihren Augen nicht auswich.

»Mein Interesse an Zimenes beschränkt sich auf dies hier.« Sie zog das Amulett aus ihrer Rocktasche. »Dieses Götzenbild gehörte nicht Gabriel Zimenes, sondern stammt aus einem Schatz, den dein Bruder Adrian aus dem Neuen Indien mitbrachte. Zimenes hat diesen Schatz geborgen.«

Sie bemerkte die Verunsicherung in den Augen des Dominikaners. »Ein Schatz? Und wo ist dieser sagenhafte Schatz?«

Sidonia griff nach Aleanders rechter Hand. Sie drückte das Amulett hinein und schaute ihn unverwandt an.

»Das weiß nur Zimenes!«

Statt eines flehenden Blicks zauberte sie das Glitzern der Gier in ihre grünen Augen. Auch das kannte sie von ihrem Vater, sie kannte es von vielen Kaufleuten. »Wenn du Zimenes töten lässt, werden wir nie erfahren, wo dieses Versteck liegt.«

Die Soldaten hieben die meuternden Passagiere roh auseinander. »Weg da«, brüllte einer von ihnen. Es war Goswin. Er postierte sich neben Zimenes, um ihn vor Übergriffen zu schützen.

»Der Kapitän hat Anweisung gegeben, dich in dein Zelt zu führen«, herrschte er Aleander an. »Du bist ein Aufrührer, der zur Meuterei anstiftet.«

Im Hintergrund wurde Geschützdonner laut. Die Korsaren kündigten ihre Ankunft an. Der Kapitän gab Befehl, das Feuer zu eröffnen. Die Negrona antwortete mit einem Geschoss, das begleitet von einem Feuerschweif durch die Dunkelheit raste.

»Nein«, protestierten die Pilger. »Der Mönch soll bleiben. Er muss uns von den Ketzern befreien und den Kapitän zwingen, wieder Segel zu setzen.«

»Feiges Pack«, schnauzte Goswin. »Wir können die Korsaren mit unseren Kanonen zur Hölle jagen! Es sind die besten Kanonen, die ich je gesehen habe.«

Aleander zögerte kurz, dann wandte er sich mit frommem Blick an die Passagiere.

»Hier habe ich keine Macht. Ich werde in meinem Zelt für euch beten!«

»Das wird nicht nötig sein und aus deinem Munde kaum hilfreich«, ertönte Zimenes' Stimme von der Reling her.

Aleander wirbelte herum. »Was wagst du!«

»Ich bekenne, ich bin ein Ketzer und habe den Tod verdient. Aber er soll diesen armen Seelen wenigstens von Nutzen sein. Kapitän, ich kenne einen Ausweg aus dieser Hölle!«

In knappen Worten umriss Zimenes seinen Plan und gewann den Schiffsführer dafür. Der Kapitän wusste, dass eine Meuterei auf dem Schiff ein noch sichererer Tod als ein Kampf mit den Korsaren war.

»Nur zwei Bedingungen habe ich«, schloss Zimenes. »Schont das Kind und setzt Segel, sobald ich im Wasser bin! Niemand kann behaupten, Ihr hättet nicht das Möglichste getan, um der Karacke zu helfen; schließlich geht Ihr mit dem Plan ein hohes Risiko ein.«

Der Kapitän zögerte, dann nickte er und löste Gabriels Fesseln. Er ließ die Umstehenden auseinandertreiben und gab Befehl, ein Beiboot nach Zimenes' Anweisung zu rüsten. Lunetta ließ er von einem Soldaten in seine Kajüte bringen. Das Mädchen wehrte sich. Gabriel umarmte sie und flüsterte ihr etwas ins Ohr. Widerstrebend folgte Lunetta dem Soldaten über das schwankende Deck.

Der Kapitän schaute Zimenes fest an: »Ich werde das Kind schützen. Ob Ketzer oder nicht, Ihr seid ein tapferer Mann, Señor!«

Goswin, der neben Gabriel stand, nickte.

Aleander verfolgte alles mit wütendem Gesicht. »Mit Verlaub«, mischte er sich ein, während die Matrosen das verlangte Beiboot mit einem Holzaufbau versahen, in den sie Haken einschlugen.

Der Kapitän wandte den Kopf. »Was willst du noch? Der Ketzer geht freiwillig in den Tod!«

»Ich bezweifle seine Aufrichtigkeit! Nur ein Ketzer, der bereut, kann vor ewiger Verdammnis bewahrt werden. Der heilige Augustinus sagte: *Wir möchten die Ketzer verbessert haben, nicht getötet, wir wünschen uns den Triumph der Kirchenzucht, nicht den Tod, den sie verdienen.* Als Mönch muss ich das Seelenheil jedes Menschen schützen. Lasst ihn nicht gehen, bevor er gebeichtet hat. In meinem Zelt!«

»Halt das Maul, du sodomitischer Blender«, schrie Goswin und sorgte mit einem Fausthieb dafür, dass Aleander seinem Befehl folgte. Als der Dominikaner zu Boden ging, rannte Sidonia auf Zimenes zu, fasste ihn beim Arm und zog ihn an die Reling. Goswin beobachtete den vermeintlichen Pagen des Mönches voll Argwohn.

»Bitte«, flüsterte Sidonia verzweifelt, »bitte geh nicht!«

Zimenes lachte trocken. »Warum?«

»Weil ich es nicht ertragen könnte. Ich …« Sie räusperte sich, Tränen verbrannten ihre Stimme.

Gabriel fasste ihre Hand und küsste sie spielerisch. »Wir sollten uns nicht im Streit trennen, schöne Sidonia, also lass deine Heucheleien.«

Sidonia riss den Kopf hoch. »Gabriel, es ist mir ernst. Ich brauche dich.«

»Natürlich, schließlich stirbt mit mir dein Schatzführer.«

»Wie kannst du jetzt von Geld reden!«

Gabriel beugte sich zu ihr hinab: »Ich versuche, dir in deinen Gedanken nah zu sein. Mein Wunsch war es immer, im Moment des Todes einer Frau durch die Augen in die Seele zu blicken. Den Frauen hat der Herr das Geheimnis des Lebens anvertraut, so wie Maria die Geburt seines Sohnes. Schau mich an.«

Sidonia hob trotzig den Blick.

»Tja, da ist keine.«

»Was?«

»Seele, schöne Sidonia, eine Seele!«

»Gabriel, bitte, du kennst meine Gefühle nicht! Ich weiß jetzt, dass ich nie in Adrian von Löwenstein verliebt war, ich kannte das Gefühl gar nicht, das weiß ich jetzt …«

»In der Tat, Sidonia, du kennst dieses Gefühl nicht, aber ich kenne deine Gefühle genau.«

»Das tust du nicht! Ich selber kenne sie doch erst seit kurzem, diesen Schmerz, diese Angst …«

»Das Leben ist schmerzvoll, Sidonia. Wer etwas anderes glaubt, hat nie gelebt.«

»Aber es gibt auch Glück, Gabriel. Liebe …«

»Nicht für mich, mein Kind. Doch falls du in deinem Herzen einen Funken Zärtlichkeit findest, dann habe ich eine letzte Bitte.«

Sidonia rückte mit einem leisen Gefühl der Hoffnung an ihn heran.

»Ich bitte dich um das Leben Lunettas.«

Sidonia fuhr verblüfft zurück. »Lunetta?«

»Sorge dafür, dass sie überlebt. Und was das Geld betrifft, vergiss nie den Psalm 121: *Ich hebe meine Augen auf zu den Bergen. Von dort wird mir Hilfe kommen!*« Kennst du ihn?«

»Padre Fadrique schrieb ihn in ein Buch für dich.«

»Ja, Padre Fadrique liebt diesen Psalm. Genau wie du das Geld!«

»Ich will das Geld nicht!«

»Tatsächlich? Dann gib es Lunetta, der es gehört. Falls dein Geliebter das zulässt.«

Verblüfft fuhr Sidonia zurück. »Ich habe keinen Geliebten!«

»Außer dem verdammten Mönch, du Hurensohn«, fuhr Goswin dazwischen und stellte sich zwischen Gabriel und den vermeintlichen Jüngling.

»Boot klar zum Ablegen«, schrie der Kapitän.

Goswin packte Zimenes beim Arm. »Zeit zu gehen.«

»Du brauchst mich nicht zu zwingen, ich gehe freiwillig«, entgegnete Gabriel freundlich.

»Genau wie ich«, erwiderte Goswin.

»Das wirst du nicht tun.«

»Ich bin ein Mann des Kampfes, ich begleite dich!«

»Es wäre dein letzter. Bleib hier. Ein Opfer genügt.«

»Wir werden nicht sterben. Der Herr ist mit uns.«

»Hast du vergessen, dass ich ein Ketzer bin? Ich versichere dir, ich glaube nicht an Gott!«

»Aber er glaubt an dich, er läutete die Glocke und ließ den Sturm einschlafen«, knurrte Goswin und stieß Gabriel nach vorne.

»*¡Madre de Dios!* Was ich vorhabe, bedeutet den sicheren Tod. Du bist ein Narr, Mann.«

»Dann sind wir schon zwei.«

Sidonia löste sich von der Reling und lief beiden hinterher. »Warte, Gabriel. Du täuschst dich über mich und Aleander ...«

Sie fasste Zimenes beim Wams, während er über die Reling kletterte. Zimenes streifte Sidonias Hand ab, betrachtete sie einen kurzen Moment. Dann fasste er ihr Gesicht mit beiden Händen und küsste sie auf den Mund.

»Adios, meine Schöne! Ich gebe zu, du wärst eine Sünde wert, der Teufel hat all seine Künste an dich verwendet.«

Sidonia taumelte, als er ihr Gesicht losließ. »Gabriel, ich glaube, ich liebe dich.«

Zimenes lachte. »Satan ist fürwahr ein Zauberkünstler! Ich fürchte, wir werden uns *nicht* in einer besseren Welt wiedersehen. Der Teufel wird dich für sich beanspruchen! Fast könnte man annehmen, dass der Himmel ein wenig langweilig ist.«

»Dir ist die Hölle doch so egal wie Gott!«, entfuhr es Sidonia voll wütendem Schmerz.

»Du vergisst, dass ich Mönch war. Die meisten Jahre meines Lebens gab es niemanden außer Gott in meinem Herzen. Gott mag nicht der Herr dieser Welt sein, aber im Jenseits gilt seine Herrlichkeit, daran habe ich nie gezweifelt. Padre Fadrique sagte einmal zu mir: *Am Ende deiner Suche wirst du wieder da stehen, wo du anfingst, und du wirst den Ort zum ersten Mal sehen.* Ich hoffe, er hatte Recht. Wünsch mir Glück und einen raschen Tod!«

Mit diesen Worten erklomm Zimenes die Reling und verschwand in der Dunkelheit. Der Kapitän ließ alle Lichter an Deck löschen, die Matrosen stiegen in die Wanten und lösten die Taue. Segel flatterten im Wind. Der Kapitän gab Befehl zur Wende. Als der Bug sich drehte, entzogen sich die Lichter des Beiboots Sidonias Blick.

Sie löste sich von der Reling, sprang über Deck, als werde sie von Teufeln gehetzt, und gelangte zur gegenüberliegenden Reling. Stetiger Wind trug das Schiff fort von dem Beiboot, bis nur noch die Lichter an dessen hohem Heckgerüst zu erkennen waren. Die Laternen waren ein genaues Abbild der Positionslichter vom Heck der Negrona.

Sie wurden immer kleiner, während sich die wirkliche Negrona – unsichtbar für ihre Angreifer – entfernte. Eine Weile tanzten die Laternen noch als winzige Punkte auf den Wellen, dann hallte wieder Geschützdonner. Kanonensalven gingen nieder, Kugeln zerpeitschten das Meer. Sidonia schrie auf. Die Lichter auf dem Beiboot verloschen. Die Korsaren hatten sich täuschen lassen. Sie hatten ihr vermeintliches Ziel getroffen.

Sidonia sah, dass der Kapitän ein Kreuz schlug, in den Topmasten wurden die letzten Marssegel ausgebracht. Flink wie ein Pfeil und unentdeckt von den Korsaren schoss die Negrona in die Nacht. Ein riskantes Manöver, das nur dem gelang, der die Gewässer der Biscaya genau kannte. Sidonia starrte mit taubem Gefühl und brennenden Augen in die Finsternis. Zimenes' letzte Bitte war erfüllt worden, er hatte einen raschen Tod gehabt.

Eine Hand grub sich in ihre linke Schulter.

»Nun, was konntest du noch über den Verbleib des Geldes erfahren«, fragte der Dominikaner.

Mutlos drehte Sidonia sich um. »Nichts«, krächzte sie.

»Es gibt also keinen Schatz! Du hast mich belogen, um Zimenes zu retten.« Seine schlanken Finger legten sich um ihren Hals. »Dafür werde ich dich töten.«

Sidonia schloss die Augen. Ja, warum nicht? Der Tod war ihr letzter Freund. *La muerte* war ihre Karte. So musste Mariflores empfunden haben. Hinter ihren Augenlidern explodierten Lichtwirbel, immer fantastischer sprühten und drehten sich die bunten Kreise. Während ihr die Luft wegblieb, wurde es hell, strahlend hell. Wie ein Blitz schoss ein Gedanke mit aller Macht in ihr hoch: Ich will leben. Ich will leben. Trotz allem, wegen allem. Gott will, dass ich lebe! Mit der Kraft des Zorns riss sie Aleanders Hände von ihrem Hals. Sie keuchte, schnappte nach Luft.

»Der Padre weiß, wo der Schatz ist!«

»Welcher Padre?«

»Fadrique«, stieß Sidonia hervor. »Lunetta wird wissen, wo er ist.«

»Das weiß ich selber.«

Sie konnte Aleanders Gesicht in der Dunkelheit nicht sehen, aber sie hörte den tödlichen Hass in seiner Stimme. Wer war dieser Padre, dass zwei so unterschiedliche Männer wie Gabriel und Aleander ihn dermaßen verabscheuten? Ein mächtiger Mann, so viel war klar.

Dritter Teil

Santander, Anfang August 1527

Man muss mit allem rechnen,
auch mit Wundern

Unbekannter Verfasser

1

Die Nachtfahrt der Negrona endete glücklich. Der Kapitän hatte das galicische La Coruña als Zielhafen aufgegeben, da es einen weiten Schlag nach Westen und eine Kreuzfahrt gegen den Wind erfordert hätte. Lieber war er im Schutz der Küste bis ins kantabrische Santander gesegelt, wo das Schiff zwei Tage nach dem Korsarenangriff landete.

Den Pilgern stand nun allerdings ein mühsamerer Weg als geplant bevor. Sie mussten die kantabrischen Kordilleren, eine Bergkette, die Spaniens maritimen Norden von der kastilischen Hochebene trennte, überqueren, um dann über den Camino francés nach Santiago zu pilgern. Ihr Weg wurde so um zweihundert Meilen verlängert.

Um sich für diesen Marsch zu stärken und das wiedergewonnene Leben zu feiern, verweilten Sebald Rieter und seine Gefährten zunächst in den Schenken Santanders. In kühlen Kellern genossen sie gebackene Krebse, Schweineschinken und Oliven aus dem Perejón. In den Betten der Pilgerherbergen andere Sünden des Fleisches. Schließlich würden sie mehr Gnadenpforten als erwartet durchschreiten und genügend Ablässe einheimsen, um sich zusätzliche Sünden leisten zu können. Spaniens Küste erglühte in der Umarmung des Sommers und war zu herrlich, um ihr sofort den Rücken zu kehren.

Sebald Rieter stiftete in der Pfarrkirche eine fünf Pfund schwere Wachskerze an den Ortsheiligen San Emeriterius, der ihm unbekannt, aber als Kopfreliquie zu bewundern war, und eine Seelenmesse für den Soldaten Goswin. An Zimenes, ihren Retter, gedachten die Pilger in so flüchtigem wie stillem Gebet.

Die Wände, so hieß es, hätten in Spanien Ohren. Der Nächste horchte den Nächsten aus, um seine Geheimnisse an den Kaiser und das Heilige Officium zu verkaufen. Da war es besser, den Namen eines verurteilten Ketzers nicht in den Mund zu nehmen.

Das Beispiel Lunettas hatte sie belehrt. Der Dominikaner hatte nicht übertrieben, als er behauptet hatte, sein Einfluss in Spanien sei groß. Dem Kapitän der Negrona war es nicht gelungen, Wort zu halten und das Mädchen zu schützen. Kaum in Santander angelangt, hatte der Dominikaner das Kind für sich gefordert und die Santa Hermandad zu Hilfe geholt. Diese Heilige Bruderschaft hatte seiner Forderung Nachdruck verliehen. Es waren zwielichtige, pockennarbige Schläger in schwarzen Uniformen, die die Hilfstruppe der Inquisition bildeten. Verkommene Ritter und adlige Haudegen, die als Glaubensschnüffler ihr Brot verdienten. Sie hatten Lunetta festgenommen und waren mit ihr nun auf dem Weg nach Santiago, wo Lunetta in das Kloster der Reuerinnen eintreten würde.

Aleander bezog ein Quartier in einem Kloster oberhalb Santanders. Die Hafenstadt schmiegte sich halbmondförmig in eine steile Bucht. In einem Raum, von dessen Fenster man die Steilküste und Sandstrände sah, empfing er Vertreter der Inquisition und ließ sich die neuesten Nachrichten bringen.

Sidonia hatte er in eine danebenliegende Schlafkammer gesperrt. Auch sie konnte von einem Fenster aus das Meer sehen. Im gleißenden Licht schimmerten die Sommerwolken wie die Segel der Schiffe im Hafen. Es war ein atemberaubendes Bild. Sidonia beachtete es nicht. Wie jeden Tag seit ihrer Ankunft, presste sie auch an diesem Morgen ihr Ohr an das Holz der Tür, als im Nebenraum Stimmen laut wurden.

Die letzten vier Tage war es – soweit sie verstanden hatte – um Politik gegangen. In Rom hatten deutsche Landsknechte und spanische Truppen den Papst festgesetzt. Von schrecklichen Plünderungen und Morden war die Rede gewesen. Es waren die Gräueltaten einer entfesselten, weil nicht entlohnten Soldateska, die Kaiser Karl einen unverhofften Sieg über seine Erzfeinde, den französischen König und dessen Verbündeten, den Papst, verschaffte. Man sprach vom »Sacco di Roma« – der Plünderung Roms.

Sidonia interessierte die Weltpolitik nicht. Erstaunlich war allerdings, wie wenig die Kirchenvertreter von der Gefangennahme ihres Papstes betroffen schienen. Sie spekulierten über die Vorteile, die sich aus der Schwäche Roms für sie ergab, räsonierten, was der Kaiser für die Freilassung von Gottes Stellvertreter fordern konnte, und für welche spanischen Bischöfe dabei ein Kardinalshut oder italienische Besitzungen herausspringen dürften. Einer dachte laut darüber nach, ob es nicht an der Zeit sei, den Papst ganz abzusetzen und Karl zum irdischen *und* geistlichen Herrn der Welt zu machen. Schließlich hatte man mit den letzten Päpsten und ihren Machtansprüchen nur Ärger gehabt. Sidonia wunderte sich. Ging das nicht sogar weit über die Ideen des Häretikers Luther hinaus?

Aleander interessierte die Stelle des kaiserlichen Beichtvaters, die eben vakant geworden war. Der bislang mit der Aufgabe betraute Franziskaner hatte sich als romtreu erwiesen und war ins Neue Indien verbannt worden. Das Amt des kaiserlichen Beichtvaters war nur mittels bester Beziehungen und diese nur durch Bestechung zu erlangen. Mit wenigen Federstrichen hatte Aleander ausstehende Urteile gegen vermögende Ketzer gefällt. Er brauchte noch mehr Geld als das Vermögen der van Bercks, wenn er vom Inquisitor bis zum Kaiserhof aufsteigen wollte. Darum lebte sie noch. Der Dominikaner hoffte auf das Vermögen seines Bruders und glaubte inzwischen, dass Sidonia mehr darüber wusste.

»*Buenas dias, fray* Aleander! Der Herr sei mit dir.«

Sidonia vernahm die schleppende Stimme eines Mannes, der

sich als Abt eines Klosters San Zoilo vorstellte. Sie drückte sich enger an die Tür. Der Mann verlangte kurzatmig nach Wein und einem Imbiss. Sidonia konnte sich das Bild eines dickleibigen Apoplektikers machen.

»Du sollst ein Mahl bekommen«, erwiderte Aleander, »wenn du mir von Fadrique berichtet hast. Wie geht es dem Padre?«

Sidonia horchte auf.

»Oh«, keuchte der Abt, »das ist ein elendes Geschäft. Elend und höchst ärgerlich. Höchst ärgerlich! Darum bin ich hierhergekommen, als ich hörte, du wärst wieder im Land. Ich bin mir nicht sicher, ob du im Falle des Padres weise gehandelt hast! Vielleicht hätte man Fadrique besser direkt in Santiago eingekerkert.«

Aleander schnalzte unwillig mit der Zunge. »Dort hat er zu viele Freunde, darunter den Erzbischof.«

»Den Erzbischof von Santiago?« Entsetzen färbte die Stimme des Abtes.

Schroff erwiderte Aleander: »Er ist noch immer ein Freund der Humanisten und wechselt wie Fadrique Briefe mit diesem elenden Erasmus von Rotterdam. Sie glauben an Milde und Toleranz im Umgang mit Ketzern. Sie sind die Pest unserer Zeit! Die Menschen brauchen Führung, sonst versinken sie in Chaos und Dunkelheit, aber diese neuen Philosophen schwärmen vom Licht der Wahrheit und der Freiheit des Geistes. Und nun berichte endlich.«

»Meine Kehle ist trocken und die Geschichte lang. Gebt mir von dem Malvasier dort. Der Weinkeller dieses Klosters ist berühmt. Berühmter als der von San Zoilo.«

»Hier hast du Wasser gegen den Durst. Wein kannst du später haben, so viel du magst.«

Der Abt schnaufte. »Das ist nicht christlich gehandelt, Bruder. Bedenke die Entbehrungen meiner Reise! Vier Tage in einem holpernden Karren, mit einem Maultier über die Berge, wo es von Wölfen wimmelt, und dann ein endloser Fußmarsch. Sieben Tage war ich unterwegs. Dazu der schweinische Fraß in den Herbergen. Ranzige Kastanien und Stockfisch. Diese Reise hätte mich töten können.«

»Lerne dein Fleisch abzutöten, und derlei Mühseligkeit wird dir wie Gottes reine Güte erscheinen. Nun sprich.«

Die Polsterriemen eines Stuhles ächzten. Der dicke Abt musste Platz genommen haben.

»Nun, ähm, der Padre verbrachte, wie du angeordnet hast die letzten Monate bei strengstem Fasten in unserer Bußzelle. Sie ist nicht viel größer und höher als ein Sarg. Er konnte nur sitzend schlafen. Jeden dritten Tag gaben wir ihm Brei mit Asche, dazwischen nur Wasser, und auch das nur dann, wenn ihm der Rachen vor Durst geschwollen war.«

Der Abt trank mit glucksenden Geräuschen. »Wir achteten darauf, dass er den Blick gesenkt hielt, die Hände in den Ärmeln der Kutte versteckte und nur kniend betete. Er gab uns keinen Anlass, zur Dornenrute zu greifen!«

»Keinen?«

Die Schärfe in Aleanders Stimme ließ den Abt hastig fortfahren: »Keinen. Außer, dass er die ganze Zeit über lächelte! Er lächelte! Darf man einen Mönch darum züchtigen?«

»Das kommt auf das Lächeln an.«

»Nun, es war kein freches Grinsen, kein Lachen der Belustigung. Mehr ein, ja, dankbares Lächeln. Die wachhabenden Brüder wurden halb wahnsinnig, während sie Fadrique in seiner Demut betrachteten. Einige gingen so weit, mich um Nachsicht für ihn zu bitten ...«

Aleander fluchte.

»Keine Angst, ich wurde nicht schwach. Nicht bei einem Hieronymitenmönch. Alle Welt weiß, dass diese humanistischen Brüder es mit den Juden halten. Sie verteidigen die Neuchristen, diese angeblich Bekehrten, und nehmen sie in ihre Reihen auf.« Der Abt ereiferte sich immer mehr. »Verfluchte Judenbrut! Diese *generatio perversa* und *diabolo filii*, hebräische Satanisten allesamt. Mich wundert, dass der Kaiser die Hieronymiten so milde behandelt. Genau wie die religiösen Schwärmer, die Alumbrados, die Gott ohne kirchliche Vermittlung mit dem Herzen erkennen wollen. Einer dieser *Erleuchteten* nahm sogar an des Kaisers Hochzeit im vergangenen Jahr teil, obwohl eine Anklage gegen ihn vorliegt. Es ist mit diesen Ketzern wie mit den Läusen, je stärker man sich juckt, umso ärger beißen sie …«

»Du schweifst ab«, ermahnte ihn der Dominikaner.

»Verzeih, aber bei diesem Thema reißt es mich hin. Noch immer ist das herrliche Werk der katholischen Könige Isabella und Ferdinand nicht vollendet. Noch immer gibt es heimliche Juden und Mauren in unserem Land. Stinkende Schweine allesamt, die es ablehnen, Schinken zu essen, die an den Freitagen Huhn braten statt Fisch.«

»Ich will nichts über Essen hören! Was geschah mit Padre Fadrique?«

»Ich erlegte ihm eine härtere Buße auf. Jeden Mittag stellte ich ihn gegen die glutheiße Mauer des Klosters – und du weißt, wie heiß die Sonne auf der Meseta brennt. Es ist die Hölle. Dort hatte Fadrique – der inzwischen dünn wie Papier war – laut um Sündenvergebung zu beten, ohne eine Silbe auszulassen, ohne einen Versprecher. Selbst die jüngsten Brüder unseres Konvents stehen diese Übung selten länger als drei Stunden durch, bis sie umfallen.« Der Abt räusperte sich und trank wieder mit lautem Glucksen.

»Und?«

»Nun ja. Der Padre – wie soll ich sagen … Also, er fiel nicht um, und er betete. Bis in die Nacht hinein. Er betete sehr laut. Mehr als eine Woche ging das so. Es wurde eine Prüfung für uns. Er war standhaft wie ein Säulenheiliger in Ägyptens Wüste.«

»Komm endlich zum Schluss! Wie geht es dem Padre jetzt?«

»Eben das ist die ärgerliche, höchst ärgerliche und unerwartete Seite an der ganzen Angelegenheit ...«

»Ist er tot?«

Sidonia hielt auf ihrem Horchposten die Luft an.

»Wenn es nur das wäre!«

»Was soll das heißen?«

»Am vierzehnten Tag der Übung geschah etwas Seltsames. Padre Fadrique stand wieder in der Sonne, als plötzlich Blut aus seinen Augen tropfte. Er weinte Blut! Und dann ...«

»Starb er?«

»Seine Füße hoben sich von der Erde. Sie hoben sich von der Erde, und er schwebte! Schwebte eine Handbreit über dem Boden, so wahr mir Gott helfe!«

»Ist er tot?«

»Ich weiß es nicht!«

Aleanders Faust ging krachend auf einem Tisch nieder. Der Abt quiekte vor Entsetzen. Ein Stuhl fiel um.

»Kannst du einen Lebenden nicht von einem Toten unterscheiden?«

»Das kann ich sehr wohl, aber hier geht es eher darum, einen Heiligen von einem Hexer zu unterscheiden. Ich meine, so sah es das Volk.«

»Welches Volk?«

»Einer unserer Knechte muss im Dorf von der Standfestigkeit des Padre geredet haben, von seinem Lächeln und den blutigen Tränen, von seinem Schweben. Du weißt, wie das geht, ein Wort gibt das andere. Die Leute haben nicht viel außer ihren Geschichten von Wundern und Heiligen. Jedes Dorf am Jakobsweg wetteifert darum, einen neuen Heiligen zu haben, ein Wunder, das Pilger anzieht und damit Geld. Einige Bauern müssen sich in den Bäumen rund um unser Kloster verborgen haben, um den betenden Büßer zu betrachten ...«

»*Wo* ist Padre Fadrique?«

Die Stimme des Abtes sank zu einem Wispern zusammen. »Sie haben ihn weggeholt. Sie haben ihn eines Tages einfach aus dem Kloster geholt und fortgebracht. Auf ihren Schultern haben sie ihn getragen.«

»Wer?«

»Die Bauern. Die Hirten, sogar die Weiber! Sie waren bewaffnet! Wir konnten nichts tun.«

»Bewaffnet? Womit?«

»Nun ja, mit Dreschflegeln und Eisengabeln. Wie die Teufel sahen sie aus, die Sonne glühte auf dem Stahl ihrer Pflugscharen, Fanatiker sage ich dir ...«

»Hast du das Dorf nach Fadrique durchsuchen lassen?«

»Ich rief die Santa Hermandad zu Hilfe, aber egal wie viel der tumben Leute sie durchprügelten, keiner verriet etwas. Sie müssen den Padre fortgebracht haben, in die Berge. Alle sprachen nur von San Fadrique, *el eremito del sangre*, dem Eremiten des Blutes ... Stell dir vor, sie heiligen bereits seinen Namen!«

»Das werde ich ihnen austreiben!«

»Gewiss, aber es kommt noch schlimmer. Bevor ich aufbrach, erhielt ich einen Brief vom Erzbischof von Santiago. Ihm sei von Jakobspilgern zu Ohren gekommen, dass in der Nähe unseres Klosters ein Erleuchteter predige! Er will umgehend einen Bericht! Und er will wissen, um wen es sich handelt. Du hast eben gesagt, der Bischof schätze Fadrique. Ich hoffe, du hast ihm nichts über dessen Verbleib gesagt?«

»Ich bin kein Narr!«

»Was soll ich dem Erzbischof dann schreiben?«

»Nichts. Ich werde ihn unverzüglich in Santiago aufsuchen. Und nun verschwinde, damit ich meine Abreise vorbereiten kann.«

»Aber, was ist mit einem Imbiss? Einer Mahlzeit? Ich habe nicht den mühsamen Weg an die Küste auf mich genommen, um nun zu verhungern. Nach all diesen Entbehrungen und den Anstrengungen um Fadrique. Es fiel mir auch nicht leicht, so verschwiegen zu sein. Wie gerne hätte ich über meine Erlebnisse gesprochen! Trost gesucht oder an höherer Stelle gebeichtet ...«

Das Klimpern von Münzen erklang. Der Abt bekundete unterwürfigsten Dank, dann klappte eine Tür. Die sich kurz darauf wieder öffnete.

Aleander erteilte mit sanfter Stimme einen Befehl: »Sorg dafür, dass der Abt eine üppige Mahlzeit und reichlich Wein erhält. Dann ruf einen Vertreter der Heiligen Bruderschaft. Man soll den Abt festsetzen.«

Sein Gegenüber schien schweigend eine Frage zu stellen.

»Er hat eben gestanden, einem üblen Ketzer Unterschlupf in seinem Kloster gewährt zu haben. Ich werde noch heute eine Anklage gegen den Abt verfassen und dem Officium von Santander zukommen lassen.«

Das Gespräch schien beendet. Sidonia vernahm das Schlappen von Leder auf Stein. Das Geräusch näherte sich ihrer Tür. Rasch floh sie zu einem Stuhl beim Fenster. Als sich der Schlüssel im Schloss ihrer Kammer drehte, saß sie – in den Ausblick vertieft – am Fenster. Möwen kreisten über der Bucht, Fischerboote kehrten in den Hafen zurück. Bunte Nachen, deren Anblick sie jäh mit Schmerz erfüllte. Sie erinnerten sie an das Beiboot, mit dem Zimenes in den Tod gerudert war. Fort von ihr. Fort für immer. Rasch wandte sie sich ab. Ihr Blick traf auf die lauernden Augen Aleanders.

»Tränen, Weib?« Der Dominkaner näherte sich hinkend und fuhr mit einem Zeigefinger über ihre Wangen. Sie waren trocken. Ekel ließ Sidonias Tränen versiegen.

»Worüber sollte ich weinen?«

Aleanders Lächeln vertiefte sich. »Darüber werden wir später sprechen, im Moment habe ich zu tun.«

2

Die Vorbereitungen zur Abreise zogen sich bis zum Abend hin. Aleander schrieb Briefe, darunter die Anklage gegen den Abt. Er mietete Pferde und einen Reisewagen. An der Küste entlang wollte er bis La Coruña fahren, um dort die Ausläufer der Kordilleren zu queren und nach Süden auf Santiago zuzuhalten. Sidonia stand als sein Page im Hintergrund, während Aleander einem Fuhrknecht die Route auf einer Karte erläuterte. Der Fuhrknecht starrte auf das bunt bemalte Pergament, als handele es sich um ein alchimistisches Geheimdokument.

Sidonia erkannte, dass der Mann noch nie in seinem Leben eine Karte gesehen hatte. Er nickte jedoch bei der Erwähnung verschiedener Ortsnamen, und seine Miene erhellte sich. Kein Zweifel, er kannte den Weg gut, doch der Dominikaner genoss es, zu dozieren. Langatmig erklärte er dem Mann sogar die Vorteile der Küstenroute gegenüber der direkten Landroute, die über Burgos bis nach Santiago führte.

»Du siehst, guter Mann, es rechnet sich, die Bergketten hinter Santander zu meiden. Der Abt von San Zoilo beschrieb mir heute anschaulich, wie mühselig es ist, von seinem Kloster nahe Carrión, was westlich von Burgos liegt, hierher zu gelangen, es sei denn, man ist ein exzellenter Reiter und scheut keine Schluchten und Berggrate.«

Sein Finger fuhr über die Landkarte und zeichnete die Strecke nach, die der Abt genommen haben musste. Sidonia merkte sich Ortsnamen und die Bezeichnungen verschiedener Pässe.

Als Aleander den Fuhrknecht entlassen hatte, nahm er wie

jeden Abend ein Bad. Er achtete peinlich auf seine Sauberkeit. Eine Marotte, die ihn für Sidonia noch widerlicher machte, obwohl sie selber das Baden liebte. Ein parfümierter Mörder blieb ein Mörder. Sie hatte ihm den Rücken zu waschen. Genüsslich aalte sich der Mönch in einem Zuber aus geschlagenem Kupfer, der auf Löwenklauen ruhte.

»Nun, mein hübscher Page? Wie steht es für dich mit einem Bad?«

Fast sehnsüchtig betrachtete Sidonia das Wasser, das mit kostbaren Essenzen beduftet war, doch sie schüttelte den Kopf. Aleander lachte. »Ich brauche keinen Vorwand, um dich nackt zu sehen. Ich kann dich nehmen, wann immer mir der Sinn danach steht, vergiss das nicht.«

Er stieg aus der Wanne und verschwand in der Schlafkammer. Sidonia schlüpfte rasch aus ihren Beinkleidern, die unter der Reise gelitten hatten, und wusch sich mit dem warmen Wasser. Der Mönch kehrte in einer sauberen Kutte zurück und setzte sich an den Schreibtisch. Dort prüfte er seine Briefe und versiegelte sie. Sidonia hatte sich wieder bekleidet.

Auf ein Läuten des Dominikaners hin betraten Laienbrüder des Klosters den Raum, entzündeten Öllampen und Kerzen, entfernten den Zuber und deckten einen Tisch. Dann trugen sie Platten und Schüsseln herein, auf denen Fische, Meerestiere und Hühner mit getrockneten Feigen und Aprikosen lockten. Aleander kniete vor einem Madonnenbild und betete. Als die Brüder sich unter Verneigungen verabschiedeten, drehte er sich zu Sidonia um.

»In der Schlafkammer liegen neue Gewänder für dich. Zieh dich um.«

Erstaunt ging Sidonia in die nebenan liegende Kammer. Auf dem Bett lag ein purpurfarbenes Kleid, das mit Goldborten bestickt war, von den Ärmeln rieselte Spitze herab. Was hatte Aleander vor? Freundlichkeit leitete bei Aleander die höchste

Form von Grausamkeit ein, das wusste sie seit der ersten Nacht mit ihm.

Widerwillig entkleidete sie sich und streifte das Kleid über. Es war tief ausgeschnitten und enthüllte ihre Schultern. Zuletzt legte sie das Barett ab. Ihre Haare waren bereits etwas nachgewachsen und fielen in Locken bis auf ihre Schultern. Sie entdeckte einen Spiegel und betrachtete sich zum ersten Mal seit langer Zeit.

Ein wenig erschrak sie über die Bräune, die ihr Gesicht nach der Seereise überzog. Ihre grünen Augen leuchteten heller denn je, doch am meisten erschreckte sie, dass ihre Züge noch immer die eines Mädchens waren und nichts über das erfahrene Leid verrieten, nichts von dem Schmerz, den sie über den Tod Gabriels empfand. Sicher, sie durfte und wollte den Kummer nicht zeigen – Aleander hätte grausamen Spott damit getrieben und triumphiert. Sie hatte bei seiner letzten Annäherung auf dem Schiff erfolgreich Gleichgültigkeit, sogar Lust vorgetäuscht, um nicht zu empfinden, was er ihr antat. Konnte es sein, dass diese Gefühllosigkeit mehr als nur eine Maske war und all ihre Leidenschaft Einbildung?

Sie trat näher an den Spiegel heran. »Das bin nicht ich«, flüsterte sie. »Herr, ich habe mich geändert. Ich kenne nun das Leben und meine Gefühle.« Verzweiflung trat in ihren Blick. Hatte auch Zimenes nicht sehen können, wie es um sie stand? Hatte sie tatsächlich keine Seele, wie er behauptet hatte? Kein wahres Ich, das sich einem Gegenüber mitteilen konnte?

Hinter ihr tauchte das Gesicht Aleanders auf. »Gibst du dich der Sünde der Eitelkeit hin?«

Der Mönch legte seine Hände auf ihre nackten Schultern. Sidonia schloss die Augen, während er seine feuchten Lippen auf ihren Nacken presste. Ihr war, als krieche eine Schnecke an ihrem Hals entlang. Ihr Magen verkrampfte sich vor Abscheu.

»Lass uns essen«, sagte sie schroff.

Der Mönch ließ sie los. »Was immer du möchtest, Sidonia!« Fast freundlich klang seine Stimme. Er führte sie an der Hand zurück in den Hauptraum. Sidonia ließ seine Hand fahren und eilte zum Kopfende der Tafel, sodass die gesamte Länge des Tisches sie voneinander trennte.

»Nicht dort«, sagte Aleander sanft, »komme näher zu mir.« Er klopfte auf das Polster eines Stuhles, der über Eck zu seinem stand. Zögernd folgte Sidonia seinem Befehl.

Eine Weile aßen sie schweigend. Aleander nahm zierliche Bissen und tupfte sich nach jedem den Mund. Dann goss er Wein in einen silbernen Becher.

»Trink!«

Misstrauisch schnupperte Sidonia an dem Wein.

»Wenn ich dich töten wollte, würde ich es nicht mit Gift tun.«

Er ergriff ihre Hand. »Heute Abend will ich dir Gelegenheit geben, mir deine aufrichtige Demut zu zeigen. Verführe mich!«

Sidonia prallte zurück. Was für ein Spiel trieb dieser Mönch nun wieder? Sein Gesicht war eine Maske. Glatt und schön. Seine eisgrauen Augen sprachen von Lust. Er lehnte sich in seinem Sessel zurück.

»Nun, reizt es dich nicht, Macht über meinen Körper zu haben? Ihn zu leiten und zu lenken? Mich zu erobern? Ich bin bereit. Man sagt, dass den Austern eine die Männer befeuernde Kraft innewohnt. Ich aß ein ganzes Dutzend, gewürzt mit Ingwer.«

Sidonia begann zu ahnen, worum es dem Mönch ging. Er wollte sie zum endgültigen Verrat an sich selber anstacheln. Sie sollte ihn verführen, um ihre Gefühle gegenüber Gabriel Zimenes zu verraten. Er hätte sich keine grausamere Form der Erniedrigung ausdenken können. Wenn sie nicht auf sein Spiel einging, wäre alles verloren. Lunetta befand sich in seiner Macht. Ihr Bruder war kaum eine Handbreit vom Henkersbeil entfernt, Fadrique hatte er durch die Bußhaft fast getötet. Und Zimenes? Gabriel Zimenes war freiwillig gegangen. Sein Tod war sein letzter Triumph gewesen. Doch in ihr lebte er fort. Aleander ahnte es und wollte seinen Erzfeind in ihr auslöschen. Er blieb seiner Lust am Töten treu. Nun ging es darum, eine Seele zu ermorden. Ihre.

Sidonia erhob sich und kniete sich vor ihn hin. Langsam schob sie den Saum seiner Kutte nach oben. Darunter war Aleander nackt. Mit der Zunge fuhr sie über seine Oberschenkel. Als er stöhnte, hob sie kurz den Blick. Der Dominikaner hatte die Augen geschlossen.

Verstohlen tastete sie auf dem Tisch hinter sich nach einem Messer. Ihre linke Hand fand eine scharfe Klinge, und Sidonia betrachtete mit Abscheu den Mönch, der mit geschlossenen Augen im Stuhl lag. Sidonia griff nach seiner Hand und zog sie an sich. »Folge mir in die Schlafkammer«, sagte sie, indem sie sich erhob. Wie eine Königin durchschritt sie den Raum, die Klinge des Messers ruhte kalt zwischen ihren Brüsten.

3

Am Fuße des Cebreiro-Passes, der die Provinz León vom grünen Galicien schied, machten die Männer in den schwarzen Uniformen Rast. Nebel lag über dem abendlichen Tal, Nebel verhüllte die Gipfel, die sie morgen zu überwinden gedachten. Ihre Pferde, die sie an der Küste entlang bis zu einer Schlucht durch die Kordilleren getragen hatten, brachten sie in einem Stall unter.

Während die Soldaten sich im nahen Bauernhaus mit einer Suppe aus Kichererbsen und Speck stärkten, drängte sich Lunetta in das Stroh. Dem Fell der Pferde entstieg feuchte Wärme. Ihr Geruch und ihr Schnauben waren tröstlich. Genau wie das Licht der Laterne, die von der Decke herabbaumelte.

Lunettas Wächter hatte es sich unter dem Vordach des Stalles mit einem Weinkrug bequem gemacht. Verstohlen beobachtete das Mädchen den Mann, der bald schnarchend in sich zusammensackte.

An eine Flucht war nicht zu denken. Der Cebreiro war nach dem französischen Roncesvalles-Pass der am meisten gefürchtete Gipfel auf dem Jakobsweg. Beim steilen Aufstieg wurden Wanderer oft von so dichtem Nebel überrascht, dass sie in die Irre gingen und abstürzten. Bei Nacht war der von Gesteinsbrocken und Geröll übersäte Weg nicht zu bewältigen. In Galicien hieß es, der dichte Wald des Cebreiro sei von *brujas,* grausamen Hexen, bewohnt, die die Pilger kurz vor ihrem Ziel Santiago um den Verstand bringen wollten.

Lunetta fror und drängte sich enger an die Pferde heran. Ein Rappe senkte seinen großen Kopf. Das Mädchen streichelte sein weiches Maul. Lunetta schloss die Augen, Meer rauschte in ihren Ohren, sie sah eine Fähre, in der hochaufgerichtet ein Mann stand. Die Fähre verschwand im Nebel. Sie wusste, dass der Fährmann für den Tod stehen konnte. Nein, sie wollte dieses Bild nicht verfolgen. Sie zwang sich, die Augen wieder zu öffnen. Gabriel hatte ihr auf dem Schiff zugeraunt, dass sie sich wiedersehen würden. Daran wollte sie glauben, auch wenn sie wusste, dass es unmöglich war. Sie tastete nach den Karten, die sie sicher in einer Rocktasche trug, und zog sie hervor. Sie würde sie für Sidonia legen.

Sidonia war ihre letzte Hoffnung. Sidonias Weg würde auch ihr eigenes Schicksal, nach dem sie die Karten nie befragte, bestimmen. Rasch mischte sie den Stapel, fächerte ihre 56 Karten im Halbkreis vor sich auf dem Boden aus. Sie nahm einen tiefen Atemzug, wählte dann in rascher Folge vier Karten und legte sie in der Form eines Kreuzes verdeckt vor sich hin. Es handelte sich um ein einfaches Legesystem, bei dem die erste Karte den linken, die zweite den rechten Balken des Kreuzes bildet. Karte drei war der Kopf, Karte vier der Fuß. Es war eine Legart, die Auskunft über den Verlauf einer Angelegenheit geben konnte, über Aussichten und Gefahren. Mit angehaltenem Atem drehte sie die erste Karte um. Sie stand für die Ausgangssituation. Vor grauem Himmel, aus dem Regen fiel, durchbohrten drei Schwerter ein Herz. Lunetta hasste diese Karte, obwohl sie wusste, dass auch diese ihre Licht- und ihre Schattenseite hatte.

Ihre Mutter hatte sie vor ihrem Abschied von ihr und Padre Fadrique gezogen. Ihr Entschluss nach Santiago aufzubrechen, um Adrian von Löwenstein zu heiraten, hatte das Bild nicht erschüttern können. Dabei verhießen die drei Schwerter im Herzen tiefsten Kummer. Mariflores hatte gelächelt. »Lunetta, sieh genau hin, das Herz blutet nicht mehr. Es geht um alte Wunden, die es zu heilen gilt. Jeder Mensch trägt solche Schwerter im

Herzen. Diese Karte fordert uns auf, die Schwerter herauszuziehen, anstatt sie überall mit hinzutragen. Adrian wird mich nach all diesen Jahren als rechtlose Konkubine heiraten! Er bekennt sich zu dir und zu mir, obwohl sein Vater eine andere, weit lohnendere Verbindung mit einer Kölner Kaufmannstochter wünscht. Es wäre eine Sünde, wenn ich mich gegen mein Herz und seine Liebe entschiede.«

Lunetta zwang sich ruhig zu atmen. Hier ging es nicht um Mariflores. Sidonia hatte eine schmerzhafte Erfahrung gemacht! Lunetta ahnte, dass diese Erfahrung Zimenes betraf, und der Kummer, den Sidonia über sein Verschwinden empfinden musste, schnitt ihr ins eigene Herz. Hastig wendete sie Karte zwei. Sie gab an, was in der gegenwärtigen Situation unbedingt zu vermeiden war. Lunetta nickte langsam, als sie das Bild der sieben Kelche sah. Ein schwarz gekleideter Mensch stand mit dem Rücken zum Betrachter. Vor ihm schwebten sieben goldene Gefäße am Himmel, ein jeder war mit verlockenden Symbolen gefüllt. Mit einem Lorbeerkranz für Sieg, Perlen für den Frieden der Seele oder einem Drachenkopf als Zeichen der Überlegenheit. In den meisten Fällen warnten die sieben Kelche vor Träumereien, vor hohen Erwartungen und Selbstbetrug. Sie hoffte, dass Sidonia klug genug war, sich keinen Illusionen mehr hinzugeben, und dass sie aus ihrem Schmerz lernte, wahre von falschen Möglichkeiten zu unterscheiden. Darin lag ihre einige Chance auf Rettung vor Aleander. Doch was rieten ihr die Karten nun zu tun?

Lunetta drehte Karte drei. Eine Schwertkarte. Schwerter standen immer für Konflikte – innere wie äußere. Sie seufzte. Vor ihr lag der König der Schwerter. Ein herrischer Mann mit asketischem Gesicht, der vor luftiger Landschaft thronte. Ein Meister des Verstandes, kühl und berechnend, begabt zur Intrige. Könige, Königinnen, Ritter und Pagen konnten für die Person des Fragenden – in diesem Falle für Sidonia – oder für dessen Feinde stehen. Lunetta zweifelte nicht lange. Mit dem König der Schwerter konnte nicht Sidonia gemeint sein. Nicht weil sie eine Frau war – auch Frauen gestand das Tarot männliche Verhaltensweisen wie Mut, Verstand und Kampfeslust zu. Doch dieser König lag verkehrt herum und verkörperte damit Grausamkeit und den Missbrauch des Verstandes. Es gab keinen Zweifel, Karte drei stand für Aleander. Sidonia musste auf der Hut sein – jede Illusion über ihn konnte ihren Untergang bedeuten.

Lunetta fuhr sich mit der Zunge über die Lippen. Trotz der Kühle der Nacht stand Schweiß auf ihrer Stirn. Die vierte Karte lag verdeckt auf ihrem Platz. Sie würde verraten, was Sidonia in dieser Situation drohte oder was Rettung versprach. Entschlossen deckte Lunetta die Karte auf. Wieder Schwerter. Ein Kampf stand bevor. Ein Kampf, bei dem es nicht auf Waffen aus Stahl und Eisen ankam, sondern auf die Waffe des Verstandes. Mit verschlagenem oder – je nach Betrachtungsweise – verschmitztem Gesicht stahl sich auf dem letzten Bild ein Gauner mit sieben gestohlenen Schwertern aus einem Feldlager davon.

Lunetta runzelte die Stirn. Bedeuteten die sieben Schwerter, dass Sidonia mit einer List ihrem Widersacher entkommen konnte, oder würde sie selber das Opfer von Tücke und Betrug sein? Noch einmal fiel ihr Blick auf den König der Schwerter, der das Kreuz krönte und beherrschte. Hatte Sidonia eine Chance gegen ihn? Rasch zählte sie die Ziffern auf den Karten zusammen und bildete die Quersumme: Acht. Die achte Karte der großen Trümpfe, jener Karten, die Sidonia bei sich trug, war die Quintessenz dieser Legung: Das in diesem Kreuz bewahrte höhere Geheimnis. Die achte Karte war die Karte der Kraft. Lunetta kannte das Bild genau. Es zeigte eine junge Frau, die einem Löwen das Maul aufriss.

Ihr Herz pochte freudig. Wenn Sidonia Illusionen vermied und zugleich mit Listen ihres Gegners rechnete, dann konnte sie demnächst einen Sieg über den Dominikaner erringen. Lunetta kniete sich vor den Karten hin und faltete die Hände zu einem Gebet, das ihre Mutter sie gelehrt hatte: »Herr, lasse dein Angesicht leuchten über Sidonia! Gib ihr den Mut und die Kraft, die Dinge zu ändern, die sie zu ändern vermag, und die Demut, die Dinge hinzunehmen, die nicht zu ändern sind, und die Weisheit, das eine vom anderen zu unterscheiden.«

»Verfluchtes Teufelskind«, schrie ihr Wächter, der von ihrem Gebet geweckt worden war. Mit langen Schritten kam er auf sie zu.

»Was treibst du da? Beschwörst du die Hexen des Cebreiro?«

4

Aleander lag ausgestreckt auf dem Bett. Sein sehniger, von Narben überzogener Körper schimmerte weiß im Licht der Wachskerzen. Er erinnerte an einen Märtyrer. Sidonia stand neben dem Bett und ließ den Strick seiner Kutte durch ihre Hände gleiten.

»Was hast du vor«, fragte der Mönch.

»Ich weiß, dass es dir Lust bereitet, Schmerz zu verursachen.«

Aleander lächelte. »Schmerz ist Reinigung. Abtötung des Fleisches bedeutet die Macht zur Selbstbeherrschung. Und damit zur Herrschaft. Als Student in Paris lernte ich, auf diese Weise meinen Körper ganz für Gott zu öffnen.«

»Das klingt schauderhaft«, entschlüpfte es Sidonia.

»Nicht, wenn man den Schmerz in Freude und Erkenntnis der seelischen Unverwundbarkeit verwandelt. Hat der Herr nicht seinen eigenen Sohn den Weg des Schmerzes gehen lassen, um ihn dann über alle Menschen zu erhöhen?«

Sidonia unterdrückte einen Laut des Abscheus. Was fiel diesem Mann ein, sich mit Jesus selbst zu vergleichen! Dieser Ketzerjäger war der ärgste Ketzer von allen, er verdrehte die gesamte Glaubenslehre, machte sich selbst zum Gott.

»Nun«, sagte sie schmeichelnd, »vielleicht ist es an der Zeit, deine Lust wieder in Schmerz zu verwandeln und deinen Schmerz in noch größere Lust.«

»Und du, ein Weib, willst die Macht haben, mir Schmerzen zuzufügen? *Mir?* Du überschätzt dich, mein Kind, du weißt nicht, was ich erleiden musste, um zu werden, wer ich bin.«

Sidonia fasste seine Handgelenke und legte spielerisch den Strick darum. Aleander entwand ihr seine Hände.

»Du hältst mich für sehr einfältig!«

Sidonia drehte sich um und ließ das Kleid über ihre Schultern gleiten, das Messer verbarg sie sorgsam in den Falten des abgestreiften Gewandes. Nackt drehte sie sich um.

»Bleib liegen«, befahl sie Aleander. »Ich brauche keine Fesseln, um dich den Qualen der Leidenschaft zu unterwerfen.«

Der Dominikaner lachte heiser. »Das ist ein großes Versprechen, Weib!«

Sidonia griff nach einer der Schreibfedern, die neben einem Tintenhorn lagen. Sie kniete sich auf das Bett und fuhr mit der Federspitze über die Narben auf Aleanders Oberkörper.

»Wer brachte dir diese Narben bei?«

»Meine Lehrer.«

Sidonia hielt kurz inne. »Fadrique?«

Aleander legte den Kopf in den Nacken und lachte. »Nein, nicht Fadrique! Dieser laue Bruder könnte nicht einmal eine Ameise zerdrücken. Er glaubt an die unsterbliche Macht des Wortes. Ich glaube an das Gegenteil.«

»Und doch wird der Padre für einen Heiligen gehalten, der lächelnd das Martyrium trug, das du für ihn erdacht hattest. Man meint sogar, dass er Wunder wirkt. Die meisten Heiligen sind Meister des Schmerzes.«

Zornig fuhr Aleander auf. »Sprich nicht von diesem Mann, er ist ein Gottesleugner der übelsten Sorte. Ich habe Beweise genug, um ihn zu vernichten wie alle, die sich mir und Gott in den Weg stellen.«

Sidonia sah, dass seine Lust in sich zusammenfiel. Schweigend nahm sie ihr Spiel mit der Feder wieder auf.

»Sollen das deine machtvollen Künste sein«, spottete Aleander, »ich spüre nichts außer einem lästigen Kitzeln.«

Sidonia fuhr unbeirrt fort und bemerkte, dass sich das

Geschlecht des Mönches zu regen begann. Sie schwang sich rittlings über den Mönch, ohne ihn zu berühren. Langsam senkte sie ihren Kopf über seine Brust, ihre Locken fielen auf seinen Oberkörper, während sie mit dem Mund seine Narben liebkoste.

Aleander griff in ihren Nacken und presste sie fester auf seine Brust. Sidonia spannte die Muskeln ihres Nackens an und hob den Kopf. Aleander wollte ihn wieder hinabpressen.

»Nein«, flüsterte Sidonia, »lass mich weiter unten fortfahren.«

Der Mönch stöhnte unwillkürlich. Sidonias Zunge zeichnete zart einen Weg bis zu seinem Bauchnabel. Sie arbeitete sich mit weichen Lippen bis zu seiner Scham vor. Den drahtigen Haaren um sein Geschlecht entstieg seifiger Geruch. Sidonia grub ihre Zähne in das Haarvlies und zog es nach oben. Der Dominkaner sog scharf die Luft ein. »Wer hat dich das gelehrt?«

»Du! Wer sonst?«

»Wüsste ich nicht, dass du Jungfrau warst, als ich dich zum ersten Mal bestieg, ich würde annehmen, Satan sei dein erster Buhle. Du beginnst mir zu gefallen in deiner Verworfenheit.«

Sidonia schloss die Augen, konzentrierte sich auf die lebendige Wärme seines Leibes. Dies war nicht Aleander – beschwor sie sich – stelle dir vor, es sei irgendein Mann, ein Mann, den du lieben könntest, ein Mann wie ... Nein. Sie durfte diesen Namen nicht einmal denken. Sie durfte nur mit Aleanders Lust spielen – nicht mit der eigenen.

Flüchtig berührte sie sein Glied mit ihren Lippen. Sie hob den Blick und sah, dass Aleanders Blick glasig war. »Möchtest du, dass ich fortfahre?« Sie fühlte, dass sie Macht über ihn gewinnen konnte. Sie zog sich abrupt zurück und richtete sich über ihm auf. Aleander streckte seine Hände vor und griff nach ihren schimmernden Brüsten. Sie atmete tief, um ihren Ekel zu überwinden. Als Aleander seufzte, schnellte sie nach oben und griff nach dem Strick.

»Ich will, dass du dich ganz hingibst«, sagte sie mit kalter Stimme und spannte den Strick mit beiden Händen.

Aleander öffnete kurz die Augen. Sein Blick blieb an dem Seil hängen. »Du Teufelin!«

»Wer sollte dich sonst in Versuchung führen als der Teufel selbst?«, spottete sie. Sie hatte es geschafft. Die Rollen waren für einen Moment vertauscht. Würde Aleander sich auf dieses Spiel, das für ihn gefährlich war, einlassen? Die Augen des Dominikaners glitzerten.

»Öffne deinen Schoß«, befahl er.

Sidonia rollte sich von ihm herab. »Du hast die Wahl«, sagte sie und legte die Finger ihrer linken Hand leicht auf sein klopfendes Glied. »Du kannst mich nehmen, wie es deine Art ist, oder dich von mir führen lassen. Ich kenne andere Mittel als meinen Schoß, um dich zu verzücken.«

»Kein Weib wird mich je führen!«

»Bedenke, welche Macht du über mich hast, wenn ich diese Spiele freiwillig mit dir treibe und gestalte. Ist das nicht dein Ziel? Meine willentliche Unterwerfung? Ich bin bereit. Und nun strecke deine Arme über deinen Kopf.«

Sie griff wieder nach dem Strick. Aleanders Lust verlosch nicht, sie sah, dass er kurz vor dem Gipfel stand und zugleich begierig war, seine Erregung zu halten.

»Tu, was du willst«, stieß er hervor.

Sidonia sprang vom Bett, griff sich seine Handgelenke und band den Strick darum. Sie zog ihn sehr fest. Das Seil schnitt sich in Aleanders Fleisch. Es war, wie sie vermutet hatte, der Schmerz erregte ihn noch mehr. Sie band das Ende des Stricks an die Holzstreben des Bettes. Dann stand sie neben dem Bett und betrachtete den Mann. Ihr Ekel und ihre Furcht wurden zu kalter Verachtung. Der besiegte Feind glich nie dem Feind, gegen den man angetreten war.

»Und nun?«, fragte Aleander heiser.

»Warte«, sagte Sidonia, und ihre Hand glitt zu dem Kleid am Boden. Hastig tastete sie nach dem Messer. Als sie es in der Rechten spürte, zog sie es hervor und drehte sich zu Aleander um. »Und jetzt werde ich dich töten«, zischte sie.

Aleanders Blick verriet kurze Verblüffung, dann verzog sich sein Mund. Nicht in Furcht, sondern zum Lächeln.

»Das kannst du nicht. Du hast eine bedauerliche Schwäche für das Leben. Sogar für das meine.«

Sidonia riss das Messer hoch.

5

In den Hügeln oberhalb Santanders zügelte Sidonia das Pferd. Noch einmal wandte sie den Kopf und betrachtete das Meer von vereinzelten Lichtern und Schiffsfeuern, die die Lage der Hafenstadt verrieten. Erleichtert schöpfte sie Atem. Die Flucht war gelungen. Aleanders frisch verfasstes Todesurteil für den Abt von San Zoilo war zu ihrem Passierschein in die Freiheit geworden.

Sie hatte es dem Nachtwächter des Klosters vorgezeigt und behauptet, Aleander verlange die sofortige Zustellung. Der Wächter hatte das Siegel geprüft und dem vermeintlichen Pagen und seinem Pferd, das zu dem Reisezug des Dominikaners gehörte, die Tore geöffnet.

Mit klappernden Hufen hatte Sidonia die Gasse passiert und dem Pferd die Sporen gegeben, sobald das Kloster außer Sicht war. Der Sternenhimmel und die Mondsichel hatten genug Licht gespendet, um den Weg in die Hügel zu finden. Doch jetzt herrschte vor ihr tiefste Finsternis.

Es wäre ein Wagnis weiterzureiten. Sidonia saß ab, klopfte dem Pferd den Hals und führte es am Zügel voran. Der ansteigende Weg schlängelte sich in einen Wald aus Eichen und Buchen. Sidonia ging mit gespitzten Ohren. Sie vernahm das Rufen von Käuzchen und manchmal ein Rascheln im Gestrüpp. Ob es in dieser Wildnis Wölfe und Schlangen gab? Wann würde Aleander ihr Verfolger nachsetzen lassen?

Sie seufzte. Der widerliche Mann hatte Recht behalten. Sie hatte ihn nicht töten können. Als sie das Messer hinabsausen ließ, hatte eine unsichtbare Macht ihre Kraft gedämpft. Das

Messer war schlecht gelenkt neben Aleander in die Strohmatratze eingedrungen.

»Närrin«, hatte der Dominikaner triumphiert. »Glaubst du tatsächlich, dass du mir entkommen kannst? Keiner entkommt mir, dem Löwen. Selbst Zimenes fand durch mich seinen Untergang. Lunetta wird ihm folgen, genau wie Fadrique und dein Bruder. Du, meine Schöne, wirst nur leben, um ihre Leiden zu erleben. Glaube mir, ich habe die Schwäche des Mitleids längst besiegt. Das Mitleid ist der Feind wahrer Größe!«

Sie hatte ihm ein Stück Stoff in den Mund gestopft, um seine Spottreden nicht anhören zu müssen, während sie in ihre Pagenkleidung gestiegen war und ihre Habseligkeiten in einen Lederbeutel gepackt hatte. Ohne sich noch einmal umzudrehen, war sie den Zimmern entflohen.

Und nun stand sie inmitten eines Waldes und lief Gefahr, sich zu verirren. Suchend schaute sie in den Himmel, der sich zwischen flüsternden Baumkronen zeigte. Es hieß, dass der Jakobsweg von einer Sternenstraße gekennzeichnet sei und Santiago de Compostela direkt unter einem *campus stella* – einem Sternenfeld – lag. Ihr Ziel San Zoilo, wo sie mehr über den Verbleib Fadriques zu erfahren hoffte, lag am Jakobsweg. Westlich von Burgos, wie Aleander verraten hatte. Sidonia kniff die Augen zusammen. Dann schüttelte sie den Kopf. Nein, sie war nicht in der Lage, den Himmel zu deuten.

»Komm«, raunte sie dem Pferd zu und schritt voran. Äste streiften ihre Beine, Gestrüpp krallte sich in ihre Hosen. Sie kämpfte sich voran, sehnte Erschöpfung herbei, um nicht nachdenken zu müssen. Keuchend arbeitete sie sich Fuß um Fuß weiter auf die Kordilleren zu. So hoffte sie jedenfalls.

Der Mond verblasste, als sie endlich innehielt. Den dichten Wald hatte sie hinter sich gebracht, eine Hügellandschaft dehnte sich vor ihr aus. Das Pferd trottete halb schlafend hinter ihr her. Sie musste ihm eine Rast gönnen, damit es am Morgen frisch war. Sidonia nahm einen Anstieg, tastete sich durch ein Gestrüpp aus Ginsterbüschen und fand eine Lichtung. Dort sattelte sie das Pferd ab. Das Tier schüttelte die Mähne und begann den Boden nach Gras abzusuchen.

Sidonia legte ihren Lederbeutel auf einen Stein und bettete ihren Kopf darauf. Sie fror und konnte trotz aller Erschöpfung nicht einschlafen. Ihr Triumph über Aleander schien ihr immer brüchiger. Ihre Erinnerungen an die Karte, die der Mönch dem Fuhrknecht erläutert hatte, waren vage. Bei einem Ort namens Torrelavega sollte es in das Flusstal des Rio Besaya gehen, dem sie bis zur Quelle des Ebros folgen konnte. Den Rest hatte sie vergessen.

Nun, ein Flusstal war für das Pferd zu bewältigen. Doch sie würde in Ortschaften und bei Bauern Halt machen müssen, um dem Tier Futter zu besorgen. Ein fremdländischer Page auf einem Pferd! Sollte Aleander ahnen, wohin sie unterwegs war, würden ihre Verfolger leichtes Spiel haben. Jeder Hirte, jeder Bauer würde sich an den Pagen erinnern.

Jäh schoss Sidonia in die Höhe. Ein schrecklicher Gedanke suchte sie heim: Was, wenn Aleanders Erklärung der Karte gar nicht dem Fuhrknecht, sondern ihr gegolten hatte! Zum Teufel, das allein machte Sinn! Der Dominikaner hatte mit ihrer Flucht gerechnet, sie gleichsam geplant! Warum? Warum? Fieberhaft dachte sie nach. Dann begriff sie: Aleander glaubte, dass sie den Weg zu Fadrique kannte, dass sie etwas über seinen Aufenthalt wusste. Und er wollte Fadrique vernichten. Entsetzt schloss sie die Augen. *Er* hatte wieder mit *ihr* gespielt, nicht sie mit ihm!

Aleander war der letzte Mensch, der einem anderen glaubte, wenn er wusste, dass er an dessen Stelle lügen würde. Das Risiko ihrer Rache hatte er von Anfang an so gering eingeschätzt, wie es gewesen war.

Sie konnte nicht töten. Nicht einmal Aleander, den Mann,

der ihre Familie vernichtet, ihre Ehre beschmutzt und Gabriel Zimenes in den Tod getrieben hatte. Sidonia spürte Hass in sich aufsteigen. Brennenden Hass, der sich gegen niemanden als sie selbst richtete. Zornig richtete sie ihren Blick in den Himmel, der sich zu röten begann. »Herr, warum hast du mich so schwach gemacht? Warum gabst du mir nicht die Kraft zur Rache?«

Wie zum Hohn stieg triumphal die Morgensonne auf, überglühte das Land von Osten her mit rosigem Hauch. Die Vögel erwachten zwitschernd, und der Geruch von Oregano würzte die Luft. Das Leben begann erneut, mit aller Kraft brach es sich Bahn.

Aus der Ferne hallte Huftrappeln zu ihr hinauf. Sidonia schreckte hoch. Sie robbte sich auf dem Bauch bis zu einem Abhang, von dem aus sie die tiefer liegenden Hügel überblicken konnte. Die schwarze Kleidung der Reiter ließ keinen Zweifel. Aleander hatte ihre Fährte von der Santa Hermandad aufnehmen lassen. Sidonia zögerte nicht lange. Rasch sattelte sie ihr Pferd, schwang sich hinauf und sprengte den Hügel hinab. In der Ferne schimmerten die schneebedeckten Gipfel der Kordilleren. Sie würde Aleanders Plan gehorchen und den Weg nach San Zoilo finden! Denn eines war klar: Solange sie nach Padre Fadrique suchte, würden ihre Verfolger gebührenden Abstand halten.

Nur finden durfte sie den Padre nicht.

6

Ein guter Tagesritt trennte Santander von dem Marktflecken Torrelavega, in dem kastilische Bauern und Hirten ihren Weizen von der Hochebene der Meseta und ihre Wolle gegen Seehandelswaren zu tauschen pflegten. Sidonia erreichte die Siedlung, die von einem Flussdelta umfangen war, am späten Vormittag.

Verhaltene Neugier begleitete ihren Einritt über die Reste einer gepflasterten Römerstraße. Staunend betrachtete Sidonia die Holzbalkone, die die Fronten einiger Stadtpaläste schmückten. Ein Feuerwerk aus Farben ging von den Blumen aus, die in Kaskaden von den Balkonen herabrieselten. Nahe der Hauptkirche fand sie einen Markt.

Sie kaufte, was sie für ihre Reise brauchen würde: Zunderschwamm, Feuerstahl und Feuerstein, eine leichte Kupferpfanne, ein Säckchen mit trockenen Hülsenfrüchten, eine Seite Speck, einen Schlauch mit Wein und eine wärmende Decke aus Schaffell. Ihre Verfolger konnten ruhig wissen, dass sie sich für einen Ritt in die Berge ausstattete.

Die Marktleute behandelten den Pagen, der bei einem Münzwechsler goldene Maravedis gegen kleine Ochavos tauschte, um zahlen zu können, mit misstrauischem Respekt. Sidonia schien es, als schwankten sie, in dem fremden Jüngling einen Verrückten oder einen wagemutigen Reisenden zu erkennen.

In den letzten Jahrzehnten war es Mode unter Europas Adelssprösslingen geworden, eine große Tour in ferne Länder zu unternehmen. Man ahmte – mangels Kreuzzügen – die großen *aventiuren* der alten Ritterepen auf eigene Faust nach und hoffte, seinen Heldenmut beweisen zu dürfen. Sei es im Kampf mit Wegelagerern oder bei Scharmützeln zwischen verfeindeten Kleinfürsten. Meist gingen diese Reisen über die Haupthandelswege oder Pilgerstraßen. Im Flusstal des Besaya war man an fremde Reisende nicht gewohnt, allenfalls seefahrende Kaufleute aus Santander kamen hierher, um sich große Partien Wolle für den Export zu sichern.

Sidonia hatte ihre Vorräte beisammen, als sie an dem kleinen Stand eines Tuchschneiders vorbeikam. Zur Werbung für seine Woll- und Flachsstoffe hatte er einen Rock und ein Leinenhemd schneidern lassen und an das Gerüst seines Standes gehängt. Der Rock bauschte sich im Wind, der vom Gebirge her durch die mittagswarmen Gassen strich. Eben wollte Sidonia ihr Pferd besteigen, als ihr das Gewand ins Auge fiel.

Sie nahm den Fuß aus dem Steigbügel und eilte zu dem Stand. Sie griff nach dem Rock und befühlte den rauen Stoff. Der Händler kam hinter seinem Stand hervor und warb schmeichelnd für sein Tuch. Im vornehmen Kastilisch, das Doña Rosalia sie gelehrt hatte, fragte Sidonia nach dem Preis. Der Händler stutzte, doch als Sidonia dem unverschämt hohen Preis zustimmte, den er nannte, stimmte er einem Verkauf zu.

»Das ist allerfeinste Ware«, behauptete er, während er das Kleiderbündel zusammenschnürte.

»Das ist schlecht gekämmte Wolle, die nicht richtig gewässert wurde«, erwiderte Sidonia mit dem geschulten Blick der Kaufmannstochter. Es ärgerte sie, für einen tumben Hallodri aus reichem Haus gehalten zu werden. »Und eine zweite Schur hat dieses Tuch auch nicht gesehen, es ist grob wie Sackleinen und voller Knoten.«

»Habt Ihr ein Liebchen, dem dieser Rock gefallen wird?«, fragte der Händler ungerührt.

Sidonia hob verärgert die Brauen. »Nein, es ist für eine Schwester«, sagte sie.

»Ah, eine Schwester! Natürlich. Oder eine Nichte, ja, die lieben Verwandten! Wer könnte unseren Herzen näher stehen«, spottete der Händler.

Sidonia verstaute die Kleidung in einer Satteltasche, dann drehte sie sich noch einmal zu dem Tuchkaufmann um.

»Sagt, kann man hier auch einen Pilgerhut und einen Stock erwerben?«

»Gewiss, reitet die Gasse dort hoch, am Ende werdet Ihr den Laden des Hutmachers finden. Allerdings ist er mehr auf Hirten eingerichtet, doch was unterscheidet die Tracht eines Schäfers groß von der eines Pilgers? Wollt Ihr auf dem Jakobsweg nach Santiago?«

Dieser Mann war zu gesprächig. Sidonia verabschiedete sich knapp und wählte demonstrativ einen anderen Weg als den von ihm beschriebenen. Falls ihre Verfolger den Tuchhändler ausfragen würden, wären sie hoffentlich nur verwirrt über dessen Auskünfte. Einen Hut und einen Stock würde sie sich anderswo besorgen. Hinter den kantabrischen Bergen würde sie sich in eine Pilgerin verwandeln, in der Hoffnung, ihre Gegner so von ihrer Spur abzubringen.

Wenige Stunden hinter Torrelavega wurde der Weg steiler. Sidonia musste absitzen und das Pferd am Zügel über einen gewundenen Pfad führen. Das Flusstal, das sie bislang zu ebener Erde durchquert hatte, verwandelte sich in eine Schlucht zwischen jäh abstürzenden Felswänden. Das Murmeln des Besaya verebbte und wich der summenden Stille eines Waldes, während sie sich nach oben kämpfte. Buchen, Kastanien und Eichen säumten den Weg. Wurzeln und Geröll wurden zu schwierigen Hindernissen, und das Pferd scheute, je steiler es in die Berge ging.

Immer wieder musste sie ihm die Augen mit ihrem Wams verdecken, um es an schwindelnden Abgründen vorbeizuzerren. Die Augen und die zitternden Flanken des Tieres verrieten

Angst. Sie trieb es mit scharfen Worten und Pfiffen an, um sich und das Pferd vor einem Absturz zu bewahren.

Als Sidonia gegen Abend an einem Abzweig einen Stein entdeckte, der den Weg zu einem Monasterio wies, entschloss sie sich, das Kloster aufzusuchen und um Quartier zu bitten. Durch schweres Dickicht fand sie den Weg zu einer Lichtung, auf der sich die Einsiedelei befand. Sie führte ihr Pferd bis zum bemoosten Tor und klopfte an. Sie musste lange warten, bevor sie das schlappende Geräusch von Leder auf Stein vernahm. Langsam wurde das Tor entriegelt. Als sie die weiße Tracht eines Dominikaners wahrnahm, fuhr sie zurück.

Ihr Herz klopfte wild, als der fast zahnlose Mönch sie willkommen hieß. Er sprach sie in einer Mischung aus schlechtem Latein und einem spanischen Dialekt an, doch seine Gesten waren eindeutig, und nach einer Weile verstand sie auch seine Sprache. Sein Name war Bruder Simuel. Er bat Sidonia, die sich als Lambert vorstellte, in den Innenhof des kleinen Klosters, der zugleich Kreuzgang war.

Aus einer Wand entsprang eine Quelle, die zur Bewässerung eines Gemüsegartens genutzt wurde. Zwei schwarzgefleckte Schweine suhlten sich unter einer Eiche, ihr Geruch mischte sich mit einer Ahnung von Weihrauchduft, der aus einer Gebetskapelle in den Hof drang.

»Wir können dir eine Zelle für die Nacht geben«, lud der Mönch sie ein. Er schien nichts von Aleanders Verschlagenheit zu haben.

»Ich wäre euch sehr dankbar«, erwiderte sie, »und möchte mich mit einer Spende erkenntlich zeigen.«

Der Mönch lächelte. »Das ist nicht nötig, aber willkommen. Unser Kloster beherbergt derzeit nur fünf Brüder, sechs Zellen stehen leer. Du wirst sie etwas feucht finden, und unsere Abendmahlzeit ist bescheiden. Mehr als eine Grütze haben wir nicht zu bieten.«

Der Schrei eines Maultiers zerriss die Stille. Sidonia sah zu einem Stall hinüber.

»Würdet ihr mein Pferd gegen das Maultier tauschen? Mir scheint, dass es noch höher geht, und das Pferd ist nicht für den Weg geeignet.«

»Das Maultier?«

Der Mönch betrachtete die schlanken Fesseln des Pferdes und seinen glänzenden Leib. »Aber so ein wertvolles Tier kannst du nicht einfach herschenken!«

»Nehmt es als meine Spende. Mit einem Maultier wäre mir besser gedient. Der Weg ist für ein Pferd sehr schwierig.«

»Ja, das haben die Männer der Heiligen Bruderschaft auch bemerkt.«

Sidonia schrak zusammen. Der Dominikaner betrachtete sie aufmerksam. Ihre Verfolger waren bereits hier? Suchend schaute sie sich in dem Hof um.

Bruder Simuel lächelte. »Sie sind weitergeritten, um ein Lager aufzuschlagen. Wir konnten keine Auskünfte über einen Pagen zu Pferde geben!« Täuschte sie sich, oder zwinkerte er mit den Augen? Verblüfft betrachtete Sidonia den Mann.

»Wenn man es eilig hat, ist es oft besser, einen Umweg zu nehmen! Komm, ich zeige dir deine Zelle.«

Sidonia folgte ihm zögernd. Was, wenn sie wieder einmal geradewegs in eine Falle lief? Nein, beruhigte sie sich. Ihre Verfolger waren auf sie angewiesen und würden sie nicht festnehmen, bevor sie Padre Fadrique gefunden hatte.

Der Mönch zeigte ihr eine schmale Zelle und ließ sie allein. Sidonia betrachtete das Holzkreuz über dem Strohsack, ein Gitterfenster ging auf den Wald hinaus. Dunkles Grün verschattete den Ausblick. Sie entdeckte eine Wasserkanne, schloss die Zellentür und entkleidete sich. Sie wusch sich mit gespitzten Ohren, immer auf dem Sprung, rasch in ihr Hemd zu schlüpfen, falls sich Schritte näherten. Doch niemand störte sie.

Als sie sich wieder ankleidete, fiel ihr der Kartenstapel in die Hände, den sie mit Mariflores' Buch in einer Innentasche verborgen hielt. Sie konnte der Versuchung nicht widerstehen, mischte sie und zog – den Blick vom Kreuz abgewandt – rasch eine Karte.

El ermitaño war ihr Name. Sie zeigte einen Mönch in grauer Kutte, der auf dem Gipfel eines Berges stand. In der linken Hand trug er einen goldenen Stab, in der Rechten eine Laterne, in der ein Stern den dunkelgrauen Himmel erleuchtete. Er schien des Lichtes nicht zu bedürfen, denn seine Augen waren geschlossen. Sidonias Puls ging schneller. Ein Eremit! Stand eine Begegnung mit dem rätselhaften Fadrique kurz bevor?

Rasch blätterte sie in Mariflores' Buch, fand das Bild und las ihre Erklärungen: *Blicke nach innen. Stille schenkt Offenbarung. Vielleicht begegnest du einem geistigen Führer oder deiner wahren Bestimmung. Padre Fadrique lehrt: Allein sein heißt, alles ist eins.*

Ein dünnes Bimmeln rief zum Abendgebet. Sidonia steckte die Karten unter die dünne Strohmatratze und trat in den Hof. Die Messe war schlicht wie der Gesang der Mönche, einer Schar frühzeitig gealterter Männer, denen man ihr hartes Leben ansah.

Sie nahmen das Abendessen in einem düsteren Refektorium, begleitet vom Gesumm unzähliger Fliegen ein. Simuel bot Sidonia aus einem Krug Wein an.

»Er ist das Beste, was wir zu bieten haben. Mit Kräutern belebt, wird er zu einem erträglichen Genuss.« Der Mönch untertrieb, der Wein war stark und köstlich, man meinte, wilde dunkle Beeren darin zu schmecken und den Harz junger Bäume.

Nach dem Essen begleitete der Mönch sie zurück in die Zelle. »Soll ich dich morgen wecken?«

Sidonia nickte schläfrig. »Ich möchte sehr früh aufbrechen.«

»Und wohin genau geht dein Weg?«

»Nach Süden«, sagte Sidonia vage.

Der Mönch nickte langsam. »Kennst du den Psalm 121?«

Sidonia schaute ihn zweifelnd an und unterdrückte ein Gähnen.

»Er wird gern als Wallfahrerlied bezeichnet: *Ich hebe meine Augen auf zu den Bergen.*«

Eine Erinnerung blitzte jäh in ihr auf, kaum greifbar. Wie in Trance setzte Sidonia den Spruch fort: »*… von dort wird mir Hilfe kommen.*«

»*Meine Hilfe kommt von dem Herrn, der Himmel und Erde gemacht hat. Er wird deinen Fuß nicht wanken lassen. Der dich behütet, schläft nicht*«, machte Bruder Simuel weiter.

Plötzlich wusste sie, woher sie den Psalm kannte. Sie sah sich wieder mit Zimenes an Bord der Negrona. Sein Gesicht tauchte auf, sein sprödes Lächeln, der entschlossene Blick, sein kaltherziger Rat, sich an den Padre zu wenden, um den Schatz Adrians von Löwenstein zu finden, und nie diesen Psalm zu vergessen. Aufgeregt fasste sie nach dem Arm des Mönches, grub ihre Finger in seine Kutte. »Kennst du Padre Fadrique?«

Das Gesicht des Mönchs verschloss sich.

»Am Baum des Schweigens reift die Frucht des Friedens, mein Sohn. Ich kenne niemanden mit diesem Namen.«

Täuschte sie sich, oder betrachtete der Mönch sie lauernd? Sidonia hatte trotz der eben gemachten Entdeckung Mühe, die Augen offen zu halten, spürte aber, dass der Dominikaner ihren Blick festhielt. Endlich seufzte er, als sei er zu einem Entschluss gekommen.

»Vor dir liegt ein gefahrvoller Weg, du musst dich gut ausruhen.«

»Von welchen Gefahren sprichst du?«

»Fürchtest du dich vor Wölfen?«

Sidonia zuckte mit den Achseln. »Nein, aber bislang bin ich noch nie einem begegnet.«

»Trägst du Waffen bei dir?«

»Nur ein Messer.«

»Der Weg, den ich meine, führt bis in die höchsten Gipfel. Dort gibt es Täler, die sicher sind.«

»Vor Wölfen?« Wieder gähnte Sidonia und blinzelte mit den Lidern, um wach zu bleiben.

Bruder Simuel ging zur Tür. »Dort oben«, sagte er leise, »kann es zu seltsamen Begegnungen kommen. Berufene finden dort ihren ewigen Frieden. Vielleicht weil der Himmel so nah ist.«

Sidonia erwiderte die Bemerkung mit einem fragenden Blick.

»Einige Menschen wählen den Weg dorthin, um ihrem Herrn näher zu sein.«

»Du sprichst von Eremiten?«

»Viele würden sagen: Ketzer!«

Der Dominikaner betrachtete sie eindringlich.

Sidonia erbleichte unter seinem Blick. Sie dachte wieder an Gabriel Zimenes. Ohne nachzudenken wiederholte sie, was sie von ihm gehört hatte. Ihre Stimme klang in ihren Ohren seltsam fern, so als gehöre sie gar nicht zu ihr. »Der Unterschied zwischen einem Ketzer und einem Heiligen ist mitunter haarfein.«

»Klug gesprochen. Vielleicht ein wenig zu klug. Nur der heiligen Mutter Kirche obliegt es, über den rechten Glauben zu entscheiden. Wo kämen wir hin, wenn jeder frömmelnde Schwärmer meint, er könne ohne Vermittlung der Kirche genauso gut mit dem Herrn der Heerscharen stehen wie ein Kardinal! Dann gäbe es kein Oben und kein Unten mehr, ein Kesselflicker könnte so göttlich sein wie der Papst! Das wäre das Ende der ewigen Ordnung. So denkt man in Spanien.«

Der Abglanz eines Lächelns streifte das Gesicht des Dominikaners, dann schloss er die Tür und drehte den Schlüssel von außen um. Sidonia war wieder eine Gefangene.

Wütend eilte sie zu der Holztür, hämmerte dagegen, rüttelte am Riegel. Keine Antwort. Zum Teufel! Wieder einmal war Zimenes ihr zum Verhängnis geworden. Was hatte sie sich dabei gedacht, ihn zu zitieren, einen Ketzer, von dem sie doch wusste, dass er in Spanien ein Verfolgter war. Einer, dessen Puppe man bereits verbrannt hatte, einer, der längst tot war, begraben in den Wellen, nicht in den Bergen. Resigniert und todmüde drehte sie sich zu der Strohmatte um.

Das Bild des Eremiten lugte darunter hervor. Hatte sie die Karten so nachlässig versteckt, oder hatte einer der Mönche ihre Zelle durchsucht? War die Karte der Grund für ihre Gefangenschaft?

Sie ließ sich auf das schlichte Lager sinken, der Raum begann sich zu drehen. Sie war zu erschöpft, um weiter nachzudenken. Der Wein. Die dunklen Beeren. Noch einmal fuhr sie hoch. Bei Gott, der Wein! Es gab keinen Zweifel, dies war eine Falle.

7

Als sie erwachte, umgab sie gleißendes Licht. Sidonia öffnete benommen ihre Augen und schloss sie – von der Helligkeit geblendet – wieder. War dies das himmlische Licht und sie eingegangen in die Herrlichkeit und Ewigkeit Gottes? Unsinn, schalt sie sich, als sie das Fauchen des Windes vernahm, der an ihrem Rock zerrte. Rock?

Sidonia riss die Augen auf und rappelte sich auf dem steinigen Untergrund nach oben. Ungläubig betastete sie die Kleidungsstücke, die sie gestern in Torrelavega beim Tuchhändler gekauft hatte. Lediglich ihre Reitstiefel, in denen ihre Füße steckten, erinnerten noch an die Pagentracht. Suchend schaute sie sich um, sah weiße, nackte Felsen. Durchsetzt war die Landschaft von krautig bewachsenen Steinfeldern, auf denen in kurzer Entfernung ein Maultier graste.

Mit offenem Mund drehte Sidonia sich mehrmals im Kreise. Sie stand auf einem Hochplateau über waldigen Hängen und Bergkuppen, die sich scheinbar endlos bis zum Horizont reihten. Blau erhoben sich dazwischen schneebedeckte Gipfel. Wie war sie hierhergekommen? Und wer hatte ihr die neue Kleidung angelegt?

Mühsam erinnerte sie sich an die Szene in der Mönchszelle, erinnerte Bruchstücke ihrer Unterhaltung mit dem Dominikaner. Psalme hatte er zitiert, von Wölfen gesprochen, von frommen Männern, Ketzern und Messern. Bei diesem Wort blickte sie zu dem Maultier hinüber. Es war mit einer Decke gesattelt, ein Strick bildete das Zaumzeug, von seinem Rücken hingen zwei Lederbeutel herab. Rasch eilte sie zu dem Tier.

In den Beuteln fand sie ihre Habseligkeiten verstaut. Das Geld schien unberührt, auch die Tarotkarten waren da. Ihre Vorräte an Hülsenfrüchten und der Zunderschwamm. Zwei Dinge allerdings fehlten: ihr Messer und das Buch von Mariflores. Stattdessen fand sie einen Fladen Brot und eine Ecke harten Ziegenkäse. Wer immer die Satteltaschen gepackt hatte, wollte, dass sie überlebte in diesem Nirgendwo. Hungrig biss sie in den Käse.

Noch einmal schritt sie das Hochplateau ab, rätselte, warum der Dominikaner sie erst eingesperrt hatte, um sie dann hier auszusetzen – bar ihrer Verkleidung. Hatte er die ganze Zeit gewusst, dass sie kein Mann war? Wollte er sie strafen, indem er sie hier aussetzte – fern von jeder Behausung, ohne Kenntnis der Wege? Welcher Wege überhaupt?

Der Wind fuhr ihr zwischen die Beine, zauste ihr Haar, heulte und fauchte, als wolle er sein Reich gegen sie verteidigen. Dies war kein von Gott erwählter, sondern ein von Gott verlassener Ort. Sidonia ahnte, dass es hier bei Nacht kalt werden würde. Es war besser, sich auf den Weg zu machen.

Sie spähte nach allen Seiten hinab, entdeckte aber keinen Pfad, auf dem sie hierhergebracht worden sein konnte. Die Wälder unter ihr bildeten ein so dichtes Dach, dass die Lichtung, auf der das Kloster stehen musste, verborgen war. Der Dominikaner wollte nicht, dass sie in die Einsiedelei zurückkehrte.

Nachdem sie die Hänge des Plateaus untersucht hatte, entschied sie sich, den Abstieg dort zu wagen, wo das Maultier graste. Sie löste den Strick, der um einen Stein gewunden war, und zog daran. Das Tier sträubte sich und trappelte auf schweren Hufen in die entgegengesetzte Richtung. Sidonia zuckte mit den Achseln und folgte ihm. Der Maulesel tauchte zwischen Salbeibüschen ab, unter denen sich ein kaum zwei Fuß breiter Viehtriebweg nach unten schlängelte.

Sidonia folgte halb gehend, halb rutschend. Geröll löste sich unter ihren Füßen und sprang mit spitzen Geräuschen den Abhang hinab. Auf diese Weise arbeiteten das Tier und Sidonia sich beinahe zwei Stunden den schroffen Berghang hinunter. Sidonia war froh über die festen Sohlen ihrer Reitstiefel. Wer immer so umsichtig gewesen war, sie ihr zu lassen, musste dieses Gelände kennen.

Aber dies konnte unmöglich der Weg zum Kloster sein. Nie und nimmer hätte man sie über den schmalen Pfad zu dem Plateau hinaufbringen können. Wohin aber führte er dann? Schweiß bildete sich auf ihrer Stirn. An manchen Stellen war der Weg so abschüssig, dass Sidonia sich mit den Händen in harten Ginster krallen musste. Wie lautete noch der 121. Psalm? *Ich richte meine Augen auf die Berge; von dort wird meine Hilfe kommen.* Unsinn.

Sidonia wollte nur eins: so schnell wie möglich von diesem Berg in ein Tal oder eine Senke hinab. Bei Finsternis wäre dieser Weg eine Todesfalle, und nächtigen wollte sie in den Steilhängen ebenfalls nicht. Zu groß war die Gefahr, vom Schlaf übermannt in den Tod zu rollen.

Dem Maultier schien der Weg vertraut, mal kletterte es ein paar Schritte in den Hang hinein, um ein tückisches Steilstück zu umgehen, dann wagte es sich weit in den Abhang hinein, um einen Geröllhaufen zu meiden. Sidonia starrte auf sein schaukelndes Hinterteil, um dem mäandernden Weg zu folgen. Das Tier hatte die besseren Ortskenntnisse.

Der Bewuchs wurde dichter, zinngraue Bäume mit flachen Kronen krallten sich in den Fels. Endlich zeigte sich rechts von ihr ein Grashang, auf dem Ziegen wiederkäuten und sie aus gelben Augen betrachteten. Zahme Ziegen! Der Maulesel trabte auf sie zu. Menschen konnten nicht fern sein.

Im Krebsgang mühte Sidonia sich den Hang hinab, wurde dabei plötzlich schneller als der Maulesel und glitt auf eine

Kante zu, die sich als Felsvorsprung entpuppte. Mit vor Entsetzen geweiteten Augen starrte sie in den Abgrund, der unter ihr gähnte. Sie öffnete den Mund zum Schrei, stemmte sich mit den Füßen in das Gras, krallte die Hände in den Untergrund und fühlte in letzter Sekunde eine Hand, die sich in ihren Nacken krallte und sie zurückriss.

»*¡Atención!*«, warnte ihr Retter, während er sie von der Felskante wegzog. Keuchend arbeitete sich Sidonia rückwärts den Hang hinauf, vorbei an dem Maulesel, der sich eine Pause und ein Maul Gras gönnte.

»Du dämlicher Esel«, schrie Sidonia ihn an. Ihr Retter lachte. Sidonia sah sich zu ihm um. Sie hatte einen kräftigen Hirten erwartet und war erstaunt, einen Greis zu entdecken, der allerdings hochgewachsen war. Er trug einen härenen Hirtenkittel und einen Filzhut und stützte sich auf einen Krummstab. Der Alte betrachtete sie streng. »Verfluche nicht die Dummheit deines Esels, sondern deinen Mangel an Fürsorge«, sagte er in kastilischem Spanisch, das Sidonia ohne Mühe verstand. »Das Tier hatte Hunger.«

»Ich auch«, erwiderte Sidonia. Wieder lachte der Mann. In dieser Einöde schien Sidonia erheblich zu seiner Unterhaltung beizutragen.

8

Zu ihrer Verwunderung führte der Hirte sie wieder hinauf in die Berge, zu einem Wald, der so dicht stand, dass sie den schmalen Pfad, in den er seine Ziegen hineintrieb, zunächst nicht erkannte. Am Ende des Weges sprang ein Hund auf sie zu, den Sidonia zunächst für einen Wolf hielt. Das riesenhafte Tier wedelte eifrig mit dem Schwanz, während der Alte seinen Kopf tätschelte. Sie gingen etwa eine halbe Stunde, dann verbreiterte sich der Pfad zu einem Weg entlang eines Baches, der eiskaltes Wasser führte.

»Hier fließt das Schmelzwasser von den Gipfeln«, erklärte der Hirte, der bislang geschwiegen hatte. »Im Frühjahr schwillt der Bach zu einem reißenden Strom an, dann ist das Tal von der Welt abgeschnitten.«

Bunte Forellen flitzten im Wasser. Sidonia und der Hirte überquerten eine blühende Wiese und stiegen in eine bewaldete Senke hinab, in der bereits Dämmerung herrschte. Sidonia nahm den Geruch von Holzfeuern wahr. Der Weg führte aus dem Wald in ein kleines Tal. Ein Dorf aus etwa fünfundzwanzig Häusern mit steilen Dächern lag inmitten von Feldern und Obstgärten. Über den Häusern erhob sich eine Kirche mit einem eisernen Kreuz auf dem Dach.

Das Maultier lief mit den Ziegen voran auf einen Stall neben einem Steinhaus zu. Eine Frau trat heraus, um Wasser aus einem Brunnen zu schöpfen. Sie wandte den Kopf, sah das Maultier und erstarrte. Sie spähte zum Wald hinüber. Zögernd winkte sie, der Hirte winkte zurück. Als er und Sidonia die Frau erreichten, lächelte sie den Alten kurz an. Ein Netz von

Falten umgab ihre dunklen Augen, mit denen sie Sidonia ablehnend musterte. »Wer ist diese Frau?«, fragte sie scharf.

»Sie heißt Sidonia. Ich fand sie in den Bergen«, entgegnete der Hirte.

»Allein?«

»Mit dem Maulesel«, sagte der Hirte.

»Mit dem Maulesel«, wiederholte die Frau nachdenklich. Sidonia schaute zwischen beiden hin und her, doch sie schienen nicht gewillt, ihr Näheres über das findige Tier zu verraten.

»Sie hat Hunger«, unterbrach der Hirte die Stille. »Steht eine *sopa* auf deinem Herd?«

Die Alte schnaubte. »Was denkst du?«

»Ich denke, dass du im ganzen Tal die köstlichste *sopa* aus Zicklein und Kastanien zu bereiten weißt, Doña Elena, aber verrate es keiner deiner Nachbarinnen, sonst bin ich nirgends mehr willkommen und muss hungern.«

Die Frau lächelte kurz. »Du bist ein Schmeichler, komm herein, und sei unser Gast. Jona und Enrique werden gleich von den Feldern kommen.«

Noch einmal streifte sie Sidonia mit misstrauischem Blick. Dann bedeutete sie ihr mit einer Kopfbewegung, ihnen zu folgen.

Das Innere des Hauses wurde vom Herdfeuer erleuchtet. Alles war sauber und roch nach trockenen Kräutern. Elena wies Sidonia und dem Hirten einen Platz an einem Eichentisch zu, suchte Holzschalen und Löffel zusammen und rührte in einem schwarzen Eisenkessel. Zwei Männer erschienen wenig später und tauschten vorsichtige Blicke mit dem Hirten. Dann gingen sie hinaus, um die Tiere zu versorgen und sich zu waschen.

Sidonia schnupperte an dem ihr angebotenen Becher. Er enthielt klares Wasser. Sie trank mit tiefen Zügen und wischte sich den Mund.

»Wie ist dein Name?«, fragte sie endlich ihren Begleiter.

»Man nennt mich nur *el pastor*, den Hirten.«

»Du bist nicht hier zuhause?«

Der Hirte lächelte. »Ein Hirte ist bei seiner Herde zuhause.«

»In einem Kloster nicht weit von hier warnte man mich, dass es hier Wölfe gebe.«

»Mönche sind ein schreckhaftes Volk! Die Wölfe tun uns nichts. Von woher kommst du genau?«

Sidonia runzelte die Stirn. Der Mann schien ihr wenig auskunftfreudig, und überhaupt hatte dieses Tal etwas Unwirkliches, so als gehöre es nicht in diese Welt. Das Gesicht des Hirten gab ihr Rätsel auf, seine fleischlose, sehr gerade Nase, die klugen Augen unter geschwungenen Brauen, der gestutzte Bart und vor allem seine Sprache. Sie war gewählt und klar, einem Städter eher gemäß als einem Landbewohner, genau wie der kastilische Akzent von Doña Elena. Auch die Truhe, aus der sie ein Leinentuch hervorholte, um damit den Tisch zu bedecken, schien nicht in ein abgelegenes Bergdorf zu passen. Das Tuch war geflickt, musste aber einmal kostbar gewesen sein.

Statt dem Hirten Antwort zu geben, stellte Sidonia eine weitere Frage. »Wie heißt dieses Dorf und wie die nächstgelegene Stadt?«

»Du erzählst nicht gern von dir?«

»Was sollte eine einfache Pilgerin schon zu erzählen haben?«

»Hier im Valle d'Immaculata – so heißt unser Tal – wissen wir gern über Fremde Bescheid, selbst über die einfachsten. Unsere Erfahrung lehrt uns, dass jeder Mensch eine spannende Geschichte hat.«

Elena unterbrach das Geplänkel, indem sie den heißen Topf auf einem Eisenring in der Mitte des Tisches absetzte, Hornlöffel und Schüsseln verteilte. Draußen begann die Glocke des Kirchturms zu läuten. Kein dürres Bimmeln, sondern ein schmelzendes, voluminöses Geräusch, das das ganze Tal zu füllen vermochte.

»Was für ein Klang!«, entfuhr es Sidonia verwundert.

»Ja«, bestätigte der Hirte, »sie haben einen der besten Glockengießer von ganz Spanien hier. Und dieses Geläut ist sein Meisterwerk. Es hat die Tonfolge der Kathedrale von Toledo.«

»Es gibt einen Glockengießer in diesem Kuhdorf?«

Die Männer kehrten ins Haus zurück, und Sidonia erhielt keine Antwort. Schweigend falteten alle die Hände und schauten zu Sidonia hin.

»Möchtest du ein Tischgebet sprechen?«, fragte der Hirte. »Vielleicht einen Psalm?«

Sidonia betrachtete die Menschen rund um den Tisch, ihre Mienen waren um Ausdruckslosigkeit bemüht, sie wirkten starr, und doch fühlte sie die gespannte Erwartung, die über der Szene lag.

Sidonia räusperte sich: *»Ich hebe meine Augen auf zu den Bergen, von dort wird mir Hilfe kommen.«* Ruhig sprach sie den Psalm, soweit sie ihn kannte. Der Hirte schickte ein Amen hinterher, dann aßen alle schweigend. Sidonia spürte die Blicke des jüngeren Mannes, dessen Name Jona war, auf sich ruhen.

Er war kaum dem Knabenalter entwachsen, auf seinen Wangen lagen bläuliche Bartschatten. Etwas in seinen Augen ließ sie schaudern. Lange versuchte sie den Ausdruck zu deuten. War es Wollust? Nein, es war etwas weniger Anzügliches und doch beunruhigend. Endlich erkannte sie, dass es brennende Sehnsucht war.

Sie kannte diesen Blick von Lambert, doch der hatte ihn nie auf Mädchen gelenkt. Mädchen? Sie spürte eine kalte Hand an ihrem Herzen. Sie war kein Mädchen mehr. Sah dieser junge Mann, was sie so sorgsam vor aller Welt zu verbergen wünschte? Weckte das sein Interesse? Abweisend erwiderte sie seine Blicke, bis er errötend die Lider senkte.

Als Elena die Schüsseln einsammelte, schenkte sie Sidonia ein knappes Lächeln. »Komm mit, ich zeige dir deinen Schlafplatz.«

»Ich bin nicht müde.«

»Wir gehen hier früh zu Bett.«

Wie auf ein Stichwort verabschiedete sich der Hirte. Die Männer stiegen eine schmale Treppe hinauf. Elena nahm einen rußenden Kienspan und geleitete Sidonia zum Heuschober, der auf Ernte zu warten schien. Unter dem Arm trug sie ein Laken. Damit bereitete sie Sidonia ein Lager über frisch aufgehäuftem Stroh, wünschte ihr eine Gute Nacht und verschwand.

Wenig später verlosch das Licht im Haus. Das Tal versank in Dunkelheit, auf fernen Höhen ertönte Wolfsgeheul. Der Wind trug es über das geschützte Tal hinweg. Jeder Wanderer würde einen Bogen um dieses Tal machen, und sie war mitten darin. Sidonia nahm sich vor, wach zu bleiben. Hier gab es ein Geheimnis zu entdecken, und dieses Geheimnis hatte mit Padre Fadrique zu tun. Vielleicht sogar mit Gabriel Zimenes?

Die Nacht verstrich ereignislos. Zitternd schlief Sidonia endlich ein. Der Schrei eines Hahnes und der melodiöse Klang der Glocke weckten sie.

Elena setzte ihr eine Grütze vor, die mit Honig gesüßt war. Die Männer waren bereits in die Felder und Obstgärten aufgebrochen. Am Morgen half sie Elena, die Hühner zu versorgen, lernte den Kamin gründlich zu fegen, das Stroh der Betten zu wenden und nach Ungeziefer zu untersuchen, und ging ihr bei der Zubereitung von Brotteig zur Hand, wobei sie sich wenig geschickt anstellte.

»Du musst ihn ruhig und gleichmäßig kneten! Deine Hast verdirbt ihn.«

Sidonia biss sich auf die Lippen. Mein Gott, sie war sogar zu ungeduldig, um ein simples Brot herzustellen. Sie bewunderte

Elenas Tüchtigkeit und die stille Freude, mit der sie ihren Arbeiten nachging. Sie sah eine Frau, die ihr Leben liebte und jede Minute ihres Tages mit Beschäftigung auszufüllen wusste, ohne sich zu erschöpfen. Vielleicht war das der Lohn für ein Leben in diesem abgeschiedenen Tal. Man kannte nichts von den Verlockungen, aber auch nichts von den Schmerzen der Welt.

Gegen Mittag begleitete sie Elena zum Backhaus, verfolgt von den Blicken anderer Dorfbewohner. Niemand sprach Elena auf ihren Gast an, was seltsam genug war. Gemeinsam besuchten sie die Mittagsmesse in der Dorfkirche. Nicht nur die Glocke, so stellte Sidonia beim Blick auf den kunstvollen Altar fest, war ungewöhnlich.

Von einem hohen Kreuz lächelte ein so lebensgetreu gestalteter Jesus herab, dass man meinte, er würde im nächsten Moment seine Lippen öffnen, um die Botschaft seiner Auferstehung zu verkünden. Seine Augen waren dunkel. Sidonia versank in seinem Blick, erkannte Zuversicht darin und milden Spott. Sie fühlte sich seltsam getröstet und hingezogen zu dem Leidenden am Kreuz, der über all sein Leid zu triumphieren schien, bis jähes Entsetzen sie aufspringen ließ. Diese Augen! Nein, es gab keinen Zweifel. Es waren die Augen von Gabriel Zimenes. Schwindelnd suchte sie Halt an der Vorderbank, keuchte. Die Blicke der anderen Betenden fuhren herum. Sidonia beachtete sie nicht. Still liefen Tränen über ihr Gesicht. Elena legte die Hand auf ihre Rechte, deren Knöchel weiß hervortraten, während sie sich in das Holz krallte.

»Er darf nicht tot sein«, flüsterte Sidonia tonlos. »Er lebt! Er muss leben.«

»Natürlich lebt er. Der Herr ist ewig, der Tod kann ihm nichts anhaben«, sagte Elena und drückte ihre Hand fester auf die Sidonias. Es war eine warme, kräftige Hand, rau von Schwielen. Um sie brandete feierlicher Gesang auf. Die kleine Gemeinde erhob sich zum Agnus Dei. Sidonia weinte, bis keine Tränen mehr kamen.

Niemand schien an ihrem Betragen Anstoß zu nehmen, und das war ein Trost, wenn auch keiner, der den wütenden Schmerz in ihr ersticken konnte. Warum hatte Zimenes sein Leben so leichtfertig hingegeben? Warum hatte er nicht wie sie versucht zu kämpfen, weiterzumachen, irgendwie zu überleben? Wenigstens das, wenn Aleander schon nicht zu besiegen war. Man warf sein Leben nicht einfach fort.

Sie kehrten schweigend ins Haus zurück. Elenas Mann Enrique und ihr Sohn Jona saßen bereits zu Tisch, und die Hausfrau beeilte sich, Käse, Wein und Fladenbrot aufzutragen.

Nach dem Essen sprach Jona sie an. »Ich werde dir am Nachmittag das Tal zeigen«, sagte er und lächelte unsicher.

»Hast du nicht genug auf dem Feld zu tun?«, fragte Elena scharf.

»Lass ihn nur«, erwiderte ihr Mann Enrique ruhig. »Es ist Samstag, und was zu tun ist, schaffe ich allein.«

Mit argwöhnischen Blicken verfolgte Elena die jungen Leute, als sie zum Bach aufbrachen, der das Tal durchfloss und fruchtbar machte. Sie gingen schweigend durch das Dorf und passierten ein Rauchhaus, in dem dunkle Schlegel von der Traufe hingen. Jona erklärte ihr, dass die Schweine im Tal nur mit Eicheln und Kastanien aus den Bergen gefüttert würden.

»Wir reiben die Schinken später mit Kräutern und Gewürzen ein, ihr Fleisch ist dunkel und zart und von köstlichem Geschmack.«

Er zeigte ihr die großen Schweinepferche und erklärte, dass sie in jedem Jahr verlegt würden, sodass die Tiere mit ihren Hufen und Schnauzen die Erde aufwühlen und mit ihrem Kot fruchtbar machen konnten. »Die Erde wird davon so fett und schwer, dass alle Samen wunderbar darin aufgehen.«

Durch goldglänzende Felder und Obstgärten, in denen

Äpfel und pralle Kirschen reiften, gelangten sie zu einer Holzwerkstatt, wo ein Meister namens Elia Möbel und Holzwerkzeuge anfertigte sowie Bauholz zurechtschnitt. Sidonia staunte über die Sauberkeit der Werkstatt, den Duft frischer Sägespäne, die Freude der Handwerker. Wie anders war hier alles als im dunklen, engen Köln.

»Für wen stellt ihr diese Dinge her?«, fragte Sidonia und strich bewundernd über die gedrechselte Lehne eines Stuhles.

»Hauptsächlich für uns. Ein paar Mal im Jahr nehmen die Männer des Dorfes außerdem den schwierigen Weg nach Carrión de los Condes auf sich, um Möbel, Schinken und Teile der Ernte zu verkaufen.«

Bei der Erwähnung Carrións horchte Sidonia auf. Das erste Ziel ihrer Reise konnte also nicht fern sein, aber noch schien es ihr ratsamer, zunächst im Tal nach Hinweisen auf Fadrique zu forschen, als weiterzuziehen.

»Kommen keine Händler oder Käufer zu euch? Eure Ernte scheint so reich, eure Werkstücke sind prachtvoll gearbeitet – gut genug für jeden Stadtbürger.«

Jona schüttelte den Kopf, seine Augen verschatteten sich. »Wir bleiben gerne für uns. Die Ältesten wollen es so.«

Schweigend erreichten sie den Bach, und Sidonias vages Gefühl, dass über diesem Paradies ein dunkler Schatten lag, verstärkte sich. Jona zeigte ihr einen Platz unter einer flüsternden Weide, wo sie rasten konnten. Er entknotete ein Tuch, in dem er Rosinen, Brot und Schinken bei sich trug, dazu tranken sie klares Wasser, das sie mit den Händen aus dem Bach schöpften. Dabei schreckten sie glänzende Forellen auf, die sich in das Gewirr der Wurzeln am unterspülten Ufer flüchteten.

»Euer Tal ist beinahe so, wie ein Kind sich das Paradies denken könnte«, sagte Sidonia nachdenklich. »Selbst der Gekreuzigte in eurer Kirche sieht zuversichtlicher aus als all seine Abbilder, die ich sonst sah. Euer Glaube muss sehr stark sein.«

Jona lehnte sich gegen den Stamm der Weide und schaute auf den blinkenden Bach. »Ich bin nicht für das Paradies gemacht«, sagte er. Seine Stimme klang bitter. Als Sidonia schwieg, richtete er sich auf und fuhr erregt fort.

»Dieses ewige Gleichmaß der Tage, immer dieselbe Arbeit zur selben Stunde. Ich weiß schon jetzt, was ich im nächsten Jahr um diese Zeit zu tun habe und all die Jahre, die folgen werden. Manchmal meine ich, dass mein Leben ein nutzloses Puppenspiel ist! Hat der Herr mich darum erschaffen, dass ich mein Leben hier verschlafe? Ich bin siebzehn Jahre und habe nichts von der Welt gesehen außer diesem Tal. Nie war ich in einer großen Stadt. Es ist ein elendes Leben! Im Winter und bei der Schneeschmelze sind wir monatelang nur unter uns. Es ist öde, eine Hölle.«

Sidonia erschrak über seine Heftigkeit. Sie selbst hatte nach dem Besuch der Kirche am Mittag für einen Moment darüber nachgedacht, wie es sein würde, hier zu bleiben und in diesem friedlichen Tal still der Arbeit nachzugehen. Nahe der Jesusfigur, die so unergründlich wie tröstlich an Zimenes, den Spötter, erinnerte.

Jonas Blick lag auf ihr. Wieder musste sie an Lambert und seine ungelenkte Leidenschaft denken, die ihm so viel Unglück eingebracht hatte. So wie mir meine Abenteuerlust, schalt sie sich insgeheim. Zu große Sehnsüchte machten Menschen zu Narren oder unglücklich.

Behutsam legte sie eine Hand auf Jonas Arm. »Du bist so jung, Jona. Glaube mir, die Welt ist nicht nur voller Herrlichkeiten und Abenteuer. Für all ihre Verlockungen zahlst du einen hohen Preis, ich weiß es.«

Jona griff nach ihrer Hand, umschloss sie zaghaft. »Du kannst nicht viel älter sein als ich. Erzähle mir von dir, Sidonia.« Flehen lag in seinem Blick und wieder diese Sehnsucht. Sidonia entwand ihre Hand der seinen.

»Ich bin verheiratet«, sagte sie knapp.

Jona betrachtete sie traurig. »Und, wo ist dein Mann?«

»Ich weiß es nicht«, sagte Sidonia vorsichtig.

»Verfolgt man ihn? Ist er tot?«

»Ich weiß es nicht«, wiederholte Sidonia, froh darüber, damit nah an der Wahrheit zu bleiben.

»Warum bist du zu uns gekommen? Und woher? Aus Frankreich?« Er senkte seine Stimme, dabei konnte niemand sie hier unter der Weide, am Ufer des murmelnden Baches belauschen. »Gehörst du zu denen, die man die Reinen nennt?«

Sidonia runzelte die Stirn. »Die Reinen?«

Jonas Stimme wurde zu einem Flüstern. »Katharer, oder kurz Ketzer. Wir wissen, dass es in den Pyrenäen noch geheime Zirkel gibt. Über dreihundert Jahre haben einige von ihnen allen Verfolgungen getrotzt.«

Sidonia schüttelte den Kopf. »Ich weiß nicht, wovon du sprichst, aber der Abt eines Klosters, in dem ich auf dem Weg hierher übernachtete, meinte, dass es hier in den Bergen solche Ketzer gäbe.«

Jona legte den Kopf in den Nacken und lachte. »Damit muss er uns gemeint haben. Ketzer! Keiner könnte christustreuer sein als wir.«

Er schwieg für einen Moment. »Und der Abt, den du meinst, weiß das. Schließlich sind viele unserer Vorfahren für Jesus in den Tod gegangen. Die Alten erzählen es immer und immer wieder. Geschichten von Verfolgung und Tod. Damit füllen sie die Winterabende.« Seine Stimme hatte einen verächtlichen Klang angenommen.

»Verfolgung? Aber wer sollte so aufrechte Christen wie euch hier im katholischen Spanien verfolgen?«

»Christen«, sagte Jona knapp. »Die alten, reinblütigen Christen.«

Sidonia schüttelte verwirrt den Kopf. »Seid ihr Lutherfreunde?«

»Luther? Wer ist das? Ein Katharer?«

Sidonia musste gegen ihren Willen lachen. Wie fern dieses Tal tatsächlich von der Welt war, und wie absurd ihre Gespräche klangen! All das Gezänk über die rechte Religion, über Bibel oder Messbuch, bedeutete hier nichts. Sie stellte sich Lambert in diesem abgeschiedenen Tal vor und wusste, dass auch er in dieser fast perfekten Welt mit seinem Schicksal gehadert hätte. Es war Vorrecht und Fluch der Jugend, die Welt ganz neu entdecken und umgestalten zu wollen, ohne Rücksicht auf deren bittere Gesetze.

»Bist du schon versprochen«, fragte sie Jona.

Der junge Mann nickte.

»Und was sagt deine Braut über deine wilden Wünsche, in die Welt hinauszuziehen?«

»Nichts. Sie kann nicht sprechen.«

»Eine Stumme?«

»Nein, ein Säugling. Esther ist kaum ein Jahr alt. Sie ist das einzige Mädchen hier im Tal, mit dem ich nicht verwandt bin.«

Sidonia schluckte.

»Es gab mal eine andere, der ich anverlobt war«, fuhr Jona zögernd fort. »Sie war einige Jahre älter als ich und sehr hübsch, aber sie hat das Tal verlassen. Vor vielen Jahren. Sie war gerade sechzehn und besuchte ihren Bruder, der in ein Kloster in Santiago eingetreten war. Sie kehrte nie zurück, genau wie er.« Wütend zupfte er an einem Grashalm herum. »Man verbot mir, ihr zu folgen. Es hieß, Mariflores Zimenes sei der Sünde verfallen, sie hat ...«

Sidonia setzte sich mit klopfendem Herzen auf. »Mariflores?« Schnell senkte sie den Blick, als Jona sie verwundert anstarrte.

»Kennst du sie?«, fragte er, und seine Brauen zogen sich zusammen. »Hat sie dir von diesem Tal erzählt? Hat sie dich hergeschickt? Hat sie dir unseren Psalm verraten?«

Sidonia zwang sich, ruhiger zu atmen. »Ich kenne eine Frau dieses Namens, aber sie kommt woanders her.«

»Woher?«

Sidonia spürte Hitze in ihrem Nacken, einen Moment fragte sie sich, ob sie Jona alles anvertrauen sollte, doch dann verwarf sie den Gedanken. Er war zu jung, er wusste nichts von der Welt und würde nicht verstehen. Ihr Geheimnis war zu schrecklich, um es ausgerechnet einer so unschuldigen Seele anzuvertrauen. Außerdem schien er nichts über Mariflores' tatsächliches Schicksal zu wissen.

»Die Mariflores, die ich meine, war eine sehr alte Frau, die mich vieles lehrte«, log Sidonia.

»Alt?« Jona schüttelte den Kopf. »Nein, alt kann Mariflores nicht sein, vielleicht achtundzwanzig Jahre. Nun ja, älter als du in jedem Falle und gewiss nicht mehr so hübsch.« Der letzte Satz klang trotzig und verriet seinen verletzten Stolz.

Sidonia erhob sich hastig und klopfte Gras von ihrem Rock. »Mir wird kühl hier im Schatten, lass uns umkehren.«

Eifrig sprang Jona auf, streifte seine grobe Weste ab und legte sie um ihre Schultern. Er fasste sie ungeschickt bei den Händen, zog sie zu sich heran.

»Sidonia, wirst du bei uns bleiben?«, fragte er mit rauer Stimme. Die hungrige Hoffnung, die aus seinen Augen sprach, schmerzte Sidonia und machte sie zugleich wütend. Was wusste dieser grüne Junge denn von ihr? Wie wichtig nahm er allein seine Wünsche, und wie unbedacht verschenkte er seine streunenden Gefühle?

So unbedacht wie du noch vor wenigen Monaten, warnte eine innere Stimme und mit mehr Recht. Jona ist ein Mann, und seine Wahlmöglichkeiten in diesem Tal sind geringer als deine damals in Köln.

9

Auch in dieser Nacht schlief Sidonia nicht. Ungeduldig wartete sie, bis der Mond rund und gelb wie Butter über den Gipfeln aufstieg. Die Glocke schlug die Stunden. Als Sidonia elf Schläge zählte, wurde ihre Nachtwache belohnt. Durch die offene Tür des Heuschobers sah sie, dass im Haus ein Licht entzündet wurde. Still erhob sie sich von ihrem Lager und schlich zum Haus hinüber. Eben wollte sie ihr Ohr an die Tür legen, als sie Schatten über den Weg vor dem Brunnen huschen sah.

Sidonia lief schnell um das Haus herum und fand ein Fenster, dessen Luken nur halb zugeschlagen waren. Stimmen drangen zu ihr hinaus. Die Tür wurde geöffnet und andere Dorfbewohner mit heiseren Worten begrüßt. Sie schob ihren Kopf nach oben und spähte durch einen Spalt zwischen den Fensterluken. Um den Esstisch hockten sieben Männer und Elena.

Sie begannen ihr Gespräch flüsternd, doch bald hoben sich erregte Stimmen. »Eine Frau und ganz alleine unterwegs! Das kann nicht mit rechten Dingen zugehen«, empörte sich Elena. »Vielleicht ist sie eine Gauklerin oder Hure. Sie hat diesen wissenden Blick!«

»Mutter«, antwortete Jona, »sie kannte den Psalm. Sie kam mit dem Maultier, Bruder Simuel muss sie geschickt haben, und gerade weil sie allein kam, können wir sicher sein, dass die Verzweiflung sie trieb.«

»Oder die Santa Hermandad«, warf mit ruhiger Stimme ein Mann im Priestergewand ein. »Ich sah ihre Reiter heute sehr früh im Tal nach Carrión umherreiten, sie suchen jemanden.«

»Dann müssen wir sie erst recht aufnehmen«, sagte Jona hitzig, »sie sagt, ihr Mann werde verfolgt, sei vielleicht tot.«

Elena betrachtete ihren Sohn voll Sorge. »Du solltest dich nicht von einem schönen Gesicht täuschen lassen, Jona. Der Versucher nimmt viele Gestalten an. Und von diesem Mädchen geht Gefahr aus, das spüre ich. Sie mag ein schweres Los zu tragen haben, aber sie trägt auch Unheil mit sich und sie ist nicht reif für ein Leben in unserer Mitte.«

Sie bekreuzigte sich. Jona sprang auf und stieß seinen Stuhl nach hinten. »Immer seid ihr voller Angst! Keinem Menschen traut ihr, ist das christlich? Und wie soll es mit dem Tal weitergehen, wenn wir keine Fremden aufnehmen? Soll am Ende eine Schwester den eigenen Bruder heiraten?«

»Die Reiter der Bruderschaft könnten nach Fadrique suchen«, warf der Priester rasch ein.

Elenas Mann Enrique schüttelte den Kopf. »Diese Suche haben sie aufgegeben. Aber was, wenn die Frau ihr Spitzel ist?«

Ein Pochen an der Tür unterbrach ihn. Wieder wurde die Tür geöffnet. Der Hirte trat ein. Sidonia sah, dass sein Gesicht grau vor Müdigkeit war. »Ich dachte mir, dass ihr beisammensitzt und euch beratet.«

»Es hat nichts mit dir zu tun«, sagte der Priester hastig, »das weißt du. Du bist immer willkommen.«

Der alte Hirte umklammerte seinen Stab. »Ich war heute beim Kloster, um das Maultier zurückzubringen.«

»Konnte der Abt dir mehr über die Frau berichten?«, fragte der Priester.

»Bruder Simuel ist tot«, sagte der Hirte.

»Tot? *Madre de Dios*, so plötzlich? Er war alt, aber ...«

»Er starb nicht am Alter. Er sprang vom Turm.«

Die Menschen um den Tisch erstarrten. Elena begann, ein Gebet zu murmeln.

Der Priester fand zuerst die Sprache wieder. »Wieso das? Warum hat er eine so schreckliche Sünde begangen?«

»Um die Sünde des Verrats zu vermeiden. Die Männer der Heiligen Bruderschaft haben sein Kloster im Morgengrauen aufgesucht und entdeckten ein wertvolles Reittier, das einem Vertreter der Heiligen Inquisition gestohlen wurde.«

Sidonia hielt auf ihrem Lauschposten voll Entsetzen die Luft an.

Im Haus fuhr der Hirte mit tonloser Stimme fort: »Simuel handelte rasch. Er verschloss sich im Glockenturm und stürzte sich von oben in die Tiefe, seinen Verfolgern vor die Füße.«

Elena begann lauter zu beten, einige der Versammelten fielen mit ein.

»Aber was geschah mit den anderen Brüdern?«

»Zwei Männer nahmen sie mit nach Santander. Man wird sie dem peinlichen Verhör unterwerfen.«

»Mein Gott«, stöhnte der Priester, »dann sind wir verloren.«

»Nein«, sagte der Hirte, »denn die Brüder wissen nichts über dieses Tal. Simuel hielt sich treu an seinen Wahlspruch: Am Baum des Schweigens reift die Frucht des Friedens. Er war und bleibt der Beschützer eurer Gemeinde. Und damit ihr sicher bleibt, werde ich euch verlassen.«

Der Priester erhob sich zitternd. »Das musst du nicht tun. Wir wollen es nicht, wir haben dir zu viel zu verdanken ...«

»Doch«, rief Elena erregt, »doch, wir wollen es. Wir wollen, dass du gehst und diese Frau mit dir nimmst! Es ist genug Unglück geschehen, wir haben ein Recht auf unseren Frieden.«

Jona sprang vom Tisch auf. »Wenn ihr Sidonia fortschickt, werde auch ich gehen! Hörst du, Mutter, ich werde gehen. Eher will ich sterben, als hier für immer lebend begraben zu sein, abgeschnitten von allen anderen Menschen. Ich gehe, so wie Gabriel und Mariflores gegangen sind.«

Elena schluchzte laut auf und streckte die Hand nach ihrem Sohn aus. »Nein, du kannst nicht gehen. Du weißt nicht, was aus denen geworden ist, die das Tal verließen. Sie sind tot. Sie sind alle tot!«

»Ich …«, begann Jona. Doch weiter kam er nicht. Der Hirte ließ seinen Krummstab auf seinen Hinterkopf niedersausen, dann wandte er sich an Elena, die neben ihrem bewusstlosen Sohn kauerte.

»Das sollte ihn zunächst beruhigen. Mehr kann ich nicht tun. Gebt auf ihn Acht, und lebt wohl.« Er drehte sich zur Tür.

»Und was ist mit dieser Frau?«, fragte Elena.

»Ich werde den Hirten begleiten«, sagte Sidonia. Aufrecht stand sie in der Tür. In der Ferne schlug die Glocke zwölf Mal an.

»Oder habt Ihr etwas dagegen, Padre Fadrique?«

10

Aleander ritt mit geradem Rücken. Seine Begleiter bewunderten und verfluchten seine Ausdauer. Mehr als zwölf Stunden verbrachte ihr Herr am Tag im Sattel, so als wolle er es mit kaiserlichen Botenreitern aufnehmen, die täglich bis zu 40 Meilen zurücklegten. Er wechselte die Reittiere alle zwei Tage, nahm im Sattel seine Mahlzeiten entgegen, die aus wenig Brot, einer Hand voll Oliven und etwas Wasser aus einem Trinkschlauch bestanden.

In fünf Tagen bewältigten sie die Küstenstrecke, brauchten noch einen Tag durch die flachen Ausläufer der Kordilleren und ritten am Nachmittag des siebten Tages in Santiago ein.

Sie nahmen die Porta do Camiño, jenes Stadttor, durch das die meisten Pilger eintraten. Kaum einer dieser frommen Wanderer war nicht erschöpft, ergriffen und bereit, die Wunder der Apostelstadt – die man das »steinerne Gedicht« nannte – zu bestaunen. 46 Kirchen und 114 Glockentürme erwarteten den Gläubigen. Außerdem der Portico de la Gloria, das Wonneportal der Kathedrale, dessen Durchschreiten die Vergebung der Sünden verhieß. Kostbar bemalte Apostel, Engel, Dämonen und Gottvater selbst bebilderten auf dem Portal das Weltgericht. Es war das Stein gewordene Versprechen, dass Erlösung und der Eintritt in die Seligkeit nur Schritte entfernt sind.

Aleanders Trupp sprengte über das Granitpflaster der Gassen. Funken sprangen von den Hufen. Bürger und Pilger drückten sich gegen die Mauern der Klöster und Paläste der Calle de las Casas Reales.

Hier war einst die Großmutter des Kaisers, Johanna die

Wahnsinnige, abgestiegen, um zu beten, zu beichten und den Leichnam ihres Gatten, den sie über ein Jahr mit sich herumführte, wieder zum Leben zu erwecken. Ein Wunder, dass der heilige Jakob nicht wirkte. Und auch kein anderer Heiliger, dessen Gebeine sie in den Bleisarg legen ließ.

Einige Pilger neigten die Knie, als sie die Tracht Aleanders, eine weiße Prunkkutte mit dem Wappen der Inquisition, erkannten: Kreuz, Olivenzweig und Schwert. Die Bedeutung der drei Symbole war schlicht: »Wenn du das Kreuz annimmst«, so verhießen sie dem angeklagten Ketzer, »geben sie dir den Friedenszweig. Wenn du dich weigerst, geben sie dir das Schwert.«

Eine Wahlmöglichkeit, die jedoch weder getaufte Juden noch konvertierte Mauren hatten. Der Generalinquisitor Tomás de Torquemada hatte die Bedingungen für die Aufnahme in das rettende Schiff der Kirche im Jahr der großen Verfolgung 1492 verschärft. Nur wer die Reinheit seines Blutes – die *limpieza de sangre* – und eine Ahnentafel frei von jüdischen oder maurischen Vorfahren nachweisen konnte, hatte im Falle eines Ketzervorwurfs eine Chance, dem Henker zu entgehen.

Alle anderen – egal ob sie auf Generationen getaufter Ahnen verweisen konnten – galten als Marranen, kurz: Schweine und Verräter. Denen war alles zuzutrauen. Von der Schändung der Hostien, der Vergiftung von Brunnen bis zum Verzehr christlicher Säuglinge.

Aleanders schwarzer Trupp hielt auf den Palast des Erzbischofs zu, der an die Kathedrale Santiagos angebaut war. Vor einem schmalen Durchgang, der auf den Kathedralplatz hinabführte, setzte Aleander ab. Hinkend stieg er die dunkle Steintreppe unter dem Tor hinab und tauchte in das Gewimmel auf der Plaza del Obradoiro – benannt nach den Handwerkern der Kathedrale – ein. Auf der Freifläche tummelten sich Pilger, fliegende Händler, Bettler, berittene Adelsherren, Mägde, Nonnen, Stadtbeamte und Kirchendiener.

Ihr Stimmengewirr wurde übertönt vom Klang der Schmiedehämmer und dem spitzen Geräusch von Meißeln, die in Stein getrieben wurden. In der Dombauhütte wurde an Quadern, Rippenbögen und Kapitellen für einen Kreuzgang gearbeitet, der den hölzernen Vorgängerbau ersetzen sollte. Wie ganz Spanien profitierte Santiago vom Gold aus Westindien und vermehrte seinen überreichen Prunk.

Aleander blinzelte, als er in die Nachmittagssonne trat. Nur auf diesem weiten Platz beleuchtete die Sonne die granitene Stadt ungehindert. Im Gassengewirr ringsum herrschten Dunkel und Schatten, was im August erfrischend, im Winter bedrückend war. Den Dominikaner schwindelte, als er in den Palast des Bischofs eintrat und die Treppe zu den Festsälen emporstieg. Reiten war für ihn weniger beschwerlich als Gehen. Zu Pferde konnte er seine Behinderung vergessen. Nun merkte er, wie enthaltsam er in den letzten Tagen gelebt hatte und wie quälend die glühende Hitze war. Schwer atmend erreichte er die Tür zum Festsaal. Die Wächter ließen den Inquisitor wortlos passieren. Langsam – um nicht atemlos zu erscheinen – durchquerte Aleander den Raum, dessen Pracht jeden Besucher einschüchtern sollte, bevor er das Empfangszimmer des Erzbischofs betrat. Der Gang durch den Saal war Aleander seines Hinkens wegen verhasst. Die Schönheit des Raumes ließ seine Missbildung deutlich hervorstechen.

Das vierhundert Jahre alte Steingesims des Saals zeigte Bilder eines Festmahls, Musikanten, leichtfüßige Tänzer. Die Rippengewölbe der Decke waren mit Schlusssteinen verziert, die umso prunkvoller wurden, je näher man dem Zimmer des Bischofs kam. Zuletzt erhoben sich Engel über dem Kopf des Betrachters, so als stünde er vor den Pforten zum Paradies.

Aleander schnaubte: Juan Prado Tavera war ein geschmeidiger Diener Gottes, aber kaum unschuldig genug, um den Garten Eden zu repräsentieren. Geschweige denn war er daran interessiert, dass vor Gott alle Menschen gleich wurden. Er hielt vor dem Zimmer des Erzbischofs inne, um Staub von seiner Kutte zu klopfen. Ein Mönch in Benediktinerhabit öffnete für ihn die Tür und kündigte flüsternd seinen Besuch an.

»Euer erzbischöfliche Gnaden, der Chefankläger des Heiligen Officiums zu Santiago, Aleander von Löwenstein, bittet um eine Audienz.«

Zu Aleanders Ärger ließ der Bischof sich Zeit, bis er durch ein Nicken sein Einverständnis bekundete. Endlich drehte sich der Benediktiner zu Aleander um und machte den Weg frei.

Juan Prado Tavera war ein Mann mit Fuchsaugen über hohlen Wangen. Kaum älter als Aleander, hatte er eine der begehrtesten Pfründe Spaniens erlangt. Ohne langwierige Studien oder religiöse Inbrunst. Seine Familie, eines der mächtigsten Geschlechter Santiagos, hatte ihm den Bischofssitz durch Stiftungen an die Kurie gesichert.

Tavera thronte auf einem Armstuhl und streckte die rechte Hand zur Seite. Aleanders Miene zeigte Demut, während er sich neben ihn hinkniete und den Bischofsring küsste. Als er sich erheben wollte, um zu sprechen, legte Tavera den Zeigefinger an die Lippen.

»Psst! Du hast Glück, Bruder Aleander. Eben ist mein Uhrmacher aus Cremona in Italien zurückgekehrt. Er hat mir ein Wunderwerk seines Könnens versprochen. Corriano, du kannst beginnen.«

Wie ärgerlich, dachte Aleander. Er hatte der Vorführung irgendeines Spielzeugs beizuwohnen, an denen Tavera so viel Gefallen fand. Vor allem seit der Erzbischof wusste, dass der Kaiser Freude an mechanischem Schnickschnack hatte. Genau wie an türkischen Teppichen, die den Steinboden zierten, flandrischen Tapeten voll von Tieren und Gemälden mit heidnischen Gottheiten.

Auch Aleander gefiel sich bisweilen in der Vorstellung, eines

Tages einen Palast mit so schönen wie nutzlosen Dingen zu füllen und dem Privileg der Mächtigen zu frönen: der Demonstration kostspieligen Müßiggangs. Doch bis dahin war es noch ein Stück Weg, und er brauchte alles Geld, das er bekommen konnte, um sich den Weg nach oben zu erkaufen.

Der Künstler, einer der berühmtesten Techniker seiner Zeit, der auch für den Kaiser arbeitete, verneigte sich vor dem Kirchenfürsten und öffnete eine silberne Schatulle. Corriano entnahm ihr ein Kinderspielzeug, eine zierliche Taube, aus Holz geschnitzt.

Aleander sah den Tand voller Liebenswürdigkeit an. Er kannte nur zwei Umgangsformen: die Schmeichelei und die Gewalt. Dem Erzbischof schmeichelte er nun mit staunender Verwirrung. »Ein Spielzeug, erzbischöfliche Gnaden?« Gott, war dieser Kirchenfürst kindisch! Er spielte mit hölzernen Vögeln – doch bald würde er mit ihm spielen. Taveras nächster Satz bestärkte ihn in dieser Vermutung.

»Es kann fliegen«, feixte der Mann im kostbaren Ornat.

»Der Vogel kann fliegen!«, wiederholte Aleander mit alberner Emphase.

Corriano nahm die Taube auf die Hand und drehte an einer winzigen Mechanik. Plötzlich öffnete die Holztaube ihre Flügel und bewegte die Schwanzfeder, hob sich in die Luft und flog durchs offene Fenster auf den Kathedralplatz. Der Erzbischof eilte hinterher. Aleander verfolgte es mit leerem Lächeln und auf dem Knie kauernd. Sein verkürztes Bein schmerzte, genau wie die Demutspflicht gegenüber einem so albernen Mann. Die Taube kehrte wieder und sank mit dumpfem Gurren zu Füßen des Bischofs nieder.

»Heb sie auf!«, befahl Tavera dem Dominikaner. Humpelnd kam Aleander dem Befehl nach. Er hielt das geschnitzte Holz in den Händen: »Ein Zauber! Fürwahr, ein Zauber, Euer erzbischöfliche Gnaden.«

»Wirf sie mit aller Kraft auf den Stein!«, forderte der Bischof. Aleander gehorchte – zum Entsetzen des Künstlers. Die Taube zerbrach in drei Teile, es war wirklich nur Holz und ein wenig Draht.

»Da hast du deinen Zauber«, höhnte der Erzbischof. »Du, der scharfsinnige Aleander, lässt dich von einem Stück Holz täuschen?« Er feixte wieder, dann wurde sein spitzes Fuchsgesicht kalt. »Und du willst in dieser Stadt regieren? Mit mir spielen? Mich hin und herfliegen lassen? Ich zerbreche solche Vögel, und ich zerbreche auch Löwen, wenn es mir gefällt.« Tavera funkelte den Dominikaner an. Mit einer Geste befahl er Corriano, sich zu entfernen. Aleander und der Erzbischof blieben allein zurück.

Tavera stand beim Fenster und sprach mehr zu dem Platz hin als zu Aleander. »Mich erreichten ärgerliche Neuigkeiten aus einem Nest namens Carrión, Bruder Aleander. Du hast Padre Fadrique vor mehr als einem Jahr aus Santiago fortgeschickt und behauptet, er gehe nach Paris, um dort ein Forschungsjahr einzulegen. Er war die ganze Zeit in Carrión! Eingesperrt in einem unbedeutenden Kloster. Du hast also gelogen.«

Aleander entschied, dass Schmeichelei ab jetzt fehl am Platze war. »Das habe ich«, sagte er mit fester Stimme.

Tavera wirbelte herum, die Goldborten seines Gewandes blitzten in der Sonne, die durchs Fenster fiel.

»Wie konntest du es wagen, dich in die Belange der Universität von Santiago einzumischen? Sie untersteht dem erzbischöflichen Schutz. Padre Fadrique ist ihr angesehenster Lehrer, eine Berühmtheit, der Kaiser ist seinem Orden zugeneigt ...«

»Die Inquisition«, unterbrach Aleander ihn scharf, »macht keinen Unterschied zwischen den Geringsten und den Höchsten, wenn sie sich zu Irrlehren bekennen, judaisieren oder solche Teufelei befördern und decken.«

Mit scharfem Atemzug drehte Tavera sich um. »Drohst du mir, Aleander?«

»Hätte ich Grund dazu?«

»Was wagst du, armseliger Mönch!«

Aleander schob mit seiner Fußspitze den zertrümmerten Vogel zur Seite. »Euer Zorn ist ungerechtfertigt. Nichts als meine demütigste Liebe zu Gott und seiner Kirche ließ mich Fadrique in ein Kloster verbannen. Auf eine Anzeige hin durchsuchten wir seine Bibliothek. Sie enthielt einen Schock ketzerischer Schriften. Allein das hätte genügt, um ein Todesurteil zu erwirken, denn …«

Tavera machte eine wegwerfende Handbewegung. »In meiner Bibliothek fändet ihr ebenso arges Material. Meine Vorgänger sammelten alles, was zu Papier gebracht wurde, und niemand hätte sie je als Glaubensabweichler bezeichnet. Was sind schon Worte, Papier …«

Aleander richtete sich zu seiner vollen Größe auf. »Eben komme ich aus Deutschland, wo dieser Mönch Luther mit Worten und Papier das allergrößte Unheil anrichtet. Das Volk liest dort in der Bibel und zweifelt daran, dass Papst und Kirche die alleinige Autorität zu deren Auslegung haben. Bald wird jedermann die Welt mit seinen Schmierereien überziehen. Wie zu Babel wird große Verwirrung herrschen. Statt einer wird es tausend Wahrheiten geben, und die Heilige Schrift wird ein Buch unter vielen sein. Wollt ihr das? Der Kaiser will es nicht, er hasst Luther! Er hasst Ketzer. Jeden von ihnen und egal welchen Standes!«

Tavera nahm flink auf seinem Lehnstuhl Platz. »Natürlich, natürlich. Aber wir brauchen gebildete Menschen, Denker. Die Vertreibung der Juden und Mauren aus Spanien und die Vernichtung ihrer Wissenschaftler waren und sind gottgefällige Werke, doch nun müssen Christen die Lücken schließen. Fadrique zog viele kluge Köpfe nach Santiago. Er ist unersetzlich.«

Aleander nickte. »Gewiss. Und ebendarum schaffte ich ihn an einen sicheren Ort. In Santiago wäre seine Aburteilung nicht zu verhindern und meine heilige Pflicht gewesen. Er gestand mir in der Beichte, vom rechten Glauben abgekommen zu sein.«

Verblüfft schaute Tavera auf.

Aleander hinkte auf ihn zu, sein Gang erinnerte an ein seitwärts laufendes Schalentier. Langsam zog er ein Schreiben aus seiner Brust. »Hierin versicherte er mir, dass er sich in ein Kloster bei San Zoilo zurückziehen wolle, um Buße zu tun, möchtet Ihr es lesen? Ihr kennt seine Schrift!«

Tavera hob abwehrend die Hand: »Ich weiß, dass du jedes Geständnis zu erwirken weißt. Daumenschrauben und der spanische Stiefel ...«

Jetzt ging Aleander ans Fenster, drehte dem Erzbischof frech den Rücken zu und schüttelte den Kopf. »Oh nein, die Folter war in diesem Fall nicht nötig.« Ein Rascheln verriet ihm, dass Tavera das Schreiben des Padres studierte.

Tatsächlich hatte Fadrique, der in Santiago Aleanders lästigster Gegner war, den Handel selber angeboten: sein Rückzug aus der Apostelstadt gegen die Freiheit von Mariflores und einen Geleitbrief für Gabriel Zimenes in die Neue Welt. Mariflores war später zurückgekehrt. Eine verliebte Hure! Aleander hatte sie mühelos verurteilen können, um ihre Ehe mit seinem Bruder Adrian zunichte zu machen, während dieser nach Westindien segelte.

Trotz dieses Triumphes stieg bei der Erinnerung an Fadriques Opfer für die Zimenes-Geschwister Wut in Aleander hoch. Zimenes! Von Anfang an war er Fadriques Lieblingsschüler gewesen. Und das, obwohl er offen Gedanken äußerte, die die Existenz Gottes in Frage stellten, und obwohl er von geringster und ungeklärter Herkunft war. Oder vielleicht genau darum?

Fadriques Liebe hatte immer schon den Verfolgten gegolten. Ihn selber, Aleander, hatte er für solch einen Verfolgten gehalten und ihn auch so behandelt! Ihn! Er hatte sich früh geschworen, niemandes Opfer zu werden – ohne Fadriques gütige Hilfe. Er würde selbst ein Verfolger sein. Der mächtigste von allen. Er war es geworden: Der Löwe des Glaubens. Sein Blick schweifte über den Kathedralplatz, über all die Köpfe der Frommen und weniger Frommen, die er mit einem Federstrich vernichten konnte, auspusten wie eine Kerze.

Er sah den Konvent des San Jeronimo, das Studentenheim des Hieronymitenordens, in dem er mit Zimenes gewohnt hatte, erinnerte sich, wie sie täglich Seite an Seite durch das Portal voller Heiligenfiguren zur Universität gegangen waren. Das beißende Gefühl des Neides holte ihn wieder ein, auf Zimenes, den fröhlichen, kraftvollen Jüngling, der ihm stets einen Schritt vorauslief.

So flink wie der dunkle Kerl, der jetzt auf den Konvent zueilte. Aleander stutzte, diese Locken, der federnde Gang. Er kniff die Augen zusammen: Das war unmöglich. Sein Puls beschleunigte sich. Es war unmöglich! Die Hitze, das Licht spielten ihm einen Streich! Zimenes war tot, so tot wie ein Sargnagel.

11

»Bruder Aleander, was ist mit dir, lässt dein Gewissen dich endlich schwanken? Falls du ein Gewissen besitzt.« Die Stimme des Erzbischofs holte den Dominikaner in die Gegenwart zurück.

Aleander verschloss sich energisch vor weiteren Erinnerungen, die sich zu Gespenstern formten, wie dem Gespenst des toten Gabriel vor der Kathedrale. Er drehte sich mit unbewegter Miene zu Tavera um.

»Mein Gewissen ist ruhig. Ich habe in Fadriques Fall äußerste Milde herrschen lassen, weil er zu meiner Familie gehört. Die Liebe zu meinem ehemaligen Lehrer Fadrique machte mich blind ...«

Tavera lachte verächtlich. »Liebe? Die Bürger Santiagos nennen dich nur den Blutigen. Wie viele von ihnen hast du schon ins Feuer geschickt?«

»Bislang 43 und alle von unreinem Blut oder abergläubisch«, erwiderte Aleander ungerührt. »Und es wären mehr, wenn nicht Fadrique ständig gegen die Inquisition gewirkt und Euch zu Ausnahmeregelungen überredet hätte.«

»Er hat das milde Herz eines Christen.«

»Er ist ein teuflischer Blender. Selbst mich hat er getäuscht. Statt Buße zu tun, hat er mit aufrührerischen Predigten einen Aufstand gegen das Kloster in Carrión de los Condes geschürt, um freizukommen. Es kam zu einer Bauernunruhe. Man drang ins Kloster ein ...«

»Ich hörte etwas anderes! Fadrique, so heißt es, wird dort vom Volk wie ein Heiliger verehrt, weil er erleuchtet wurde und ein Wunder gewirkt hat, direkt am Jakobsweg!«

Aleander lächelte dünn. »Ja, er soll geflogen sein ... So wie einer Eurer Vögel!«

Taveras Augen blitzten angriffslustig. »Spottest du?«

»Nein, der Fall ist zu ernst. Es mag sein, dass Fadrique sich für einen Erleuchteten hält. Einen dieser Alumbrados, die mit Mummenschanz und Zaubertricks, mit Visionen und Gotteserscheinungen das Volk verführen.«

»Das passt nicht zu Fadrique! Er ist ein aufgeklärter Geist, ein Wissenschaftler.«

»Nun, er scheint aus der Bibel der Alumbrados gelernt zu haben. Diese unsaubere Fibel von Francisco de Osuna muss ihn infiziert haben. Darin wird behauptet, Gott sei allein mit dem Herzen zu schauen. Die Seele müsse nichts als still sein, um Erleuchtung zu finden. Der Kirche wird jede Wirkungsmacht abgesprochen. Jeder tumbe Kesselflicker könnte demnach aus sich selbst heraus Gott so nahe kommen wie ein Kardinal. Wo bleibt da das Vorrecht der Kirchendiener? Wo die langjährigen Studien? Die heiligen Riten, das Latein der Messe?«

Tavera winkte ab. »Ich kenne das Werk Osunas.«

»Und Ihr begrüßt es?«

»Wie könnte ich? Osuna predigt das Ende unserer Ordnung, die vom Himmel bis zur Hölle jedem Menschen seinen festen Platz zuweist.« Tavera pausierte kurz. »Auch dir, Mönch!«

»Ich bin ein Diener der Heiligen Inquisition, die alles tut, um die göttliche Ordnung auf Erden zu wahren. Der Herr bestimmt meinen Weg. Er hat mich weit kommen lassen.« Sein Blick streifte wie von ungefähr den Stuhl des Bischofs.

Gesang scholl vom Kathedralplatz herauf. Nervös erhob sich Tavera und trat ans Fenster. Unten zog eine Prozession zu Ehren Jakobs vorbei. Mönche trugen eine Figur des Apostels. Sie zeigte den Heiligen nicht in der Gestalt eines seiner eigenen Pilger mit Mantel, Hut, Kürbisflasche und Ranzen. Sie zeigte

Jakob den Kriegsmann. Das Schwert war von jeher sein zweites Zeichen neben der Muschel gewesen, schließlich war er durch das Schwert gestorben. Doch erst in Spanien war Jakobus im neunten Jahrhundert vom Geköpften zum Kriegsmann geworden, der erbarmungslos die islamischen Besatzer metzelte, köpfte, in Stücke hieb und so den Truppen der christlichen Rückeroberer als Schutzpatron voranritt.

Wie von einem Blutrausch getrieben schwang die Figur das Schwert. Christus selbst hätte an seiner Seite ängstlich ausgesehen. Der Statue von Jakob Matamoros, dem Maurentöter, folgten Mönche aus allen Orden, Priester mit Weihrauchgefäßen, weinende alte Frauen, Kinder, bellende Hunde und Geißler, die ihr eigenes Kreuz trugen oder sich mit Dornenpeitschen schlugen. Das Klatschen des Leders klang bis zu Aleander und Tavera hinauf, die hoheitsvoll grüßten.

»Es geht das Gerücht, dass die Pest einmal mehr auf Santiago zukommt. In Italien hat eine Seuche das französische Heer bei Neapel vernichtet und unserem Kaiser einen weiteren Sieg beschert. Sieh nur, wie sie Jakobus um Beistand anflehen! Mir scheint, die Frömmigkeit unserer Bürger ist nicht in Gefahr«, raunte Tavera. Er verzog die Lippen in leichtem Ekel, als vom Rücken eines Flagellanten das Blut hochspritzte.

»Sie sind fromm, solange wir ihre Furcht ganz auf den rettenden Gott und seine einzige Kirche lenken. Der Teufel hätte seine ärgste List vollführt, wenn die Menschen glauben würden, es gäbe das Böse nicht!«

»Behauptet Fadrique das?«

»Er schwärmt von der Herrlichkeit des Herrn auf Erden, von seiner unermesslichen Güte, von der Kraft des Glaubens, die stärker als der Verstand ist.«

»Was ist daran auszusetzen?«

Aleander schüttelte den Kopf, als müsse er einem hoffnungslosen Schüler das Einmaleins erklären. »Bedenkt, dass der Heilige Vater im Moment nicht auf dem Stuhl Petri sitzt, sondern eine Geisel der kaiserlichen Truppen ist. Die Kirche ist führerlos. Und in so einem Moment malt Fadrique dem Volk ein Paradies für Habenichtse und Jedermann.«

»In Spanien werden wir ohne den Papst damit fertig werden.«

»Dank unserer unabhängigen Inquisition. Ja. Und wenn wir verzückte Einsiedler und Schwärmer wie Fadrique zerdrücken müssen wie Läuse.«

Tavera schüttelte sich bei dem Vergleich und spürte, dass seine Kopfhaut zu jucken begann.

»In einem haben die Ketzer Recht«, fuhr Aleander befriedigt fort. »Gott ist nur eine Idee, die sich nicht sichtbar machen lässt – im Gegensatz zum Bösen. Das zeigt sich in jedem Winkel dieser Welt.«

»Bruder Aleander!«

»So schrieb es der von allen Universitäten und dem Papst anerkannte William Ockham. Ihr seid entsetzt, wie ich sehe! Nun, solche Wahrheiten sind nur für gebildete Köpfe bestimmt. Allein die besten Theologen können die Existenz Gottes beweisen. Männer von schärfstem Verstand.«

»So wie du?«

»Meine große Arbeit über das Alphabet wird demnächst beendet sein. Ein bescheidener Beitrag zu den Lehren der Kirchenväter.« Aleander pausierte und lächelte Tavera milde an. »Die Auffassungsgabe der Massen aber ist schwach. Gott geht eindeutig über ihren Verstand. Sie brauchen Führung. Sie können nichts begreifen ohne deutliche Zeichen. Ohne Reliquien, Bittprozessionen, Rosenkränze ... Blutgerichte.«

Das Stöhnen der Flagellanten wurde lauter, genau wie die Gebete der Weiber. Aleander lächelte weiter.

»In Deutschland predigt man mit großer Heftigkeit die Güte Gottes, der im Abendmahl alle Sünden vergibt, so wie Jesus seinen Jüngern vergab. Das Volk verlacht dort in großen Teilen bereits alle Messopfer, Bußprozessionen und Beichten! Wozu, denken diese Dummköpfe, wozu das alles, wenn mein Seelenheil sicher in Gottes Hand ruht und die Güte des Herrn unermesslich ist? Zu solchen Irrtümern kommt es, wenn man schwatzhaften Gelehrten und Schwärmern das Feld überlässt.«

»Schauderhaft«, raunte der Bischof und schloss klirrend das Fenster. Es war unklar, ob er von den blutigen Exzessen der Flagellanten oder der unendlichen Güte Gottes sprach.

Aleander fühlte, dass sein Sieg bevorstand. Tavera – bekannt dafür, dass er einen Kardinalshut anstrebte – würde Fadrique fallen lassen, wenn er ihm bewies, dass dieser Gottes Majestät beleidigte, indem er dessen reich gestufte Bürokratie für überflüssig hielt.

»Die Santa Hermandad ist dem Padre auf der Spur. Er scheint in den Bergen bei Carrión geheime Konventikel zu halten. Die Leute laufen ihm zu. Und das auf dem Jakobsweg! Stellt Euch vor, was passierte, wenn dieser heilige Weg zum Weg der Verzückten würde, die glauben, in der Weite und Stille der Landschaft Gott in sich finden zu können! Unsere Ablässe und Bußübungen, die Beichten und Messen würden alle Kraft und allen Glanz verlieren. Fadrique muss verhaftet und abgeurteilt werden. Hier in Santiago.«

»Das ist unmöglich. Fadrique hat zu viele Freunde in Santiago.«

»Nun, das lässt sich ändern – oder?«

Aleander schaute den Bischof vielsagend an. »Vor allem, wenn eine Seuche im Anzug ist. Die Menschen werden in ihrer Angst Schuldige suchen. Etwa Gotteslästerer, die das Böse auf sie hinabgezogen haben. Ein prachtvolles Autodafé mit brennenden Ketzern zur rechten Zeit wäre ein gutes Mittel, um ihre Gottesfurcht zu stählen.«

»Es gibt keine Juden mehr in Santiago«, warf Tavera ein. Es klang bedauernd.

»Das Böse hat viele Gesichter, und am gefährlichsten ist es, wenn es unter der Maske des Guten daherkommt.«

Entsetzt schaute Tavera hoch. »Wenn du Fadrique brennen lässt, wird man dich hassen!«

»Die Menschen scheuen sich weniger, einen anzugreifen, der sich beliebt gemacht hat, als einen, den sie fürchten, schreibt Machiavelli.«

»Du scheinst dir deiner Sache sehr sicher.«

»Ich bin ein Soldat Gottes. Man muss den Menschen das Böse und dessen Vernichtung vorführen. Selbst wenn man dabei einmal den Falschen trifft, so ist die gute Sache doch nicht verloren: die Allmacht der Kirche.«

Tavera wandte ihm den Rücken zu. »Schaffe mir mehr Beweise. Ich brauche Beweise gegen den Padre.«

»Die sollt Ihr haben, Euer erzbischöfliche Gnaden. Schon jetzt kann ich Euch eine kleine Ketzerin vorführen, die unter Fadriques Einfluss stand. Ihr Name ist Lunetta, sie legt Karten und gibt vor, das zweite Gesicht zu besitzen.«

»Ein Kind?«

»Ihre Mutter wurde vor einem Jahr als Hexe hingerichtet. Auch sie war seit Jahren Fadriques Schützling.«

Tavera wagte eine letzte Attacke. »Und du brauchtest ein Jahr, um das alles aufzudecken? Es klingt, als hättest du ihre Schuld konstruieren müssen wie Corriano seine Holztaube.«

»Es schmeichelt mir, mit Eurem liebsten Künstler verglichen zu werden. Nun, ich bin so gründlich wie gnädig. Ganz wie unsere Prozessordnung es verlangt. Bis nach Köln musste ich meine Untersuchungen ausdehnen. Die Inquisition überlässt nichts dem Zufall.«

12

Wenig später bog Aleander in die Ladengasse Rua do Franco ein. Er wich fächelnden Damen aus, die sich in den Arkadengängen vor der Auslage eines Silberschmieds drängelten und beschleunigte seine Schritte.

Ein Maurenjunge, der aus einem Korb Mandelkuchen feilbot, sprang zur Seite, als er den hinkenden Inquisitor sah. Zwei Fuhrknechte, die Weinfässer entluden, starrten ihm furchtvoll nach. Ein Grüppchen Franziskaner wechselte tuschelnd die Straßenseite.

Aleander achtete nicht darauf. Das zähe Ringen mit dem Erzbischof hatte ihn ermüdet. Wie viel leichter hätte er diesen Sieg erringen können, wenn er nur laut hätte aussprechen dürfen, was er mit Leichtigkeit hätte beweisen können: Fadrique, der verehrte Hieronymit, stammte von Juden ab, Juden, Juden! Sein Großvater hatte in Toledo noch den Tempel besucht, das Pessachfest gefeiert und die Thora studiert. Nur unter dem Druck der Verfolgung hatte Fadriques Vater sich taufen lassen.

Doch das konnte Aleander schwerlich vortragen, schließlich war der Padre sein Onkel und Doña Rosalia, seine Mutter, eine getaufte Jüdin. Es zählte nichts, dass selbst König Ferdinand der Katholische, der 1492 die Vertreibung aller Juden aus Spanien beschloss, jüdischstämmig war. Es zählte nichts, dass der heilige Jakobus ebenso wie Jesus dem Volk Israels angehörte. Aleander kannte die Welt. Es gab auf ihr nur einen sicheren Platz: den auf der Seite der Verfolger. Und nun brauchte er Beweise für Fadriques Schuld.

Sein Atem ging kurz, als er am Steintor des Colegio de Fonseca, des ersten Universitätsgebäudes der Stadt, innehielt. Er pausierte bei einem plätschernden Springbrunnen und schöpfte sich eine Hand voll Wasser.

Hier hatte er oft mit Zimenes gestritten. »Nun, Aleander«, forderte Gabriel ihn in seinem Kopf heraus, »versuchst du noch immer die Existenz Gottes aus den Buchstaben des Alphabets zu beweisen?«

»Davon verstehst du nichts.«

»Niemand versteht etwas von Gott.«

»Wie kannst du es wagen!«

»Fadrique hat Recht: Gott ist unerforschlich, er ist dem Glauben vorbehalten so wie das Wissen und Forschen den Dingen dieser Welt. Der Höchste ist frei, absolut unabhängig, nicht den Gesetzen unseres Verstandes unterworfen. Er hätte die Welt auch ganz anders schaffen können, als sie ist. Er hätte sich, wenn es ihm beliebt hätte, mit der Natur eines Steines, eines Holzes vereinigen, ja als Esel zur Welt kommen können. Darum gibt es so viele Religionen. Menschen, die Bäume wie Götter verehren, einen Berg, die Quelle eines Flusses. Es ist alles denkbar, niemand und jeder hat Recht. Alle sind dem Göttlichen gleich nah und fern.«

»Das ist die ärgste Lästerei! Du würdigst unseren Papst und unsere Kirche hinab!«

»Oder den Buchstaben A! Den der Herr der Bibel so übrigens nicht kennen konnte. Er sprach hebräisch, Aleander, die Sprache der Juden. *Aleph, Beth, Gimel ...*«

»Schweig, oder ich zeige dich an! Ich zeige dich an!«

Kurze Zeit später hatte Zimenes sein Noviziat im Hieronymitenorden beendet, um in Paris Medizin zu studieren. Mit Unterstützung Fadriques, der ihn allen abtrünnigen Reden zum Trotz noch immer liebte wie einen Sohn. Wie einen Sohn! Dabei hatte er, Aleander, sich sein Leben lang mit der Theologie abgemüht. Hatte – dem Wunsch seiner Mutter folgend –

auf sein Recht als Erstgeborener verzichtet und war nicht Ritter geworden wie sein Bruder, sondern Mönch. Nur um im Kolleg seines Onkels Fadrique wiederum einen »Bruder« an die Seite gestellt zu bekommen, der alle Herzen betörte. *Er* hätte der Liebling Fadriques sein müssen, nicht Zimenes, dieser Emporkömmling und Blender.

Doch Aleanders Arbeit, den Gottesbeweis aus dem griechischen Alphabet heraus, seine feingesponnenen Gedanken über das pyramidale Schweigen des Buchstaben A, hatte der Padre nur ungnädig zur Kenntnis genommen. »Aleander«, hatte Fadrique gemahnt, »Gott ist zu groß für unseren Geist. Du kannst ihn nicht deinen Ideen unterordnen. Er selbst ist die Idee, der wir uns nur staunend und *fühlend* nähern können. Gott ist ein Mysterium, entehre es nicht.«

Ketzerpack, widerliches Ketzerpack alle beide!

Während Aleander trank und diese Szenen lebendig wurden, beschlich ihn das Gefühl, beobachtet zu werden. Jäh drehte er sich um. Doch da war niemand. Erst recht nicht der tote Gabriel. Dieser Spuk musste ein Ende haben. Santiago war voll von demütigenden Erinnerungen und Schatten. Er würde sie brennen lassen, auslöschen mit dem heiligen Feuer.

Wütend ging er weiter und erreichte das schmucklose Gebäude des Heiligen Offiziums. In der Schreibstube wurde er von seinem Sekretär und einem Reiter erwartet. Die schwarze Tracht des Boten war mit hellem Staub überzogen, sein Gesicht rot vor Aufregung.

»Herr«, begann er atemlos, »ich habe Nachrichten für Euch.«

Mit einem Schlage erfrischt, nahm Aleander hinter seinem Schreibtisch Platz. »Habt ihr Fadrique gefunden?«, fragte er, während er Akten aus den Händen seines Sekretärs entgegennahm.

Der Eifer des Boten ließ ein wenig nach. »Nun, das nicht. Aber wir haben ein Kloster in den Bergen hinter Santander durchsucht, in dem der von Euch gesuchte Page geschlafen hat.«

Aleander richtete sich auf. »Ihr habt meinen Pagen gefunden?«

Der Bote nahm eine geduckte Haltung an. »Auch das nicht. Aber es dürfte nur eine Frage der Zeit sein, bis die Mönche des Klosters unter der Folter reden.«

»Du wagst es, mit halben Ergebnissen vor mich zu treten?« Aleander griff nach einem maurischen Dolch, mit dem er Siegel zu brechen pflegte, und stieß ihn in die Tischplatte. Sein Sekretär zuckte. Der Bote zog sich in den Schatten bei der Tür zurück. »Immerhin fanden wir beim Abt des Klosters ein Buch.«

»Bücher! Bücher, mir nutzen Bücher nichts«, schrie Aleander in Erinnerung an das Gespräch mit dem Erzbischof.

»Nun, dieses ist ein besonderes Buch! Es zitiert höchst ketzerische Lehren von Padre Fadrique, und sein Thema ...«

»Wird Juan Prado Tavera kaum interessieren«, zürnte Aleander. »Der Mann versteht nichts von Theologie.«

»Es ist ein Lehrbuch über das Tarot! Ein Spiel, das die Heilige Kirche verspottet, eine Karte zeigt gar eine Päpstin! Eine andere ein nacktes Liebespaar, dessen fleischliche Vereinigung von einem Engel gesegnet wird! Geschrieben wurde diese Ketzerfibel von Mariflores Zimenes. Brannte sie nicht vor einem Jahr als Hexe?«

Aleander war verblüfft. Mit ausdrucksloser Miene nahm er das rot eingebundene Buch entgegen. Mit Befriedigung registrierte der Reiter das Lächeln, das Aleanders Mund zu umspielen begann, während er blätterte. Nach einer Weile blickte der Mönch hoch.

»Gute Arbeit«, lobte er und zog eine Schublade auf. Er warf einen klimpernden Beutel über die Schreibtischplatte. »Das ist für dich, und nun reite zurück zu deinen Kameraden. Ich erwarte dich mit der Nachricht zurück, dass ihr Fadrique gefangen habt. Verfolgt ihn, solange ihr könnt. Er wird euch vielleicht zu gewissen Verstecken führen, Ketzerverstecken und dergleichen. Merkt euch diese Orte, aber untersucht sie nicht. Das werde ich persönlich tun.«

»Wollt Ihr den Padre tot oder lebend?«

»Lebend. Ich brauche ihn lebend!«

Jedenfalls solange, bis Fadrique ihm verriet, wo sich das Vermögen seines Bruders Adrian befand. Lunetta würde als Druckmittel genügen, um den Padre zum Reden zu bringen. Lunetta war die letzte Angehörige der Zimenes-Sippe. Fadrique, dieser sentimentale Narr, würde alles tun, um sie zu retten. Und am Ende würde er doch damit scheitern! Aleander lächelte kurz.

»Und was soll mit deinem Pagen geschehen?«

»Sobald ihr Fadriques Spur aufgenommen habt, ist sein Leben ohne Belang, verfahrt, wie ihr möchtet. Und noch eins.«

Der Bote drehte sich unter dem Türsturz um.

»Der Page ist eine Frau! Achtet also auch auf Reiterinnen oder Wanderinnen. Ihr erkennt die Richtige an ihrem roten Haar und sehr heller Haut, sie stammt aus dem Norden. Deutschland. Ihr Name ist Sidonia.«

Der Bote schaute verwirrt. »Eine Frau?«

Ärgerlich schaute der Dominikaner hoch. Sein Sekretär schüttelte in stummem Tadel seinen Kopf. Der Tadel galt dem Boten. »Ganz recht«, sagte Aleander. »Der Teufel hält sich gern an die Weiber wie du weißt.«

»Aber er, ich meine, sie war Euer Page!«

»Ich brauchte Informationen von ihr und hoffte eine Seele retten zu können. Du weißt, wie ernst ich meine Aufgabe als Beichtvater im Reuerinnenkonvent nehme. Ich glaubte, sie dort läutern zu können, aber sie ist verdorben bis in den letzten Winkel ihrer Seele.«

»Gewiss«, sagte der Bote und sparte sich sein Lächeln auf, bis er das Büro seines Meisters verlassen hatte.

Aleander gab seinem Sekretär einige Anweisungen. An erster Stelle stand ein Schreiben an den Magistrat, mit der Bitte, seinen verschollenen Bruder Adrian für tot zu erklären und ihn, Aleander, als seinen Erben einzusetzen.

Als die Glocken der nahen Pfarrkirche die zehnte Stunde einläuteten, beendete er die Arbeit. Er gab seinem Sekretär einen letzten Befehl. »Legt eine Akte über einen gewissen Corriano, den Uhrmacher des Erzbischofs, an.«

Der Sekretär hob fragend die Brauen. »Ihr meint den Corriano, der auch für den Kaiser arbeitet? Ein angesehener Mann.«

»Er stellt Teufelswerk her, hat den Erzbischof verblendet. Ich selbst war Zeuge. Untersucht seine Werkstatt, prüft seine genaue Herkunft, irgendetwas wird sich gegen den Mann finden lassen. Ich befürchte Schlimmstes! Wir können unseren Bischof unmöglich in die Fänge eines Zauberischen geraten lassen, nicht wahr?«

Der Sekretär verzog die Lippen zu einem wissenden Lächeln, verneigte sich tief und ging.

Aleander war zu müde, um Mariflores' Buch genauer zu studieren. Er entschloss sich, dem Konvent der Reuerinnen einen Besuch abzustatten. Während er die dunklen Gassen zur Rua da Virxe Cerca nahm, wo jenseits der Stadtmauer das Kloster lag, ging er in Gedanken die jungen Frauen durch, die im Konvent seine spezielle Zuwendung genossen.

Estrella war längst zu willig. Maddalena ein schlichtes Gemüt, vielleicht Lunetta? Sie war noch ein Kind. Aber: Mit nichts könnte er Zimenes schärfer treffen. Mit nichts. Es würde diesen arroganten Kerl umbringen. Erschrocken hielt Aleander inne. Er tat so, als lebte dieser Mensch noch! Verstohlen schaute er sich in der Gasse um, die die Hitze des Tages abstrahlte.

Er wischte sich Schweiß von der Stirn. Das musste aufhören.

Es musste aufhören! Entschlossen setzte er seinen Weg fort. Beim Kloster der Reuerinnen angelangt, nahm er die Seitenpforte, von der eine Treppe in die Bußkeller führte. Die Nonne, die zur Nachtwache eingeteilt war, errötete kurz, dann blinzelte sie ihm zu. Es war Estrella oder Schwester Katharina, wie sie nun hieß. Willig, zu willig, von Anfang an. Aleander stieg grußlos in die kühlen Keller hinab.

Ein von Wandfackeln beleuchteter Gang trennte sechs Zellen voneinander. Durch die Türen drangen Gebete, in einigen wurde gesungen. Als er die Tür erreichte, hinter der Lunetta eingesperrt war, fasste er nach dem Riegel. Dann entschied er sich anders. Geräuschlos schob er die Luke zur Seite, die ein Guckloch verschloss. In der Zelle herrschte Dunkelheit. Er hörte das Mädchen gleichmäßig atmen. Lunetta schlief.

Aleander verschloss die Luke wieder. Es wäre ein Fehler, seinen Zorn auf dieses Kind zu lenken. Er musste sich von den Gedanken an Zimenes und seine Sippe freimachen. Sonst wäre es so, als habe der tote Gabriel Zimenes Macht über ihn und sein Vorgehen. Ein leises Rascheln ließ ihn herumfahren. Sein Puls jagte, weil ihn das Gefühl einholte, verfolgt zu werden.

Hinter ihm stand Estrella. Sie hatte ihren Schleier abgelegt. Glänzend wie Rabenflügel lagen ihre schwarzen Haare auf ihren Schultern. Roh packte Aleander eine Fackel und zerrte Estrella zu dem Raum an der Stirnseite des Zellentraktes. Stolpernd folgte die junge Nonne ihm. Er öffnete die Tür zu dem Beichtzimmer, das mit nichts als einem meterhohen Kreuz, einem Lederstuhl und einer Streckbank möbliert war, und stieß Estrella hinein. Die wollte sich entkleiden und auf die Streckbank legen. Doch Aleander schüttelte den Kopf.

»Dreh dich um, und heb die Röcke.«

Estrella gehorchte seufzend.

»Und schweige. Ich will keine Geräusche der Lust von dir hören, du verdorbenes Fleisch. Gib dich hin, und bereue.«

Das Mädchen gehorchte, schürzte ihr Gewand und bot sich ihm von hinten an. Das Gefühl der Lust, das sich in Aleander geregt hatte, als er das Zimmer betreten hatte – eine Kammer voller wollüstiger Erinnerungen an seine Macht – fiel in sich zusammen.

Er betrachtete die weiche, dunkle Haut von Estrellas Schenkeln, strich kurz mit seinen Händen über ihren entblößten Po und wusste, dass sie nichts als eine Hure war. Eine klösterliche Hure, denn dazu hatte er diese uneheliche Tochter einer Wäscherin gemacht. Ohne Mühe, aber mit einem gewissen religiösen Zeremoniell, das ihn früher ergötzt hatte. Wäre er es nicht gewesen, hätte ein anderer, ein Schäfer oder ein Fleischhauer, ein Trunkenbold oder ein Dieb sie zur Hure gemacht. Eine unehrenhaft gezeugte Waise fand selten ein anderes Auskommen.

Mit einem Mal wurde ihm deutlich, wie gering seine Macht in Wahrheit war. Was zählte es schon, das Kind einer Hure wie eine Hure zu behandeln? Was zählte es, dass Estrella ihm – in Unkenntnis anderer Zuneigung – ergeben, ja hörig war?

Mechanisch streifte er seine Kutte ab, sah seine Narben im Licht der Fackel leuchten und meinte Sidonias Liebkosungen auf seiner zerschnittenen Brust zu fühlen. Bilder der letzten Nacht mit ihr tauchten auf. Die Erinnerungen verwandelten sich in drängende Lust. Die Plötzlichkeit und Unbedingtheit seiner Begierde erschrak ihn.

Nicht, dass ihm Sidonia irgendetwas bedeutete – aber zu seinem Widerwillen sah er ihr Gesicht vor sich. Dieser Ausdruck von aufrichtigem Hass, als sie das Messer hochgerissen hatte. In diesem Moment hatte sich Begehren in ihm geregt. Die Möglichkeit, durch ihre Hand zu sterben, hatte ihn auf das Höchste erregt. Sidonia hatte es gewagt, den Löwen herauszufordern. Ein Weib. Noch dazu ein Weib, das sein Herz an Gabriel Zimenes gehängt hatte.

Er berührte Estrella zwischen den Schenkeln. Als sie aufstöhnte, riss er ihren Kopf an den Haaren zurück.

»Kein Ton«, zischte er.

»Wie du willst, Herr«, seufzte sie.

Aleander betrachtete sie angewidert. Estrellas Hingabe war reizlos. Er packte die brennende Fackel und fuhr damit über ihren Po. Estrellas Schmerzenslaute waren echt, genau wie der Geruch von verbrannter Haut. Roh vollzog er den Akt. Nur schwach erregt ergoss er sich zwischen den geschundenen Schenkeln des Mädchens. Er ließ sie in der Bußkammer zurück, entschlossen, einen seiner nachmittäglichen Befehle rückgängig zu machen: Sidonia sollte leben.

Leben, um neben Fadrique auf einem Scheiterhaufen zu sterben. Ohne die Gnade der Garotte. Dem Eisenknebel, mit dem der Henker reuige Ketzer, vor allem Weiber und Kinder zu erdrosseln pflegte, um ihnen den Feuertod zu ersparen. Sidonia sollte alle Qualen durchleiden.

Die Kunst der körperlichen Liebe hatte ihren Reiz für ihn verloren, sie verband ihn zu stark mit dem Leben unwürdiger Kreaturen. Sie war nichts weiter als ein Dutzend Stellungen und ein paar Raffinessen, wohingegen die Folter tausend Varianten hatte. Sidonia würde sie alle kennen lernen.

13

Noch in der Nacht hatten Padre Fadrique und Sidonia das Tal verlassen. Schweigend war der angebliche Hirte mit einer Laterne vorangegangen. Er teilte mit seinem Stab das Dickicht und reichte ihr dessen Ende, um sie über Felsspalten zu ziehen. Seine Miene – soweit Sidonia sie im Schein der Laterne erkannte – blieb ausdruckslos. Er gab knappe Anweisungen, warnte vor Abstiegen, schritt rastlos voran, bis er am Morgen seine Fellweste abstreifte, sie zusammenrollte und darauf einschlief. Auch die nächsten Nächte durchwanderten sie schweigend. Bei Morgendämmerung bereiteten sie sich Suppen aus Quellwasser, zerstoßenen Kichererbsen und Kräutern zu und schliefen, bis die Dämmerung einsetzte und die Hitze des Tages nachließ.

Sidonia musste an die Tarotkarte des Eremiten denken. Fadrique war so in sich gekehrt, dass sie keine Fragen zu stellen wagte. Schon gar nicht über den Abt Simuel, der sich in den Tod gestürzt hatte, um sie und das Tal der Ketzer nicht zu verraten. Die Schuld lastete schwer auf ihr. Sie war dankbar für die Mühen des Weges, die sie vom Denken abhielten.

Es ging über abgelegene Pässe bis zum westlichen Ufer des Embalse del Ebro. Über dem Bergsee kreisten Gänsegeier, Dammwild trank an seinen Ufern, Wolfsgeheul füllte die Schluchten. Eine Gratwanderung entlang weiterer Seen schloss sich an. Am fünften Morgen stiegen sie zu einem See mit Namen Riano hinab und legten an seinem Ufer Rast ein.

Müde zog Sidonia ihre dreckverkrusteten Reitstiefel aus. Ihre Füße hatten einige Blasen, die Fadrique mit Wollfett und zerdrückten Ringelblumen bestrich und mit Flachspflastern verband. Blutige Zehen oder Fersen blieben ihr dank des weichen Oberleders erspart. Ja, ihr Vater hatte sich beim Kauf von Waren nie lumpen lassen. Die Erinnerung an ihre Familie versetzte ihr einen dumpfen Stich, aber sie war zu erschöpft und Köln zu fern, um darüber nachzudenken.

Mechanisch schichtete Sidonia dürre Äste und Reisig zu einer Pyramide, schlug Feuerstahl und Stein aneinander, bis Funken sprangen und dem darunter liegenden Zunderschwamm ein Glimmen entlockten. Vorsichtig pustete sie die Glut zu einem Flämmchen und hielt es ins Holz. Sie stellte ihre Kupferpfanne in die Flammen und zerdrückte auf einem Stein Kichererbsen.

Fadrique schöpfte Wasser aus dem See und goss es in die zischende Pfanne. Als alle Vorbereitungen für ihr Frühstück getroffen waren, kauerten sie sich neben das Feuer und verfolgten den Tanz der Flammen. Der Morgen war Musik. Frösche quakten fast melodiös, hoch über ihnen verblassten die Sterne. Der Gesang der Bergvögel belebte das Gebüsch.

»Wer hat dich zu mir geschickt, Sidonia?«

Der Satz kam so unvermittelt, dass sie hochschreckte. Mit einem Schlag spürte sie, dass ihr Herz übervoll war. Sie hatte tausend Fragen, ungezählte Kümmernisse, die sie zu lange allein getragen hatte. War der Padre der Mann, dem sie vertrauen konnte? Gabriel hasste ihn. Genau wie Aleander, ja, sogar Elena aus dem Tal hatte sich gegen ihn gewandt. Andere verehrten ihn als Heiligen. Verwirrt schaute sie in das Gesicht des Greises, das unergründlich war.

»Deine Schwester Doña Rosalia schickte mich«, sagte sie schließlich.

Der Padre war zu vorsichtig, um Überraschung zu zeigen. »Du kommst also von Köln her. Ein weiter Weg, du musst einen guten Grund für eine so gefährliche Reise haben.«

Sidonia nickte. »Viele Gründe. Aber soweit es dich betrifft, geht es vor allem um Lunetta.«

Der Padre hob die Brauen. »Was weißt du über das Kind?«

»Das Mädchen kam eines Tages mit einem Gauklerzug nach Köln. Du hattest sie geschickt, nicht wahr?«

Fadrique bejahte. »Sie war in Spanien nicht mehr sicher und ich ein Gefangener des Klosters von San Zoilo. Ich hatte keine Wahl, als sie mit einem alten Gaukler, der mir verbunden war, fortzuschicken.«

»Nun, sie fand ihren Weg in unser Haus. Das Haus van Berck, wo deine Schwester seit einer Weile lebt.«

Padre Fadrique griff nach einem Stock und rührte in der Pfanne. »Dann bist du die Braut ihres verschollenen Sohnes Adrian.«

Sidonia nickte vorsichtig, dieser Mann wusste also einiges über ihr Schicksal. Sollte sie ihm alles erzählen? Alles über Aleander und seine Intrige?

Der Padre warf ihr einen kurzen Blick zu. »Was ist mit Lunetta?«

»Du weißt, wer Aleander ist?«

Padre Fadrique hielt im Rühren inne. Sidonia sah, dass sein rechter Mundwinkel zuckte, aber er nickte nur.

Sidonia holte tief Luft. »Aleander wollte das Mädchen aus Köln entführen. Sie konnte mithilfe Rosalias fliehen, aber der Mönch fing sie in Antwerpen ab. Nun hat er sie nach Santiago schaffen lassen, um ihr – wie ich fürchte – einen Prozess als Ketzerin zu machen. Ich konnte es nicht verhindern. Er hasst die Familie Zimenes bis aufs Blut. Er ...«

»Er ist und bleibt ein Teufel. Und ich Narr dachte, Lunetta sei bei Rosalia sicher«, fuhr Fadrique auf und warf den Stock mit Schwung ins Wasser. »Wenigstens das Kind wollte ich vor ihm retten!«

Er sprang auf und lief zum Wasser. Sidonia erhob sich zögernd. Schweigend verfolgten sie das immer neue Schauspiel eines Sonnenaufgangs, der die Berge in aprikosengelbes Licht tauchte.

»Warum bist du hergekommen?«, fragte Fadrique und blickte starr auf den See.

»Das habe ich doch schon gesagt, Doña Rosalia schickte mich. Wir hofften, dass Lunetta zu dir zurückfinden würde, ich wollte dem Kind helfen …«

»Wen oder was verfolgst du wirklich? Warum konntet ihr Lunetta nicht in Köln vor Aleander schützen? Deine Familie ist mächtig.«

Sidonia war empört über den Vorwurf. »Wie kannst du so mit mir reden! Wenn du wüsstest, was Aleander meiner Familie angetan hat! Meinen Bruder hat er beim Tribunal angeklagt, meinen Vater um ein Vermögen erpresst und Gabriel Zimenes …«

Der Padre wirbelte herum. »Was weißt du über Gabriel?«

Sidonia erwiderte seinen Blick zornfunkelnd. »Ich weiß, dass er dich hasst.«

Der Padre schloss die Augen. »Das befürchtete ich. Er wird mir anscheinend nie verzeihen.«

»Wohl kaum. Er ist tot«, sagte sie tonlos.

Fadrique schwankte, Sidonia griff nach seinem Arm. Seine Erschütterung war nicht zu übersehen. Der Padre strich sich mit der Hand über das Gesicht.

»Tot? Aber, nein, unmöglich. Ich bekam Nachricht, dass er den Untergang seines Schiffes vor der spanischen Küste überlebt hat. Es hieß, er sei nach Köln aufgebrochen. Ich hoffte, er würde sich um Lunetta kümmern.«

»Er war in Köln«, sagte Sidonia, »aber Gott und ihm selber gefiel es, sich ein zweites Mal den Gefahren des Meeres auszusetzen. Er ist ertrunken.«

Fadrique schaute sie fragend an. Zögernd erzählte Sidonia die Geschichte der Negrona und von Gabriel Zimenes' Entschluss, in den Tod zu gehen, um die Passagiere zu retten, anstatt durch Aleanders Hand zu sterben. Fadrique warf hin und wieder eine Frage ein. Was Sidonia mit Zimenes und Aleander verband, schien er nicht wissen zu wollen. Am Ende stieß sie ein bitteres Lachen aus.

»Was für ein Gott ist das, der einen Menschen erst errettet, um ihn dann umso grausamer zu verderben? In dem Wissen, dass seine Schwester durch die Teufeleien des Mannes starb, der nun seine Nichte töten will und der mich …« Sie brach ab und schluchzte. Nein, das hatte Gabriel Zimenes nicht gewusst. Er hatte sie zuletzt sogar für die Geliebte des Mönchs gehalten. Schlimmer als eine Hure.

»Gott macht keine Fehler, das besorgen wir Menschen allein«, sagte Fadrique knapp.

»Doch«, begehrte Sidonia auf, »Gott macht Fehler, wie kann er Gabriel sterben und einen Teufel wie Aleander leben lassen? Verabscheust du Gabriel Zimenes so sehr, dass du seinen Tod begrüßt? Nur weil er es wagte, an der Existenz eines Gottes zu zweifeln, der so erbarmungslos ist?«

Fadrique schwieg einen Moment. Dann seufzte er.

»Die Fähigkeit zu zweifeln war immer Gabriels größte Begabung und gleichzeitig sein ärgster Fluch. Ich war mir sicher, dass der Herr Großes mit ihm vorhatte. Er hat also den Märtyrertod gewählt.«

»Ist das deine Religion? Dann denke ich wie Gabriel Zimenes. Diese Religion ist Blendwerk, hohl und frei von Liebe und Barmherzigkeit.«

»Mein Kind, er ging aus freiem Entschluss.«

»Das will ich nicht glauben!«

»Du weißt es. Die Entscheidungsfreiheit eines Menschen war Gabriel Zimenes' höchstes Glaubensgut. Und glaube nicht, dass mein Schmerz geringer wiegt als deiner: Ich liebte Gabriel mehr als meinen eigenen Sohn!«

Sidonia schaute den Padre angewidert an. »Und darum hast du Gabriel gegen seinen Willen in die Neue Welt verbannt? Darum hast du zugesehen, wie man Mariflores verbrannte, hast Lunetta alleine auf Reisen geschickt?«

Brandgeruch wehte zu ihnen herüber. Der Padre lief zum Feuer, trat die verkohlte Pfanne zur Seite und schaufelte mit den Händen Sand über das Geschirr.

Ruhig erhob er sich. »Ich wäre mit Freuden für Gabriel und auch für Mariflores in den Tod gegangen. Ich habe mich vor dem Heiligen Offizium zur Ketzerei bekannt, um sie zu retten, aber daran war Aleander nicht interessiert. Er drohte vielmehr, die Akten über die Familie Zimenes neu zu öffnen.«

»Ist Gabriel Jude?«

Der Padre schüttelte den Kopf. »Nein, aber das spielt keine Rolle. Seine Mutter, eine reiche galicische Witwe, wurde als Hexe verbrannt. Ein Nachbar hatte ein Auge auf ihre Ländereien geworfen. Als sie sich weigerte, ihn zu heiraten, griff er zum Mittel der Denunziation, um sich ihr Vermögen zu sichern. In Galicien ist der Hexenglaube weit verbreitet. Vor ihrem Tod übergab sie mir ihre Kinder.«

»Warum?«

»Die Hieronymiten sind bekannt als ein Orden, der getauften Juden Unterschlupf gewährt. Da die Hälfte des kastilischen Adels Judenstämmlinge zu seinen Ahnen zählt, ließ man uns jahrelang gewähren. Die Erzbischöfe von Santiago hielten ihre Hand über uns. Spaniens Bischöfe besitzen das Privileg, den *conversos* die Beichte abzunehmen und ihnen Absolution zu erteilen. Danach hat die Inquisition keine Macht mehr über sie, selbst wenn sie dem jüdischen Glauben weiterhin heimlich anhängen.«

»So wie du?«, fragte Sidonia.

»Nein. Mir gilt jeder Glaube gleich viel, der die Gesetze der Liebe achtet. Gott fragt nicht nach Taufe oder Beschneidung.

Nun. Vornehme *hidalgos* brachten ihre Söhne bei uns unter, um sie vor Verfolgung zu retten. Ich nahm viele Waisen von Verfolgten auf und schickte sie in das Tal, das du kennst. So wie Gabriel und Mariflores.«

»Doch sie kehrten zu dir zurück nach Santiago!«

Fadrique nickte. »Du hast den ungestümen Jona kennen gelernt. Die Kinder der Verfolgten kennen die Gräuel der Vergangenheit nur aus Erzählungen. Es drängt sie hinaus, auch darum, weil die meisten ihrer Familien nicht wirklich Bauern sind. In Toledo und anderen Städten waren sie einst angesehene Handwerker, Wissenschaftler und Künstler. Sie haben gelernt, sich mit einem geruhsamen Leben zu bescheiden und ihre Talente zu nutzen, ohne nach dem Ruhm der Welt zu schielen. Aber die Kinder ... Einige verstehen nicht, dass es besser ist, für eine bescheidene Sache zu leben, als für eine große zu sterben.«

Sidonia dachte an die kunstvolle Glocke in dem Tal, an die wundervollen Möbel, den herrlichen Jesus. »Mir gefiel vor allem die Christusfigur in der Kirche, sie verhieß so viel Frieden.« Sie stockte kurz, »und sie schien so lebendig.«

Fadrique nickte. »Auch ich liebe diese Figur, Meister Elia hat sie nach einem lebenden Vorbild geschaffen.«

»Gabriel Zimenes?«

Fadrique nickte wieder. »Ja. Wobei der friedvolle Ausdruck im Gesicht des Christus nicht ganz zum Vorbild passte. Gabriel war noch weit begieriger, die Welt jenseits des Tales zu erkunden, als Jona es ist. Ich hätte verhindern müssen, dass er nach Santiago kommt, aber Gabriel war ein so aufgeweckter Junge. Es war eine Freude, ihn zu unterrichten. Mit ihm zu streiten, seine Sehnsucht nach Wissen zu stillen! Er erinnerte mich an meine Jugendjahre in Toledo, als wir dem Verstand noch keine Fesseln anlegen mussten, weder die Christen noch die Juden oder Mauren ... Seine Seele sollte frei singen, so wie der Heilige Franziskus es predigt. Frei von Hass, erfüllt von

Liebe zu allem Sein. Er war mein liebster Schüler und mein bester.«

Sidonia sah, dass Fadrique sich die Augen wischte. »Der Rauch«, sagte er rau. »Er beißt in den Augen.«

Er räusperte sich. »Nun, ich konnte ihn und seine Schwester lange Jahre schützen. Doch dann verliebte sich Mariflores in Adrian von Löwenstein. Sie wurde seine Mätresse.«

»Und du behauptest, dass Gott keine Fehler macht?«

»Trauerst du deinem untreuen Bräutigam nach? Wärst du gern die Frau Adrians von Löwenstein?«

Sidonia sog scharf die Luft ein. »Nein, aber diese Verbindung hat unendliches Leid über viele gebracht. Auch über mich.«

»Die Liebe ist nie ein Fehler, nur der Mangel an ihr. Die Liebe lehrt uns, über uns selber hinauszuwachsen. Sie offenbart uns das Geheimnis des Lebens, überdauert unseren Tod und schenkt uns eine Ahnung von der Ewigkeit. Es gibt nichts Größeres als die Liebe außer Gott, sie ist Teil von ihm. Oder denkst du anders? Gerade du?«

Sidonias Wangen begannen zu brennen. War es möglich, dass der Padre wusste, wie sie zu Gabriel Zimenes stand?

Fadrique seufzte und fuhr fort. »Als Aleander erfuhr, dass sein Bruder die unvermögende Mariflores und nicht dich heiraten wollte, entschloss er sich, die Familie Zimenes zu vernichten. Sein ehemaliger Mitschüler Gabriel war ihm ohnehin ein Dorn im Auge. Ich versprach Aleander, Santiago zu verlassen, wenn er Gabriel einen Geleitbrief in die Neue Welt ausstellen würde und Mariflores und Lunetta mit mir gehen ließe. Aleander sagte zu.«

»Warum?«

»Weil ich für ihn ein noch größeres Ärgernis bin als Gabriel. Ich stehe seinem Aufstieg im Weg und habe ihm manchen Ketzer entrissen. Ich konnte Mariflores jedoch nicht ausreden, nach

Santiago zurückzukehren. Sie liebte den Ritter von Löwenstein mehr als ihr Leben.«

»Ich weiß«, sagte Sidonia leise. »Aber warum hast du Aleanders Machenschaften nicht aufgedeckt? Die Erzbischöfe sind doch auf deiner Seite.«

»Sie waren es und sind es insgeheim vielleicht noch. Doch mein Einfluss ist in den letzten Jahren gesunken. Inzwischen gibt es Kräfte in Spanien, die am liebsten Jesus selbst zum Spanier machen würden. In jedem Orden gibt es Brüder, die in alle Winkel lauschen, um judaisierende Fratres und Glaubensabweichler zu entdecken. Selbst die Hieronymiten sind von Spitzeln unterwandert. Euer Luther gibt ihnen unfreiwillig Auftrieb.«

Verwirrt runzelte Sidonia die Stirn: »Luther?«

Fadrique nickte. »Der Kaiser hasst ihn, und die römische Kurie, die Spanien bereits das Recht auf eine eigene Inquisition entziehen wollte, fürchtet diesen kleinen Mönch so sehr, dass sie unser Heiliges Offizium gewähren lässt. Überall malen unsere Inquisitoren das Gespenst der Häresie an die Wand. Vor diesem Hintergrund drohte Aleander mir, unserem Orden den Schutz zu entziehen und die Akten vieler unserer Novizen zu öffnen! Bedenke, wie viele Leben von uns abhängen, wir müssen sie mit allen Mitteln schützen.«

»So wie Abt Simuel.«

»Ein großer Mann.«

»Den ich in den Tod riss.«

Fadrique fasste sanft nach ihrer Schulter: »Oh Sidonia, du glaubst noch weniger an den freien Willen der Menschen als an die Güte Gottes. Unsere Helfer wissen, was sie riskieren. Aber es sind wenige. Die Saat des Hasses ist aufgegangen. Und am gefährlichsten sind jene, die sich selbst so sehr hassen, dass sie andere nicht gelten lassen. Leider erziehen einige Orden ihre Novizen zu diesem Selbsthass. Sie lehren die Abtötung des eigenen Fleisches, Quälerei statt maßvoller Askese. Es ist eine ständige Selbstdemütigung. Von Gottes Liebe predigen sie nicht. Sie züchten Menschen wie Aleander.«

Sidonia schaute ihn sprachlos an. »Du glaubst, dass dieser Teufel sich selber hasst?«

»Mehr als ich ihn.«

»Warum?«

»Weil seine Mutter so wie ich von Juden aus Toledo abstammt.«

»Der Chefankläger der Inquisition ist *Jude?*«

»Es ist ihm ein tief empfundener Makel. Er entdeckte es durch Zufall. Doña Rosalia hatte es ihm stets verschwiegen, schließlich war sie mit einem christlichen Ritter verheiratet. Aleanders Widerwille richtete sich zunächst gegen sich selbst – so hatte er es bei den Dominikanern und später an der Universität zu Paris gelernt. Nichts ist dort verhasster als das Volk Israels. Dann, als dieser Selbsthass unerträglich wurde, richtete er ihn gegen andere. Er will nicht brennen, sondern selbst Brandfackel sein und alles auslöschen, was an seine Schande erinnert.«

Verblüfft schnappte Sidonia nach Luft. »Aber wenn er von Juden abstammt, warum hast du ihn nicht einfach angezeigt oder wenigstens damit gedroht?«

Fadrique lächelte traurig. »Das verbietet mir *mein* Glauben.«

»Verfluchte Religion!«

Fadrique schüttelte den Kopf. »Verfluche nicht die Religion. Ich sprach von der Liebe.«

»Du liebst Aleander?« Sidonia wurde immer ratloser.

»Ich liebte ihn nicht genug.«

»Warum hättest du das je tun sollen?«

»Weil ich sein Vater bin.«

14

»Er träumt«, flüsterte der eine Dominikaner dem anderen zu und presste sein Ohr dichter an die Zellentür. Dahinter schlief Aleander. Im Gang herrschte Finsternis. Eine Wolke hatte sich vor den Mond geschoben, der hinter dem Fenster über ihren Köpfen unterging. Selbst im August war Regen in Santiago de Compostela keine Seltenheit.

»Bist du sicher, dass er nicht betet oder zu Gott spricht?«

»Der Löwe des Glaubens betet nicht, er erwartet, dass Gott zu ihm spricht!«

Entsetzt löste sich der andere Bruder von der kalten Steinwand. »Was redest du? Das ist Blasphemie!«

»Unser Bruder Aleander unterliegt nur seinen eigenen Gesetzen. Er hat die Matutin, das Gebet zur zweiten Stunde, versäumt! Er kam wieder einmal weit nach Mitternacht aus dem Konvent der Reuerinnen zurück.«

»Er hat als Inquisitor eine Sondergenehmigung.«

»Gleichwohl, ich habe es für den Erzbischof notiert!«

In der Ferne schlug die Glocke die vierte Morgenstunde. Durch die Zellentür ertönte erneut ein Strom unflätiger Worte. Aleander spie Wortkaskaden aus. Die Brüder erbleichten. Was sie hörten, waren monströse Betträume voller Wollust, Flüche, Gottesschimpf, Fantasien blutigster Folter.

»Wir müssen ihn wecken«, raunte einer der Lauscher in das Dunkel des Ganges.

»Bist du dir sicher, dass er nicht bereits wach *ist?*«

Vorsichtig schoben die beiden Dominikanermönche den Riegel zur Seite, der das Guckloch in der Tür verschloss.

»Nein«, sagte der eine, »er schläft.«

»Und da heißt es, wer schläft, sündigt nicht«, scherzte der andere.

»Du Fotzenhut, Mistlader, Hurensohn, deine Haut werde ich dir in Streifen vom Leib schälen und dich in Öl dünsten«, kreischte in diesem Moment Aleander. Eine andere, weichere Stimme antwortete ihm. »Du willst mich beleidigen? Mich? Bedenke, ich bin Gott!« Auch diese Stimme gehörte Aleander! »Ein stinkender Auswurf bist du«, kreischte es wieder, »gezeugt aus dem faulen Samen Luzifers, ein Jude!« – »Ich bin geboren aus dem Schoße Mariens, dem Schoß einer Jungfrau. Ich bin Gott.«

Seine beiden Mitbrüder schlugen entsetzt die Luke zu.

»Müssen wir dem Erzbischof von den Träumen des Inquisitors berichten?«

»Notiere alles, aber behalte es für dich. Ich werde mich zurückziehen, um für Aleanders Seele zu beten. Bedenke, es ist noch nicht klar, wer von beiden in dieser Stadt an erster Stelle steht!«

»Aber doch gewiss unsere erzbischöfliche Gnaden!«

»Nur weil er uns für diese Horchdienste bezahlt, machst du ihn zu deinem Idol? Sei auf der Hut. Es heißt, Aleander hat gestern ohne Prozess ein Todesurteil gegen den Uhrmacher des Erzbischofs, Corriano, verfügt. Er tötet einen Liebling des Kirchenfürsten und des Kaisers. Der Löwe des Glaubens scheint unbesiegbar.«

»Zumindest hält er sich dafür«, murmelte sein Mitbruder. Sein Gegenüber schlug die Kapuze über seinen Kopf und huschte zur Kirche des Dominikanerklosters, in der ein Wechselgesang des Chors erklang.

Der Zurückgebliebene nahm seinen Lauschposten wieder ein. Sein Atem ging gleichmäßig und flach. Nur keine Geräusche. Die Kunst des Spitzelns wurde in diesem Konvent von früh an geübt. Das kleinste Vergehen hatte als Sünde angezeigt zu werden. Ein Stottern beim Gebet, ein versehentliches Anfassen der heiligen Gerätschaften galten als Sünde, die beim Jüngsten Gericht aufgerechnet würden.

Aleander war Meister dieser Disziplin. Er spürte jeden bis in seine Nacktheit auf. Bislang hatte niemand es gewagt, ihn selbst auszuspionieren. Doch Bischof Tavera hatte nach dem Gespräch über Fadrique vor einer Woche ein hübsches Sümmchen in die Taschen der beiden Mönche fließen lassen. Begleitet von dem Versprechen, sie für die Positionen von Abt und Prior vorzuschlagen, wenn sie ihre Aufmerksamkeit auf Aleander lenken würden.

Aleander wusste nichts von alledem, er schlief und träumte. Er war wieder in der Hundsgasse, in Paris, im Kolleg Montaigue, auch »das Essigkolleg« genannt. Die Schulglocke läutet. Mit verlaustem Kopf nimmt Aleander, ein sechszehnjähriger, dürrer Bettelstudent am Katzentisch des Speisesaals Platz. Vorne thronen die wohlhabenden Studenten an reich gedeckten Tafeln. Der Duft von Aaalpastete, Froschschenkeln, Kapaunen in Milch und Honig weht zum Tisch der Stipendiaten herüber. Sie sitzen vor einem Fetzen Hammelfett und einem halben Becher Ziegenmilch. Um die elende Mahlzeit rasch zu beenden, kippen sie die Milch über den Speck, brocken schimmelndes Brot hinein. Nur Aleander nicht. Er trennt – wie er es bei seiner Mutter gesehen hat – stets Fleisch von Milch.

Ein Mitschüler bemerkt es. Er schreit auf. »Das Schwein isst koscher! Dieses Ferkel, dieser judaisierende Fotzenhut …«

In Aleanders Traum folgt die Bestrafung, so wie sie sich von da an täglich wiederholte. Alle Insassen des Kollegs strömen in die Folterkammer, um das Fest seiner Misshandlung zu genießen. Die Magister haben Ruten in der Hand mit Eisendornen so groß wie Hagelkörner. Sie stellen sich in zwei Reihen auf. Aleander muss nackt hindurchlaufen. Die Hiebe der Rutenmeister zerschneiden seine magere Brust bis aufs Blut. So oft, so lange, bis die Striemen sich für immer in seinem Fleisch eingeschrieben haben. Keiner der Schulhenker verhindert den Nachschlag, den ihm seine Kameraden später im Dunkel eines Toreingangs servieren. Einige halten ihn fest. Ein Adelssohn aus Sevilla, minderbegabt als Schüler, aber unter den Schlägern der Erste, tritt mit terpentinduftenden Stiefeln auf ihn ein. Zuletzt springt er mit beiden Füßen auf Aleanders linke Wade. Der Knochen bricht, splittert bis ins Fußgelenk, ist nicht mehr zu retten, wächst schief zusammen, muss wieder gebrochen und verkürzt werden. Wochen dauert dieses Martyrium. Aleander kehrt als Krüppel in sein Pariser Kolleg zurück. Erst da sind seine Kommilitonen zufrieden.

Dann ist alles still und Aleander in Santiago. Bei Padre Fadrique, der von der unermesslichen Liebe Gottes spricht, lehrt, predigt und nur Augen für Gabriel hat. Den kecken Jüngling mit den glänzenden Locken und dem losen Mund.

»Es gibt keinen Gott! Ich bin Gott«, kreischt es.

Schweißnass richtete Aleander sich auf seinem Strohsack auf. Sein eigenes Geschrei hatte ihn geweckt. Nach Luft ringend hinkte der Dominikaner zur Tür, riss sie auf und sah in der Morgendämmerung einen Mönch, der ein Wachstäfelchen und einen Griffel in seiner Kutte verschwinden ließ. Aleanders Gesicht glättete sich schlagartig, er lächelte. Die Maske des Gutmütigen war seine gefährlichste.

»Der Herr sei mit dir, Bruder Franco.«

»Und mit dir, Bruder Aleander«, antwortete der Angesprochene vorsichtig.

»Du bist früh auf dem Posten.«

»Ich wanderte nach der Laudes im Kreuzgang umher, weil mir Gedanken zu einer Predigt kamen.«

»Das ist lobenswert, Frater Franco. So viel Ehrgeiz muss belohnt werden. Ich bestimme dich hiermit zum Bewacher meines neuesten Mündels im Konvent der Reuerinnen. Lass sie keine Minute aus den Augen.«

»Eine Frau? *Ich* halte mich lieber von diesen Sünderinnen fern!« Aleander runzelte die Stirn. Täuschte er sich, oder lag eine spöttische Anspielung im Blick des Mannes?

»Es ist ein Kind. Das Mädchen heißt Lunetta und ist vom Teufel besessen. Du solltest es mit einem Exorzismus und täglichen Messbesuchen in der Kathedrale von Santiago versuchen. Jeden Mittag, hörst du?«

Der Bruder neigte kurz den Kopf.

»Aber nimm dich in Acht! Wer sich mit der Ketzerei einlässt, kommt mitunter schwer von ihr los. Vor allem, wenn er verführbar und bestechlich ist.«

Frater Franco schaute mit leichtem Entsetzen auf.

»Du bist gewarnt, und nun geh«, sagte Aleander kalt.

Nachdenklich kehrte er in seine Zelle zurück, wechselte die Kutte, hielt eine Morgenandacht und machte sich dann auf den Weg ins Heilige Offizium. Die Gassen Santiagos glänzten vom nächtlichen Regen. Die feuchte Kühle erfrischte Aleander. In seinem Kopf nahm ein Plan Gestalt an. Er musste Bruder Franco vernichten, das war klar. Und er würde Francos Schicksal mit dem Lunettas verbinden! Noch bevor er die Tür zu seinem Schreibzimmer öffnete, hatte er dazu eine Lösung gefunden, die von unübertrefflicher Eleganz war. »Herr, ich danke dir«, murmelte er, als er die Tür aufdrückte.

Der Morgen hatte schlecht begonnen, aber gegen Mittag wusste Aleander, dass dieser Tag, der 25. August, sein Tag war. Der Reiterbote, der ihm vor Tagen den Fund des Tarotbuches gemeldet hatte, war mit weiteren Nachrichten aufgetaucht.

»Wir nahmen in den Bergen die Spur eines jungen Mannes auf.« Bevor Aleander eine Frage einwerfen konnte, setzte der

Mann hastig hinzu. »Es ist nicht Euer Page, Herr, nur ein einfacher Bauer- oder Hirtenjunge. Er heißt Jona.«

»Und?«

»Nun, er hat in mehreren Dörfern nach einer Frau namens Sidonia gefragt und sie exakt so beschrieben wie die Ketzerin, die Ihr sucht: rote Locken, helle Haut, aus dem Norden.«

Aleander lehnte sich in seinem Armstuhl zurück.

»Wo ist dieser Kerl jetzt?«

»Er hat hinter Carrión de los Condes den Jakobsweg eingeschlagen und geht auf Astorga zu.«

»Sehr gut«, nickte Aleander. »Ich hoffe, er weiß nichts von seinen Schatten?«

»Er sieht nur den Schatten, der ihm von Gott beigesellt wurde. Seinen eigenen.«

»Achtet darauf, dass es so bleibt.«

»Wie lange?«

»Von mir aus bis zum Grab des Apostels, du Dummkopf. Greift erst zu, wenn dieser Jona sein Ziel erreicht hat.«

»Ihr meint diese Sidonia? Und wenn er sie nicht findet?«

»Er wird sie finden. Diese Hexe zieht die Männer an wie das Aas die Fliegen.«

Der Bote wollte sich verabschieden, doch Aleander hielt ihn mit einer Handbewegung zurück.

»Weißt du mehr über diesen Jona? Woher stammt er?«

Der Bote schlich auf leisen Sohlen rückwärts. Diese Fragen hatte er vermeiden wollen. »Nun, er kommt gleichsam aus dem Nichts. Niemand kennt ihn, vielleicht ist er ein arbeitsloser Hirtenbursche, der in den Bergen herumzieht, um …«

»Genug«, sagte Aleander. »Wer viel redet, hat nichts zu sagen. Merke dir das.«

Als der Bote sein Zimmer verlassen hatte, starrte Aleander den flimmernden Staubkörnern nach, die die Luft durchschwebten. Fürwahr, Sidonia hatte etwas an sich, dass selbst ihn in Versuchung führte, an die Existenz von Hexen zu glauben.

Waren es die grünen Katzenaugen? Ihre milchweiße Haut? Ihr … Genug. Er verschwendete zu viele Gedanken an sie. Nur gut, dass das Gespenst von Zimenes ihn seit einigen Tagen nicht mehr belästigte.

Stattdessen hatte er in Bruder Franco einen wirklichen Verfolger erkannt. Juan Prado Tavera musste ihn bestochen haben. Einfältiger Narr! Man setzte einem Löwen keine Ratten auf die Fährte. Nun, er würde der Ratte zu unverdientem Ruhm verhelfen. Der Spitzel des Bischofs würde in Kürze zum Blutzeugen widerwärtigster Ketzerei werden. In der Kathedrale von Santiago de Compostela. Ermordet von der Hand eines Teufelskindes. Ob Lunetta ihre Bestimmung wohl in ihren Karten lesen konnte? Aleander lachte amüsiert auf.

15

Sie durchquerten die Meseta zu Pferde. Sie hatten die frisch zugerittenen Wildtiere in einem Bergdorf erworben, waren das Tal des Flusses Carrión hinabgeritten und in die Weite der kastilischen Hochebene eingetaucht. Übermütig warfen die kleinen Reittiere ihre Köpfe, schüttelten die Mähnen und bevorzugten den Galopp als Gangart.

Auf dem Jakobsweg hinter Carrión de los Condes war jeder Baum zum Ereignis geworden. Schutz vor Sonne, Wind und Regen suchte man vergeblich. Graugelbe Töne bestimmten die Landschaft, Entfernungen ließen sich in ihrer Weite schwer abschätzen. Ging man zu Fuß, schien man auf der Stelle zu treten, selbst bei scharfem Ritt meinte man, kaum voranzukommen.

Immer wieder suchte Sidonia den Horizont hinter sich nach Staubwolken ab, die das Herannahen von Verfolgern verraten würden. Doch sie blieben unbehelligt. Das Wetter war klar, und im Norden konnte man die Ausläufer der Kordilleren ausmachen. Bei flirrender Hitze quälte einen bald der Durst, an jedem Tümpel füllten sie Kürbisflasche und Wasserschlauch auf. Die Sonne stach in Sidonias Nacken, während sie die nackte Landschaft durchjagten. Kornfelder dehnten sich bis zum Horizont, auf einigen dorrten bereits Getreidestoppeln. Alles Senkrechte wirkte riesenhaft vor dieser Kulisse; Kirchtürme, vereinzelte Tafelberge mit erdfarbenen Burgen und Dörfern.

Die Landschaft war zu Beginn des Erntemonats September mit Staub überzogen. Regungslos hing hie und da ein Falke am

Himmel, um wie ein Stein auf eine Feldmaus oder anderes Kleingetier hinabzustoßen. Gelegentlich begegneten sie Pilgern, Kaufleuten und Schafhirten, die ihre Herden quer zum Jakobsweg vom Süden zu den grünen Weiden im Norden trieben. Ein jeder grüßte den anderen auf diesem Weg mit einem Pilgerruf: dem einfachen »*Buen camino*« oder dem uralten Refrain eines Pilgerliedes: »*E ultreia, e suseia*« – »Weiter und voran«.

Es brauchte mehr geistiges Durchhaltevermögen als Mut, um die Ödnis zu passieren. Sidonia staunte über das Einverständnis unter den Reisenden und die Gesichter vieler Pilger. Darin mischten sich Erschöpfung, Entrückung und Hoffnung. Hoffnung auf was? Wenn die Pilger auf diesem Weg Gott fanden, so galt für sie das Gegenteil. Die Nacktheit der Landschaft schien ihr ein Abbild der eigenen Trostlosigkeit. Die Legenden, die längs des Weges in Kapellen und Kirchen auf Bildern erzählt wurden, handelten von Heilung oder wundersamen Erweckungen von den Toten. Es waren dürre Märchen.

»Was soll an diesem Weg Wunderbares sein?«, fragte sie Fadrique mürrisch, während sie nebeneinander ritten.

»Die Spanier sagen: Es gibt keine Wege, Wege entstehen im Gehen. Genau wie die Wunder dieser Pilgerroute«, sagte Padre Fadrique.

»Das verstehe ich nicht.«

»Das Wunder liegt in den vielen tausend Menschen, die hier bereits gegangen sind. Menschen aller Länder und nicht nur Christen. Viele Religionen kannten diesen Weg ans Ende der Welt als einen Weg der Reinigung und Wandlung. Sie kamen mit all ihren Sorgen, Wünschen und Hoffnungen. Spürst du nicht die Kraft, die einem hier zuwächst? Die Kraft ihrer Seelen? Jeder Stein ist davon durchdrungen, das *ist* ein Wunder!«

Sidonia spürte nichts von alledem. Es war, als ließe diese

Wüste, die kaum Ablenkung bot, ihr Inneres versteinern. Gabriel Zimenes war und blieb tot, genau wie ihr Herz. Fadrique hatte Unrecht, die Liebe offenbarte einem nicht das Leben oder eine Ahnung von Ewigkeit, sondern nur Schmerz und die eigene Verwundbarkeit. Der Padre glaubte nicht an Gott, sondern an Märchen, genau wie die Gotteswanderer, denen sie hier begegneten. Ihr waren die Bußpilger, die mit rostenden Fußketten wanderten, weil sie dazu verurteilt worden waren, oder solche, die im Zeichen der Muschel nur das Bettelprivileg ausnutzten, lieber als die Verzückten. In einer Welt des Betrugs waren die Halunken die aufrichtigsten Leute, dachte sie bitter.

Was sie allerdings genoß, war das schnelle Vorankommen. Die alte Sidonia, jenes Mädchen, das in Köln gestorben war, hätte ihre Freude daran gehabt, so dahinzustürmen. Der neuen Sidonia fehlte ein Ziel. In einem hatte Fadrique Recht: Lunetta zu retten war nur ein Vorwand für ihre Eile. Selbst an ihren Vater und den armen Lambert dachte sie nur selten. In Wahrheit ritt sie vor ihren kindlichen Träumen von Liebe und Glück davon.

»Die Meseta«, sagte Fadrique, als sie eines Mittags in einem dürren Steineichenwald rasteten, »inspiriert viele zur Tat. Columbus holte von hier die Männer für seine Fahrt in die Neue Welt. Keine Seefahrer, Schafhirten! Die Menschen dieser Gegend wollen voran, anstatt Einkehr zu halten.« Er seufzte. »Sie suchen die Schätze der Welt, dabei …«

Sidonia schaute ungeduldig auf, sie wollte nicht über Fragen der Seele diskutieren. »Wir müssen so schnell wie möglich das Geld finden und nach Santiago.«

»Ist das alles, was dich seit Tagen so beschäftigt, dass du kaum ein Wort sagst?«

»Ich spare meinen Atem für den Weg.«

»Dir fehlt nicht der Atem, sondern der Glaube.«

»Ich will von Gott nichts mehr hören.«

»Dir fehlt der Glaube an dich selbst. Die Welt verliert ihren Zauber, wenn wir unsere Gefühle verleugnen.«

»Diese Wüste hier hat keinen Zauber. Es ist eine tote Landschaft.«

»Sie bietet Raum, seine Gedanken schweifen zu lassen. Kreisen die deinen um den Tod?«

Ungeduldig erhob sich Sidonia und schüttelte den Staub aus ihren Kleidern. »Wir haben keine Zeit für solchen Unsinn. Lunetta ist in den Händen Aleanders!«

Fadrique lehnte sich gegen den Stamm einer Eiche. »Er weiss, dass wir unterwegs zu ihm sind. Er wartet ab.«

»Wie kannst du so sicher sein? Dieser Teufel ist wendig wie ein Salamander.«

»Er will den Schatz seines Bruders. Es ist weit bequemer, ihn uns finden zu lassen, als uns zu verhören und selber danach suchen zu müssen.«

»Und du weißt, wo Gabriel Zimenes das Geld hingebracht haben könnte?«

Fadrique nickte. »Ich bin mir sicher.«

Sidonia griff sich den Sattel ihres Pferdes und hob ihn auf dessen Rücken. »Dann musst du dich umso mehr vor Aleanders Männern in Acht nehmen! Sie kennen Foltermethoden, um jedes Geständnis zu erpressen.«

»Und ich kenne Methoden, mich Schmerzen zu entziehen.«

Sidonia schaute ihn mit neu erwecktem Interesse an. »Du meinst so wie in San Zoilo, wo man dich fliegen sah?«

Der Padre lachte. »Eine übertriebene Darstellung. Ich lernte lediglich die Kunst der Versenkung. In Toledo, dieser einst blühenden Stadt der Wissenschaften, traf ich als Novize einen Meister aus Indien. Es war ihm möglich, im Moment der Weltvergessenheit über glühende Kohle zu laufen, sich auf Bretter zu betten, die von hunderten Nägeln durchbohrt waren.«

»Zauberei!«

»Nur der Sieg des Geistes über die Materie. Wer sich ganz von seinem Körper – diesem Bruder Esel, wie der heilige Franziskus ihn nannte – löst, der kann sich auch eine Handbreit vom Boden heben.«

Sidonia stemmte die Hände in die Hüften. »Klingt ganz nach heidnischer Hexerei.«

»Ach was. Denke an die Säulenheiligen der Bibel, die über Jahre auf Felstürmen verharrten, die nicht mehr als ein mal ein Meter maßen. Auch das Christentum kennt die völlige Verleugnung von Schmerz.«

»Wenn du willst, kannst du also fliegen?«

»Im Gegenteil, wenn ich *nichts* will, erhebt mich Gott – ein wenig.«

Sidonia schüttelte verwirrt den Kopf. »Das verstehe ich nicht!«

Fadrique lächelte. »Du bist eben der Inbegriff blinder Willenskraft. Im Moment sogar die leibhaftige Sturheit.«

»Willst du sagen, dass ich dumm bin?«

»Im Gegenteil. Aber im Moment versuchst du, mit dem Kopf dein Herz zu regieren, und verschließt dich gegen das Leben und seine Wunder. Darum hat die Meseta keinen Reiz für dich und der Jakobsweg keine Bedeutung.«

Sidonia runzelte die Stirn. »Das Leben hat mich gelehrt, nicht auf Wunder zu hoffen oder auf Gefühle zu setzen. Ich habe sie so endgültig verloren wie meine Milchzähne.« Wütend zerrte sie die Sattelgurte fest, ihr Pferd warf widerwillig den Kopf in den Nacken.

»Du irrst, Sidonia. Deine Leidenschaft ist stärker denn je. Du musst nur lernen, *alle* Gefühle zuzulassen, nicht allein die, die dir angenehm oder vertraut erscheinen. Verbünde dich mit deinem Schmerz und deinem Schicksal, dann wird dir dein Wunder begegnen.«

Sidonia schnaubte und biss in eine Orange, die sie einem vorbeiziehenden Kaufmann aus Valencia abgekauft hatten. »Ich frage mich, ob du der rechte Mann bist, um über Gefühle zu predigen!«

»Du meinst wegen Doña Rosalia?«

Sidonia nickte widerwillig.

»Ich werde sie immer lieben. Ich wuchs in Toledo mit ihr auf wie mit einer Schwester!«

»Die sie aber nicht ist!«

Ärgerlich warf Sidonia die Orange von sich und blitzte den Padre an.

Fadrique klaubte die Orange aus dem Staub, polierte sie und lächelte. »Ich sehe, die Wut ist dir nicht abhanden gekommen. Gut so, das ist ein Anfang. Glaube mir endlich, Doña Rosalia war meine Braut – mehr nicht. Unsere Eltern waren Nachbarn. Jeder in Toledo wusste, dass unsere Vorfahren Juden waren. Unsere Großeltern waren dem Glauben treu, doch dann begann die Zeit der Verfolgung. Meine Eltern konvertierten und schickten mich als Student zu den Hieronymiten.«

»Hast du Doña Rosalia darum nicht geheiratet?«

Fadrique schüttelte den Kopf und erhob sich. »Ich hätte es getan, aber Rosalias Eltern waren nicht bereit abzuschwören. Man verbrannte sie, und Rosalias letzte Rettung war ihre Heirat mit dem Grafen Maximilian von Löwenstein. Er war ein Höfling des spanischen Königs. Ein mächtiger Ritter und bezaubert von Rosalias Schönheit. Sie musste nur ja sagen, um sich von ihm nach Deutschland bringen zu lassen …«

»Und ihm verschweigen, dass sie bereits mit einem Kind schwanger ging. Mit deinem Sohn Aleander.«

»Keiner von uns wusste zu diesem Zeitpunkt von der Schwangerschaft. Als mich die Nachricht von der Geburt Aleanders erreichte, hatte ich die ewigen Gelübde abgelegt. Rosalia war bereits mit einem zweiten Sohn – Adrian – schwanger. Um ihren Mann nie in Zweifel über unsere Beziehung zu bringen, behauptete sie stets, ich sei ihr Bruder. Sie schien glücklich, und ich war es auch. Nirgends auf dieser Welt fand ich je Frieden, außer in der Ecke einer Bibliothek mit einem Buch. *Das* ist meine Natur!«

Sidonia seufzte: »Zu denken, dass Bruder und Schwester ein Kind gezeugt haben könnten, war entsetzlich. Brrr. Wenngleich es erklären würde, warum Aleander eine Missgeburt ist!«

»Er wurde nicht so geboren, mein Kind. Doña Rosalia ist eine wundervolle Frau.«

»Ich weiß, obwohl sie schrecklich streng ist und fanatisch fromm.«

Fadrique lächelte und sattelte sein Reittier. »Sie ist eine Meisterin der Verstellung. Viele von uns mussten diese Kunst lernen, um zu überleben. *Du* auch – nicht wahr? Du solltest nur damit aufhören, dich selber zu belügen! Dein Herz ist kein Stein.«

»Lass uns weiterreiten«, entgegnete Sidonia schroff.

Noch immer war sie nicht sicher, was von Fadrique zu halten war. Sein Predigerton verärgerte sie, obgleich er weder salbungsvoll noch moralisierend war, vielmehr spöttisch. Er erinnerte sie ein wenig an Gabriel. Schnell schob sie den Gedanken beiseite. Immerhin verlangte es Fadrique nicht danach, in ihre Geheimnisse einzudringen. Vielleicht hatte dieser Vater der Verfolgten in seinem Leben zu viele schreckliche Geheimnisse gehört, um an weiteren interessiert zu sein. Sie schwang sich auf ihr Pferd und gab ihm die Sporen.

Buschwald und sumpfige Niederungen bestimmten die Landschaft der Provinz León, durch die es in den nächsten Tagen ging. Sie überquerten den Fluss Tuerto auf einer Pilgerbrücke, versorgten sich in einem Hospital der Antoniter mit

Wein und Brot, sodass sie die Bischofsstadt Astorga, die zwischen grünen Hügeln lag, umreiten konnten.

Auf den Resten einer alten Römerstraße ritten sie an rot leuchtenden Lehmdörfern vorbei auf den Rabanalpass zu. Heidekraut, Ginster und Zistrosen leuchteten in der Berglandschaft. Die Luft war kühl und mit Lavendel gewürzt. An einigen Stellen mussten Sidonia und Fadrique absitzen, um die Pferde zu führen.

Sie passierten einen bewaldeten Hang, als Fadrique innehielt, um die Lederriemen seiner Sandalen neu zu binden. »Schau dich nach allen Seiten um, Sidonia, siehst du irgendeinen Menschen?«

Sidonia spähte in jede Richtung. »Nein, niemand. Die Pilger müssen bereits über den Pass sein. Und der Kaufmannstrupp hat mit seinen Pferden im letzten Weiler Rast eingelegt.«

»Dann geht es nach rechts.«

»Aber, der Pass liegt genau vor uns! Ich sehe schon das Gipfelkreuz.«

»Rechts habe ich gesagt.«

Fadrique bestieg rasch sein Reittier und sprengte in den Hang hinein. Nach wenigen Augenblicken war er im Wald verschwunden. Sidonia ritt hinter ihm her. Der Weg ging zunächst bergan, dann führte er in eine zerklüftete Landschaft hinab. Gerade abfallende Steinwände zergliederten eine Talsenke. Tiefe Gänge schnitten sich in Felsen.

Sidonia musste sich ganz auf das Lenken des Pferdes konzentrieren. Sie tauchte in einen Hohlweg ein, der in eine dunkle Schlucht mündete. Eben hatte sie noch das Huftrappeln von Fadriques Pferd vernommen, doch plötzlich herrschte Stille. Sie setzte ab und schaute mit angehaltenem Atem an den Felswänden hoch. Sie schluckten jedes Geräusch. Jedes Geräusch bis auf den heulenden Ruf eines Wolfes, dessen Echo sich zwischen den Steinen fing. Sidonias Pferd tänzelte unruhig. Sie nahm den Zügel straffer.

Wo zum Teufel steckte Fadrique? Sie drehte sich nach allen Seiten. Wieder ertönte das entsetzliche Jaulen. Ihr Pferd stieg hoch und riss sie herum. Sidonia ging zu Boden und schaute ungläubig in die gelben Augen eines Wolfes. Von seinen Lefzen tropfte eine hellrote Flüssigkeit. Es war Blut.

16

»Starr das Tier nicht so an! Es könnte das missverstehen.«

Sidonia hatte sich aufgerappelt und kniete nur wenige Schritte von dem Wolf entfernt auf dem Boden. Sie hob jäh den Kopf, als der Padre hinter einem Baum auftauchte. Er führte sein Pferd hinter sich her.

»Er nimmt an, du willst ihn angreifen«, sagte er gelassen. Sidonias Blick fiel wieder auf den Wolf. Er stieß ein dumpfes Knurren aus und fletschte die Reißzähne.

»*Er* will *mich* angreifen«, stieß sie zwischen Panik und Wut hin- und hergerissen hervor.

Mit ruhigen Schritten näherte Fadrique sich dem Wolf von hinten, streckte die Hand vor und tätschelte das Haupt der Bestie, so wie er es am Eingang zum Tal der Verfolgten bei dem wolfähnlichen Hund getan hatte. Der Wolf wandte sich ab und lief in den Fels hinein.

Sidonia schnappte nach Luft. »Du, du kannst tatsächlich Wunder wirken«, stammelte sie.

Fadrique schüttelte den Kopf. »Was du *diesmal* für ein Wunder hältst, ist nur ein Gesetz der Natur.«

Sidonia sprang auf die Füße und funkelte den Padre zornig an. »Es ist wider die Natur eines Wolfes, sich streicheln zu lassen!«

»Nicht wenn man ihn in jungen Jahren anfüttert und zähmt! Es ist eine Kunst, die die Leute aus dem Valle d'Immaculata auf das Beste beherrschen. Sie kreuzen auch Wildhunde mit Wölfen, um Menschen auf Distanz zu halten. Der Jakobsweg ist nicht nur ein Weg der Legenden, sondern auch ein Weg der

Schauermärchen. Pilger erzählen sich haarsträubende Geschichten von Wölfen oder Heuschrecken, die einen mit Haut und Haaren fressen. Die Furcht vor so genannten Bestien ist den Verfolgten hilfreich. In Wahrheit ist der Mensch des Menschen Wolf, wie ein englischer Gelehrter schreibt.«

»Die Bestie hatte ein blutiges Maul.«

»Sie wurde mit einem Leckerbissen gefüttert. Ein frisch erlegtes Kaninchen, nehme ich an. Die Nase verriet ihr außerdem, dass du zu mir gehörst. Es bestand keinerlei Gefahr.«

Sidonia klopfte den Hals ihres Pferdes, das sich zitternd an sie drängte.

»Es ist in jedem Fall kein Wunder, dass du für einen Ketzer und Zauberer gehalten wirst! Wohin bist du so plötzlich verschwunden?«

Fadrique lächelte. »Wenn ich gewollt hätte, dass du das weißt, wäre ich nicht plötzlich verschwunden. Dies hier sind ehemalige römische Goldminen, die Felsen sind durchzogen von einem Labyrinth aus Gängen. Man muss sich gut auskennen, um sich zurechtzufinden.«

»Kannte Gabriel Zimenes diese Mine?«

Fadrique nickte knapp. »Lass uns rasten und essen. Dort hinten gibt es eine Lichtung.«

Sidonia folgte dem Padre protestierend. »Ich will jetzt nicht essen. Hast du das versteckte Geld entdeckt?«

Fadrique schlang die Zügel seines Pferdes um den Ast einer Steineiche, öffnete die Satteltaschen und zog ein Säckchen getrockneter Früchte hervor. Seelenruhig ließ er sich nieder und begann sie zu verzehren.

Sidonia setzte sich widerstrebend neben ihn. »Hast du etwas entdeckt?«, fragte sie wieder.

»Ja und nein.«

»Was soll das heißen?«

»Dem Himmel sei Dank sind all die Bleikisten mit unseren

Büchern und Schriften unversehrt. Es sind Teile einer Bibliothek aus Toledo, griechische Philosophen, arabische Werke über die Himmelskunde, unersetzliche Karten …«

»Und das Geld?«

»Kein Geld.«

Enttäuscht verzog Sidonia das Gesicht. »Dann haben wir uns getäuscht. Gabriel Zimenes muss es woanders versteckt haben. Es war alles umsonst.«

»Oh, ganz im Gegenteil! Dass ich kein Geld fand, grenzt an etwas, das ich ein wahres Wunder nennen würde oder einen Beweis für die unendliche Liebe Gottes. Allerdings könnte Gabriel Zimenes auch einfach ein noch durchtriebeneres Schlitzohr sein, als ich bisher annahm.«

Sidonia sprang ungeduldig auf. »Was zum Teufel hast du entdeckt?«

»Jemand hat das Geld bereits geholt.«

»Was soll das heißen?«

Fadrique kaute und schluckte, dann nahm er einen tiefen Zug aus der Kürbisflasche.

»Ich fand eine leere Kiste. Daneben die Knochen eines Leckerbissens, der wohl den Wolf besänftigt hat, und die kaum verwischten Spuren eines Mannes!«

»Aber, wer kann das gewesen sein?«

Sidonia blickte sich ängstlich nach allen Seiten um, ihr Herz klopfte wild. »Aleander!«, stieß sie entsetzt hervor.

»Glaubst du, dass ich ihn in einem Atemzug mit einem Wunder nennen würde?«

Sidonia sprang auf. »Ärgere mich nicht immer mit Rätseln, alter Mann. Von wem sprichst du?«

»Von Gabriel Zimenes natürlich. Er weiß, wie wir die Wölfe zähmen! Jeden anderen hätte das Tier sofort angefallen und …«

»Gabriel Zimenes!« Sidonia schrie den Namen. Ihre Stimme

hallte von den Felswänden wider. Sie taumelte. Fadrique riss sie zurück auf den Boden.

»Man kann dich über Meilen hören!«

Sidonia öffnete und schloss ihren Mund, schüttelte den Kopf, schlug die Hände vor ihr Gesicht und schluchzte. Es war ein trockenes Schluchzen, ihr Hals brannte, ein unaushaltbarer Schmerz durchbrannte ihre Brust, züngelte hoch und dehnte sich aus wie ein plötzliches Feuer. Sie wollte schreien. Schreien oder um sich schlagen. Sie atmete so heftig, dass es an ein Keuchen erinnerte.

Fadrique schaute ihr zu. Als Sidonias Atmen sich in ein Japsen verwandelte, holte er aus und schlug ihr ins Gesicht. Sidonia erstarrte, dann begann sie zu weinen. Die Tränen schossen aus ihren Augen, strömten die Wangen herab, aber ihr Brustkorb weitete sich dabei, ihr Atem wurde ruhiger. Endlich fand sie die Sprache wieder.

»Wie kannst du mir solchen Schmerz zufügen?«

»Meinst du die Ohrfeige?«

»Wie kannst du Scherze mit dem Tod Gabriels treiben? Ich habe ihn geliebt.«

»Ich weiß. Aber sagtest du nicht, dass die Meseta alle deine Gefühle ausgebrannt hat?«

Sidonia atmete heftig ein. Warum quälte dieser Mann sie so? »Ich, ich liebe ihn immer noch, und nichts quält mich mehr als sein Tod!«

»Nichts quält dich mehr?«

Heftig setzte Sidonia sich auf. »Doch! Er glaubte nicht, wie sehr ich ihn begehrt habe, wie nah ich ihm war, wie gut ich ihn verstand. Er starb, ohne zu wissen, dass ich ihn liebe. Das ist das Schrecklichste.«

Fadrique zog seine Fellweste aus und legte sie um Sidonias Schultern. Sidonia bemerkte, dass sie fror.

»Es ist gleichgültig, ob er es wusste, mein Kind. In Spanien sagt man: *Eine Seele, die durch die Augen zu sprechen vermag, kann auch mit Blicken küssen.*«

Sidonia schaute ihn noch verzweifelter an: »Aber genau das kann ich nicht! Zimenes sagte, ich sei seelenlos.«

»Dann muss er blind sein.«

Sidonia schwieg.

»Hör auf dich zu quälen. Du liebst! Daran ist nichts falsch und vergeblich.«

Sidonia schluchzte. »Aber er ist tot, tot, tot.«

»Mein Kind, was sagt dir dein Gefühl? Erinnerst du dich nicht, was du bei der Betrachtung des Christusbildes in der Talkirche empfandest? Du bist in der Messe aufgestanden und hast gerufen: Er lebt.«

Sidonia schlang die Arme um ihre Knie und begann sich hin- und herzuwiegen. »Woher weißt du das?«, flüsterte sie. »Du warst nicht dabei. Oder doch? Kannst du dich auch unsichtbar machen?«

»Elena hat es mir erzählt. Ich muss zugeben, es verwirrte mich damals, weil ich noch nichts von der Negrona wusste und selbstverständlich annahm, dass Gabriel lebte. Was er anscheinend tut. Nein, ich bin mir sogar sicher, dass er lebt.«

Sidonia erstarrte. »Die Negrona!«

Wie aus fernen Nebeln tauchte vor ihr das Bild des Schiffes auf. Das Donnern von Kanonen, die verlöschenden Lichter des ausgesetzten Bootes.

»Er kann das nicht überlebt haben«, sagte sie tonlos. »Du musst dich irren!«

»Nein. Anders ist das Verschwinden des Geldes nicht zu erklären. Nur er und ich kennen diese Höhle. Ich zeigte sie ihm, als er ein Junge war. Ich lehrte ihn, die Wölfe zu zähmen, ich zeigte ihm die geheimen Dokumente, die ich vor der Vernichtung retten konnte. Nie hätte er dieses Versteck einem anderen verraten. Nie. Er muss leben.«

»Ich wünschte, ich könnte wie du an Wunder glauben«, flüsterte Sidonia.

»Ein Wunder ist, dass Gott ihn ein zweites Mal gerettet hat. Dass er noch lebt, ist nur eine logische Schlussfolgerung.«

»Er lebt ...«, flüsterte Sidonia ungläubig. Und noch einmal: »Er lebt.« Sie wiederholte die Worte so lange, bis sie in sie eindrangen und warm durchströmten. Ihre Augen begannen zu funkeln, ihre Wangen röteten sich, und sie streifte Fadriques Fellweste ab.

»Wir müssen los, wir müssen ihn finden! Vielleicht ist er nicht weit von hier. Der Wolf hatte frisches Blut am Maul. Er hat das Kaninchen erst kürzlich gefressen. Oh, Fadrique, wo kann Gabriel sein?«

»Auf dem Weg nach Santiago.«

»Woher weißt du das nun schon wieder?«

»Er will Lunetta befreien.«

»Dann müssen wir sofort hinter ihm her, wir müssen ...«

»Abwarten, bis es dunkel wird.«

»Ich kann nicht warten.« Sidonia sprang auf. »Ich muss ihn finden. Ich muss ihn sehen, mit ihm reden.«

»Das ist keine gute Idee. Bislang scheint Aleander nicht zu wissen, dass Gabriel noch lebt. Wenn wir nun hinterherstürmen, ziehen wir unsere Verfolger auch auf ihn.«

»Niemand verfolgt uns!«

»Wir werden seit mehreren Tagen beobachtet.«

»Aber da war niemand!«

»Nur ein Kaufmannstrupp auf schwarzen Jagdpferden, Sidonia! Es sind Jagdpferde, wie die Soldaten der Santa Hermandad sie schätzen. Und sie können sich merkwürdigerweise nicht dazu aufraffen, uns zu überholen, obwohl sie weit schneller reiten könnten. Kein Kaufmann würde so trödeln.«

Sidonia ging unruhig zwischen den Bäumen auf und ab.

»Du meinst die Gruppe von Männern, die in dem letzten Weiler vor dem Pass Rast eingelegt hat?«

Fadrique bejahte. »Und darum ist es wichtig, nicht vor Einbruch der Dämmerung diesen Ort zu verlassen. Ich nehme an, sie durchstreifen nun die Umgebung, ärgerlich darüber, dass sie unsere Spur verloren haben. Sie ahnen, dass wir hier irgendwo auf Schatzsuche sind. Wenn du gestattest, werde ich mich ein wenig ausruhen. Die Wanderung bis Santiago wird anstrengend werden.«

»Wanderung? Aber was ist mit unseren Pferden?«

»Wir werden sie in Acebo zurücklassen, das ist ein verschlafenes Nest hinter dem Pass. Die Hirten dort verstehen zu schweigen.«

»Wie viele Tage soll unsere Reise denn noch dauern?«

»Im besten Fall zehn, eher fünfzehn. Wir müssen noch über den Cebreiro. Das ist ein Pass, der die Backen schmal werden lässt!«

»Mit den Pferden wären wir schneller!«

»Nur in der Ebene. Es ist von nun an sicherer, zu Fuß zu gehen. Ich kenne abgelegene Gebirgspfade, die für Reittiere und damit auch für unsere Verfolger ungeeignet sind. Und nun ruhe dich aus.«

Wenig später erkannte Sidonia, dass Fadrique schlief. Für sie war das unmöglich. Sie brauchte die Gewissheit, dass Gabriel lebte. Gabriel. Immer wieder formten ihre Lippen seinen Namen. Sie musste ihn sehen! Sicher, sie verstand Fadriques Einwände, aber zum Teufel, vielleicht wollte er vor allem dieses Versteck schützen und ein paar alte Schriften! Sie lief in die Schlucht zurück, in der ihr der Wolf begegnet war, suchte die Felswände ab, erkannte einige Einschnitte, wagte aber nicht hineinzusteigen.

»Zimenes«, rief sie flüsternd, aber die Stille um sie blieb vollkommen. Es nutzte nichts, sie konnte sich nicht beruhigen.

Unschlüssig kehrte sie auf die Lichtung zurück. Die Pferde grasten träge. Wenn sie nur etwas tun könnte.

Etwas konnte sie tun. Etwas, dass sie lange nicht mehr getan hatte. Sie konnte die Karten befragen!

Eilig öffnete sie ihre Satteltaschen und suchte das Tarotspiel hervor. Sie schloss die Augen und atmete tief ein. Die Karten hatten auf seltsame Weise immer einen Hinweis gegeben. Manchmal waren diese Hinweise bedrückend, ja niederschmetternd gewesen, oder sie hatte sie falsch gedeutet. Sie wog den Stapel in ihrer Hand. Trotzdem. Sie würde es wagen, sie wollte eine Antwort auf ihre drängendste Frage: Lebte Gabriel?

Rasch mischte sie die Karten in ihrer Hand. Geschickt bildete sie einen Fächer, nahm ihn in die rechte Hand und zog mit der linken. Bevor sie die einzelne Karte umdrehte, holte sie noch einmal Luft.

»Was tust du da?«

Sidonia schaute zu Fadrique hin. »Ich ... ich vertreibe mir die Zeit.«

Der Padre erhob sich. Mit sanfter Gewalt entwand er ihr die einzelne Karte. »Das Tarot ist kein Spiel, Sidonia. Woher hast du die Karten?«

»Gib sie mir zurück!«, rief Sidonia aufgeregt wie ein Kind. »Gib sie mir wieder. Lunetta hat sie mir geschenkt!«

»Dann muss sie große Zuneigung für dich empfinden!« Er klang verblüfft.

Fadrique drehte langsam die Karte um und betrachtete sie. Seine Stirn legte sich in Falten. Sidonia umklammerte die verbliebenen Karten. »Was zeigt die Karte?«

»Deine geheimsten Wünsche und Ängste. Das Tarot ist ein Spiegel deiner Seele, und insofern jede Seele eines Menschen auch göttlich ist, kann es dir eine Ahnung von deinem Lebensweg und deinen Aufgaben vermitteln. Das Spiel gibt Hinweise auf deine Schatten- und Lichtseiten, es ...«

»Zeig mir endlich die Karte!«

Der Padre drehte das Bild um. Es zeigte einen Mann, eine Frau und ein Kind, die sich nackt aus einem Grab erhoben. Ihre Hände streckten sie dem Himmel und einem Engel entgegen, der auf einer Posaune blies. *El juicio* war der Name der Karte.

»Das jüngste Gericht«, sagte Fadrique langsam. Sein Blick streifte die staunende Sidonia. Lag Mitleid darin? Sidonia betrachtete das Bild erneut, dann begannen ihre Augen zu leuchten.

»Aber, das ist doch ganz eindeutig«, jubelte sie. »Die Karte zeigt die Auferstehung von den Toten! Gabriel lebt, er lebt! Oh Fadrique, ich liebe das Tarot!«

»Die Karte kann auch etwas anderes bedeuten.«

»Nein, ganz sicher nicht. Das kann sie nicht!«

»Sidonia, das Tarot ist kein simples Mittel der Weissagung.«

»Nicht?«

»Ich sagte es bereits: Es ist ein Spiegel deiner Seele!«

»Nun denn, ich wünsche nichts so sehr, als dass Gabriel lebt! Können wir nun endlich los?«

Fadrique seufzte. »Sidonia, du machst es dir zu leicht. Diese Karte steht für die Erkenntnis, dass der Tod nur ein Übergang ist und dass diejenigen, die viel Leid erfahren haben und bereit sind, daraus zu lernen, auf Erlösung hoffen dürfen. Wenn du Lunetta retten willst und eine Lösung all des Unglücks wünschst und keine weitere Tragödie, dann musst du dich gedulden! Geh in dich!«

»Ich habe deine Belehrungen satt!« Sie wies in den Himmel über ihnen. »Es dämmert doch bereits. Was hält uns noch hier?«

»Wir warten, bis es dunkel ist!«

Sidonia entriss ihm die Karte und steckte sie mit den anderen zurück in ihre Satteltasche. Dann löste sie die Zügel ihres Pferdes von einem Stein und schwang sich auf seinen Rücken.

»Du kannst warten. Ich werde losreiten.«

»Sidonia, du begibst dich in tödliche Gefahr!«

»Ich war tot, als ich nichts fühlte! Sagtest du nicht, ich solle mich mit meinem Schicksal und meinem Schmerz verbünden, um mein Wunder zu erleben?«

»Aber nun verfällst du in neue Maßlosigkeit. Du lässt dein Herz den Verstand regieren.«

Sidonia biss sich auf die Lippen, sie wusste, dass Fadrique Recht hatte. Ja, sie war ganz ihr altes Selbst. Und trotzdem: »Versteh mich doch! Ich muss Gabriel suchen. Und das auf dem schnellsten Weg!«

»Ich bitte dich, zu bleiben, mehr kann ich nicht tun.«

Sie stieß dem Pferd ihre Fersen in die Flanken. Zu ihrem Ärger verfiel es nur in leichten Trab. Sidonia trieb es weiter an, so als befürchte sie, dass der Padre sie zurückhalten würde. Erst als sie den Hang vor sich sah, der die Schluchten der alten Silberminen vom Jakobsweg trennte, sah sie sich um. Der Padre war ihr nicht gefolgt.

Unschlüssig schaute Sidonia nach vorne, sprang vom Pferd und tastete sich zwischen den Bäumen bis zum Wegrand hinauf. Sie spähte nach allen Richtungen. Niemand quälte sich kurz vor Sonnenuntergang noch den Rabanalpass hinauf, der mit einem hohen Kreuz gekennzeichnet war. Sidonia rutschte den Hang wieder hinab, nahm ihr Pferd beim Zügel und zog es zwischen den Bäumen hinauf. Oben angelangt, führte sie es auf den Weg nach Westen und stieg auf. Was riefen die Pilger einander zu? *»E ultreia, e suseia«* – weiter und voran!

17

Sidonias Pferd ritt wie befreit voran. Die Wolfsschlucht hatte das Tier gelähmt. Sidonia flüsterte ihm aufmunternde Worte zu. Sie fühlte sich leicht, fast schwerelos vor Fröhlichkeit.

Immer näher kam das windschiefe, riesenhafte Passkreuz heran, das aus einem Hügel aus Steinen herausragte. Fadrique hatte ihr erzählt, dass christliche Pilger hier Steine niederlegten, die sie aus ihrer Heimat mitgebracht hatten. Sie warfen mit diesen Steinen ihre Sorgen, Nöte und ihre Wünsche von sich, hieß es. In Wahrheit folgten sie damit einem uralten römischen Brauch, der Merkur, den Gott des Weges, gnädig stimmen sollte.

Fadrique, Fadrique. Sie trug keine Steine bei sich. Aber alle ihre Sorgen würden von ihr genommen, wenn sie Gabriel fand. *Alle?* Meldete sich eine unwillkommene Stimme in ihr zu Wort. *Und was macht dich so sicher, dass er dich sehen will, dass er so empfindet wie du? Wo bleiben deine einstigen Zweifel an ihm? Hat er dich nicht oft verspottet? Vor allem, wenn du so heftig wie jetzt deinem Temperament nachgegeben hast? Hätte er nicht – genau wie vorhin Fadrique – zu mehr Zurückhaltung geraten?* Es gab genug, über das sie nachzudenken hatte. Darüber, wie sie Lunetta helfen konnte, Lambert, ihrem Vater. Sie war nicht allein auf dieser Welt, sie hatte Aufgaben, Menschen, die sie liebte. Und einen Feind: Aleander. Ihr Ungestüm durfte ihm nicht ein weiteres Mal in die Hände spielen.

Sidonia konzentrierte sich auf das Kreuz, das im Zwielicht der Dämmerung schwarz zu sein schien. Ein Totenkreuz, dachte sie schaudernd. Ärgerlich hieb Sidonia dem Pferd die Fersen in die Flanken. Es war besser, schneller zu reiten, um bei Nacht bei einer menschlichen Behausung unterzukommen. *So wie die Reiter der Santa Hermandad?* In den Talsenken glänzten die Schieferdächer abgelegener Dörfer. In einem von ihnen würde sie Rast machen. Das schwor sie sich. Fadriques Einwände waren nicht spurlos an ihr vorübergegangen. Ja, sie würde in Ruhe nachdenken, sich zügeln und darauf vertrauen, dass sie Gabriel finden würde. Mit Fadrique. Sie brauchte ihn.

An irgendeiner Stelle des Weges würde sie wieder auf den Padre treffen. Viele Pilger begegneten einander auf dem Weg nach Santiago mehrmals, egal wie langsam der eine oder wie schnell der andere ging. Mal warf eine Verletzung einen Rastlosen zurück, mal trieb den Langsamen eine plötzliche Lust, auf einem Wagen zu reisen, sodass sich die Wege beider wieder kreuzten.

Nie schien es ein Zufall zu sein, wer wem noch einmal begegnete. Es war, als lenke Gott das Gespräch zwischen bestimmten Menschen. Nicht immer waren es die angenehmsten Gesellen, die man wieder traf, aber immer waren es Reisende, die einen Eindruck hinterlassen hatten, Fragen, ein Gefühl, eine Geschichte, ein Rätsel.

Es war eines der großen Geheimnisse dieses Weges, er führte Fremde zueinander und gab ein Gefühl von Geborgensein inmitten der Fremde. Unbekannte machten einen mit unbekannten Seiten seiner selbst bekannt. So wie Fadrique sie gelehrt hatte, ihren Schmerz zu spüren.

Sidonia richtete in stillem Dank ihren Blick in den Himmel. Wie auf der Negrona spürte sie eine Verbindung zu den aufblinkenden Sternen. Es war kein so überwältigendes Gefühl wie beim ersten Mal, aber vertraut und tröstlich. Sie nahm den letzten Anstieg zum Kreuz, streifte es mit einem Blick und wollte weiter, denn die Finsternis nahm zu. Da machte sie am Fuße des Kreuzes eine kauernde Gestalt aus.

»Zimenes«, entfuhr es Sidonia. Sie straffte die Zügel und glitt vom Pferd, rannte zum Steinhügel hin und erklomm ihn. Die Steine rutschten unter ihren Füßen, der Hügel geriet in Bewegung und zwang sie, gebückt weiterzukriechen. Erst als sie den Kauernden erreichte, erkannte sie ihren Irrtum. »Jona!«

Der Jüngling hob seinen Kopf. Er sah müde, grau und abgezehrt aus. Als er Sidonia erkannte, belebten sich seine Züge. »Ich habe dich gefunden«, stieß er mit sich überschlagender Stimme hervor. Er packte das Kreuz und zog sich hoch. »Sidonia, ich habe dich überall gesucht!«

Er öffnete die Arme und zog sie an sich. Sidonia ließ ihn eine Weile gewähren, ertrug es sogar, dass er ihre Stirn küsste. Erst als er ihr Gesicht mit seinen Händen umfasste und sie auf den Mund küsste, löste sie sich sanft von ihm.

»Oh Jona, wie konntest du dein Tal verlassen, deine Eltern? Was hast du dir dabei gedacht!«

»Ich handelte wie du. Ich will leben! Mir fehlte der Mut, bis ich dich kennen lernte ...«

Weiter kam er nicht.

Eine doppelte Salve durchriss die Stille. Sidonia nahm den Schwefelgestank einer brennenden Lunte war. Ungläubig drehte sie sich um und sah einen Trupp schwarzer Reiter, die sich um ihr Pferd scharrten. Drei der Männer hielten Feuerrohre im Anschlag, wieder blitzte es aus den Mündungen. Kugeln sausten wie wütende Bremsen auf sie zu.

Sidonia duckte sich und wollte Jona herabziehen. Der Jüngling stieß einen gurgelnden Schrei aus. Sidonia wandte sich um. Blut schoss aus seinem Mund. Das Weiß seiner Augen leuchtete hell. Es lag weniger Entsetzen als vielmehr maßloses Staunen in seinem Blick.

»Jona!«

Sidonia kniete sich neben ihn hin und bettete seinen Kopf in ihren Schoß, strich ihm über die Stirn und küsste sie. Wieder wandelte sich sein Gesicht, als probiere der Tod gleich einem unzufriedenen Künstler aus, welche Maske seine Absichten am besten träfe.

»Jona«, flüsterte Sidonia und sah, dass sein Blick starr wurde. Sie riss sich von dem Anblick los, der unerträglich war, und wirbelte zu den Männern am Fuß des Hügels herum. Ihr Mund öffnete sich zum Schrei. Er wurde von einer weiteren Salve erstickt. Ein harter Schlag traf sie von vorn, brennender Schmerz breitete sich in ihrem Brustkorb aus und nahm ihr den Atem. Sie ging in die Knie, griff nach ihrer Brust, spürte warme Flüssigkeit, die aus dem Stoff ihres Hemdes hervorsickerte. Sie verspürte eine Welle von Wärme, dann überkam sie Übelkeit und das Bedürfnis zu schlafen. Die Dunkelheit vor ihren Augen war tiefer als die der einsinkenden Nacht. Das also ist der Tod, dachte Sidonia. Sie schloss die Augen und glaubte zu fallen. Von fern drang der aufgeregte Ruf eines Mannes an ihr Ohr.

»El padre!«

Dann nichts mehr.

Vierter Teil

Santiago de Compostela, im Oktober 1527

Die wichtigste Stunde ist die Gegenwart,
der bedeutendste Mensch der,
der dir gerade gegenübersteht,
und das wichtigste Werk ist die Liebe

Meister Eckhart, deutscher Mystiker

1

Sprühregen raubte dem Granit der Kirchen und Paläste das Licht. Unablässig nadelte er in die Gassen, tröpfelte von den Nasen der Heiligenfiguren, gurgelte in Regenrohren, drang in die Kleidung und machte die Menschen mürrisch. Traurige Klanggirlanden wanden sich durch Bogengänge: Die Musik des galicischen Dudelsacks. Nur die Farben wilder Mauerblumen an Fassaden und Dächern trotzten dem Grau des Himmels und der Seelen. Ganz Compostela schien an diesem Vormittag eine Grabstatt.

Gabriel Zimenes aber liebte Santiago bei Regen. Der Nebel ließ die schweren Formen der Gebäude verschwimmen, leerte die Straßen, dämpfte Bettlergeschrei und den Zank der Souvenirhändler. Als am Mittag die Glocken der Kathedrale ihr ewig gleiches Lied sangen, strömten die Pilger zur Messe. Ein zerlumptes Volk. Viele gingen barfuß das letzte Stück zur versprochenen Seligkeit. Als Belohnung winkte eine Urkunde über die Verkürzung ihres Aufenthalts im Fegefeuer.

Gabriel Zimenes, der wie die Pilger den regenglänzenden Kathedralplatz überquerte, runzelte die Stirn. Das Fegefeuer war nichts als die Erfindung eines frühen Papstes. Die Hölle war der Kirche nicht genug. Die Androhung einer Vorhölle für jedermann – auch für die Sündenfreien – steigerte die Nachfrage für Ablasszettel, teure Seelenmessen und Kerzenspenden. Gegen Geld versprach die Kirche einen schnelleren und weniger qualvollen Zugang zu Gott. Das war keine Religion der Liebe, sondern eine Religion der Angst.

Er zog sein Samtbarett tiefer in die Stirn und schloss sich

den Pilgern am Eingangsportal der Kathedrale an. Einige hielten beim Mittelpfeiler der Pórtico de la Gloria an, um die Ankunftsrituale zu vollziehen. Sie legten ihre Hand in die Vertiefungen der Marmorsäule, auf der eine Figur Sankt Jakobs thronte. Millionen von Pilgerhänden hatten vor ihnen diesen Handabdruck erschaffen. Die Legende behauptete, er sei dadurch entstanden, dass der Herr die Kirche, deren Hauptaltar früher gegen Sonnenaufgang stand, umgedreht habe.

Kurz streifte Gabriels Blick den Sanct Jago. Er lächelte milde und hatte nichts gemein mit Jakob dem Maurentöter, Jakob dem Judentöter oder Jakob dem Indiotöter, zu dem die Spanier diesen Jünger Jesu gemacht hatten.

Doch noch mehr als der friedfertige Jakob erfreute Gabriel die Figur des bartlosen Daniel im linken Gewände. Es war die einzige Figur auf dem Portal, die lachte. Trunken vor Fröhlichkeit, ein Mann des Volkes. Die Galizier erklärten sich sein Lachen damit, dass er die gegenüberstehende Esther anschaute, insbesondere ihren üppigen Busen. Eine Geschichte, die die Bischöfe Santiagos dazu veranlasst hatte, den Busen Esthers von Steinmetzen verkleinern zu lassen. Daniels Lachen war nicht erstorben, vielleicht hatte es sich sogar vertieft.

Zimenes studierte die Mienen der Gotteswanderer, die ins Kirchenschiff drängten. Einige waren verzückt vom Hochgefühl ihrer Ankunft nach Monaten der Reise, andere schienen enttäuscht. Sinn und Wert ihrer Wallfahrt hatten mehr im Weg gelegen als im Ziel. Es war, als mache die Ankunft ihre hochgespannten Erwartungen mit einem Schlag zunichte.

Darum klammerten sie sich an die Rosenkränze aus schwarzem Gagat, die Muscheln, Heiligenbildchen oder Amulette, die sie als greifbare Erinnerung an ihre Reise gekauft hatten. Andere durchschritten zweifelnd das Tor mit den Bildern vom Weltgericht. Sie würden später mit den Küstern darüber verhandeln, einen Blick in den Sarg des Apostels tun zu dürfen.

Das Gerücht, das Grab sei in Wahrheit leer, wollte nicht verstummen. Mehrere französische Kirchen, etwa die von Toulouse, behaupteten, die Gebeine des wahren Jakob lägen unter ihren Altären. In Zeiten allgemeinen Glaubenszweifels nahm auch die Zahl der Reliquienzweifler zu. Was würden diese Pilger empfinden, wenn man ihnen mitteilen würde, was Gelehrte wie Padre Fadrique seit Jahrhunderten vermuteten? Nämlich, dass unter dem Altar und der vergoldeten Brustfigur des Heiligen ein Ketzer ruhte! Die Überreste des römischen Neuchristen Priscillian, der als spanischer Bischof allen kirchlichen Pomp verschmäht, die direkte Gottesschau gepredigt und ein Leben in Armut von allen Kirchendienern verlangt hatte. In Trier hatte man diesen Priscillian im Jahre 385 geköpft. Gegen den Protest des Bischofs von Tours, des späteren Sankt Martin, der diese erste Verfolgung von Christen durch Christen auf das Schärfste verurteilte. Es hieß, Priscillian sei nach der Hinrichtung in seiner Heimat Nordspanien beigesetzt und später fälschlich als heiliger Jakob wiederentdeckt worden.

Zimenes liebte diese Geschichte, für die es sogar Beweise gab. Unter anderem in Fadriques Höhle beim Rabanalpass. Was für eine köstliche Vorstellung, dass Millionen von Gotteswanderern nach Santiago zogen, um einen Mann zu feiern, der leere Kirchenriten als Werk des Frevels und Lästerung des wahren Christus gebrandmarkt hatte! Vielleicht vermittelte dieser Märtyrer den Wanderern auf dem langen Weg etwas von seinem Kampfgeist und seinem urchristlichen Wissen. In jedem Fall lösten sich in vielen Pilgern die Zwänge und Bedrückungen, denen sie in ihrer engen Heimat ausgesetzt waren. Niemand, der den Jakobsweg mit wachem Geist ging, kehrte als derselbe zurück, als der er aufgebrochen war. Das konnten auch die vielen Kirchen und erfundenen Heiligengeschichten längs des Weges nicht verhindern. Der Jakobsweg atmete Freiheit und förderte den Mut zu eigenen Gedanken.

Gabriels Laune hob sich beim Eintritt ins Kirchenschiff weiter. Küster trieben Schweine, die sich in die Messe verirrt hatten, durch das Gewimmel. Noch immer läuteten die Glocken. Eine Menschenschlange wand sich auf die Holztreppe beim Hauptaltar zu, die zur Brustfigur Jakobs hinaufführte. Wie jeder andere Pilger stellte Gabriel sich an, um hinaufzusteigen und von hinten den Schutzpatron zu umarmen. Ein paar Gotteswanderer stülpten ihm kurz den eigenen Hut über. Viele hofften auf ein Wunderwerk des Apostels. Taube, so hieß es, mache er in der Kathedrale hörend, Blinde sehend.

Gabriel war Arzt und glaubte nichts von alledem. Trotzdem war er gekommen, um sein Gelübde zu erfüllen. Jenes Gelübde, das er auf dem sinkenden Schiff der Conquistadores abgelegt hatte. So wenig er an hohle Rituale glauben wollte, so sehr trieb ihn die Dankbarkeit für seine zweimalige Errettung aus den Fängen des Meeres.

Während er am Spendenkasten vorbei zu der Figur hochstieg, musste er wieder an Fadrique denken. Der Padre hatte seinen Zweifeln an der Existenz Gottes wieder und wieder milde widersprochen. Nicht eifernd, sondern mit Argumenten: »Bedenke, Gabriel, wie beunruhigend es für die Menschen wäre, den Glauben an das Heil zu verlieren, wenn sie den Sinn für die Sünde doch immer behalten werden. Lasse ihnen ihre Form des Trostes. Der Verstand vermag viel, aber nur der Glaube bietet Schutz und Heimat.«

Vor dem Altar zogen Kirchendiener an Seilen den *botafumeiro* von der Decke herab. Ein riesiger Weihrauchkessel, der nun von acht Männern in Schwingung versetzt wurde. Schwerfällig bewegte er sich wenige Meter. Erst nach dem Introitus würde er wie eine Glocke durchs Querschiff sausen und sich in schwindelnde Höhe schrauben. Sein Räucherwerk reinigte die Luft von den Ausdünstungen der Pilger, die im Kirchenschiff kampierten, von dem Gestank ihrer Hunde und der umherlaufenden Schweine. Die Kirchendiener, die die Apostelfigur bewachten, begannen, die Gläubigen die Treppe hinabzutreiben. Das Geläut der Glocken verklang, und aus der Sakristei näherte sich der Zug der Priester.

Gabriel legte seine Hände auf den Mantel der Jakobusfigur, stieg auf der anderen Seite die Holztreppe hinab und wurde hinter das Schmiedegitter getrieben, das das Querschiff vom Hauptaltar trennte. Er neigte sein Haupt und schlug das Kreuz. Als er den Blick hob, erstarrte er. Hinter dem Altar stand – neben dem Bischof Tavera – Aleander. Wie hatte es dieser Teufel bewerkstelligt, an Santiagos heiligstem Ort eine so herausragende Position einzunehmen? Erpressung, Intrigen oder Bestechung mussten dahinterstecken!

Bischof Tavera war nie ein Förderer des Inquisitors gewesen. Fadrique hatte in der Gunst des Bischofs immer höher gestanden. Wo zum Teufel steckte der Padre, um Aleander die Stirn zu bieten? Zimenes hatte in Erfahrung gebracht, dass Fadrique ein Gefangener des Klosters San Zoilo gewesen war, sich aber hatte befreien können. Er war geneigt, ihm zu vergeben. Es war dem Padre nicht möglich gewesen, Mariflores zu helfen. Doch warum war er nun nicht in Santiago? Er wusste doch, wie gefährlich Aleander war. Nicht nur für Lunetta, sondern für hunderte seiner Schützlinge.

Chorgesang hob an. Jubelnd stimmten die Pilger mit ein. Alle Augen waren zur Decke gerichtet, unter der in sichelförmigen Schwüngen der Weihrauchkessel hin- und hersauste. Auf den Gewölbegängen des Triforiums, das unter dem Kirchendach entlanglief, scharten sich weitere Messebesucher.

Gabriel entdeckte unter ihnen Mönche in Dominikanertracht. Der Orden der Prediger und Glaubensschnüffler hatte seine Macht in Santiago vergrößert. Zorn verengte seine Brust, und der süße Geruch des Weihrauchs verursachte ihm Übelkeit. Der Chorgesang verstummte, und Bischof Tavera machte sich bereit, die Messe zu zelebrieren. Stille legte sich über die Versammlung. Doch bevor Tavera das Kyrieeleison anstimmen konnte, zerriss ein Schrei die Andacht.

»¡Asesino! ¡Diabolo!«, brüllte ein Mann. Mörder! Teufel!

Wieder fuhren alle Augen nach oben, von wo die Rufe herabklangen und in Brüllen übergingen. Ein Mönch kippte über das Geländer des Triforiums, griff im Sturz nach dem heranschwingenden Weihrauchkessel, wurde von dem Gefäß durch den Chor geschleudert und ließ den brandheißen Kessel schließlich jaulend los. Mit rudernden Armen suchte er Halt im Nichts. Nur einen Wimpernschlag dauerte sein Fall aus dem Kirchenhimmel. Das Schmiedegitter, das den Chorraum umschloss, beendete den Sturz mit grausamer Präzision. Die goldenen Lanzenspitzen spießten den Bruder auf. Seine Todesschreie verstummten. Blut färbte seine weiße Kutte rot. Entsetzensrufe wurden laut.

Gabriel riss seinen Blick von dem Gepfählten los und schaute nach oben. Es herrschte Bewegung auf dem Triforium. Er sah die Uniformen der Santa Hermandad und die weißen Übergewänder der Santiagoritter. Die Gottessoldaten drängten sich durch die Pilger hindurch zu dem Geländer, über das der Dominikanermönch in die Tiefe gestoßen worden war. Es kam zu einer Rauferei: Der übliche Zwist zwischen den Waffenbrüdern der Inquisition und den Ordensrittern, wenn es um die Verhaftung eines Elenden ging.

Gabriel kniff die Augen zusammen. Plötzlich rieselten Blätter wie Konfetti vom Triforium herab. Taumelnd schwebten sie zum Altar nieder. Wieder ertönte ein Schrei. Diesmal war es der Schrei eines Kindes. Ungeformt und voller Schmerz. Gabriel drängte sich durch die wogende Masse der Pilger. Ein Gesicht tauchte über dem Geländer auf, rudernde Arme und Beine. Ein Soldat der Santa Hermandad umklammerte die sich windende Lunetta. Voll Todesfurcht blickte das Mädchen auf die Gläubigen hinunter. In der Menge schien es ein Gesicht zu erkennen, ihr Blick saugte sich daran fest. Gabriel sah sich suchend um, dann fuhr sein Blick erneut nach oben. Wieder öffnete Lunetta den Mund, schloss ihn, schien zu kämpfen, mehr gegen ihre Stummheit als mit dem Soldaten.

»Padre«, schrie sie endlich. Und so, als wolle sie den Klang ihrer wiedergefundenen Stimme nie mehr vergessen, wieder und wieder: »Padre! Flieh!« Dann riss ein Soldat sie von der Brüstung zurück.

Blitzschnell drehte Zimenes sich um, tauchte in der Menge unter, versuchte sich zu einem Aufgang zum Triforium vorzuarbeiten. Vergeblich, die Menge glich einem sich windenden Drachen aus tausend Armen und Beinen. Immer wieder wurde er zurückgedrängt. Zimenes wandte seinen Kopf erneut nach oben. Lunetta war verschwunden.

Der Altar und die Treppe waren nur wenige Schritte entfernt. Gabriel sah, dass der Bischof und die meisten seiner Begleiter geflüchtet waren. Nur einer stand aufrecht wie eine Statue unter der Figur des Apostels. Es war Aleander, der die Menge mit zusammengekniffenen Augen absuchte. Er suchte nach dem Gesicht von Padre Fadrique. Lunetta konnte niemand anderen gemeint haben. In der Hand hielt Aleander einige der Blätter, die eben in die Kirche herabgerieselt waren. Es waren die Karten von Lunettas Tarot. Tödliche Beweise dafür, dass sie eine Hexe war und die Mörderin eines Mönches.

Gabriel Zimenes duckte sich und tauchte in das Gewühl der Menschen ein, die zu den Haupt- und Seitentoren der Kirche drängten. Er musste die Kirche schnell verlassen. Seine Festnahme wäre das Ende aller Hoffnungen für Lunetta. Es gab für ihn keinen Zweifel: Der Mord in der Kathedrale war das Werk Aleanders und sein Ziel der Sieg der Inquisition über einen der letzten Vertreter einer friedlichen Glaubenslehre – Padre

Fadrique, den Beschützer von ungezählten Verfolgten. Nur, wo zum Teufel steckte der Mann, nach dem Lunetta so verzweifelt gerufen hatte? Würde er die Familie Zimenes wieder im Stich lassen?

2

Das Bergdorf schwamm in Schlamm wie ein Eierkuchen in Öl. El Acebos einzige Straße war eine Ansammlung aus Dreck und Trostlosigkeit. Es schien, als habe sich das Dorf zum Sterben hingelegt, unfähig, auch nur einen Knochen zu rühren. Die Höfe hinter den Bruchsteinhäuschen waren ein Gemisch aus Pfützen und Mist. Der Regen, der vom Rabanalpass herunterwehte, zwang die Bewohner in ihre höhlenartigen Behausungen.

In einer Kammer über der einzigen Schenke bückte Goswin sich zu einem Loch hinab, das den Namen Fenster nicht verdiente. Grimmig starrte er in den Vorhang aus Regen und suchte das Sträßchen nach Menschen ab. Nichts. Ein Klopfen ließ ihn hochfahren. Er stieß sich den Kopf an den Eichenbalken und fluchte. Während er sich den Schädel rieb, stoppelte er ein *»¡Adelante!«* – »Herein!« – zusammen. Die Brettertür schwang auf, und ein zahnloses Weib trat ein. Die Wirtin trug einen Tonteller mit einem Fladen, der faulig roch.

»La cena«, brummte sie und knallte den Teller auf einen Schemel. Sie blieb unter dem Türsturz stehen. Goswin machte keine Anstalten, den Fladen zu verzehren. Die Wirtin wischte sich die Hände an ihrer schmutzstarrenden Schürze und begann eine Tirade, die Goswins Spanischkenntnisse überforderte.

»Verschwinde!«, herrschte er die Alte an.

Die Wirtin wiederholte ihre Beschimpfungen, bis die Kammer mit zweisprachigem Gezänk erfüllt war.

»Zum Teufel«, schrie Goswin, »wir zahlen für deine elenden

Dienste. Diese Kammer ist schmutziger als ein Schweinekoben.«

»Es ist ihr Zimmer«, mischte sich die schwache Stimme einer Frau ein. »Sie will es zurück, ihr Mann hat schlimmen Husten und muss in der verrauchten Küche schlafen.«

Goswin fuhr zu dem Holzgestell herum, das zusammen mit einem Strohsack das Bett bildete.

»Du bist wach?«

»Ja, und anscheinend lebendig.« Sie sagte es mit milder Verwunderung. So also fühlte sich eine Auferstehung an. Keine Jubelchöre, keine Euphorie, keine Engel mit Posaunen wie auf der Tarotkarte. Nur ein grimmiger Soldat und ein gebeugtes Weiblein.

»Die Frau will hier keine Tote liegen haben. Übrigens, wo bin ich?«

»In einem Dorf hinter dem Rabanalpass.«

»Ich bin nicht tot und in der Hölle?«

»Es fehlt nicht viel. Eine Hölle ist dieses Dorf in jedem Fall.«

Die Alte hatte die Unterhaltung schweigend verfolgt. Sie wiederholte ihre Beschwerden, schien aber besänftigt, weil die Tote lebendig war. Sidonia bat sie auf Spanisch, die Kammer zu verlassen. Als unten das Rasseln von Karrenrädern laut wurde, verschwand die Wirtin.

Goswin stand vor Sidonias Bett. »Ich hatte die Hoffnung fast aufgegeben. Über eine Woche hast du gefiebert und nichts gegessen. Ich musste mit dir wie mit tausend Teufeln kämpfen, um dir Wasser einzuflößen.«

»Danke.« Sidonia richtete sich benommen von Schmerzen auf dem Strohsack auf. Ein Stechen durchfuhr ihre Brust, als ob tausend Messer in sie eindrangen. Jetzt fühlte sie sich wirklich lebendig. Zu dumm, dass das Gefühl mit solchen Schmerzen verbunden war. Mit zitternder Hand tastete sie nach einem

Verband unter ihrem Hemd. »Ich bin nicht tot«, stellte sie sachlich fest. Dann sah sie Goswin an. Ihre Pupillen wurden weit. »Und wenn du lebst, dann lebt auch Gabriel Zimenes! Oh, mein Gott, wo ist er?«

Goswin kratzte sich den Schädel. »Nicht hier.«

»Wo ist er?«

Goswins Miene wurde hart. »Nur ihm hast du zu verdanken, dass du nicht auf dem Pass verblutet bist. Er ist ein guter Arzt. Das Loch in deiner Brust war groß wie ein Taubenei. Der Schuss durchschlug deine Schulter, knapp über deiner – eh – Brust und dem Herzen.«

Sidonias Lippen formten ein tonloses Gebet, dann tastete sie wieder nach dem Verband. »Was, was hat er getan?«

»Die Wunde ausgebrannt«, murmelte Goswin. Schweiß trat auf seine Stirn. »Du hast geschrien wie … nun ja. Ein guter Arzt muss kaltblütig sein. Kannst froh sein, dass er immer Tinkturen und Mittelchen mit sich herumschleppt. Ich will gar nicht wissen, was er in das Schwämmchen geträufelt hat, das er dir unter die Nase gebunden hat. Hat dich zur Ruhe gebracht. Wirklich – ein Künstler.«

»Oder ein Teufel! Wie konntet ihr die Fahrt über das Meer überleben? Ich hörte die Kanonen, sah, wie das Licht verlosch. Ihr wart tot!«

»Und du warst ein Mann, als ich dich zuletzt sah. Die Dinge sind nicht immer, was sie scheinen.« Goswin griff nach der Tonschale mit dem Fladen und setzte ihn auf Sidonias Bett. »Iss!«

»Sag mir, wo Gabriel ist!«

»Iss!«

»Erzähl mir von eurer Rettung!«

»War weniger wunderbar, als du annimmst. Gabriel wartete einen gegnerischen Schuss ab. Die Kugel traf weit von uns entfernt ins Wasser. Krumme Geschütze. Dann löschte er alle

Lichter, genau wie zuvor bei der Negrona. Wir ruderten direkt auf das Korsarenschiff zu.«

»Ihr seid auf das Schiff zugerudert?« Ungläubig ließ Sidonia den Fladen auf den Teller fallen.

»Iss!«

»Ich kann nicht, es riecht fürchterlich.«

»Es schmeckt noch schlimmer, aber Gabriel hat klare Anweisungen gegeben. Du musst essen!«

»Nur wenn du mir die ganze Geschichte erzählst.«

Seufzend nickte Goswin. »Die Idee, auf das Korsarenschiff zuzurudern, hat sich als klug erwiesen. Die Kanonen der Angreifer waren alles andere als treffsicher, ihre Schüsse gingen weit über das Ziel hinaus. Es war also das Sicherste, nah an das Schiff heranzukommen. Schließlich haben wir den Kurs gewechselt und das Schiff in knapper Distanz passiert. Wir konnten die Wellen gegen die Bordwände klatschen hören.«

Die Korsaren hatten weiter nach Süden gehalten, aber der Vorsprung der Negrona war zu groß gewesen. In der Morgendämmerung hatten Gabriel Zimenes und Goswin am Horizont die Begleitkaracke ausgemacht, die schwer beschädigt auf dem Meer dümpelte. Sie waren an Bord genommen worden. Die Schiffszimmerer konnten die Karacke notdürftig zusammenflicken, und vier Tage später waren sie in einen französischen Hafen eingelaufen. Dort hatten sie ein Schiff mit Kurs auf La Coruña bestiegen und waren dank glücklicher Winde vier Tage später in Spanien gelandet und nach Santiago aufgebrochen.

Sidonia kaute auf dem Fladen herum, der sich als steinharter Eierkuchen erwies. »Aber wie seid ihr hierhergekommen?«

»Zu Pferde«, knurrte Goswin.

»Und warum?«

Goswin schwieg.

»Ihr habt das Geld gesucht, nicht wahr?«

»Welches Geld?« Goswin schien ehrlich verblüfft. Sidonia schluckte einen Bissen von dem Fladen. So widerlich er schmeckte, er stärkte sie.

»Gib mir Wasser«, bat sie Goswin, um von dem Geld abzulenken. Es schien, wie Fadrique gesagt hatte, Gabriel würde keinem Menschen das Versteck verraten.

Sie stellte ihre Frage erneut, eine unbestimmte Erregung ließ ihre Stimme zittern. »Wie kommt es, dass ihr ausgerechnet hier herumgeritten seid?«

Goswin reichte ihr einen Becher und zuckte mit den Achseln. »Gabriel suchte einen Padre Fernando oder Frederico.«

»Fadrique!«

Goswins Gesicht erhellte sich. »Genau!«

»Habt ihr auch nach mir gesucht?«

Goswin verzog den Mund. »Von dir war nie die Rede.«

»Nie?«

»Nun, Gabriel fluchte, als er dich auf dem Weg zum Passkreuz sah. Er hatte nicht mit dir gerechnet. Er war mehr als wütend, weil er sich um dich kümmern musste, statt dem verrückten Padre nachzusetzen.«

»Verrückt! Weshalb?«

»Dieser Mann, der mehr wie ein Hirte als ein Priester aussah, tauchte auf dem Pass auf, als die schwarzen Schergen gerade ihre Feuerrohre neu luden! Er ritt direkt auf sie zu, sprang vom Pferd und lief einen Abhang hinunter. Wie ein übermütiger Hase, der die Füchse foppen will. Die Männer sind sofort hinter ihm her. Hab mein Lebtag keinen Mann – schon gar nicht von seinem Alter – so springen sehen. Seine Flucht war deine Rettung.«

Sidonia schloss die Augen. »Gabriel Zimenes war also die ganze Zeit dort beim Pass?«

Goswin nickte. »Wir sahen dich den Weg hinaufreiten.«

»Und habt zugesehen, wie die Soldaten auf mich anlegten?«

Empört richtete Sidonia sich auf. Wieder stachen die unsichtbaren Messer in ihrer Brust.

»Auf dich und deinen Geliebten!«

»Meinen Geliebten?«

»War nicht mehr zu retten der Kerl. Schade drum, kann kaum älter als sechzehn oder siebzehn gewesen sein.«

»Jona!« Sidonia erbleichte. Sie hatte den Jungen ganz vergessen. Jona. Natürlich, er war tot.

»Er ist ... er war nicht mein Geliebter«, sagte sie schwach.

»Sah aber verdammt danach aus, als er dich küsste.«

Sidonia schwieg, sie wollte nicht über den Toten reden, sie wollte ihn vergessen. Das stille, erstaunte Gesicht. Töricht. So töricht. Ein zweiter Lambert. Sie schlug die Wolldecke zurück.

»Was machst du da?« Goswin zerrte die Decke zurück über ihre Knie.

»Ich muss zu Gabriel! Sag mir endlich, wo er ist?«

»In Santiago.«

»Dann auf nach Santiago. *E ultreia, e suseia.*«

»Wie bitte?«

»Nichts, das ist nur ein Pilgergruß. Unten ist doch eben ein Wagen vorgerollt, vielleicht kann er uns mitnehmen.«

Sie kämpfte sich vom Bett hoch und warf einen Blick durch das winzige Fenster, sah eine Maultierkarre mit Scheibenrädern und einen Mann in schwarzen Pluderhosen.

»Ein Maragato«, rief sie erfreut aus. »Fadrique sagte mir, dass dies die schnellsten und verlässlichsten Fuhrleute von ganz Spanien sind!«

»Du gehst nirgendwohin! Du musst ganz gesund werden. Ich habe Gabriel versprochen, dich keinen Moment aus den Augen zu lassen.«

»Hat er das gesagt?«

Goswin nickte. »Und, dass er dich auf keinen Fall in Santiago sehen will. Deshalb gab er mir das.« Er zog einen prallen Lederbeutel hervor. »Genug Geld, um deine Passage von La Coruña nach Antwerpen zu bezahlen. Von dort kannst du zurück nach Köln. Das Geld reicht sogar, um dir einen Wagen samt Fuhrknecht zu kaufen. Du kannst reisen wie eine Königin. Ich werde dich zum Hafen bringen, sobald du reisen kannst.«

Sidonia kämpfte sich vom Bett hoch. »Ich soll zurück nach Köln?«

Goswin nickte wieder. »Seine Anweisungen sind klar. Und das Reisegeld mehr als großzügig! Keine Ahnung, wie du das alles ausgeben willst, aber Zimenes meinte, du habest dir das Geld redlich verdient.« Missbilligend setzte er hinzu. »Auf welche Weise auch immer. Vielleicht im Dienst eines Kirchenmannes?« Die Anspielung auf Aleander war überdeutlich.

»Dieser Hund!«

»Wer? Der Dominikanermönch?«

»Gabriel. Ich will nicht zurück!«

»Du bist ein undankbares Geschöpf, Sidonia van Berck. Überheblich wie dein Vater! Ich möchte gar nicht wissen, was du Gabriel Zimenes angetan hast, aber er hasst dich.«

Sidonia schnappte nach Atem, die Luft fuhr pfeifend über ihre Rippen und erinnerte sie an ihre Verletzung. Im Moment spürte sie sie nicht, denn ein übermächtiges Gefühl von Taubheit füllte ihre Brust.

»Gib mir das Geld«, forderte sie.

»Was willst du damit machen?«

»Reisen, was sonst!«

3

Die Hammerschläge der Zimmerleute hallten über den Freiplatz vor Santiagos Kathedrale. Geschickt fügten die Handwerker vor der Kirche eine Tribüne aus Brettern zusammen. In der Mitte des Podestes entstand eine Empore für den Bischofsstuhl und für zwei vornehme Beisitzer. Für Aleander, den Chefankläger der Inquisition, und für den weltlichen Richter, der für die Durchführung der Ketzerverbrennung zuständig war. Vor der Tribüne richteten Knechte des Henkers Holzkreuze auf, an zwei waren lebensgroße Puppen genagelt.

Die Strohfiguren trugen Sambenitos, schwarze Schandkleider verziert mit Höllenflammen und Dämonen als Zeichen dafür, dass sie dem Teufel verfallen waren. In einer Seitenkapelle der Kathedrale waren Dutzende solcher Kleider ausgestellt, versehen mit den Namen der Armesünder, die sie auf ihrem letzten Gang getragen hatten, damit man in alle Ewigkeit auf ihre Kinder und Kindeskinder zeigen konnte.

Die Sambenitos wurden den Verurteilten vor dem Feuertod vom Leib gezerrt und mit Weihwasser entsündigt, während ihre Träger nackt in Flammen aufgingen. Begnadigte Büßer, die in gelben Gewändern solchen Hinrichtungen beizuwohnen hatten, standen dabei, um Gott zu danken und Holz nachzulegen, wenn das Feuer schwächer wurde. Nicht selten waren es Verwandte der Unglückseligen, ihre Kinder, der Ehemann oder die Ehefrau.

Der Scharfrichter zupfte das Stroh der gekreuzigten Puppen zurecht und schichtete Holz, Reisig und Sägespäne unter ihnen auf. Er trat zurück und begutachtete sein Werk.

»Sehr ansehnlich«, lobte ihn Aleander, der eben von der Tribüne herübergehinkt war.

Ein Priester heftete auf seine Anweisung Zettel an die Gewänder der zwei Puppen. Darauf waren die Namen derjenigen verzeichnet, an deren Stelle sie brennen würden. Padre Fadrique hieß die eine, Gabriel Zimenes die andere. Aleander faltete mit Blick auf die Strohpuppen fromm die Hände und sprach ein Bittgebet für die Seelen der Verurteilten. Der Henker zerrte seine rote Wollmütze vom Kopf und stimmte in das Amen mit ein.

Aleander hatte sich entschlossen, die Verbrennung von Gabriel Zimenes zu wiederholen. Noch immer quälten ihn Zweifel, ob dieser Teufel nicht doch noch lebte. Auch wenn es nur sein Gespenst war – er wollte ihn ein zweites Mal im Feuer sehen.

Zudem gab es einen frei gewordenen Platz aufzufüllen. Den Platz des von ihm verurteilten Uhrmachers Corriano. Dessen Freilassung war der Preis gewesen, den Aleander dem Bischof hatte zahlen müssen, um Fadrique in Abwesenheit zum Tode verurteilen zu können. Der Padre wäre damit in Spanien für immer ein toter Mann, vogelfrei und entmachtet. Natürlich wäre es erhebender für ihn und eindrücklicher für die Bürger Santiagos gewesen, den Padre leibhaftig brennen zu lassen. Ein wimmernder, brüllender, jammernder Mensch beförderte die Gottesfurcht mehr als eine brennende Strohpuppe. Aleander lächelte. Nun, vielleicht würde es ja noch gelingen, den Padre selbst ans Kreuz zu binden. Die Soldaten der Santa Hermandad hatten den Flüchtigen zwar in den Bergen verloren, aber Lunettas Hilfeschrei in der Kathedrale bewies ihm, dass der Mönch in der Stadt war. Sicher würde dieser heilige Narr alles versuchen, um Lunetta zu retten. Irgendwann würde er auftauchen. Es galt abzuwarten. Wie pflegte Fadrique selbst zu sagen? *Alles kommt zu dem, der warten kann!* Es war nur eine der albernen Weisheiten, die er im Tarotbuch von Mariflores gefunden hatte.

Das Buch hatte Fadrique das Genick gebrochen. Zu dem darin beschriebenen Tarotspiel gehörte eine Karte, die *Die Päpstin* hieß – Blasphemie! Genau wie die Bilder von nackten Liebespaaren, vom Teufel als einem Beherrscher der Welt oder dem Magier, der, einem heidnischen Priester ähnlich, mit dem Kelch Christi und hebräischen Schriftrollen hantierte.

Den Ausschlag zur Verurteilung des Padres hatte allerdings der Mord in der Kathedrale gegeben. Lunetta war überführt. Niemand hatte Zweifel daran, dass sie besessen war und ihrem Begleiter, der ihr Exorzist gewesen war, den tödlichen Stoß versetzt hatte. Der Mitbruder des toten Franco hatte als Zeuge ausgesagt, beredt und ohne Wimpernzucken. Schließlich brachte ihm dieses Zeugnis einen Posten als Prior ein, und da er den Stoß selber getan hatte, war es in seinem Interesse, den Verdacht auf das Kind zu lenken. Ein Mord war bestechend einfach. Lunettas Karten hatten das Bindeglied zu Fadrique gebildet. Aleander hatte nachweisen können, dass Fadrique der Mentor von Mariflores, Lunetta und Gabriel gewesen war. Ein Menschenverführer übelster Sorte.

Lunettas Verbrennung an der Seite anderer Ketzer war für den Sonntag in fünf Tagen angesetzt. Die Tribüne für Bischof und Kirchenvertreter und die Kreuze waren eine Botschaft an den Padre. Unübersehbar für jeden Bürger und Besucher Santiagos. Oh ja, Fadrique war Narr genug, hier aufzutauchen, um Lunetta zu retten.

Hoffnungsfroh blickte Aleander in den Himmel, der nach den tagelangen Regenfällen von gläsernem Blau war. Die Luft war herbstlich kühl. Eine Gruppe Pilger beobachtete die Handwerker aus sicherer Entfernung. Wie die Bürger der Apostelstadt machten sie einen weiten Bogen um die Richtstätte, wenn sie zur Kathedrale gelangen wollten. Es brachte

Unglück, den Werken der Henker zu nahe zu kommen. Wer so dumm gewesen war, dem Scharfrichter beim Auflesen eines verwehten Reisigs zu helfen, war selbst für immer ein Verfemter. Die Pilger bekreuzigten sich und beschleunigten ihre Schritte. Manche mit schaudernder Vorfreude.

Unter den Händen eines kundigen Maurers wuchs neben den Kreuzen und nur fünfzig Schritte vom Kathedralportal entfernt ein Quemadero. Ein kreisrunder Ziegelofen, dessen Verwendung den verworfensten Ketzern – Teufelsbündlern und hartnäckigen Juden – vorbehalten war. Die Öffnung in der Wandung des Ofens war so eng, dass man Lunetta würde hineinzwängen müssen.

»Gute Arbeit«, lobte Aleander und steckte prüfend den Arm in die Ofenkammer. »Die Glut wird eine Weile brauchen, um ihn vollständig zu erhitzen, nicht wahr?«

Der Maurer wiegte den Kopf: »Ich könnte ihn innen versiegeln, dann ginge es schneller.«

»Oh nein«, erwiderte Aleander. »Das würde das Volk enttäuschen. Die Hexe, die darin schmoren soll, hat einen Mönch getötet. Während der Heiligen Messe! Bruder Franco war einer meiner liebsten Mitbrüder. Diese Lunetta ist eine Ausgeburt des Bösen.«

»Aber sie ist ein Kind«, wandte der Maurer ein.

Der Henker, in dessen Auftrag er arbeitete, hatte ihm versprochen, das Reisig so hoch aufzutürmen, dass der Ofen darunter verschwände. Er wollte es sorgfältig von allen Seiten anzünden, um die Ziegel rasch zum Glühen zu bringen. Dennoch schreckte den Maurer die Vorstellung, ein Kind wie ein Huhn zu rösten – und das bei lebendigem Leib!

»Ihr müsst lernen wie ein barmherziger Christ zu denken«, unterbrach Aleander die Überlegungen des Maurers. »Der Quemadero ist eine Art Fegefeuer. Je länger er brennt, desto reinigender ist er für die Seele.«

Verblüfft schaute der Maurer auf. »Aber eine Hexe hat doch gar keine Seele!«

»Nun, Bruder Franco hat es mit einem Exorzismus versucht. Die Seele des Kindes ist vom Teufel besessen. Vielleicht hatte Franco einen gewissen Erfolg. Ich will nichts unversucht lassen, um das Kind Lunetta noch zu läutern. Vielleicht ist ein langsames Feuer ihre letzte Chance, die Seligkeit des Herrn zu schauen! Unser Glaubensgrundsatz muss die Barmherzigkeit sein und …«

»Und darum nimm die Puppe dort ab!«

Aleander wirbelte herum, wer wagte es, ihn, den Chefankläger der Inquisition, mitten auf dem Plaza Obradoiro anzuherrschen?

»Padre Fadrique!« Aleanders Stimme klang zu seinem eigenen Ärger erschrocken.

4

Am zehnten Tag des Monats Oktober ritt der Kölner Stadtsoldat Goswin über die steinerne Miñobrücke auf Puerto Marín zu. Hinter ihm rollte ein Karren, der von einem Gespann aus sechs Maultieren gezogen wurde. Er legte ein beachtliches Tempo vor. Sechs Maultiere!

Bis kurz vor dem gefürchteten Cebreiropass, der nun in ihrem Rücken lag, hatten zwei Maultiere den Karren gezogen. Vor dem steilen Anstieg hatte der Fuhrunternehmer sich verabschiedet. Sein Gefährt war zur Überquerung nicht geeignet. Nach langem Feilschen hatte er Sidonia eingestanden, einen Weg zu kennen, auf dem sich der Pass umfahren ließ, dieser sei jedoch länger.

Bei Gott, diese Maragatos verstanden ihr Geschäft – wenn man sie ausreichend bezahlte! Sidonia hatte dem Mann in den Pluderhosen und der bestickten Jacke ein Vermögen dafür bezahlt, weitere Maultiere zu kaufen, um den Umweg schneller zu bewältigen. Außerdem hatte sie sich ein Bett aus Stroh und Schaffellen auf der Ladefläche eingerichtet. Halteseile in den Seitenwänden ermöglichten es Sidonia, sich auf buckligen Pisten festzuhalten. Eine Plane schützte sie vor Regen und Wind. Dennoch verlangte ihr diese Fahrt ungeheure Kraft ab.

»In Wirklichkeit ist das Tier in uns stets kräftiger, als wir annehmen«, hatte sie Goswin abgefertigt, als dieser nach der Umgehung des Cebreiropasses eine Rast von mehreren Tagen vorschlug. »Weiter und voran, Goswin, ich dulde keinen Aufschub! Wir haben genug Zeit verloren. Hast du neue Leinenbinden für meine Wunde gekauft?«

»Du hast es merkwürdig eilig, La Coruña zu erreichen und Spanien zu verlassen«, hatte Goswin erwidert.

»Nicht ich habe es eilig, sondern Gabriel Zimenes. Wenn er mich so hasst, dass er meinen Anblick nicht ertragen kann, will ich ihm den Gefallen tun, schnell zu verschwinden. Er hat viel Geld dafür gezahlt! Außerdem wartet meine Familie in Köln auf meine Hilfe.«

»Aber der Jakobsweg ist zu gefährlich.«

»Der Jakobsweg hat mir Glück gebracht! Er ist die Straße der Wunder.«

Goswin schüttelte den Kopf. »Du bist nur knapp dem Tod entronnen. Lass uns den Weg nach Norden über Lugo nehmen. Hier könnte überall die Santa Hermandad lauern.«

»Sie glauben, ich sei tot, und das ist Gottes Plan.«

»Sie suchen den Padre.«

»Der ist längst in Santiago. Aleander hat die ganze Zeit auf ihn gewartet.«

»Ihr kennt den Mann gut!«

»Den Padre? Niemand kennt den Padre. Er ist ein wandelndes Rätsel.«

»Ich sprach von Aleander.«

Sidonias Augen verdunkelten sich, rasch wandte sie das Gesicht ab. »Den kenne ich besser als mir lieb ist. Und nun verschwinde, oder willst du zusehen, wie ich meine Wunde neu verbinde? Es ist kein reizvoller Anblick, und ich zeige mich nicht gern nackt, egal, was du von mir denkst.«

Eine Hure mit Stolz? Konnte es so etwas geben? Goswin begann widerwillig Respekt zu entwickeln. Als sie die Brücke vor Puerto Marín überquert hatten, hielt er sein Pferd an und wartete auf den Karren. Er warf einen Blick auf die Ladefläche und sah, dass Sidonia schlief. Schweiß verklebte ihre Haare, sie war blass. Verflucht, er hatte Zimenes sein Wort gegeben, auf Sidonia aufzupassen und nichts von dem zu verraten, was geschehen war, als Zimenes sie verletzt entdeckt hatte. Nie hatte Goswin den kaltblütigen Gabriel so bleich gesehen. Hauchzart hatte er das blutende Hemd von ihrem Körper gelöst, ihr das Haar aus dem Gesicht gestrichen und liebevoll, unendlich liebevoll ihren Namen geflüstert. Ob Hure oder nicht, Gabriel Zimenes liebte dieses Mädchen und wollte, dass sie rasch in die Sicherheit ihrer Heimat zurückkehrte – allerdings ohne ihn.

Mit Gesten gab Goswin dem Fahrer zu verstehen, dass sie in Puerto Marín eine Rast einlegen würden. Die Standarten und Banner auf den Gebäuden der Festungsstadt verrieten, dass sie ein Bollwerk verschiedener Ordensritter war und über Pilgerhospitäler verfügte.

Sie passierten ein Stadttor und die mit Zinnen bewehrte Kirche San Nicholás. Die ganze Stadt erinnerte an eine Burg aus alter Ritterzeit. Die Bruchsteingemäuer schimmerten hell unter der Sonne, die über den tagelangen Nieselregen triumphiert hatte.

Vor dem Haus der Johannesritter ließ Goswin den Maragato anhalten. Vier dienende Brüder empfingen sie freundlich und kümmerten sich um die entkräftete Sidonia. Dem Maragato wurde ein Quartier bei den Ställen zugewiesen. Goswin erhielt ein köstliches Essen und ein warmes Bett. Er schlief tief und traumlos. Die Glocken von San Nicholás weckten ihn um die elfte Stunde des nächsten Tages.

Doch die Freude auf das Frühstück im Refektorium schwand schnell, als der Prior des Hospitals ihm mitteilte, der Maragato und die Señora – er nannte sie tatsächlich Dame – seien bei Morgengrauen aufgebrochen.

Fluchend sattelte Goswin sein Pferd und jagte den beiden über staubende Sandwege hinterher. Die Steigungen waren nun zwar weniger steil, aber dafür länger. Das Land wurde grüner; es wirkte lieblich und herb zugleich. An den Wegrändern standen steinerne Kornspeicher auf Säulen und erinnerten an heidnische Grabstätten. Nur selten begegneten ihm Bauern. Nachdem er einen von ihnen nach Sidonia und dem Maragato befragt hatte, gab er auf. Er verstand kein Wort der seltsamen, weichen Sprachmelodie. War das Spanisch, was der Kerl gesprochen hatte? Es hatte nichts mit den rauen, harten Klängen gemein, die er inzwischen gewohnt war. Genauso wenig wie Galicien etwas von der gnadenlosen Meseta hatte. Das regenreiche Land war grün und fruchtbar, voll schattiger Waldstücke, baumbestandener Bachniederungen und saftiger Wiesen. Pinien- und Eichenhaine wechselten einander ab.

Goswin hatte keinen Blick für die Schönheit der Landschaft, bis er kurz vor Palas de Rei die Staubwolke entdeckte, die der Wagen des Maragato hinter sich aufwirbelte. Noch einmal gab er seinem Pferd die Sporen und holte Sidonia auf ebener Piste schnell ein.

Sie grüßte ihn mit triumphierender Lässigkeit. »So sieht man sich wieder.«

»Was zum Teufel hast du dir dabei gedacht?«, schrie er sie an, während er sein Pferd in leichten Trab verfallen ließ. Der Karren rumpelte gemächlich dahin, die Maultiere brauchten Schonung.

»Ich sagte dir schon, ich will weiter und voran«, erwiderte Sidonia. »Die Johanniter gaben mir einen hervorragenden Kräutertrank.« Sie hielt einen Lederschlauch hoch. »Gegen einen Maravedi für ihren Spitalsheiligen haben sie mir etwas davon abgefüllt. Ich fühle mich leicht wie ein Vogel.«

Goswin packte sich den Lederschlauch, entkorkte ihn und schnupperte daran. »Branntwein. Kein Wunder, dass du dich wie ein Vogel fühlst.«

Sidonia kicherte. »Der Maragato glaubt, dass wir es in drei Tagen bis nach Santiago schaffen können. Er glaubt, dass der Regen erst mal ein Ende hat. Schau in den Himmel, er ist köstlich blau ...«

»Santiago? Es geht nach La Coruña!«

Der Maragato hielt den Wagen an, drehte sich zu den Streitenden um und bekundete, er müsse seine Maultiere füttern und tränken. Während er die Tiere ausspannte, kletterte Sidonia schwankend vom Wagen hinab. Sie dehnte sich und bereute es sofort. Ihre Wunde meldete sich mit jähem Schmerz zurück. Goswin sprang vom Pferd und stützte sie.

»Komm, dort hinten ist ein Brunnen, ich führe dich hin.«

An dem Brunnen lagerten zwei oder drei erschöpfte Pilger, die sich in einem Gemisch verschiedener Sprachen – das alle Pilger im Laufe ihrer Wanderung entwickelten – unterhielten. Kurz vor Ende der Wallfahrt sprachen sie nicht mehr darüber, wohin sie noch gehen würden, sondern woher sie kamen.

Etwas abseits breitete Goswin eine Decke aus, schöpfte Wasser aus dem Brunnen und gab Sidonia von dem Brot, das die Hospitaliter ihm eingepackt hatten. Nachdem Sidonia ihren Hunger gestillt hatte, begann er auf sie einzureden. »Was willst du in Santiago?«

»Ich muss nach Santiago«, sagte Sidonia schlicht.

»Ist es wegen Gabriel Zimenes? Was verbindet dich mit ihm? Außer eurer unglaublichen Sturheit!«

Sidonia schwieg.

»Hör zu, ich habe dich in den letzten Tagen kennen gelernt. Es tut mir leid, dass ich so schlecht von dir dachte. Eine Hure ist eine Hure, heißt es ...«

»Ich bin keine Hure!« Zornig schaute Sidonia in das Gesicht des Soldaten, dann begann sie zu kichern.

»Was ist so komisch?«

Sidonias Kichern wurde zu einem lauten Lachen. Goswin beobachtete sie verdutzt. Verflixter Branntwein. Sidonia schüttelte sich, hielt sich die Brust, weil das Gelächter ihr Schmerzen verursachte. Sie zwang sich, ruhiger zu atmen.

»Erinnerst du dich an unsere erste Begegnung?«

»Du meinst in Köln?«

»Genau. An der Hafenpforte. Schon damals sagte ich dir: Ich bin keine Hure. Und jetzt sage ich es wieder: Ich bin keine Hure! Wann willst du mir endlich glauben?«

Goswin nahm seine Helmkappe ab, wischte sich mit der Hand über den Kopf. »Es ist mir gleichgültig, was du bist. Genügt das? Ich will jedenfalls nicht, dass du nach Santiago reitest. Gabriel Zimenes hat es verboten.« Auch wenn Gabriel weder den Tod noch den Teufel Aleander zu fürchten schien, die Gefühle, die er für diese seltsame Frau hegte, machten ihm anscheinend Angst. Vielleicht weil er ein ehemaliger Mönch war?

»Goswin, ich lasse mir nichts verbieten. Ich muss mit Gabriel Zimenes reden, wenigstens einmal!«

»Warum?«

»Weil auch er mich für eine Hure hält, und weil es *ihm* nicht gleichgültig ist!«

Goswin erschrak. Sidonia kannte also ihre Macht über Zimenes. »Er hat nie ein gutes Wort für dich übrig gehabt«, knurrte er abwehrend.

»Aber sehr, sehr viel Geld! Und ich schwöre dir, dass ich ihm nie zu Diensten war.«

»Aber diesem widerlichen Mönch! Ich sah es selbst. Ihr habt es in seinem Zelt auf der Negrona in abscheulicher Weise miteinander getrieben.«

Sidonia riss die Augen auf, Übelkeit stieg in ihr hoch und ein unerträgliches Gefühl der Schuld. Mit einem Mal fühlte sie sich stocknüchtern. »Du hast mich und Aleander beobachtet?«

Goswin nickte grimmig. »Das Ganze war umso widerlicher, weil ich dich damals für seinen Pagen hielt.«

»Der ich nie war! Genausowenig wie seine willige Geliebte. Er hat mich gezwungen. Bitte glaub mir.«

Goswin zuckte mit den Achseln. »Was zählt das schon?«

»Hast du Gabriel erzählt, was du auf der Negrona gesehen hast?«

Der Soldat wischte sich verunsichert die Stirn. »Ich, ich musste ihm nichts darüber erzählen. Er weiß, dass du Aleanders Bettschatz bist.«

Sidonia richtete sich empört auf. Zum Teufel mit den Schmerzen. »Verdammt, ich war *nie* seine Geliebte! Er zwang mich zu diesen schrecklichen Spielen.«

Goswin schüttelte den Kopf. »Spiele? Nennst du so etwas Spiele?«

Sidonia schloss die Augen. Das Bild des nackten Aleanders tauchte vor ihr auf. Die erste Nacht, seine grauen Augen, das Glitzern des Triumphes, während er zum ersten Mal in sie eindrang.

»Nein«, flüsterte sie, »es war kein Spiel. Es begann mit einer Vergewaltigung … im Haus meines Vaters.« Scham ließ sie verstummen und den Kopf senken. Wie kam sie dazu, ausgerechnet diesem einfachen Soldaten von ihrem Geheimnis zu erzählen? *Weil du es endlich erzählen musst!* Vor allem Gabriel Zimenes. Wenn sie seinen Gefährten überzeugen konnte, dann war viel gewonnen. Sie hob das Kinn und schaute Goswin direkt in die Augen – ohne jegliches Flehen, ohne Verstellung.

Goswin schien nicht überzeugt. »Eine Vergewaltigung? Die du widerspruchslos hingenommen hast? Du? Gegen die dein Vater, der mächtigste Kaufmann Kölns, nichts unternahm?«

»Aleander hat sich unter falschen Vorwänden in unser Haus geschlichen. Er gab vor, ein anderer zu sein. Mein Verlobter! Goswin, du weißt genug über seine Machenschaften! Du weißt, dass er ein Blender, ein Teufel ist.«

»Er ist ein Mönch!«

»Er trug keine Kutte, als er in unser Haus kam.«

»Du hast ihn zu dir ins Bett gelassen, das allein zählt.«

»Ich hielt ihn für meinen Bräutigam! Ich hielt ihn für Adrian von Löwenstein!«

Goswin runzelte unwillig die Stirn. »Dann bist du vielleicht keine Hure, aber eine Sünderin. Die erste Nacht sollte stets der Hochzeit folgen!«

Sidonia sah, dass sie einen kleinen Erfolg errungen hatte. Aufgeregt fuhr sie fort: »Er erpresste mich mit Anklagen gegen meinen Vater und meinen Bruder. Du weißt, dass er Lambert als Ketzer verhaften ließ. Ich hatte keine Wahl. Später versuchte ich aus Köln zu fliehen, doch er entdeckte mich auf der Negrona. Den Rest hast du gesehen. Wie hätte ich mich gegen ihn wehren sollen? Meine Entlarvung auf dem Schiff wäre mein Tod gewesen. Und der Tod von Lambert.«

Goswin schwankte kurz. Verflucht, da sollte sich noch einer auskennen! Diese Frau verfügte über Redekünste, denen er nicht gewachsen war. Nahm man ihr Äußeres und ihr außergewöhnliches Temperament hinzu, dann war sie genau die Frau, die seinen neuen Dienstherrn Gabriel Zimenes um seine Herzensruhe bringen konnte. Seine Miene verschloss sich. »Du gehst auf keinen Fall nach Santiago.«

»Nein, sicher nicht.« Sidonia unterdrückte ein Stöhnen und strich sich über ihre Wunde.

»Ich werde nach Santiago *fahren*. Der Maragato hat die Maultiere wieder eingespannt!«

Goswin spielte seinen letzten Trumpf. »Aleander ist dort! Du gehst freiwillig in die Stadt deines ärgsten Widersachers, oder ist er doch dein Freund?«

»Nein!«

Sidonia griff nach Goswins Arm. »Du glaubst mir also?«

»Aleanders Soldaten wollten dich töten, das spricht für dich.«

Sidonia umarmte Goswin. Er ließ es widerwillig geschehen, dann packte er Sidonia fest bei den Schultern. »Aber es spricht gegen eine Reise nach Santiago.«

»Goswin, bitte! Gabriel Zimenes ist der Mann, den ich liebe. Und ich kann nicht glauben, dass er mich hasst. Warum sollte er mir so viel Geld geben? Er will, dass ich meinen Bruder damit freikaufe. Ich muss ihm danken, alles erklären ... dann.« Sie brach ab.

»Er will dich nicht sehen, er ...« Goswin verstummte. Zum Teufel.

»Wenn er mir nicht glaubt, dann kehre ich sofort nach Deutschland zurück.«

»Würdest du das beschwören?«

Sidonia nickte. Ja, das würde sie tun.

Goswins Widerstand war noch nicht ganz gebrochen. »Santiago könnte dein Tod sein!«

»Oh«, sagte Sidonia, »tot bin ich doch bereits. Erschossen von der Santa Hermandad. Und genauso werde ich in die Stadt des heiligen Jakobus einreisen.«

Verdutzt starrte Goswin auf sie hinunter. »Wie?«

»Als Tote. Komm, wir müssen einen Sargschreiner finden.«

5

Bischof Juan Prado Tavera lehnte sich an den Sims eines großen Kamins. Ein prasselndes Feuer erhellte das Schreibzimmer seines Palastes. Die Plaza d'Obradoiro versank in Dämmerung. Noch immer hallten die Klänge von Hämmern herauf. Die Handwerker mussten ein neues Blutgerüst für die Verbrennung von Padre Fadrique errichten. Es sollte sich über alle anderen Kreuze erheben.

Der Verurteilte stand in ebendiesem Moment hinter einem Fenster des bischöflichen Schreibzimmers und schaute auf seine Richtstätte hinab.

Bischof Tavera seufzte. »Fadrique, warum bist du nach Santiago zurückgekehrt? Man sagt, der Hieronymitenorden habe überall im Land sichere Unterschlüpfe. Warum hast du dich Aleander ausgeliefert?«

Der Padre drehte sich um. »Ihr wisst, warum ich hier bin, bischöfliche Gnaden. Ich bot Aleander mein Leben gegen das des Kindes Lunetta an.«

»Ein Kind! Für ein Kind soll ein großer Mann wie du sterben? Bedenke, wie viel Gutes du bewirkt hast und noch bewirken könntest.« Verschwörerisch blinzelte Tavera ihm zu.

Fadrique überging den Einwand. »Könnt Ihr mir garantieren, dass man das Mädchen freilässt? Ihr seid meine einzige Hoffnung.«

Der Bischof löste sich von dem Kamin und ließ sich in seinen Lehnstuhl fallen.

»Ich brauche sehr gute Argumente, Padre Fadrique. Sehr gute. Das Kind soll einen Mord begangen haben.«

»Ich sagte bereits, *ich* stieß den Mönch über das Geländer! Darum rief das Kind ›Padre‹. Hunderte von Messebesuchern haben es gehört.«

»Ein Mitbruder des bedauerlichen Franco schwört, dass das Mädchen den Mönch hinabstieß.«

»Der Bruder irrt.«

»Aber alle sahen ihre teuflischen Karten in die Kirche herabsegeln. Der Mönch war ihr Exorzist! Was für einen Grund solltest du hingegen haben, einen armseligen kleinen Dominikaner zu ermorden?«

»Er hat meine Ketzereien erkannt und wollte mich bei der Santa Hermandad anzeigen.«

Tavera schüttelte den Kopf. »Das ist eine dünne Lüge, sehr dünn, Fadrique.«

»Das Kind tötete den Mönch nicht, glaubt mir. Und mein Sündenregister ist ohnehin voll. Man kann mich nicht öfter als einmal verbrennen.«

»Ich werde dein Geständnis notieren und beglaubigen, aber um das Mädchen freizubekommen, bedarf es weiterer Argumente. Sie hatte diese Karten bei sich …«

»Ich gab ihr die Karten. Auch das ist die Wahrheit. Sie gehörten zu meiner Bibliothek in Toledo. Sie wurden nach italienischem Vorbild von mir weiterentwickelt und von einem arabischen Kartenmaler gezeichnet. Sie zeigen Symbole aller mir bekannten Religionen. Das ist – nach herrschender Lehre – Blasphemie.«

»Nun denn.« Der Bischof gab seinem Sekretär, der stumm neben der Tür gewartet hatte, ein Zeichen.

»Hol Aleander her. Wenn du zurück bist, schreib alles mit, was gesagt wird. Das Protokoll des Disputes muss dem päpstlichen Legaten vorgelegt werden.«

Der Sekretär verschwand lautlos.

»Ich danke Euch, Bischof.«

Tavera schüttelte das Haupt. »Ich habe noch nichts erreicht. Wir können von Glück sagen, dass der Legat von Burgos sofort hierherkam. Nur dein Name konnte ihn dazu bewegen. Oh, Fadrique, dein Ruhm ist groß!«

»Übermorgen wird er dort auf dem Platz in Rauch und Flammen aufgehen. Nun, ich hänge nicht daran. Je weniger ich den Ruhm suchte, umso sicherer erreichte er mich und machte mir bittere Feinde.«

Wieder seufzte Tavera. »Ich fürchte, dass es noch vielen Männern wie dir ergehen wird.«

Fadrique nickte. »Ja. Selbst der Name des großen Erasmus, der beharrlich für ein Miteinander aller Religionen spricht und das Studium aller Glaubenslehren empfiehlt, da Gott nun einmal die ganze Welt geschaffen hat, zählt kaum noch in Spanien.«

»Der Kaiser schätzt Erasmus«, warf Tavera ein. »Vielleicht besteht Hoffnung, dass wir eines Tages in aller Offenheit über die letzten Dinge sprechen können.«

»Über die letzten Dinge«, sagte Fadrique, »würde ich lieber schweigen – in jeder Sprache. Aber die Stimme Luthers ist laut und verschreckt den Kaiser. Ich fürchte, dieser Wittenberger Mönch wird den Ton der kommenden Zeit angeben und die Fronten werden sich verhärten. Eiferer werden auf beiden Seiten streiten.«

»Luther sollte brennen!«

Fadrique lächelte leise. »Nein, niemand sollte für seine Überzeugungen brennen. Schon gar nicht durch die Hände von Christen. Das Evangelium der Liebe gehört zu den schönsten Glaubensbekenntnissen der Menschheit. Es ist ein trauriges Zeichen unserer Zeit, dass die Kirche lieber die Leiden Jesu betont, statt von seinen Freuden zu berichten.«

Tavera räusperte sich. »Wie auch immer. Der Legat des Papstes hat zugesagt, das Protokoll deiner Aussage noch heute Nacht zu prüfen. Falls deine Einwände gegen eine Hinrichtung Lunettas überzeugend sind, wird er dem Kaiser ihren Fall vorlegen. In jedem Falle gewinnen wir damit Zeit.«

Fadrique näherte sich dem Schreibtisch des Bischofs. Er stützte die Hände auf die Platte und schaute Tavera eindringlich an. »Ich nicht, aber Ihr. Werdet Ihr nach meinem Tod alles tun, um das Kind zu beschützen?«

»Ich tue, was in meiner Macht steht.«

»Euer erzbischöfliche Gnaden, bislang hat die Inquisition sich nur selten mit der Hexerei beschäftigt. Sie lehnt den Hexenglauben sogar ab! Die Auslöschung von Glaubensabweichlern, Juden und Mauren war ihr blutiges Geschäft.«

»Das du, so gut es ging, unterlaufen hast.«

»Meine Zeit ist um, aber wir müssen verhindern, dass diese Drachensaat weiter aufgeht. Die Kirche darf nicht fortfahren, jeden ihrer Anhänger zu verdächtigen! In Galicien ist der Glaube an Hexen verbreitet. Eine heidnische Tradition. Wenn die Kirche anfinge, diesen Aberglauben ernst zu nehmen, würden neidische Nachbarn einander des Schadenszaubers anklagen. Jeder Bauer, dessen Kuh kränkelt, fände rasch eine ihm verdächtige Frau. Jeder Kaufmann könnte seinen Konkurrenten anschwärzen. Am Ende würde jeder jeden verdächtigen und niemand mehr sicher sein.«

»Niemand, der es nicht verdient hat«, fuhr scharf die Stimme Aleanders dazwischen.

Ärgerlich schaute Tavera hoch. Der Sekretär war so lautlos mit Aleander zurückgekehrt, wie er verschwunden war. Er huschte zu seinem Schreibpult. Aleander näherte sich dem Schreibtisch des Bischofs. Er bemühte sich, sein Hinken zu unterdrücken. Die bedächtige Gangart machte ihn einem seitwärts laufenden Krebs ähnlich.

»Ihr habt mich gerufen, um einen Disput mit diesem Ketzer zu führen?« Voll Abscheu streifte sein Blick den Padre.

Tavera bedeutete Aleander, Platz zu nehmen.

»Danke, ich stehe lieber. Habt Ihr keine Soldaten zu seiner Bewachung hier?«

Tavera verzog den Mund. »Padre Fadrique gab mir sein Ehrenwort!«

Aleander wirbelte herum. »Ihr glaubt an das Ehrenwort eines überführten Ketzers? Ich hoffe nicht, dass Euer Sekretär das mitschreibt.« Das Kratzen einer Feder verriet das Gegenteil, und Tavera schloss schnell den Mund.

»Nun«, wandte der Dominikaner sich an Fadrique, »was hast du mir in Bezug auf deinen teuflischen Schützling Lunetta mitzuteilen?«

Fadrique reckte das Kinn. »Ich bin hier, um Zeugnis abzulegen über ein Wunder, das der Apostel in seiner Kathedrale gewirkt hat.«

»Du nennst den Mord an einem Mönch ein Wunder?«

»Ich nenne ein Wunder, dass Spaniens Schutzpatron ein stummes Mädchen sprechend gemacht hat, um einen Mörder anzuzeigen!«

Tavera schaute irritiert hoch.

»Das Kind ist stumm?«

»Es war stumm«, sagte Fadrique ruhig. »Stumm, seit es die Verbrennung seiner Mutter hat miterleben müssen. Gott nahm ihr die Sprache.«

»Stumm, tatsächlich stumm …«, murmelte der Bischof.

»Wie genügend Menschen bezeugen können«, sagte Fadrique. »Sie gewann die Sprache durch das heilige Wirken des Apostels zurück, um mich anzuklagen! Das erschütterte mich tief. Darum stehe ich hier, darum bekenne ich mich zum bedauerlichen Abfall von der reinen Lehre.«

»Du lügst«, schrie Aleander.

»Nein, ich bin geläutert«, erwiderte Fadrique freundlich. »Was ich lehrte, erzürnte Gott. Ich predigte die Gleichberechtigung und Verwandschaft aller Glaubensgemeinschaften. Mit einem Wunder brachte der Herr mich auf den rechten Weg zurück. Heißt es nicht schon im Codex Calixtinus, ›dass unter dem Glanz der Wunder des heiligen Jakobs Blinde ihr Augenlicht zurückbekommen und sich bei Stummen die Zunge löst‹? Wir sollten ein Gebet sprechen!«

»Lunettas Mutter war eine Hexe«, zischte Aleander, »genau wie ihre verstockte Tochter. Stumm? Sie hat nur so getan.«

»Hat sie vor dem Besuch dieser Messe unter der Folter nur einen Laut von sich gegeben?«

»Sie wurde nicht gefoltert, nur exorziert!«

»Zu einem Exorzismus gehören Nadelproben, nicht wahr? Man sucht die Handflächen einer Besessenen zu durchbohren, eine schmerzhafte Prozedur. Schrie sie?«

»Nein, aber sie war deine Schülerin, genau wie ihre Mutter! Soll ich dir vorlesen, was man über dich erzählt? Du kannst fliegen, heißt es, du kannst mehrere Wochen ohne Nahrung leben, du sollst schon über glühende Kohlen gelaufen sein ...«

Fadriques Lächeln nahm zu. »Glaubst du, dass ich fliegen kann, Aleander?«

»Du bist ein Sohn des Satans, das ist sicher!«

Fadrique wiegte bedächtig das Haupt. »Du hättest es einfacher, wenn ich nur ein geborener Jude wäre, nicht wahr?«

Eindringlich schaute er Aleander in die Augen, sein Blick spiegelte Mitleid. Der Dominikaner wich dem Blick aus. Tavera wunderte sich über Aleanders Schweigen. Endlich hob dieser den Kopf, er war blass und sah aus wie ein trotziger Delinquent, der erwartete, sein Todesurteil zu hören.

»Bist du ein Jude, Padre Fadrique?«

Der Padre schaute Aleander direkt ins Gesicht. Nach einer Weile seufzte er und schüttelte den Kopf. »Du kennst die einzig richtige Antwort. Ich kann es genauso wenig wie deine Mutter sein!«

Aleander nickte langsam. Fadrique drehte sich zum Fenster, dann begann er erneut: »Bleibt also die Frage, ob ich ein Sohn des Satans bin. Sind dir die Schriften des Bischofs Nikolaus von Cusanus bekannt? Ich hielt darüber einst eine Vorlesung.«

Aleander schwieg.

»Nun«, fuhr Fadrique fort, »der Bischof schrieb im Jahre 1457: Wer an die Wirksamkeit der Malefizien und Dämonen glaubt, befördert die Idee, dass der Teufel mächtiger als Gott ist. Das ist schlimmste Gotteslästerei!«

»Tatsächlich?«, warf Tavera überrascht ein. »Wie interessant.« Aleander beachtete ihn nicht. »Willst du damit sagen, dass *ich* der Ketzer von uns beiden bin?«

»Ich will damit sagen, dass alles Gerede von Hexen und der Macht des Teufels über menschliche Seelen nichts als heidnischer Aberglaube ist, wie schon die Kirchenväter bemerkten. Da jede Zauberei, erst recht das Fliegen, physikalisch unmöglich ist, muss man Menschen, die an derlei Spuk glauben, mit Nachsicht behandeln. So fordern es die alten Kirchenväter! Die spanische Inquisition lehnt daher eine ausführliche Beschäftigung mit der Hexerei ab.«

»Nicht mehr lange! Mein Orden nimmt das Problem sehr ernst. In Köln schrieb einer meiner Mitbrüder vor wenigen Jahren erst den Hexenhammer, eben komme ich aus Deutschland, und dort …«

»Köln ist weit und der Papst bislang nicht gewillt, dem Hexenhammer seinen Segen zu geben. Im Gegenteil, in Rom disputiert man sogar über ein Ende der gesamten spanischen Inquisition.«

»Aber nicht über ein Ende der Ketzerverfolgung!«

»Sicher nicht, aber man hält es wieder mit Augustinus: Wir möchten die Ketzer verbessert haben, nicht getötet. Wir wünschen den Triumph der Kirchenzucht. Ich stimme dem zu, daher bekenne ich mich zu meinen Fehlern. Wir brauchen eine einzige, einige Kirche, geführt vom Stellvertreter Gottes auf Erden.«

»Gerede! Ihr elenden Hieronymiten werdet nicht triumphieren«, stieß Aleander bebend hervor. »Eure Lügen und Tricks werden bald durchschaut sein. Du wirst keinen Ketzer mehr schützen, Fadrique. Mit deinem Tod bricht die Stunde des Löwen an.«

Der Padre legte die Hände auf den Rücken. »Johannes Chrysostomos, der kein Hieronymit war, schrieb im Jahr vierhundert: Einen Ketzer zum Tod verurteilen ist ein Vergehen ohne mögliche Wiedergutmachung.«

»Chrysostomos war ein Patriarch der Ostkirche, er ist viele hundert Jahre tot.«

»Er bleibt einer der größten Prediger der Christenlehre. Man kennt ihn in Rom unter dem Beinamen *Goldmund* und hat ihn nicht vergessen. Seine Worte werden die Zeit überdauern, gleichgültig, was mit mir geschieht. Du kannst mich töten, aber keinen Gedanken.«

»Wie schreibt sich Chrysostomus?«, wollte der Sekretär wissen.

Aleanders Gesicht rötete sich vor Zorn. Drohend trat er auf den Padre zu: »Wie kannst du es wagen, so mit einem Chefankläger der Inquisition zu sprechen?«

»Wie kann ein Chefankläger der Inquisition es wagen, an der ewigen Weisheit Roms, seiner Kardinäle und des Papstes zu zweifeln?«

»Der Papst ist zurzeit ein Gefangener, der nichts vermag, nichts«, schrie Aleander außer sich vor Wut.

»Hast du auch das notiert?«, fragte Fadrique gelassen in Richtung des Sekretärs. Tavera wagte ein Lächeln.

Aleander schüttelte erbost den Kopf und zog sich zurück. »Ich werde dieses Gespräch nicht fortsetzen. Dieser Mann ist ein überführter Ketzer ...«

»Er hat gerade einige unserer größten Kirchenlehrer zitiert«, wandte Tavera genüsslich ein. »Es ist erhebend, einem so großen Gelehrten zu lauschen.«

»Willst du ihn mit Lorbeeren kränzen?«, schäumte Aleander, »willst du ihn gar freisprechen? Er hat gestanden, ein Ketzer zu sein!«

»Und ein Mörder«, ergänzte Fadrique gelassen.

»Was soll das heißen?«

»Es heißt, dass Lunetta unschuldig ist und ihre Hinrichtung ein Verbrechen wäre. Lass den Quemadero abtragen!«

Aleander raffte seine Kutte. »Ich werde nichts dergleichen tun«, zischte er. »Nichts!«

»Der päpstliche Legat wird darüber Bericht in Rom erstatten«, drohte Tavera, »das wäre dein Ende!«

Aleander hob die Brauen, ein Lächeln schlängelte sich um seine Lippen. Fadrique sah es mit Sorge. »Der Legat ist abgereist.«

Hinkend ging Aleander auf die Tür zu.

Tavera fuhr hinter seinem Schreibtisch hoch. »Das ist unmöglich!«

»Er ist auf dem Weg nach Rom. Ausgestattet mit einer fürstlichen Reisekasse und einer stattlichen Summe für den Papst. Sie wird zum Lösegeld für den Heiligen Vater beitragen, der in seiner Burg in Orvieto noch immer auf Hilfe wartet. Hilfe, die der Kaiser ihm verwehrt hat!«

Tavera kam hinter seinem Schreibtisch vor und stürzte sich auf Aleander. Er packte den hochgewachsenen Mann bei seiner Kutte und schüttelte ihn. Die Kraft des dünnen Bischofs war beachtlich. »Du Teufel hast den Legaten bestochen?«

»Was unterstellst du mir? Bestechung! Nichts als die Sorge um das Haupt unserer Kirche bewegte mich, das Geld zu spenden. Es entstammt meiner privaten Schatulle. Für unseren Heiligen Vater ist mir kein Opfer zu groß.«

Tavera stieß den Mönch so heftig von sich, dass Aleander taumelte und nach dem Schreibpult des Sekretärs griff. Das Pult ging polternd zu Boden. Der Sekretär versuchte die Streitenden zu beruhigen. Vor der Tür des Schreibzimmers entstand ein Gerangel. Keuchend fragte der Bischof: »Woher hat ein armseliger Mönch wie du so viel Geld?«

Aleander, der sich vom Boden aufrappelte, bemühte sich um ein würdevolles Gesicht: »Der Schwiegervater meines Bruders, ein Kölner Waffenhändler, ist ein reicher Mann und ein frommer dazu. Aber das ist nicht wichtig, Euer erzbischöfliche Gnaden. Was zählt, ist allein das Ergebnis, nicht wahr? Und nun werde ich die Soldaten rufen, um Padre Fadrique dahin zu bringen, wo er hingehört! Ins Gefängnis des Heiligen Officiums!«

Tavera war besiegt, gab sich jedoch nicht geschlagen. »Fadrique wird seine letzte Nacht nicht in einer stinkenden Zelle deines Folterkellers verbringen! Er ist mein Gast.«

»Bischof!«, rief der Sekretär aufgeregt dazwischen.

»Was ist?«

Der Mann zeigte auf ein Fenster in ihrem Rücken.

Aleander und Tavera drehten sich um. Sie sahen nichts. Niemanden. Auch nicht Padre Fadrique.

»Zum Teufel«, fluchte Aleander. Der Sekretär bekreuzigte sich, während sie zum Fenster liefen. Mit zusammengekniffenen Augen starrten sie in die Dunkelheit hinunter, die nur von den Fackeln beim Eingang erhellt war. Wieder nichts.

»Der Mann kann tatsächlich fliegen«, stammelte der Sekretär.

»Das kann er nicht«, schrie Aleander wütend.

»Dann ist ein weiteres Wunder geschehen«, plapperte der Sekretär.

»Unsinn!«, brüllte Aleander.

»Ich denke, er kann lediglich gut reiten«, brachte der Bischof beide zum Schweigen. In der Ferne verklang das Geräusch von Hufen auf Stein. Still faltete Tavera seine Hände zum Gebet und schloss mit einem lauten »Amen«.

»Du hast ihm zur Flucht verholfen«, rief Aleander.

Tavera schüttelte den Kopf. »Nein, es müssen Freunde von ihm gewesen sein. Ich erkannte wenigstens zwei Pferde.«

»Padre Fadrique hat keine Freunde mehr in Santiago, dafür habe ich gesorgt!«

»Dann vielleicht ehemalige Schüler? Er war sehr beliebt, viele Talente gingen aus seiner Schule hervor und in die ganze Welt, sogar in die Neue, nicht wahr?«

Tavera bemerkte, dass Aleander vor Wut zitterte. Endlich fasste der Dominikaner sich und wandte sich zum Gehen.

»Dafür wird dein Liebling Corriano brennen«, sagte er kalt, während er zur Tür hinkte.

»Du hast ihn begnadigt«, prostestierte Tavera. »Er ist ein freier Mann, der in Frieden seinem Handwerk nachgeht! Er ist ein Mann des Kaisers!«

Aleander wandte seinen Kopf. »Begreife endlich, dass ich Herrscher über Leben und Tod in Santiago bin. Ich! Und Gottvater selbst.«

6

Es war dunkel, als der Karren des Maragato über die schmale Rua Nueva rumpelte. Die wenigen nächtlichen Passanten bekreuzigten sich beim Anblick der Fracht. Ein Sarg ragte über die Ladefläche. Goswin ging hinter dem Karren her, trug eine Fackel und führte sein Pferd beim Zügel.

Er wies den Fahrer des Karrens an zu warten, während er auf ein zweigeschossiges Steinhaus zuging, das gegenüber einer kleinen Kirche lag.

Goswin hämmerte gegen das hölzerne Tor. Dreimal musste er klopfen, bevor er im Hof Schritte vernahm. Statt des Tores wurde eine Holzluke aufgerissen. Hinter dem eisernen Muster eines Gitters sah er das Gesicht einer Magd. Misstrauisch tasteten ihre Blicke den Besucher ab. »Wir geben nichts, verschwinde«, herrschte sie den Soldaten an.

Goswins Gesicht wurde finster. »Ich habe etwas abzuliefern!«

»Was?«

»Einen Sarg.«

Das Gesicht der Magd wechselte die Farbe. Mit aufgerissenen Augen unterzog sie den Besucher einer erneuten Prüfung und schlug die Hand vor den Mund.

»Du bist Soldat?«

Goswin nickte.

»Ein Sarg? Ist es der Leichnam von *el conde* ...? Wir glaubten immer noch, er lebt! *Madre de dios,* er kann nicht tot sein. Welches Unglück!«

»Macht nicht solches Geschrei!« Goswin sah sich unbehaglich in der Gasse um. »Öffnet das Tor, sofort. Und schickt mir zwei starke Knechte.«

Die Magd gehorchte. Wenig später wuchteten Goswin, der Maragato und zwei stämmige Burschen den Sarg vom Wagen und trugen ihn in den Patio des Hauses. Sie setzten den Sarg vorsichtig auf einem steinernen Tisch ab. Goswin nahm die Wunder des Innenhofes in sich auf. Sein Boden war mit maurischen Mosaiken geschmückt, in der Mitte plätscherte ein Springbrunnen. Ringsum schauten Balkone auf den Hof hinab, und Kaskaden von Blüten rieselten über ihre geschnitzten Geländer. Schon von außen war das Haus prachtvoll, doch hinter der Fassade entfaltete sich der wahre Reichtum seines Besitzers.

Die Dienstboten des Hausherrn knieten sich um den aufgebahrten Sarg und begannen zu beten. Die Magd schluchzte hemmungslos. Goswin biss sich auf die Lippen. Verdammt, das war ein gottloses Schauspiel. Man hielt fromme Menschen nicht so zum Narren. Und wie sollte er ihnen nun beibringen, dass sie nicht ihren vermissten Herrn betrauerten? Noch dazu mit seinem dürftigen Spanisch.

Ein Klopfen beendete den Spuk oder ließ ihn beginnen, je nach Betrachter. Das Klopfen kam aus dem Sarg und ließ die Magd aufschreien. Die Knechte sprangen auf die Füße. Alle wandten ihre Gesichter Goswin zu, der den Mund öffnete und wieder schloss. Dann sprang er beherzt auf den Sarg zu und öffnete die Verriegelungen des Deckels.

Es war der Maragato, der die verschreckten Dienstboten beruhigte. »Falsche Lieferung«, knurrte er. »Regt euch nicht auf, wir haben hier keinen toten Grafen. Nur dessen Frau.«

»Seine *Frau*«, schrie die Magd.

Goswin hatte den Deckel beiseitegeschoben.

»Erkläre du das«, brummte er, während er Sidonia die Hand reichte, um ihr hochzuhelfen.

Als ihr Gesicht über dem Rand des Sarges erschien, fielen die Dienstboten wieder auf die Knie, beteten, bekreuzigten sich, drehten die Augen zum Himmel.

Sidonia kletterte aus dem Sarg und schüttelte ihre Kleider aus.

»Bitte, beruhigt euch doch. Ich bin keine Tote. Ich wusste nur nicht, wie ich ...« Sie brach ab. Solche Erklärungen brachten sie nicht weiter. Es war Zeit für einen Rollenwechsel. Stolz reckte sie das Haupt.

»Steht auf. Sofort«, befahl sie in einem Ton, der Doña Rosalia zur Ehre gereicht hätte. »Ich bin Sidonia van Berck, die neue Gräfin von Löwenstein und Ehefrau Adrian von Löwensteins, eures Hausherrn. Ich will keine weiteren Gebete. Ich möchte etwas essen und ein Zimmer.«

»Aber ...«, protestierte die Magd.

»Keine Widerrede«, sagte Sidonia. »Sind Briefe aus Köln für mich eingetroffen? Briefe von meiner Schwiegermutter Doña Rosalia?«

Sidonias Blick war so hochmütig wie zu ihren besten Zeiten als Kaufmannstochter. In Wahrheit aber flehte sie, dass ihre Schwiegermutter wie in Köln verabredet Nachrichten an den Palacio Löwenstein geschickt hatte. Sie würden den Beweis liefern, dass sie keine Lügnerin war.

Trotzdem war sie verblüfft, als die Magd nickte. »Sí! Aber ja. Zwei Briefe sind in den letzten Monaten gekommen. Für Sidonia van Berck.« Sie fiel wieder auf die Knie. »Oh, Señora! Verzeiht. Wir konnten doch nicht ahnen ... Ein Sarg – ich dachte, es wäre unser Herr.«

Sidonia streckte huldvoll die Hand aus und zog das Mädchen hoch. »Keine Entschuldigungen. Ich wählte diese ungewöhnliche Form der Anreise, weil Adrian von Löwenstein Feinde in dieser Stadt hat, nicht wahr?«

»Ja«, stammelte die Magd. »Sein eigener Bruder ... Aleander

will ihn für tot erklären lassen. Wir konnten ihm bislang den Zutritt zum Haus verwehren. Solange sein Bruder noch als vermisst gilt ...« Sie brach verwirrt ab. »Als dann heute Nachricht eintraf, wir würden in Kürze etwas über Adrian von Löwenstein erfahren, hofften wir ...«

»Nachricht von wem?«, fragte Sidonia scharf.

»Das wissen wir nicht. Der Brief trägt keine Unterschrift, er kommt aus Burgos. Wir hatten so gehofft, dass der Conde selbst zurückkehren würde ... Dass er ... Lebt er?«

Die Dienstboten des Ritters schienen tatsächlich überzeugt, dass ihr Herr noch lebte! War das nicht der Grund für ihre Reise gewesen? Warum freute sie sich nicht? Sidonia schluckte. Nun, die Nachricht kam zu überraschend, passte nicht zu ihren drängendsten Gefühlen, die nichts mit Adrian von Löwenstein zu tun hatten. Sie schämte sich, als sie sah, dass das Mädchen vor ihr aufrichtig um den Ritter trauerte. Kein Dienstbote ihres Vaters hätte solche Gefühle bei dessen Tod empfunden, höchstens ein Bedauern über den Verlust seiner Stellung. Adrian von Löwenstein musste ein guter Mann und Herr gewesen sein. Gewesen sein?

Erschöpft sagte Sidonia schließlich. »Ich weiß es nicht, mein Kind. Darum bin ich hier.«

Die Magd fasste Vertrauen. »Aber wann, wo, Señora, haben Sie ihn geheiratet? Wir wussten, dass der Conde eine Braut in Köln hat, aber eine Frau? Seit wann ...« Sie brach ab in dem Bewusstsein, dass einer Magd solche Fragen nicht zustanden. Immerhin, so dachte Sidonia erleichtert, schien das Mädchen nichts von Adrians heimlicher Hochzeit mit Mariflores zu wissen, sonst wäre ihr Täuschungsmanöver sofort aufgedeckt worden.

»Es war keine übliche Trauung«, antwortete Sidonia zögernd. Hilfesuchend schaute sie sich nach Goswin um. Seine Miene verriet Erstaunen und Widerwillen. »Der Graf unterschrieb die Urkunde, bevor er in die Neue Welt aufbrach, und ich zeichnete das Dokument in Köln gegen.«

Die Magd erhob sich lebhaft von den Knien. »Aber ja! Nun weiß ich, was der Conde meinte, als er vor seiner Abreise sagte, er werde bald heiraten. Und er schien so glücklich, so glücklich!«

Sidonia senkte kurz den Blick.

»Oh, Señora, ich meine Condesa Löwenstein, er muss leben! Ich werde gleich morgen Kerzen für ihn entzünden. Bei der Mutter des Apostels Jakob, gleich gegenüber in der Kirche Maria San Bartholomé! Der Himmel hat Euch geschickt, Condesa, der Himmel.«

Die Magd griff nach Sidonias Hand und küsste sie. Sidonia ließ es widerwillig geschehen. Es war schrecklich, dieses Mädchen anzulügen. Es war überhaupt schrecklich, die Lüge über ihre Ehe in der Öffentlichkeit zu wiederholen. Wie einfach hatte sie sich das vorgestellt, als sie damals aus Köln fortritt! Aber nun war sie eine andere. Sie wollte nicht die Frau des Ritters sein, weder auf dem Papier noch in der Wirklichkeit.

»Ich bin müde von der Reise. Kannst du mir ein Zimmer zeigen? Meine Begleiter brauchen ebenfalls Unterkunft. Der Maragato wird bei seinen Tieren bleiben wollen. Den Soldaten bringt in einer Kammer unter.«

Die Magd nickte. Mit einem letzten Blick auf den Sarg verschwand sie unter den Arkaden, die den Innenhof säumten.

Goswin hatte den Knechten bedeutet, den Sarg zu entfernen. Jetzt drehte er sich mit zweifelnder Miene zu Sidonia um. »Ich fürchte, dieser Ort ist nicht sicher. Die Dienstboten werden schwatzen. Du kannst eine Menge Fragen nicht beantworten, und die Lüge über deine Ehe ...« Er schüttelte unwillig den Kopf.

Sidonia reckte das Kinn. »Es ist keine Lüge, Goswin. Ich bin die Frau Adrians von Löwenstein, wenigstens auf dem Papier.«

»Das ist unmöglich, du sagtest, der Mönch hat dich verführt und sein Bruder, der Ritter, ist verschollen.«

Sidonia strich sich müde über die Stirn. »Ach, Goswin, verstehst du nun endlich, wie Aleander mich getäuscht hat? Er schlüpfte in die Rolle des Grafen.«

»Er gab vor, sein eigener Bruder zu sein?«

Sidonia nickte. »Er tat es, um sich meine Mitgift zu sichern. Mein Vater war bereit, ein Vermögen dafür auszugeben, um sich den Namen der Löwensteins zu sichern. Er war umso mehr darauf erpicht, als mein Bruder Lambert als Ketzer verdächtigt wurde. Der Name Löwenstein war unsere letzte Rettung. Deshalb war ich Aleander, den ich für Adrian hielt, vor der Heirat zu Willen ...«

»Du sagtest, er habe dich vergewaltigt!«

Sidonia biss sich auf die Lippen. »... da ich ihm also zu Willen war, erpresste er meinen Vater sogar um eine noch größere Summe, damit die gefälschten Ehedokumente unterzeichnet würden. Und das wurden sie. Ich bin gefangen in einem Netz aus Lügen.«

»Was für ein Teufel!«

»Bitte erkläre es Gabriel, wenn du ihn siehst! Geh zu ihm, hole ihn hierher. Ich muss endlich mit ihm reden!«

Goswin zögerte. »Es wird ihm nicht gefallen.«

»Es ist die Wahrheit. Bitte!«

Widerwillig ging Goswin zum Hoftor. »Ich kann nichts versprechen!«

»Versprich wenigstens, dass du zurückkommst.«

»Es wird eine Weile dauern.«

7

Unruhig ging Sidonia in dem Zimmer auf und ab, das die Magd für sie gelüftet und gereinigt hatte. Sie hatte ein Bad genommen, die neuen Kleider angelegt, die Goswin ihr am Morgen auf einem Markt nahe Santiago gekauft hatte, und ein wenig gegessen. Nun blieb nichts zu tun, als zu warten. Sie wartete bereits seit zwei Stunden. Von der nahen Kirche klang Glockengeläut herüber. Elf Schläge. Goswin war vor vier Stunden aufgebrochen. Lag das Versteck Gabriels außerhalb von Santiago? Nervös fuhr Sidonia mit den Händen über den Samt eines Vorhangs. Sie ließ den Blick über das geschnitzte Himmelbett fahren. Das Kopfteil war mit dem Wappen der Löwensteins verziert.

Der Ritter hatte trotz seines dürftigen Vermögens ein luxuriöses Haus geführt. Mit aufkeimendem Ärger betrachtete sie die Wandleuchter, in denen Wachskerzen brannten. Für solchen Tand war sie verkauft worden. Um die Schulden eines verschwendungssüchtigen Ritters zu decken und seine Fassade auf Lebzeiten zu finanzieren. Verkauft an einen Mann, der zudem eine andere geliebt hatte.

Immerhin, meldete sich eine Stimme in ihr zu Wort, *hat er nie vorgehabt, dich zu heiraten!* Er wollte auf andere Art ein Vermögen machen. Und das hatte er getan. *Nicht er hat Geld von dir genommen, sondern du von ihm, denk an deinen Diebstahl auf der Negrona.* Was für ein Trost! Sidonia betrachtete ihre spöttische Miene in einem venezianischen Spiegel. Zuletzt hatte sie ihr Gesicht in jenem Zimmer in Santander erforscht, das Aleander ihr zugewiesen hatte. Damals war sie entsetzt gewesen, in das Antlitz eines naiven Mädchens zu schauen. Es schien unverändert trotz all der Grausamkeiten, die der Dominikaner ihr und ihrer Familie angetan hatte. Selbst seine widerlichen Berührungen hatten nichts von ihrem Liebreiz zerstört, und auch der vermeintliche Tod Gabriels hatte keine Spuren hinterlassen. In den Fängen Aleanders hatte sie ihre Maske zur Perfektion entwickelt. Erst auf dem Jakobsweg und an Fadriques Seite hatte sie den Schmerz kennen gelernt. Den Schmerz, die Liebe, den Tod.

Sie trat näher an den Spiegel heran, aus dem ihr eine wissende Frau entgegenblickte. Ihre Gesichtszüge traten scharf hervor, sie musste abgenommen haben, ihre Haut war gebräunt wie die einer Bäuerin. Ob Gabriel dieses Gesicht gefallen würde? Der Ausdruck von Kummer um ihren Mund? Die kleine Falte zwischen ihren Augen, die sich bildete, wenn sie an ihn dachte.

Warum wollte er sie nach Hause schicken? Nach allem, was passiert war? Wieso wollte er sie nicht sehen? Genauso gut hätte er sie bei dem Kreuz liegen und sterben lassen können. Tränen stiegen in ihre Augen. Rasch wandte sie sich ab.

Ihr Blick fiel auf die versiegelten Briefe Doña Rosalias. Sie hatte sie bisher nicht lesen wollen. Sie wollte nichts über Köln, Lambert oder die Sorgen ihres Vaters wissen. Nicht, solange noch Hoffnung bestand, Gabriel wiederzusehen. Außerdem galt es, zunächst Lunetta zu helfen und herauszufinden, ob der Ritter tatsächlich noch lebte. Wild jagten sich die Gedanken in ihrem Kopf. Nein, sie konnte sich nicht auf so viele Dinge gleichzeitig konzentrieren, sie konnte keine Pläne schmieden. Nicht bevor …

Wieder schlug die Glocke der nahen Kirche an. Elf und ein halber Schlag. Ihr Herz klopfte unruhig. Was sollte sie nur tun? Unentschlossen griff sie nach den Briefen, als ein leises Pochen ertönte. Sidonia flog zur Tür und riss sie auf. Niemand außer Goswin stand im Gang.

»Wo ist er?«

Goswin schaute zu Boden.

»Sag nicht, dass er mich nicht sehen will!«

»Er will dich sehen.«

»Wo?«

»In der Kirche gegenüber. Aber nicht länger als eine Viertelstunde. Ich soll hereinkommen, wenn die Glocke zwölf schlägt.«

Sidonia riss ihren Umhang vom Haken, rannte an ihm vorbei in den Gang und eilte die Treppe hinab.

Goswin folgte ihr langsam. Er wusste, dass ihre Hoffnung in wenigen Augenblicken in graues Elend umschlagen würde. Eine Viertelstunde? Keinen Wimpernschlag würde es dauern, ihr begreiflich zu machen, dass ihre Liebe vergebens war. Und das, obwohl Gabriel nun die ganze Wahrheit kannte.

8

»Du spielst wieder mit deinen Karten?«

Entsetzt sprang Lunetta von dem Strohhaufen hoch, der ihr Lager war. Das Licht der Fackel, die Aleander vor sich hertrug, blendete sie kurz. Dann erkannte sie den Mönch, der krachend die Zellentür hinter sich ins Schloss fallen ließ.

»So stumm? Rede mit mir! Du kannst es doch, kleine Hexe!«

Lunetta drängte sich gegen den feuchten Stein der Mauern. Aleander beugte sich zu ihrem Lager hinunter und griff nach einer der Karten.

»Wessen Schicksal betrachtest du in diesem Bilderbuch des Teufels?«

Er sah das Bild einer Frau an, die in einer blühenden Landschaft stand und einen Falken auf der linken Hand balancierte. »Soll das Sidonia sein? Ich muss dich enttäuschen! Sie wird dich nicht retten. Sie ist tot.«

»Das ist nicht wahr«, entfuhr es Lunetta.

Aleander grinste und schnippte die Karte zu Boden.

»Meine Soldaten schossen sie vor einigen Tagen auf dem Rabanalpass nieder. Zusammen mit einem Jüngling, der ihr letzter Geliebter war. Sie starb, wie es sich für eine Hure gehört. Ihr schöner Leib ist sicher längst die Beute der Raben.«

Lunetta bemerkte, dass Aleanders Stimme bei diesen Sätzen schwankte. Glaubte er nicht an den Tod Sidonias? Log er? Sie reckte das Kinn. »Diese Karte steht für das Glück und die Freundlichkeit des Schicksals.«

Aleander senkte die Fackel und hielt sie dicht vor Lunettas Gesicht. Das Mädchen zuckte zurück.

»Du fürchtest die Flammen, nicht wahr? Du kennst ihre abscheuliche Wirkung!«

Lunetta schloss die Augen. Die Bilder würden sie nie verlassen. Die blaue Aureole, die sie um das Gesicht ihrer Mutter bildeten, während ihr Haar in Flammen aufging. Der Geruch nach verbrannter Haut, die Blasen, die sich an ihren nackten Armen und auf ihrer Brust bildeten. Bilder, die sie für mehr als ein Jahr hatten verstummen lassen. Das Gesicht, das sie während der Messe entdeckt hatte, würde diese Bilder nie auslöschen – aber es war Ansporn und Trost genug gewesen, um ihr die Sprache zurückzugeben. Der Herr stand an ihrer Seite.

Aleander lächelte befriedigt, er wusste, dass Lunetta dieselben Bilder sah wie er. Wie gerne hätte er auch Sidonia so brennen sehen! Ihre samtene Haut schwarz von öligem Ruß, ihr Haar eine lodernde Fackel. Doch die Bilder, die er sich ausmalte, blieben zu seinem Ärger unbefriedigend. Verfluchtes Weib! Würde sie ihn – ähnlich wie Zimenes – als ewiger Schatten verfolgen? Ärgerlich wandte er sich wieder Lunetta zu.

»Deiner Mutter habe ich die Gnade der Garotte gewährt. Der Henker erdrosselte sie mit dem eisernen Knebel, bevor er Feuer legte. *Du* darfst nicht mit solcher Gnade rechnen. Na, glaubst du immer noch an die Freundlichkeit des Schicksals und an das Glück?«

Lunetta öffnete die Augen und warf den Kopf nach hinten. »Wie sonst könnte man den Erfolg von Menschen erklären, die aller Welt verhasst sind?«

»Du meinst mich?«

Lunetta antwortete nicht.

»Nun, du könntest deinem Glück ein wenig nachhelfen. Sag mir, wo Fadrique ist, und du bist frei.«

»Ich weiß es nicht.«

»Vielleicht hilft ein Blick in deine Karten? Los, zieh eine, und beweise mir, wie gut deine Verbindung zum Teufel ist.«

»Gott und seine Engel gaben mir das zweite Gesicht.«

Aleander schüttelte höhnisch den Kopf. »Wie schade, dass du bereits verurteilt bist, deine Verstocktheit würde selbst den Bischof erschaudern lassen. Die Offensichtlichkeit deiner Sünden hat dir die Folter erspart. Aber dem Quemadero entkommt eine hartnäckige Gotteslästerin wie du nicht!«

Lunetta kniete sich neben das Stroh. »Du willst, dass ich eine Karte ziehe?«

»Ich will, dass du mir verrätst, wo der Padre hin ist und wer ihm zur Flucht verhalf!«

Lunetta mischte schweigend die Karten. Dann schaute sie dem Mönch ins Gesicht. »Bist du bereit?«

»Elende Ketzerin!«

Lunetta zog ein Bild, betrachtete es und drehte es um. Ein Lächeln stahl sich in ihr Gesicht. Sie stand auf und hielt Aleander die Karte vor das Gesicht.

»Ein Ritter?«

»Der Ritter der Schwerter, ja.«

Aleander tat, als schaudere er. »Oh, wie ich mich fürchte. Er schwingt voll Zorn das Schwert, sein Pferd stürmt dem Horizont entgegen. Wird er kommen, um mich zu töten?«

»Rechne mit einem Angriff.«

»Durch wen? Der Padre ist kein Ritter! Was sagen die Karten über Fadrique?«

Zögernd zog Lunetta ein zweites Bild. Verblüfft betrachtete sie es und schüttelte den Kopf. »Das ist unmöglich«, flüsterte sie.

»Gib mir die Karte!« Aleander schnappte danach. Was er sah, verblüffte selbst ihn. Ein Mann und eine Frau gingen aufeinander zu, in den Händen trugen sie Messkelche. Sie streckten ihre freien Hände aus, um einander zu berühren.

»Was soll das sein? Ein Liebespaar?«

»Es ist ein Liebespaar, ja«, sagte Lunetta. »Aber das ist nur ein Bild.«

»Wie klug du bist«, spottete der Dominikaner.

»Es ist ein Bild dafür, dass das wichtigste Werk die Liebe ist.«

Aleander schnaubte verächtlich. »Ich merke, Padre Fadrqiue war wirklich dein Lehrer. Und? Wo steckt er?«

Lunetta schüttelte wieder den Kopf. »Ich kann es dir nicht sagen.«

Wieder führte der Mönch die Fackel an ihr Gesicht. Diesmal wich Lunetta nicht zurück. »Ich weiß wirklich nicht, wo er ist. Aber diese Karte bedeutet, dass *er* auf *dich* zukommen wird. Er sucht nach Versöhnung.«

»Ganz der Padre, er ...«

Das Rasseln des Türriegels unterbrach ihn. »Was ist?«, schrie Aleander wütend.

Ein Soldat der Santa Hermandad stand in der Tür. »Herr, es ist jemand in Eurer Schreibstube.«

»Wer sollte mich zu dieser Stunde aufsuchen?«

Lunetta zog ihr Hemd vor der Brust zusammen. »Es ist Padre Fadrique«, sagte sie, bevor der Soldat den Namen aussprechen konnte. Ungläubig schaute der Dominikaner dem Mann ins Gesicht. Der Soldat nickte.

9

Merkwürdigerweise war es mehr ein Gefühl der Niederlage als des Triumphes, das in Aleander aufstieg, als er den Padre vor seinem Schreibtisch stehen sah.

Fadrique blätterte in dem Buch von Mariflores.

»Studierst du deine eigenen Lügen?«

Fadrique nahm das Buch hoch und las laut: *»Es ist leichter, alle zu lieben, als einen. Die Liebe zur ganzen Menschheit kostet nur Worte; die Liebe zu einem Menschen fordert Opfer!* Nennst du das eine Lüge, Aleander?«

»Nein, Geschwätz. Gleichwohl, ich freue mich, dass du zurückgekehrt bist. Auch wenn wir dich bald gefunden hätten.«

Er umrundete hinkend seinen Schreibtisch und nahm in seinem Lehnstuhl Platz. »Warum hast du eine Flucht versucht, um nun zurückzukehren?«

Fadrique seufzte. »Ich konnte dir das, was ich nun zu sagen habe, nicht vor dem Bischof mitteilen.«

»Wieder Geschwätz, alter Mann. Wer hat dir übrigens bei der Flucht geholfen?«

»Ein Pferd.«

»Wer stellte das Pferd bereit?«

»Ich bin nicht gekommen, um über Kleinigkeiten zu reden, ich habe dir ein Angebot zu machen.«

Aleander griff nach seinem maurischen Dolch und reinigte sich mit seiner Spitze die Nägel. »Du bist kaum in der Position, mit mir zu verhandeln. Also, wer half dir?«

»Ich komme mit einem Angebot, das du nicht ablehnen kannst.«

Aleander warf den Kopf zurück und lachte. »Lunetta sah es in den Karten! Du willst dich versöhnen! Kennst du mich so wenig, dass du annimmst, ich wäre ein Mann des Friedens? Ich halte es mit dem Alten Testament: Auge um Auge, Zahn um Zahn.«

Fadrique legte das Buch zurück auf den Tisch.

»Es heißt auch: Die Rache ist mein, spricht der Herr.«

Aleander rammte den Dolch in die Platte seines Schreibtischs. »Der Herr bin ich! Lehrtest du uns nicht, an die Freiheit der menschlichen Vernunft zu glauben? Den Menschen als Mittelpunkt der Schöpfung zu sehen, der frei ist zu tun, was immer er will?«

»Kein Mensch ist frei von Bindungen an andere. Und du bist ein Sklave deiner Vergangenheit.«

Aleander lehnte sich bequem zurück. »Bald ist meine Vergangenheit für immer vorbei. Du wirst brennen wie eine Fackel. Hast du irgendwelche Wünsche für dein letztes Gebet?«

»Ich werde für deine Seele beten, mein Sohn.«

»Du bist bemerkenswert überheblich, Fadrique.«

»Dann haben wir etwas gemein.«

»Wir haben nichts miteinander gemein, hörst du? Nichts.«

Fadrique zögerte kurz, dann nahm er einen neuen Anlauf. »Ich weiß, wo sich der Schatz deines Bruders befindet, und biete ihn dir gegen das Leben Lunettas.«

Aleander lachte hell auf. »Und das ist alles? Nein, Fadrique, ich werde dich nicht gegen Geld freilassen. Dein Tod und ihrer sind mir weit mehr wert.«

»Mehr als dein Leben?«

Aleander blinzelte. »Trägst du eine Waffe bei dir? Das wäre neu.«

»Ich sagte dir bereits, dass ich dir vor dem Bischof unmöglich sagen konnte, was ich nun zu sagen habe: Ich besitze Urkunden genug, meine Taufbescheinigung und die deiner Mutter, aus denen hervorgeht, dass wir jüdischer Abstammung sind. Du selbst verteidigst die Ansicht, dass dies genügt, um den Feuertod zu sterben. Ich habe diese Urkunden an einem Ort versteckt, von dem der Bischof erfahren wird, sobald Lunetta morgen auf den Richtplatz geführt wird.«

Aleander erbleichte. »Das würdest du nie tun! Dein Glaube verbietet dir solch einen Verrat. Hast du nicht ein Leben lang beteuert, jeden Menschen schützen zu wollen, der aufgrund seiner Religion verfolgt wird? *Am Baum des Schweigens reift die Frucht des Friedens.* Ist das nicht der lächerliche Schwur deines hieronymitischen Geheimbundes? Du kannst doch unmöglich dein Lebenswerk verraten! Auf der Schwelle des Todes!«

»Es ehrt mich, dass du meine Glaubensgrundsätze für so unerschütterlich hältst.«

»Ich halte sie für dumm und für eine Bedrohung unserer allmächtigen Kirche.«

»Wäre die Kirche allmächtig, gäbe es keine Bedrohung!«

»Sie wird allmächtig sein, sobald ich dich und deinesgleichen vernichtet habe.«

Fadriques Rücken straffte sich. »Aleander, es waren weder meine Glaubensgrundsätze noch ein Schwur, die mich stets davon abhielten, deine Herkunft zu verraten.«

»Was sonst, du Heiliger? Du Mann ohne Sünde!«

»Ich bin nie ein Heiliger gewesen. Ganz im Gegenteil. Aleander, ich bin dein Vater. Es tut mir leid, es dir mitteilen zu müssen, aber in deinen Adern fließt reinjüdisches Blut – falls es so etwas überhaupt gibt. Du zumindest scheinst fest davon überzeugt. Töte mich, aber lass Lunetta leben.«

10

Schwach glomm ein ewiges Licht zu Füßen der Jungfrau Maria. Flüchtig betrachtete Sidonia die Figur. Es war eine schlanke Gestalt im gotischen Stil. Sie unterschied sich von anderen Madonnenbildern dadurch, dass sie lächelnd den Gottessohn stillte.

Sidonias Augen gewöhnten sich an das Dunkel im Kirchenschiff. Suchend schaute sie sich nach allen Seiten um und entdeckte vor einem Beichtstuhl einen betenden Mönch. Rasch zog sie sich in den Schatten einer Seitenkappelle zurück. Verflucht, warum musste genau jetzt ein Mönch die stille Zwiesprache mit Gott suchen! Wo war Gabriel? Hatte der Mönch ihn vertrieben?

Der Mann im Habit erhob sich von den Knien und schritt auf den Aufgang zu. Er bekreuzigte sich vor der Marienfigur. Sidonia seufzte lautlos. Dem Himmel sei Dank, gleich würde dieser lästige Mensch verschwinden. Doch stattdessen drehte er sich um und rief flüsternd einen Namen: »Sidonia?«

»Gabriel!« Sidonia lief aus der Seitenkappelle direkt auf den Mönch zu. Der streifte seine Kapuze ab, und Sidonia erkannte im Schein des ewigen Lichts das schöne Gesicht des Spaniers. Seine Augen, die gerade, schmale Nase, der wundervolle Mund, die schwarzen Locken. Schluchzend umarmte sie seine schlanke Gestalt.

»Oh, Gabriel.«

Er legte behutsam die Arme um sie. »Was macht deine Wunde?«

»Nichts, nichts. Sie heilt gut. Ich will nicht über Wunden reden. Gabriel. Umarme mich, küsse mich.«

Der Körper des Mannes versteifte sich. Mit sanftem Druck schob Gabriel Zimenes Sidonia von sich.

Sie schüttelte den Kopf. »Bitte, lass mich nicht los! Ich kann dir alles erklären. Jedes Missverständnis. Hat Goswin dir nichts gesagt?«

»Doch, er hat mir vieles erklärt. Ich kenne die Wahrheit.«

»Sag, dass du mich trotz allem, was ich getan habe, nicht hasst! Trotz all der Lügen, trotz meiner Irrtümer, trotz ...«

»Ich hasse dich nicht, Sidonia. Es ist grauenhaft, was Aleander dir angetan hat. Ich bete zu Gott, dass du es eines Tages vergessen kannst und einen Mann findest, der deiner Liebe wert und deiner Leidenschaft gewachsen ist.«

»Ich habe ihn längst gefunden und möchte ihn endlich küssen. Bitte!«

Gabriel Zimenes ließ sie so plötzlich los, dass sie schwankte.

»Sidonia, für einen Mönch ziemt es sich nicht, eine Frau zu küssen. Gleichgültig, wie schön sie ist.«

Sidonia schlug ihm auf den Arm. »Lass deine Scherze, Gabriel. Sei doch bitte ernst. Einmal wenigstens, danach kannst du spotten so viel du möchtest. Ein Leben lang.«

Gabriel Zimenes wandte sich ab. »Sidonia, ich treibe keine Scherze mit dir und erst recht nicht mit meiner Berufung.« Er drehte sich wieder zu ihr um. »Ich bin ein Mönch. Ein Hieronymit, um genau zu sein.«

Sidonia wich zurück, stieß gegen die Lehne einer Kirchenbank und schüttelte den Kopf. »Du bist Arzt, kein Mönch.«

»Ich kann beides sein, Sidonia. Gestern nahm ich mein Noviziat im Kloster der Hieronymiten von Santiago wieder auf. Ich habe dem Padre versprochen, sein Werk fortzusetzen.«

Sidonia sank auf die Knie. »Du hast Fadrique gefunden?«

Gabriel nickte.

»Aber, aber – du hasst ihn!«

»Ich hatte ihn nicht verstanden. Ich hatte den Sinn und die Größe seiner Lehre nie verstanden – bis jetzt. Wusstest du, dass Aleander sein leiblicher Sohn ist?«

Sidonia schaute jäh auf. »Was hat das mit uns zu tun?«

»Er hat alles getan, um ihn zu schützen. So wie er alles tat, um mich und Mariflores zu retten. Er bot sein Leben gegen das unsere. Er schickte mich fort, weil er wusste, dass Aleander mich töten wollte. Und gerade jetzt ist er bei Aleander, um Lunetta zu retten. Sein ganzes Leben hat er den Verfemten geweiht. Allen – sogar Aleander. Nicht jedes Opfer hat eine schöne Seele. Gleichwohl, er verteidigt seinen Glauben, seine Lehren. Ich werde sein Werk nach seinem Tod fortsetzen.«

»Gehst du darum ins Kloster? Um ihm zu danken? Er würde das nicht wollen, er ...«

»*Ich* will es, Sidonia!«

»Du bist ein Kämpfer!«

»Mein Glaube ist keine Weltflucht, ich werde Fadriques Ideen lebendig erhalten und all das fortsetzen, was er begonnen hat. Es wird genug geben, für das ich kämpfen muss. Und wenn es dich tröstet, so dürfte das nicht ohne Gefahr für mein Leben abgehen.«

»Ja, denn du bist in Spanien bereits ein toter Mann, vergiss das nicht! Du bist ein gesuchter Ketzer.«

»Noch dazu einer, dessen Puppe man morgen ein weiteres Mal verbrennen wird.«

»Hör auf, dich über mich lustig zu machen. Du kannst nicht hierbleiben.«

»Ich bleibe nicht. Ich gehe in die Neue Welt zurück.«

»Und wer soll sich um Lunetta kümmern? Wer garantiert dir, dass sie leben wird? Du musst gegen Aleander antreten. Du musst! Alles andere wäre Mord an deiner Nichte.«

»Jemand anderes wird sich darum kümmern, ein geborener Kämpfer, der weit mehr Anlass hat, dem Mädchen beizustehen.«

»Du meinst den Padre?«

»Ich meine den Padre!«

»Aber er wird brennen!«

»Das wird er nicht, ich verspreche es dir.«

»Gabriel, bitte, was willst du in der Neuen Welt? Hast du mir nicht selbst erzählt, dass es dort nicht anders zugeht als hier? Nur noch blutiger, weil jeder Indio ermordet wird, der die Taufe verweigert?«

»Die Indios sterben auch dann, wenn sie die Taufe annehmen. Die Bergwerke überlebt keiner. Es gibt dort viel zu tun. Wusstest du, dass Christobal de Colón, wie man Kolumbus in Spanien nennt, wahrscheinlich Jude war? Es geht das Gerücht, dass er die Welt jenseits des Ozeans für das Volk Israels entdecken wollte.«

Sidonia fand das Gespräch unerträglich. »Was geht mich dieser elende Kolumbus an?«

»Nichts. Er versuchte anscheinend nur einen sicheren Fluchtpunkt für Spaniens Juden zu finden! Eine kluge Idee. Es gibt Männer in Westindien, die wie er denken. Hast du jemals von dem Mönch Bartolomé de las Casas gehört?«

»Was haben diese Namen mit uns zu tun? Gabriel!«

»Las Casas ist ein großer Missionar in der Neuen Welt. Er fordert die Abschaffung der Sklaverei, er ist streitbar. Vielleicht kann es gelingen, von Westindien aus eine Reform des Glaubens einzuleiten.«

Sidonia richtete sich langsam auf. »Gabriel, ich würde dir überallhin folgen! Wenn du in die Neue Welt willst, komme ich mit dir. Ich habe schon ganz andere Dinge unternommen.«

Gegen seinen Willen lächelte Zimenes. »Ja, ich weiß. Du bist einer der unvernünftigsten Menschen, die mir je begegnet sind.«

»Also bin ich dir ähnlich! Zusammen werden wir unschlagbar sein.«

Gabriel wandte sich ab. »Ich gehe als Mönch, Sidonia! So

wie Fadrique einer war. Auch er verzichtete auf die Liebe seines Lebens, um sein Werk zu tun.«

Sidonia fasste ihn bei der Schulter: »Du bist nicht wie Fadrique! Sieh mir ins Gesicht, Gabriel Zimenes, und sag mir, dass du mich nicht liebst! Sag es mir, dann werde ich Santiago auf immer verlassen.«

Sie zwang Zimenes, sich zu ihr umzudrehen. Gabriel schaute auf sie hinab. Sie nahm seine Hand und legte sie an ihre Wange.

»Weißt du noch, wie du immer mit den Fingern darüberstrichst, um mich zu ärgern? Wie du deinen Arm um mich gelegt hast, um mich in Wut zu versetzen? All deine Andeutungen über meine ungehörige Lust? Schau mich an, Gabriel. Du hattest die ganze Zeit Recht. Es gibt niemanden, den ich je mehr begehrt habe als dich.«

»Außer deinen Ritter. Für ihn bist du nach Spanien gereist und ...«

Sidonia schüttelte heftig den Kopf. »Das war ein dummer Mädchentraum. Jetzt bin ich eine Frau. Ich ziehe die Wirklichkeit meinen Fantasien vor.«

Gabriel lächelte wieder, es war ein schmerzvolles Lächeln. »Die Wirklichkeit verlangt von dir, dass du nach Köln zurückkehrst, zu deiner Familie und zu einem anderen Mann als mir. Alles andere wäre ein Irrtum.«

Sidonia wich totenbleich zurück. »Ein anderer Mann? Das kann ich nicht. Gabriel, sag mir ins Gesicht, dass du mich nicht liebst. Sag mir, dass Gott sich geirrt hat, als er uns beide zusammenführte. Sag es!«

Gabriels Blick verdunkelte sich.

»He, du bist ein Mönch, du musst die Wahrheit sagen!«

»Das kann ich nicht. Niemand kennt Gottes Plan.«

»Du willst es nicht! Gib es zu. Du liebst mich, wie ich dich liebe. Sag es.«

Schroff drehte Zimenes ihr den Rücken zu. Er ging zur Tür und öffnete sie. Draußen wartete Goswin.

»Gabriel, bleib, das kann nicht unser Abschied sein!«

Zimenes drehte sich um, während die Glocke von Santa Maria Bartolomé die zwölfte Stunde schlug.

»Goswin sagt, du habest Nachrichten aus Köln empfangen.«

Verwirrt schaute Sidonia ihn an.

»Lies die Briefe Doña Rosalias! Darin wirst du die Antwort auf die Frage finden, was Gott von dir und mir will! Auf dich wartet ein gutes Leben. Goswin wird dich aus Santiago fortbringen.« Er öffnete das Kirchenportal.

»Wohin gehst du?«, rief Sidonia verzweifelt.

»Bevor ich in die Neue Welt aufbreche, muss ich einen Narren davor beschützen, ein Heiliger zu werden. Leb wohl, Sidonia.«

11

Schon seit Stunden harrte die dichte, wogende Menge aus. Gemurmel belebte den Plaza d'Obradoiro. Pastetenhändler liefen umher und boten ihre Ware feil. Andenkenhändler machten Geschäfte mit Miniaturen von Strohpuppen, die Sambenitos trugen. Ein gewitzter Gemüsehändler brachte seine faulenden Reste an den Mann, mit denen sich Ketzer trefflich bewerfen ließen. Musikquartette zogen umher, spielten Munteres auf Geige und Flöte oder Schwermütiges auf dem Dudelsack.

Als in der Ferne Chöre angestimmt wurden, verstummte das lebhafte Summen. Soldaten der Santa Hermandad zwangen die Schaulustigen, eine Gasse für den Zug der Priester zu bilden. Messdiener trugen Standarten, große grüne Kreuze mit wehenden schwarzen Schleiern, ihnen folgten Mönche in weißen, braunen und schwarzen Kutten. Kirchliche Würdenträger in Purpur folgten. Endlich erschien der Bischof. Neben ihm schritt mit gesenktem Haupt Aleander. Seine Kutte leuchtete im Licht der Herbstsonne. Kurz vor der Tribüne schwenkten er und der Bischof nach links, um die Stufen zu der Empore hochzusteigen, auf der bereits der weltliche Richter Platz genommen hatte. In seinen Händen trug er den roten Stab, bereit, ihn über die Ketzer zu brechen.

Das Rollen von Rädern kündigte die Ankunft der Schinderkarren an. Das Volk begann zu johlen. Nicht ganz so enthusiastisch wie sonst, aber früher oder später würden sich auch die Anhänger Fadriques dem Taumel anschließen. Tomaten und Steine flogen, als die ersten Karren mit Männern in den gelben

Hüten der Sünder auftauchten. Begleitet wurden sie von Mönchen, die unablässig auf sie einredeten. Bei den Kreuzen angekommen, zerrte man sie von den Karren. Zwölf Ketzer sollten mit Fadrique sterben. Die meisten waren Brüder des Hieronymitenordens. Einige hatte die Folter zur Bekenntnis ihrer angeblichen Sünden bewegt, sie waren kaum fähig zu gehen.

Zwölf Opfer. Aleander hatte die Zahl mit Bedacht gewählt – eine Anspielung auf die Jünger Jesu. Sein Blick auf die schreiende Menge verriet ihm, dass so viel Hintersinn verschenkt war, aber er liebte durchdachte Inszenierungen.

Der Henker und seine Knechte führten die ersten Opfer an die Kreuze und trieben sie die Scheiterhaufen hinauf. Sie banden die Männer fest und schichteten weiteres Holz und Reisig auf. Ein Henkersknecht schritt die Reihen ab und schwenkte seine Fackel vor den Gesichtern der Todgeweihten. Schielend schauten einige den Flammen nach. Der Erste, dessen Gesicht schon zum dritten Mal von der Flamme gestreift worden war, schrie auf. Dann begann er stammelnd zu reden: »Ich bekenne meine Sünden. Ich will heim zu meinem Herrn!«

Der Dominikaner, der ihn begleitet hatte, begann aus vollem Halse zu singen, als schwindele ihm vor Trunkenheit. Dann erkletterte er den Scheiterhaufen und küsste den Elenden, der eine straffe Haltung annahm.

Nur die Eingeweihten wussten, dass man in diesem Moment die Stricke angezogen und ein Eisenband um seinen Hals gelegt hatte. Auf der Rückseite des Kreuzes hinter dem Nacken des Geständigen befand sich ein X aus Eisenstangen, der Henker ergriff die Schäfte des X und drehte sie schnell herum. Der Gefesselte begann zu zittern, riss Mund und Augen auf, dann fiel sein Kopf zur Seite. Sein Beichtvater sprang vom Scheiterhaufen. Im gleichen Moment entzündete ein Henkersknecht den Reisighaufen zu seinen Füßen. Knisternd schlugen Flammen empor, lodernd sanken die Reiser in sich zusammen, Holzscheite knackten.

Das Volk schrie in entsetztem Entzücken. Einige Mütter hielten ihre Kinder in die Höhe, damit sie schon auf Erden einen Blick auf das Höllenfeuer tun konnten, vor dem die Gnade des Herrn sie bewahren würde, wenn sie den Priestern gehorchten. Das nächste Opfer wurde auf seinen Scheiterhaufen getrieben.

»Wo bleibt der Karren mit Fadrique?«, fragte Tavera flüsternd und drehte nervös an seinem Ring.

»Er wird als Letzter verbrannt, Euer erzbischöfliche Gnaden. Es wird der Höhepunkt des Spektakels sein.«

»Der Richter wird ihm doch ebenfalls die Gnade der Garotte gewähren?«

Aleander schüttelte den Kopf. »Der Padre lehnte es ab.«

Tavera betrachtete traurig seinen Ring. »Was für ein Mann!«

Ärgerlich rückte Aleander ein Stück von ihm ab.

»Wir werden die Garotte zum Einsatz bringen, falls er sich untersteht, eine Predigt zu halten.«

Tavera schaute hoch. »Glaubst du, er tut das?«

»Diesem Narren ist alles zuzutrauen.«

»Ich hörte, er bat auch um Gnade für meinen Uhrmacher Corriano.«

»Ja«, knurrte Aleander.

»Großzügig.«

»Ich hoffe, Ihr meint mich, Bischof. Immerhin habe ich Eurem ketzerischen Liebling sowohl die Folter erspart als auch die Garotte bewilligt. Er geht direkt vor Fadrique in die Flammen. Das ist mehr als genug für einen Ingenieur des Teufels.«

»Und des Kaisers«, wagte Tavera einzuwerfen. Aleander antwortete mit einem drohenden Blick.

Tavera schwieg und zog seinen Mantel enger um sich. Ihn fröstelte trotz der Hitze der Flammen, die nun von fünf Scheiterhaufen herüberwehte und das Bild der brennenden Mönche in eine flimmernde Vision verwandelte.

Der Bischof zog ein parfümiertes Tuch hervor. Wenngleich vor ihm nur Erdrosselte verbrannt wurden, war der Geruch entsetzlich. Sein Blick fiel auf den armen Corriano, der eben vom Karren gezogen wurde. Heimlich hob er die Hand zu einem letzten Gruß. Was für ein sinnloser Tod! Tavera hatte an den Kaiser geschrieben, aber keine Reaktion erhalten. Die Nachricht musste den Kaiser, dessen Hof zurzeit in Burgos weilte, zu spät oder gar nicht erreicht haben. Vielleicht hatten Aleanders Verbündete unter den Beamten die Nachricht verschwinden lassen. Anders war nicht zu erklären, dass der Herrscher der Welt nichts unternahm, um seinen Techniker zu retten, der ihm unzählige Uhren konstruiert hatte. Karl V. liebte Uhren, sie gaben ihm das Gefühl, nicht nur Herr der Welt, sondern auch der Zeit zu sein.

Und er ließ sich gern Zeit. Es war sein ärgerlichster Fehler. Nach der Plünderung Roms zögerte er nun seit Monaten die Entscheidung über das Schicksal des gefangenen Papstes hinaus, genauso wenig konnte er sich entschließen, die Türken anzugreifen, die sein Weltreich von Süden her bedrohten, oder Luther endlich zu vernichten. Man sagte, bisweilen befalle ihn eine Schwermut, so als laste die Krone zu sehr auf seinem Haupt. Was konnte ihm da schon das Schicksal seines Ingenieurs bedeuten?

Rauchschwaden wehten über die Tribüne und verschleierten das Bild des Uhrmachers, den ein Beichtvater mit herabgezogener Kapuze belagerte. Corriano schien ihm vieles mitzuteilen zu haben. Anscheinend wollte er den Schritt über den Abgrund hinauszögern. Der verhüllte Mönch lauschte ernst und nickte gelegentlich. Tavera wunderte sich über das Einvernehmen, das zwischen ihnen herrschte. Corriano ging seinem Schöpfer alles andere als willig entgegen. Bis zuletzt hatte er in seinen Werkstätten gearbeitet, eine Gnade, die Tavera für ihn ausgehandelt hatte. Der Rauch der anderen Scheiterhaufen wurde dichter und verhüllte die beiden.

»Und wo ist das Mädchen, für das der Padre in den Tod geht?«, fragte Tavera hustend.

»Sie wird nächsten Sonntag brennen!«

Schwankend erhob sich Tavera von seinem Stuhl: »Du Teufel, du gabst Fadrique dein Wort, das Mädchen zu schonen!«

Aleander lächelte. »Teufel? Ich hoffe doch sehr, dass Euer erzbischöfliche Gnaden daran glauben, dass Gott die Geschicke unserer Welt lenkt.«

»Kann es sein, dass du selbst dich für Gott hältst?« Die Notizen seiner Spitzel legten den Verdacht nahe.

Aleander hob die Brauen. »Ich halte mich für Gottes unbestechlichsten Vertreter auf Erden. Ich leide nicht an der Krankheit des Mitleids wie Fadrique. Ketzer müssen brennen – ohne Ausnahme. Und nun setzt Euch, oder wollt Ihr Fadriques letzten Gang versäumen?«

Tavera bemerkte, dass sich Stille über den Platz senkte. Sogar der Henker hielt in seinen Verrichtungen inne. Corriano gewann eine letzte Galgenfrist. Sein Beichtvater war verschwunden. Hätte er den armen Mann nicht bis auf den Scheiterhaufen begleiten können? Wieder erklang das Rollen von Karrenrädern, begleitet vom Knacken und Krachen der brennenden Scheiterhaufen. Der Karren, auf dem Padre Fadrique stand, war rot bemalt und mit Höllenflammen verziert.

Zu seinem Ärger bemerkte Aleander unter den Zuschauern einige Toren, die sich die Mützen vom Kopf rissen und das Haupt senkten. Er wies Soldaten der Hermandad an, diese Idioten mit Stockhieben abzustrafen. Als ein altes Weib einen Psalm anstimmte und mehrere Zuschauer in den Gesang einfielen, war seine Geduld erschöpft.

»*Ich hebe meine Augen auf zu den Bergen*«, klang es zaghaft über den Platz. Eingeweihte und Uneingeweihte sangen den Erkennungspsalm der Ketzer und drängten sich um Fadriques Wagen. Zu allem Überfluss begannen in diesem Moment die

Glocken der Kathedrale zu läuten. Ein Effekt, den Aleander eingeplant hatte. Allerdings sollte er das Anzünden von Fadriques Scheiterhaufen begleiten.

»Verhaftet die Störenfriede. Ich will keine Psalmen«, schrie Aleander von der Bühne hinab. »Keine Psalmen für diesen Erzketzer!«

Immer mehr Soldaten mischten sich unter das Volk und hieben Betende und Singende auseinander. Fadriques Karren wurde zum Stehen gebracht. Unter die obligatorischen Tomaten, die gegen die Karrenwände klatschten, mischten sich Nelken, die Blume Mariens und das Symbol der göttlichen Liebe. Ein ganzer Blumenregen ging auf den Padre nieder.

Aleander erhob sich. Unter den Zuschauern brach immer mehr Unruhe aus. Ein Ruf erscholl.

»*¡Viva el eremito de sangre!*«

Tavera richtete sich entzückt in seinem Stuhl auf. »Man feiert ihn!«

»Nicht mehr lange«, fluchte Aleander. Er stieg von der Tribüne hinab und sah sich nach Soldaten um, die nach den Viva-Rufer suchten und sie niederprügelten. Der Tumult war so groß, dass er das Getöse der Flammen übertönte. Und das harte Klappern galoppierender Hufe. Erst als zwei Pferde bis an Fadriques Karren herangaloppiert waren, bemerkte der Henker den Zwischenfall. Die Reiter waren vermummt.

»Ein Wunder«, murmelte Bischof Tavera auf der Tribüne. »Ein Wunder – oder Männer des Kaisers?«

Mit entschlossenen Hieben trieb einer der Reiter die Mönche, die Fadriques Karren umstanden, auseinander. Er trug nicht die Rüstung der Heiligen Bruderschaft oder die des Kaisers, sondern einen einfachen Pilgermantel. Der zweite Reiter, ebenfalls im Jakobsmantel, zerteilte eilig die Stricke, mit denen Fadrique an den Karren gebunden war. Dann streckte er eine Hand vor, die der Padre ergriff. Sein Befreier zerrte den alten

Mann über die Karrenwand. Behände schwang sich Fadrique hinter ihm in den Sattel. Die beiden Reiter wendeten ihre Pferde, hieben ihnen die Fersen in die Flanken und sprengten davon. Fort von der Kathedrale und auf die Rua do Franco zu. Zuschauer sprangen zur Seite, um den funkenschlagenden Hufen der Pferde zu entkommen. Andere bildeten den Flüchtenden eine Gasse, die sie zur Rua do Franco leitete.

Doch als sie sie erreichten, mussten sie ihre Pferde zügeln. Die Gasse war flink mit Ketten versperrt worden. Der Reiter, hinter dem Fadrique saß, sah sich gehetzt um. Jeder auf dem Platz erkannte, dass sein Tier Anlauf brauchte, um die Kette zu überspringen. Der Vermummte wendete sein Pferd und schien seinen Begleiter über seine Absicht zu informieren.

»Haltet sie fest«, schrie Aleander und drängte sich mit harten Püffen durch die Menge. »Haltet sie!« Seine Stimme wurde immer schriller. Er passierte die Scheiterhaufen, deren Flammen in sich zusammensanken. Der Henker blickte ihm fragend entgegen.

»Warte noch«, befahl Aleander.

12

Fluchend und hinkend entriss der Dominikaner einem Soldaten den Degen und hieb sich brutal eine Gasse. Endlich sprangen seine Männer auf ihre Pferde, ritten erbarmungslos Schaulustige nieder und erreichten die Flüchtenden, deren Pferde in einigem Abstand von der Kette umhertänzelten.

Der befreite Fadrique glitt von einem der Pferde hinab. Sein Retter gab dem Tier die Sporen, doch statt voranzugaloppieren, stieg es in die Höhe. Der Reiter hatte Mühe, sich im Sattel zu halten, bis sein Begleiter in die Zügel griff und das Pferd zu Boden zwang. Die Soldaten der Hermandad bildeten einen Ring um sie.

»Lauf!«, schrie einer der Vermummten Fadrique zu, der außerhalb des Ringes stand. »Verdammt, lauf!«

Aleander näherte sich keuchend. Den Degen hoch erhoben, drängte er sich durch den Kreis seiner Soldaten, die Feuerrohre auf die Eingekreisten richteten, während Kameraden brennende Luntenstangen bereithielten, um die Gewehre abzufeuern. Aleander ließ den Degen sinken. Hatte Lunetta ihm nicht den Angriff eines Ritters prophezeit? Dies waren keine Ritter. Er lächelte und ging demonstrativ langsam auf die Eingekesselten zu.

»Enthüllt eure Gesichter!« Als keiner von beiden gehorchte, zerrte Aleander den Schlankeren mit erstaunlicher Kraft vom Pferd und riss ihm Tuch und Pilgerhut vom Kopf.

»Sieh an, die schöne Sidonia! So heißblütig und unbedacht wie eh und je. Willkommen in Santiago. Immer noch auf Schatzsuche?«

Statt einer Antwort zückte Sidonia ihren Degen, ging einen Schritt nach hinten und warf den Kopf zurück. Rot flammten ihre Haare in der Herbstsonne auf.

»Wenn du mich verhaften willst, musst du mich töten.« Mit dem Ausfallschritt eines Fechters sprang sie vor, den Degen auf Aleanders Herz gerichtet.

»Das werde ich mit Vergnügen tun, aber auf meine Weise.« Einer seiner Soldaten trat schützend neben ihn. »Bleib auf deinem Posten, ich schaffe das allein«, zischte der Dominikaner. Er drehte Sidonia langsam den Rücken zu.

»Nun, du Braut des Satans, stich zu, es ist deine große Chance, mich zu töten. Ich bin wehrlos. Nur Gott ist an meiner Seite. Zeige uns, was für eine Sünderin du bist! Töte den Löwen des Glaubens.«

Seine Truppe beobachtete ihn mit zweifelndem Respekt. Hatten sie zuvor nur blind gehorcht, sah man jetzt in einigen Gesichtern Anerkennung aufblitzen.

Sidonia umklammerte ihren Degen fester. Ihr vermummter Begleiter glitt von seinem Pferd. Es war Goswin. »Lass mich das tun, mich verwirrt er nicht«, knurrte er und zog ein Kurzmesser aus seinem Gurt.

Die Soldaten der Santa Hermandad richteten ihre Gewehre auf ihn. Aleander stand seelenruhig mit dem Rücken zu seinen Angreifern, faltete die Hände zum Gebet. Wut und Ekel würgten Sidonia, sie schloss die Augen, ihre Hand umklammerte den Degengriff fester. Mit dem Ruf »*¡Ultreia es suseia!*« stürmte sie vor.

»Halt.« Eine Hand legte sich leicht wie eine Feder auf ihren rechten Arm. Es war Fadriques Hand. »Und auch du«, wandte der Padre sich an Goswin, »steck in Gottes Namen das Messer weg.«

Aleander drehte sich lächelnd um. »Hört auf den Padre, er ist ein großer Menschenfreund. So groß, dass ihm kein Opfer zu viel ist, auch nicht das eures Lebens.«

Fadrique hob sein Haupt. »Lass die beiden frei, Aleander …«

»Schweig, du Ketzer.«

»So spricht man nicht mit seinem *Padre*.«

Aleander zuckte kurz, dann holte er aus und ließ seinen Degen auf den Arm Fadriques niedersausen. Die Klinge zerteilte den dünnen Stoff des Büßerhemdes und hinterließ eine klaffende Wunde im Arm. Blut färbte das Hemd. Die Backen des Padres wurden schmal, er taumelte, seine Augen weiteten sich im Schmerz, aber er tat keinen Laut. Sidonia schrie auf und lief zu ihm hin.

»Fesselt sie, und führt den Padre zu seinem Scheiterhaufen!«, wies Aleander seine Soldaten an. Die Männer entwaffneten Sidonia und – nach einem kurzen Handgemenge – Goswin.

Das Volk auf dem Platz hatte mit gereckten Hälsen versucht, die Geschehnisse zu verfolgen. Als der Ring um Sidonia, Goswin und den Padre sich öffnete, sahen sie, dass der Mönch als Sieger aus der Begegnung hervorgegangen war. Niemand sang mehr, niemand spendete Beifall. Bleierne Stille lag über dem Plaza d'Obradoiro. Wie ein Triumphator schritt Aleander seinen Soldaten und den Gefangenen voran.

Sidonia, deren Hände auf den Rücken gebunden waren, stolperte neben Fadrique her.

»Warum hast du mich aufgehalten? Er hat den Tod verdient! Wir sollten unser Leben so teuer wie möglich verkaufen.«

»Ein solcher Tod wäre sein Triumph, Sidonia. Einen Teufel lässt man nicht als Märtyrer sterben.«

»Besser als selber Märtyrer sein. Warum bist du nicht fortgelaufen?«

Eine Nelke landete vor Fadriques Füßen. Ein Begleitsoldat trat sie in den Staub und suchte die Menge nach dem Übeltäter ab.

Der Padre schüttelte den Kopf. »Wir waren so oder so verloren. Gönne Aleander nicht den Anschein eines moralischen Sieges. Man darf ihn nicht als Opfer im Gedächtnis behalten. Eines Tages wird er seine Strafe für alles empfangen.«

Sidonia schüttelte angewidert den Kopf. »Dein Gottvertrauen grenzt an Wahnsinn.«

»Dein Mut nicht minder. Warum hast du versucht, mich zu befreien?«

Sidonia senkte den Blick. »Wegen Gabriel Zimenes.«

Fadrique hob überrascht die Brauen. »Er gab dir wohl kaum den Auftrag! Er weiß, dass ich bereitwillig in den Tod gehe.«

»Er sagte, er werde dich retten.«

Fadriques Gesicht verdunkelte sich. »Ich habe es ihm verboten! Er muss leben.«

Sidonia straffte die Schultern. »Ach ja? Als Mönch? Ich wollte dich befreien, damit du ihm ausredest, Mönch zu werden, um dein Werk fortzusetzen.«

»Darum hast du mich zu befreien versucht?«

»Wenn du weiterlebst, ist er frei zu tun, was er möchte.«

Fadrique seufzte. »Mein Kind, ich habe dir schon einmal gesagt, dass man einen Mann wie Gabriel Zimenes von keiner Entscheidung abhalten kann.«

»Du hättest es gekonnt. Er hat seinen Hass gegen dich abgelegt, er verehrt dich«, entgegnete Sidonia trotzig.

»Seine Liebe zu dir ist stärker als seine Zuneigung für seinen Lehrer.«

Sidonia blieb abrupt stehen. »Liebe zu mir? Er warf sie bereitwillig fort für ein Abenteuer in der Neuen Welt, das er nicht lange überleben wird! Aber er ist kein Mann, der für eine Idee sterben sollte, egal wie erhaben sie ist. Er ist ein großer Arzt, reicht das nicht? Ich weiß, dass er in seinem Herzen nie Mönch sein wird.«

Fadrique seufzte und presste eine Hand auf seinen verwundeten Arm. »Das befürchte ich auch, denn er nahm das Noviziat nur aus Liebe zu dir wieder auf. Ich riet ihm ab.«

Sidonia öffnete verblüfft den Mund. Ein Soldat stieß ihr das Heft seines umgedrehten Schwertes in den Rücken, Sidonia stolperte und wurde von dem Padre getrennt. Verzweifelt drehte sich sich zu ihm um.

»Was soll das heißen?«, rief sie. »Sag mir, was das heißen soll!«

Die Ohrfeige eines Soldaten brachte sie zum Schweigen.

13

Aleander gab dem Henker und seinen Knechten ein Zeichen. Eifrig schichteten sie neues Reisig auf und führten Corriano, dessen Todesfurcht durch den Zwischenfall nur verlängert worden war, zu seinem Opferkreuz hinauf. Der Ingenieur wandte verzweifelt den Kopf und starrte zur Kathedrale und ihren Türmen hinüber, als erwarte er von dort Rettung.

Aleander bestieg die Tribüne und bedeutete einem Soldaten, Sidonia hinaufzuführen. Goswin und Fadrique band man an den Karren, der bis zur Richtstätte vorgefahren worden war.

Bischof Tavera warf dem Dominikaner fragende Blicke zu. »Hältst du es für klug, mit der Verbrennung fortzufahren? Das Volk ist seltsam still. Es fehlt die Begeisterung.«

»Habt Ihr für heute andere Pläne?«, entgegnete der Mönch verächtlich.

»Ein Schauspiel wie dieses sollte man ohne Unterbrechungen erleben«, stammelte der Bischof. »Ich meine, die Wirkung lässt nach, wenn man neu ansetzt. Zudem sind eine Untersuchung und ein Prozess vonnöten. Gegen diese ... eh, Befreier. Wer schickte sie wohl?«

»Der Kaiser war es nicht, falls Ihr darauf hofft.«

»Und wer ist diese Frau?«

Bevor Aleander antworten konnte, sank Sidonia vor dem Bischof auf die Knie: »Ich bin seine Geliebte! Gemeinsam huldigten wir dem Teufel.«

Der Bischof sog scharf die Luft ein. »Fadriques Geliebte?«

Sidonia lachte schrill. »Nein, die Buhle Aleanders, der sich für einen Gott hält. Unser Fleisch war eins, viele Male. Glaubt mir! Ich kenne seinen Leib. Seine Brust ist voll von Narben. Überprüft es nur.«

»Das Weib ist wahnsinnig«, unterbrach Aleander ihren Redestrom, doch Sidonia fuhr fort. »Oh ja, ich war wahnsinnig. Ich gab mich diesem Mönch hin, aber schließlich erkannte ich meine Verblendung. Ich sah, dass er ein Jünger Satans ist, der den einzigen Menschen verdirbt, der uns retten kann. Padre Fadrique. Schont Padre Fadrique! Ihr wisst, dass er ein Heiliger ist. Das Volk weiß es.«

Sie sprang auf und rief *»¡Viva el eremito del sangre! ¡Viva!«*

Vereinzelte Stimmen wiederholten den Ruf. Ein Soldat streckte Sidonia mit der Faust nieder.

Aleander lachte. »Da habt Ihr es. Sie ist eine Hexe, Euer erzbischöfliche Gnaden. Was sie gerade gesagt hat, macht einen Prozess gewiss überflüssig.«

»Aber im Gegenteil«, protestierte der Bischof. »Im Gegenteil. Wir müssen diese Verdächtigungen aus der Welt räumen. Schon in deinem Interesse.«

Aleander zog die benommene Sidonia in die Höhe. »Wie Ihr meint. Dann werde ich sie mit Vergnügen persönlich dem Verhör unterziehen. Aber erst nachdem wir die heutigen Verbrennungen vollendet haben.«

Ohne auf die Pfiffe der Schaulustigen zu achten, stieg er von der Tribüne herab, griff nach der Fackel des Henkers und hielt sie an das Reisig von Corrianos Scheiterhaufen. Knisternd züngelten Flammen nach oben. Befriedigt wandte der Mönch sich um und suchte das Gesicht des Bischofs. Es war aschfahl. Dann schritt Aleander mit pompöser Feierlichkeit zu dem Karren, an dem Fadrique angebunden war. Man löste die Stricke. Aleander trat dicht an den Padre heran.

»Nun, hast du noch etwas zu sagen?«

Fadrique schwieg.

»Du bist doch sonst so geschwätzig, alter Mann. Willst du keine Predigt halten?«

Der Padre wandte sich ab und begann die Treppe zu seinem Scheiterhaufen hinaufzusteigen. Man sah, dass er sich quälen musste. Sein verwundeter Arm bereitete ihm Schmerzen. Ein Henkersknecht ließ seine Peitsche auf Fadriques Rücken niedersausen. Der Padre ging in die Knie, rutschte ein paar Stufen hinunter, richtete sich mühselig auf und trat seinen Weg erneut an. Er stolperte. Wieder hob der Knecht die Peitsche. Aleander bedeutete ihm, sie zu senken.

Das Bild des sich quälenden Padres beeindruckte das Volk ohnehin genug. Fadrique hatte die klügste Art zu sterben gewählt – als leidende Kreatur! Als Mensch. So wie Jesus am Kreuz seine Leiden nicht verhehlt hatte, trat auch er den letzten Weg voller Schmerzen an. Ein Mann des Volkes, einer aus ihrer Mitte, einer, der ihre Qualen kannte und auf sich nahm. Ihn weiter zu züchtigen hätte das ärgerliche Mitgefühl der Massen verstärkt.

Der Henker band ihn am Kreuz fest, und zornig hielt Aleander seine Fackel in den Holzhaufen. Hoch schossen die Flammen empor, ihr Rasen und Knattern übertönte die Seufzer der Umstehenden und mischte sich mit den Hilfeschreien Corrianos.

Niemand achtete auf das knatternde Geräusch, das sich von oben näherte. Es klang wie der Flügelschlag eines riesigen Vogels. Aleanders Gesicht war gebannt auf die Flammen gerichtet. Sie würden ihn befreien, endgültig befreien von den Schatten der Vergangenheit. Diese Flammen waren das Licht der Wahrheit. Der göttlichen Wahrheit, seiner Wahrheit. Er lachte und senkte die Fackel erneut und entzündete den Scheiterhaufen, über dem Gabriel Zimenes' Puppe am Kreuz hing. Das Tosen der Flammen verstärkte sich. Doch Fadrique hätte nicht stiller sein können als die Puppe neben ihm. Das Volk begann wie unter Schmerzen zu seufzen. Fadrique richtete seinen Blick zum Himmel. Hell leuchtete sein Gesicht im Widerschein des Feuers. Jeder auf dem Platz sah, dass er lächelte.

Ehrfürchtig hob die Menge die Köpfe, starrte in den Himmel. Und alle sahen die flatternden Schwingen eines Vogels, der vom Dach der Kathedrale hinabschoss. Oder war es ein Drachen? War es einer der Wasserspeier mit Fratzengesicht?

Das Fabelwesen drehte einige Kreise über der Richtstätte, taumelte, schien zu fallen, fing sich wieder und stieß direkt auf die Scheiterhaufen hinab. Die Schwingen des Ungetüms fingen Feuer, doch die Geschwindigkeit seines Fluges verminderte sich nicht. Es sauste an Fadriques Kopf vorbei direkt auf den Dominikaner zu.

14

Wie gelähmt sah Aleander den Vogel auf sich zurasen und erkannte, dass sein Schnabel aus Stahl war. In Panik ließ er die Fackel fallen und fühlte plötzlich eine große Hitze um seine Beine. Seine Kutte fing Feuer. Dann spürte er den stechenden Schmerz, mit dem sich der Stahl des Schnabels zwischen seine Rippen bohrte und ihm die Brust bis zum Rücken aufriss.

Für einen Augenblick hieß er den köstlichen, exquisiten Schmerz willkommen, es war ein ungeahnt intensives Gefühl. Vollkommener als alles, was er je in seinem Leben gefühlt hatte. Erst als der Schmerz sich seines ganzen Körpers bemächtigte, erhob er ein gräuliches Geschrei und fiel röchelnd zu Boden. Er wand sich jaulend. Blut schoss aus seinem Mund, während seine Kutte weiter Feuer fing.

»*¡Un milagro! ¡Un milagro!*«, brüllte die Menge, einige fielen auf die Knie.

Fürwahr, dieses Flugtier war ein Wunderwerk. Wenn auch keine Taube Gottes. Bischof Tavera kämpfte sich von der Tribüne herab.

»Löscht alle Feuer«, schrie er. »Löscht alle Feuer! Sofort! Der Herr gab ein Zeichen.«

Die Knechte des Henkers eilten zu den bereitstehenden Wasser- und Sandeimern, mit denen überspringende Feuer verhindert werden sollten. Selbst die Soldaten der Santa Hermandad griffen zu den Löscheimern. Bald verhüllte Qualm die Richtstätte. Jemand erklomm den Haufen, auf dem Fadrique stand.

Sidonia nutzte den Tumult und folgte Tavera. Sie hatte den

Flug des wundersamen Vogels genau verfolgt. Mit zusammengekniffenen Augen suchte sie das Dach der Kathedrale ab, der Rauch biss in ihren Augen.

Tavera kniete sich neben den jaulenden und Blut spuckenden Aleander, dessen Kutte von Löschwasser durchtränkt war. Doch nicht das Leiden des Dominikaners interessierte ihn, sondern der Vogel, der auf seinem Rücken lag und dessen Schnabel in einer grauenerregenden Wunde steckte. Es gab für Tavera keinen Zweifel daran, wer diesen Vogel gestaltet hatte. Er kannte die Machart. Corriano hatte sich mit seinem letzten Werk selbst übertroffen! Der mörderische Flugapparat war einem Falken nachgebildet. Er glich einem der Jagdspielzeuge, die der begabte Ingenieur einst für Tavera gefertigt hatte, um lahmende Füchse zu töten. Dieses präzise Instrument war weit ausgefeilter und geeignet, einen Löwen zu erlegen! Einen hinkenden Löwen. Tavera kicherte. Sein Blick suchte den Uhrmacher, der gefesselt vor seinem Scheiterhaufen lag. Mehr tot als lebendig und von den Flammen entsetzlich entstellt. Aber: Er lebte! Er lebte!

Wie und wann hatte er dieses mechanische Tier entwickelt, und wer hatte es abgeschossen? Steckte der Padre dahinter? Oder seine Helfer? Etwa diese Frau? Die Hexe! Wo steckte sie nur? Tavera erhob sich. Um ihn herum schien der ganze Platz in Bewegung. Er würde den Urheber des Wunders später suchen müssen. Nun galt es, den Pöbel im Zaum zu halten, der herandrängte, um das Wunder in Augenschein zu nehmen.

Das musste verhindert werden!, entschied Tavera sofort. Wunder vertrugen keine prüfenden Blicke. Wunder mussten sinnvoll verwaltet werden. Die Legendenbildung durfte nicht irgendwelchen Volkslümmeln überlassen werden. Schon gar nicht in der Pilgerstadt Santiago, die von den Wundern des Jakobus herrlich lebte. Die gescheiterten Befreier Fadriques hatten Jakobsmäntel getragen. War es möglich, dass der Heilige eingegriffen hatte? Unsinn, schalt sich Tavera, aber all diese Umstände boten Gelegenheit, den Geschichten um den heiligen Jakobus eine weitere hinzuzufügen: ein echtes Santiagowunder, das die Jahrhunderte überdauern würde.

Der Vogel war von der Apostelkirche herabgestürzt. Oh, daraus ließe sich einiges machen! Einiges. Sein Blick wanderte fasziniert nach oben. Ein Schatten huschte über die Dachtraufe. Der Schatten eines Mönches! Tavera raffte seinen Prunkmantel und wandte sich gebieterisch an die Soldaten.

»Treibt das Volk auseinander. Räumt den ganzen Platz! Und schickt Männer auf das Dach. Ergreift jeden, der sich dort herumtreibt, und bringt ihn in meinen Palast.«

»Was soll mit dem da geschehen?« Ein Soldat tippte mit der Spitze seines Stiefels gegen den leblosen Leib Aleanders.

»Schickt nach einem Arzt oder besser nach einem Priester.«

»Wenn ihr erlaubt, werde ich mich darum kümmern.«

Tavera wirbelte herum. »Fadrique!«

15

Sie fanden sich auf dem Dach der Kathedrale. Der Lärm der Welt war hier nur ein fernes Summen. Der Wind pfiff den steinernen Teufel in den Dachrinnen durch die Schlünde, sang in den Glockentürmen, jaulte in den Fallrohren aus Blei. Er blähte den Mantel des jungen Pilgers, der sich suchend umsah, genau wie die Kutte eines Mönches, der hinter einem kunstvollen Katapult stand.

»Gabriel!« Mehr brachte Sidonia nicht heraus. Sie lief mit fliegendem Mantel zum Rand des Daches. Gabriel wandte sich um. Seine Augen wurden schwarz. Mit langen Schritten eilte er auf sie zu. Sie stand still, schloss ihre Augen, hörte auf zu atmen. Er fasste sie bei den Armen und riss sie an sich. Endlich!

»Was zum Teufel hast du dir dabei gedacht!«

Zimenes' Zorn ließ sie zurückprallen, unsicher trat sie nach hinten.

»Pass doch auf! Geh nicht so nah an die Dachkante!« Er zog sie zur Mitte des Daches und schüttelte sie. »Wie konntest du dich so in Gefahr begeben? Und wie hast du Goswin überredet, bei diesem wahnwitzigen Plan mitzuhelfen? Er sollte dich von hier wegbringen! Du bist störrischer als ein Maulesel und eine elende Lügnerin dazu! Du hattest versprochen, nach unserer letzten Begegnung aus Santiago fortzugehen! Was hattest du auf dem Platz zu suchen? Um ein Haar wärst du jetzt tot und Fadrique und Goswin mit dir!«

Sidonias Herz machte wilde Sprünge, sie lachte und weinte zu gleicher Zeit. »Oh, Gabriel, du machst dir Sorgen um mein

Leben?« Sie presste ihr Gesicht in den Stoff seiner Kutte. Er roch nach Ingwer, so wie damals auf der Negrona. »Gabriel, du bist jetzt frei. Fadrique wird leben und tun, was er immer getan hat. Und du bist frei zu tun, was du wirklich willst! Du gehörst der Welt und nicht irgendeinem Orden.« Stürmisch schlang sie die Arme um ihn, spürte, dass er zitterte. Dann wurde sein Körper steif. Bis auf seine Arme. Er legte sie um sie. Sanft, unendlich sanft. Sie presste sich fester an ihn, ihr schwindelte. Sie schwiegen. Jedes Wort schien gefährlich. Jede Frage konnte dieses schwebende Glück zerstören. Nein, sie würde nichts fragen. Nicht jetzt. Sie wusste alles.

»Ich bin dir seit unserer letzten Begegnung eine Antwort schuldig«, unterbrach Gabriel die Stille.

Sidonia drückte ihr Gesicht noch tiefer in den Stoff seiner Kutte.

»Ich liebe dich, Sidonia van Berck.«

Sie riss ihren Kopf hoch. »Ist das wirklich wahr?«

»Ich bin ein Mönch, ich muss die Wahrheit sagen.« Gabriel lächelte, aber es war ein Lächeln, das einem Abschied glich. Sidonia hätte es gern weggewischt. »Ein Mönch? Heißt das, dass du diese Kutte anbehalten willst?«

Ein Abglanz von Spott brachte Gabriels Augen zum Funkeln. »Die Kutte werde ich jede Nacht ablegen. Mönche schlafen nackt.«

»Liebende auch.«

»Mein Entschluss steht fest.«

»Aber Fadrique lebt, du bist frei!«

Gabriel fasste ihre Hände und nahm sie zwischen die seinen.

»Ich war immer frei in meinen Entscheidungen. Und nun komm, ich muss mit dem Padre sprechen.«

»Worüber? Was könnte jetzt so wichtig sein?«

»Ich will ihn überzeugen, mit mir in die Neue Welt zu gehen.«

Sidonia löste sich von ihm. »Das kann nicht dein Ernst sein! Nie und nimmer. Du hast gesagt, dass du mich liebst!«

»Das tue ich. Gegen meinen Willen, gegen jede Vernunft und gegen jedes Gesetz! Genügt dir das nicht?«

Sidonia holte aus, ihre Hand sauste direkt auf sein Gesicht zu, dieses Gesicht, das sie in ihren Träumen zum Weinen brachte, ihr im Wachen so viel Schmerz bereitete. Sie schlug fest zu und holte noch einmal aus.

Gabriel fing ihre Hand ab, riss sie an sich und küsste sie. Zögernd zunächst, dann leidenschaftlich. Ohne zu zögern erwiderte Sidonia den Kuss, fasste in seine Haare und zog ihn zu sich hinab.

Es dauerte Minuten, ehe sie sich heftig atmend voneinander lösten. Gabriel wollte etwas sagen, sie schüttelte nur den Kopf und zog ihn wieder an sich. Seine Hände glitten über ihren Nacken. Er streichelte sie, spürte den Verband über ihrer Wunde und streichelte auch diesen sanft.

Sidonia umarmte ihn fester. Seine lebendige Wärme raubte ihr den Atem. Genau wie dieser Kuss. Die Zärtlichkeit des Moments war unwirklich. Sidonia zitterte bei jeder von Gabriels Berührung und zitterte noch mehr, wenn sie ihn berührte. Er fuhr mit dem Nagel seines Daumens die Linie ihres Halses nach.

Sidonia seufzte, sie wusste, dass diesmal alles richtig und gut war. Näher konnten ein Mann und eine Frau einander nicht sein. Gabriels Augen waren dunkel vor Begehren, die ihren hell vor Glück.

Zimenes' Stimme war heiser, als er sprach: »Ich werde nie eine andere lieben, Sidonia.« Er legte seine Hände auf ihre Schultern und schob sie sanft von sich fort. »Vergiss das nicht, egal, was geschieht.« Sidonia schaute ihn fragend an.

»Vergesst nicht, dass dies hier eine Kirche ist!«

Fadriques Stimme ließ sie aus dem Taumel der Verschmelzung hochschrecken. Der Padre war nicht allein. Hinter ihm stand ein blonder Mann in Rüstung. Seine Miene war grimmig. Ein Mantel in den Farben des Kaisers umwehte ihn wie die Schwingen eines Adlers. Auf seinem Brustpanzer leuchtete ein Wappen. Es war das Wappen des Grafen von Löwenstein.

Zimenes ließ die Arme sinken und drehte sich um. Er schien zu zögern, dann neigte er ergeben seinen Kopf in Richtung des Ritters. »Willkommen zurück in Santiago, Conde. Ich hatte Euch früher erwartet.«

»Der Kaiser konnte sich erst im letzten Augenblick zu einem Entschluss durchringen. Ich trage eine Klageschrift gegen meinen Bruder Aleander mit mir. Der Tod ist ihm sicher. Meine Leute und ich ritten wie die Teufel, um schnell zurück zu sein, aber wie ich sehe, hattest du einen zweiten Plan, um den Padre zu retten.« Er trat an das Katatpult heran. »Ein Meisterwerk. Corriano ist sein Geld wert, er sollte sich ganz auf die Waffenproduktion verlegen.«

»Ich nahm das Geld für diese Vorrichtung von Eurem Vermögen«, antwortete Gabriel, »und bezahlte Corrianos Werkstatt, ich hoffe ...«

Bevor er weitersprechen konnte, wandte Fadrique sich an Zimenes. »Komm mit mir, Gabriel. Ich brauche dich.«

»Nein«, schrie Sidonia und streckte die Hand nach Gabriel aus. »Du kannst mich nicht allein lassen!«

»Keine Angst, Sidonia van Berck, von nun an werde ich mich um dich kümmern«, sagte der Ritter Adrian von Löwenstein und trat wie ein dunkler Schatten an ihre Seite.

Fünfter Teil

Santiago de Compostela, im Oktober 1527

Während des ganzen Lebens muss man fortfahren,
leben zu lernen, und,
was euch noch mehr erstaunen wird, während des
ganzen Lebens muss man lernen zu sterben.

Seneca

1

Sidonia erwachte im Palazzo des Grafen. Sie musste sich einen Moment besinnen, ehe sie wusste, wo sie war. Mit der Erinnerung kam der dumpfe Schmerz zurück. Noch einmal sah sie Gabriel vor sich, wie er fortgegangen war. Mit aufrechtem Haupt und sehr geradem Rücken. Weder er noch Fadrique hatten sich umgewandt, ehe sie in den Treppenturm der Kirche verschwunden waren.

Adrian von Löwenstein hatte sie in sein Haus bringen lassen, wo sie diesmal mit vielen Verneigungen als neue Condesa empfangen wurde. Adrian von Löwenstein schien die Lüge über ihre Vermählung vor seinem Gesinde nicht aufgeklärt zu haben. Man hatte ein noch prachtvolleres Zimmer für sie gerichtet, Kleider, Strümpfe und feinste Wäsche besorgt.

Der Ritter hatte sich nicht lange bei ihr aufgehalten und nicht nach ihrer Geschichte gefragt. Er schien sie zu kennen. Genau wie sie die seine kannte, nachdem sie endlich die Briefe Doña Rosalias gelesen hatte.

Adrian von Löwenstein hatte wie Gabriel das Schiffsunglück vor der Südküste des Landes überlebt. Seine Genesung in einem kleinen Fischerdorf hatte jedoch Monate gebraucht. Als er dort von Mariflores' Schicksal erfuhr war er ohne Zögern und ohne sein Haus in Santiago zu benachrichtigen, seinem Bruder nach Köln nachgereist. Entschlossen, ihn zurück nach Spanien und vor ein Gericht des Kaisers zu bringen.

»*Sidonia*«, hatte Rosalia voll Freude geschrieben, »*deine Ahnungen waren immer richtig, deine Entschlossenheit ein Segen: Mein Sohn lebt! Er traf kurz nach Aleanders Abreise in*

Köln ein. Sein Name und seine Position bei Hof werden die van Bercks retten. Er versprach es mir. Adrian sprach auch davon, dass er in der Neuen Welt ein Vermögen gemacht hat, dessen Verbleib noch unklar ist. Darum ist er nach Spanien zurückgereist. Darum und um Lunetta und Aleander aufzuspüren.

Ich bete zu Gott, dass du in Santiago und in Adrians Palast bist. Warte dort auf ihn, dort bist du sicher. Er hat zugesagt, alle Taten seines Bruders vor Gericht zu bringen und jeden Schaden wiedergutzumachen. Sidonia, diesmal gab ich meine Zustimmung zu einer Ehe zwischen dir und Adrian aus ganzem Herzen. Dein Ehemann wird handeln wie ein Ehrenmann, und ich bin mir sicher, dass er lernen wird, dich so zu lieben, wie ich es tue.

Ich sehne den Tag herbei, an dem ihr als Mann und Frau nach Köln zurückkehren werdet und ich dich als meine Tochter begrüßen darf.

Auch Lambert ist dann endgültig gerettet, und – stelle dir nur vor – dein Vater plant bereits ein Hochzeitsfest. Nichts könnte ihn glücklicher machen, zumal er wohl das neue Vermögen seines Schwiegersohnes mit verplanen darf.

Gottes Güte ist unermesslich.«

Sidonia hatte den Brief zweimal gelesen. Am liebsten hätte sie ihn verbrannt. Er war ein Todesurteil. Nun erst begriff sie das Liebesversprechen, das Zimenes ihr auf dem Dach gegeben hatte:

»Ich werde nie eine andere lieben, Sidonia. Vergiss das nicht, egal was geschieht.«

Jetzt erst verstand sie auch Fadriques Erklärung, Zimenes habe das Noviziat aus Liebe zu ihr aufgenommen. Gabriel glaubte, dass er sich nicht zwischen sie und Adrian von Löwenstein stellen durfte. Den Einzigen, der sie und ihre Familie retten konnte.

»Du wirst ein gutes Leben haben«, hatte Gabriel in jener Nacht in der kleinen Kirche zu ihr gesagt, wissend, dass der Ritter noch lebte. Sidonia strich sich müde über das Gesicht. Im Licht der Vernunft betrachtet, hatte er Recht: Wenn sie den Ritter verließ, würde sie auch Lambert, ihren Vater und Rosalia im Stich lassen. Sie musste nach Köln zurückkehren, an der Seite ihres hochgestellten Mannes. Sie musste ihnen mit dieser Heirat Geld einbringen. Das Haus van Berck benötigte Geld, um Lamberts Prozess zu gewinnen und das Geschäft des Vaters wieder aufzubauen. Adrian von Löwenstein war ein Höfling Karls V. Er hatte Einfluss, verkehrte mit den Größten der Welt. Gott hatte alle ihre Wünsche erfüllt, mit denen sie diese seltsame Reise angetreten hatte.

Aber zum Teufel, was hatte Vernunft mit ihren Gefühlen für Gabriel zu tun? *»Ich liebe dich gegen meinen Willen, gegen meine Vernunft und gegen jedes Gesetz der Welt«*, hatte er gesagt. Ein Satz, der sie in maßlose Wut versetzt hatte. Aber war es nicht mit ihrer Liebe zu ihm genauso?

Sidonia spürte, dass ihr Kopf zu schmerzen begann. Sie musste an die Luft. Das Zimmer schien entsetzlich stickig. Nur hinaus hier, hinaus aus diesem Leben, das ein Gefängnis mit unsichtbaren Mauern war. Sie stand vom Bett auf, wusch sich das brennende Gesicht mit Wasser, das in einer Kanne bereitstand, und streifte sich achtlos das prachtvolle Kleid über, das die Magd zurechtgelegt hatte. Dann stieß sie die Tür auf und stieg langsam die Treppe zum Innenhof hinab. Sie erstarrte. An dem Steintisch in der Mitte des Patios saß Lunetta.

Sidonia übersprang die letzten Stufen und lief dem Mädchen entgegen, das hinter dem Tisch hervorkam, um sie zu umarmen.

»Sidonia«, rief Lunetta erfreut.

Verblüfft hielt diese das Kind von sich weg. »Du sprichst? Wie ist das möglich?«

»*¡Sí!* Ich meine ja, ich bin nicht mehr stumm. Ich kann sogar deine Sprache. *Un poco.* Von Mutter. Sie lernte sie von Adrian, meinem *padre*. Als ich ihn in der Kathedrale von Santiago sah, war es, als wolle Gott mich zwingen, wieder zu sprechen. Ich rief nach ihm. Padre! Mein Vater war gekommen, um mich zu retten.«

Die nächste Stunde vergaß Sidonia das beklemmende Gefühl, das sie seit dem Aufstehen beherrscht hatte. Erst als Lunetta von ihren Abenteuern berichtet und von denen Sidonias erfahren hatte, fragte sie, wo Gabriel sei.

Lunetta senkte betroffen die Augen. »Er ist nicht hier.«

»Das sehe ich«, sagte Sidonia fast ärgerlich. Dann besänftigte sie ihren Blick und entschuldigte sich. »Verzeih, ich zürne nicht dir. Es ist wegen ihm ...«

»Ich weiß es«, sagte Lunetta schlicht.

»Was?«

Lunetta zog mit spitzbübischem Lächeln eine Karte hervor. Die Liebenden. »Du verzeihst mir doch, dass ich mir die großen Trümpfe von dir wieder geholt habe? Sie steckten in deiner Satteltasche drüben im Stall.«

Sidonia runzelte die Stirn und griff nach der Karte. »Bei dir sind sie sicher besser aufgehoben. Wann hast du diese Karte für mich und Gabriel gezogen?«

Lunetta schüttelte den Kopf. »Ich habe sie nicht gezogen. Ich weiß es ohne die Karten. Ich weiß es, seit ich euch beide auf der Negrona sah. Und damals in Köln, als ich diese Karte vor dem Fest zum ersten Mal zog, galt sie ebenfalls euch!«

Sidonia seufzte und fuhr mit den Fingern über das Bild des nackten Paares unter dem Paradiesbaum. »Ja. Ich tanzte am Abend meiner Verlobung mit Gabriel, bevor ich Aleander ... Gabriel war der Mann, den ich lieben sollte. Hätte ich es nur sofort erkannt, vielleicht … Jetzt ist es zu spät. Wahrscheinlich ist er bereits mit Fadrique auf dem Weg in die Neue Welt.«

Lunetta schüttelte den Kopf. »Nein, das glaube ich nicht.«

Sidonia blickte hoffnungsvoll auf. »Sagen die Karten dir etwas anderes?«

Lunetta senkte den Blick. »Um ehrlich zu sein, werden die Karten mir ein immer größeres Rätsel, seit ich wieder spreche. Meine Eingebungen werden blasser. Gott hat mich aus der Welt der Schatten zurückgeholt. Ich fürchte, meine Begabung ist das Opfer, das ich für die Rückkehr in die Welt der Sprache bringen muss.«

Sidonia sah, dass Lunetta nicht wirklich betrübt über den Verlust ihrer Fähigkeiten war. Bei Gott, was für eine Last hatte dieses Kind nach dem Tod seiner Mutter tragen müssen, gefangen in einer Welt düsterer Bilder und Ahnungen! Lunetta strich sich die Haare aus dem Gesicht und schaute sie fest an. »Dennoch weiß ich, dass der Padre in Santiago ist. Er kam heute Morgen, um mit meinem Vater zu sprechen.«

Sidonia legte aufgeregt ihre Hand auf die Lunettas. »Er war hier? Worüber haben sie gesprochen?«

Lunetta zuckte mit den Achseln. »Ich weiß es nicht, aber sie hatten einen Streit. Nur der Padre würde es wagen, meinem Vater zu widersprechen.«

Sidonia presste die Karte an ihre Brust und sprang vom Stuhl auf. »Wo ist Fadrique nun?«

»Er wollte zum Palast des Erzbischofs.«

Sidonia lief im Hof auf und ab. Ein Windstoß hob ihre Röcke und ließ ihr Haar tanzen. Schließlich blieb sie stehen.

»Ich muss ihn sehen, ich muss zu Fadrique.« Sie lief zum Tor und entriegelte es.

»Warte, ich komme mit«, rief Lunetta ihr hinterher, während Sidonia in die lebhafte Gasse eintauchte.

2

Höchst widerwillig entstieg Bischof Tavera dem Tragsessel, mit dem ihn seine Leibgarde zu dem Kloster der Reuerinnen gebracht hatte. Bauern trieben Ziegen durch die Straße zum Markt, hohe Wagen, beladen mit Fischen, rumpelten über das Pflaster. Schwerfällig wichen sie den Abfallhaufen aus, die sich hier vor Santiagos Stadtmauern türmten.

Der Bischof hielt sich ein parfümiertes Taschentuch vor die Nase und schaute an der düsteren Steinfassade des Konvents empor. Zweifelnd sah er sich zu seinen Männern um. »Seid ihr sicher, dass Fadrique mich hierher bestellt hat?«

Einer der Soldaten nickte stumm. Tavera seufzte, raffte sein Übergewand und trat an das Tor. Gebieterisch hieb er den Klopfer gegen das Holz. Eine Nonne schlug einen kleinen Holzladen zurück und schaute lauernd heraus. Es war Estrella, genannt Schwester Katharina, die Tochter der Wäscherin. Sie errötete, als sie den Besucher erkannte, und öffnete mit fliegender Hast die Riegel. Als Tavera den Hof des Konvents betrat, verneigte sie sich,.

»Zu Fadrique«, sagte der Erzbischof knapp und betrachtete einige Schwestern, die beim Brunnen standen. Sofort stoben sie auseinander und eilten zur Kapelle.

»Haben die keine Beschäftigung?«, fragte der Bischof scharf.

Estrella, die ihn zu einem Trakt an der Stirnseite des Hofes führte, beeilte sich, eine Erklärung zu geben. »Sie sind verstört, Euer erzbischöfliche Gnaden. Die Qualen unseres verehrten Beichtvaters bekümmern uns.«

»Aleander ist nicht mehr euer Beichtvater. Er ist aller Ämter enthoben. Sein Orden berät über seinen Ausschluss und will die Erlaubnis vom Papst dazu einholen. Unser Heiliger Vater wird sie erteilen, sobald er aus seiner Gefangenschaft freikommt.«

Die Nonne senkte betroffen den Kopf. »Ist das wahr?«

Tavera nickte streng. »Es ist wahr und gerecht. Oder zweifelst du daran?«

Die Frau neben ihm sank in die Knie, griff nach der Hand des Bischofs und küsste seinen Ring. »Nein, ich, wir alle danken Euch.«

»Dankt dem Herrn! Dazu seid ihr hier.«

»Und was will Padre Fadrique von Bruder Aleander?«

»Du bist zu neugierig für eine Nonne! Ich bin gekommen, um mit dem Padre zu sprechen, nicht mit dir.«

Estrella erhob sich und öffnete eine schmale Pforte. »Ihr findet ihn in der Krankenzelle dort.«

Tavera folgte dem Hinweis der Frau und öffnete eine weitere Holztür. Der Gestank, der ihn empfing, raubte ihm den Atem. Es war ein Gemisch aus Eiter, Blut, verbranntem Fleisch und ätzenden Dämpfen. Tavera schwindelte, er drückte das Taschentuch fester auf seine Nase und betrat den dunklen Raum. Als seine Augen sich an das schwache Licht gewöhnt hatten, sah er zwei Mönche, die neben einem Bettgestell knieten. Auf dem Bett lag Aleander. Einer tauchte ein Brandeisen in einen Eimer Wasser. Es glühte zischend aus. Die Ärmel seiner Kutte waren hochgerollt, seine Hände blutverschmiert. »Mehr kann ich nicht tun, Fadrique«, sagte er und wusch seine Hände in einer Schüssel mit Wasser. »Und nun lass mich nach deinem Arm sehen.«

Der Padre, der neben ihm kniete, seufzte. »An mir hast du Wunder vollbracht.« Gabriel löste den vom Schwerthieb verletzten Arm Fadriques aus der Schlinge und begutachtete ihn kurz.

»Du musst ihn schonen, und vergiss nicht die Waschungen mit Essig und Lorbeeröl.«

Der Padre nickte. »Du hast mehr als genug getan, Gabriel. Ich danke dir. Wie geht es mit Aleander weiter?«

»Er ist zäh, zäher als viele. Er hat den Blutverlust überlebt, genau wie die schmerzhafte Kauterisierung mit dem Brandeisen. Ich habe die Blutung mit Kupfervitriol zum Stillstand gebracht. Er wird Narben davontragen, aber wenn die Wunde dreimal am Tag verbunden wird, besteht Hoffnung. In Paris lernte ich, dass man Schimmelpilze auf Schafskot und Honig zu züchten vermag, die dem Wundbrand entgegenwirken. Wenn die Wunde sich zu schließen beginnt, muss sie mit einer Salbe aus Zinnoxid und Kräutern bestrichen werden. Gegen die Schmerzen kann ich ihm Mohnsafttränen und die Essenz einer Pflanze geben, die ich in der Neuen Welt kennen lernte. Ihre Blüte erinnert an eine Trompete, und ihre Säfte sind wirkungsvoller als der Stechapfel, die Indios ...«

Tavera räusperte sich. »Mit Verlaub, gebt ihr euch nicht ein wenig zu viel Mühe mit einem Mann, der dem Tod geweiht ist? Und vergesst nicht, dass die Kirche alle Mittel der Betäubung verbietet. Schmerzen demütig zu ertragen ist Christenpflicht.«

Der Padre wandte den Kopf. »Euer erzbischöfliche Gnaden, es ist immer gerecht, einem Leidenden beizustehen, und dieser Mann hier«, er deutete auf Zimenes, der sich ebenfalls aufrichtete, »ist ein fantastischer Arzt und ein noch größerer Christ. Er hätte Grund genug, Aleander sterben zu lassen.«

Tavera runzelte die Stirn.

»Und wäre das nicht besser? Oder willst du einen vollständigen Prozess gegen diesen Teufel?«

Er deutete auf den benommenen Aleander, der nackt auf dem Lager lag und dessen Rücken eine einzige Wunde war. In einer Schüssel schwammen eitrige Tücher und verpesteten die

Luft. Gabriel nahm sie und trug sie aus der Zelle. »Ich werde eine Nonne anweisen, uns Wasser, Lavendel und Rosenessenz gegen den Geruch zu bringen«, sagte er und verschwand.

Der Padre sah Tavera an. »Euer erzbischöfliche Gnaden, was soll das für ein Prozess sein, bei dem die Schuld des Angeklagten von vorneherein feststeht?«

»Tut sie das nicht? Die Klageschrift, die der Kaiser unterzeichnet hat, ist ausführlich. Aleander hat sein Amt als Chefankläger der Inquisition missbraucht, um Todesurteile gegen unschuldige Bürger und Bürgerinnen zu fällen. Er muss sich vor der Inquisition verantworten, und wenn er nicht geständig ist, wird er der härtesten aller Foltern unterzogen ...«

Padre Fadrique nickte. »Ich weiß, was die Inquisition ihren Opfern anzutun vermag.«

»Dann musst du als Zeuge gegen ihn aussagen!«

»Das werde ich nicht tun. Ich bat euch heute hierher, um für das Leben Aleanders zu bitten.«

Tavera prallte zurück. »Wie?«

Fadrique lächelte. »Ihr wisst, dass ich ein Gegner der Inquisition bin. In keinem Fall, auch nicht in dem Aleanders, würde ich diesem so genannten Glaubensgericht in die Hände arbeiten.«

»Aber dieser Teufel soll eine unbescholtene Jungfrau verführt und geheiratet haben, um sich das Vermögen seines Bruders zu erschleichen.«

»Ich sprach heute Morgen mit dem Bruder. Er ist bereit, seine Klage fallen zu lassen, wenn Aleander zur lebenslangen Buße in ein Eremitenkloster eintritt. Ich kenne einen Schweigeorden von strengster Observanz und mit sehr festen Gittern.«

Wie zur Antwort stöhnte der Verletzte auf. Keiner seiner Besucher beachtete es.

Tavera riss ungläubig die Augen auf. »Der Ritter von Löwenstein will auf seine Rechte verzichten? Er will gegen die Empfehlungen des Kaisers handeln?«

»Der Ritter von Löwenstein ist Aleanders Bruder! Ich führte ihm vor Augen, dass nichts Gutes daraus entsteht, wenn er ihn tötet. Kain erschlug den rechtschaffenen Abel, aber Abel darf nicht Kain erschlagen, das ist die Botschaft der Bibel.«

Tavera schnappte nach Luft, bereute es und drückte sich wieder sein Taschentuch vor den Mund. »Du bist ein verbohrter Mann, Fadrique. Wollte Aleander nicht sogar die Tochter des Ritters als Hexenkind verbrennen?«

Wieder nickte der Padre. »Ja. Und es muss ein Ende haben mit diesen wahllosen Anschuldigungen.«

»Die Anschuldigungen gegen Aleander entsprechen der Wahrheit!«

»Begreift doch, wenn die Inquisition den Mönch Aleander als Ketzer verurteilt, bleiben ihre Macht und ihr Recht, Menschen im Namen des Glaubens zu verteufeln, unangetastet. Gegen diese Macht anzutreten war mein Leben lang meine Berufung. Wir müssen einen anderen Weg als den der Inquisition gehen, den Weg der Gnade.«

Tavera kniff die Augen zusammen. »Wenn Aleander seiner Strafe entgeht, wird man lediglich sagen, die Inquisition habe einen der ihren geschont.«

»Er wird den Rest seines Lebens von der Welt abgeschlossen sein. Allein mit seinen Dämonen! So wie die Mutter des Kaisers in ihrem Turm. Nicht umsonst nennt man sie Johanna die Wahnsinnige. Glaubt mir, Aleander wird schlimmere Qualen leiden, als jede körperliche Tortur ihm zufügen könnte. Er hat eine Chance auf Läuterung, falls er sich Gott öffnet, und das sollte immer unser Ziel sein!«

»Wer garantiert dafür, dass er nie mehr freikommt?«

»Ich werde an seiner Seite dem Kloster beitreten.«

»Du? Warum dieses Opfer?«

»Ich habe meine Gründe.«

Bevor Tavera antworten konnte, kehrte Gabriel in Begleitung Estrellas zurück. Beide trugen Eimer und Fläschchen. Gabriel entriegelte eine Fensterluke. Licht und Luft strömten in die Krankenzelle. Estrella kniete sich neben den erwachenden Aleander und starrte fasziniert auf seine Wunde.

»Ich werde dir zeigen, wie man den Verwundeten wäscht und versorgt«, sagte Gabriel zu der Schwester, »aber zunächst muss ich ihn nähen. Ich hoffe, du bist stark genug, den Anblick zu ertragen.«

»Ich habe gelernt, mit dem Anblick von Schmerz zu leben«, sagte Estrella – ein wenig zu begeistert.

Mit auffordernde m Blick wandte Gabriel sich an Tavera. Nur allzu gerne folgte der Bischof dem stummen Befehl und floh aus der Zelle.

Der Padre wandte sich in der Tür noch einmal um. »Ich danke dir, Gabriel.«

»Nicht nötig. Als Arzt habe ich einen heiligen Eid geschworen, den Kranken und Versehrten zu helfen.«

»Du warst immer mein bester Schüler.«

»Nicht immer.«

»Der gute Schüler ist folgsam und gelegentlich kritisch, der beste überwindet seinen Lehrer und sucht neue Wege. Ich habe dich zum Mann des Wortes erziehen wollen, aber du erkanntest, dass du als Arzt weit Größeres leisten kannst. Du hast einen forschenden Geist. Männern wie dir gehört die Zukunft.«

Gabriel straffte die Schultern. »Meine Zukunft gehört niemandem außer Gott.«

»Du bist stur, Gabriel Zimenes.«

»Nur beharrlich! Auch das lernte ich von dir.«

»Ich wünschte, ich könnte mich darüber freuen. Gabriel, du bist mir wie ein Sohn gewesen, und wie ein liebender Vater rate ich dir: Folge deinem Herzen. Aleanders Beispiel sollte dich lehren, was es heißt, aus falschen Impulsen heraus ein Leben als Mönch zu führen.«

Gabriels Gesicht rötete sich vor Zorn. »Du vergleichst *mich* mit Aleander?«

»Nur insofern auch du glaubst, deine Leidenschaften ersticken zu können. Eine versteinerte Seele ist ein Verrat an Gott und seiner Liebe zu uns. Du bist ein Kämpfer, kein Mönch. Du solltest lernen, zunächst für dich selber einzutreten, bevor du deine Liebe der ganzen Menschheit widmest.«

Gabriel wandte sich ab. »Aleander ist außer Lebensgefahr. Morgen breche ich auf. In La Coruña, heißt es, wird ein Schiff für die Fahrt ins Neue Indien gerüstet. Warum kommst du nicht mit?«

Der Padre schüttelte den Kopf. »Mein Platz ist hier bei Aleander. Hätte ich gehen wollen, hätte ich es vor Jahren getan – mit Doña Rosalia.«

»Aber das hast du nicht.«

»Meine Liebe war zu schwach, und Gott wies mir einen anderen Weg.«

»So wie mir.«

Der Padre schüttelte wieder den Kopf. »Glaubst du das wirklich? Ich habe lange dem Hochmut gefrönt, dass mein Leben vielen von Nutzen ist. Nun, ich rettete einige Menschen, aber ich vernachlässigte den einen, um dessen Seele ich hätte kämpfen müssen, gerade weil er mir zuwider war.«

»Du sprichst von Aleander?«

Fadrique nickte. »Ihn hätte ich führen müssen. Nicht als Padre, sondern als sein Vater. Er war die Aufgabe, die Gott mir stellte, und ich habe versagt. Durch meine Versäumnisse brachte ich Leid über viele. Aleanders Taten sind auch mir und meiner Unfähigkeit zu lieben anzurechnen.«

Gabriel öffnete den Mund zum Protest, Fadrique brachte

ihn mit einer Geste zum Schweigen. »Nein, widersprich mir nicht. Wie Aleander spielte ich gelegentlich Gott – wenn auch zu anderen Zwecken. Begehe nicht den gleichen Fehler, du wirst ihn teuer bezahlen.«

Gabriel wandte sich wortlos um. Voller Widerwillen schaute er auf den erwachenden Aleander hinab und auf Estrella, die mit abstoßender Zärtlichkeit seine Wunde reinigte.

Fadrique legte eine Hand auf seine Schulter. »Ich bitte dich, geh nicht schon morgen. Bleib einige Tage, und überdenk deinen Entschluss.«

Gabriels Blick blieb auf Estrella gerichtet. »Du musst schneller arbeiten, ausgiebige Berührung bereitet ihm Qualen«, wies er sie an.

Aleander stöhnte wie zur Bestätigung und versuchte den Kopf zu drehen. »Geh nicht, Zimenes«, raunte er tonlos.

Erstaunt schauten der Padre und Gabriel auf den Leidenden hinunter. Estrellas Lippen umspielte ein wissendes Lächeln, während sie in gespielter Demut Gabriel das Tuch übergab.

»Ich bin zu ungeschickt, du wirst mich noch eine Weile unterweisen müssen.«

3

Niedergeschlagen kehrte Sidonia in den Palacio Löwenstein zurück. Man hatte sie und Lunetta nicht in den Palast des Erzbischofs vorgelassen. Selbst der Titel Condesa Löwenstein hatte die Türen nicht geöffnet. Enttäuscht zog Sidonia sich in ihr Schlafzimmer zurück.

Der Ritter ging in den nächsten Tagen seinen Geschäften nach. Kehrte er in das Haus zurück, schloss er sich in seinem Arbeitszimmer ein. Nur Lunetta durfte täglich für wenige Augenblicke zu ihm.

»Er trauert um meine Mutter«, sagte sie, als Sidonia sich wie an jedem Nachmittag für einen Gang durch Santiago anzog. Noch immer war sie auf der Suche nach Fadrique.

Sidonia runzelte die Stirn. »Was für eine elende Farce, dass er und ich aneinander gebunden sein sollen! Ein gemeinsames Leben wäre eine einzige Qual.«

Lunetta legte sanft eine Hand auf ihren Arm. »Er wird zu seinem Wort stehen und deine Familie retten.«

Sidonia bedeckte Kopf und Gesicht mit einem dichten Schleier. Die spanischen Sitten waren streng für verheiratete Frauen von Stand. Nach ihrem ersten Ausflug als Condesa Löwenstein hatte die Magd sie getadelt, weil sie mit offenem Haar herumspaziert war. Jeden Morgen wurde sie nun frisiert. Das Haar lag in straff geflochtenen Zöpfen um ihren Kopf. Ihre Haut wollte die Magd nach neuester höfischer Sitte mit einer Paste bleichen, die scharf nach Katzenurin und Bleiweiß roch.

Die Spitzenkragen von Sidonias Kleidern reichten bis unter

das Kinn und zwangen sie, den Kopf hoch zu tragen. Sie gaben ihr einen Vorgeschmack auf das Leben an der Seite eines spanischen Höflings. Das Stachelhalsband eines Jagdhundes hätte nicht unbequemer sein können. Sidonia unterwarf sich der Kleiderordnung nur, um ihre täglichen Streifzüge durch die Gassen nicht zu gefährden. Jetzt, wo der Conde zurück war, galt dessen Bediensteten sein Ansehen alles. Seine Frau verdiente Respekt, aber nur solange sie dem Ansehen des Conde nicht schadete. Und da der Graf nicht eingriff und nichts tat, um ihre Position zu stärken, wurde sie von seinen Bediensteten wie eine Marionette herausgeputzt, gegängelt und geführt.

Sidonia lernte rasch, dass ihre Stellung als Gräfin ihre Freiheiten noch ärger beschnitt, als es ihre Position als Kaufmannstochter in Köln je getan hatte. Vergeblich fragte sie alle im Haus nach dem Padre. Auch über Gabriel erhielt sie keine Auskünfte. Man ließ sie nicht einmal zu ihrem vermeintlichen Ehemann vor, da er nicht nach ihr verlangte.

»Willst du denn nicht zurück nach Köln?«, fragte Lunetta.

Sidonia schüttelte unwirsch den Kopf. »Nicht, solange ich nicht mit Fadrique gesprochen habe.«

»Soll ich die Karten für dich legen?«

»Nein!« Sidonia biss sich auf die Lippen. Sanfter fuhr sie fort. »Du sagst selbst, dass dir die Karten mehr und mehr zu einem Rätsel werden, und ich will mein Schicksal nicht kennen, Lunetta. Es wird mich früh genug einholen. Tu mir nur einen Gefallen: Sag dem Gesinde, ich hätte mich zurückgezogen. Und halte vor allem die Magd mit der grässlichen Bleichpaste von hier fern.«

»Lieber würde ich dich begleiten.«

»Was ich nicht darf, dürftest du wohl erst recht nicht.«

»Ein Hexenkind darf alles!«

»Du bist kein Hexenkind, sondern die Tochter des Ritters von Löwenstein. Lunetta, dein Vater braucht dich, bleib hier.«

Sidonia schlich in den Hof hinab und durchquerte ihn so still wie möglich. Erst nachdem sie das Tor zur Gasse passiert hatte, beschleunigte sie ihre Schritte. Sie durchkämmte die herbstlichen Straßen systematisch, besuchte zunächst das Collegium Fonseca, vor dem sich die Theologie- und Rechtsstudenten nach den Vorlesungen sammelten.

Sie trödelte am Brunnen vor der Universität herum und lauschte auf die Gespräche der Schüler. Hin und wieder fiel der Name Fadrique, wurde seine Errettung vor dem Feuertod in immer wilderen Geschichten erzählt. Der herabstürzende Holzvogel hatte sich in einen heiligen Drachen verwandelt, den Sankt Jakob geschickt oder gar geritten hatte. Doch keiner der Märchenerzähler schien zu wissen, wo der Padre sich aufhielt.

Sidonia löste sich von dem Brunnen und steuerte den Kathedralplatz an. Beim Studentwohnheim der Hieronymiten pausierte sie erneut. Ernst und würdig verließen Mönche und Novizen das Gebäude. Konnte sie es wagen, einen von ihnen anzusprechen? Eben hatte sie sich ein Herz gefasst, als eine Nonne neben sie trat.

»Condesa Löwenstein«, flüsterte die graue Schwester verschwörerisch.

Sidonia hob ihren Schleier und sah einer jungen Frau in die Augen. Die Nonne wich dem Blick aus.

»Du kennst mich?«

»Ich folgte Euch vom Palacio Löwenstein bis hierher.«

Sidonia erschrak. Sie hatte nichts von dieser Verfolgerin bemerkt. Verärgert runzelte sie die Stirn. »Wer bist du, und warum hast du nicht am Tor vorgesprochen?«

Die Nonne schaute sich verstohlen um. »Ich bin Schwester Katharina vom Konvent der Reuerinnen, und was ich Euch mitzuteilen habe, ist nicht für die Ohren Eures Gatten bestimmt.«

Sidonia missfiel der anmaßende Ton, aber ihre Neugier war zu groß, um die Schwester einfach stehen zu lassen. »Was sollte das sein?«, fragte sie so beherrscht wie möglich.

»Eine Nachricht.«

Sidonias Ärger wuchs. Die Frau spielte mit ihrer Neugier.

»Von wem?«

»Von einem Mann, der Euch nahe steht, Condesa.« Verschlagen lächelte sie Sidonia an. »Sehr nahe.«

Sidonia wusste, dass es nun an der Zeit war, die Frau abzuweisen. Eine Frau in Ordenstracht, die ihr geheime Botschaften von Männern überbringen wollte, das klang nicht nach dem Padre. Und war der Konvent der Reuerinnen nicht ein Ort, an dem Aleander regiert hatte? Fadrique hätte sie selbst aufgesucht, wenn er etwas mitzuteilen hätte.

»Ihr kennt Gabriel Zimenes?«

Sidonia erstarrte.

»Er will Euch sehen.«

Sie wusste, dass es ein Fehler war, dieser Frau zu trauen, und ein noch größerer, sie zu begleiten. Aber sie würde alle Folgen dieser Fehler tragen, denn ein noch größerer wäre es, dieser Versuchung zu widerstehen. Gott würde sie schützen oder verderben, beides war ihr gleich recht.

4

Zögernd dämmerte der Morgen auf, als beharrliches Klopfen die Bewohner des Palacio Löwenstein aus dem Schlaf riss.

»Macht auf. Ich bringe eine Nachricht für den Conde«, rief eine Männerstimme.

Schlaftrunken entriegelte ein Knecht das Tor. Er erkannte in dem frühen Störenfried Padre Fadrique, der sich schwer atmend gegen das Tor lehnte.

Hatte sein Herr nicht einen heftigen Streit mit diesem Kirchenvertreter gehabt? Missmutig deutete der Knecht ihm mit einer Kopfbewegung an, einzutreten.

Fadrique ließ sich auf die Steinbank im Hof fallen und wartete lange, zu lange für sein Gefühl, bis der Knecht zurückkehrte.

»Der Graf will wissen, von wem die Nachricht ist.«

»Das werde ich nur dem Grafen selbst sagen.«

Der Knecht zuckte mit den Achseln. »Der Herr wünscht, nicht gestört zu werden.«

»Kerl«, drohte Fadrique und richtete sich mühsam auf, »sag deinem Herrn, dass sein Bruder Aleander und Gabriel aus dem Konvent verschwunden sind, dann wird er mich sprechen wollen.«

Erneut verschwand der Knecht und tauchte wenig später wieder auf der Galerie auf. Bevor er etwas zu Fadrique hinabrufen konnte, drängte der Ritter von Löwenstein ihn zur Seite und stürzte die Treppe hinab. »Was heißt das, mein Bruder ist verschwunden? Hast du mir nicht zugesagt, ihn zu bewachen?«

Fadrique sah, dass die Kleidung des Grafen zerdrückt war. Er war nicht gekämmt und sah übernächtigt aus. Kein Bild von einem Helden, sondern das eines bedauernswerten Mannes. Hoffentlich hatte er sich nicht geirrt. Hoffentlich war dieser vom Kummer gezeichnete Mann der Richtige, um einen Verfolgertrupp zu organisieren und anzuführen. Doch er verbarg seine Zweifel und verneigte sich kurz.

»Ich erwachte gegen fünf Uhr aus schwerem Schlaf. Ich nehme an, man hat mich mit einem von Zimenes' Drogen betäubt. Ich fand meine Klosterzelle, die ich sonst mit Gabriel teilte, leer, genau wie das Krankenlager Aleanders. Eine der Nonnen gab mir einen Brief an Euch ...«

»Einen Brief? Warum sagst du das nicht gleich!«

Der Ritter riss ihm das Pergament ungeduldig aus der Hand, entrollte es und las mit fliegendem Blick.

»Zum Teufel mit Aleander! Ich hätte mich nie auf deine Bitte um Gnade einlassen dürfen!«

Sein Ausbruch wurde von den schrillen Schreien einer Magd unterbrochen.

»Die Condesa! Die Condesa!«

Fadrique und der Graf fuhren herum und starrten zu der Galerie vor Sidonias Schlafkammer empor. Neben der Magd stand mit bekümmertem Gesicht Lunetta.

»Was?«, brüllte Adrian von Löwenstein.

»Sie ist fort! Sie ist fort!«

Der Ritter wandte sich ab. »Das weiß ich!«

Fadrique schaute ihn fragend an.

Der Graf zerknüllte das widerspenstige Pergament mit eiserner Hand. »Aleander hat sie in seiner Gewalt. Er verlangt ein astronomisches Lösegeld für sie. Mein gesamtes Vermögen und den Widerruf aller Anklagen des Kaisers!«

»Wo ist er?«

Der Ritter antwortete nicht, er schrie nach seinen Soldaten

und Pferden. In wenigen Augenblicken war der Hof vom Lärm harter Fußtritte, dem Klirren von Waffen und nervösem Hufgetrappel erfüllt. Fadrique hatte keinen Zweifel mehr, dass der Ritter das Befehlen und unbedingten Gehorsam gewohnt war. Sein Gesinde beeilte sich, die Pferde zu satteln und die Reiter mit Provianttaschen zu versorgen. Dennoch erschien ihm dieses Vorgehen plötzlich zu unbedacht. Alles, was geschah, musste der Dominikaner eingeplant, ja gewünscht haben.

Lunetta lief die Treppe von der Galerie hinab und zwängte sich durch das Gewimmel. Still nahm sie neben dem Padre Platz, der schützend seinen gesunden Arm um sie legte. Beide beobachteten das Treiben im Hof. Unter den Männern war auch Goswin. Der Padre gab ihm ein Zeichen. Unwirsch kam Goswin zu ihm hinüber.

»Reite nicht mit dem Conde.«

»Er ist mein neuer Dienstherr, und Zimenes rettete mein Leben, ich werde das Gleiche für ihn tun.«

»Dann bleib. Hier bist du nützlicher.«

Goswin schüttelte den Kopf. »Mit Verlaub, Padre, Eure Religion ist mir zu kompliziert. Der Ritter hat Recht, Aleanders Leben zu schonen war eine Narrheit.«

Fadrique seufzte. »Das mag sein, aber an der Seite des Ritters wirst du nichts gegen ihn ausrichten.«

Goswin umklammerte den Knauf seines Schwertes. »Ich bin ein guter Kämpfer, Padre. Mit diesem Schwert habe ich schon manchen Hund in die Hölle geschickt.«

»Das bezweifle ich nicht, aber da, wo der Ritter hinreitet, wird er weder Aleander noch Gabriel oder Sidonia finden.«

»Der Dominikaner will Geld und Verhandlungen, er wird dem Grafen einen Treffpunkt genannt haben. Wir werden den widerlichen Mönch schon zum Reden bringen!« Goswin griff nach den Zügeln eines Pferdes und wollte aufsitzen.

Fadrique erhob sich schwankend. »Geh nicht!«

Goswin schüttelte ärgerlich den Kopf und schaute nach dem Trupp des Ritters, der sich vor dem Tor formierte.

»Warum?«

»Weil Aleander eine falsche Fährte gelegt hat«, sagte Lunetta stockend. »Er wird nicht am angegebenen Ort sein.«

Goswin betrachtete sie flüchtig. »Hat sie wieder eine von ihren Ahnungen?«

Fadrique schaute Lunetta an. »Hast du die Karten gelegt?«

Sie senkte die Augen und biss sich auf die Lippen. Die Hoftüren flogen auf, und der Trupp des Grafen von Löwenstein sprengte auf die Gasse. Das Geräusch fliegender Hufe mischte sich mit dem verhaltenen Sechs-Uhr-Läuten der Iglesia Santa Maria Salomé. Goswin fluchte, während sich das Tor langsam schloss.

Mit grimmiger Miene wandte er sich dem Padre zu.

»Ich hoffe, du hast eine gute Erklärung.«

Lunetta war verschwunden, kurze Zeit später tauchte sie wieder auf. In der Hand trug sie ihr Tarotspiel.

»Zum Teufel, worauf habe ich mich da nur eingelassen?«, knurrte Goswin.

»Auf den einzigen Menschen, der wissen kann, was Aleander vorhat und wo er ist«, sagte der Padre, dem eine Magd eben einen Becher Wasser reichte.

Goswin ließ sich auf die Bank fallen, während Lunetta die Karten umgedreht auffächerte. Sie nahm sich viel Zeit dafür. Endlich schaute sie auf.

»Padre, Ihr müsst ziehen.«

Fadrique setzte den Becher ab und runzelte die Stirn. »Ich?«

»Es sind Eure Karten.«

»Ich habe sie lediglich mitgestaltet, aber du besitzt die Gabe sie intuitiv zu deuten.«

Lunetta schüttelte gequält den Kopf. »Nicht mehr«, flüsterte sie.

Goswin sprang wütend auf. »Kinder und Narren! Ich werde versuchen, den Ritter zu erreichen, bevor er aus der Stadt ist.«

»Halt«, rief der Padre. Dann zog er entschlossen eine Karte. »Diese steht für Aleander.« Er drehte sie um. Es war der Teufel, an dessen glühenden Thron ein Liebespaar gefesselt war.

Goswin stutzte.

Der Padre zog eine zweite Karte. »Diese steht für sein Ziel.« Er drehte den Tod um.

Lunetta schlug die Hand vor ihren Mund.

Goswin schnaubte. »Ein toller Zaubertrick, fürwahr. Jetzt wissen wir, dass Aleander ein Teufel ist, der Mord im Sinn hat! Was für eine Überraschung!«

»Warte«, sagte Fadrique und zog eine dritte Karte. »Diese steht für den Ort, an dem er sich aufhält.«

Er legte eine Karte auf die Steinbank. Diesmal war es einer der kleinen Trümpfe. Verblüfft starrte er auf das Bild hinunter. Vor einer Burg stand ein Brautpaar unter einem blumengeschmückten Pavillon, der von vier Stäben getragen wurde.

»Was soll das sein«, sagte Goswin kopfschüttelnd, »eine Hochzeit?«

Der Padre schaute auf. »Deine Deutung ist nicht ganz falsch, Goswin. Der Mönch plant ein Fest.«

»Ich nehme an, einen Totentanz«, spottete der Soldat.

»Nein, eine Bluthochzeit für Gabriel und Sidonia.«

»Du hast eine kranke Fantasie. Wo ist Aleander?«

»Das weiß ich nicht, ich muss darüber nachdenken.«

»Ich habe genug von diesem unerträglichen Geschwätz, alter Mann.« Goswin eilte zu seinem Pferd und saß auf. Ein Knecht öffnete das Tor.

Lunetta drehte die letzte Karte in der Hand. Angestrengt runzelte sie die Stirn. »Die vier Stäbe! Das Bild bedeutet meist Heimkehr und die Burg Sicherheit. Wo könnte Aleander sich sicher fühlen?«

»Da, wo man ihn am wenigsten vermutet«, murmelte Fadrique. Dann leuchteten seine Augen auf. »Er ist hier. Hier in Santiago. Nur darum hat er seinen Bruder aus der Stadt fortgelockt, den einzigen Mann, der sich ihm mit aller Macht in den Weg stellen könnte und mit Soldaten.«

Lunetta starrte ihn verzweifelt an. »Aber wo genau ist das? Wo?«

»Da, wo ich gerade herkomme. Zum Teufel, er ist noch im Kloster! Komm.«

5

Sidonia hatte die ganze Nacht kein Auge zugetan. Unruhig lief sie in der kleinen Kellerzelle auf und ab, in die die Nonne sie am Tag zuvor geführt hatte. In der Ferne hallten Kirchenglocken, sie zählte die Schläge. Sechs Uhr. Die Nacht war vorbei. Was hatte man mit ihr vor? Ein schabendes Geräusch ließ sie zusammenzucken. Die Riegel der Zellentür wurden zurückgeschoben. Die Tür schwang auf, und Estrella trat herein.

Sidonia riss erstaunt die Augen auf. Die Nonne trug ihr Haar offen, es glänzte schwarz wie die Flügel einer Krähe und duftete nach Rosenöl, ihre Wangen leuchteten in künstlichem Rot. Über dem rechten Arm trug sie ein weißes Gewand und einen Brautschleier.

»Was soll das?«, rief Sidonia und deutete auf das Kleid.

Estrella lächelte versonnen. »Heute soll Eure Hochzeit sein.«

Sidonia spürte, wie sich ihre Kehle verengte. »Eine *Hochzeit?* Wen sollte ich heiraten?«

»Gabriel Zimenes, wen sonst? Oder liebt Ihr ihn nicht?«

»Sag mir endlich, wo er ist, oder ich schreie das ganze Haus zusammen!«

»Was sollte Euer Bräutigam davon denken?«

»Wer sagt, dass er mein Bräutigam ist?«

»Der Padre.«

Sie stieß die Tür mit einem Tritt zu und hielt das Kleid hoch. »Zieht Euch an, dann kann die heilige Zeremonie beginnen.«

Sidonia schüttelte unwillig den Kopf. »Ich werde das nicht anziehen, bevor ich nicht mit dem Padre oder Gabriel selbst gesprochen habe.«

Estrella warf das Kleid auf das Bettgestell mit dem Strohsack. Lächelnd drehte sie sich um. »Beeilt Euch lieber, Euer Bräutigam wird die Qualen nicht mehr lange ertragen.«

Sidonias Herz begann wild zu schlagen. »Welche Qualen?«

»Die des Wartens – welche sonst.« Mit einem höhnischen Lachen verließ Estrella die Zelle und verriegelte die Tür.

Sidonia betrachtete ratlos das Kleid. Welche Teufelei steckte hinter diesem Schauspiel?

Vor der Zelle erklangen feierliche Chorgesänge. In die jubelnden Frauenstimmen mischte sich das Stöhnen eines Mannes. Sidonia hämmerte gegen die Tür. »Lasst mich hier raus«, schrie sie. »Lasst mich sofort hier raus.«

Die Tür blieb verschlossen, der Gesang verebbte, eine schwere Tür fiel irgendwo ins Schloss. Verzweifelt schlug Sidonia weiter gegen das Holz. Als sie erkannte, dass es vergeblich war, riss sie das weiße Kleid vom Bett, schlüpfte aus ihren Gewändern und legte es an.

»Ich bin fertig«, schrie sie durch die Tür, die sich sofort öffnete.

»Gut«, lobte Estrella, »und nun noch den Schleier.«

Sidonia ließ ihn sich über Haar und Gesicht legen.

»Folgt mir.« Estrella ergriff ihre Hand und zog sie durch einen Gang, der von Fackeln erleuchtet war. Sie gingen auf eine schwere Eisentür zu. Gespenstische Stille umfing sie. Dann pochte Estrella mit feierlichen Pausen dreimal gegen die Tür. Sie schwang wie von unsichtbarer Hand geöffnet auf. Was Sidonia nun sah, raubte ihr den Atem.

Das Licht unzähliger Kerzen umflackerte ein Holzkreuz, das bis an die Gewölbedecke des Raumes reichte. Blendend weiß hob sich die Gestalt des halb entblößten Mannes von dem dunklen Holz der Balken ab, an die er gefesselt war. Sein Kopf lag auf der Seite, seine Augen waren geschlossen.

»Gabriel!« Sidonia riss sich den Schleier vom Kopf und war mit wenigen Schritten bei ihm. Sie streckte die Hände nach seinen Fesseln aus, doch Estrella riss sie grob zurück.

»Nun, gefällt dir, was du siehst?«

Sidonia schrie auf, als Aleander aus der Dunkelheit hinter dem Kreuz hervortrat. Zwei Schwestern stützten ihn, seine Haut war wächsern, seine Augen fiebrig, Schweiß stand auf seiner Stirn. »Bist du bereit zur *unio mystica* mit deinem dir von Gott bestimmten Gemahl?«

Sidonia schluchzte auf. »Du hast ihn getötet! Du Bestie, du Satan!«

Aleander lachte. »Für so gnädig hältst du mich?«

Er griff nach einem Pfeil, näherte sich hinkend dem Kreuz und fuhr mit der scharfen Spitze über einen Fuß des Gekreuzigten, bis Blut hervorquoll. »Kennst du die Bilder der Leiden Christi nicht? Dieses ist noch lange nicht vollendet.« Er umklammerte den Pfeil fester und strich damit über Gabriels Rippen, prüfte die Festigkeit der Haut, als suche er nach der geeigneten Einstichstelle.

»Gabriel, Gabriel«, schrie Sidonia voller Verzweiflung und versuchte Estrella von sich abzuschütteln, die sie von hinten umfing. Sie sah, dass Gabriels Lider sich bewegten. Aleander ließ den Pfeil sinken und drehte sich zu ihr um. Sidonia atmete erleichtert auf, Aleander betrachtete sie kalt.

»Der Tod wäre eine Gnade gegen das, was ich noch mit ihm zu tun vermag. Der Grieche Seneca schrieb: *Mag nun den Hals eine Schlinge zudrücken, mag den Atem Wasser absperren, was immer es ist, es geschieht rasch. Schämt ihr euch nicht? Was so schnell eintritt, fürchtet ihr so lange!* Dieser Heide hatte keine Ahnung davon, wie qualvoll man das Sterben zu gestalten vermag. Gebt mir die Nägel.«

Estrella kicherte. Sidonia kämpfte sich von ihr frei und sank auf die Knie. »Ich bitte dich, quäle ihn nicht.«

Aleander hob eine Braue. »Ihn quälen? Oh, darum geht es mir nicht. Nicht an erster Stelle jedenfalls. Hier geht es um dich!«

»Dann töte mich!«

Aleanders Lächeln vertiefte sich. »Du hast mich immer noch nicht verstanden, ein einfacher Mord wäre Verschwendung.«

»Was willst du von mir?«

»Das, was ich immer von dir wollte.« Sidonia riss voller Entsetzen die Augen auf. »Hingabe!«

Aleander schaute zu Gabriel empor. Der legte den Kopf zur anderen Seite, murmelte etwas, schien zur Besinnung zu kommen.

»Padre Fadrique hat ihn einen großen Arzt genannt. Leider bin ich keiner. Ich hätte ihm wohl eine geringere Dosis seines wundersamen Pulvers aus der Neuen Welt verabreichen müssen. Zu schade, wenn er nicht mehr zur Besinnung käme.«

»Du hast ihn vergiftet?«

»Oh, Sidonia, du begreifst nichts von der Größe meines Geistes.« Er wandte sich zu einer Gruppe von Nonnen, die im Hintergrund standen. »Gießt Wasser über ihn.« Mit klatschendem Geräusch entleerten die Frauen einen Eimer über Gabriel. Ein Zittern ging durch seinen Leib.

Aleander hinkte auf Sidonia zu, er streckte die Hand aus und streichelte ihre Wange. Sie zuckte zurück und spürte, dass Estrella von hinten ihre Hände um ihren Hals legte. Die Frau besaß erstaunliche Kräfte, ihre Hände glichen Schraubstöcken, Sidonia keuchte.

»Wir werden anscheinend noch eine Weile plaudern müssen, bis er erwacht, Sidonia.« Er ließ einen Finger über ihren Mund gleiten. »Erinnerst du dich noch an unsere erste Nacht? Dein Betragen kam aufrichtiger Hingabe recht nahe, doch mit dem Herzen warst du bei einem anderen. Immerhin hast du genug für mich empfunden, um mich später töten zu wollen. Keine Frau hat mir je so viel Vergnügen bereitet.«

Sidonia bemerkte, dass Estrellas klammernder Griff um ihren Hals für einen Augenblick nachließ. Dann pressten ihre Hände mit wütender Kraft zu. Sidonia spürte, dass ihr die Luft wegblieb, ihr wurde schwarz vor Augen.

»Was fällt dir ein?«, brüllte Aleander und schlug Estrella hart ins Gesicht. Die Nonne taumelte und fiel nach hinten. Sidonia rang nach Atem, rieb sich die Kehle und sprang auf die Füße. Mit einem Satz war sie bei der Tür, riss sie auf.

»Willst du wirklich deine eigene Hochzeit verlassen?«, fragte der Dominikaner höhnisch. »Nur zu. Ich halte dich nicht auf.«

»Lauf, Sidonia«, erklang eine heisere Stimme in seinem Rücken. »Rette dich!«

Sidonia wirbelte herum.

»Oh«, sagte Aleander erfreut. »Dein Bräutigam scheint erwacht. Und so munter. Er wird von nun an alles spüren. Die bohrenden Pfeile, die Nägel, das Reißen seiner Sehnen.«

Sidonia rannte zu Aleander, schlug ihm die Nägel aus der Hand. »Ich werde alle deine Wünsche erfüllen, wenn du ihn schonst.«

Aleander wandte sich an Gabriel. »Und die Liebe dieser Frau hast du wegen der Kutte verschmäht? Wie überaus traurig. Und so ganz gegen Fadriques Rat, der dich liebt wie ein *Vater!*«

Gabriel schwieg.

In Aleanders Augen blitzte Zorn auf. »Willst du uns nicht mit einer Predigt erbauen, wie damals auf der Negrona? Hat Gott uns durch dich nichts mitzuteilen? Willst du deiner Geliebten nicht Lebwohl sagen, bevor du nur noch zu Schmerzensschreien fähig bist?«

Gabriel schwieg.

»Nun«, wandte Aleander sich verärgert an Sidonia. »Ich hätte seine Liebe für beredter gehalten. An deiner aber zweifle ich nicht. Da du mein Weib warst – wenn auch nicht vor Gott, so doch im Fleische –, will ich dir *meine* Liebe beweisen.«

Sidonias Augen weiteten sich vor Schreck.

Aleander schnippte mit den Fingern. »Estrella?«

Die Nonne hatte sich vom Boden erhoben. Sie griff nach einem Abendmahlskelch, der neben dem Kreuz stand.

Aleander umfasste ihn feierlich und hielt ihn Sidonia hin. »Trink das, und du wirst nie mehr Schmerzen spüren.«

»Du Teufel«, zischte Gabriel, »das also hast du vor!«

Aleander drehte sich um. »Ich sehe, dein Scharfsinn hat nicht gelitten. Ja, genau das habe ich vor. Die Frau, die dich mehr liebt als ihr Leben, wird vor deinen Augen für dich in den Tod gehen. Freiwillig. Das nenne ich Hingabe.«

Wieder wandte er sich an Sidonia. »Trink mein Kind, und ich verspreche dir, Gabriel zu schonen, so wie Fadrique mein Leben zu schonen wünschte. Gabriel soll leben. Mit *seinen* Dämonen. Bis zu seinem Tod.«

Sidonia betrachtete den Kelch.

»Du glaubst mir nicht? Ich werde direkt nach dir aus dem Kelch trinken.«

»Aber, das war nicht abgemacht«, protestierte Estrella. »Du hast mir die Ehe versprochen. Mir!«

Sidonia sah, dass Gabriel den Kopf zu schütteln versuchte. »Tu es nicht.«

»Wenn sie es nicht tut, müsst ihr beide sterben. Sehr langsam sterben«, sagte Aleander kalt.

Sidonia beachtete ihn nicht, sie wendete sich dem Mann am Kreuz zu. »Als du die Kutte wähltest, wolltest du mein Leben für das deine geben. Ich werde das Gleiche für dich tun, Gabriel. Unsere Liebe ist stärker als der Tod.«

»Nein«, flehte Zimenes in Sidonias Richtung.

Aleanders Augen flackerten hell, fast fröhlich schaute er Sidonia an. »Endlich begreifst du, dass das Leben nichts ist und der Tod alles. Komm, meine Schöne, trink, gehe den letzten Weg mit mir.« Er stellte den Kelch vor ihr ab und hinkte zum Kreuz.

»Andernfalls«, sagte er leichthin und griff erneut nach einem Pfeil, »muss ich deiner Entscheidung hiermit nachhelfen.«

Er holte aus und zielte auf die nackte Seite Gabriels; kurz bevor dessen Spitze in das Fleisch eindringen konnte, hielt er inne und schaute sich um.

Sidonia hob rasch den Kelch und führte ihn zum Mund.

6

»Ich darf niemanden vorlassen«, rief die Schwester durch das geschlossene Tor.

»Tu, was ich dir befehle, oder es ist dein Tod«, schrie Goswin. Sie hörten, wie sich eilende Schritte entfernten. »Sie wird die anderen warnen!«

»Kannst du das Tor aufstemmen?«, fragte Fadrique.

Goswin betrachtete das feste Holz. »Unmöglich.«

»Es gibt eine Seitenpforte zu den Kellern«, fiel Lunetta ein. »Sie ist weniger stark. Kommt.«

Der Padre und der Soldat folgten dem Mädchen zu einer Ecke des Gebäudes. Tatsächlich war die Seitenpforte nur eine schmale Tür. Goswin nahm Anlauf und warf sich mit seiner gepanzerten Schulter gegen sie an. Dreimal musste er das Manöver wiederholen, bis das Holz splitterte. Mit einem Tritt brach er das Schloss hinaus und öffnete die Tür. Er stürzte die Treppe in das Kellergewölbe hinab, sah gleißendes Licht am Ende des Ganges und lief mit gezücktem Schwert darauf zu. Padre Fadrique und Lunetta folgten ihm. Ein Schrei durchhallte den Gang und empfing sie, als sie die offene Eisentür erreichten.

Die alptraumhafte Nachstellung der Kreuzigungsszene ließ sie erstarren: der Leidende am Kreuz, dessen Kopf auf die Brust gesunken war, die Frau, die tot am Fuß des Kreuzes lag, andere Weiber, die auf Knien einen Mönch betrauerten, der – wie zur Ablegung der ewigen Profess – mit ausgestreckten Armen auf dem Boden das Kreuz bildete. Allerdings lag der Mönch auf dem Rücken, aus seiner Brust ragte ein Pfeil, und seine Kutte saugte sich gierig mit dem Blut voll, das seiner Wunde entströmte.

Goswin erstarrte. Lunetta riss ungläubig den Mund auf. Fadrique schlug ein Kreuz.

»Verdammt, wollt ihr jetzt beten? Helft mir lieber, Gabriel von den Fesseln zu befreien!«

Eine Frau in weißem Gewand stieg über die tote Gestalt am Fuße des Kreuzes und riss an den Stricken, die Zimenes' Arme an den Balken hielten. Goswin sprang ihr zur Seite und zerhieb die Stricke mit dem Schwert.

»Sidonia!« Lunetta flog durch den Raum. »Du lebst!«

»Ja, verflucht, aber wir müssen uns um Gabriel kümmern.«

7

Sie saßen im Patio des Palacio Löwenstein. Ein Mann in eleganter spanischer Tracht und eine schlanke Frau in hochgeschlossenem Gewand. Herbstwind strich durch die Mauerpflanzen und löste letzte Blüten. Der Klang einer Laute schlängelte sich von der Galerie herab.

»Warum hat Estrella das getan?«, fragte Sidonia leise. »Warum hat sie ihn getötet?«

»Weil er sie betrogen hat«, sagte Gabriel.

»Ich werde nie verstehen, dass man eine Bestie wie Aleander *lieben* kann!«

»Es war Besessenheit, nicht Liebe. Vergiss nicht, er hat sie erzogen, sie war sein Geschöpf, er ihr Gott, Schmerzen ihre Religion. Sie gönnte dir nicht, mit dem Löwen des Glaubens zu sterben.«

Sidonia lachte trocken. »Was für eine Gunst!«

»Seine Rache an mir wäre vollkommen gewesen, wenn du das Gift getrunken hättest. Mir wurde schwarz vor Augen, als du den Becher zum Mund geführt hast.«

»Glaubst du, dass ich daraus getrunken hätte?«

»Es sah verdammt danach aus.«

Sidonias Augen funkelten munter. »Ich bin eine gute Schauspielerin, aber keine Besessene wie Estrella!«

»Viel fehlt nicht dazu. Du hast mehr als einmal den Tod zum Tanz aufgefordert.«

»Sprich nicht vom Tod. Ich mag nicht mehr daran denken!« Fröstelnd zog sie die Schultern hoch.

»Estrella starb sanft, wenn dich das beruhigt. Die Daturapflanze schenkt einen tiefen Schlaf, bevor das Herz aussetzt.«

»Mag sein, doch Aleanders Schrei, als sie zuvor den Pfeil in sein Herz stieß, war Furcht erregender als das Gebrüll eines verendenden Tieres.«

Gabriel nickte. »Ja. Doch er verdankte sich weniger dem körperlichen Schmerz als dem Bewusstsein seiner endgültigen Niederlage. Er wollte seinen und unseren Tod als biblisches Spektakel inszenieren. Mit ihm in der Rolle Gottvaters selbst. Größer als jedes Autodafé.«

»Nie, nie wieder im Leben will ich einer Hinrichtung beiwohnen!«

»Dann wirst du deine Augen in dieser Welt fest verschließen müssen.«

»Ich muss zurück, zurück nach Köln.«

»Auch dort richtet man Menschen hin.«

»Aber nicht Lambert!«

»Nicht, wenn wir es verhindern können.«

»Das werden wir, oder zweifelst du daran?«

Gabriel lächelte. »Ich zweifle nicht an deiner Entschlossenheit, Condesa Löwenstein!«

Sidonia runzelte die Stirn. »Nenn mich nicht so, nie wieder! Der Bischof selbst wird unsere Ehe für nicht vollzogen und somit ungültig erklären. Der Ritter hat mich freigegeben, als ich ihn darum bat.«

»Und mir zuvor einen hohen Lohn geboten, damit *ich* dich künftig beschütze. Der Vorgeschmack auf diese Aufgabe hat ihn wohl verschreckt!«

»Treib keine Scherze über ihn. Er trauert noch immer um deine Schwester, das erleichterte seine Entscheidung.«

Gabriels Augen wurden dunkel. Der Spott verlosch. Sidonia biss sich auf die Lippen. Es war noch immer schwer, mit ihm von Mariflores zu sprechen.

»Du wirst mich also nur wegen des angebotenen Geldes nach Köln begleiten? Und das, obwohl Geld dir so gar nichts bedeutet.« In Sidonias Augen blitzte der Schalk.

Gabriel lächelte. »Auch du wirst deinen Stolz opfern müssen. Ich fürchte, du musst mich zum Mann nehmen, wenn du nicht als Bettlerin enden willst. Reich bin ich allerdings nicht.«

Sidonia runzelte die Stirn. »Das ist eine schwierige Entscheidung, Gabriel. Was rät dir die Vernunft? Ich, wie du weißt, besitze keine.«

»Die Liebe bedarf nicht notgedrungen der Vernunft, aber Vernunft ist nichts ohne die Liebe.«

»Zumindest ohne den Glauben daran.«

»Eine kluge Bemerkung.«

»Sie stammt von Fadrique.«

»Manchmal ist er mir beinahe unheimlich.«

»Ja, der Mann ist erstaunlich. Wie konnte er dich überzeugen, der Kirche den Rücken zu kehren?«

Gabriel verzog den Mund. »Er ließ mich eine Karte ziehen!«

»Was?«

»Der Padre ist nicht immer weise.«

»Und du, der größte aller Zweifler, vertraust dein Schicksal dem Tarot an?«

»Nur wenn es mir verlockende Bilder zeigt.«

»Welche Karte hast du gezogen?«

Gabriel holte sie aus seinem Wams hervor. »*El mundo.*«

»Die Welt!«

»Der höchste aller Trümpfe und das Ende der Reise, die den Narren zum Mann macht.«

Sidonia betrachtete das Bild. »Aber das ist ja …«

Gabriel nickte. »Genau. Die Welt ist eine Frau. Und sie hat rotes Haar und sehr grüne Augen. Sieht nicht nach einer Zukunft als Kirchendiener für mich aus.«

»Sie tanzt!«

»Nackt bis auf einen Schleier.«

»Das erwartest du jetzt hoffentlich nicht von mir! Obwohl ich nichts lieber täte, als dieses lästige Kleid auszuziehen!«

»Sidonia«, tadelte Gabriel und küsste sie.

Anhang

Zum Tarot

Das oder der Tarot ist ein Kartensatz mit 78 Blättern, die heute vor allem zu psychologischen Zwecken oder als Wahrsageinstrument eingesetzt werden. Es besteht gewöhnlich aus 22 großen Trumpfbildern und 56 (ebenfalls bebilderten) Zahlenkarten.

Bei einer Tarotsitzung wird zunächst eine Frage formuliert, dann wird – je nach Legesystem – verdeckt eine vorgegebene Anzahl Karten gezogen, die dann z. B. als Reihe, Kreuz oder Kreis offen ausgelegt werden. Es kann auch eine einzelne Karte als Tageskarte gezogen werden, die Auskunft über Stimmung oder Tendenz an einem Tag geben soll.

Eine Legung kann alleine vorgenommen werden und bedarf nicht notgedrungen eines »Mediums« oder geschulten Deuters. Seriöse Tarotkenner ermuntern Anfänger dazu, die Bildsprache der Karten auf sich wirken zu lassen und frei zu assoziieren, bevor sie zu Deutungsbüchern greifen. Die Bilder stehen eher für Möglichkeiten, die Qualität einer Situation oder eine Stimmung als für konkrete Ereignisse.

Jede Kartenposition eines Legesystems hat eine bestimmte Bedeutung. Ein Platz steht etwa für die »Ausgangssituation« des Fragenden oder seine Vergangenheit. Aus den Bildern der Karten und ihrer Reihenfolge in der Legung ergeben sich komplexe Deutungsmöglichkeiten.

Die 22 großen Bildtrümpfe (etwa Teufel, Rad des Schicksals oder Stern) stehen für starke Einflüsse, die Zahlenkarten (Schwerter, Münzen, Stäbe, Kelche) stehen für schwächere Tendenzen, die eine Situation kennzeichnen.

Was kompliziert klingt, ist in der Praxis, mit etwas Fantasie und einem guten Handbuch schnell verständlich. Allerdings macht erst Übung den Meister.

Psychologen gehen davon aus, dass die Karten als visuelles Gleichnis zur eigenen Situation erlebt werden können und subtile Reaktionen des Unbewussten hervorrufen, wenn das abgebildete Thema mit der eigenen Befindlichkeit korrespondiert. Die Karten können demnach schlummernde Bilder unseres Unbewussten wachrufen, die auch in unseren Träumen wirksam sind.

Esoterisch-spirituell orientierte Tarotdeuter neigen zu magischen Erklärungen. Sie stützen sich auf den von C. G. Jung geprägten Begriff der Synchronizität. Das heißt, sie glauben an einen nicht kausalen, aber sinnvollen Zusammenhang zwischen dem, was in einer Legung dargestellt wird, und Ereignissen im Leben des Fragenden.

Die 22 großen Trümpfe des Decks werden heute gerne als Initiationsweg verstanden. Als Narr (Karte 0) macht der Mensch sich auf den Weg ins Leben oder in eine neue Lebenssituation und muss lernen, seine verschiedenen Möglichkeiten (1 Magier = aktives Handeln) und (2 Hohepriesterin = passive Intuition) sinnvoll zu nutzen und in Einklang zu bringen.

Auf dem Weg zu seiner Vervollkommnung oder Reife müssen immer wieder archetypische Stationen, Konflikte und Prüfungen gemeistert und überdacht werden. Etwa die Zerstörung von Illusionen (8 Der gesprengte Turm) oder die Erfahrung eigener Ohnmacht (12 Der Gehängte).

Mythische Helden wie Odysseus oder Parsifal sind Bebilderungen einer solchen Initiation, bei der ein unbedarfter Anfänger auf Abenteuerfahrt geht und zum Helden reift, der sich seinen Platz in der Welt erkämpft. Viele Märchen, aber auch

Hollywoodfilme wie »Star Wars« und Computerrollenspiele funktionieren nach diesem Muster.

Reizvoll ist die Tatsache, dass auch der Jakobsweg – vor seiner christlichen Entdeckung – in vielen Religionen als ein höchst konkreter Weg der Initiation galt. Die Sonne stets im Rücken, geht der Jakobswanderer noch heute der Küste des Todes entgegen, muss unterwegs schwierige Pässe und manche Gefahren überwinden, bis er – am Cap Finisterre – dem Ende der Welt – angekommen ist. Hier erst soll er sich umdrehen und umkehren. Der Sonne und einem neuen Leben entgegen. Den Gnostikern und Kartharern war der Weg als persönlicher Weg zu Gott- und Selbsterkenntnis bekannt und der Kirche ein Dorn im Auge, bis sie ihn selbst kultivierte und mit Kapellen, Klöstern und verschiedenen Legenden kanonisch »absicherte«.

Über die Herkunft und Geschichte des Tarots kursieren in esoterischen Kreisen so reiz- wie fantasievolle Deutungen, die wissenschaftlich nicht belegbar sind.

Klar ist, dass Spielkarten Anfang des 14. Jahrhunderts aus dem islamischen Raum nach Europa kamen, wo bis dahin vor allem Würfelspiele beliebt – und von der Kirche verboten – waren.

Der Name »Tarot« wird von einigen aus dem Ägyptischen hergeleitet, wonach es für »der Königsweg« stehe und uralte Geheimnisse berge. Andere berufen sich auf hebräisch-kabbalistische Traditionen und glauben, das Wort Tarot stehe – auf einem Kreis als Endloswort notiert – für die Thora und für das lateinische orat – er, sie, es betet. Damit sei zugleich eine christliche Glaubensrichtlinie zitiert und die Karten seien somit der Schlüssel zu einem universalen Glaubenssystem.

Nüchternere Geister behaupten, der Name beziehe sich auf

den italienischen Fluss Taro, der nahe Parma durch ein Tal fließt, in dem das Kartendeck vielleicht erfunden wurde.

Für die letztere Deutung spricht immerhin, dass die Vorläufer des heutigen Tarots nachweislich aus dem Italien des 14. Jahrhunderts stammen. Mächtige Fürstengeschlechter der Renaissance gaben bei Malern Kartenspiele in Auftrag, die zunächst *trionfi* (deutsch: Trümpfe), ab 1500 dann *tarocchi* genannt wurden und eindeutig Motive des modernen Tarot zeigten.

Die Bilder der *trionfi* orientierten sich an Triumphzügen, die sich im Mittelalter und in der Renaissance großer Beliebtheit erfreuten und in unseren Karnevalsumzügen noch einen Nachhall haben. Die mittelalterlichen Umzüge in Italien bestanden aus bis zu 200 Festwagen, auf denen allegorische Darstellungen zu sehen waren.

Voran zog jedes Mal der Wagen des Narren, der sowohl für den Frühling wie für Neubeginn, kindliches Gemüt, Chaos und noch nicht entfaltete Weisheit stand. Dem Narren folgten Wagen mit Liebespaaren, dem Papst, der Päpstin (!), Teufeln, Engeln, römischen Gottheiten wie Jupiter und Bilder des Jüngsten Gerichtes oder die Kreuzigungsszene.

Figuren wie der Magier, Jupiter oder die Päpstin deuten darauf hin, dass in den »Triumphzügen« genau wie im Kartenspiel *trionfi* heidnische und antike Vorstellungswelten von weiblichen Gottheiten, Polytheismus und mythischen Zauberwesen lebendig blieben, die die Kirche auf das Schärfste bekämpfte. Genau wie das Tarot.

Im 16. Jahrhundert entstanden die Vorläufer des berühmten Tarot von Marseille von 1760, dessen Bilder die heute populärsten Decks inspirierten. Das Tarot von Marseille kennt bereits den Tod, der nach Osten als dem Morgen entgegenschaut, den Teufel, der ein Liebespaar an sich kettet, und den explodierenden Turm.

Ob die Karten von Beginn an nicht nur zum Spiel, sondern auch als Wahrsage- und Deutungsinstrument genutzt wurden, ist unklar. Orakelt wurde allerdings das ganze Mittelalter hindurch mit Mitteln wie Hühnerknochen, Gänsefedern, Würfeln oder der Bibel.

Zu esoterischen Würden gelangte das Tarot nachweislich im 18. Jahrhundert, als der Schweizer Geistliche und Freimaurer Antoine Court de Gébelin das Buch *Le Monde Primitif* veröffentlichte und die Symbole des Marseiller Tarots (z. B. Kelche, Dreiecke, Münzen) als Zeichen der Mysterien der ägyptischen Gottheiten Isis und Thot deutete. Ausgebaut und durch neue Illustrationen verdeutlicht wurden solche Interpretationen von okkultistischen Gesellschaften des 19. Jahrhunderts, etwa dem einflussreichen *Hermetic Order of the Golden Dawn* (Hermetischer Orden der goldenen Morgenröte). Der »Golden Dawn« verstand das Tarot vor allem als Werkzeug zur Selbstreflexion und -erkenntnis. Krude Wahrsagerei mittels Karten lehnte man ab. Das heute beliebte Rider-Waite-Tarot wurde in diesem Zirkel entwickelt.

Mehr über die Geschichte des Tarot, seine Zahlen-, Farb- und Elementesymbolik, findet sich beispielsweise in Büchern des deutschen Tarot-Papstes Hajo Banzhaf, auf dessen Internetseiten man sich auch online (und kostenfrei!) selber die Karten legen kann.

In diesem Roman wird die Entwicklung eines eigenen Tarotspiels Padre Fadrique zugeschrieben, der für eine universelle und tolerante Glaubenslehre streitet, die jede Religion als Versuch einer Annäherung an das Göttliche akzeptiert. In Humanisten wie Erasmus von Rotterdam hat er seine Vorbilder. Die beschriebenen Kartenbilder orientieren sich am Tarot von Marseille, seinen Vorläufern und heutigen Nachfolgern.

Nicht umsonst ist der getaufte Jude Fadrique in Toledo aufgewachsen und erzogen worden. Die Stadt war vor der endgültigen Reconquista – also der so genannten Rückeroberung Spaniens von den Mauren und Juden Ende des 15. Jahrhunderts – ein multikulturelles Eldorado. Einzigartig in ganz Europa forschten und lehrten hier Mauren, Juden und Christen gemeinsam. Sogar buddhistische Gelehrte aus dem fernen Indien kamen hierher, um zu studieren und ihr Wissen beizutragen.

Die Christen hatten den islamischen und jüdischen Gelehrten einiges zu verdanken, so die Rettung und Übersetzung griechischer Philosophen von Sokrates bis Aristoteles oder die Einführung des arabischen Zahlensystems. In Toledo ruhte der größte Schatz verlässlicher Landkarten genau wie eine Unzahl medizinischer und astronomischer Schriften, auf denen noch heute viel von unserem Wissen beruht.

Danksagung

Ich möchte allen meinen Freunden, Freundinnen und Weggefährten danken, die die Entstehung dieses Buches begleitet haben. War eine lange, mitunter mühselige Reise. Armin Beuscher danke ich für sein herzliches Interesse, für viele historische Tipps und persönliche Recherchen, die er mir großzügig zur Verfügung gestellt hat. Mechthild und Andreas Düpmann danke ich für's Zuhören und Andreas für nautische Tipps. Tom Goldau und Karen Specht haben mir als treue Freunde den Rücken gestärkt. Karla Steuckmann hat mich kraftvoll aufgemuntert und die richtigen Wanderschuhe für den Jakobsweg empfohlen. Gabie Baumann danke ich für ihre nimmermüde Aufmerksamkeit, meiner Lektorin Sabine Cramer für Enthusiasmus und akribische Textarbeit und meiner Mutter noch einmal für die intensiven gemeinsamen Lesestunden.

Meiner umwerfenden fünfjährigen Tochter Maryse verdanke ich jede Menge lebendiger Ablenkung, die mit Mord, Intrigen und Totschlag nichts zu tun hatte.

Nicht zuletzt verdanke ich Martin W. Spruhs intensive und sehr inspirative Gespräche über Leben und Literatur und Dorothee Linden unschätzbare Kopfwäschen in Sachen Lebenspragmatik.

Ihr alle habt mir Vertrauen in Gott, die Welt und zünftige Unterhaltungsliteratur zurückgegeben. Danke.

Opulentes Mittelalter - und eine Frau, die ihren Traum erfüllt

Katia Fox
DAS KUPFERNE ZEICHEN
Roman
640 Seiten
ISBN 978-3-404-15700-6

England 1161. Die zwölfjährige Ellenweore, Tochter eines Schwertschmieds, möchte nur eines: ebenfalls Schwertschmiedin werden. Doch das ist für ein Mädchen undenkbar. Als sie nach einer ungeheuerlichen Entdeckung von zu Hause fliehen muss, verkleidet Ellen sich als Junge und nutzt die Chance: Sie begleitet einen berühmten Schwertschmied in die Normandie und erlernt dort als Schmiedejunge Alan das Handwerk. Doch die Lüge, auf der sie ihr Leben aufgebaut hat, wird ihr zum Verhängnis, als sie sich in einen jungen Ritter verliebt, denn sie darf ihre Identität nicht preisgeben. Zu spät erkennt sie, wem sie vertrauen darf – und dass sie bei Hofe einen Feind hat, der zu allem bereit ist …

Bastei Lübbe Taschenbuch